EDIÇÕES BESTBOLSO

Um homem irresistível

Danielle Steel nasceu em Nova York, no ano de 1947. Seus livros já venderam mais de 500 milhões de exemplares em todo o mundo e são best-sellers em 47 países. Traduzida para mais de 20 idiomas, Danielle Steel publicou seu primeiro livro, *O apelo do amor*, em 1973, e se tornou conhecida mundialmente com *Segredo de uma promessa*, em 1978.

DANIELLE STEEL

Um homem irresistível

LIVRO VIRA-VIRA 1

Tradução de
CAMILA MELLO

1ª edição

RIO DE JANEIRO – 2019

CIP-BRASIL. CATALOGAÇÃO-NA-FONTE
SINDICATO NACIONAL DOS EDITORES DE LIVROS, RJ

S826h
Steel, Danielle
Um homem irresistível: vira-vira: livro 1 / Danielle Steel; tradução Camila Mello. – 1ª ed. – Rio de Janeiro: Best Seller, 2019.
288 p.; 12 × 18 cm.

Tradução de: Rogue
ISBN 978-85-7799-582-0

1. Ficção americana. I. Mello, Camila. II. Título.

18-53868
CDD: 813
CDU: 82-3(73)

Vanessa Mafra Xavier Salgado – Bibliotecária – CRB-7/6644

Um homem irresistível, de autoria de Danielle Steel.
Título número 420 das Edições BestBolso.
Primeira edição impressa em janeiro de 2019.
Texto revisado conforme o Acordo Ortográfico da Língua Portuguesa.

Título original:
ROGUE

Copyright © 2008 by Danielle Steel.
Copyright da tradução © by Distribuidora Record de Serviços de Imprensa S.A. Direitos de reprodução da tradução cedidos para Edições BestBolso, um selo da Editora Best Seller Ltda. Distribuidora Record de Serviços de Imprensa S. A. e Editora Best Seller Ltda são empresas do Grupo Editorial Record.

A logomarca vira-vira (vira-ʁᴉɹᴧ) e o slogan 2 LIVROS EM 1 são marcas registradas e de propriedade da Editora Best Seller Ltda., parte integrante do Grupo Editorial Record.

www.edicoesbestbolso.com.br

Design de capa: adaptação da capa da edição trade, criada por Renata Vidal.

Todos os direitos reservados. Proibida a reprodução, no todo ou em parte, sem autorização prévia por escrito da editora, sejam quais forem os meios empregados.

Direitos exclusivos de publicação em língua portuguesa para o Brasil em formato bolso adquiridos pelas Edições BestBolso, um selo da Editora Best Seller Ltda. Rua Argentina, 171 – 20921-380 – Rio de Janeiro, RJ – Tel.: 2585-2000, que se reserva a propriedade literária desta tradução.

Impresso no Brasil

ISBN 978-85-7799-582-0

Para meus filhos infinitamente preciosos,
Beatie, Trevor, Todd, Nick, Sam,
Victoria, Vanessa, Maxx e Zara,
que são fontes de amor e riso na minha vida,
me mantêm honesta, me dão esperança
e me inspiram a fazer o meu melhor.
Os nove são todos meus heróis!

> Amo vocês demais!
> Mamãe/D.S.

1

O voo do monomotor Cessna Caravan sobre o pântano a oeste de Miami era aterrador. O avião estava tão alto que a paisagem parecia um cartão-postal, mas o vento que entrava pela porta aberta distraía a jovem agarrada à alça de segurança, de modo que ela só via a vasta imensidão de céu abaixo deles. O homem em pé logo atrás falava para ela pular.

— E se o paraquedas não abrir? — perguntou ela, olhando de relance para ele com uma expressão de horror. Era uma loira alta e bonita, com o corpo deslumbrante e o rosto delicado. Os olhos estavam arregalados de tanto medo.

— Confie em mim, Belinda. Vai abrir — prometeu Blake Williams com seu ar totalmente confiante. Paraquedismo era uma de suas muitas paixões havia anos, e era sempre uma alegria compartilhar suas maravilhas com outra pessoa.

Na semana anterior, Belinda tinha concordado em pular enquanto bebiam em uma boate exclusiva e famosa de South Beach. No dia seguinte, Blake já havia pagado por oito horas de instrução para ela e por um pulo-teste com instrutores. Agora, Belinda estava pronta. Era apenas a terceira vez que saíam, e Blake tinha feito o paraquedismo soar tão convidativo que depois do segundo Cosmopolitan ela havia aceitado o convite sorrindo. Belinda não havia percebido onde estava se metendo, e agora ainda parecia nervosa. Ficou se perguntando como deixou que ele a convencesse. Quando pulou pela primeira vez, com os dois instrutores indicados por Blake, ela quase morreu de medo, mas não deixou de ser emocionante. E pular com ele seria a experiência derradeira. Mal podia esperar. Blake era tão charmoso, tão bonito, tão intenso e tão divertido que, apesar de mal conhecê-lo, estava pronta para segui-lo e experimentar quase tudo na companhia dele, até mesmo pular de um avião. Nesse momento, no entanto, estava aterrorizada. Blake virou o rosto dela e a beijou. A mera emoção de estar na presença dele facilitava o pulo. Seguindo o que havia aprendido nas aulas, ela deu um passo para fora do avião.

Blake fez o mesmo segundos depois. Belinda fechou bem os olhos e gritou por um minuto de queda livre, depois os abriu e viu Blake fazendo um gesto para que puxasse a corda que acionava o paraquedas, como os instrutores a ensinaram. De repente, começaram a descer lentamente em direção ao solo. Blake sorriu para ela e fez um sinal de positivo cheio de orgulho. Belinda não conseguia acreditar que havia feito isso duas vezes em uma semana, mas ele tinha esse tipo de carisma. Blake fazia com que todo mundo fizesse quase tudo.

Aos 22 anos, Belinda era uma supermodelo em Paris, Londres e Nova York. Conheceu Blake enquanto visitava amigos em Miami. Ele tinha vindo da casa de St. Bart's no seu 737 novo. Para o salto de paraquedas, Blake fretou um avião menor e contratou um piloto.

Blake Williams parecia especialista em tudo o que fazia. Era um esquiador de nível olímpico desde a faculdade e tinha aprendido a pilotar seu próprio jato — com a ajuda de um copiloto, por causa do tamanho e da complexidade da aeronave. E fazia paraquedismo havia anos. Tinha um conhecimento extraordinário sobre arte e possuía uma das coleções mais famosas do mundo de arte contemporânea e pré-colombiana. Entendia de vinhos, arquitetura, navegação e mulheres. Amava as coisas mais requintadas da vida e gostava de compartilhá-las com as mulheres com quem saía. Tinha um MBA em Harvard e uma graduação em Princeton; estava com 46 anos, havia parado de trabalhar aos 35, e sua vida inteira era dedicada à autoindulgência e ao prazer, e a compartilhar ambos com as pessoas ao seu redor. Era tão generoso que nem dava para acreditar, como disseram os amigos de Belinda. Era o tipo de homem que toda mulher queria — rico, inteligente, bonito e que gostava de se divertir. E, apesar do enorme sucesso antes de parar de trabalhar, não era uma pessoa maquiavélica. Era o partido do século, e, mesmo que a maior parte de seus relacionamentos nos últimos cinco anos tivessem sido breves e superficiais, nunca terminaram mal. Mesmo quando os casos passageiros acabavam, as mulheres ainda o amavam. Voando lentamente em direção a uma praia deserta escolhida a dedo, Belinda olhou para Blake com os olhos cheios de admiração. Não acreditava que tinha pulado de um avião com ele, mas foi a coisa mais incrível que já havia feito. Achava que não faria de novo, mas, quando deram as mãos no meio do pulo cercados pelo céu azul, teve certeza de que se lembraria de Blake e daquele momento pelo resto da vida.

— É muito bom, não é? — gritou ele, e Belinda assentiu com a cabeça.

Ainda estava admirada demais para conseguir falar. Pular com ele tinha sido muito mais incrível do que com os dois instrutores dias antes. Mal podia esperar para contar o que havia feito para todo mundo que conhecia, especialmente com quem.

Blake Williams era tudo aquilo que diziam. Tinha charme e dinheiro suficientes para governar um país. Apesar do medo inicial, Belinda sorria quando seus pés tocaram o solo instantes depois. Dois instrutores desengataram seu paraquedas, e, nesse momento, Blake aterrissou a alguns metros dela. Assim que se livraram do equipamento, ele a abraçou e a beijou novamente. Os beijos de Blake eram tão inebriantes quanto todo o resto.

— Você foi fantástica! — comentou ele, erguendo-a do chão.

Belinda era só sorrisos envolta pelo abraço. Blake era o homem mais empolgante que já havia conhecido.

— Não, *você* é que é! Eu jamais achei que faria um negócio desses. Foi a coisa mais louca do mundo!

Ela o conhecia havia apenas uma semana.

Suas amigas já a haviam alertado para não pensar em relacionamento sério com ele. Blake Williams saía com mulheres bonitas no mundo inteiro. Comprometer-se não era a sua praia, apesar de ter sido no passado. Tinha três filhos, uma ex-mulher por quem dizia ser louco, um avião, um barco e seis casas fabulosas. Ele só queria se divertir e não pretendia se juntar com ninguém desde o divórcio. Pelo menos naquele momento, só queria se divertir. Sua despedida prematura do mundo da tecnologia tinha sido lendária, assim como o sucesso das empresas nas quais havia investido. Blake Williams tinha tudo o que queria, todos os seus sonhos já haviam se tornado realidade. E, quando saíam da praia onde aterrissaram, na caminhada em direção ao jipe que os esperava, ele enlaçou Belinda pela cintura, aproximou-a e lhe deu um beijo longo e arrebatador. O dia e aquele momento específico ficariam marcados para sempre na memória de Belinda. Quantas mulheres podiam se gabar de terem pulado de um avião com Blake Williams? Provavelmente mais do que sabia, embora nem todas fossem tão corajosas quanto ela.

A chuva batia nas janelas do escritório de Maxine Williams na rua 79, leste, em Nova York. Era a maior precipitação de chuva registrada na cidade em novembro em mais de cinquenta anos. Estava frio e escuro lá fora, ventava muito, mas o escritório onde Maxine passava de dez a doze horas por dia era aconchegante. As paredes eram pintadas em um tom pálido e amanteigado de amarelo, e havia quadros discretos e abstratos, em tons suaves. A sala era alegre e agradável, e as poltronas grandes e com o estofamento muito macio em bege neutro onde ela se sentava para conversar com os pacientes eram confortáveis e convidativas. A mesa era moderna, despojada, funcional e tão impecavelmente organizada que dava para fazer uma cirurgia nela. Tudo no escritório de Maxine era meticulosamente pensado, e ela mesma estava perfeitamente arrumada, sem um fio de cabelo desalinhado. Maxine tinha controle total de seu mundo. A secretária, Felicia, igualmente eficiente e confiável, trabalhava com ela havia quase nove anos. Maxine detestava bagunça, qualquer tipo de desordem e mudanças. Tudo nela e em sua vida era sereno, ordenado e impecável.

O diploma emoldurado na parede dizia que ela havia se formado com louvor na Harvard Medical School. Era psiquiatra, uma das maiores especialistas em traumas na infância e na adolescência. Tinha extensa experiência com adolescentes esquizofrênicos e bipolares, e uma de suas subespecialidades era adolescentes suicidas. Maxine trabalhava com eles e suas famílias, e geralmente obtinha resultados excelentes. Escreveu dois respeitados livros para não especialistas sobre o efeito do trauma nas crianças. Recebia convites frequentes de outras cidades e países para dar seu parecer após desastres naturais ou tragédias causadas por seres humanos. Fez parte da equipe de apoio às crianças de Columbine depois do tiroteio na escola, escreveu vários artigos sobre os efeitos do 11 de Setembro e foi consultora das escolas públicas de Nova York. Aos 42, era referência em sua área, tinha a admiração e o reconhecimento que merecia. Negava convites de palestras mais do que aceitava. Com o tempo dividido entre pacientes, consultorias a agências locais, nacionais e internacionais e a própria família, tinha os dias e a agenda sempre lotados.

Era incrivelmente dedicada quando se tratava de ficar com os filhos — Daphne tinha 13; Jack, 12; e Sam tinha acabado de fazer 6. Como mãe solteira, lidava com o mesmo dilema de todas as mães que trabalham, tentando equilibrar as responsabilidades familiares e o trabalho. E não recebia quase nenhuma ajuda do ex, que geralmente aparecia como um arco-íris — sem avisar e de tirar o fôlego —, mas logo desaparecia de novo. Todas as responsabilidades ligadas às crianças recaíam sobre ela e mais ninguém.

Sentou-se olhando pela janela e pensando nos filhos enquanto esperava o próximo paciente quando o telefone tocou. Maxine achou que Felicia fosse avisar que o paciente, um garoto de 15 anos, tinha chegado. Em vez disso, falou que seu marido estava na linha. Maxine franziu o cenho ao ouvir a palavra.

— Meu *ex*-marido — corrigiu. Maxine e os filhos estavam por conta própria havia cinco anos, e, até onde sabia, estavam muito bem.

— Desculpe, ele sempre diz que é marido... Eu me esqueço... Ele era tão gentil e charmoso, e sempre perguntava pelo namorado e pelo cachorro. Era uma daquelas pessoas que não dá para não gostar.

— Não se preocupe, ele também se esquece — comentou Maxine em tom seco e sorriu ao ter a ligação transferida.

Ela se perguntou onde ele estaria naquele momento. Com Blake, nunca dava para ter certeza. Ele não via as crianças havia quatro meses. Blake as levou para visitarem amigos na Grécia em julho, e sempre emprestava o barco para Maxine e os filhos no verão. As crianças o amavam e também sabiam que só podiam contar com a mãe, pois o pai ia e vinha como o vento. Maxine sabia muito bem que elas tinham uma capacidade infinita de perdoá-lo por seus erros. E ela também, por dez anos. Mas, com o passar do tempo, o comodismo total de Blake e a falta de responsabilidade deterioraram tudo, apesar de seu charme.

— Oi, Blake — disse ela ao telefone, e relaxou na poltrona. A distância e o comportamento profissional sempre sumiam ao falar com ele. Apesar do divórcio, eram bons amigos e mantiveram a intimidade. — Onde você está agora?

— Washington, D.C. Cheguei de Miami hoje. Passei umas duas semanas em St. Bart's.

A imagem da casa de praia deles lhe ocorreu imediatamente. Tinha cinco anos que não a via. Foi uma das muitas propriedades das quais abriu mão voluntariamente no divórcio.

— Você vem a Nova York ver as crianças?

Maxine não queria dizer a ele que devia visitá-las. Blake sabia tão bem quanto ela, mas sempre tinha alguma outra coisa para fazer. Ou pelo menos na maior parte das vezes. Por mais que amasse os filhos, e sempre os amou, eles recebiam pouca atenção e sabiam disso. Mesmo assim, amavam o pai, e, à sua maneira, Maxine também o amava. A impressão era de que não havia ninguém no mundo que não o amasse, ou que pelo menos não gostasse dele. Blake não tinha inimigos, apenas amigos.

— Eu queria poder ir — respondeu ele em tom de desculpas. — Vou para Londres hoje à noite. Tenho uma reunião com um arquiteto lá amanhã. Vou reformar a casa. — E acrescentou, parecendo uma criança levada: — Acabei de comprar um lugar fantástico em Marrakech. Vou para lá na semana que vem. É um palácio absolutamente deslumbrante, mas está em ruínas.

— Tudo o que você precisa — comentou ela, balançando a cabeça.

Blake era impossível. Comprava casas em todo lugar aonde ia. Ele as reformava com arquitetos e designers famosos, transformava-as em espetáculos e depois comprava outra coisa. Blake amava mais o projeto que o resultado.

Ele tinha uma casa em Londres, uma em St. Bart's, outra em Aspen, a metade superior de um *palazzo* em Veneza, uma cobertura em Nova York e agora, pelo visto, uma casa em Marrakech. Era impossível para ela não se perguntar o que Blake iria fazer com essa casa nova. O que quer que fosse, sabia que seria tão incrível quanto tudo o que ele tocava. Blake tinha bom gosto e ideias de design ousadas. Todas as suas casas eram extraordinárias, e ele tinha um dos maiores veleiros do mundo, apesar de só usá-lo algumas semanas por ano. Emprestava-o aos amigos sempre que podia. No restante do tempo, voava pelo mundo, fazia safáris pela África ou incursões culturais na Ásia. Esteve duas vezes na Antártida e voltou com fotos lindas de geleiras e pinguins. O mundo de Blake já havia ultrapassado o seu havia muito tempo. Maxine estava contente com a vida previsível e regulada em Nova York, entre o escritório e o apartamento confortável onde morava com os três filhos, na Park Avenue com a rua 84, leste. Caminhava do escritório para casa todas as noites, mesmo em um dia como esse. A curta caminhada a reanimava depois de passar o dia inteiro ouvindo coisas complicadas e dos jovens problemáticos dos quais tratava. Outros psiquiatras com frequência indicavam seus suicidas em potencial para ela. Lidar com casos difíceis era sua forma de contribuir com o mundo, e Maxine adorava o trabalho.

— Então, Max, como você está? E as crianças? — perguntou Blake com a voz relaxada.

— Estão bem. Jack vai jogar futebol esse ano de novo, ele melhorou bastante — respondeu com orgulho.

Era como se estivesse falando com Blake do filho de outra pessoa. Ele parecia muito mais um tio querido que um pai. O problema foi ter se portado da mesma forma como marido. Irresistível em todos os sentidos e sempre ausente quando era preciso lidar com algo difícil.

No início, Blake estava sempre construindo seu negócio, e, depois do dinheiro inesperado, ele simplesmente nunca estava por perto. Estava sempre em algum lugar se divertindo. Blake queria que ela desistisse da medicina, mas Maxine não seria capaz de fazer isso. Ela se esforçou muito para chegar onde estava. Abandonar o trabalho era algo que não conseguia imaginar nem queria fazer, independentemente do quão rico seu marido tivesse ficado de repente. Ela era incapaz de calcular quanto dinheiro ele tinha recebido. E, com o passar do tempo, apesar de amá-lo, não conseguia mais levar o casamento em frente. Eram opostos em todos os sentidos. O contraste entre a meticulosidade dela e a bagunça de Blake era extremo. Onde quer que ele se sentasse surgia uma profusão de revistas, livros, jornais, refeições pela metade, bebidas derramadas, cascas de amendoim, cascas de banana, restos de refrigerante e embalagens de fast-food que ele se esquecia de jogar fora. Blake estava sempre carregando a planta do projeto de sua última casa, os bolsos cheios de bilhetes referentes a ligações que devia retornar e nunca o fazia. Os bilhetes acabavam se perdendo. As pessoas sempre ligavam para saber onde ele estava. Blake era brilhante nos negócios, mas o resto de sua vida era uma bagunça. Era um cabeça de vento adorável, charmoso e amável. Maxine se cansou de ser a única pessoa madura, principalmente depois dos filhos. Por causa da estreia de um filme em Los Angeles, para onde tinha ido de avião, Blake perdeu o nascimento de Sam. E, quando uma babá deixou Sam cair do trocador oito meses depois, o que fez o bebê quebrar uma clavícula e um braço, além de bater a cabeça no chão com força, ninguém conseguia encontrar Blake. Sem avisar ninguém, ele voou para Cabo San Lucas para ver uma casa à venda, construída por um famoso arquiteto mexicano que admirava, perdeu o celular no caminho e levou dois dias para ser localizado. No fim, Sam ficou bem, mas Maxine pediu o divórcio quando Blake retornou a Nova York.

O casamento desmoronou depois que Blake ganhou muito dinheiro. Max precisava de um marido mais humano, com quem pudesse contar pelo menos em alguns momentos. Blake nunca estava lá. Ela decidiu que era o mesmo que ficar sozinha e melhor que brigar com ele toda vez que ligasse, que passar horas tentando encontrá-lo quando algo de errado acontecia com as crianças. Quando avisou a Blake que queria o divórcio, ele ficou estupefato. E ambos choraram. Ele tentou convencê-la do contrário, mas Max já havia decidido. Eles se amavam, no entanto Maxine insistiu que não dava certo para ela. Não mais. Eles não queriam mais as mesmas coisas. Ele só queria se divertir, e ela adorava ficar com as crianças, adorava o trabalho. Eram diferentes demais em muitos aspectos. Foi bom quando eram jovens, mas ela cresceu e ele não.

— Vou a um jogo do Jack quando voltar — prometeu Blake.

Maxine ficou observando a chuva torrencial batendo na janela do consultório. "E quando você volta?", pensou ela, mas não perguntou. Blake respondeu à pergunta silenciosa. Ele a conhecia muito bem, melhor que qualquer outra pessoa no mundo. Foi a pior parte de desistir de Blake. Eles ficavam muito confortáveis juntos e se amavam demais. E, de várias maneiras, ainda se amavam. Blake era sua família, sempre seria, e era o pai de seus filhos. Para Max, isso era sagrado.

— Chego para o Dia de Ação de Graças, em umas duas semanas.

Maxine suspirou.

— Posso contar às crianças ou é melhor esperar?

Ela não queria desapontar os filhos novamente. Blake mudava de planos em segundos e os deixava esperando, assim como fazia com ela. Ele se distraía com facilidade. Era o que mais odiava nele, principalmente quando envolvia as crianças. Não era Blake quem tinha de encarar a expressão dos filhos quando ela avisava que o papai não vinha mais.

Sam não se lembrava de morar com o pai, mas mesmo assim o amava. Tinha 1 ano quando eles se divorciaram. Estava acostumado com a vida dessa forma, contando com a mãe para tudo. Jack e Daffy conheciam o pai melhor, apesar de as memórias dos velhos tempos já estarem meio apagadas.

— Pode falar para elas que eu vou, Max. Não vou deixar de ir — prometeu com uma voz gentil. — E você? Está bem? Seu príncipe encantado já apareceu?

Maxine sorriu com a pergunta que ele sempre fazia. Havia várias mulheres na vida de Blake, nada sério, e a maioria era bem jovem. Não havia homem algum na vida dela.

Não tinha nem interesse nem tempo.

— Eu não saio com ninguém tem um ano — disse honestamente.

Maxine sempre era honesta com Blake. Ele era como um irmão agora. Não escondia seus segredos dele. E ele não guardava segredos para ninguém, visto que quase tudo que fazia acabava na mídia. Blake aparecia constantemente nas colunas de fofoca com modelos, atrizes, cantoras famosas, herdeiras e quem mais estivesse disponível. Ele saiu com uma princesa famosa por um tempinho, o que apenas confirmou o que Max já sabia havia anos. Blake estava muito, muito além de seu alcance e vivia em outro mundo, diferente do seu. Ela era terra. Ele era fogo.

— Isso não vai levar você a lugar nenhum — comentou ele, ralhando com ela. — Você trabalha demais. Sempre foi assim.

— Eu amo o que faço — retrucou ela com simplicidade.

Não era novidade para Blake. Max sempre gostou do trabalho. Ele mal conseguia fazer com que tirasse uma folga quando eram casados, e isso não tinha mudado, apesar de ela passar os fins de semana com as crianças e ter uma equipe de prontidão para ajudá-la, o que já era uma evolução. Maxine ficou com a casa em Southampton que ele comprou quando ainda eram casados. Era perfeita para Max e os filhos, uma casa de família, grande e espaçosa, bem perto da praia.

— Posso ficar com as crianças no jantar de Ação de Graças? — perguntou ele, com cuidado.

Blake sempre respeitou os planos dela, nunca chegou do nada e desapareceu com os filhos. Sabia o quanto Max se esforçava para manter uma vida estável para eles. E Maxine gostava de planejar com antecedência.

— Pode ser. Eu vou levar as crianças para almoçar na casa dos meus pais.

O pai de Maxine também era médico, um cirurgião ortopédico, além de ser tão meticuloso quanto a filha. Ela herdou isso do pai, que era um exemplo maravilhoso. Ele tinha muito orgulho do trabalho de Maxine, sua filha única. A mãe dela nunca trabalhou. A infância de Maxine foi muito diferente da de Blake, cuja vida tinha sido uma sequência de golpes de sorte.

Blake foi adotado por um casal mais velho assim que nasceu. Sua mãe biológica, como descobriu anos depois após

17

realizar uma pesquisa, era uma menina de 15 anos de Iowa. Quando decidiu conhecê-la, estava casada com um policial e tinha outros quatro filhos. Ela ficou bastante surpresa ao conhecer Blake. Os dois não tinham nada em comum, e ele sentiu pena. A mulher teve uma vida difícil, sem dinheiro e com um marido alcoólico. Ela contou que o pai dele era um jovem bonito, charmoso e impetuoso que tinha 17 anos quando Blake nasceu. Havia morrido em um acidente de carro dois meses depois de se formar, mas, de qualquer forma, não queria se casar com ela. Os avós de Blake, muito católicos, forçaram sua mãe a passar o período de gestação em outra cidade e colocar o bebê para adoção. Seus pais adotivos foram presentes e gentis. Seu pai era um advogado tributarista de Wall Street, em Nova York, que ensinou a Blake os princípios dos bons investimentos. Fez questão de mandar o filho para Princeton e depois para Harvard para o MBA. Sua mãe fazia trabalho voluntário e lhe ensinou a importância de "retribuir" ao mundo o que recebia. Blake aprendeu ambas as lições muito bem, e sua fundação ajudava várias obras de caridade. Ele assinava os cheques mesmo sem saber o nome dos destinatários.

Os dois sempre o apoiaram, porém faleceram quando Blake se casou com Maxine. Ele lamentava não terem conhecido os netos. Foram pessoas incríveis e pais amáveis e dedicados. Também não viveram tempo suficiente para ver sua ascensão meteórica ao sucesso. Às vezes, Blake se perguntava como reagiriam ao seu estilo de vida atual, e, de vez em quando, tarde da noite, ficava preocupado, achando que talvez não fossem aprová-lo. Tinha plena consciência de como teve sorte, de como se entregou aos próprios desejos, mas se divertia tanto com tudo o que tinha que seria difícil voltar no tempo. Blake estabeleceu um estilo de vida que lhe dava prazer e alegria imensos e que não fazia mal a ninguém. Queria ver mais os filhos, mas parecia nunca ter tempo. E ele compensava quando os encontrava. As crianças faziam tudo que queriam, Blake era capaz de satisfazer suas vontades como ninguém. Maxine era a solidez e a ordem em que os filhos confiavam, e ele era a magia e a diversão. Em alguns aspectos, também o foi para Maxine, quando eram jovens. Tudo mudou com o passar do tempo. Ou melhor, ela mudou, ele não.

Ele perguntou a Max como os pais dela estavam. Sempre gostou do pai de Maxine. Era um homem trabalhador e sério, com bons valores e moral firme, mesmo que tivesse pouca imaginação. Era uma versão mais severa, até mais séria, de Maxine. E, apesar de terem estilos e filosofias bem diferentes em relação à vida, ele e Blake se deram bem. O pai dela sempre o chamava, brincando, de "cafajeste". Blake adorava isso. Para ele, soava sensual e empolgante. Nos últimos anos, o pai de Max se sentia um pouco decepcionado por Blake não ver os filhos com frequência, apesar de saber que sua filha compensava muito bem quando o pai falhava. E lamentava que ela estivesse levando tudo sozinha.

— Então a gente se vê no Dia de Ação de Graças — disse Blake ao fim da ligação. — Eu ligo de manhã para avisar a que horas eu chego. Vou contratar um bufê para fazer o jantar. Você é bem-vinda para nos acompanhar — disse, generosamente, e queria mesmo que ela fosse.

Ainda gostava da companhia de Maxine. Nada havia mudado, ele a achava uma mulher fantástica. Só gostaria que ela relaxasse e se divertisse mais. Acreditava que Max tinha levado a ética puritana de trabalho ao extremo.

O telefone tocou assim que se despediu de Blake. O paciente das quatro, o menino de 15 anos, havia chegado. Max desligou, abriu a porta do consultório e o paciente entrou. Ele se sentou em uma das poltronas, depois olhou para ela e disse "oi".

— Oi, Ted — respondeu ela com tranquilidade. — Tudo bem?

Ele deu de ombros, ela fechou a porta, e a sessão começou. Ted havia tentado se enforcar duas vezes. Maxine havia feito com que ele passasse três meses internado, e agora estava melhor, depois de duas semanas em casa. Ted começou a mostrar sinais de que era bipolar aos 13 anos. As sessões aconteciam três vezes por semana, e ele frequentava uma vez por semana um grupo de adolescentes que já tentaram suicídio. Ted estava se saindo bem, e Maxine tinha um bom relacionamento com ele. Os pacientes gostavam muito dela. Max tinha jeito e se importava com eles de verdade. Era uma boa médica e uma boa pessoa.

A sessão durou cinquenta minutos, o que a deixou com dez minutos de intervalo. Conseguiu retornar duas ligações e atendeu a última paciente do dia, uma menina anoréxica de 16 anos. Como sempre, foi um dia longo, difícil e interessante, que demandou muita concentração. Às seis e meia, caminhava de volta para casa debaixo de chuva, pensando em Blake. Estava feliz por ele aparecer no feriado e sabia que os filhos ficariam contentes. Perguntou-se se isso significava que ele não passaria o Natal com as crianças. Provavelmente ia preferir que elas se encontrassem com ele em Aspen. Blake geralmente passava o fim de ano por lá. Com tantas opções e casas interessantes, era difícil saber por onde ele andaria. E agora, com o Marrocos adicionado à lista, seria ainda mais difícil encontrá-lo e falar com ele. Não ficava com raiva de Blake, era simplesmente o jeito dele, mesmo que fosse frustrante para ela e os filhos de vez em quando. Não havia maldade nele mas também não havia senso de responsabilidade. Blake se recusava a crescer em diversos sentidos. Isso fazia com que fosse uma delícia estar com ele, contanto que não se criasse muita expectativa. De vez em quando, Blake os surpreendia, fazia algo realmente atencioso e incrível, e depois voava para longe de novo. Ela se perguntou se as coisas teriam sido diferentes caso ele não tivesse ficado rico aos 32 anos. Isso mudou a vida dele e da família para sempre. Quase preferia que Blake não tivesse ganhado toda aquela fortuna com os negócios. A vida era boa antes disso. Mas, com o dinheiro, tudo mudou.

Maxine conheceu Blake na época da residência no Hospital Stanford. Ele trabalhava no Vale do Silício, no mundo dos investimentos em alta tecnologia. Fazia planos para a empresa que estava abrindo; Max nunca entendeu muito bem, mas ficou fascinada com a energia e a paixão incrível que ele tinha pelas ideias que desenvolvia. Os dois se conheceram em uma festa para a qual ela não queria ir, mas foi obrigada por uma amiga. Tinha passado dois dias trabalhando sem parar na unidade de trauma e estava morrendo de sono naquela noite. Blake a despertou com um estampido. No dia seguinte, ele a levou para dar uma volta de helicóptero, sobrevoaram a baía e passaram embaixo da Golden Gate Bridge. Estar com ele era emocionante, e a paixão dos dois foi como um incêndio na floresta em dia de vento forte. Menos de um ano depois eles se casaram. Maxine tinha 27 anos na época, foi uma época agitada. Dez meses depois do casamento, Blake vendeu sua empresa por uma fortuna. O resto era história. Ele fez com que esse dinheiro gerasse ainda mais dinheiro, sem parecer ter se esforçado muito. Blake estava disposto a arriscar tudo e era genial no que fazia. Maxine ficava deslumbrada com sua visão, sua habilidade e sua mente brilhante.

Quando Daphne nasceu, dois anos após o casamento, Blake havia feito uma quantidade extraordinária de dinheiro e queria que Max abandonasse a carreira. Em vez disso, ela se tornou chefe dos residentes na psiquiatria juvenil, teve Daphne e se viu casada com um dos homens mais ricos do mundo. Era muita coisa para ajustar e digerir. E, em consequência da negação ou de ter confiado demais que não ficaria grávida enquanto estivesse cuidando de um bebê, ficou grávida de Jack seis semanas depois do nascimento de Daphne. Quando o segundo filho veio, Blake já havia comprado a casa de Londres e a de Aspen, tinha encomendado o barco e eles se mudaram para Nova York. E parou de trabalhar logo depois disso. E, mesmo após o nascimento de Jack, Maxine não desistiu da carreira.

A licença-maternidade dela foi mais curta que as viagens de Blake, e ele viajava pelo mundo naquela época. Contrataram uma babá para morar com eles, e Maxine voltou ao trabalho. Trabalhar enquanto Blake se divertia era um pouco incômodo, mas a vida que ele levava a assustava. Era livre, opulenta e hedonista demais para ela. Maxine abriu seu próprio consultório e se vinculou a um projeto de pesquisa importante para o trauma infantil, ao passo que Blake contratou o mais renomado decorador de Londres para trabalhar na casa deles, outro decorador para Aspen, comprou a casa de St. Bart's como presente de Natal para ela e um avião para si. As coisas estavam acontecendo um pouco rápido demais para Maxine, e, depois disso, o ritmo nunca diminuiu. Eles tinham casas, filhos e uma fortuna inacreditável, e Blake estava na capa da *Newsweek* e da *Time*. Continuou fazendo investimentos, que continuaram duplicando e triplicando seu dinheiro, e nunca voltou a trabalhar formalmente. Tudo o que fazia, não importava o que, fazia via internet ou pelo telefone. Com o passar do tempo, o casamento também pareceu estar acontecendo pelo telefone. Quando estavam juntos, Blake era amável como sempre, mas, na maior parte do tempo, ele simplesmente não estava lá.

Em determinado momento, Maxine até pensou em desistir de trabalhar e conversou com o pai sobre isso. Mas, no fim, chegou à conclusão de que não havia motivo. O que ela faria? Viajaria com Blake de uma casa para a outra, ficaria em hotéis nas cidades onde não tivessem casa, acompanharia as maravilhosas férias dele, de safáris na África, escaladas no Himalaia, dinheiro para escavações arqueológicas ou corridas de barco? Não havia nada que Blake não conseguisse fazer, e menos ainda que ele temesse experimentar. Ele precisava fazer, tentar, provar e ter tudo. Max não conseguia imaginar dois bebês na maior parte dos lugares aonde Blake ia, então ela passava quase o tempo todo em casa com os filhos em Nova York, e nunca conseguiu se convencer a soltar as rédeas e largar o emprego.

Cada criança suicida que via, cada criança traumatizada, a convencia de que seu trabalho era necessário. Ganhou dois prestigiosos prêmios por pesquisas que desenvolveu, e havia momentos em que se sentia quase esquizofrênica, tentando se encontrar com o marido em sua vida de luxo em Veneza, na Sardenha ou em St. Moritz, indo à creche buscar as crianças em Nova York, ou trabalhando nos projetos de pesquisa e dando palestras. Levava três vidas ao mesmo tempo. Blake parou de implorar a ela que o acompanhasse e se resignou a viajar sozinho. Ele não conseguia mais ficar parado, o mundo estava aos seus pés e nunca era grande o suficiente. Tornou-se um marido e um pai ausentes quase do dia para a noite, ao passo que Maxine tentava contribuir para melhorar a qualidade de vida de crianças e adolescentes suicidas e traumatizados, e para melhorar a vida deles próprios. Sua vida e a de Blake não poderiam estar mais afastadas. Independentemente do quanto se amavam, no final das contas a única ponte que os unia eram os filhos.

Nos cinco anos seguintes, levaram vidas separadas, encontraram-se brevemente em vários lugares do mundo, quando e onde era conveniente para Blake, e então ela engravidou de Sam. Foi um acidente ocorrido quando se encontraram em um fim de semana em Hong Kong, logo depois de Blake ter feito uma jornada a pé pelo Nepal com alguns amigos. Maxine havia acabado de receber uma nova bolsa para desenvolver uma pesquisa sobre jovens anoréxicas. Descobriu que estava grávida e, ao contrário das outras gestações, dessa vez não ficou animada. Era mais uma coisa para administrar, mais uma criança para educar sozinha, mais uma peça no quebra-cabeça que já estava complicado e grande demais. No entanto, Blake ficou radiante. Disse que queria seis filhos, o que não fazia sentido nenhum para Maxine. Ele mal via os que tinha. Jack tinha 6 anos e Daphne 7 quando Sam nasceu. Blake perdeu o parto e chegou de avião no dia seguinte com uma caixa da Harry Winston em mãos. Deu um anel de esmeralda de trinta quilates para Maxine, espetacular, porém não era o que ela queria. Preferia ter passado algum tempo com o marido. Sentia saudade do começo do relacionamento, na Califórnia, quando os dois trabalhavam e eram felizes, antes de ele ganhar na loteria do Vale do Silício que mudou a vida dos dois radicalmente.

E, oito meses depois, quando Sam caiu do trocador, quebrou a clavícula e o braço e bateu a cabeça, durante dois dias ela não conseguiu nem localizar o pai dele. Quando por fim conseguiu falar com Blake, depois de Cabo San Lucas, ele estava a caminho de Veneza, em busca de *palazzi*, querendo comprar um para fazer uma surpresa a Max. Àquela altura, ela já estava cansada de surpresas, casas, decoradores e mais lares do que eles jamais conseguiriam visitar. Blake sempre tinha de se encontrar com novas pessoas, ir a novos lugares, avaliar novos negócios que queria adquirir ou nos quais pretendia investir, ver novas casas que tinha de construir ou comprar e buscar novas aventuras nas quais pretendia embarcar. A vida dos dois estava completamente desconectada nesse ponto. Por isso, quando Blake voltou depois de Maxine lhe contar sobre o acidente, ela caiu no choro ao vê-lo e disse que queria se divorciar. Era demais. Max soluçou nos braços dele e falou que não aguentava mais.

— Por que você não para de trabalhar? — sugeriu ele com calma. — Você trabalha muito. Se concentre apenas em mim e nas crianças. Por que a gente não arruma mais ajuda, aí você viaja comigo.

Blake não levou o pedido de divórcio a sério no começo. Eles se amavam. Por que se divorciariam?

— Se eu fizesse isso — respondeu ela com tristeza, o rosto aconchegado no peito dele —, nunca veria meus filhos, da mesma forma que você não os vê. Quando foi a última vez que ficou em casa por mais de duas semanas?

Ele pensou e ficou inexpressivo. Max tinha razão, apesar de ele estar constrangido em admiti-lo.

— Meu Deus, Max, eu não sei. Nunca penso nisso dessa forma.

— Eu sei que não. — Ela chorou ainda mais e assoou o nariz. — Eu nem sei mais onde você está. Demorei dias para encontrar você quando Sam se machucou. E se ele morresse? Ou eu? Você nem iria saber.

— Me desculpe, amor, vou tentar ficar mais disponível. Eu sempre acho que você tem tudo sob controle.

Blake estava contente em deixá-la no comando enquanto ia brincar.

— Tenho. Mas estou cansada de fazer tudo sozinha. Em vez de me mandar parar de trabalhar, por que você não para de viajar tanto e fica em casa?

Maxine não tinha muita esperança, mas tentou.

— A gente tem tantas casas incríveis, e há tanta coisa que eu quero fazer.

Ele havia acabado de patrocinar uma peça em Londres, escrita por um dramaturgo jovem que financiava havia dois anos. Blake adorava ser um patrono das artes, muito mais que ficar em casa. Amava a esposa e adorava os filhos, mas se entediava quando ficava em Nova York. Maxine aguentou oito anos de mudanças na vida deles, mas não dava mais. Queria estabilidade, igualdade e o tipo de vida tranquila que Blake agora odiava. Ele adorava se deparar com novidades. Blake redefiniu a expressão "espírito livre" de uma maneira que Maxine jamais teria previsto. Estava ficando cada vez mais difícil se enganar dizendo que tinha um marido e que podia contar com ele. Por fim, percebeu que não podia. Blake a amava, mas em noventa e cinco por cento do tempo não estava lá. Tinha sua própria vida, seus interesses e buscas, os quais mal a incluíam.

Por isso, com lágrimas e arrependimentos, mas muito civilizadamente, divorciaram-se havia cinco anos. Ele deixou para ela o apartamento de Nova York e a casa em Southampton. Teria dado mais casas se Max quisesse, mas ela não queria, então ofereceu um acordo financeiro que teria deixado qualquer pessoa boquiaberta. Blake se sentiu culpado por ter sido um marido e um pai ausentes naqueles últimos anos, mas tinha de confessar que aquela vida lhe caía muito bem. Odiava admitir, mas sentia como se estivesse em uma camisa de força dentro de uma caixa de fósforos confinado na vida que Maxine levava em Nova York.

Ela recusou o acordo e aceitou apenas a pensão dos filhos. Maxine ganhava mais que o suficiente para se sustentar, não queria nada de Blake. E, em sua opinião, o dinheiro era dele, não dela. Nenhum dos amigos do ex-marido acreditou que, em sua posição, ela pôde ser tão justa. Os dois não tinham um acordo pré-nupcial para proteger os recursos dele, visto que não havia nenhum quando se conheceram. Max não pretendia tirar nada de Blake, ela o amava, queria o melhor para ele, gostaria que ficasse bem. Isso fez com que ele a amasse ainda mais no fim, e permaneceram amigos próximos. Maxine sempre dizia que ele era como um irmão rebelde e desgarrado, e, depois do choque por causa das meninas com as quais Blake saía — a maioria tinha metade da idade dele, ou mesmo dela —, ela optou por não se incomodar com nada. Sua única preocupação era que fossem gentis com seus filhos.

Maxine não teve nenhum relacionamento sério depois de Blake. A maior parte dos médicos que conhecia eram casados, e sua vida social se limitava aos filhos. Nos últimos cinco anos, estava sempre ocupada com família e trabalho. Saía com homens que conhecia ocasionalmente, mas não tinha sentido nada especial com ninguém desde Blake. Ele era um caso difícil. Irresponsável, instável, desorganizado e um pai ausente, apesar das boas intenções, mas não havia um homem no planeta, na opinião dela, que fosse mais gentil, mais decente, mais bondoso nem mais divertido. De vez em quando, ela desejava ser tão desregrada e livre quanto Blake. No entanto, precisava de estrutura, de uma fundação firme, de uma vida organizada, e não tinha a mesma inclinação, nem a mesma coragem, de Blake para seguir os sonhos mais loucos. Às vezes, Max o invejava por isso.

Não havia nada nos negócios nem na vida que fosse arriscado demais para ele, e por isso se tornou um sucesso tão grande. Era preciso coragem para chegar a tal ponto, e isso Blake Williams tinha de sobra. Maxine se sentia um ratinho quando comparada a ele. Apesar de ser bem-sucedida, era muito mais humilde. Lamentava que o casamento não tivesse dado certo. E se sentia eternamente grata pelos filhos. Eram a alegria de sua vida, e tudo de que precisava agora. Aos 42, não estava desesperada para encontrar outro homem. Tinha um trabalho recompensador, pacientes dos quais gostava muito e filhos incríveis. Por enquanto, era o suficiente; às vezes, mais que o suficiente.

O porteiro tocou a aba do chapéu quando Maxine entrou no prédio na Park Avenue, a cinco quadras do consultório. Era uma construção antiga com salas espaçosas, construída antes da Segunda Guerra Mundial, e um ar de dignidade. Max estava encharcada. Seu guarda-chuva virou ao contrário por causa do vento e se despedaçou dez passos depois da porta do consultório, então o jogou fora. O casaco estava pingando, e seus cabelos loiros e compridos, presos em um rabo de cavalo firme enquanto trabalhava, estava grudado na cabeça. Não estava usando maquiagem, por isso seu rosto parecia fresco, jovem e limpo. Era alta e magra, parecia mais jovem do que era, e Blake já tinha dito algumas vezes que suas pernas eram espetaculares, apesar de ela raramente mostrá-las usando saias curtas. Geralmente vestia calça social para trabalhar e jeans no fim de semana. Não era o tipo de pessoa que usava sua beleza para se promover. Era discreta e modesta, e Blake brincava dizendo que lembrava Lois Lane. Ele tirava os óculos de leitura que Max usava para ficar no computador e soltava seus cabelos cor de trigo longos e viçosos, e ela ficava imediatamente sensual, mesmo sem querer. Maxine era uma mulher linda, e teve três filhos muito bonitos com Blake. Os cabelos de Blake eram escuros enquanto os de Maxine eram claros, mas os olhos dos dois tinham o mesmo tom de azul, e, embora Maxine fosse alta, ele era ainda maior, com um metro e noventa. Formavam um casal admirável. Daphne e Jack tinham os cabelos pretos de Blake e os olhos claros dos pais; os cabelos de Sam eram loiros como os da mãe e os olhos, verdes como os do avô. Era um menino lindo e ainda jovem o suficiente para ser fofinho com a mãe.

Maxine subiu no elevador deixando uma poça aos seus pés. Entrou no apartamento, um dos dois únicos do andar. Os proprietários do outro apartamento se aposentaram e se mudaram para a Flórida anos antes, e nunca estavam lá. Então Maxine e as crianças não precisavam se preocupar muito com barulho, o que era bom para quem tem três crianças sob o mesmo teto, sendo duas delas meninos.

Ela escutou música alta enquanto tirava o casaco no hall de entrada. Colocou-o sobre o porta-guarda-chuvas. Tirou os sapatos ali também, os pés encharcados, e riu quando viu seu reflexo no espelho. Parecia um rato afogado, com as bochechas vermelhas por causa do frio.

— O que a senhora fez? Veio nadando para casa? — perguntou Zelda, a babá das crianças, ao ver Maxine no hall. Ela carregava roupas recém-lavadas. Trabalhava para a família desde que Jack nasceu e era uma dádiva para todos. — Por que não pegou um táxi?

— Eu precisava de ar — argumentou Maxine, sorrindo para ela.

Zelda era rechonchuda, usava o cabelo preso em uma trança grossa, e tinha a idade de Maxine. Nunca havia se casado, era babá desde os 18. Maxine a seguiu até a cozinha, onde Sam desenhava à mesa, já de pijama e banho tomado. Zelda rapidamente entregou uma xícara de chá a Max. Era sempre reconfortante ser recebida por Zelda em casa, sabendo que tudo estaria sob controle. Assim como Max, Zelda era obsessivamente organizada e tinha passado a vida limpando a bagunça das crianças, cozinhando para elas e levando-as a todo canto enquanto a mãe estava no trabalho. Maxine retomava o controle nos fins de semana. Oficialmente, Zelda estava de folga nesses dias e adorava ir ao teatro quando podia, mas geralmente ficava no quartinho atrás da cozinha relaxando e lendo. Era totalmente leal às crianças e à mãe delas. Trabalhava como babá na família havia doze anos, era membro dela. Não tinha uma opinião muito positiva sobre Blake, que achava bonito, mimado e um péssimo pai para as crianças. Sempre pensou que elas mereciam coisa melhor. Maxine não tinha como dizer que estava errada. Ela o amava. Zelda não.

A cozinha era decorada com madeira patinada, bancadas de granito bege e chão de tábua corrida clara. Era um cômodo aconchegante, onde eles se congregavam, e havia um sofá e uma TV, onde Zelda assistia a novelas e programas de entrevista. Ela repetia frases desses programas sempre que tinha a oportunidade.

— Oi, mamãe — disse Sam, enquanto trabalhava duro com um giz de cera lilás, então olhou para a mãe.

— Oi, meu amor. Como foi o dia? — Maxine deu um beijo na cabeça de Sam e afagou os cabelos dele.

— Foi bom. Stevie vomitou na escola — respondeu de maneira objetiva, e trocou o giz lilás pelo verde. Estava desenhando uma casa, um caubói e um arco-íris. Maxine não achou que o desenho significasse alguma coisa, ele era um menino normal e feliz. Sentia menos falta do pai que os irmãos, pois que nunca havia morado com ele. Os outros dois tinham um pouco mais de noção da perda.

— Puxa vida — comentou Maxine sobre o pobre Stevie. Torceu para que fosse alguma coisa que o menino tivesse comido, e não alguma nova onda de virose. — Você está bem?

— Tô.

Zelda abriu o forno e verificou o jantar. Em seguida, Daphne entrou na cozinha. Seu corpo de 13 anos estava desenvolvendo novas curvas, e ela havia acabado de entrar no oitavo ano. Os três estudavam na Danton, escola que Maxine adorava.

— Posso pegar o seu casaco preto emprestado? — perguntou Daphne, e pegou um pedaço da maçã que Sam estava comendo.

— Qual deles? — Maxine olhou para ela com cuidado.

— Aquele com a gola de pele branca. Tem uma festa na casa da Emma hoje — respondeu Daphne sem prestar muita atenção, tentando passar a ideia de que não estava nem aí, mas era óbvio para a mãe que não era bem assim. Era sexta-feira, e havia festa quase todo fim de semana ultimamente.

— É um casaco chique demais para uma festa na casa da Emma. Que tipo de festa é essa? Tem a ver com meninos?

— Hum... É... Talvez...

Maxine sorriu. "Talvez", até parece, pensou ela. Max tinha certeza de que Daphne sabia todos os detalhes. E, com seu casaco Valentino novo, a filha queria impressionar alguém, com certeza um menino do oitavo ano.

— Você não acha aquele casaco velho demais para você? Que tal outra roupa?

Nem ela havia usado o casaco ainda. Estava dando sugestões a Daphne quando Jack entrou. Ainda estava usando chuteiras. Zelda gritou assim que viu o calçado, e apontou para ele.

— Tire essa imundície do meu chão! Pode tirar *agora*! — ordenou.

Ele se sentou no chão e tirou as chuteiras sorrindo. Zelda mantinha todo mundo em ordem, Maxine não precisava se preocupar com isso.

— Você não jogou hoje, jogou? — indagou Maxine quando parou para dar um beijo no filho.

Ele estava sempre praticando algum esporte ou na frente do computador. Era o perito em computadores da família e sempre ajudava Maxine e os irmãos com as máquinas deles. Nenhum problema o amedrontava, Jack sempre o resolvia com facilidade.

— Cancelaram por causa da chuva.

— Achei que fossem fazer isso.

Com todos presentes, Maxine contou sobre os planos de Blake para o Dia de Ação de Graças.

— Ele quer jantar com todos vocês. Acho que vai passar o fim de semana aqui. Vocês podem ficar com ele se quiserem — disse ela casualmente.

Blake tinha feito quartos fabulosos para os filhos na cobertura no quinquagésimo andar, cheios de peças de arte contemporânea fantásticas e equipamentos de áudio e vídeo de primeira linha. De seus quartos tinham uma vista incrível da cidade; dispunham ainda de um cinema onde podiam ver filmes e uma sala de jogos com mesa de bilhar e todos os jogos eletrônicos já feitos. Eles amavam ficar com o pai.

— Você também vai? — perguntou Sam levantando a cabeça.

O pai era um estranho para Sam em vários sentidos, e ele ficava mais feliz com a mãe por perto. Raramente passava a noite na casa de Blake, apesar de Jack e Daphne ficarem lá.

— Talvez eu vá para o jantar, se você quiser. Vamos à casa do vovô e da vovó para almoçar, então já vou ter comido. Vai ser bom ficar com o papai.

— Ele vai levar uma amiga? — perguntou Sam, e Maxine percebeu que não fazia ideia.

Não era raro Blake estar acompanhado quando via os filhos. Eram sempre mulheres jovens, e às vezes as crianças até se divertiam com elas, no entanto Maxine sabia que os filhos achavam esse carrossel de mulheres uma intromissão no tempo que passavam com o pai, principalmente Daphne, que gostava de ser a mulher mais importante na vida de Blake. Ela achava o pai muito legal. E a mãe lhe parecia bem menos legal ultimamente, o que era normal na idade. Maxine via meninas adolescentes que detestavam a mãe. Isso passaria, ainda não era motivo de preocupação.

— Não sei se ele vai levar alguém — respondeu Maxine.

Zelda, diante do fogão, emitiu um som de desaprovação.

— A última era insuportável — comentou Daphne, e foi vasculhar o closet da mãe.

Os quartos ficavam próximos uns dos outros, ao fim de um longo corredor, e Maxine gostava disso. Estava feliz perto dos filhos. Sam quase sempre ia para a cama dela à noite dizendo que teve pesadelos. Na maior parte das vezes, era só porque gostava de ficar juntinho da mãe.

Além disso, tinham uma sala de estar, uma sala de jantar grande o suficiente para todos e um quartinho onde Maxine trabalhava de vez em quando, escrevendo artigos, preparando palestras ou estudando. O apartamento não era nada se comparado ao luxo de onde Blake morava, que era como uma nave espacial no topo do mundo. O apartamento de Maxine era aconchegante e caloroso, e dava a sensação de um lar de verdade.

Quando foi para o quarto secar o cabelo molhado de chuva, viu Daphne agitada vasculhando seu closet. A filha voltou com um casaco de caxemira branco e um par de sapatos de salto alto, o Manolo Blahnik de couro preto com ponta fina e salto agulha que quase nunca usava. Maxine já era bem alta, e só conseguia usar saltos tão altos quando era casada com Blake.

— O salto é alto demais para você — avisou Maxine. — Eu quase morri na última vez que usei. Que tal pegar outro?

— Mãããããe... — gemeu Daphne. — Eu me viro com esse salto.

Para Maxine, os sapatos eram sofisticados demais para uma menina de 13 anos, mas Daphne parecia dois ou três anos mais velha, então dava para passar. Era uma menina linda, tinha as feições e a pele clara da mãe, e os cabelos pretos do pai.

— Deve ser uma noite importante na casa da Emma hoje — comentou Maxine, rindo. — Vai ter muito gatinho, não é?

Daphne revirou os olhos e saiu do quarto, confirmando o que a mãe tinha dito. Maxine ficava um pouco preocupada ao pensar em como seria a vida quando os garotos entrassem em cena. Até então, ter filhos havia sido tranquilo, mas ela sabia mais do que ninguém que isso não duraria para sempre. E, se a situação ficasse difícil, ela teria de lidar com tudo sozinha. Sempre foi assim.

Maxine tomou um banho quente e colocou um roupão felpudo. Meia hora depois, estava na cozinha com os filhos, enquanto Zelda servia o jantar: frango assado, batatas cozidas e salada. Zelda preparava refeições saudáveis e nutritivas, e todos concordavam que ela fazia o melhor brownie, o melhor biscoito com canela e as melhores panquecas do mundo. Às vezes, Maxine ficava triste ao pensar que Zelda teria sido uma excelente mãe, mas não havia homens em sua vida. Entretanto, aos 42 anos, era quase certo que essa oportunidade havia passado. Tinha apenas os seus filhos para amar.

Durante o jantar, Jack avisou que ia ao cinema com um amigo. Tinha estreado um filme de terror que ele queria ver, que parecia ser especialmente sangrento. Precisava que a mãe o levasse e o buscasse. Sam ia dormir na casa de um amigo no dia seguinte e planejou assistir a um filme comendo pipoca naquela noite na cama da mãe. Maxine deixaria Daphne na casa de Emma no caminho para o cinema de Jack. No dia seguinte, tinha coisas a fazer, e o fim de semana seria definido, como sempre, casualmente, de acordo com os planos e as necessidades das crianças.

Estava folheando uma edição da *People* naquela noite enquanto esperava Daphne ligar pedindo que fosse buscá-la quando se deparou com uma foto de Blake em uma festa que os Rolling Stones deram em Londres. Ele parecia radiante ao lado de uma famosa estrela do rock, uma garota lindíssima que estava praticamente nua. Maxine passou um minuto olhando para a foto, avaliando se isso a incomodava, e decidiu que não. Sam roncava ao seu lado, com a cabeça sobre o travesseiro, um balde de pipoca vazio ao lado e o ursinho de pelúcia desgastado pelo amor nos braços.

Olhando para a foto na revista, tentou se lembrar de como era ser casada com Blake. Houve dias maravilhosos no começo e dias solitários, tempestuosos e frustrantes no fim. Agora nada disso importava. Maxine decidiu que o ver ao lado de famosas e modelos, celebridades da música e princesas não a incomodava em nada. Ele era um rosto do passado distante e, no fim, independentemente do quanto havia sido amável, o pai dela tinha razão. Ele não era um marido, era um cafajeste. E, ao dar um beijo suave na bochecha macia de Sam, mais uma vez teve a sensação de que gostava da vida que tinha.

2

Durante a noite, a chuva pesada virou neve. A temperatura caiu consideravelmente e tudo estava coberto por um manto branco quando acordaram. Foi a primeira neve de verdade do ano. Sam deu uma olhada e bateu palmas de tanta alegria.

— Vamos ao parque, mamãe? A gente pode levar os trenós.

A neve ainda caía, e o mundo lá fora parecia um cartão de Natal, mas Maxine sabia que no dia seguinte a neve teria derretido e virado lama.

— Claro, meu amor.

Ao dizer isso, ela percebeu, como sempre, que Blake estava perdendo a melhor parte. Ele tinha trocado isso tudo por festas chiques e pessoas ao redor do mundo. No entanto, para Maxine, o melhor da vida estava logo ali.

Daphne foi tomar café da manhã com o celular grudado na orelha. Ela deixou a mesa várias vezes sussurrando com as amigas. Jack revirou os olhos e pegou uma rabanada que Maxine tinha feito. Era uma das poucas coisas que sabia fazer na cozinha, e geralmente as preparava. Ele colocou uma boa quantidade de xarope de bordo e comentou como Daphne e as amigas estavam sendo idiotas em relação a meninos ultimamente.

— E você? — perguntou a mãe com interesse. — Ainda sem namoradas?

Jack fazia aula de dança, estudava em uma escola mista e tinha várias oportunidades de conhecer meninas, mas ainda não se interessava por elas. Esportes eram seu principal interesse até então. Futebol era o preferido, além de videogame e passar o tempo na internet.

— Eca — foi a resposta dele, e devorou outro pedaço da rabanada.

Sam estava deitado no sofá, assistindo a desenho animado na TV. Tinha tomado o café da manhã uma hora antes, ao se levantar. Ninguém tinha horário nas manhãs de sábado, e Maxine cozinhava para os filhos quando eles apareciam. Amava o lado doméstico da vida, para o qual não tinha tempo durante a semana, quando corria para visitar pacientes no hospital antes de ir ao consultório. Geralmente saía de casa antes das oito, horário em que as crianças iam para a escola. Mas, com raras exceções, sempre jantava com elas.

Lembrou a Sam que ele ia dormir na casa de um amigo naquela noite, e Jack a interrompeu dizendo que também ia. Daphne avisou que três amigas viriam assistir a um filme e talvez uns meninos também viessem.

— Que novidade é essa? — comentou Maxine com uma expressão de interesse. — Alguém que eu conheça? — Daphne se limitou a balançar a cabeça com ar irritado e foi embora. Ficou claro que para ela a pergunta não merecia uma resposta.

Maxine passou água nos pratos e os colocou-a no lava-louça. Uma hora depois, ela e os três filhos foram ao parque. Jack e Daphne resolveram ir na última hora. Maxine levou dois trenós; ela e Daphne se sentaram em sacos de lixo e escorregaram pelas colinas com os meninos e outras crianças dando gritinhos de alegria. Ainda nevava, e seus filhos eram jovens o suficiente para agirem como crianças de vez em quando, e não como pessoas maduras, como queriam ser. Ficaram lá até as três da tarde e depois voltaram para casa caminhando pelo parque. Foi divertido, e, quando chegaram ao apartamento, ela fez chocolate quente com creme e *s'mores*. Era bom ver que, afinal de contas, eles não eram tão velhos assim e ainda gostavam dos mesmos programas infantis dos quais sempre gostaram.

Maxine levou Sam para a casa do amigo às cinco, na rua 89, leste, Jack ao Village, às seis, e voltou para o apartamento a tempo de ver as amigas de Daphne chegando com uma pilha de filmes alugados. Acabou que mais duas meninas apareceram. Ela pediu pizza para as garotas às oito, e Sam ligou às nove "para ver como ela estava", o que, por experiência, Max sabia que indicava que talvez ele não ficasse na casa do amigo. Às vezes, Sam não conseguia passar a noite fora e voltava para dormir com ela ou na própria cama. Maxine disse que estava bem e ele falou que também estava. Sorriu ao desligar o telefone e ouviu risadinhas no quarto de Daphne. Alguma coisa lhe dizia que estavam conversando sobre meninos, e não estava errada.

Dois meninos de 13 anos, que pareciam extremamente desconfortáveis, chegaram às dez. Eram bem mais baixos que as meninas, não mostravam sinais de puberdade e devoraram o que restou da pizza. E, poucos minutos depois, foram embora murmurando desculpas. Não chegaram nem perto do quarto de Daphne, ficaram na cozinha e disseram que tinham de ir para casa. Estavam em minoria, havia três meninas para cada um deles, mas teriam ido para casa cedo de qualquer forma.

A cena foi demais para eles. As meninas pareciam muito mais maduras e voltaram correndo para o quarto de Daphne para debater sobre os meninos assim que eles foram embora. Maxine ficou sorrindo sozinha ouvindo-as dar gritinhos e risadinhas. O telefone tocou às onze. Achou que fosse Sam querendo voltar para casa, e ainda sorria ao atender na expectativa de ouvir a voz do filho mais novo.

No entanto, era uma enfermeira da emergência do Hospital Lenox Hill ligando para falar de um dos pacientes dela. Maxine franziu o cenho e logo se sentou, concentrada, fazendo perguntas. Jason Wexler tinha 16 anos, seu pai havia morrido repentinamente de ataque cardíaco quase um ano atrás e sua irmã mais velha tinha morrido em um acidente de carro dez anos antes. Ele tinha tomado um punhado do calmante da mãe. Sofria de depressão e já havia tentado se matar antes, logo após a morte do pai. Jason e o pai tiveram uma briga feia na noite em que o pai faleceu, e estava convencido de que o ataque cardíaco e a morte dele eram culpa sua.

A enfermeira informou que a mãe dele estava histérica na sala de espera. Jason estava consciente e já recebia lavagem estomacal. Acreditavam que ele ficaria bem, mas foi por pouco. A mãe o havia encontrado e ligado para a emergência, ele tinha tomado muitas pílulas de calmante. Se ela o tivesse encontrado pouco mais tarde, Jason estaria morto. Maxine escutou atenciosamente. O hospital ficava a apenas oito quadras, e ela poderia caminhar até lá rapidamente, apesar de os quinze centímetros de neve que caíram mais cedo já terem virado lama no fim da tarde e depois congelado, criando pequenas porções de gelo marrom no começo da noite. Era perigoso andar por aí quando o chão ficava assim.

— Chego em dez minutos — disse à enfermeira. — Obrigada por ligar.

Maxine tinha dado seu telefone de casa e do celular para a mãe de Jason meses antes. Mesmo quando a equipe de plantão cobria o seu trabalho nos fins de semana, ela queria estar presente para ajudar Jason e a mãe, se precisassem. Torcia para que isso nunca acontecesse, e não ficou feliz com a segunda tentativa de suicídio. Ela sabia que a mãe do garoto estaria triste, desesperada. Após perder o marido e a filha, Jason era tudo o que tinha.

Maxine bateu à porta de Zelda e notou que ela estava dormindo. Queria avisá-la que ia sair para ver um paciente e pedir que ficasse de olho nas meninas, só para garantir. Mas detestava acordá-la, então fechou a porta com cuidado, sem fazer barulho. Afinal de contas, Zelda estava de folga. Maxine entrou no quarto de Daphne enquanto colocava um suéter grosso. Já estava de jeans.

— Tenho de sair para ver um paciente — explicou.

Daphne sabia, assim como as amigas, que a mãe saía para ver pacientes especiais até mesmo nos fins de semana. Sua filha ergueu a cabeça e fez que sim. Elas ainda estavam vendo filme e foram ficando mais quietas conforme a noite foi passando.

— Zelda está em casa, então, se precisarem de alguma coisa, podem falar com ela, mas só peçam se for realmente importante, por favor. Ela está dormindo.

Daphne assentiu de novo, os olhos grudados na TV. Duas amigas haviam caído no sono na cama de Daphne, e outra estava pintando as unhas. As outras assistiam ao filme avidamente.

— Volto daqui a pouco.

Daphne sabia que devia ser uma tentativa de suicídio. A mãe nunca falava muito a respeito, mas geralmente era por isso que ela saía de casa tarde da noite. Os outros pacientes podiam esperar até o dia seguinte.

Maxine colocou botas com solado de borracha e uma parca para neve, pegou a bolsa e saiu apressada. Minutos depois, estava na rua andando contra o vento gelado. Caminhou para o sul na Park Avenue, mantendo um bom ritmo, direto para o Hospital Lenox Hill. Seu rosto estava pinicando de tão gelado, e seus olhos lacrimejavam quando entrou na emergência. Max se apresentou na recepção e foi informada em qual leito Jason estava. Decidiram que ele não precisava ir para a UTI. Estava dopado, porém fora de perigo, e a aguardavam para dar entrada na internação e decidir o resto. Helen Wexler pulou sobre Maxine assim que a médica entrou no quarto, agarrando-a e chorando.

— Ele quase morreu... — disse ela histericamente nos braços de Maxine, que a levou com calma para fora do quarto depois de dar uma olhadinha para a enfermeira.

Jason estava dormindo e não se mexeu. Ainda estava sedado com o resíduo do remédio que havia ingerido, mas a quantidade nele já não apresentava risco para sua vida. Era o suficiente para mantê-lo dormindo por um bom tempo. A mãe ficou repetindo que ele quase havia morrido. Maxine a levou para o fim do corredor para evitar problemas se o filho acordasse.

— Mas ele não morreu, Helen. Jason vai ficar bem — disse Maxine com calma. — Você teve sorte de encontrá-lo, e ele vai ficar bem.

Até tentar de novo. O trabalho de Maxine era evitar que houvesse uma terceira tentativa. Ela sabia que, depois da primeira, o risco de uma nova tentativa era infinitamente maior e que a chance de sucesso também aumentava. Ela não estava feliz com essa segunda tentativa.

Maxine fez com que a mãe de Jason se sentasse em uma cadeira e respirasse fundo. Só então conseguiu falar com calma. Max disse que achava que Jason devia ficar internado por mais tempo dessa vez. Sugeriu um mês, e depois veriam como ele estava. Recomendou um lugar com o qual trabalhava frequentemente em Long Island. Garantiu para Helen Wexler que eram muito bons com adolescentes. A mãe de Jason ficou horrorizada.

— *Um mês?* Isso significa que ele não vai estar em casa no Dia de Ação de Graças. Você não pode fazer isso — disse ela, chorando novamente. — Não posso deixar Jason passar o feriado longe de mim. O pai dele acabou de morrer, vai ser o nosso primeiro Dia de Ação de Graças sem ele — insistiu, como se isso fizesse alguma diferença agora, com o risco de o filho tentar se suicidar pela terceira vez.

É incrível o que a negação faz com a mente, assim como as coisas às quais as pessoas se agarram para não ter de confrontar uma situação difícil. Se Jason tivesse sucesso em uma terceira tentativa, ele nunca mais teria um Dia de Ação de Graças. Valia a pena sacrificar um feriado. Entretanto, sua mãe não queria ouvir isso, e Maxine tentava ser firme, mas compassiva e gentil, como sempre era.

— Acho que agora ele precisa de proteção e apoio. Não quero mandá-lo para casa cedo demais, e o feriado também vai ser difícil para ele sem o pai. Eu realmente acho que Jason vai ficar melhor no Silver Pines. Você pode passar o Dia de Ação de Graças lá com ele.

Isso só fez Helen chorar mais.

Maxine estava ansiosa para ver o paciente. Disse a Helen que conversariam mais depois, porém ambas concordaram que ele devia passar a noite no Lenox Hill. Não havia opção, ele não tinha como ir para casa. Helen concordou totalmente com isso, só não concordou com o resto. Detestou a ideia do Silver Pines. Comentou que soava como ir a um cemitério.

Ela deu uma olhada em Jason com calma enquanto ele dormia e ficou assustada ao ver a quantidade de remédio que havia ingerido. Tomou muito mais que uma dose letal, ao contrário da primeira vez, quando não tinha tomado o suficiente para se matar. A tentativa dessa vez foi bem mais séria, e Max se perguntou o que o teria instigado. Veria Jason na manhã seguinte quando ele acordasse. Não tinha como falar com ele agora.

Max anotou no prontuário de Jason o que queria. Ele seria transferido para um quarto privado ainda naquela noite, e as ordens de Maxine incluíam o acompanhamento de uma enfermeira para evitar uma possível nova tentativa de suicídio. Alguém tinha de ficar de olho em Jason antes mesmo que ele acordasse. Max disse à enfermeira que voltaria na manhã seguinte, às nove, e pediu que ligassem se precisassem dela mais cedo. Deixou os números de casa e do celular e foi se sentar com a mãe de Jason lá fora de novo. Helen parecia ainda mais devastada que antes, ela havia começado a encarar a realidade. Por pouco não havia perdido o filho naquela noite, ficando sozinha no mundo. Só de pensar nisso, quase perdeu o controle. Maxine perguntou se queria que chamasse seu médico, caso precisasse de calmantes ou de alguma sedação leve, remédios que não queria prescrever. Helen não era sua paciente, e não conhecia seu histórico nem sabia se havia tomado outros remédios.

Helen disse que já havia ligado para o médico. Ele deveria retornar a ligação, mas não estava em casa. Ela falou que Jason havia tomado todos os seus calmantes, então não tinha mais nada em casa. Voltou a chorar muito depois que falou isso, e era claro que não queria ir para casa sozinha.

— Posso pedir para colocarem uma cama no quarto de Jason para você, se quiser — disse Maxine gentilmente. — A não ser que você fique muito mal com isso. — E, nesse caso, ela teria de voltar para casa.

— Quero, sim — disse Helen suavemente, os olhos arregalados focados em Maxine. — Ele vai morrer? — perguntou. Temia a resposta, porém estava tentando se preparar para o pior.

— Dessa vez? Não — respondeu Maxine, balançando a cabeça de modo solene —, mas temos de fazer de tudo para garantir que não haja uma próxima vez. Isso é sério. Ele ingeriu muitos comprimidos. É por isso que quero que ele fique no Silver Pines por um tempo.

Maxine não comentou com a mãe do garoto que queria deixá-lo internado por mais de um mês. Estava pensando em dois ou três, e talvez em algum outro lugar de apoio depois disso, se julgasse necessário. Felizmente, a família tinha dinheiro para bancar o tratamento, mas a questão não era essa. Maxine via nos olhos de Helen que ela queria que Jason voltasse logo para casa e que iria brigar se ele fosse passar mais tempo no hospital. Era um posicionamento infundado da parte dela, mas Maxine já havia lidado com esse tipo de situação. Se Jason fosse mandado para um hospital psiquiátrico, teriam de encarar o fato de que o ocorrido não era um "pequeno deslize", ele realmente estava doente. Maxine não tinha dúvidas de que Jason tinha tendências suicidas e uma depressão grave diagnosticada. Ele está assim desde a morte do pai. Era mais do que Helen queria encarar, mas àquela altura ela não tinha escolha. Se o levasse para casa no dia seguinte, estaria agindo contra ordens médicas e teria de assinar um termo de responsabilidade. Maxine esperava que não chegasse a esse ponto. Com sorte, Helen estaria mais calma no dia seguinte e faria o que fosse mais seguro para o filho. Max também não gostava da ideia de interná-lo, mas não tinha dúvidas do quanto era importante para Jason. A vida dele estava em risco.

Maxine pediu às enfermeiras que colocassem uma cama no quarto de Jason para a mãe dele quando o tirassem da emergência. Ela se despediu de Helen com um toque caloroso em seu ombro e deu mais uma olhada em Jason antes de ir embora. Ele estava bem por enquanto. Havia uma enfermeira com Jason. Ela ficaria com ele no quarto. Jason não seria deixado sozinho novamente. Não havia uma ala psiquiátrica vigiada no Lenox Hill, mas Maxine achou que ele ficaria bem com uma enfermeira por perto, e a mãe também estava lá. E levaria horas para acordar.

Ela voltou para casa no frio gélido. Passava de uma da manhã quando chegou. Deu uma olhada no quarto de Daphne, tudo parecia em paz. As meninas haviam dormido, duas em sacos de dormir e as demais na cama de Daphne. O filme ainda estava passando, elas não tinham trocado de roupa. Maxine olhou para elas e sentiu um cheiro estranho. Um cheiro que não havia percebido no quarto da filha antes. Sem saber por que, foi até o closet e abriu a porta. Ficou espantada ao ver doze garrafas de cerveja vazias. Olhou para as meninas de novo e percebeu que não apenas dormiam, elas estavam bêbadas. Para Max, eram jovens demais para beber escondido, mas na verdade os jovens dessa idade costumam beber. Ela não sabia se chorava ou se sorria. Não fazia ideia de quando isso tinha começado, mas as meninas certamente aproveitaram a ida de Maxine ao hospital. Detestava fazer isso, mas teria de colocar Daphne de castigo no dia seguinte. Alinhou as garrafas na cômoda da filha, organizadas para que fossem vistas por elas quando acordassem. Conseguiram beber duas garrafas de cerveja cada uma, o que era bastante para crianças naquela idade. É, sussurrou Maxine para si mesma, a adolescência começou. Depois, ficou deitada na cama pensando sobre o caso e sentiu falta de Blake por um segundo. Seria bom compartilhar esse momento com alguém. Em vez disso, como sempre, teria de fazer o papel de durona no dia seguinte, teria de colocar a máscara cabúqui de decepção para passar um sermão na filha e lhe falar sobre o significado mais profundo da confiança. Na verdade, Maxine compreendia muito bem que Daphne era adolescente e que ainda haveria muitas e muitas noites nas quais alguém faria algo idiota, e um dos seus filhos ou o filho de outra pessoa se aproveitaria de uma situação ou experimentaria álcool ou drogas. E certamente não era a última vez que um dos seus filhos ficaria bêbado. Maxine sabia que seria sorte se não ficassem muito pior que isso. E também sabia que teria de ser firme no dia seguinte. Ainda estava pensando sobre o assunto quando caiu no sono. E, ao acordar no dia seguinte, as meninas ainda estavam dormindo.

O hospital ligou quando ela ainda se vestia. Jason estava acordado e falando. A enfermeira avisou que a mãe estava com ele e que ela estava muito irritada. Helen Wexler acionou seu médico, mas, de acordo com a enfermeira, ao contrário de confortá-la, ele a tinha deixado ainda mais nervosa. Maxine disse que chegaria logo e desligou. Ouviu Zelda na cozinha e foi pegar uma xícara de café. Zelda estava sentada à mesa com uma caneca de café bem quente e o *Times*. Levantou a cabeça ao ver Maxine entrando e sorriu.

— Noite tranquila? — perguntou Zelda quando Maxine se sentou à mesa e deu um suspiro.

Às vezes, tinha a impressão de que Zelda era seu único sistema de apoio na criação dos filhos. Seus pais nunca davam muitos conselhos, apesar de serem bem-intencionados. E Blake sempre havia sido ausente. A saída era Zelda.

— Não exatamente — disse Maxine com um sorriso triste. — Acho que atingimos um novo marco ontem à noite.

— A maior quantidade de fatias de pizza comidas por seis meninas adolescentes em toda a história?

— Não — respondeu Maxine com o tom de voz moderado. Havia um sorriso em seu olhar. — A primeira vez que um dos meus filhos se embebeda de cerveja. — Sorriu. Zelda arregalou os olhos para ela.

— Está falando sério?

— Sim. Encontrei doze garrafas vazias no closet de Daphne quando fui olhar. Não foi uma cena bonita. Ninguém trocou de roupa e estavam todas espalhadas pelo quarto quando entrei; e pareciam estar dormindo, mas talvez "desmaiadas" seja o termo mais correto.

— Onde a senhora estava quando elas beberam?

Zelda ficou surpresa por Daphne ter tido coragem de beber enquanto a mãe dormia no quarto ao lado. Maxine também estava surpresa, e nenhuma das duas parecia feliz. Era o começo de uma nova era que elas não estavam tão ansiosas para vivenciar. Meninos, drogas, sexo e bebida. Bem-vindas à adolescência. O pior ainda estava por vir.

— Tive de sair para ver um paciente ontem à noite. Fiquei fora das onze até uma da manhã. Uma delas deve ter trazido a bebida na mochila. Nunca pensei nisso antes.

— Acho que de agora em diante a gente vai ter de verificar — disse Zelda sem rodeios, nem um pouco constrangida por ter de enfrentar Daphne e as amigas.

Ela não ia deixar que ficassem bêbadas enquanto fosse a responsável, e sabia que Maxine também não permitiria. E, mais cedo ou mais tarde, Jack passaria por isso, assim como Sam algum dia. Que ideia. Zelda não estava feliz com a perspectiva, mas tinha toda a intenção de permanecer onde estava. Amava a família e o trabalho.

As duas conversaram por alguns minutos, e Maxine disse que tinha de voltar ao Lenox Hill para ver o paciente. Zelda estava de folga, mas não ia sair. Ela disse que ficaria atenta às meninas e torceu para que estivessem péssimas quando acordassem. Maxine respondeu com uma gargalhada.

— Deixei as garrafas arrumadinhas na cômoda, só para elas saberem que não sou tão idiota quanto pareço.

— Elas vão surtar ao verem isso — comentou Zelda, contente.

— Tomara. O que elas fizeram foi bem feio, um abuso da minha confiança e hospitalidade... — Max olhou para Zelda com um sorriso. — Estou treinando para o meu discurso. Que tal?

— Bom. Deixar Daphne de castigo e cortar a mesada talvez seja uma boa também.

Maxine fez que sim com a cabeça. Ela e Zelda geralmente tinham o mesmo ponto de vista. Zelda era firme porém razoável, gentil porém sensível, e não era muito durona. Não era uma tirana mas também não era boba. Maxine confiava totalmente nela e em seu julgamento perspicaz quando não estava por perto.

— Por que você saiu ontem à noite? Suicídio? — perguntou Zelda. Maxine assentiu e ficou séria novamente. — Quantos anos? — Zelda a respeitava muito pelo que fazia.

45

— Dezesseis.

Maxine não deu mais detalhes. Nunca dava. Zelda concordou. Ela era capaz de ver nos olhos de Maxine quando algum paciente morria. Zelda se condoía tanto pelos pais quanto pelos jovens. O suicídio de um adolescente era algo terrível. E, a julgar por como Maxine estava sempre ocupada, havia muitos casos em Nova York e em outros lugares. Doze garrafas de cerveja para seis meninas de 13 anos, isso não era uma tragédia se comparado às coisas que Maxine via todos os dias.

Maxine saiu alguns minutos depois e caminhou até o Lenox Hill, como sempre fazia. Ventava, fazia frio, mas havia sol; era um dia bonito. Ela ainda estava pensando na filha e na travessura da noite anterior. Com certeza, era o começo de um novo tempo para elas, e novamente ficou grata pela ajuda de Zelda. Teriam de ficar de olho em Daphne e nas amigas dela. Iria mencionar o caso para Blake quando ele chegasse à cidade, só para ele ficar a par. Não podiam mais ter total confiança na filha, e provavelmente seria assim durante alguns anos. Pensar nisso dava um pouco de medo. Era tão mais fácil quando tinham a idade de Sam. O tempo passou muito rápido. Logo, todos seriam adolescentes e toda hora fariam coisas assim. Pelo menos, por enquanto, não era nada extraordinário.

Quando chegou ao quarto de Jason no hospital, ele estava sentado na cama. Parecia dopado, exausto e pálido. A mãe estava sentada em uma cadeira, conversando com ele, chorando e assoando o nariz. Não era uma cena alegre. A enfermeira escalada para observá-lo estava sentada em silêncio no outro lado da cama, tentando não se intrometer, ser discreta. Os três ergueram a cabeça quando Maxine entrou.

— Como está se sentindo hoje, Jason?

Maxine olhou para a enfermeira e lhe fez um sinal positivo com a cabeça. A mulher saiu do quarto em silêncio.

— Estou bem, eu acho.

Jason parecia e soava deprimido, uma reação normal à overdose de medicamentos, e obviamente já estava deprimido antes mesmo de isso acontecer. A mãe parecia tão mal quanto ele, como se não tivesse dormido, com olheiras. Helen pedia ao filho que prometesse que não faria isso de novo quando Maxine entrou, e Jason concordou com relutância.

— Ele falou que não vai fazer de novo — disse Helen quando Maxine olhou bem nos olhos de Jason. Ficou preocupada com o que viu.

— Espero que seja verdade — comentou Maxine, mas não estava convencida.

— Posso ir para casa hoje? — perguntou Jason sem emoção na voz.

Não gostava da enfermeira no quarto com ele. Ela explicou que não podia sair do quarto, a não ser que fosse substituída por outra pessoa. Jason se sentia em uma prisão.

— Acho que a gente precisa conversar sobre isso — disse Maxine em pé ao lado da cama. Estava usando um suéter rosa e jeans, parecia uma criança. — Não acho que seja uma boa ideia — declarou com honestidade. Max nunca mentia para os pacientes. Era importante que dissesse a verdade como a via. Confiavam nela por causa disso. — Você tomou muitas pílulas ontem à noite, Jason. Muitas mesmo. Você não estava de brincadeira dessa vez. — Olhou para ele, que assentiu com a cabeça e olhou para o outro lado. Agora, pensando com clareza, estava constrangido.

— Eu estava meio bêbado. Não sabia o que estava fazendo — argumentou na tentativa de se esquivar.

— Eu acho que você sabia, sim — disse Maxine, com calma. — Você tomou muito mais que na primeira vez. Acho que precisa de um tempo agora para pensar nisso, refletir, frequentar alguns grupos. Acho que é importante lidarmos com isso, e tenho certeza de que agora, com a chegada do fim do ano, a situação vai ficar mais difícil, pois você perdeu o seu pai nessa época do ano.

Maxine foi direto na ferida, e a mãe de Jason olhou para ela em pânico. Parecia prestes a pular em seu pescoço. Sua ansiedade estava nas alturas. Helen tinha os mesmos distúrbios que o filho, mas sem o sentimento de culpa. Estar convencido de que matou o pai só piorava as coisas para o garoto. De um modo perigoso.

— Eu gostaria que você fosse para um lugar para jovens, onde eu já trabalhei. É ótimo. Os jovens de lá têm entre 14 e 18 anos. Sua mãe vai poder visitar você todo dia. Mas acho que precisamos lidar com o que está acontecendo agora. Ainda não me sinto confortável em mandar você para casa.

— Quanto tempo? — perguntou ele, evasivo, tentando transparecer tranquilidade, mas Maxine via medo em seus olhos.

Era uma ideia aterrorizante para Jason. Mas ele ter sucesso na próxima tentativa de suicídio a aterrorizava ainda mais. Maxine se comprometia plenamente em impedir que isso acontecesse, se houvesse algo que pudesse fazer. E geralmente havia. Ela queria que fosse assim dessa vez, queria evitar uma nova tragédia naquela família. O que já havia acontecido era o suficiente.

— Vamos tentar por um mês. Aí a gente conversa e vê o que você acha e como se sente. Acredito que você não vá adorar, mas talvez goste de lá. — E acrescentou, sorrindo: — É um hospital misto.

Jason não sorriu. Estava deprimido demais para pensar em meninas nesse momento.

— E se eu detestar e não quiser ficar? — Ele a encarou.

— Aí a gente conversa.

Se fosse preciso, eles podiam pedir a um juiz que o obrigasse a ficar confinado, visto que tinha acabado de provar que era um perigo a si mesmo, mas isso seria traumático para Jason e a mãe. Maxine preferia o comprometimento voluntário, sempre que possível. A mãe de Jason falou.

48

— Doutora, a senhora realmente acha... Eu estava falando com o meu médico hoje de manhã e ele disse que a gente devia dar outra chance ao Jason... Ele falou que estava bêbado e não sabia o que estava fazendo, e acabou de prometer que não vai fazer isso de novo.

Maxine sabia mais do que ninguém que essa promessa não valia de nada. E Jason também sabia disso. Helen queria acreditar nisso, mas não tinha como. Não havia dúvida: a vida do filho estava em risco.

— Acho que não podemos contar com isso — disse Maxine de maneira simples. — Eu gostaria que você confiasse em mim — adicionou com muita calma. Notou que Jason não estava argumentando com ela, era a mãe que o fazia. — Acho que a sua mãe está chateada porque você não vai estar em casa no Dia de Ação de Graças, Jason. Eu falei para ela que pode passar o feriado com você lá. Eles incentivam visitas.

— O Dia de Ação de Graças vai ser péssimo mesmo esse ano sem o papai. Eu não me importo.

Jason fechou os olhos, encostou a cabeça no travesseiro e apagou. Maxine fez um gesto para que Helen saísse do quarto com ela. Com isso, a enfermeira de plantão voltou para se sentar com Jason. Ele também seria observado bem de perto no Silver Pines, onde as alas eram vigiadas, e Maxine sabia que Jason precisava disso. Pelo menos nesse momento, talvez por algum tempo.

— Acho que devemos fazer isso — explicou Maxine para ela. As lágrimas escorriam pelo rosto de Helen. — Recomendo fortemente. A decisão é sua, mas não acho que possa protegê-lo direito em casa. Não tem como evitar que Jason tente de novo.

— Você acha mesmo que ele vai tentar? — Helen estava em pânico.

— Acho, sim — respondeu Maxine diretamente. — Tenho quase certeza disso. Ele ainda está convencido de que matou

49

o pai. Vai demorar para superar essa ideia. Até lá, precisa ficar em algum lugar seguro. Você não vai ter um segundo de descanso se Jason ficar em casa — acrescentou, e a mãe pareceu concordar.

— O meu médico acha que a gente podia dar mais uma chance a ele. Disse que meninos dessa idade às vezes fazem isso para chamar atenção.

Helen estava se repetindo como se quisesse convencer Maxine, que entendia a situação muito melhor que ela.

— Jason agiu conscientemente, Helen. Ele sabia o que estava fazendo. Seu filho tomou três vezes a dose letal do seu medicamento. Você quer arriscar que ele faça isso de novo ou que se jogue de uma janela? Jason poderia passar por você e fazer isso em um segundo. Você não tem como dar o que ele precisa em casa.

Não escondia nada, e a mãe assentiu lentamente e voltou a chorar ainda mais. Não conseguia suportar a ideia de perder o filho.

— Tudo bem — disse com calma. — Quando Jason vai ter de ir?

— Vou ver se eles têm uma cama disponível hoje ou amanhã. Quero levá-lo para lá o mais rápido possível. Aqui eles também não têm como protegê-lo direito. Isso aqui não é um hospital psiquiátrico. Jason precisa ir para um lugar como o Silver Pines. Não é tão ruim quanto você imagina, e é o lugar certo para ele agora, pelo menos até sair da crise, talvez depois do fim de ano.

— Natal também? — Helen Wexler ficou desesperada.

— Vamos ver. Vamos conversar sobre isso depois, vamos ver como ele se sai. Ele precisa de um tempo para se encontrar.

A mãe concordou e voltou para o quarto. Maxine foi ligar para o Silver Pines. Cinco minutos depois, estava tudo resolvido. Felizmente, havia um quarto disponível, e Maxine pediu uma ambulância para levá-lo às cinco da tarde. Helen poderia acompanhá-lo e ajudá-lo a se instalar, mas não poderia passar a noite.

Maxine explicou tudo para os dois e disse que visitaria Jason no dia seguinte. Teria de mexer no horário de alguns pacientes, mas era um bom dia para fazer isso. Sabia que não tinha nada de muito importante à tarde, e os únicos dois casos de crise estavam marcados no horário da manhã. Jason parecia tranquilo quanto a ser removido, e Maxine ainda estava conversando com ele e a mãe quando a enfermeira entrou e disse que havia um Dr. West ao telefone para falar com ela.

— Dr. West? — Maxine não sabia quem era. — Está pedindo para eu dar entrada em algum paciente para ele?

Os médicos faziam isso o tempo todo, mas Max não reconheceu o nome. A mãe de Jason ficou constrangida.

— É o meu médico. Pedi que falasse com você porque ele achou que Jason devia ir para casa. Mas eu entendo... Eu acho... Desculpa... Você se importa de falar com ele? Não quero que o Dr. West sinta que pedi para ligar por nada. A gente vai mandar Jason para o Silver Pines. Talvez você pudesse falar para o Dr. West que já arrumamos tudo.

Helen estava sem jeito. Maxine disse que não se preocupasse, ela conversava com outros médicos o tempo todo. Perguntou se ele era psiquiatra, e Helen disse que era o clínico dela. Maxine deixou o quarto e foi atender na sala de enfermagem. Não queria que Jason ouvisse a conversa. Era apenas uma formalidade agora. Atendeu com um sorriso, na expectativa de conversar com um médico amigável e inocente, que não estava acostumado a lidar com adolescentes suicidas no dia a dia, como ela.

— Dr. West? — disse Maxine com voz jovem, eficiente e agradável. — Aqui é a Dra. Williams, psiquiatra do Jason — explicou.

— Eu sei — respondeu ele, e com apenas duas palavras conseguiu soar condescendente. — A mãe dele me pediu para ligar para a senhora.

— Ela me falou. Acabamos de conseguir uma internação no Silver Pines para ele essa tarde. Acho que é o melhor lugar para Jason nesse momento. Ele tomou uma dose letal dos calmantes da mãe ontem à noite.

— Incrível o que crianças fazem para chamar atenção, não é?

Maxine não acreditou no que ouviu. O médico não estava apenas sendo condescendente, ele estava sendo um completo idiota.

— É a segunda tentativa dele. E não acho que três vezes a dose letal seja uma tentativa de chamar atenção. Temos de lidar com isso com seriedade.

— Eu realmente acho que o menino ficaria melhor em casa com a mãe — comentou o Dr. West, como se estivesse falando com uma criança ou uma enfermeira muito, muito jovem.

— Eu sou a psiquiatra dele — declarou Maxine com firmeza. — E minha opinião profissional é de que, se ele for para casa com a mãe, morre em uma semana, talvez em vinte e quatro horas.

Era o mais direta que conseguia ser. Ela não teria dito isso para a mãe de Jason, mas não ia dar espaço para aquele médico condescendente e arrogante.

— Acho isso um pouco histérico — disse ele com um tom meio irritado.

— A mãe de Jason concordou com a internação. Não acho que tenhamos opção. Jason precisa ficar em algum lugar vigiado e ser observado. Não tem como fazer isso em casa.

— A senhora tranca todos os seus pacientes, Dra. Williams?

Ele a insultava diretamente, e Maxine estava começando a ficar enfurecida. Quem aquele médico achava que era?

— Apenas os que estão em perigo de cometer suicídio, Dr. West, e não acho que a sua paciente vá ficar bem se perder o filho. Como o senhor avaliaria isso?

— Acho que a senhora devia deixar a avaliação da minha paciente comigo — declarou ele em tom insolente.

— Exatamente. Boa ideia. E sugiro que o senhor deixe o meu comigo. Jason Wexler é meu paciente, trabalho com ele desde sua primeira tentativa e não estou gostando do que estou vendo nem do que estou ouvindo do senhor, para falar a verdade. Se o senhor quiser verificar minhas credenciais na internet, Dr. West, fique à vontade. Agora, com licença, preciso voltar ao meu paciente. Obrigada pela ligação.

Ele ainda estava falando quando Maxine desligou. Teve de disfarçar a irritação quando voltou ao quarto de Jason. Não era problema deles que ela e o médico de Helen se desentenderam pelo telefone. O Dr. West era o tipo de babaca empolado que prejudicava vidas, na opinião de Maxine, e uma ameaça real ao ignorar a seriedade da crise na qual Jason se encontrava. Ele precisava ficar em uma instituição psiquiátrica como o Silver Pines. Dane-se o Dr. West.

— Correu tudo bem? — Helen olhou para ela com ansiedade, e Maxine torceu para que não conseguissem ver o quanto estava irritada. Vestiu a raiva com um sorriso.

— Sim.

Maxine examinou Jason e ficou mais meia hora com ele dizendo o que esperar do Silver Pines. Ele fingiu não se importar e não estar assustado, mas ela sabia que estava. Tinha de estar. Era um momento aterrorizante para o garoto. Primeiro, ele quase morreu, e agora teria de lidar com a vida de novo. Para Jason, era o pior dos dois mundos.

Ela os deixou e garantiu a Helen que estaria disponível o dia inteiro e no dia seguinte para receber ligações. Depois de assinar os papéis da internação, deixou o hospital e foi andando para casa. Enquanto caminhava pela Park Avenue, sentiu-se furiosa com aquele médico idiota, Charles West. Daphne e as amigas ainda dormiam quando entrou em casa. Era quase meio-dia.

Dessa vez, Maxine foi até o quarto da filha e abriu as cortinas. A luz clara da manhã banhou o cômodo, e ela disse bem alto que era hora de acordar. Nenhuma das meninas estava com a cara boa quando elas gemeram e se levantaram. Ao sair da cama, Daphne viu as garrafas vazias alinhadas na cômoda e percebeu o olhar da mãe.

— Merda — disse ela baixinho, dando uma olhada nas amigas. Todas pareciam assustadas.

— É por aí mesmo — disse Maxine sem se alterar, e deu uma olhada nas outras garotas. — Obrigada por virem, meninas. Podem se arrumar e pegar suas coisas. A festa acabou. E você — ela olhou para Daphne de novo — está de castigo por um mês. E quem trouxer álcool para essa casa de novo não vai mais poder entrar aqui. Vocês violaram a minha hospitalidade e a minha confiança. — E completou, dirigindo-se a Daphne, que parecia em pânico: — Falo com você mais tarde.

As meninas começaram a cochichar freneticamente quando Maxine saiu do quarto. Elas se arrumaram depressa, tudo o que queriam fazer agora era ir embora. Daphne estava com os olhos cheios de lágrimas.

— Eu falei que era uma ideia idiota — comentou uma das meninas.

— Achei que você tivesse escondido as garrafas no closet — reclamou Daphne.

— Eu escondi.

Elas estavam quase chorando. Foi a primeira vez que fizeram aquilo, mas com certeza não seria a última. Maxine sabia disso melhor que elas.

— Ela deve ter procurado.

As meninas se arrumaram e foram embora em menos de dez minutos. Daphne foi procurar a mãe. Encontrou-a na cozinha conversando com Zelda, que olhou para Daphne inflexível, com um ar de desaprovação, e não disse uma palavra. Cabia a Maxine escolher como lidar com a situação.

— Foi mal, mãe — disse Daphne, chorando.

— Foi mal mesmo. Eu confiei em você, Daff. Sempre confiei. Não quero que nada afete isso. Nós temos uma ótima relação.

— Eu sei... Não fiz por mal... A gente só... Eu...

— Você está de castigo por um mês. Sem telefone na primeira semana. Sem sair com seus amigos por um mês. Não vai sair de casa sozinha. E sem mesada. É isso. E não faça isso de novo — completou, séria.

Daphne assentiu com a cabeça em silêncio e voltou para o quarto. As duas ouviram a porta se fechando devagar. Maxine tinha certeza de que a filha estava chorando, mas queria deixá-la sozinha por enquanto.

— E isso é só o começo — comentou Zelda com tristeza.

As duas riram. Não era o fim do mundo para elas, mas Maxine queria causar algum impacto na filha para que isso não se repetisse tão cedo. Aos 13 anos, Daphne era muito jovem para ficar bebendo escondida no quarto, então era melhor ser direta com ela.

Daphne ficou no quarto o restante da tarde depois de entregar o celular para a mãe. O aparelho era a vida dela, abrir mão dele era um sacrifício terrível.

Maxine foi buscar os meninos às cinco, e, quando chegaram, Daphne contou para Jack o que tinha acontecido. Ele ficou surpreso, porém impressionado, e disse o que ela já sabia, que tinha sido uma idiotice e que era claro que a mãe deles iria descobrir. Segundo Jack, a mãe sabia de tudo e tinha uma espécie de radar e visão de raios X implantada na cabeça. Era parte do pacote de ser mãe.

Os quatro jantaram em silêncio naquela noite e foram dormir cedo, pois as crianças tinham aula no dia seguinte. Maxine dormia profundamente à meia-noite quando a enfermeira do Silver Pines ligou. Jason Wexler havia tentado se matar de novo. Ele estava bem e estável. Jason tirou o pijama e tentou se estrangular com ele, mas a enfermeira encarregada de cuidar do garoto o encontrou e o reanimou. Maxine se deu conta de que o tiraram do Lenox Hill na hora certa, e agradeceu a Deus pela mãe de Jason não ter dado ouvido ao Dr. West, o idiota pomposo. Ela disse para a enfermeira que visitaria Jason à tarde, e já dava para imaginar como a mãe receberia a notícia. Maxine ficou grata por ele estar vivo.

Depois, deitada na cama, Max se deu conta de que o fim de semana foi agitado. A filha ficou bêbada pela primeira vez e um de seus pacientes tentou se matar pela segunda vez. Mas, pensando bem, podia ter sido muito pior. Jason Wexler poderia estar morto. Estava aliviada por isso não ter acontecido, embora fosse gostar de dar uma lição de moral em Charles West. O sujeito era um completo imbecil. Ainda bem que a mãe de Jason não lhe deu ouvido e confiou em Maxine. O mais importante era que Jason estava vivo. Tomara que permanecesse assim. A cada tentativa, o risco era maior. Em comparação, a festinha etílica de Daphne no sábado à noite não era nada, afinal de contas, não passava disso. Maxine ainda estava pensando nisso quando Sam entrou no quarto e parou ao lado da cama.

— Posso dormir com você, mamãe? — perguntou com um tom solene. — Acho que tem um gorila no meu armário.

— Claro, meu amor.

Maxine abriu espaço para ele, que se aconchegou ao lado da mãe. Ela ficou se perguntando se devia explicar que não havia um gorila no closet ou simplesmente deixar passar.

— Mãe? — sussurrou Sam ao lado dela. Estava bem confortável.

— Que foi?

— O gorila... Eu inventei.

— Eu sei.

Max sorriu para o filho no escuro, deu um beijo em sua bochecha e, minutos depois, os dois caíram no sono.

3

Maxine chegou ao consultório às oito da manhã no dia seguinte. Realizou consultas sem intervalo até o meio-dia e depois foi de carro até Long Island para ver Jason Wexler no Silver Pines. Chegou à uma e meia. A única coisa que comeu foi a metade de uma banana enquanto dirigia, e retornou ligações usando o viva-voz do carro. Estava concentrada e não se atrasou.

Ela passou uma hora sozinha com Jason, conversou com o psiquiatra de plantão sobre os eventos da noite anterior e falou com a mãe do garoto por meia hora. Todos estavam gratos por Jason estar no Silver Pines e por ele não ter sido bem-sucedido na terceira tentativa de suicídio. Helen rapidamente deu crédito a Maxine e disse que ela estava certa. A mãe estremeceu ao pensar no que teria acontecido se tivesse levado o filho para casa. Era quase certo que dessa vez ele teria conseguido. Ao contrário das sugestões do médico de Helen, essas não eram tentativas de chamar atenção. Jason queria fugir. Considerando que ele sempre teve sentimentos conflitantes em relação ao pai e a discussão ocorrida na noite do ataque cardíaco, Jason estava plenamente convencido de que o havia matado. Mostrar o contrário e aliviar sua culpa levariam meses, talvez anos. Helen e Maxine sabiam agora que seria uma extensa luta para o garoto. E, diferente das expectativas iniciais da mãe, ele não conseguiria voltar para casa a tempo do Natal. Agora Maxine queria que Jason ficasse internado de seis meses a um ano, mas ainda era muito cedo para falar isso para Helen, que estava bastante abalada pelo filho quase ter se enforcado na noite anterior. E Jason falou para a mãe naquela manhã que, se quisesse se matar, ele se mataria. Nada poderia detê-lo. Maxine ficou mortificada, mas sabia por experiência que Jason tinha razão. O que tinham de fazer agora era curar a alma e o espírito feridos do menino, e isso levaria tempo.

Maxine foi embora às quatro e chegou ao consultório pouco depois das cinco, após de ter pegado trânsito intenso na ponte. Tinha um paciente marcado para as cinco e meia, e verificava as mensagens quando recebeu uma ligação do clínico de Helen, o Dr. West. Pensou em não atender, presumiu que fosse ouvir mais besteiras presunçosas, como no dia anterior, e não estava com humor para isso. Apesar de sempre manter o profissionalismo em relação aos pacientes, e tinha limites bem definidos, estava profundamente triste por Jason e sua mãe. Ele era um menino adorável, e a família já havia sofrido o suficiente na vida. Relutante, atendeu e se preparou para a arrogância na voz do médico.

— Dra. Williams, pois não?

— Aqui é Charles West. — Ao contrário dela, ele não se apresentou com o título. Parecia chateado, o que Maxine não estava esperando. A voz era suave e tranquila, quase humana. — Recebi uma ligação de Helen Wexler hoje de manhã sobre Jason. Como ele está?

Maxine permaneceu alheia e distante. Não confiava no médico. Ele provavelmente ia achar um problema em alguma coisa que ela fez, ia insistir em mandarem Jason para casa. Por mais insano que pudesse ser, Maxine achou que o Dr. West fosse capaz disso, a julgar pelos comentários do dia anterior.

— Está como o esperado. Jason estava sedado quando o vi, mas coerente. Ele se lembra do que fez e por quê. Eu tinha quase certeza de que tentaria de novo, apesar de ele ter prometido à mãe que não o faria. Jason guarda muita culpa por causa do pai. — Era o máximo que estava disposta a dizer para ele, e era mais que suficiente para explicar suas ações. — Não é raro, mas ele precisa de formas mais construtivas de lidar com isso, e o suicídio não é uma.

— Eu sei. Desculpe. Liguei para me desculpar por ter sido tão idiota ontem. Helen é muito próxima dele, sempre foi. Filho único, sobrevivente. Não acho que o casamento tenha sido muito bom. — Maxine sabia disso, mas não fez comentários. O que sabia não era da conta dele. — Achei que ele estivesse apenas querendo atenção, a senhora sabe como são as crianças.

— Sei, sim — disse Maxine com frieza. — A maioria delas não se mata para ganhar atenção. Geralmente têm razões fortes, e acho que Jason acredita ter. Convencê-lo do contrário vai demandar muito trabalho.

— Tenho total certeza de que a senhora é capaz de fazer isso — declarou o Dr. West com gentileza. Para a surpresa dela, ele soou até humilde, muito diferente do dia anterior. — Fico constrangido em admitir isso, mas olhei seu currículo na internet. A senhora tem uma experiência incrível, doutora.

Ele ficou bastante impressionado e encabulado por tê-la tratado como uma psiquiatra qualquer que estava tirando vantagem dos Wexlers, exagerando seus problemas. O Dr. West leu o currículo dela e pesquisou onde estudou, os títulos, os livros que escreveu, as palestras que deu e os comitês nos quais serviu, e agora sabia que ela já havia assessorado escolas no país inteiro sobre traumas em crianças, e que o livro que tinha escrito sobre suicídio entre adolescentes era o melhor material acerca do assunto. A Dra. Williams era uma verdadeira autoridade na área. Ele era um ninguém perto dela, e, apesar de ter uma boa dose de autoconfiança, não teve como não se sentir impressionado por ela. Qualquer um ficaria.

— Obrigada, Dr. West — disse Maxine friamente. — Eu já sabia que Jason não estava brincando na segunda tentativa. Meu trabalho é esse.

— No mínimo. Eu só queria me desculpar por ter sido tão idiota ontem. Sei que Helen fica descontrolada, e ela está no limite ultimamente. Sou médico dela há quinze anos, conheço Jason desde que nasceu. O marido dela foi meu paciente também. Nunca me dei conta do quanto Jason estava perturbado.

— Acho que isso vem de antes da morte do pai. A morte da irmã abalou a família inteira, o que é compreensível, e ele está em uma idade difícil. Garotos de 16 anos são muito vulneráveis, e há muitas expectativas naquela família, academicamente e em outros sentidos. Jason é o único filho vivo, esse tipo de coisa. Não é fácil para ele. E a morte do pai só piorou tudo.

— Só agora eu entendi isso. Peço mil desculpas. — Ele parecia realmente arrependido, o que a surpreendeu.

— Não se preocupe, todos nós podemos errar em nossas avaliações. Não é sua área. Eu não faria diagnósticos de meningite ou diabetes. É por isso que temos especialidades, doutor. Foi gentil de sua parte ter ligado. — Ele havia adotado uma postura humilde, era a última pessoa que Maxine pensaria ver fazendo isso. — Acho que o senhor deve ficar de olho em Helen. Ela está muito abalada. Eu indiquei um psiquiatra para ela que trabalha com perdas, mas ficar com Jason em um hospital pelos próximos meses, especialmente no fim do ano, não vai ser fácil. E o senhor sabe como é, às vezes esse tipo de estresse atinge o sistema imunológico.

Helen já havia comentado com Maxine que tivera três resfriados fortes e várias crises de enxaqueca desde a morte do marido. As três tentativas de suicídio de Jason e sua internação provavelmente não fariam com que sua saúde melhorasse, e Charles West sabia disso.

— Vou ficar de olho nela. A senhora tem razão, é claro. Sempre me preocupo com meus pacientes depois da morte de um cônjuge ou de um filho. Alguns deles desmoronam como um castelo de cartas, apesar de Helen ser bem forte. Vou ligar para ela e ver como está.

— Acho que ela está em choque depois da noite de ontem — avisou Maxine com honestidade.

— Quem não estaria? Eu não tenho filhos, mas não consigo imaginar nada pior, e ela já perdeu a filha, agora quase perde o filho, e logo depois de ficar viúva. Difícil ficar pior que isso.

— Difícil mesmo — concordou Maxine com tristeza. — Ela podia ter perdido o filho também. Graças a Deus isso não aconteceu. E vamos fazer de tudo para evitar que aconteça. É o meu trabalho.

— Não gostaria de estar no seu lugar. A senhora deve lidar com coisas bastante complicadas.

— Lido — disse ela com calma olhando para o relógio. O próximo paciente chegaria em cinco minutos. — O senhor foi muito gentil de ter ligado — repetiu ela, tentando finalizar a conversa. Falou com sinceridade. Vários médicos não teriam se dado ao trabalho.

— Agora já sei quem indicar aos meus pacientes com crianças problemáticas.

— Grande parte do meu trabalho está relacionado a trauma com crianças mais novas. Como terapeuta, é menos deprimente que trabalhar com adolescentes suicidas. Lido com os efeitos de grandes situações traumáticas a longo prazo, como o 11 de Setembro.

— Li na internet sua entrevista para o *New York Times*. Deve ter sido fascinante.

— Foi, sim.

O segundo livro de Max era sobre eventos públicos e nacionais que traumatizaram grandes grupos de crianças. Ela estava envolvida em vários estudos e projetos de pesquisa, e já havia testemunhado várias vezes perante o Congresso.

— Se achar que tem alguma coisa que eu precise saber em relação a Helen ou Jason, me avise. As pessoas geralmente não me falam o que está acontecendo. Helen fala sem problemas mas também é discreta. Então, se a senhora detectar alguma coisa importante, ligue para mim.

— Tudo bem.

O telefone tocou. O paciente das cinco e meia tinha sido pontual. Uma garota anoréxica de 14 anos que estava melhor que no ano anterior, depois de seis meses hospitalizada em Yale.

— Obrigada novamente por ligar. Foi muito gentil de sua parte — disse Max com doçura. Afinal, ele não era tão ruim. Ligar e assumir o erro foi um ato nobre.

— Imagine — disse ele, e desligaram.

Maxine se levantou e abriu a porta para uma menina linda. Ainda estava extremamente magra e parecia bem mais nova do que era. Parecia ter cerca de 10 ou 11 anos, apesar de estar prestes a fazer 15. Contudo, quase tinha morrido de anorexia um ano antes, então as coisas estavam melhorando. Seus cabelos ainda estavam ralos, havia perdido vários dentes durante a internação e sua capacidade de ter filhos seria uma questão no futuro. Era uma doença séria.

— Oi, Josephine, pode entrar — chamou Maxine calorosamente, apontando para a poltrona familiar, onde a linda adolescente se encolheu como um gatinho, olhos enormes buscando os de Maxine.

Em poucos minutos, ela voluntariamente confessou ter roubado um pouco dos laxantes da mãe naquela semana, mas, depois de pensar muito, não os havia usado. Maxine pareceu compreender, e as duas conversaram sobre esse episódio, entre outros assuntos. Josephine começou a gostar de um menino que tinha conhecido, já havia retornado à escola e estava se sentindo melhor consigo mesma. O caminho de volta do lugar obscuro onde se vira no ano anterior, quando pesava menos de trinta quilos aos 13 anos, era longo e lento. Pesava trinta e oito quilos agora, ainda muito leve para sua altura, mas não parecia tão enfraquecida. O objetivo atual delas era chegar aos quarenta e cinco quilos. Naquele momento, estava ganhando quatrocentos gramas por semana, sem retroceder.

Maxine tinha mais uma paciente depois dela: uma menina de 16 anos que se cortava. Tinha cicatrizes nos braços, que ela cobria, e havia tentado se matar um ano antes. Maxine tinha sido indicada pelo médico da família, e elas estavam fazendo um progresso lento mas regular.

Maxine ligou para o Silver Pines antes de sair do consultório e foi informada de que Jason tinha se arrumado e saído para jantar com os outros residentes. Ele não falou muito e voltou para o quarto logo em seguida, mas era um começo. Ainda estava sob vigília, o que continuaria por algum tempo, até que o médico de plantão e Maxine se sentissem mais seguros em relação a ele. Ainda estava muito deprimido, corria muito risco, mas pelo menos estava a salvo no Silver Pines, motivo que a fez enviá-lo para lá.

Ela estava no elevador de seu prédio às sete e meia, exausta. Quando entrou em casa, Sam passou por ela correndo fantasiado de peru e grugulejando. Ela sorriu. Chegar em casa era bom. Tinha sido um longo dia e ela ainda estava triste por causa de Jason. Sentia muito pelos pacientes.

— O Halloween já acabou! — disse ela ao filho.

Sam parou, sorriu, voltou correndo e a abraçou na altura da cintura. Quase a derrubou fazendo isso. Era um menininho forte.

— Eu sei. Sou o peru na peça da escola — anunciou com orgulho.

— Escolheram o papel certo — comentou Jack, caminhando de short e chuteira, deixando um rastro de terra no carpete, o que não o incomodava nem um pouco. Carregava uma pilha de jogos de videogame que pegou emprestada com um amigo.

— Zelda vai ter um treco — avisou a mãe olhando para o carpete. Assim que ela falou, a babá apareceu de cara feia.

— Vou jogar essas chuteiras pela janela se você não entrar em casa descalço, Jack Williams. Você vai acabar com todos os nossos tapetes e com o chão! Quantas vezes eu vou ter de falar?

Ela bufou e voltou para a cozinha batendo os pés. Ele se sentou no chão e tirou os sapatos.

— Desculpa — murmurou ele, e depois sorriu para a mãe.
— Ganhamos do Collegiate hoje. São uns bebezões. Dois deles choraram quando perderam o jogo.

Maxine já havia presenciado dois meninos do time de Jack chorando também. Os garotos levavam os esportes a sério e não sabiam perder nem vencer.

— Que bom que ganhou. Vou ao jogo na quinta. — Ela havia reservado espaço na agenda para isso. Virou-se para Sam, que a olhava com adoração, vestido de peru. — Quando é sua peça?

— Um dia depois do Dia de Ação de Graças — respondeu ele todo contente.

— Tem alguma fala para você aprender?

Sam grugulejou alto em resposta. Jack tapou as orelhas e saiu andando, e Zelda gritou da cozinha:

— O jantar vai estar pronto em cinco minutos!

Zelda saiu para ver Maxine e disse em voz baixa:

— A gente esperou a senhora chegar.

Ela tentava atrasar o jantar nas noites em que Maxine trabalhava até mais tarde, a não ser quando ficava tarde demais para as crianças. Mas Zelda era boa em dar um jeito de todos fazerem a refeição juntos. Sabia o quanto isso era importante para Maxine. Era uma das várias coisas que Maxine gostava nela. Zelda nunca agia pelas suas costas nem fazia comentários passivo-agressivos sobre cuidar de seus filhos enquanto ela está longe. Nunca fazia nada que pudesse atrapalhar seu relacionamento com as crianças, como algumas babás de amigas faziam. Zelda era totalmente dedicada à família, e se mantinha assim havia doze anos. Não desejava de forma alguma usurpar o papel materno de Maxine com as crianças.

— Obrigada, Zellie — disse Maxine, e deu uma olhada em volta. Ainda não tinha visto a filha, apenas os meninos. — Cadê Daff? No quarto? — Provavelmente de mau humor, presumiu, depois de ser colocada de castigo no dia anterior.

— Ela pegou o celular e estava ligando — respondeu Sam antes de Zelda, que franziu o cenho para ele.

Ela ia contar para Maxine no momento certo. Sempre contava, e Maxine sabia que podia confiar em Zelda.

— Não é legal dedurar sua irmã — ralhou Zelda.

Maxine ergueu uma sobrancelha e foi para o quarto de Daphne. Sam estava certo, Maxine a encontrou na cama conversando alegremente ao celular. Daphne deu um pulo quando viu a mãe. Maxine se aproximou dela com a mão estendida. Nervosa, Daphne entregou o celular após finalizar a ligação rapidamente sem se despedir.

— A gente ainda é honesto nessa casa ou vou ter de esconder o celular?

As coisas definitivamente estavam mudando com Daphne, e rápido. Houve uma época, não muito distante, em que ela teria respeitado a punição e não teria pegado o celular de volta. Os 13 anos estavam mudando tudo, e Maxine não gostava disso.

— Desculpa, mãe.

Ela não olhou diretamente para a mãe. Zelda os chamou para o jantar, todos foram para a cozinha, Jack descalço e com short de futebol, Daphne com a roupa que usou para ir à escola e Sam ainda vestindo com orgulho sua fantasia de peru. Maxine tirou o blazer e colocou sapatos baixos. Tinha passado o dia de salto alto. Ela sempre parecia profissional no trabalho e relaxada em casa. Se tivesse tempo, teria colocado jeans, mas o jantar já havia esperado demais, e tanto ela quanto os filhos estavam famintos.

Foi uma refeição tranquila e confortável. Zelda se sentou com eles, como sempre fazia. Maxine achava maldade fazer com que ela comesse sozinha. Como não havia um pai à mesa, Maxine sempre a convidava para acompanhá-los. As crianças, de bom humor, falaram sobre o dia, exceto Daphne, que falou pouco e sabia que ainda estava encrencada. E estava com vergonha por causa do episódio do celular. Ela descobriu que Sam a dedurou, olhou para ele com raiva e murmurou que se vingaria. E Jack falou do jogo e prometeu ajudar a mãe a instalar um programa novo no computador. As crianças foram para seus respectivos quartos após o jantar. Zelda ficou na cozinha para fazer a limpeza. Maxine foi ao quarto de Daphne para conversar.

— Oi, posso entrar? — perguntou para a filha à porta. Geralmente pedia permissão, e nesse momento era ainda mais importante.

— Tanto faz — respondeu Daphne, e Maxine sabia que seria a melhor resposta que teria, considerando o castigo e o episódio do celular.

Ela entrou no quarto e se sentou na cama, onde Daphne estava deitada vendo TV. Tinha feito o dever de casa antes de a mãe chegar. Era boa aluna e tirava boas notas. Jack não era tão aplicado, por causa da tentação do videogame, e Sam ainda não tinha dever de casa.

— Eu sei que você está zangada comigo por causa do castigo, Daff. Mas não gostei das cervejas na festa. Quero confiar em você e nas suas amigas, principalmente se eu tiver de sair.

Daphne não falou nada, apenas olhou para o outro lado. Depois, por fim, olhou para a mãe com a expressão cheia de ressentimento.

— A ideia não foi minha. E foi outra pessoa que trouxe as cervejas.

— Mas você deixou que acontecesse. E deve ter bebido também. Nosso lar é sagrado, Daffy. Assim como minha confiança em você. Não quero que nada abale essa confiança.

Ela sabia com toda a certeza que algo abalaria essa confiança. Era previsível na idade de Daphne, e Maxine entendia isso, mas ainda tinha de cumprir seu papel de mãe. Não podia simplesmente fingir que não havia acontecido e não reagir. E Daphne também sabia disso. Ela só lamentava que tivessem sido pegas em flagrante.

— É, eu sei.

— Suas amigas têm de respeitar a gente quando vêm aqui. E não acho que ficar bebendo seja uma ideia muito boa.

— Tem gente que faz coisa pior — argumentou a filha com o nariz em pé.

Maxine sabia disso. Muito pior. Fumavam maconha, usavam drogas mais pesadas, bebiam destilados, e muitas meninas da idade de Daphne já haviam transado. Maxine ouvia casos regularmente no trabalho. Uma das pacientes dela chupava qualquer menino desde o sexto ano.

— Por que tanto escândalo só porque a gente tomou cerveja?

— Porque é contra as nossas regras. E, se você começar a quebrar algumas regras, onde isso vai parar? Temos certos acordos entre nós, falados ou não, e temos de respeitar esses acordos, ou renegociar os limites em algum momento, mas não agora. Regras são regras. Eu não trago homens para cá e passo a noite fazendo orgias. Vocês esperam que eu aja de determinada maneira, e eu obedeço. E não fico no meu quarto enchendo a cara e dormindo bêbada. Como você se sentiria se eu fizesse isso?

Daphne sorriu, mesmo sem querer, ao imaginar a mãe em uma cena dessas.

— Você nunca sai com ninguém mesmo. A mãe de várias amigas minhas levam namorados em casa. Você não tem namorado.

A intenção das palavras foi machucar, e machucaram um pouco.

— Mesmo se tivesse, eu não ficaria no quarto bebendo. Quando você for mais velha, pode beber comigo ou na minha frente. Mas você não está na idade de beber de acordo com a lei, nem as suas amigas, e não quero isso acontecendo aqui. Ainda mais aos 13 anos.

— Eu sei — disse Daphne, e depois completou a frase. — O papai deixou a gente beber vinho na Grécia no verão passado. Ele até deu um pouco para o Sam. E ele não surtou por causa disso.

— Isso é diferente. Vocês estavam com ele. Ele deu o vinho para vocês, e vocês não estavam bebendo escondidos, embora eu também não goste muito dessa ideia. Vocês são muito novos para beber. Não precisam começar agora.

Mas Blake era assim. Suas ideias eram muito diferentes das dela, e não havia regras para si próprio nem para os filhos. E ele realmente levava mulheres para casa, se é que podiam ser chamadas assim. A maioria delas tinha acabado de se tornar mulher; em breve, conforme os filhos cresciam, as mulheres com as quais saía teriam a idade deles. Maxine achava que Blake era sossegado e descuidado demais na frente das crianças, mas ele nunca a ouvia. Ela já havia falado sobre isso várias vezes, e tudo que ele fazia era rir e fazer tudo de novo.

— Quando eu for mais velha, você vai me deixar beber aqui? — Daphne estava tateando o terreno.

— Talvez. Se eu estiver por perto. Mas não vou deixar suas amigas beberem aqui se forem menores de idade. Posso ter muitos problemas por causa disso, ainda mais se alguma coisa der errado ou se alguém se machucar. Simplesmente não é uma boa ideia.

Maxine acreditava em regras e as seguia fielmente. Os filhos sabiam disso, todo mundo sabia disso, incluindo Blake.

Daphne não teceu nenhum comentário. Já havia escutado o sermão antes, quando discutiram sobre isso. Sabia que outros pais tinham regras bem mais flexíveis, alguns não tinham regra alguma, e alguns eram como sua mãe. Era uma loteria. Sam apareceu à porta com sua fantasia de peru procurando pela mãe.

— Mamãe, eu tenho que tomar banho hoje? Tomei muito cuidado. Não me sujei nem um pouco.

Maxine respondeu com um sorriso, e Daphne aumentou o volume da TV, o que era um sinal para a mãe de que havia escutado o suficiente e não queria mais ouvir nada. Maxine se inclinou para dar um beijo nela e saiu do quarto com o filho caçula.

— Não interessa se você tomou cuidado hoje. Sim, tem de tomar banho.

— Que saco.

Zelda estava esperando com uma expressão nefasta. Maxine deixou Sam com ela, parou para ver Jack, que jurava ter feito o dever de casa, e depois foi para o próprio quarto e ligou a TV. Era uma boa noite, calma e tranquila em casa, o tipo de noite de que mais gostava.

Pensou sobre o que Daphne tinha dito. Não era totalmente verdade. Ela saía para jantar de vez em quando, jantares de antigos amigos ou de casais da época em que era casada. Ia a óperas, peças e balés, apesar de menos do que deveria, ela sabia disso. Sentia que tudo demandava muito esforço, adorava ficar em casa depois de um dia agitado. Ia ao cinema com os filhos e a jantares inevitáveis com grupos de médicos. No entanto, entendeu o que Daphne quis dizer, e a filha tinha razão. Ela não saía com ninguém havia um ano. Isso a incomodava às vezes, principalmente quando percebia que o tempo estava passando. Tinha 42 anos, afinal de contas, e não tinha um homem em sua vida desde Blake. Saía com alguém de vez em quando, mas havia anos que não se sentia atraída por um homem, e não tinha muitas oportunidades para conhecer ninguém. Estava sempre no trabalho ou com os filhos, e a maioria dos médicos que conhecia era casada ou queria trair a esposa, o que não estava nem um pouco disposta a fazer. Havia pouquíssimos homens livres e atraentes na casa dos 40 e 50 anos. Todos os caras interessantes estavam casados ou pareciam estar, e os que sobraram tinham "questões" a trabalhar ou problemas com intimidade, eram gays ou tinham fobia de compromisso ou queriam namorar mulheres com metade da sua idade. Encontrar um homem para um relacionamento não era tão fácil quanto parecia, e não estava tão preocupada com isso. Achava que, se fosse para acontecer algum dia, aconteceria. Até lá, por ela estava tudo bem.

Quando ela e Blake se separaram, Max achou que encontraria outra pessoa, talvez até se casasse de novo, no entanto isso parecia mais improvável a cada ano. Blake estava na ativa, curtindo a vida com jovens deslumbrantes. Maxine ficava sentada em casa toda noite, com os filhos e a babá, e tinha suas dúvidas se queria que fosse diferente. Certamente não trocaria os filhos por um encontro. E, no fim das contas, qual o problema disso? Por um instante, Maxine permitiu que a mente vagueasse por imagens de noites nos braços do marido, dançando com ele, rindo com ele, caminhando na praia com ele e fazendo amor. Pensar que nunca mais faria sexo era meio assustador, ou que não beijaria mais ninguém. Contudo, se era isso que a vida lhe reservava, tudo bem. Tinha os filhos. Do que mais precisava? Ela sempre disse a si mesma que isso bastava.

Maxine ainda estava pensando no assunto quando Sam entrou no quarto. Ele tinha acabado de tomar banho, estava usando um pijama limpinho, pés descalços, cabelos úmidos com cheiro de xampu. Pulou na cama da mãe.

— No que você está pensando, mãe? Você parece triste. — As palavras de Sam a fizeram sair de seu devaneio e sorrir para ele.

— Não estou triste, meu amor. Só estava pensando em umas coisas.

— Coisas de gente grande? — perguntou com interesse enquanto aumentava o volume da TV com o controle remoto.

— É, mais ou menos isso.

— Posso dormir com você hoje? — Pelo menos dessa vez ele não inventou um gorila. Maxine sorriu para o filho.

— Claro. Por mim tudo bem.

Maxine adorava quando ele dormia com ela. Sam se aconchegou ao seu lado. Os dois recebiam o conforto do qual precisavam. Com seu pequeno Sam, tão fofinho, dormindo ali, encolhido ao seu lado, o que mais poderia querer? Nenhum namorado ou relacionamento jamais seria tão adorável.

4

Na manhã do feriado do Dia de Ação de Graças, Maxine foi dar uma olhada nos filhos em seus respectivos quartos. Daphne estava deitada na cama conversando com uma amiga ao celular, que tinha sido oficialmente devolvido a ela.

Ainda estava de castigo, sem poder sair com os amigos, mas pelo menos agora podia conversar pelo telefone. Jack estava na frente do computador vestindo camisa azul, calça cinza e um blazer. Maxine o ajudou com a gravata. E Sam ainda estava de pijama grudado na TV, vendo o desfile da Macy's. Zelda saiu cedo para passar o dia com uma amiga que trabalhava com uma família em Westchester. Ela ia preparar o almoço para um grupo de babás que conhecia. Elas eram um tipo especial de pessoa — davam a vida pelas crianças que amavam e das quais cuidavam, porém não tinham filhos.

Maxine pegou as roupas de Sam e lembrou a Daphne que ela devia sair do telefone e se arrumar. A filha entrou no banheiro com o celular grudado na orelha e bateu a porta. Maxine foi para o quarto se arrumar. Planejava vestir calça bege com um suéter de caxemira de gola alta, com uma cor que combinasse com a calça, e sapatos de salto alto. Colocou o suéter e começou a pentear os cabelos.

Dez minutos depois, Sam entrou no quarto com a camisa mal abotoada, o zíper da calça aberto e os cabelos desgrenhados. Max sorriu.

— Estou bonito? — perguntou com confiança.

Ela penteou os cabelos de Sam e pediu a ele que fechasse o zíper.

— Ah — disse ele com um sorriso quando a mãe abotoou sua camisa, então ela pediu que pegasse a gravata. Franziu o rosto. — Eu tenho que usar isso também? Ela fica me estrangulando.

— Então a gente não aperta muito. O vovô sempre coloca gravata, e Jack também está usando hoje.

— Mas o papai nunca coloca gravata — rebateu Sam, chateado.

— Coloca, sim. — Maxine se manteve firme. Blake ficava lindo de terno. — Ele coloca quando sai.

— Ele não coloca mais.

— Bem, é para usar gravata no Dia de Ação de Graças. E não se esqueça de pegar o mocassim.

Maxine sabia que, se não falasse isso, Sam iria querer usar o tênis de corrida para almoçar na casa dos avós. Ele voltou para o quarto para pegar a gravata e o sapato. Daphne apareceu à porta vestindo minissaia preta, meia-calça preta e sapato de salto alto. Foi ao quarto da mãe para pegar outro suéter emprestado, o cor-de-rosa que ela mais gostava. Pequenos diamantes brilhavam em suas orelhas. Presente de Maxine em seu aniversário de 13 anos, quando permitiu que ela furasse as orelhas. Queria fazer mais um furo em cada uma. "Todo mundo" na escola tinha pelo menos dois furos. Maxine ainda não havia cedido, e a filha estava linda com os cabelos penteados delicadamente. Maxine entregou o suéter cor-de-rosa no momento em que Sam entrou, calçado e com uma expressão esquisita.

— Não consigo achar a gravata — declarou ele parecendo contente.

— Consegue, sim. Volte e procure de novo — pediu Maxine com firmeza.

— Eu te odeio — disse ele. Era a resposta que ela esperava. Maxine colocou o blazer, os saltos e os brincos de pérola.

Meia hora depois, todos estavam vestidos, os dois meninos estavam de gravata e parcas para neve por cima do blazer, e Daphne, com um casaco preto curto com gola de pele, presente de aniversário de Blake. Todos pareciam arrumados, respeitáveis e bem-vestidos. Fizeram uma caminhada curta pela Park Avenue até o apartamento dos avós. Daphne queria pegar um táxi, mas Maxine disse que a caminhada faria bem a eles. Era um dia bonito e ensolarado de novembro, e as crianças estavam ansiosas pela chegada do pai à tarde. Blake vinha de Paris, e o combinado era que estariam no apartamento dele para o jantar. Maxine concordou em ir também. Vê-lo seria bom.

O porteiro do prédio dos avós desejou um feliz Dia de Ação de Graças para todos quando entraram no elevador. A mãe de Maxine esperava por eles à porta assim que chegaram. Ela era muito parecida com a filha, uma versão mais velha e um pouco mais pesada, e o pai de Maxine estava logo atrás com um sorriso enorme.

— Meu Deus! — exclamou ele com doçura. — Vocês são um grupo muito bonito.

Ele deu um beijo na filha e cumprimentou os meninos com um aperto de mão. Enquanto isso, Daphne deu um beijo na avó e sorriu para o avô, que lhe deu um abraço.

— Oi, vô — disse ela com carinho.

Eles acompanharam os avós até a sala. A avó tinha preparado vários arranjos lindos com flores do outono, o apartamento estava mais arrumado e elegante do que nunca. Estava tudo impecável e arrumado, e as crianças se sentaram educadamente no sofá e nas cadeiras. Sabiam que deviam se comportar na casa dos avós, que eram gentis e amáveis, mas desacostumados a receber várias crianças ao mesmo tempo, principalmente meninos. Sam pegou um baralho do bolso e começou a jogar com o avô, enquanto Maxine e a mãe foram para a cozinha ver como estava o peru. Tudo já havia sido meticulosamente arrumado e preparado — talheres de prata reluzente, guardanapos de pano liso, peru no forno, legumes na panela. Passar o Dia de Ação de Graças juntos era uma tradição que todos amavam. Maxine gostava de visitar os pais. Eles a apoiaram a vida inteira, principalmente depois do divórcio. Gostavam de Blake, mas achavam que tinha exagerado desde que ficou rico. O atual estilo de vida dele estava completamente além do que podiam compreender. Preocupavam-se com sua influência sobre as crianças, mas ficavam aliviados ao ver que os valores sólidos e a atenção constante de Maxine continuaram a mantê-las firmes. Eles eram loucos pelos netos, amavam recebê-los e passar os feriados com eles.

O pai de Maxine ainda trabalhava dando aulas e acompanhando cirurgias em casos especiais. Tinha muito orgulho da filha e de sua carreira. Quando ela optou pela medicina e seguir seus passos, ficou muito feliz. Um tanto surpreso pela decisão de se especializar em psiquiatria, um mundo que ele mal conhecia, mas ficava impressionado com a carreira e a reputação dela na área. Ele já havia distribuído vários exemplares dos dois livros da filha.

A mãe de Maxine verificou as batatas-doces no forno, mexeu no peru para se certificar de que não estava ficando seco e se virou para Maxine com um sorriso caloroso. Era uma mulher quieta e reservada, satisfeita com a vida dedicada a apoiar o marido e orgulhosa por ser casada com um médico. Nunca sentiu necessidade de ter uma carreira própria. Era de uma geração que gostava de se manter como apoio do marido, de criar os filhos e, caso não houvesse nenhuma necessidade financeira, de ficar em casa em vez de trabalhar. Fez inúmeros trabalhos voluntários para a Junior League, era voluntária no hospital onde o marido havia trabalhado e gostava de ler para deficientes visuais. Era uma pessoa feliz, que sentia sua vida completa, embora se preocupasse com a filha. Ela achava que Maxine tinha muitas responsabilidades e trabalhava demais. Incomodava-se mais que o marido com o fato de Blake ser um pai ausente, apesar do próprio marido também não ter se envolvido diretamente com a criação da filha. Mas os motivos para isso, e o trabalho exigente dele, pareciam bem mais compreensíveis e respeitáveis para Marguerite Connors que a busca obsessiva e totalmente irresponsável de Blake por diversão. Ela nunca conseguiu compreender o que ele estava fazendo e como se comportava, e achava incrível que Maxine fosse tão paciente e tolerasse a total falta de responsabilidade de Blake com os filhos. Na verdade, sentia muito pelas crianças, pelo que estavam perdendo, e de Maxine. E ficava preocupada por não haver um homem sério na vida da filha.

— Como você está, filha? Ocupada como sempre? — perguntou Marguerite.

Conversava com Maxine algumas vezes na semana, mas raramente falavam de algo realmente importante. Caso Maxine sentisse necessidade, preferia discutir sobre as coisas com o pai, que tinha uma visão mais realista do mundo. A mãe foi tão protegida nos quase cinquenta anos de casamento que era bem menos capaz de ajudar de maneira prática. E Maxine detestava deixá-la preocupada.

— Está escrevendo um livro novo?

— Ainda não. E as consultas sempre ficam meio agitadas no fim do ano. Tem sempre um irresponsável fazendo algo para colocar os filhos em perigo e traumatizá-los, e os meus pacientes adolescentes ficam chateados nessa época do ano, que nem todo mundo. Essas festas parecem mexer com as pessoas — respondeu Maxine ajudando a mãe a colocar os pães no cesto depois de aquecidos.

O jantar estava com uma aparência ótima e um cheiro delicioso. Apesar de ter uma ajudante durante a semana, Marguerite era uma cozinheira incrível e se orgulhava de fazer os jantares festivos sozinha. Também preparava o jantar de Natal, o que era um grande alívio para Maxine, que nunca foi tão inclinada a trabalhos domésticos quanto a mãe. Ela era bem mais como o pai em vários sentidos. Também tinha a visão de mundo realista e prática dele. Era mais científica que artística e, sendo a mantenedora da própria família, mais sensata. Até hoje, o pai dela ainda assinava cheques e pagava contas. Maxine sabia que, se alguma coisa acontecesse com ele, a mãe ficaria completamente perdida no mundo real.

— Esses feriados são cheios para nós também — comentou Marguerite enquanto tirava o peru do forno. Estava pronto para ser fotografado para uma revista. — Acho que todo mundo quebra alguma parte do corpo na temporada de esqui. Assim que fica frio as pessoas começam a cair e quebrar o quadril. — Ela mesma fez isso três anos antes e passou por uma cirurgia. Recuperou-se muito bem. — Você sabe como seu pai fica ocupado nessa época do ano.

Maxine sorriu em resposta. Ajudou a tirar as batatas-doces do forno e a colocá-las na ilha no centro da cozinha. A cobertura de marshmallow sobre as batatas tinha uma cor marrom-dourada perfeita.

— O papai está sempre ocupado, mãe.

— Você também — declarou a mãe com orgulho, e foi chamar o marido para cortar o peru.

Maxine foi com ela até a sala. O pai ainda estava jogando cartas com Sam, e os outros dois filhos estavam vendo futebol americano na TV. O pai adorava esportes, e foi o cirurgião ortopédico do New York Jets durante anos. Ainda recebia os atletas como pacientes particulares no consultório.

— Hora do peru — anunciou Marguerite. Seu marido se levantou para cortar a ave. Pediu licença a Sam e olhou para a filha com um sorriso. Estava se divertindo.

— Eu acho que ele rouba no jogo — comentou o pai de Max sobre o neto.

— Com certeza — concordou Maxine, e o pai foi para a cozinha.

Dez minutos depois, o peru estava cortado, e ele o levou para a mesa de jantar. Marguerite chamou todos para se sentarem à mesa. Maxine adorava o ritual familiar e se sentia grata por aquela reunião e pelos pais estarem com saúde. A mãe tinha 78 e o pai 79 anos, mas ambos estavam em boa forma. Era difícil acreditar que eles já tivessem essa idade.

A mãe fez as orações, como fazia todo ano, e depois o pai ofereceu o prato de peru a todos. Havia o recheio da ave, geleia de mirtilo, batatas-doces, arroz selvagem, ervilhas, espinafre, purê de castanha e pães feitos pela mãe. Um verdadeiro banquete.

— Hummm! — disse Sam quando empilhou as batatas-doces com cobertura de marshmallow no prato. Pegou bastante geleia, uma boa porção de recheio, uma fatia de peru e nada de legumes. Maxine não disse nada, deixou que curtisse a refeição.

Como sempre, a conversa era animada quando estavam juntos. O avô perguntou a cada um como estava indo na escola, e ficou especialmente interessado pelos jogos de futebol de Jack. Depois do almoço todos estavam tão satisfeitos que mal conseguiam se mexer. A refeição foi finalizada com torta de maçã, de abóbora e de carne moída, e sorvete de baunilha ou creme de leite perfeitamente batido como acompanhamentos opcionais. A camisa de Sam começou a sair de dentro da calça nas costas quando ele se levantou, a gola estava aberta e a gravata parecia torta. Jack, mais respeitável, apesar de também ter tirado a gravata. Apenas Daphne parecia uma perfeita lady, exatamente como quando chegou. As três crianças voltaram para a sala para ver futebol, e Maxine foi se sentar e relaxar com os pais tomando café.

— O almoço foi fantástico, mãe — elogiou Maxine com sinceridade. Adorava a comida da mãe e gostaria de ter aprendido a cozinhar com ela, mas não tinha nem a dedicação nem a habilidade. — A comida da senhora cozinha é fantástica — acrescentou. A mãe estava radiante.

— Sua mãe é uma mulher incrível — disse o pai, e Maxine sorriu quando os dois trocaram um olhar.

Eram um casal lindo. Depois de todos aqueles anos, ainda estavam apaixonados. O aniversário de cinquenta anos de casamento seria no ano seguinte. Maxine já estava pensando em dar uma festa para eles. Sendo filha única, a responsabilidade era sua.

— As crianças estão ótimas — comentou o pai.

Maxine estava pegando chocolate com menta na bandeja de prata que a mãe colocou para eles. Ela deu um gemido. Difícil acreditar que era capaz de ingerir mais alguma coisa depois da refeição desmedida, mas, de alguma forma, conseguiu.

— Obrigada, pai. Elas estão bem.

— Uma pena que o pai não as veja com mais frequência. — Era um comentário que ele sempre fazia. Apesar de gostar da companhia de Blake de vez em quando, achava que era uma lástima como pai.

— Ele vai aparecer hoje mais tarde — comentou Maxine distraidamente. Ela sabia o que o pai achava e não discordava totalmente.

— E vai ficar quanto tempo? — perguntou Marguerite. Ela pensava como o pai de Max, que Blake tinha se tornado uma grande decepção como marido e como pai, apesar de gostar dele.

— Acho que o fim de semana todo. — Se é que ficaria tanto tempo. Nunca dava para ter certeza com Blake. Mas, pelo menos, ele estava vindo e ia encontrá-los no Dia de Ação de Graças. Isso não era comum para ele, e as crianças ficavam felizes com qualquer tempo que passassem com o pai, mesmo que breve.

— Quando foi a última vez que ele viu as crianças? — perguntou o pai com um tom óbvio de reprovação.

— Em julho. Na Grécia, no barco. Eles se divertiram.

— A questão não é essa — interveio o pai, sério. — Crianças precisam de um pai. Ele nunca está presente.

— Nunca esteve — acrescentou Maxine com honestidade. Não tinha mais de defendê-lo, apesar de não gostar de ser indelicada ou de chatear os filhos com comentários negativos sobre Blake, coisa que nunca fazia. — Foi por isso que nos separamos. Ele ama as crianças, só se esquece de aparecer. Como diria Sam, "é uma droga". Mas elas parecem estar adaptadas a isso. Talvez no futuro isso seja algum problema, mas por enquanto parece tudo bem. Aceitam o pai como ele é, um cara adorável e instável que ama os filhos, uma pessoa divertida.

Era uma avaliação perfeita de Blake. O pai franziu o cenho e balançou a cabeça.

— E você? — perguntou ele.

Sempre preocupado com a filha. Assim como Marguerite, ele achava que Maxine trabalhava demais, mas tinha muito orgulho dela, apenas sentia pena por estar sozinha. Para ele, isso não parecia justo, sentia mais rancor de Blake pelo fim do casamento do que a própria Maxine. Ela já havia superado isso. Seus pais nunca conseguiram.

— Estou bem — respondeu Maxine com suavidade em resposta à pergunta do pai. Ela sabia o que ele queria dizer. Sempre perguntavam.

— Tem algum homem interessante em vista? — Ele estava com um ar de esperança.

— Não — disse ela com um sorriso. — Ainda estou dormindo com Sam. — Seus pais sorriram.

— Espero que isso mude — declarou Arthur Connors com uma expressão de preocupação. — Essas crianças vão crescer um dia. Quando você menos esperar, estará sozinha.

— Acho que ainda tenho alguns anos antes de entrar em pânico por causa disso.

— Passa muito rápido — comentou Arthur pensando na filha. — Mal pisquei e você já estava na faculdade. E agora olhe para você. É uma autoridade no seu campo. Quando penso em você, Max, ainda acho que tem 15 anos. — Ele sorriu com doçura para ela, a mãe concordou.

— É, eu também sinto isso, pai. Às vezes olho para Daphne vestindo minhas roupas e meus sapatos, e me pergunto como isso aconteceu. Outro dia ela tinha 3 anos. Jack de repente ficou tão alto quanto eu, de um dia para o outro, e cinco minutos atrás Sam era um bebê de dois meses. Estranho, não é?

— É mais estranho ainda quando as "crianças" chegam à sua idade. Você vai ser sempre uma criança para mim.

Ela gostava desse aspecto do relacionamento com os pais. Tinha de haver um lugar no mundo, um lugar real, onde ainda fosse possível ser uma criança. Era muito difícil ser adulto o tempo todo. Isso era bom em ainda ter pais, havia uma sensação de segurança em não ter de ser o membro mais velho da família.

De vez em quando, Maxine se perguntava se o comportamento louco e selvagem de Blake não era motivado pelo medo de envelhecer. Ela não teria como culpá-lo totalmente se fosse o caso. De diversas maneiras, não havia nada que ele temesse mais que responsabilidades; no entanto, tinha se saído muito bem nos negócios. Mas isso era diferente. Blake queria ser um prodígio ou um menino de ouro para sempre, e agora era um adulto de meia-idade. Maxine sabia que isso o assustava mais que tudo, e, por mais que corresse muito rápido, não teria como fugir de um confronto consigo mesmo. Era um pouco triste, e ele perdeu muita coisa no processo. Enquanto corria acima da velocidade do som, seus filhos cresciam e ele a havia perdido. Parecia um preço bem alto em troca de ser o Peter Pan.

— Não fique se achando velha tão cedo — disse o pai. — Você ainda é jovem, e o homem que ficar com você será sortudo. Aos 42, você ainda é uma criança. Não se tranque, não se esqueça de sair e se divertir.

Todos sabiam que Maxine não saía muito. Às vezes, Arthur temia que ela ainda estivesse apaixonada por Blake, que ainda o quisesse, mas Marguerite insistia que não era o caso. O pai tentou apresentá-la a alguns médicos no começo, mas nunca deu certo, e Maxine disse que preferia encontrar seus próprios pretendentes.

Ela ajudou a mãe a arrumar a mesa e a cozinha, mas Marguerite disse que a faxineira estaria de volta no dia seguinte, então foram para a sala se juntar aos outros, que assistiam a um jogo avidamente. Relutante, às cinco da tarde Maxine chamou os filhos para irem embora. Detestava fazer isso, mas não queria que se atrasassem para encontrar Blake. Cada segundo com o pai era precioso. Os pais dela ficaram com pena de vê-los indo embora. Eles trocaram abraços e beijos, e ela e os filhos agradeceram pela refeição maravilhosa. O Dia de Ação de Graças de todo mundo devia ser assim. Maxine estava grata pela família que tinha. Sabia o quanto tinha sorte.

Ela e as crianças caminharam lentamente pela Park Avenue até o prédio deles. Eram cinco e meia. Os filhos tiraram as roupas chiques. Às seis, com uma pontualidade incomum, Blake ligou. Tinha acabado de aterrissar. Estava saindo do aeroporto e chegaria às sete. Ele avisou que estava tudo pronto e esperando por eles. O jantar foi organizado por um bufê, e, sabendo que todos teriam comido peru na casa dos pais de Maxine, Blake disse que pediu uma coisa diferente. O jantar estaria pronto às nove, eles podiam conversar até lá. Só de ouvir isso, as crianças já ficaram animadas.

— Tem certeza de que ainda quer que eu vá? — perguntou Maxine com cuidado.

Detestava se intrometer no tempo que os filhos tinham com o pai, apesar de saber que Sam ficaria mais confortável se ela estivesse por perto. Mas o filho teria de se acostumar a ficar sozinho com o pai mais cedo ou mais tarde. Blake nunca passava tempo suficiente com Sam para que o filho superasse essa fase. Blake não se incomodava, gostava muito da presença de Maxine e sempre a fazia se sentir bem-vinda. Mesmo depois de cinco anos de divórcio, eles ainda gostavam da companhia um do outro, como amigos.

— Quero muito — respondeu Blake à pergunta dela. — A gente coloca o papo em dia enquanto as crianças estiverem correndo pela casa.

As crianças sempre se esbaldavam na casa do pai, jogavam videogame e assistiam a filmes. Adoravam a sala de projeção e os assentos enormes e confortáveis. Blake tinha todos os brinquedinhos mais modernos do mundo, pois também era uma criança. Ele fazia com que Maxine se lembrasse de Tom Hanks em *Quero ser grande*, um menino sob um feitiço fingindo ser homem.

— Vejo você daqui a pouco — prometeu Blake.

Maxine desligou e deu a notícia aos filhos. Tinham uma hora para relaxar e arrumar as mochilas para o fim de semana com o pai. Sam parecia um pouco inseguro, então Maxine garantiu que ficaria bem.

— Você pode dormir com a Daffy se precisar — disse ela ao filho, que pareceu contente com a ideia.

Maxine mencionou isso à filha alguns minutos depois e pediu a ela que tomasse conta de Sam. Daphne não se importou.

Uma hora depois, os quatro estavam juntos em um táxi a caminho do apartamento de Blake. O elevador parecia uma espaçonave. Era necessário um código especial para chegar à cobertura duplex dele. Quando Blake abriu a porta, tudo se resumiu ao mundo mágico em que vivia. A música no extraordinário aparelho de som estava nas alturas, a arte e a iluminação eram incríveis, a vista era para além de espetacular: paredes de vidro, janelas panorâmicas e claraboias enormes. As paredes internas eram espelhadas para refletir a vista, e o pé-direito tinha quase nove metros de altura. Blake transformou os dois andares em um só apartamento com uma escada circular no meio, e possuía todos os jogos, brinquedos, aparelhos de som, TVs, dispositivos e engenhocas possíveis e imagináveis. Ele colocou um filme para ser projetado em uma parede inteira e entregou os fones de ouvido a Jack para que ele o visse. Beijou e abraçou todos eles, deu um celular novo para Daphne, esmaltado de rosa com as iniciais dela gravadas, e mostrou para Sam como mexer na nova cadeira com remos do videogame que ele instalou. Estavam todos ocupados brincando e se adaptando aos seus quartos novamente quando Blake finalmente teve um momento de paz para sorrir para a ex-esposa e abraçá-la amistosamente.

— Oi, Max — saudou ele com calma. — Como você está? Desculpe pelo caos.

Blake estava deslumbrante como sempre. E estava bastante bronzeado, o que fazia com que seus reluzentes olhos azuis ficassem ainda mais admiráveis. Vestia jeans, suéter preto de gola alta e botas pretas de caubói encomendadas em Milão. Sem sombra de dúvidas Blake era irresistível, lembrou Maxine. Tudo nele era atraente e incrivelmente lindo por cerca de dez minutos. Então, percebia-se que não se podia contar com ele, que Blake nunca aparecia e que, independentemente do charme, ele jamais iria crescer. Era o Peter Pan mais lindo, inteligente e adorado do mundo. Era ótimo, caso se quisesse brincar de Wendy. Caso contrário, ele simplesmente não era o homem certo. De vez em quando, Maxine tinha de se lembrar disso. Estar na mesma sintonia de Blake era uma experiência inebriante. Mas ela sabia melhor que ninguém que ele não era um adulto responsável. Às vezes, sentia que Blake era um quarto filho.

— Eles amam o caos — comentou ela, deixando-o confortável. Estar com Blake era o verdadeiro caos. E quem não gostava disso na idade dos filhos? Era bem mais difícil de aguentar na idade dela. — Você está ótimo, Blake. Como foi no Marrocos, ou em Paris? Sei lá onde você estava...

— A casa de Marrakech vai ficar linda. Passei a semana toda lá. Ontem estava em Paris.

Maxine gargalhou diante do contraste da vida deles. Ela estava no Silver Pines acompanhando Jason, em Long Island. Era bem diferente do glamour da vida do ex-marido, mas não trocaria de lugar com ele de jeito nenhum. Não tinha mais como viver daquela forma.

— Você também está muito bem, Max. Continua muito ocupada? Cuidando de milhões de pacientes? Não sei como consegue. — Ainda mais sabendo que ela lidava com coisas pesadas. Blake admirava o trabalho de Maxine e o tipo de mãe que era. Foi uma ótima esposa também. Ele sempre dizia isso.

— Gosto das coisas do jeito que estão — comentou Maxine, sorrindo. — Alguém tem de fazer esse trabalho, ainda bem que sou eu. Amo trabalhar com crianças.

Blake assentiu, sabia que era verdade.

— Como foi o almoço nos seus pais?

Ele se sentia meio sufocado nas comemorações do Dia de Ação de Graças, mas mesmo assim gostava delas, o que era engraçado. A família de Maxine era como toda família devia ser, e poucas eram. Blake não tinha um feriado assim havia cinco anos.

— Foi bom. Eles amam as crianças, e são tão queridos. Os dois estão incrivelmente bem para a idade. Meu pai ainda faz operações, mas não tantas, e continua dando aulas e atendendo na clínica todos os dias, aos 79.

— Você também vai ser assim — disse Blake, servindo champanhe em duas taças. Entregou uma para Maxine. Ele sempre bebia Cristal.

Ela pegou a taça, tomou um gole e admirou a vista do apartamento. Era como se estivessem voando sobre a cidade. Tudo que ele tinha ou tocava adquiria um ar mágico. Blake era o que as pessoas sonhavam em ser caso dessem sorte, mas pouquíssimas tinham seu estilo e sua habilidade de executá-lo.

Maxine ficou surpresa por ele não estar acompanhado dessa vez. Minutos depois, Blake explicou a situação, sorrindo.

— Acabei de levar um fora.

Um fora de uma supermodelo de 24 anos que tinha ficado com um astro da música e que, segundo Blake, tinha um avião maior que o dele. Maxine não conseguiu conter uma gargalhada diante da maneira como Blake falou. Ele não parecia chateado, e ela sabia que não estava. As garotas com as quais saía eram apenas parceiras no jogo. Ele não desejava se casar nem queria mais filhos, então as jovens com as quais se divertia na certa se casariam com outra pessoa. Casamento não era uma opção para Blake, nem passava pela sua cabeça. Eles estavam sentados na sala conversando quando Sam entrou e se sentou no colo da mãe. Ficou observando Blake com interesse, como se fosse um amigo da família, e não seu pai, e então perguntou sobre a namorada que estava com ele no verão anterior. Blake olhou para o menino e riu.

— Você perdeu as duas outras depois daquela, amigo. Eu estava contando para sua mãe agora mesmo. Ela me deu um fora na semana passada. Então dessa vez só tem eu aqui.

Sam assentiu com a cabeça ao ouvir a explicação e olhou para a mãe.

— A mamãe também não tem namorado. Ela nunca sai. Ela tem a gente.

— Ela devia sair — disse Blake, sorrindo para os dois. — É uma mulher linda, e qualquer dia desses vocês vão crescer.

Foi exatamente o que o pai de Maxine disse naquele mesmo dia, depois do almoço. Ela ainda tinha mais doze anos até que Sam fosse para a faculdade. Não tinha pressa, apesar de os outros se preocuparem. Blake perguntou a Sam sobre a escola, não tinha mais o que dizer sobre Max, e Sam contou ao pai que foi o peru na peça da escola. Maxine havia mandado fotos da peça para Blake, como sempre fazia com eventos importantes. Mandou vários outros e-mails com fotos de Jack nos jogos de futebol.

As crianças iam e vinham, batiam papo com os pais, acostumavam-se a Blake novamente. Daphne olhava para ele com óbvia adoração, e, quando ela saiu da sala, Maxine falou do incidente com a cerveja, só para que ficasse sabendo e não deixasse que acontecesse enquanto ela estivesse com ele.

— Ah, Max — repreendeu ele com carinho —, não seja tão severa. Ela é só uma criança. Você não acha que um mês de castigo é um pouco demais? Daphne não vai virar uma alcoólatra por causa de duas cervejas.

Foi o tipo de reação que ela estava esperando dele, e não gostava dessa resposta. Mas não estava surpresa. Era uma das várias diferenças entre os dois. Blake não acreditava em regras para ninguém, muito menos para ele mesmo.

— Não vai mesmo — comentou Maxine com calma —, mas, se eu deixar que bebam em casa agora, com 13 anos, onde isso vai parar nos 16 ou 17? Festinhas com crack ou heroína enquanto eu estiver fora com meus pacientes? Ela precisa de limites, tem de respeitar os limites, ou vamos estar na pior daqui a alguns anos. Prefiro frear agora.

— Eu sei. — Ele suspirou. Seus olhos azuis brilharam mais que nunca quando olhou para ela envergonhado. Parecia um menininho que tinha acabado de receber uma bronca da mãe ou da professora na escola. Era um papel do qual Maxine não gostava, mas que exercia com Blake havia anos. Já estava acostumada. — Você deve estar certa. É que para mim não parece tão sério. Eu fazia muito pior na idade dela. Roubava uísque do bar do meu pai aos 12 e vendia tudo na escola. Lucrava muito. — Ele riu, assim como Max.

— Isso é outra coisa. Isso se chama fazer negócio. Você era um empresário nessa idade, não um bêbado. Aposto que você não bebia o uísque.

Em geral, Blake não bebia muito, e quase nunca havia usado drogas. Ele só não tinha limites em outros aspectos.

— Você tem razão. — Blake deu mais uma risada diante das lembranças. — Eu só fui beber aos 14. Eu estava mais interessado em ficar sóbrio e embebedar as meninas com as quais eu saía. Para mim, era um plano muito mais interessante.

Max balançou a cabeça e riu dele.

— Por que será que sinto que isso não mudou?

— Não preciso mais deixar as mulheres bêbadas — confessou com um sorriso safado.

Tinham a relação mais estranha do mundo. Eram como grandes amigos, e não pessoas que foram casadas durante dez anos e tinham três filhos. Ele era o amigo louco que ela via duas ou três vezes ao ano, ao passo que ela era a responsável, criando os filhos e indo para o trabalho todo dia. Eles eram como o dia e a noite.

O jantar chegou pontualmente às nove, e todos já estavam com fome. Blake encomendou a ceia do melhor restaurante japonês da cidade. A comida foi preparada diante deles com todo tipo de floreio e toque exótico, e um chef que flambou tudo, picou o camarão, jogou-o no ar e o pegou com o bolso. As crianças adoraram. Tudo que Blake fazia ou organizava era espetacular e diferente. Até Sam parecia relaxado e feliz quando Maxine foi embora. Era quase meia-noite, e as crianças estavam vendo um filme. Ela sabia que ficariam acordadas até duas, três da manhã. Tudo bem, não sentia ciúmes dos momentos que passavam com o pai. Dormiriam quando voltassem para casa.

— Quando você vai embora? — perguntou ela enquanto ele a ajudava a vestir o casaco.

Temeu que a resposta fosse "amanhã", o que sabia que deixaria as crianças chateadas. Queriam pelo menos alguns dias com o pai, ainda mais por não saberem quando o veriam de novo, apesar de o Natal estar se aproximando. Blake sempre conseguia passar alguns dias com eles no final do ano.

— Só no domingo — respondeu ele, e notou a expressão de alívio de Maxine.

— Que bom — disse ela com doçura. — Eles odeiam quando você vai embora.

— Eu também — acrescentou ele quase com tristeza. — Se você concordar, quero levar as crianças para Aspen depois do Natal. Não tenho planos ainda, mas é uma época boa para estar lá, no Ano-Novo.

— Elas vão amar.

Maxine sorriu para ele. Sempre sentia saudade dos filhos quando ficavam com o pai, mas queria que tivessem um pai, e não era algo fácil de conseguir. Tinha de aproveitar quando Blake estava disposto e quando podia fazer planos com eles.

— Quer vir jantar com a gente amanhã? — convidou ele quando a acompanhou até o elevador.

Ainda gostava de estar com Maxine, sempre gostou. Teria continuado casado com ela para sempre. Foi Maxine quem quis se separar, e ele não a culpava por isso. Divertiu-se bastante desde então, mas amava tê-la em sua vida e era grato por ela nunca o ter afastado. Blake se perguntava se isso mudaria quando ela encontrasse um homem sério, nunca duvidou de que isso aconteceria um dia. Ficava surpreso por ainda não ter acontecido.

— Talvez — respondeu ela, relaxada. — Vamos ver como vai ser com as crianças. Não quero me intrometer.

Elas precisavam de tempo com o pai, Maxine não queria interferir.

— A gente adora ter você por aqui — declarou ele e a abraçou.

— Obrigada pelo jantar — disse ela ao entrar no elevador, depois acenou e as portas se fecharam.

O elevador desceu cinquenta andares, e os ouvidos dela estalaram enquanto pensava em Blake. Era estranho. Nada havia mudado. Ainda o amava. Sempre o amou. Nunca deixou de amá-lo. Só não queria mais estar com ele. Nem se importava por ele sair com meninas de 20 anos. Definir o relacionamento deles era difícil. Mas, independentemente disso, mesmo que fosse estranho, os dois estavam bem com a relação que tinham.

O porteiro chamou um táxi quando ela saiu do prédio. No caminho para o apartamento, pensou em como o dia tinha sido bom. Foi estranho encontrar o apartamento em silêncio e escuro. Acendeu as luzes, foi até o quarto pensando em Blake e nos filhos naquele apartamento insanamente luxuoso. Isso fez o apartamento onde morava lhe parecer melhor que nunca. Não havia nada na vida de Blake que ainda quisesse. Ela não sentia necessidade alguma de ter aquele tipo de excesso e de conforto. Estava feliz pelo ex-marido, mas o que ela tinha era tudo o que queria.

Pela milésima vez desde que se separou, Maxine teve certeza de que fez a coisa certa. Blake Williams era o sonho de todas as mulheres, porém não mais o seu.

5

Maxine dormia profundamente às quatro da manhã quando o telefone tocou na mesa de cabeceira. Ela demorou mais que o normal para acordar, pois estava em sono profundo.

Geralmente seu sono era mais pesado quando as crianças não estavam em casa. Olhou para o relógio e torceu para que não fosse nada no apartamento de Blake. Talvez fosse um pesadelo de Sam, talvez ele quisesse voltar para casa. Ela atendeu automaticamente, antes de acordar de verdade e sem pensar.

— Dra. Williams — disse ela rapidamente a fim de mascarar o fato de que estava dormindo profundamente, embora isso fosse esperado às quatro da manhã.

— Maxine, desculpe ligar a essa hora.

Era Thelma Washington, a médica que estava cobrindo o plantão dela no feriado do Dia de Ação de Graças e no fim de semana.

— Estou no New York Hospital com os Andersons. Achei que você ia preferir que eu ligasse. Hilary teve uma overdose ontem à noite. Foi encontrada às duas da manhã. — Hilary era uma menina bipolar de 15 anos viciada em heroína. Havia tentado se suicidar quatro vezes nos últimos dois anos. Maxine acordou imediatamente. — Nós a buscamos o mais rápido possível. Os paramédicos injetaram naloxona, mas a coisa está feia.

— Merda. Já estou a caminho. — Maxine já estava de pé quando disse isso.

— Ela não voltou à consciência e o médico de plantão acha que isso não vai acontecer. Meio difícil definir — informou Thelma.

— A última recuperação dela foi um milagre. É uma menininha bem forte — comentou Maxine.

— Vai ter que ser mesmo. Parece que tomou um coquetel daqueles. Heroína, cocaína, *speed*, e o exame de sangue indicou veneno de rato também. Acho que eles misturam heroína com umas coisas sinistras nas ruas hoje em dia. Dois jovens morreram por causa disso aqui na semana passada. Maxine... não venha com muitas esperanças. Não quero soar negativa, mas, se ela conseguir sobreviver, não sei o quanto dela vai restar.

— É, eu sei. Obrigada por ligar. Vou me vestir e já chego. Onde ela está?
— CTI. Vou esperar por você aqui. Os pais dela estão arrasados.
— Imagino.

Os coitados passaram quatro vezes pelo hospital com uma criança que desde os 2 anos dava trabalho. Ela era uma boa menina, no entanto, em meio à bipolaridade e ao vício em heroína, desde os 12 parecia inevitável que ocorresse um desastre. Maxine estava com ela havia dois anos. Era filha única de pais extremamente dedicados e amáveis que faziam tudo o que podiam. Havia alguns jovens que, apesar de todos os esforços, simplesmente não tinham como ser ajudados.

Maxine a havia internado quatro vezes nos últimos dois anos, com pouco sucesso. Assim que Hilary saía do hospital, rapidamente se reencontrava com os mesmos amigos deploráveis. Ela falou para Maxine várias vezes que não conseguia se controlar. Simplesmente não conseguia ficar longe das drogas, dizia que nenhum dos medicamentos que Maxine prescrevia causavam o mesmo alívio que aquilo que ela comprava nas ruas. Maxine temia por um desastre havia dois anos.

Vestiu-se em menos de cinco minutos — mocassim, suéter grosso e jeans. Pegou um casaco pesado, a bolsa, e chamou o elevador. Encontrou um táxi rapidamente e chegou ao hospital quinze minutos depois da ligação de Thelma Washington, sua plantonista. Thelma estudou em Harvard com ela, era afrodescendente e uma das melhores psiquiatras que conhecia. Depois da faculdade, e após anos cobrindo os plantões uma da outra, tornaram-se amigas. Na vida pessoal e profissional, ela sabia que sempre podia contar com Thelma. Eram parecidas em vários aspectos, e igualmente dedicadas ao trabalho. Maxine se sentia completamente tranquila em deixar seus pacientes nas mãos dela.

Maxine foi conversar com Thelma antes de falar com os Andersons, e rapidamente ficou a par de tudo. Hilary estava em coma profundo e até então nada que administraram a havia acordado. Ela fez tudo em casa sozinha enquanto os pais estavam fora. Não deixou bilhete, mas Maxine sabia que não precisava disso. Hilary disse a ela várias vezes que não fazia diferença estar viva ou morta. Para ela, e para outros pacientes com o mesmo distúrbio, ser bipolar era muito difícil.

Maxine ficou bastante chateada ao ler o prontuário. Thelma ficou ao seu lado.

— Meu Deus! Ela ingeriu tudo o que se possa imaginar — comentou Maxine com uma expressão obscura. Thelma concordou.

— A mãe disse que o namorado terminou com ela ontem à noite, no Dia de Ação de Graças. Isso com certeza não ajudou.

Maxine fez que sim e fechou o prontuário. Todos os procedimentos corretos foram feitos. Tudo o que podiam fazer agora era esperar e ver o que aconteceria. As duas sabiam muito bem, assim como os pais de Hilary, que, se ela não voltasse logo à consciência, haveria uma boa chance de ter sequelas permanentes. Maxine ficou surpresa por ela ter sobrevivido à quantidade de drogas que ingeriu.

— Você tem ideia de quando ela fez isso? — perguntou Maxine enquanto as duas atravessavam o corredor. Ela parecia cansada e preocupada. Thelma detestava casos como esse. Sua área de atuação era bem mais tranquila que a de Maxine, mas ela gostava de cobrir os plantões da amiga. Seus pacientes eram sempre desafiadores.

— Acho que poucas horas antes de a encontrarem, e esse é o problema. As substâncias tiveram tempo de agir no sistema. Foi por isso que a naloxona não ajudou, de acordo com os paramédicos que a trouxeram.

Naloxona é uma droga que reverte os efeitos de narcóticos poderosos, caso seja prontamente administrada. É o que faz a diferença entre a vida e a morte em casos de overdose, e salvou a vida de Hilary quatro vezes. Dessa vez, não fez diferença, o que para as duas médicas era mau sinal.

Maxine foi ver Hilary antes de encontrar seus pais. Respirava com a ajuda de aparelhos, e a equipe do CTI ainda estava cuidando dela. Estava sem roupas, um lençol fino a cobria. O aparelho respirava por ela, que estava imóvel e com o rosto em tom acinzentado. Maxine ficou olhando para Hilary por um bom tempo, falou com a equipe que a estava acompanhando desde que tinha sido internada e conversou com a médica de plantão. O coração de Hilary respondia, apesar de o monitor acusar arritmia várias vezes. Não havia sinal de vida na menina de 15 anos, que parecia uma criancinha. Os cabelos estavam pintados de preto e os dois braços eram cobertos de tatuagens. Hilary escolheu seu estilo de vida, embora os pais tenham se esforçado para convencê-la a agir de outra maneira.

Maxine fez um sinal positivo com a cabeça para Thelma e as duas foram ver os pais na sala de espera. Eles ficaram com Hilary até que a equipe pedisse que esperassem do lado de fora. Ver o que estava acontecendo era muito estressante para eles, e os médicos e enfermeiras precisavam de espaço para trabalhar.

Angela Anderson chorava e Phil a abraçava quando Maxine foi vê-los. Ele também havia chorado. Já tinham passado por aquilo, mas isso não fazia com que as coisas fossem mais fáceis, muito pelo contrário, e ambos estavam cientes de que talvez Hilary tivesse ido longe demais dessa vez.

— Como ela está? — perguntaram os dois ao mesmo tempo quando Maxine se sentou com eles. Thelma saiu da sala.

— Do mesmo jeito que chegou. Acabei de vê-la. Está lutando. Como sempre faz. — Maxine sorriu para eles com tristeza, seu coração doeu ao ver a agonia em seus olhos. Ela também estava triste. Hilary era uma ótima garota. Bastante perturbada, mas muito doce. — Tinha veneno nas drogas que ela tomou — explicou Maxine. — Isso acontece nas ruas. No geral, acho que o nosso maior problema é que todas as substâncias tiveram tempo de agir no organismo de Hilary antes de ela ser encontrada. E o coração tem um limite. Ela tomou uma dose muito pesada de drogas muito fortes.

Não era novidade para eles, mas tinha de dar algum tipo de sinal de que isso talvez não tivesse um final feliz. Não havia mais nada que pudesse fazer. A equipe médica estava fazendo tudo o que podia.

Alguns minutos depois, Thelma trouxe café para todos e Maxine foi ver Hilary novamente. Thelma também saiu da sala, e Maxine pediu a ela que voltasse para casa. Não tinha motivo para as duas ficarem acordadas a noite inteira. Maxine ficaria no hospital. Agradeceu a Thelma e foi verificar como andava o coração de Hilary. Os batimentos estavam ficando mais irregulares, e os médicos falaram que a pressão sanguínea estava baixando, dois sinais não muito bons.

Maxine dividiu as horas seguintes entre os Andersons e Hilary. Às oito e meia, decidiu deixar que os pais a vissem, ciente de que talvez fosse a última vez que estariam com ela em vida. A mãe chorou ao tocar a filha. Angela se inclinou para beijá-la, e Phil permaneceu ao lado da esposa, sem conseguir olhar para Hilary. Os aparelhos ainda respiravam por ela, mas mal a mantinham viva.

Assim que retornaram para a sala de espera, o médico de plantão entrou e chamou Maxine, que voltou para o corredor com ele.

— A situação não está muito boa.
— É, eu sei — disse Maxine.

Ela acompanhou o médico ao CTI, e, assim que entraram, o alarme do monitor soou. O coração de Hilary havia parado. Os pais queriam que fizessem o que fosse possível, e o time de cardiologia fez de tudo para ressuscitá-la. Maxine, muito triste, acompanhou o procedimento. Fizeram massagem cardíaca, usaram o desfibrilador várias vezes, tudo sem resultado. Insistiram sobre o corpo sem vida de Hilary por meia hora, até que o médico por fim fez um sinal para o restante da equipe. Era o fim. Hilary tinha falecido. Todos ficaram de pé se entreolhando por um instante longo e doloroso, e então o médico se virou para Maxine enquanto tiravam o respirador de Hilary.

— Lamento — disse ele com calma. Não havia mais nada que pudesse ser feito.

— Eu também — disse ela, e saiu para encontrar os Andersons.

Assim que entrou na sala de espera, eles souberam o que tinha acontecido. A mãe de Hilary começou a berrar. Maxine ficou sentada com os dois por bastante tempo e a abraçou enquanto chorava. Também abraçou Phil. Eles pediram para ver a filha novamente, e Maxine os levou até ela. Colocaram-na em um quarto sozinha para que os pais a vissem antes que fosse levada para o necrotério. Maxine os deixou sozinhos com a filha por quase uma hora. E depois, finalmente, de coração partido e devastados, eles foram para casa.

Maxine assinou a certidão de óbito e todos os formulários necessários. Quando enfim foi embora, já passava das dez da manhã. Estava saindo do elevador quando uma enfermeira que conhecia a chamou. Maxine se virou com um olhar combalido.

— Que lástima... Acabei de saber... — comentou a enfermeira com doçura.

Ela estava de plantão na penúltima vez que Hilary tinha sido internada e havia ajudado a ressuscitá-la. A equipe também foi excelente dessa vez, mas as chances de sobrevivência eram bem menores. Enquanto conversavam, Maxine notou um homem alto de jaleco branco perto delas, observando-as. Não fazia ideia de quem era.

Ele esperou o fim da conversa de Maxine com a enfermeira, que tinha de subir para começar o plantão no CTI, e depois se aproximou.

— Dra. Williams? — perguntou ele com cuidado. Sabia que ela estava ocupada, parecia um tanto desgrenhada e cansada.

— Sim?

— Eu sou Charles West. O idiota que atrapalhou você no caso de Jason Wexler semanas atrás. Só queria dizer "oi".

Maxine não estava no clima de conversar com ninguém mas também não precisava ser grossa. Ele foi gentil o suficiente para ligar e pedir desculpas, então fez um pequeno esforço.

— Desculpe, foi uma longa noite. Acabei de perder uma paciente no CTI. Uma menina de 15 anos que morreu de overdose. Não tem como se acostumar a isso. Sempre é devastador.

Os dois pensaram no que poderia ter acontecido a Jason caso Maxine tivesse dado ouvidos ao Dr. West, e ambos estavam gratos por isso não ter acontecido.

— Lamento muito. Não é justo, não é? Estou aqui para ver uma paciente de 92 anos que fraturou o quadril e está com pneumonia, e ela está se recuperando. E você acabou de perder uma de 15 anos. Aceita um café?

Maxine nem hesitou.

— Talvez outra hora.

O Dr. West entendeu, ela agradeceu de novo e foi embora. Ele ficou observando enquanto Maxine atravessava o saguão do hospital. Por algum motivo, imaginava que fosse mais velha. Achou que fosse agressiva. Leu sobre ela na internet, mas nunca viu sua foto. Não havia nenhuma on-line. Parecia não ser importante para ela. Suas credenciais e currículo eram suficientes.

Ele entrou no elevador pensando nela e na noite que deve ter passado. Seus olhos diziam tudo. Tinha se assustado quando foi chamada pela enfermeira, e alguma coisa o havia feito esperar e falar com ela. Quando saiu do elevador, só conseguia pensar que queria que o destino fizesse com que seus caminhos se cruzassem de novo.

Charles West era a última coisa na cabeça de Maxine quando ela chamou um táxi e foi para casa. Pensava em Hilary e nos Andersons, na perda terrível, na agonia impensável de perder um filho. Maxine detestava esses momentos, e, como sempre acontecia em tragédias desse tipo, ela renovou sua determinação de salvar todos os outros pacientes.

6

Max não estava no clima de sair com Blake e as crianças na sexta à noite. Ele ligou para ela à tarde, e Max contou o que havia acontecido na noite anterior. Blake foi compreensivo e novamente a elogiou pelo trabalho. Maxine não achou que merecia elogios naquele momento. Ele disse que ia levar as crianças ao shopping à tarde e a convidou para acompanhá-los. Insistiu que seria divertido, mas Maxine resistiu; dava para perceber pela voz dela que estava mal. Na verdade, Blake planejava levar os filhos para fazerem compras de Natal para ela — Tiffany e Cartier estavam na lista —, mas não mencionou nada. Em vez disso, convidou-a para jantar com eles, mas Max também recusou. Lamentou que ela estivesse tão chateada com a morte de uma paciente. Quando passou o telefone aos filhos para que falassem com a mãe, sussurrou que deviam ser bem legais com ela.

Maxine falou com Sam, que estava feliz e bem. Quando implorou que a mãe fosse se encontrar com eles, ela prometeu que apareceria no jantar na noite seguinte. Estavam se divertindo com Blake. Ele levou os filhos ao restaurante 21 Club para um brunch, o que eles adoravam, e para um passeio de helicóptero de manhã, uma das atividades que mais gostavam de fazer com o pai. Ela prometeu encontrá-los no dia seguinte e, depois de desligar, sentiu-se um pouco melhor.

Ligou para Thelma Washington para contar o que tinha acontecido, e a amiga não ficou surpresa. Maxine agradeceu pela ajuda e depois ligou para os Andersons. Como era esperado, estavam mal, ainda em choque. Tinham de organizar o velório, ligar para amigos e parentes, todo o pesadelo de quando se perde um filho. Maxine disse novamente que estava muito triste e eles agradeceram por toda a ajuda. Mas, mesmo sabendo que havia feito tudo o que podia, Maxine ainda estava com um enorme sentimento de derrota e perda.

Blake ligou novamente quando ela estava se vestindo para dar uma volta. Queria verificar se estava bem. Não quis contar, mas ele e as crianças haviam acabado de comprar uma linda pulseira de safira para ela.

Maxine garantiu que estava bem e ficou emocionada com a ligação. Mesmo inconstante, Blake era sempre compassivo e atencioso, como naquele momento.

— Meu Deus, eu não sei como você consegue fazer isso. Eu estaria em um hospital psiquiátrico se fizesse o que você faz todos os dias.

Blake sabia que ela ficava aborrecida quando um dos pacientes morria, o que acontecia com certa frequência, considerando sua área de atuação.

— Fico afetada — confessou ela —, mas isso acontece às vezes. Sinto pena dos pais, ela era filha única. Acho que eu morreria se alguma coisa acontecesse com os nossos filhos.

Maxine estava familiarizada com esse tipo de dor, a dor de perder um filho. Era o que mais temia na vida, o que sempre pedia em suas orações que não acontecesse.

— Isso é terrível.

Blake se preocupava com ela. Apesar de Max lidar com tudo muito bem, ele sabia que a vida dela não era fácil, e em parte graças a ele. Queria ajudá-la de qualquer maneira, mas não havia muito que pudesse ser feito. E Hilary era paciente de Maxine, e não sua filha.

— Acho que preciso de um dia de folga — comentou ela com um suspiro. — Vou adorar ver você e as crianças amanhã. — Blake ia levar os filhos à estreia de uma peça naquela noite, e jantariam juntos na noite seguinte. — E também é bom você ter um tempo só com eles, sem que eu esteja por perto. — Ela sempre tinha cuidado com isso.

— Eu gosto quando você está por perto — disse ele sorrindo, apesar de também gostar muito de ficar sozinho com os filhos.

Ele sempre inventava coisas divertidas para fazerem. Estava planejando levá-los para patinar no gelo no dia seguinte, e Maxine disse que talvez os acompanhasse. Mas hoje, como as crianças estavam ocupadas e em boas mãos, queria ficar sozinha. Blake pediu a ela que ligasse caso mudasse de ideia, e Max prometeu que faria isso. Era bom que ele estivesse por perto para ela ter um dia de descanso, só para variar.

Maxine foi caminhar no parque e passou o restante da tarde em casa. Fez sopa no jantar.

Sam ligou antes de irem à peça. Estava animado para sair com o pai.

— Então se divirta com o papai hoje que amanhã eu vou patinar com vocês — prometeu Maxine.

Realmente estava animada e se sentia melhor, embora, sempre que pensava nos Andersons e na enorme perda deles, seu coração doesse. Estava pensando neles e tomando sopa quando Zelda apareceu.

— Está tudo bem? — Zelda lançou a ela um olhar de preocupação. Conhecia-a muito bem.

— Está, sim. Obrigada, Zellie.

— Você está com cara de enterro.

— Na verdade, uma paciente minha morreu ontem, então realmente vai ter um enterro. Tinha 15 anos. Foi muito triste.

— Odeio o seu trabalho — declarou Zelda impetuosamente. — Fico deprimida. Não sei como você consegue. Por que não faz uma coisa mais alegre, tipo partos?

Maxine sorriu.

— Gosto de ser psiquiatra, e consigo fazer com que continuem vivos às vezes.

— Isso é bom — disse Zelda, e se sentou com ela à mesa da cozinha.

Maxine parecia precisar de companhia, e Zelda não estava totalmente errada. Seu instinto sempre lhe dizia quando podia falar com ela e quando tinha de deixá-la em paz.

— Como estão as crianças com o pai?

— Estão bem. Ele foi passear de helicóptero com elas, passearam no shopping, foram almoçar e jantar, e vão à estreia de uma peça hoje à noite.

— Ele é mais Papai Noel que um pai de verdade — comentou Zelda. Tinha razão. Maxine assentiu e terminou a sopa.

— Tem de ser para compensar a ausência — acrescentou ela sem rodeios. Não era uma crítica, era um fato.

— Não tem como compensar isso com um passeio de helicóptero.

— É o melhor que ele pode fazer. Ficar com as pessoas não é natural para Blake, com ninguém. Ele sempre foi assim, antes mesmo de ganhar dinheiro. Só piorou depois que teve como sustentar esse estilo. Sempre houve homens que nem ele no mundo. Antigamente eles viravam marinheiros, aventureiros, exploradores. Cristóvão Colombo provavelmente deixou um bando de filhos em casa também. Tem homem que simplesmente não serve para ficar junto e ser marido e pai de verdade.

— Meu pai era meio assim — admitiu Zelda. — Deixou a minha mãe quando eu tinha 3 anos. Foi trabalhar na marinha mercante e sumiu. Anos depois, ela descobriu que ele tinha outra esposa e quatro filhos em São Francisco. Nunca nem se divorciou dela, nem escreveu nem nada. Simplesmente foi embora, abandonou minha mãe, meu irmão e eu.

— Você se encontrou com ele depois? — perguntou Maxine com interesse.

Zelda nunca havia compartilhado essa parte de sua história. Era bem discreta quanto à sua vida particular, e respeitava a deles.

— Não, ele morreu antes disso. Era para eu ter ido para a Califórnia me encontrar com ele. Meu irmão chegou a ir. Não ficou muito satisfeito. Nossa mãe morreu de coração partido. Fui morar com a minha tia e ela morreu quando eu tinha 18 anos. Trabalho como babá desde então.

Isso explicava por que ela gostava de trabalhar com famílias. Ofereciam a estabilidade e o amor que nunca teve na infância. Maxine sabia que o irmão dela tinha morrido em um acidente de moto havia anos. Zelda era essencialmente sozinha, exceto pela família com a qual trabalhava, e pelas outras babás que se tornaram suas amigas ao longo dos anos.

— Você chegou a conhecer seus meios-irmãos e irmãs? — perguntou Maxine gentilmente.

— Não, eu meio que concluí que mamãe morreu por causa deles. Nunca quis conhecer esse pessoal.

Maxine sabia que ela havia trabalhado com uma família antes da dela durante nove anos, até os filhos irem para a faculdade. Questionou-se se Zelda não se arrependia por não ter tido filhos, mas não quis perguntar.

Ficaram sentadas à mesa da cozinha e conversaram enquanto Maxine jantava, e depois cada uma voltou para o quarto. Zelda raramente saía à noite, nem mesmo nas folgas. E Maxine era um pouco caseira também. Foi dormir cedo naquela noite, ainda pensando na paciente que perdeu naquela manhã e na agonia que os pais deviam estar sentindo. Foi um alívio tentar esquecer isso e dormir.

Sentiu-se melhor ao acordar, apesar de ainda estar um tanto desanimada. Encontrou-se com Blake e as crianças no Rockefeller Center e patinou com eles. Tomaram chocolate quente no restaurante da pista de patinação e depois voltaram para o apartamento dele. As crianças foram direto para a sala de projeção para assistir a um filme antes do jantar, pareciam totalmente em casa com o pai. Sempre se reajustavam rapidamente quando Blake aparecia. Daphne convidou duas amigas para a casa do pai. Adorava se gabar da cobertura glamorosa e do pai gato.

Maxine e Blake conversaram por alguns minutos e depois foram assistir ao filme com as crianças. Ele ainda não tinha sido lançado. Blake conhecia gente do mundo inteiro e tinha alguns privilégios. Isso já era normal para ele. Falou para Maxine que ia para Londres depois de Nova York, ia ao show de uma banda de rock com amigos. Também conhecia os integrantes da banda. Às vezes, até mesmo para Maxine, ele parecia conhecer o mundo inteiro. Apresentou os filhos para atores e músicos famosos, e era convidado para os bastidores aonde quer que fosse.

Quando o filme terminou, Blake levou todo mundo para jantar. Tinha feito reservas em um restaurante que fora inaugurado havia poucas semanas, o novo lugar badalado e moderninho de Nova York. Maxine nunca tinha ouvido falar do estabelecimento, mas Daphne sabia tudo sobre ele. Receberam um tratamento VIP quando chegaram. Passaram pela área principal do restaurante e foram até uma sala privada. Foi um excelente jantar, eles se divertiram muito. Deixaram Maxine em casa e depois Blake e os filhos voltaram para a cobertura.

Ele deixaria as crianças com Maxine às cinco da tarde do dia seguinte. E, como sempre acontecia quando ela estava só, passou o dia trabalhando. Estava no computador escrevendo um artigo quando chegaram. Blake não subiu porque estava atrasado para ir ao aeroporto. As crianças transbordavam alegria quando entraram. Sam ficou especialmente feliz ao vê-la.

— Ele vai levar a gente para Aspen no Ano-Novo — anunciou Sam —, e disse que cada um podia levar um amigo. Posso levar você em vez de um amigo, mãe?

Maxine sorriu diante da oferta.

— Acho que não, meu amor. Papai pode querer levar uma namorada, seria meio estranho se eu fosse.

— Ele disse que não tem namorada agora — retrucou Sam de modo prático, decepcionado pela recusa da mãe.

— Mas pode ter no Ano-Novo.

Blake nunca demorava para encontrar alguém. As mulheres caíam no colo dele como frutas caem das árvores.

— E se não tiver? — insistiu Sam.

— A gente conversa sobre isso depois.

Maxine gostava de jantar com Blake quando ele estava na cidade, gostava de patinar com ele e as crianças. Mas passar as férias com o ex-marido era um pouco demais para os dois. Quando ele emprestava o iate para as férias de verão de Max e os filhos, o que acontecia anualmente, não os acompanhava. Além do mais, era o momento dele com os filhos. Mas Sam foi adorável em chamá-la.

Os filhos contaram a ela tudo que fizeram e viram nos últimos três dias, todos muito animados. Não estavam tão tristes quanto normalmente ficavam quando o pai ia embora porque, dessa vez, sabiam que o veriam um mês depois em Aspen. Maxine ficou feliz por Blake ter planejado isso e torceu para que não os decepcionasse, caso algo melhor aparecesse, ou caso ele se distraísse e fosse para outro lugar. As crianças amavam ir a Aspen com o pai, ou a qualquer outro lugar. Ele fazia com que todos os programas com os filhos fossem uma aventura divertida.

No jantar, Daphne contou que o pai a havia deixado usar o apartamento dele a qualquer momento, mesmo quando não estivesse na cidade, o que a surpreendeu. Ele nunca tinha dito isso antes, e Maxine se perguntou se Daphne não o teria compreendido errado.

— Ele falou que eu posso levar minhas amigas para ver filmes na sala de projeção — disse ela, orgulhosa.

— Talvez em uma festa de aniversário ou em outra ocasião especial — argumentou Maxine com cuidado —, mas não acho que você deva ficar lá o tempo todo.

Ela não gostava nada dessa ideia, um bando de meninas de 13 anos no apartamento de Blake. Não se sentia à vontade de ir lá quando ele não estava na cidade. Esse assunto nunca havia surgido antes. Daphne não pareceu muito satisfeita com a resposta da mãe.

— Ele é meu pai e disse que eu podia ir, e o apartamento é dele — retrucou Daphne olhando para a mãe com raiva.

— Verdade. Mas não acho que você deva ir lá quando ele não está na cidade.

Muita coisa podia acontecer naquele apartamento. E Maxine ficou preocupada por Blake agir de maneira tão leviana e descompromissada. De repente, deu-se conta de que ter filhos adolescentes com um pai como Blake poderia ser um grande desafio. Não estava muito animada com a ideia. E, pelo visto, Daphne estava pronta para brigar pelo privilégio que o pai ofereceu.

— Eu vou falar com ele sobre isso — avisou Maxine sem dar muita trela, e Daphne foi para o quarto.

Maxine estava pensando em dizer a Blake que ele não se deixasse manipular pelos filhos nem criasse condições para que um desastre acontecesse dando excesso de liberdade às crianças nesse período da adolescência. Torcia para que ele estivesse disposto a cooperar. Se não, os próximos anos seriam um pesadelo. Tudo começaria com Blake entregando as chaves do apartamento para Daphne. Só de pensar nisso, nas coisas que poderiam acontecer lá, sentiu calafrios. Maxine precisava dizer algo sobre isso para ele. E é claro que Daphne não iria gostar. Como sempre, Maxine tinha de ser a durona.

Maxine terminou o artigo naquela noite, e as crianças viram TV em seus quartos. Estavam cansadas depois de três dias de diversão sem parar com o pai. Passar o tempo com ele era como fazer *bungee jumping*. Sempre demoravam um pouco para se acalmar.

O café da manhã no dia seguinte foi um caos. Todo mundo acordou tarde. Jack derrubou cereal na mesa, Daphne não achava o celular e se recusou a ir para a escola se não o encontrasse, Sam começou a chorar quando descobriu que seus sapatos preferidos ficaram no apartamento do pai, e Zelda estava com dor de dente. Daphne conseguiu encontrar o telefone em cima da hora, e Maxine prometeu a Sam que compraria sapatos exatamente iguais na hora do almoço, rezando para conseguir encontrá-los, e foi para o consultório atender seus pacientes, enquanto Zelda ligava para um dentista. Foi uma manhã de arrancar os cabelos, um começo de dia muito difícil. Zelda levou Sam para a escola e depois foi ao dentista, e, enquanto Maxine caminhava para o trabalho, começou a chover. Estava encharcada quando chegou ao consultório, e o primeiro paciente já esperava por ela, coisa que quase nunca acontecia.

Ela conseguiu compensar o atraso, fazer todas as consultas da manhã e encontrar os sapatos de Sam na Niketown, o que a fez perder o horário de almoço. Zelda ligou para dizer que precisou fazer um tratamento de canal, e Maxine estava tentando retornar as ligações perdidas quando a secretária avisou que Charles West estava ao telefone. Maxine se perguntou por que estava ligando, se estaria encaminhando um paciente. Ela atendeu com um ar levemente incomodado e exasperado. Foi um dia daqueles, do começo ao fim.

— Dr. West.

— Oi, tudo bem?

Não era o tom de conversa que esperava dele, e não estava com paciência para bater papo ao telefone. Seu último paciente já havia chegado, e só tinha quinze minutos para retornar o restante das ligações.

— Oi. Em que posso ajudar? — perguntou sem rodeios, e se deu conta de que soou meio grossa.

— Eu só queria dizer que sinto muito mesmo pela paciente da sexta.

— Ah — disse ela, surpresa. — É muita gentileza sua. Foi muito ruim mesmo. Você faz tudo para evitar, mas às vezes perde o paciente mesmo assim. Eu me senti muito mal pelos pais dela. Como vai sua paciente de 92 anos com a fratura no quadril?

Charles West ficou impressionado por ela ter se lembrado. Ele mesmo provavelmente não se lembraria.

— Vai ter alta amanhã. Obrigado por perguntar. Ela é incrível. Tem um namorado de 93 anos.

— Está melhor que eu, então — comentou Maxine, rindo. Era a abertura que ele queria.

— É, melhor que eu também. Todo ano ela arruma um namorado novo. Eles somem do nada, e juro que ela encontra um novo em poucas semanas. Todo mundo devia ter a sorte de envelhecer assim. Fiquei meio preocupado quando ela apareceu com pneumonia, mas ela resistiu. Eu amo essa senhora. Queria que todos os meus pacientes fossem como ela.

Maxine sorriu com a descrição dela, mas ainda se perguntava por que ele tinha ligado.

— O senhor precisa da minha ajuda com alguma coisa, doutor? — perguntou ela. Soou um pouco seca e formal, mas estava ocupada.

— Na verdade — começou ele com um tom um pouco estranho —, eu queria saber se você almoçaria comigo um dia desses. Ainda sinto que devo desculpa por causa dos Wexlers. — Foi a única desculpa que lhe ocorreu.

— Que bobagem — disse ela, dando uma olhada no relógio. Ele tinha tantos outros dias para ligar. Maxine estava lutando contra o tempo desde a manhã. — Foi um erro justificável. Adolescentes suicidas não são a sua especialidade. Pode acreditar, eu não saberia o que fazer com uma senhora de 92 anos com uma fratura no quadril, pneumonia e um namorado.

— Você está sendo generosa. E o almoço? — persistiu ele.

— Você não precisa fazer isso.

— Eu sei, mas gostaria. O que vai fazer amanhã?

A mente de Maxine ficou vazia diante da pergunta. Como assim esse homem a estava convidando para almoçar? Por quê? Ela se sentiu boba. Nunca reservava momentos de sua agenda para almoçar com outros médicos.

— Não sei... Talvez... Talvez eu tenha um paciente — respondeu ela, procurando um motivo para dizer não.

— Que tal no dia seguinte, então? Você tem de almoçar em algum momento.

— Sim, claro, eu almoço... quando tenho tempo. — O que era raro. Maxine se sentiu ridícula ao dizer, meio sem pensar, que estava livre na quinta-feira. Deu uma olhada na agenda. — Mas o senhor realmente não precisa se desculpar mais.

— Vou me lembrar disso — falou, rindo dela.

Sugeriu um restaurante perto do consultório dela para que fosse conveniente. Era pequeno e agradável, Maxine almoçava lá com a mãe de vez em quando. Não almoçava com amigas havia muito tempo. Preferia receber pacientes, e à noite ficava em casa com as crianças. A maior parte das mulheres que conhecia era tão ocupada quanto ela. Não tinha vida social havia anos.

Marcaram de se encontrar ao meio-dia na quinta-feira. Maxine estava surpresa quando desligou. Não tinha certeza se era um programa a dois ou uma cortesia profissional, mas, de qualquer maneira, sentiu-se um pouco tola. Mal se lembrava de como ele era. Estava tão chateada com Hilary Anderson na sexta de manhã que só se lembrava de que o Dr. West era alto e que seus cabelos loiros estavam ficando grisalhos. O restante de sua aparência era um borrão — não que fizesse diferença. Anotou o almoço na agenda, retornou outras duas ligações o mais rápido que pôde e recebeu o último paciente.

Teve de fazer o jantar das crianças naquela noite, pois Zelda estava de cama sob efeito de analgésicos. O dia terminou da mesma forma que começou, confuso e estressante. E Maxine ainda fez o favor de queimar a comida, então pediram pizza.

Os dois dias seguintes foram igualmente estressantes, e ela só se lembrou do almoço com Charles West na manhã da quinta-feira. Ficou sentada à mesa olhando para a agenda um tanto perdida. Não conseguia entender como tinha sido capaz de marcar esse almoço. Ela nem o conhecia, e não queria conhecê-lo. A última coisa da qual precisava era um almoço com um estranho. Deu uma olhada no relógio e percebeu que já estava cinco minutos atrasada. Pegou o casaco e saiu do consultório às pressas. Não teve tempo de colocar batom nem de arrumar os cabelos — não que fizesse diferença.

Quando Maxine chegou ao restaurante, Charles West já esperava por ela à mesa. Levantou-se quando ela entrou, então o reconheceu. Era alto, como se lembrava, e boa-pinta, parecia ter quase 50 anos. Ele sorriu enquanto ela se aproximava.

— Desculpe pelo atraso — disse ela um tanto sem graça.

Charles notou a expressão cuidadosa no olhar de Maxine. Conhecia mulheres bem o suficiente para saber que, ao contrário de sua paciente de 92 anos, essa mulher não procurava um namorado. Maxine Williams parecia distante e reservada.

— A semana está uma loucura no consultório — acrescentou ela.

— A minha também — disse ele com gentileza. — Acho que o fim de ano deixa todo mundo louco. Todos os meus pacientes ficam com pneumonia entre o Dia de Ação de Graças e o Natal, e os seus com certeza ficam mal nessa mesma época.

Ele tinha um ar tranquilo e relaxado. O garçom perguntou se queriam pedir alguma bebida. Max disse que não, e Charles pediu uma taça de vinho.

— Meu pai é cirurgião ortopédico e costuma dizer que todo mundo fratura o quadril entre o Dia de Ação de Graças e o Ano-Novo.

Charles ficou intrigado com o comentário de Maxine, não sabia quem era o pai dela.

— Arthur Connors — completou, e Charles reconheceu o nome imediatamente.

— Eu o conheço. É um homem excelente. Já indiquei pacientes para ele. — Charles era o tipo de homem que seu pai aprovaria.

— Todo mundo em Nova York manda os casos mais difíceis para ele. Meu pai tem o maior número de pacientes da cidade.

— Então por que você escolheu psiquiatria em vez de trabalhar com ele? — Charles olhou para Maxine com interesse e tomou um gole de vinho.

— Sou fascinada por psiquiatria desde criança. O trabalho do meu pai sempre pareceu coisa de carpinteiro para mim. Desculpe, que comentário péssimo. Eu gosto mais do que faço, só isso. E adoro trabalhar com adolescentes. Acho que se tem mais chances de fazer a diferença na vida deles. Quando forem mais velhos, as coisas já vão estar melhores. Nunca me imaginei atendendo donas de casa entediadas e neuróticas da Park Avenue ou acionistas alcoólatras que traem a esposa. —

Era o tipo de coisa que ela só poderia dizer a outro médico.
— Desculpe. — Max ficou envergonhada, Charles gargalhou.
— Sei que é uma coisa péssima de dizer, mas os jovens são tão mais honestos, e acho que vale muito mais a pena salvá-los.
— Concordo com você. Mas não sei se acionistas que traem a esposa vão a terapeutas.
— Você deve ter razão — admitiu ela —, mas as esposas vão. Esse tipo de paciente me deprime.
— Ah, e os suicidas, não? — Ele a desafiou. Maxine hesitou antes de responder.
— Eles me deixam triste, mas não deprimida. Na maior parte do tempo, eu me sinto útil. Não acho que faria diferença na vida de adultos que só querem que alguém os escute. Os adolescentes que atendo realmente precisam de ajuda.
— Bom argumento.

Charles perguntou sobre o trabalho dela com traumas. Havia comprado seu livro, o que a deixou impressionada. No meio do almoço, ele falou que era divorciado. Disse que foi casado por vinte e dois anos, e que foi trocado havia dois. Maxine ficou surpresa por ele falar disso de forma tão natural. Charles contou que não tinha sido uma surpresa tão grande, pois o casamento ia mal.

— Sinto muito — comentou Maxine, demonstrando simpatia. — Você tem filhos?

Ele balançou a cabeça e disse que a esposa nunca quis ter.

— Na verdade, é o único arrependimento que tenho. Ela teve uma infância difícil, e acabou decidindo que não queria ser mãe. E agora é um pouco tarde para mim. — Charles não pareceu chateado com isso, apenas lamentava ter perdido a oportunidade, como se fosse uma viagem interessante. — Você tem filhos? — perguntou ele, e a comida chegou.

— Três — respondeu com um sorriso. Não conseguia imaginar a vida sem eles.

— Isso deve tomar muito do seu tempo. Vocês têm guarda compartilhada?

Até onde sabia, era o que todos faziam. Maxine riu com a pergunta.

— Não. O pai deles viaja muito. Ele só se encontra com os filhos algumas vezes no ano. Eu fico com eles o tempo todo, e até prefiro que seja assim.

— Quantos anos eles têm? — perguntou Charles, interessado. Percebeu que o rosto dela se iluminou quando começou a falar dos filhos.

— A mais velha é a menina, que tem 13, e os meninos têm 12 e 6.

— Devem dar bastante trabalho — declarou ele com admiração. — Vocês se divorciaram há quanto tempo?

— Cinco anos. A gente se dá muito bem. Ele é uma pessoa incrível, só não faz o tipo "marido e pai". É uma criança grande. Cansei de ser a única adulta. Ele é mais como um tio maluco e divertido para as crianças. Nunca cresceu, e acho que não vai crescer. — Maxine falou sorrindo, e Charles a observou, intrigado. Era inteligente e agradável, e ele estava impressionado por seu trabalho. Estava gostando de ler o livro.

— Onde ele mora?

— Em todo lugar. Londres, Nova York, Aspen, St. Bart's. Acabou de comprar uma casa em Marrakech. Tem uma vida que lembra um pouco um conto de fadas.

Charles fez que sim com a cabeça e se perguntou quem seria esse ex-marido, mas não queria perguntar. Estava interessado nela, não nele.

Conversaram com facilidade durante o almoço inteiro, e Max disse que tinha de voltar para atender mais pacientes. Charles também tinha de ir. Disse ter gostado muito da companhia dela e que gostaria de vê-la novamente. Maxine ainda não conseguia distinguir se havia sido um encontro, uma cortesia profissional ou apenas dois médicos se conhecendo. Charles sanou a dúvida chamando-a para jantar. Ela ficou surpresa com o convite.

— Eu... É... Hum... — disse Maxine, corada. — Achei que esse almoço fosse só... por causa dos Wexlers.

Charles sorriu para ela. Maxine pareceu tão surpresa que ele se perguntou se ela estava envolvida com alguém e achava que ele sabia.

— Você está saindo com alguém? — perguntou Charles.

Ela ficou ainda mais constrangida. Estava corada.

— Como um namorado?

— É, sim, como um namorado. — Ele estava gargalhando.

— Não.

Maxine não saía com ninguém havia um ano, e não passava uma noite com alguém havia dois. Pensando bem, era até um pouco deprimente. Ela tentava não pensar nisso. Saiu com algumas pessoas depois do divórcio e se cansou de se decepcionar. Era mais fácil simplesmente esquecer. Os encontros armados por amigos foram péssimos, e os outros, com pessoas que ela conhecia aleatoriamente, não foram muito melhores.

— Acho que não sou do tipo que namora — disse ela de forma estranha. — Pelo menos não há algum tempo. Não vejo muito por quê.

Maxine sabia de várias pessoas que se conheceram pela internet, mas não conseguia se imaginar fazendo isso, então simplesmente parou de tentar e desistiu de sair com pessoas com esse intuito. Não foi algo planejado, apenas aconteceu, e ela era muito ocupada.

— Você gostaria de sair para jantar? — perguntou ele gentilmente.

Era difícil acreditar que uma mulher bonita como ela, naquela idade, não tivesse um relacionamento. Ele se perguntou se Maxine não estaria traumatizada pelo casamento, ou talvez por algum relacionamento mais recente.

— Seria bom — respondeu ela como se Charles estivesse marcando uma reunião. Ele ficou olhando para Maxine sem acreditar, estupefato.

— Maxine, vamos deixar uma coisa bem clara aqui. Eu tenho a impressão de que você acha que estou convidando você para uma reunião interdisciplinar. Acho ótimo que nós dois sejamos médicos, mas, para ser bem sincero, eu não dou a mínima se você é stripper ou cabeleireira. Eu gosto de você. Acho você uma mulher linda. É divertido conversar com você, tem um ótimo senso de humor e não parece sentir aversão a homens, o que é raro hoje em dia. Seu currículo deixaria qualquer um envergonhado, homem ou mulher. Acho você atraente e sensual. Eu a convidei para almoçar porque queria conhecê-la um pouco melhor, como mulher. E estou convidando para jantar porque quero conhecê-la ainda melhor. É um encontro mesmo. A gente janta, conversa e se conhece melhor. Algo me diz que isso não está na sua agenda. Não entendo por quê. E, se tem alguma razão muita séria para isso, você devia me dizer. Mas, se não tiver, então estou chamando você para sair, para jantar. Está tudo bem para você?

Maxine sorria, ainda enrubescendo, enquanto ele explicava.

— Concordo. Tudo bem. Acho que perdi a prática.

— Não consigo nem imaginar como isso pode ter acontecido.

Charles a achava linda, e a maioria dos homens teria concordado. Ela simplesmente conseguiu, de alguma maneira, não se expor, escondia a própria luz.

— Então quando você quer jantar?

— Não sei. Tenho tempo livre. Tenho um jantar da Associação Nacional de Psiquiatria na quarta que vem, mas, fora isso, não tenho planos.

— Que tal na terça? Posso buscar você às sete para irmos a algum lugar bonito.

Charles gostava de bons restaurantes e vinhos finos. O tipo de noite que ela não tinha havia anos. Quando se encontrava com as amigas casadas, elas não iam a restaurantes, Maxine ia até a casa delas para jantar. E mesmo isso ela fazia com menos frequência. Deixou sua vida social perigar por falta de atenção e interesse. Sem querer, Charles a fez lembrar que estava sendo preguiçosa quanto a se socializar. Ainda estava surpresa pelo convite dele, mas concordou em encontrá-lo na terça-feira. Não anotou o jantar na agenda, sabia que se lembraria, e o agradeceu quando se levantaram para ir embora.

— A propósito, onde você mora?

Ela lhe deu o endereço e disse que ele conheceria seus filhos quando a buscasse. Charles falou que apreciaria muito isso. Acompanhou-a até o consultório, e Maxine gostou de ficar ao lado dele. Foi uma boa companhia. Agradeceu-o novamente pelo almoço e foi para o consultório se sentindo levemente atordoada. Tinha um jantar marcado. Um jantar de verdade com um médico atraente de 49 anos. Charles disse a idade no almoço. Ela nem sabia o que fazer direito, mas, sorrindo consigo mesma, compreendeu que pelo menos seu pai ficaria feliz. Ela teria de contar a ele quando se encontrassem novamente. Ou talvez depois do jantar.

E, então, todos os pensamentos voltados para Charles West se esvaíram. Josephine estava esperando no consultório. Maxine tirou o casaco e se apressou para iniciar a sessão.

7

O fim de semana de Maxine foi uma loucura. Jack tinha um jogo de futebol e coube a ela fornecer o lanche do time. Sam tinha duas festinhas de aniversário, e foi ela quem o levou a ambas, e Daphne convidou dez amigas para ficar em casa e comer pizza. Foi a primeira vez que recebeu amigas em casa desde a famigerada festa regada à cerveja, por isso Maxine ficou de olho nelas, mas nada indesejado aconteceu. Zelda estava de volta à ativa, mas tirou o fim de semana de folga. Ia a uma exposição e planejava visitar amigas.

Maxine trabalhou em outro artigo no tempo livre à noite, e dois de seus pacientes foram hospitalizados no fim de semana, um por causa de uma overdose, e outro posto em observação por risco de tentativa de suicídio.

Teve de visitar seis jovens em dois hospitais na segunda-feira, e recebeu uma fila de pacientes no consultório. E, ao voltar para casa, Zelda estava gripada e ardendo em febre. E piorou na terça-feira de manhã. Maxine pediu a ela que não se preocupasse e ficasse deitada. Daphne buscaria Sam na escola, porque Jack tinha treino de futebol e voltaria de carona. Eles iam conseguir. E teriam conseguido mesmo, se os deuses não tivessem conspirado contra Max.

Maxine teve consultas uma atrás da outra o dia inteiro. Terça-feira era dia de receber pacientes novos, e a primeira sessão com um adolescente era crucial, ela precisava estar concentrada. Ao meio-dia, a escola de Sam ligou. Ele tinha vomitado duas vezes na última meia hora, e Zelda não estava em condições de buscá-lo. Maxine teria de ir. Teve um intervalo de vinte minutos entre pacientes, pegou um táxi e buscou Sam na escola. Ele estava com uma carinha péssima e vomitou em cima dela no táxi. O motorista ficou furioso, e Maxine não tinha nada para usar para limpar o carro, então deu uma gorjeta de vinte dólares. Levou Sam para casa, colocou-o na cama e pediu a Zelda que ficasse de olho nele, mesmo com febre. Era como deixar um ferido cuidando de um aleijado, mas não tinha escolha. Tomou banho, trocou de roupa e pegou um táxi de volta ao trabalho. Atrasou-se dez minutos para a consulta, o que deixou uma impressão ruim, e a mãe da menina reclamou. Maxine explicou a ela que o filho estava doente e pediu mil desculpas.

Duas horas depois, Zelda ligou dizendo que Sam vomitou de novo e estava com febre alta. Maxine pediu a ela que desse Tylenol para ele e a lembrou de tomar o mesmo remédio. Às cinco começou a chover. A última paciente chegou atrasada e admitiu ter fumado maconha naquela tarde, então Maxine passou do horário para conversar sobre isso com ela. A menina tinha aderido ao programa de doze passos para parar de consumir maconha, então ter fumado naquele dia foi um grande deslize, ainda mais porque ela estava usando medicamentos.

A paciente de Maxine tinha acabado de ir embora quando Jack ligou em pânico. Tinha perdido a carona e estava sozinho em uma esquina de uma área não muito boa do Upper West Side. Max quis matar a mãe que o deixou sozinho. Seu carro estava no conserto no centro da cidade, e ela levou meia hora para conseguir um táxi. Já passava das seis quando finalmente buscou o filho, que estava em pé tremendo debaixo de chuva em um ponto de ônibus, e faltavam quinze para as sete quando entrou em casa depois de pegar um baita trânsito. Ambos estavam molhados e com frio, e Sam estava péssimo, chorando, quando Maxine entrou no quarto. Ela se sentiu dona de um hospital. Deu uma olhada em Sam e em Zelda e mandou Jack ir tomar um banho quente. Ele estava pingando e espirrando.

— Você está bem? Espero que não esteja doente — disse ela para Daphne quando passou pela filha a caminho do quarto de Sam.

— Eu estou bem, mas tenho um trabalho de ciências para amanhã. Você me ajuda?

Maxine sabia que a pergunta verdadeira era se poderia fazer o trabalho para ela.

— Por que a gente não fez isso no fim de semana? — perguntou Maxine, estressada.

— Eu esqueci que eu tinha que fazer.

— Como sempre — murmurou Maxine no exato momento em que o interfone tocou no hall.

Era o porteiro avisando que o Dr. Charles West estava lá embaixo. Maxine arregalou os olhos de pânico. Charles! Ela havia esquecido. Era terça-feira. Haviam marcado de jantar, ele chegaria às sete. Foi pontual, metade da casa dela estava doente e Daphne tinha um trabalho de ciências que precisava da ajuda de Maxine. Ela teria de cancelar o jantar, mas seria muito grosseiro fazer isso em cima da hora. Não conseguia se imaginar pronta para sair de casa, ainda nem tinha trocado de roupa. Zelda estava doente demais para que Maxine deixasse as crianças com ela. Que pesadelo. Estava péssima quando abriu a porta para Charles três minutos depois, e ele ficou surpreso ao vê-la de calça e suéter, cabelos molhados e sem maquiagem.

— Peço mil desculpas — disse ela assim que o viu. — Meu dia foi um inferno. Um dos meus filhos está doente, o outro perdeu a carona para voltar do jogo de futebol, minha filha tem um trabalho de ciências para amanhã e a nossa babá está com febre. Estou enlouquecendo. Pode entrar, por favor. — Ele obedeceu, e Sam veio andando pelo hall com o rostinho abatido. — Esse é meu filho Sam — explicou ela, e Sam vomitou de novo. Charles ficou olhando sem acreditar.

— Nossa — disse ele, e olhou para Maxine, alarmado.

— Desculpe. Por que você não vai para a sala e se senta? Eu já venho.

Ela levou Sam para o banheiro rapidamente, e ele vomitou de novo. Maxine voltou para o hall e limpou o chão com uma toalha. Botou Sam na cama, e Daphne entrou no quarto.

— Que horas a gente vai fazer o meu trabalho?

— Ai, meu Deus! — exclamou Maxine já pronta para chorar ou ter um ataque histérico. — Esqueça o seu trabalho. Tem um homem na sala. Vá lá conversar com ele. O nome dele é Dr. West.

— Quem é ele?

Daphne estava perplexa, e sua mãe parecia louca. Ela lavava as mãos e tentava pentear o cabelo ao mesmo tempo. Não estava dando certo.

— É um amigo. Não, é um estranho. Eu não sei quem ele é. Vou jantar com ele.

— *Agora*? — Daphne ficou horrorizada. — E o meu trabalho? É metade da minha nota final do semestre.

— Você devia ter pensado nisso antes. Não posso fazer o seu trabalho. Combinei de jantar com uma pessoa, seu irmão está passando mal, Zelda está morrendo e Jack provavelmente vai ter uma pneumonia por ter passado uma hora pegando chuva em um ponto de ônibus.

— Você vai *sair com alguém*? — Daphne encarou a mãe.
— Quando isso aconteceu?
— Não aconteceu. E provavelmente nunca vai acontecer. Você pode, por favor, ir lá falar com ele?

Assim que Maxine parou de falar, Sam disse que ia vomitar de novo. Ela correu para o banheiro com ele, e Daphne foi para a sala conhecer Charles com uma expressão resignada no rosto. Ela ainda teve a coragem de dizer que, se não passasse de ano, não seria culpa dela, pois a mãe não a ajudou com o trabalho.

— Por que a culpa seria *minha*? — gritou Maxine de dentro do banheiro.

— Já estou melhor — anunciou Sam, mas sua aparência dizia o contrário.

Maxine o colocou na cama de novo com toalhas ao seu redor, lavou as mãos novamente e desistiu de arrumar o cabelo. Estava prestes a voltar para a sala para ver Charles quando Sam olhou para ela com muita tristeza.

— Como assim você vai sair com alguém?
— Ele me convidou para jantar.
— Ele é legal? — Sam parecia preocupado. Ele não se lembrava da última vez que a mãe saiu. Nem ela.

— Ainda não sei — respondeu ela honestamente. — Não é nada de mais, Sam. É só um jantar. — Ele pareceu compreender. — Já volto — garantiu ela. Não tinha como sair com Charles naquela noite.

Chegou à sala a tempo de ouvir Daphne contar a Charles sobre o iate do pai, o avião, a cobertura em Nova York e a casa de Aspen. Não era exatamente o que Maxine queria que ela falasse na primeira vez que via Charles, apesar de ter ficado grata pela filha não ter ido além disso. Lançou um olhar sério para Daphne e agradeceu por ter feito companhia a ele. Maxine se virou para Charles e se desculpou pela performance de Sam quando ele chegou. Na verdade, queria se desculpar por Daphne ter se gabado por causa do pai. Quando percebeu que a filha não ia embora, Maxine disse a ela que precisava começar o trabalho de ciências. Daphne estava relutante em sair dali, mas finalmente partiu. Maxine se sentia à beira de um ataque de nervos.

— Peço mil desculpas. Minha casa não costuma ser essa loucura. Não sei o que aconteceu. Hoje tudo ficou de pernas para o ar. E desculpe por Daphne.

— Mas por que você está pedindo desculpas? Ela só estava falando do pai. Ela sente muito orgulho dele. — Maxine achou que Daphne estivesse tentando deixar Charles desconfortável de propósito, mas não quis dizer isso. Foi uma atitude malcriada, Maxine a conhecia muito bem. — Eu não sabia que você foi casada com Blake Williams — comentou ele com uma expressão um tanto atemorizada.

— Fui.

Queria poder recomeçar a noite, sem a cena de *O exorcista* na entrada. Seria bom também se ela tivesse se lembrado de que eles tinham um jantar marcado. Maxine não anotou na agenda, e acabou se esquecendo do encontro.

— Quer beber alguma coisa?

Assim que falou isso, percebeu que não tinha nada em casa, a não ser um vinho branco barato que Zelda usava para cozinhar. Maxine pensou em comprar um vinho decente no fim de semana, mas também se esqueceu de fazer isso.

— Nós vamos sair? — perguntou Charles diretamente. Tinha a impressão de que não, com um filho doente, a outra com trabalho para o dia seguinte e Maxine mais desesperada do que nunca.

— Você vai me odiar se a gente não sair? — indagou honestamente. — Não sei como isso aconteceu, mas eu esqueci. Tive um dia muito agitado, e por algum motivo não anotei o jantar na agenda.

Max estava prestes a chorar, e ele lamentou. Normalmente, teria ficado furioso, mas não tinha como. A pobre mulher estava sufocada.

— Talvez seja por isso que eu não tenho relacionamentos. Não sou muito boa nisso. — Para não dizer péssima.

— Talvez você não queira um relacionamento — sugeriu ele.

Ela já havia pensado nisso, e achava que talvez Charles estivesse certo. Era muito trabalho, muito difícil de lidar. Entre a profissão e os filhos, não sobrava muito espaço. Não tinha lugar para outras pessoas, nem tempo, nem a energia que um relacionamento exigia.

— Desculpe, Charles. Não sou sempre assim. É muita coisa para uma pessoa só.

— Não é culpa sua que seu filho e sua babá tenham ficado doentes. Quer tentar de novo? Sexta à noite?

Maxine não queria dizer que era a folga de Zelda. Pediria a ela que trabalhasse, se fosse preciso. Depois do canal na semana anterior e da doença naquela semana, Zelda estava em débito, e ela não tinha problemas com esse tipo de coisa.

— Seria ótimo. Você quer ficar? Eu vou ter de preparar o jantar para as crianças de qualquer maneira.

Charles tinha feito uma reserva para eles no La Grenouille, mas não queria que ela se sentisse mal, então não comentou nada. Estava decepcionado, mas disse a si mesmo que era um adulto e conseguia lidar com um furo desses.

— Vou ficar um pouco mais. Você já tem muita coisa para fazer, não precisa cozinhar para mim. Quer que eu dê uma olhada no seu filho e na sua babá? — ofereceu ele gentilmente.

Max sorriu com gratidão.

— Seria muita gentileza sua. É só uma gripe. Mas é mais especialidade sua do que minha. Se eles começarem a demonstrar tendências suicidas, eu entro em ação.

Charles gargalhou. Ele mesmo estava tendo pensamentos suicidas só de ver o caos na casa dela. Não estava acostumado a crianças e à confusão em torno delas. Tinha uma vida tranquila e organizada, e preferia assim.

Max levou Charles até o quarto, onde Sam estava deitado vendo TV. Ele parecia melhor do que durante a tarde inteira. Olhou para a mãe quando entrou no quarto. Ficou surpreso ao ver um homem com ela.

— Sam, esse é o Dr. West. Ele é médico e vai dar uma olhada em você.

Maxine sorria para o filho, e Charles percebeu o quanto era ela louca pelas crianças. Não tinha como não notar.

— É ele que vai sair com você? — perguntou Sam com suspeita.

— É — respondeu Maxine meio encabulada.

— Pode me chamar de Charles — corrigiu ele com um sorriso, e se aproximou da cama. — Oi, Sam. Pelo visto você passou mal hoje. Vomitou o dia todo?

— Seis vezes — anunciou Sam com orgulho. — Vomitei no táxi voltando da escola.

Charles olhou para Maxine e deu um sorriso de compaixão. Dava para imaginar a cena.

— Isso não deve ter sido muito legal. Posso mexer na sua barriga?

Sam fez que sim e levantou a camisa do pijama. Jack entrou no quarto.

— Você teve que chamar um médico para ele? — Jack ficou preocupado na hora.

— Ele vai sair com a mamãe — explicou Sam.

Jack ficou confuso.

— Quem vai sair com a mamãe? — perguntou Jack.

— O médico — explicou Sam para o irmão.

Maxine apresentou Jack a Charles, que se virou para sorrir para ele.

— Você deve ser o jogador de futebol. — Jack fez que sim, perguntando-se de onde o médico/namorado misterioso tinha vindo, e por que ele não sabia de nada. — Você joga em qual posição? Eu joguei futebol na faculdade. Era melhor em basquete, mas gostava mais de futebol.

— Eu também. Quero jogar lacrosse ano que vem — disse Jack.

Maxine ficou observando os dois.

— Lacrosse é difícil. É muito mais fácil se machucar jogando lacrosse que futebol — comentou Charles e se levantou depois de examinar Sam. Olhou para o menino e deu um sorriso. — Acho que vai ficar tudo bem, Sam. Amanhã você vai estar melhor.

— Será que eu vou vomitar de novo? — Sam estava preocupado.

— Espero que não. Fique bem quietinho hoje. Quer uma Coca?

Sam aceitou e ficou analisando Charles com interesse. Vendo a cena, Maxine percebeu como era estranho ter um homem entre eles, mas era bom. E Charles tinha um jeito doce de lidar com as crianças. Ela percebeu que Jack também o analisava. E, um minuto depois, Daphne entrou no quarto. Estavam todos em pé no quarto da mãe, que de repente ficou pequeno demais com tanta gente reunida.

— Onde escondeu a sua babá doente? — perguntou Charles a ela.

— Eu levo você lá — disse Maxine.

Eles saíram do quarto. Sam deu uma risadinha e começou a falar alguma coisa, mas Jack tapou a boca do irmão. Maxine e Charles escutaram as crianças rindo e sussurrando quando foram embora. Maxine se virou para Charles com um sorriso de desculpas.

— É novidade para eles.

— Percebi. Eles são ótimos — comentou Charles enquanto entravam na cozinha e passavam pelo corredor.

Maxine bateu à porta do quarto de Zelda, abriu-a devagar e sugeriu a Charles que desse uma olhada nela. Ficou perto da porta e apresentou um ao outro. Zelda ficou imediatamente confusa. Não fazia ideia de quem era o Dr. West nem de por que ele estava ali.

— Não estou tão mal assim — argumentou Zelda constrangida, achando que Maxine tinha chamado um médico só para ela. — É só uma gripe.

— Ele estava aqui em casa de qualquer forma, acabou de dar uma olhada em Sam.

Zelda ficou se perguntando se ele era um novo pediatra que ela não conhecia. Nem passou pela sua cabeça que Maxine tivesse um jantar marcado com ele. Charles falou para Zelda o mesmo que falou para Sam.

Alguns minutos depois, Maxine e Charles estavam na cozinha. Ela deu uma Coca para ele e pegou uma tigela de Doritos e um pouco de guacamole que encontrou na geladeira. Ele disse que não ia demorar para ir embora, que a deixaria cuidar dos filhos. Max já tinha problemas suficientes para resolver. Isso foi uma verdadeira prova de fogo, ele conheceu todo mundo de uma só vez. Sam vomitando quando Charles entrou no apartamento foi uma bela forma de apresentar os filhos. Claro que não a forma que ela teria escolhido. Na opinião de Maxine, ele passou no teste com louvor. Não sabia ao certo como Charles se sentia, mas com certeza teve espírito esportivo. Isso estava longe de ser um primeiro encontro tradicional. Bem longe.

— Uma pena que a noite foi essa bagunça — desculpou-se ela, novamente.

— Deu tudo certo — declarou ele com leveza, e pensou brevemente no jantar que teria acontecido no La Grenouille. — Vai ser bom na sexta à noite. Acho que, quando se tem filhos, é preciso ser flexível mesmo.

— Geralmente, mas não tanto quanto hoje. Eu sou organizada. Hoje foi simplesmente surreal. Ainda mais porque a Zellie está doente também. Conto muito com ela.

Charles pareceu entender. Era óbvio que Max tinha de contar com alguém, e o ex-marido não era presente. Depois do que Daphne lhe contou, dava para entender. Já havia lido sobre Blake Williams. Era um figurão, não parecia um homem de família. Maxine confirmou isso no almoço deles.

Charles foi se despedir das crianças, e falou para Sam que torcia para que ele se sentisse melhor no dia seguinte.

— Obrigado — disse Sam, e acenou. Maxine acompanhou Charles até a porta.

— Busco você às sete na sexta — prometeu Charles. Ela agradeceu novamente por ele ter sido tão gentil. — Imagina. Pelo menos conheci todos os seus filhos.

Ele acenou de dentro do elevador. Um segundo depois, ela se jogou na cama ao lado de Sam e suspirou. Os outros dois filhos entraram no quarto.

— Por que você não me contou que ia sair com alguém? — reclamou Jack.

— Eu esqueci.

— Quem é ele? — Daphne parecia desconfiada.

— É só um médico que eu conheci — respondeu Maxine, exausta. Não queria ter de se justificar para eles. A noite já havia sido ruim o suficiente. — E, por falar nisso — ela se dirigiu à filha —, você não devia ficar se gabando por causa do seu pai daquele jeito. Não é legal.

— Por que não? — Daphne rapidamente assumiu um tom desafiador.

— Porque ficar falando do iate e do avião dele não é legal. As pessoas podem se sentir constrangidas. — O que era exatamente o objetivo dela. Daphne deu de ombros e saiu do quarto.

— Ele é legal — proclamou Sam.

— É, parece — disse Jack.

Ele não estava convencido. Não entendia por que a mãe precisava de um homem. Estavam bem daquele jeito. Não ficavam chocados quando o pai saía com mulheres, mesmo que fossem muitas. Não estavam acostumados a ver um homem na vida da mãe, nenhum deles gostava dessa ideia.

Era bom tê-la só para eles. E não havia motivos para que isso mudasse, pelo menos não na opinião deles. Maxine entendeu a mensagem claramente.

Já eram oito da noite e ninguém tinha jantado, então Maxine foi para a cozinha para ver o que podia inventar. Estava pegando uma salada, carnes e ovos quando Zelda apareceu vestindo roupão e com uma expressão de dúvida.

— Quem era aquele mascarado, Tonto? — perguntou ela para Maxine, que caiu na gargalhada.

— Acho que a resposta certa é o Cavaleiro Solitário. É um médico que conheci. Eu tinha combinado de jantar com ele e esqueci completamente. Sam vomitou na frente dele assim que entrou. Foi uma bela cena.

— A senhora acha que vai se encontrar com ele de novo? — quis saber Zelda, interessada. Achou o homem simpático. E bonito.

Sabia que Maxine não tinha um relacionamento havia muito tempo, e aquele homem era uma boa chance. Parecia do tipo ideal, era bonitão, e ela achava que o fato de ambos serem médicos era um bom começo, já havia algo em comum.

— Pelo visto ele vai me levar para jantar na sexta — respondeu Maxine. — Se ele se recuperar da experiência da noite de hoje.

— Interessante — comentou Zelda. Ela colocou refrigerante em um copo e voltou para o quarto.

Maxine preparou macarrão, arrumou uns frios e ovos mexidos. Comeram brownies de sobremesa. Ela arrumou a cozinha e foi ajudar Daphne com o trabalho. Só acabaram à meia-noite. Foi um dia daqueles, e uma longa noite. E, quando por fim foi se deitar ao lado de Sam, teve um minuto para pensar em Charles. Não fazia ideia do que ia acontecer, ou se o veria novamente depois da sexta, mas até que aquela noite não foi tão ruim. Pelo menos ele não fugiu correndo e gritando. Já era um começo. E, por enquanto, era o suficiente.

8

Na sexta-feira à noite, quando Charles foi buscá-la, tudo funcionou perfeitamente. A casa estava vazia. Zelda estava de folga. Daphne foi passar a noite com amigas, assim como Sam, que já havia se recuperado da gripe. Jack estava em uma festa na casa de um coleguinha e teria um *bar mitzvah* na noite seguinte. Maxine comprou uísque, vodca, gim, champanhe e uma garrafa de Pouilly-Fuissé. Estava preparada para ele. Usava um vestido preto curto, o cabelo preso em um belo coque, brincos de diamante, colar de pérolas e o apartamento estava silencioso.

Quando abriu a porta para ele, às sete em ponto, Charles entrou como se estivesse pisando em campo minado. Olhou em volta, percebeu o silêncio ensurdecedor e ficou olhando para ela, surpreso.

— O que você fez com as crianças? — perguntou com nervosismo, e Maxine sorriu para ele.

— Dei tudo para adoção e demiti a babá. Fiquei triste, mas na vida a gente tem de ter prioridades. Não queria estragar mais uma noite. Foram adotados rapidinho.

Charles riu e a seguiu até a cozinha, onde Max serviu uísque com soda, a pedido dele, e pegou uma tigela prateada com castanhas para levar para a sala. O silêncio era quase irreal.

— Peço mil desculpas pela terça, Charles. — Foi uma cena digna do cinema. Ou da vida real. Real até demais.

— Foi como na época da faculdade.

Ser jogado no porta-malas de um carro em coma alcoólico poderia ter sido mais fácil e mais divertido, porém Charles estava disposto a dar mais uma chance. Ele gostava de muitas coisas em Maxine. Era uma mulher séria e inteligente, com uma carreira incrível na área médica, e ainda era linda. Uma combinação difícil de ser superada. A única coisa que o deixava um pouco apreensivo eram os filhos. Simplesmente não estava acostumado com aquilo, e não sentia a necessidade de ter crianças em sua vida. Mas eram parte do pacote que vinha com ela. E, pelo menos nessa ocasião, Maxine conseguiu garantir uma noite só para os dois, o que ele preferia.

O La Grenouille gentilmente proveu outra reserva a ele, às oito da noite, e não o condenou pelo cancelamento em cima da hora na terça-feira anterior. Ele frequentava o restaurante e era um bom cliente. Maxine e Charles deixaram o apartamento dela às sete e quarenta e cinco e chegaram ao restaurante precisamente na hora marcada. A mesa reservada era excelente. O jantar estava sendo perfeito até então, observou ele, e a noite era uma criança. Nada mais o assustaria agora, depois da maneira como tinha entrado na vida dela três dias antes. Naquela ocasião, quase saiu correndo. Mas agora estava feliz por ter ficado. Gostava bastante de Maxine, era ótimo conversar com ela.

Na primeira metade do jantar, degustando vieiras, caranguejos de carapaça macia, faisão e Chateaubriand, conversaram sobre o trabalho e questões médicas. Ele gostava das opiniões de Maxine e estava impressionado com suas conquistas. Estavam começando a comer o suflê quando ele mencionou Blake.

— Fico surpreso pelos seus filhos não serem mais críticos em relação a ele. Você disse que ele é tão ausente.

Charles percebeu que isso dizia muito sobre ela. Maxine podia ter colocado as crianças contra o pai sem dificuldade, como faria a maior parte das mulheres, considerando o pouco que ele ajudava.

— Ele é basicamente um homem bom — declarou ela com simplicidade. — Maravilhoso, na verdade. E eles veem isso. Só não é muito atencioso.

— Ele me parece uma pessoa muito egoísta e incrivelmente autocomplacente — observou Charles, e Maxine não disse que ele estava errado.

— Seria difícil não ser — explicou Maxine com calma —, considerando o sucesso que ele alcançou. Pouquíssimas pessoas resistiriam a isso e manteriam a cabeça boa. Ele tem muitos brinquedos e gosta de se divertir. O tempo todo, na verdade. Blake não faz nada que não seja divertido, ou que não seja de alto risco. É o jeito dele, sempre foi. Podia ter escolhido outro caminho e usado o dinheiro para filantropia. E Blake até faz isso, mas não se envolve com nenhuma forma de caridade que demande algum tipo de esforço. Basicamente, ele acha que a vida é curta demais, que teve sorte e quer se divertir. Blake é adotado, e acho que, de uma forma até curiosa, apesar de ter pais adotivos incríveis que o amavam, ele sempre foi meio inseguro com a vida e consigo mesmo. Ele quer agarrar tudo que pode antes que alguém leve embora, ou que ele perca. É uma patologia difícil de encarar. Blake tem um medo constante de abandono e perda, então ele agarra tudo com força e acaba perdendo no fim de qualquer maneira. Como uma profecia autorrealizável.

— Ele deve lamentar muito ter perdido você — comentou Charles com cuidado.

— Acho que não. Somos bons amigos. Eu sempre me encontro com ele e com as crianças quando Blake está aqui. Ainda faço parte da vida dele de uma forma diferente, como amiga e mãe de seus filhos. Ele sabe que pode contar comigo. Sempre pôde. E tem várias namoradas, bem mais jovens e divertidas que eu. Sempre fui séria demais para Blake.

Ele assentiu. Gostava disso em Maxine, combinava com ele. Achava o relacionamento dela com o ex-marido estranho. Charles quase nunca falava com a ex-esposa. Sem a conexão trazida por filhos, não sobrou nada depois do divórcio, nada além de muita agressividade entre os dois. No geral, não sobrou nada. Era como se nunca tivessem sido casados.

— Quando se tem filhos — disse Maxine suavemente —, meio que se fica preso à outra pessoa para sempre. E tenho de reconhecer que, se a gente não tivesse isso, eu sentiria falta dele. O que temos hoje funciona bem para todo mundo, principalmente para as crianças. Seria triste se eu e o pai delas nos detestássemos.

Talvez fosse triste, pensou Charles enquanto a escutava, mas talvez facilitasse a situação do próximo homem ou da próxima mulher na vida deles. Era difícil superar Blake, para qualquer um, e era difícil superá-la também, apesar de Maxine ser modesta.

Não havia nenhuma ponta de arrogância ou pompa em Maxine, apesar de ser muito bem-sucedida em sua carreira na psiquiatria. Ela era bastante discreta, e Charles apreciava isso. Ele não era como Maxine e sabia. Charles West se considerava muito bom e não era nada tímido em relação a suas conquistas. Ele não hesitou em tentar convencê-la a lidar com Jason Wexler à sua maneira, e só desistiu quando descobriu quem era Maxine e sua autoridade no campo. Só então admitiu que ela sabia mais que ele, principalmente após a terceira tentativa de suicídio de Jason, que deixou Charles nervoso e se sentindo idiota. Não gostava de admitir quando estava errado, mas não teve escolha naquela situação. Maxine era poderosa porém feminina e gentil. Não precisava ficar se gabando, raramente fazia isso, apenas quando a vida de um paciente estava em jogo, nunca para alimentar o ego. Para Charles, ela parecia a mulher perfeita em vários sentidos, nunca havia conhecido ninguém como Maxine.

— Como seus filhos se sentem em relação a você ter um relacionamento? — perguntou ele ao fim do jantar.

Não ousou perguntar o que disseram sobre ele, apesar de estar curioso. Maxine obviamente não tinha preparado os filhos, pois havia se esquecido do jantar. A presença dele na noite de terça deixou todos surpresos, inclusive Maxine. E, com tudo o que aconteceu, eles também o surpreenderam. Charles comentou sobre a noite com um amigo no dia seguinte, que gargalhou com a descrição do caos e disse que certamente seria bom para ele, para que se soltasse um pouco. "Tinha de ser com você", foi o comentário dele. Era uma regra: Charles preferia sair com mulheres que não tivessem filhos. Achava difícil ficar com alguém que dedicasse a vida aos filhos. Quando muito, elas tinham ex-maridos que ficavam com as crianças metade do tempo. Maxine não tinha ninguém para aliviá-la, a não ser a babá, que era um ser humano e tinha os próprios problemas. Max tinha muitas responsabilidades, e ficar com ela seria um desafio para Charles.

— As crianças ficaram bastante surpresas — comentou Maxine honestamente. — Não saio com ninguém há muito tempo. Elas estão acostumadas com as mulheres do pai, mas acho que nem imaginam que um dia talvez eu tenha alguém também.

E Maxine também ainda não havia se acostumado com a ideia. Ela considerava os homens com quem saiu por um tempo tão desinteressantes e tão pouco atraentes que desistiu de tudo. Os médicos que conhecia sempre pareciam pomposos demais, ou então não tinham afinidade com ela, e eles achavam que a carga da vida profissional e pessoal dela era muito pesada. A maioria dos homens não queria ficar com uma mulher que poderia ter de ir a uma emergência de hospital às quatro da manhã. Blake também não gostava disso, mas a carreira médica sempre foi importante para Max, e os filhos mais ainda. O copo já estava cheio e, como pôde ver na terça, transbordava com facilidade. Não havia muito espaço, se é que havia, para outra pessoa. E ele suspeitava que isso satisfazia os filhos de Maxine. Estava claro na expressão das crianças quando as conheceu que queriam a mãe só para elas, que ele não era bem-vindo naquela família. Não precisavam dele. Nem ela, suspeitava Charles. Maxine não tinha aquele ar de desespero da maioria das mulheres da idade dela, mulheres que queriam conhecer um homem acima tudo. A impressão que Max dava, ao contrário, era a de que estava feliz, realizada e muito bem sozinha. E isso também o atraía. Não desejava ser o salvador de ninguém, apesar de querer, sim, fazer parte do turbilhão da vida de uma mulher. E com Maxine nunca seria esse salvador. Havia pontos positivos e negativos nisso.

— Acha que seus filhos se ajustariam se você se envolvesse com alguém? — perguntou ele de forma casual, verificando informações.

Maxine pensou na pergunta por um instante.

— É provável. Talvez. Dependeria da pessoa e de como ela se ajustaria a eles. Essas coisas são uma via de mão dupla, demanda esforço dos dois lados.

Charles concordou. Era uma resposta razoável.

— E você? Acha que se ajustaria a ter um homem na sua vida de novo, Maxine? Você parece ser bem autossuficiente.

— E sou — declarou ela com sinceridade.

Tomou um gole do chá de menta, que era ótimo depois de uma boa refeição. A comida estava deliciosa e os vinhos que ele escolheu foram incríveis.

— Mas, respondendo à sua pergunta, eu não sei a resposta. Só me ajustaria ao homem certo. Eu teria de acreditar mesmo que daria certo. Não quero cometer outro erro. Blake e eu éramos muito diferentes. Não se nota isso com tanta clareza quando se é jovem. Depois de certo ponto, com a maturidade, isso passa a ser muito importante. Não dá para se enganar nessa idade, se convencer de que uma coisa vai dar certo quando na verdade não vai dar. É bem mais difícil fazer o relacionamento dar certo quando se é mais velho porque há muita bagagem. É tudo muito divertido quando se é jovem. Depois, é outra história. E não é tão fácil achar um bom partido, há muito menos candidatos. Tem de valer a pena o esforço de se adaptar. E os meus filhos são uma desculpa para que eu nem tente. Eles me mantêm ocupada e feliz. O problema é que um dia eles vão crescer e eu vou acabar sozinha. Não tenho de encarar isso agora.

Maxine tinha razão, e ele assentiu. Os filhos camuflavam a solidão e eram uma desculpa para que não deixasse um homem entrar em sua vida. Charles começou a achar que Max tinha medo de tentar. Teve a impressão de que Blake levou grande parte dela consigo, e, mesmo que fossem "muito diferentes", como ela disse, sentiu que Maxine ainda o amava. Isso também podia ser um problema. E quem poderia competir com uma lenda que havia se tornado bilionário e transbordava charme? Era um senhor desafio, um desafio que poucos homens encarariam, o que claramente não aconteceu.

Então mudaram de assunto, e conversaram um pouco mais sobre trabalho, sobre a paixão dela pelos pacientes adolescentes suicidas, sua compaixão pelos pais dessas crianças, seu fascínio por traumas causados por eventos de grandes proporções. A prática dele era bem menos interessante. Lidava com resfriados comuns, um mundo de doenças e situações mais mundanas, a tristeza ocasional de um paciente com câncer que logo seria encaminhado para um especialista e nunca mais seria contatado por ele. A área de atuação de Charles não envolvia momentos de crise, como a de Maxine, embora de vez em quando também perdesse um paciente, mas era raro.

Charles a acompanhou até o apartamento de novo e tomou uma taça do conhaque que compunha seu bar recém-reabastecido. Agora, estava totalmente equipada para entreter o pretendente, mesmo que nunca mais o visse. O estoque já estaria completo para o próximo que viesse, dali a cinco ou dez anos. Zelda fez piada com isso. Max montou um bar completo por causa daquela noite, o que a deixou um pouco preocupada por causa das crianças. Planejou manter as bebidas em um local trancado para que ficasse longe do alcance dos filhos e dos amigos deles. Não queria que fossem uma tentação para eles. Daphne já havia feito o alarme soar.

Maxine o agradeceu pelo jantar maravilhoso e pela noite incrível. Tinha de admitir que era bom ser civilizada, usar uma roupa elegante e passar a noite conversando com um adulto. Bem mais interessante que ir ao KFC ou ao Burger King com um bando de crianças, o que era mais o seu estilo. Embora, olhando para ela, para aquela elegância cristalina, Charles tenha achado que Maxine merecia ir ao La Grenouille mais vezes, e torceu para que tivesse a oportunidade de levá-la de novo. Era o seu preferido, apesar de gostar do Le Cirque também. Tinha grande apreço pela culinária francesa e pelo clima que a acompanhava. Gostava muito mais que Max de pompa e cerimônias, e de noites entre adultos. Conversando com ela, ficou se perguntando se sair com seus filhos também seria divertido. Era possível, apesar de ainda não estar convencido, mesmo que fossem ótimas crianças. Preferia conversar com Maxine sem distrações, sem Sam vomitando aos seus pés. Os dois riram da cena enquanto ele se preparava para ir embora, e ficaram conversando um tempo no mesmo hall onde aconteceu.

— Eu gostaria de sair com você de novo, Maxine — declarou Charles, descontraído. Para ele, a noite foi um sucesso, assim como para ela, apesar do desastre da noite de terça. Essa noite foi o exato oposto. Foi perfeita.

— Eu também — disse ela sem rodeios.

— Eu ligo para você — avisou ele, e não fez o movimento de beijá-la.

Maxine teria ficado chocada e irritada se o tivesse feito. Não era o estilo dele. Agia lenta e deliberadamente quando gostava de uma mulher, preparando o terreno para o que poderia acontecer depois, caso os dois estivessem de acordo. Não tinha pressa e não gostava de pressionar. Tinha de ser uma decisão mútua, e ele sabia que Maxine estava longe disso. Não saía com ninguém havia muito tempo e nunca foi muito de fazer isso, na verdade. A ideia de ter um relacionamento não passava pela cabeça de Maxine. Teria de conduzi-la até lá com calma, caso percebesse que ela estava a fim. Ele também não tinha muitas certezas. Era divertido conversar e estar com Maxine, o restante era incerto. Os filhos ainda eram uma questão um pouco complicada para ele superar.

Max lhe agradeceu novamente e fechou a porta com gentileza. Jack já estava dormindo e Zelda permanecia no quarto dela. O apartamento estava silencioso. Maxine trocou a roupa, escovou os dentes e se deitou pensando em Charles. Foi ótimo, isso era inquestionável. Mas era estranho estar com outro homem. Era tão maduro, tão requintado. Assim como ele. Não conseguia imaginar um passeio com Charles em um domingo à tarde com os filhos por perto, como fazia com Blake quando ele estava na cidade. Mas, pensando bem, Blake era o pai das crianças, e a vida dele não era centrada no lar. Era apenas um turista que passava pela vida deles, um turista charmoso. Blake era um cometa lá no céu.

Charles era centrado e tinha muito em comum com ela. Era bem sério, o que encantava Maxine. Mas não era relaxado, brincalhão e divertido. Por um instante, sentiu falta disso em sua vida, então percebeu que não dava para ter tudo. Se algum dia fosse se envolver para valer com alguém de novo, sempre dizia que gostaria que fosse uma pessoa com quem pudesse contar. Charles com certeza era esse tipo de homem. Cuidado com o que deseja, pensou ela com um sorriso. Blake era louco e divertido. Charles era responsável e maduro. Uma pena que no mundo não havia um homem que pudesse ser as duas coisas — um Peter Pan adulto com bons valores. Era pedir demais, e provavelmente era por isso que ainda estava solteira, disse a si mesma, e talvez ficasse assim para sempre. Não tinha como viver com um homem como Blake, e talvez viver com um homem como Charles não fosse algo desejável. Talvez isso não tivesse importância, ninguém estava pedindo para que ela fizesse uma escolha. Foi só um jantar, afinal de contas, comida boa e vinhos finos com um homem inteligente. Não tinha nada a ver com casamento.

9

Blake estava em Londres em um encontro com conselheiros de investimentos sobre três empresas que pretendia comprar. Também tinha reuniões marcadas com dois arquitetos, um para fazer mudanças na casa de Londres, e o outro para remodelar e remobiliar completamente o palácio que tinha acabado de comprar no Marrocos. Havia um total de seis decoradores envolvidos nos dois projetos, o que o deixava muito animado. Estava se divertindo. Planejava passar um mês em Londres e levar os filhos para Aspen no Natal. Convidou Maxine para ir com eles, mas ela recusou, dizendo que ele precisava passar um tempo sozinho com as crianças, o que para Blake era besteira. Eles sempre se divertiam quando ela estava junto.

Na maior parte das vezes, Max passava apenas um dia ou dois no barco ou na casa que ele emprestava. Blake era excessivamente generoso e adorava saber que ela estava se divertindo com os filhos. Também emprestava suas casas para amigos. Não tinha como usá-las o tempo todo. E não conseguia entender por que Maxine fez tanto estardalhaço para deixar Daphne usar a cobertura de Nova York com as amigas. Ela já tinha idade para não bagunçar a casa, e havia gente para arrumar depois se ela fizesse isso. Ele achava que Max estava sendo paranoica por pensar que elas fariam alguma besteira se ficassem lá sozinhas. Sabia que a filha era uma boa menina, e que tipo de problema elas poderiam arrumar aos 13 anos? Depois de cinco ligações sobre isso, Blake finalmente cedeu aos argumentos de Maxine, mas lamentou por isso. A cobertura de Nova York ficava sempre vazia. Ele passava muito mais tempo em Londres, pois era mais perto dos lugares dos quais gostava. Estava planejando ir a Gstaad para alguns dias de esqui antes de voltar a Nova York, só para se preparar para Aspen. Não esquiava desde a viagem breve para a América do Sul em maio.

Nos primeiros dias de volta a Londres, depois do Dia de Ação de Graças com os filhos, Blake foi convidado para um show do Rolling Stones. Era uma de suas bandas preferidas, e Mick Jagger era um de seus grandes amigos. Ele apresentou Blake a vários outros músicos do mundo do rock e a várias mulheres memoráveis. O breve caso de Blake com uma das maiores estrelas da música gerou manchetes em todo canto, até que ela estragou tudo e se casou com outra pessoa. Não era algo que ele estava a fim, e foi honesto quanto a isso. Nunca fingiu querer se casar ou estar aberto à possibilidade. Tinha dinheiro demais agora. Era muito perigoso para Blake se casar, a não ser que fosse com alguma mulher tão rica quanto ele, mas ele nunca ia atrás desse tipo. Blake gostava das mulheres jovens, animadas e soltas. Só queria se divertir. Não machucava ninguém. E, quando acabava, elas iam embora com joias, peles, carros, presentes e as melhores lembranças que já tiveram. E então ele ia para a próxima e começava tudo de novo. Quando voltou a Londres, estava livre. Não tinha ninguém para levar ao show do Rolling Stones, então foi sozinho, tanto ao show quanto à festa extraordinária no Palácio de Kensington que aconteceu depois. Toda a realeza, modelos, atrizes, aristocratas e estrelas da música estavam lá. Era tudo o que Blake mais amava, era o seu mundo.

Conversou com algumas mulheres naquela noite, conheceu homens interessantes e já estava pensando em ir embora quando pediu uma última bebida no bar e viu uma linda ruiva sorrindo para ele. Tinha um diamante no nariz, usava um *bindi* vermelho entre os olhos e vestia um sári, tinha o cabelo espetado, os braços tatuados e encarava Blake descaradamente. Não parecia indiana, mas o *bindi* entre as sobrancelhas o confundiu, e o sári que usava era da cor do céu de verão, a mesma cor dos olhos dela. Nunca tinha visto uma indiana com tatuagens. Eram flores espalhadas pelos braços, e havia outra em sua barriga reta, que o sári deixava ver. Bebia champanhe e comia azeitonas de uma tigela de vidro no bar.

— Oi — saudou ele simplesmente.

Seus olhos azuis encontraram os dela, e lentamente ela abriu um sorriso. Era a mulher mais sensual que ele já tinha visto, e era impossível adivinhar sua idade. Podia ter entre 18 e 30, ele não estava nem aí. Ela era deslumbrante.

— De onde você é? — perguntou, esperando que ela fosse responder Bombaim ou Nova Déli, apesar de os cabelos ruivos estarem fora de contexto também.

Ela riu da pergunta, evidenciando dentes brancos perfeitos. Era a mulher mais impressionante que ele já tinha visto.

— Knightsbridge — respondeu, rindo dele. A risada era como sinos aos ouvidos dele, delicados e doces.

— E esse *bindi*?

— Gosto dele. Morei dois anos em Jaipur. Adorava os sáris e as joias.

Quem não adorava? Cinco minutos depois de se conhecerem, Blake já estava louco por ela.

— Você já foi à Índia? — perguntou ela.

— Várias vezes. Fiz um safári incrível lá no ano passado, tirei fotos dos tigres... Melhor que qualquer coisa que vi no Quênia.

Ela ergueu uma sobrancelha.

— Eu nasci no Quênia. Minha família morava na Rodésia antes disso. Depois a gente veio para cá. Acho aqui muito entediante. Volto para lá sempre que posso.

Ela era britânica e tinha o sotaque e a modulação da alta classe, o que fez com que Blake se perguntasse quem era e quem eram seus pais. Geralmente não se interessava por essas questões, mas tudo naquela mulher o intrigava, até as tatuagens.

— E quem é você? — indagou ela.

Devia ser a única mulher da festa que não sabia quem ele era. Blake gostou disso. Era uma novidade. E estava certo ao achar que os dois se sentiam atraídos um pelo outro. De forma poderosa.

— Blake Williams.

Ele não disse mais nada, ela assentiu com a cabeça e terminou a bebida. Blake bebia vodca com gelo. Era o que sempre escolhia em eventos como esse. Champanhe dava dor de cabeça no dia seguinte, vodca não.

— Americano — declarou ela de modo natural. — Casado? — perguntou, com interesse.

Blake achou estranho.

— Não, por quê?

— Não me aproximo de homens casados. Nem falo com eles. Uma vez saí com um francês péssimo que era casado e mentiu para mim. Errar é humano, persistir no erro é burrice. Os americanos são incrivelmente bons nisso. Os franceses, não. Sempre têm uma esposa e uma amante escondida em algum lugar, e traem as duas. Você trai? — perguntou ela como se estivesse falando de golfe ou de tênis.

Blake riu.

— Em geral, não. Na verdade, não; acho que nunca traí. Não tem por quê. Não sou casado e, se eu quero dormir com alguém, termino com a mulher atual. Acho muito mais simples. Não gosto de drama nem de complicações.

— Nem eu. É isso que estou falando dos americanos. São bem simples e diretos. Os europeus são bem mais complicados. Querem que tudo seja mais difícil. Meus pais estão tentando se divorciar há doze anos. Vivem voltando e se separando de novo. É muito confuso para a gente. Nunca me casei nem quero me casar. Acho uma grande confusão.

Ela falou com simplicidade, como se estivesse falando do tempo ou de uma viagem. Ele ficou intrigado. Era uma mulher muito divertida, muito bonita e, como diriam os britânicos, muito *fey*. Era como uma ninfa ou uma fada naquele sári, de *bindi* e com tatuagens. Blake notou então que ela usava uma pulseira enorme de esmeralda que ficava perdida no meio das tatuagens, e um enorme anel de rubi. Quem quer que fosse, tinha muitas joias.

— Concordo com você sobre a forma como as pessoas complicam as coisas. Eu na verdade sou muito amigo da minha ex-esposa. Gostamos um do outro muito mais do que quando éramos casados.

Para Blake, era verdade, e tinha certeza de que Maxine sentia o mesmo.

— Você tem filhos? — inquiriu ela, oferecendo algumas azeitonas. Ele colocou duas dentro da bebida.

— Tenho, sim, três. Uma menina e dois meninos. Eles têm 13, 12 e 6 anos.

— Que graça. Eu não quero filhos, mas acho que as pessoas são muito corajosas de ter. Acho assustador. A responsabilidade, eles ficam doentes, você tem de ver se estão indo bem na escola, se estão se comportando. É bem mais difícil do que treinar um cavalo ou um cachorro, e sou péssima nas duas coisas. Eu tive um cachorro uma vez que fazia as necessidades na minha casa inteira. Eu com certeza seria ainda pior com crianças.

Blake riu ao imaginar isso. Mick Jagger passou e a cumprimentou, assim como várias outras pessoas. Todo mundo parecia conhecê-la menos Blake. Ele não entendia como não a conhecia. Estava sempre na cena de Londres.

Blake contou a ela sobre a casa de Marrakech, estava visivelmente animado com isso, e ela concordou que o projeto parecia maravilhoso. Ela disse que quase estudou arquitetura, mas desistiu, não conseguia lidar com matemática. Confessou ter sido péssima aluna na escola.

Alguns amigos dele se aproximaram e o cumprimentaram, assim como alguns amigos dela, e, quando Blake se virou para falar com ela de novo, tinha ido embora. Ficou frustrado e decepcionado. Gostou de conversar com ela. Era excêntrica, inteligente, aberta, diferente e linda o suficiente para chamar sua atenção. Perguntou sobre ela para Mick Jagger mais tarde, e ele riu de Blake.

— Não conhece? — Ele parecia surpreso. — É Arabella. Ela é uma viscondessa. O pai dela é o homem mais rico da Câmara dos Lordes.

— O que ela faz?

Blake presumiu que ela não fazia nada, mas teve a impressão durante a conversa de que tinha algum tipo de trabalho ou carreira.

— É pintora. Faz retratos. Ela é muito boa. As pessoas pagam fortunas pelos quadros dela. E também pinta os cavalos e os cachorros das pessoas. É completamente louca, mas muito agradável. É uma típica excêntrica britânica. Acho que foi noiva de um francês rico, um marquês ou algo assim. Não sei o que aconteceu, mas ela não se casou com ele. Resolveu ir para a Índia, teve um caso com um indiano importante e depois voltou para casa com milhares de joias lindas. Não acredito que não a conheça. Talvez ela estivesse na Índia quando você começou a frequentar mais a Inglaterra. Arabella é muito divertida.

— É mesmo — concordou Blake, abismado pelo que Jagger tinha acabado de falar dela. Tudo se encaixava. — Sabe como faço para encontrá-la? Não peguei o telefone dela.

— Claro. Peça para a sua secretária ligar para a minha amanhã. Tenho o telefone dela. Arabella pinta todo mundo, metade da Inglaterra tem algum retrato feito por ela. Você pode usar essa desculpa.

Blake não achava que precisaria de uma desculpa, mas com certeza era uma possibilidade. Ele foi embora da festa. Uma pena ela ter ido antes, e a secretária dele pegou o número de Arabella na manhã seguinte. Não foi nada difícil.

Ficou olhando para o pedaço de papel por um tempo e depois ligou para ela. Uma mulher atendeu, e ele reconheceu a voz da noite anterior.

— Arabella? — perguntou, tentando soar confiante.

Sentia-se estranho pela primeira vez em anos. Ela era um verdadeiro furacão, muito mais sofisticada que as meninas com quem ele saía.

— Sou eu — respondeu ela com sotaque britânico. E deu uma gargalhada antes de saber quem era. Foi o mesmo som de sinos encantados que ele ouviu na noite anterior. Ela era mágica.

— Aqui é Blake Williams. Conheci você ontem à noite no Palácio de Kensington, no bar. Você foi embora, não consegui me despedir.

— Você pareceu entretido, então fui embora mesmo. Que gentil me ligar. — Ela parecia sincera e realmente feliz com a ligação.

— Na verdade eu queria mais cumprimentar que me despedir. Você vai estar livre hoje no almoço? — Blake foi direto ao ponto, ela riu de novo.

— Não, infelizmente não — respondeu ela, lamentando. — Vou fazer um retrato, e meu modelo só pode vir na hora do almoço. É o primeiro-ministro, agenda ocupada. Pode ser amanhã?

— Eu adoraria — disse Blake, sentindo-se como se tivesse 12 aninhos. Arabella tinha 29 anos, e ele se sentia uma criança com ela, mesmo tendo 46. — Que tal no Santa Lucia, à uma da tarde? — Era o restaurante favorito da princesa Diana para almoços e virou o favorito de todos desde então.

— Perfeito. Estarei lá — prometeu ela. — Até amanhã.

E, antes que ele pudesse dizer "tchau", Arabella havia desligado. Sem muita conversa, sem se estender. Apenas as tramitações necessárias para marcar um almoço. Blake se perguntou se ela apareceria com o *bindi* na testa e vestindo sári. A única coisa que sabia era que mal conseguia esperar para vê--la. Não se empolgava desse jeito com uma pessoa havia anos.

Blake chegou ao Santa Lucia na hora marcada e ficou em pé perto do bar esperando por ela. Arabella chegou vinte minutos atrasada, cabelos vermelhos e curtos espetados, minissaia, botas de camurça marrom com salto alto e um enorme casaco imitando pele lince. Parecia uma personagem de um filme, nenhum sinal do *bindi*. Estava mais no estilo Milão ou Paris, e os olhos tinham o mesmo tom brilhante de azul de que ele se lembrava. Arabella sorriu ao vê-lo e lhe deu um abraço.

— Você é muito gentil me convidando para almoçar — disse ela como se algo assim nunca tivesse acontecido, o que obviamente não era o caso.

Arabella era glamorosa e ao mesmo tempo modesta, algo que Blake adorava. Ele se sentiu como um cachorrinho aos seus pés, o que era raro para ele. O *maître* os conduziu à mesa e foi tão solícito com Arabella quanto com Blake.

A conversa fluiu com facilidade durante o almoço. Blake perguntou sobre trabalho e falou de sua experiência no ramo da alta tecnologia, o que Arabella achou fascinante. Conversaram sobre arte, arquitetura, velejar, cavalos, cães e crianças. Trocaram ideias sobre tudo o que se possa imaginar e deixaram o restaurante às quatro da tarde. Ele disse que adoraria ver seu trabalho, e ela o convidou a ir ao estúdio no dia seguinte, depois da sessão com Tony Blair. Arabella falou que, fora esse trabalho, a semana estava bem tranquila, e é claro que ia para o campo na sexta-feira. Todas as pessoas importantes da Inglaterra iam para o campo no fim de semana, para suas casas ou para a de amigos. Quando se despediram na rua, ele mal podia esperar para vê-la de novo. De repente estava obcecado por Arabella, então à noite mandou flores e escreveu um bilhete. Ela ligou assim que as flores chegaram. Blake enviou orquídeas e rosas, entremeadas com lírios-do-vale. Usou os serviços do melhor florista de Londres, e mandou tudo de mais exótico que pôde imaginar, o que parecia combinar com ela. Blake achava que Arabella era a mulher mais interessante que já havia conhecido, além de ser incrivelmente sensual.

Foi ao estúdio dela no fim da manhã seguinte, logo depois que Tony Blair foi embora, e ficou completamente abismado com a aparência de Arabella. Era uma mulher de muitas faces, exótica, glamorosa, infantil, moleque de rua, uma rainha em um segundo, uma elfa no outro. Ela abriu a porta do estúdio vestindo jeans justo manchado de tinta, tênis Converse vermelho de cano alto, camiseta branca, pulseira enorme de rubi, e tinha voltado a usar o *bindi*. Tudo nela era meio louco, porém absolutamente interessante para Blake. Arabella mostrou vários retratos em andamento e alguns mais antigos que havia feito para si mesma. Havia retratos lindos de cavalos, e ele achou o do primeiro-ministro muito bom. Ela era tão talentosa quanto Mick Jagger tinha dito.

— Fantástico — elogiou ele —, absolutamente incrível, Arabella.

Arabella abriu uma garrafa de champanhe para, segundo ela, comemorar a primeira visita dele ao estúdio, a primeira de várias, como esperava, e brindou com Blake. Ele tomou duas taças apesar de detestar champanhe. Teria bebido veneno por ela. Sugeriu que fossem para a casa dele. Também queria mostrar seus tesouros. Tinha obras de arte muito importantes e uma casa incrível da qual sentia muito orgulho. Conseguiram um táxi com facilidade e, meia hora depois, estavam passeando pela casa de Blake. Ela gritou de empolgação com as obras de arte que viu. Blake abriu uma garrafa de champanhe para ela, mas bebeu vodca dessa vez. Ligou o som, mostrou a sala de projeção que havia construído, mostrou tudo. Às nove da noite, estavam na enorme cama dele fazendo amor de forma louca e apaixonada. Ele nunca teve uma experiência como aquela, nem mesmo sob efeito de drogas, que experimentou, mas nunca gostou. Arabella era uma droga para ele. Sentiu como se tivesse ido à Lua e voltado quando ficaram deitados juntos na gigantesca banheira mais tarde, e Arabella ficou em cima dele e retomou os movimentos. Blake gemeu com uma agonia deliciosa quando a penetrou. Era a quarta vez da noite. Ouviu o som mágico da gargalhada dela enquanto a fada incrível que ele descobriu no Palácio de Kensington o levava a outro mundo e o trazia de volta à realidade. Ele não sabia se era amor ou loucura, mas, fosse o que fosse, queria que jamais acabasse.

10

Na sexta-feira seguinte, Charles e Maxine conseguiram jantar outra vez no La Grenouille. Comeram lagosta e um excelente risoto de trufas brancas que foi quase um afrodisíaco de tão bom. Dessa vez, Maxine apreciou ainda mais a refeição. Gostava de conversas inteligentes e maduras, e ele não parecia tão sério quanto antes. Tinha até algum senso de humor, apesar de se manter controlado. Não havia nada fora do controle em Charles. Ele disse que preferia tudo planejado e organizado, moderado, previsível. O tipo de vida que Maxine sempre quis, o que era impossível com Blake. Era uma vida pouco viável para ela, com três filhos e tudo de imprevisível que poderia acontecer na vida dele. E ainda tinha o trabalho, no qual o inesperado acontecia com regularidade. Mas a personalidade deles se encaixava bem. Charles tinha muito mais a ver com o tipo de homem que ela queria do que com Blake. Max se convenceu de que, se Charles era menos espontâneo, isso também tinha um lado positivo. Ela sabia o que esperar dele. E era uma boa pessoa, o que a atraía.

Eles estavam no táxi indo para casa depois do segundo encontro. Charles prometeu o Le Cirque na próxima vez, e talvez depois disso o Daniel ou o Café Boulud, seus restaurantes preferidos e que gostaria de compartilhar com ela. O celular de Maxine tocou; ela achou que fosse um dos filhos procurando por ela. Não era um deles. Ligaram em nome da Dra. Washington, que cobria seu plantão naquele fim de semana. Isso só podia significar que havia acontecido algo sério com um de seus pacientes. Era a única situação que fazia Thelma ligar no fim de semana. Caso contrário, ela lidava com tudo sozinha, a não ser que fosse uma situação da qual soubesse que Maxine preferiria tomar ciência e participar. A voz de Thelma surgiu na linha depois que a secretária passou a ligação para ela.

— Alô. O que houve? — perguntou Maxine rapidamente.

Charles achou que fosse um dos filhos dela e torceu para que não se tratasse de uma emergência. Tiveram uma noite tão agradável, ele não queria que nada estressante interferisse. Maxine escutava com cuidado, o rosto franzido, os olhos fechados. Não parecia coisa boa.

— Quantas bolsas de sangue vocês já deram para ela? — Silêncio de novo, ela estava escutando a resposta. — Dá para chamar o cardio logo? Tenta o Jones... Merda... OK... Já estou indo. — Ela se virou para Charles com uma expressão preocupada. — Desculpe. Detesto fazer isso com você. Uma paciente acaba de ser internada inconsciente. Posso roubar o táxi para ir ao Presbyterian da Columbia? Não tenho tempo para passar em casa e trocar de roupa. Posso deixar você no caminho.

Sua mente estava ocupada com as coisas que Thelma havia acabado de dizer. Era uma menina de 15 anos que se consultava com ela havia poucos meses. Tentou se suicidar e estava prestes a morrer. Maxine queria estar com ela para tomar as decisões que tivesse de tomar. Charles ficou sóbrio imediatamente, e disse que era óbvio que ela podia pegar o táxi.

— Posso ir com você? Fico por perto e dou apoio moral.

Charles imaginava que esses casos fossem difíceis, e a carreira de Maxine era feita deles. Mal conseguia imaginar ter de lidar com isso todo dia, ele a admirava por isso. E, para um médico, a prática dela era muito mais interessante que a sua, muito mais estressante e muito mais importante, de certa maneira.

— Talvez eu fique lá a noite toda. É o que espero, pelo menos.

Só não ficaria se a paciente morresse, o que era uma grande possibilidade nesse momento.

— Tudo bem. Se eu me cansar de ficar esperando, vou para casa. Sou médico também, certo? Não é novidade para mim.

Maxine sorriu. Gostava de ter isso em comum com ele. Compartilhar de uma carreira médica era um laço forte. Deram o endereço do hospital ao motorista, e Maxine explicou o caso para Charles enquanto seguiam para o norte. A menina tinha se ferido com uma faca de cozinha, cortado os pulsos e apunhalado o peito. Foi um trabalho terrível. Por um milagre, a mãe a encontrou rápido o bastante para fazer alguma diferença. A ambulância chegou em poucos minutos. Já tinham lhe aplicado duas bolsas de sangue. O coração havia parado duas vezes a caminho do hospital, mas conseguiram reanimá-la. Estava à beira da morte, mas ainda com vida. Era sua segunda tentativa.

— Meu Deus, eles não brincam quando tentam se matar, não é? Sempre achei que fizessem isso para chamar a atenção, acreditava que não fossem tentativas reais.

Esse caso era bem real. Os dois conversaram sobre isso no caminho, e Maxine entrou em ação assim que chegou ao hospital. Usava vestido preto e sapatos de salto alto. Ela tirou o casaco preto, colocou o jaleco, encontrou Thelma e foi conversar com a equipe de emergência. Examinou a paciente, entrou em contato com o cirurgião e conversou com os médicos de plantão e com o médico-chefe. Os pulsos da paciente já haviam sido suturados, e o cirurgião chegou em quinze minutos. Levou a menina em coma para o procedimento, e Maxine foi confortar os pais. Enquanto fazia tudo isso, Charles e Thelma conversavam discretamente no corredor.

— Ela é incrível, não é? — comentou Charles, admirado.

Ela virou pura eficiência assim que começou o trabalho. Voltou para falar com eles no corredor meia hora depois. Thelma concordou plenamente com Charles, e gostou de ele estar tão impressionado e de respeitar tanto o trabalho de Maxine.

— Como ela está? — perguntou Thelma a Maxine.

Ela ficou no hospital mais para fazer companhia a Charles do que por qualquer outro motivo. Maxine estava no comando agora.

— Está indo. Essa chegou bem perto — respondeu Maxine, rezando para não a perder.

Eloise, a paciente, passou por quatro horas de cirurgia. Foram quase cinco horas até que Maxine tivesse algum parecer. Para sua grande surpresa, Charles ainda estava lá. Thelma já havia voltado para casa horas antes.

O cirurgião entrou na sala dos médicos com um ar de vitória e sorriu para Charles e Maxine.

— Juro por Deus, às vezes acontecem alguns milagres que ninguém consegue explicar. Ela perfurou vários pontos críticos, e não se matou por milímetros. Ainda tem muita coisa que pode dar errado nos próximos dias, mas acho que vai conseguir sair dessa.

Maxine deu um gritinho de comemoração e jogou os braços em volta do pescoço de Charles. Ele a abraçou e sorriu. Estava exausto, mas foi uma das noites mais interessantes no sentido médico de sua vida; foi bom ver as dificuldades que tiveram e o que estavam fazendo para resolvê-las. Maxine comandou tudo.

Max foi conversar com os pais de Eloise, e, pouco depois das seis da manhã, ela e Charles deixaram o hospital. Maxine voltaria em algumas horas. Os próximos dias seriam delicados, mas o pior já havia passado. Eloise recebeu inúmeras transfusões de sangue e deram um jeito em seu coração. Os pais dela ficaram mais que aliviados, assim como Maxine. Ela ainda controlava o otimismo, mas sentia que iam vencer a batalha. Resgatou a vítima das garras da morte.

— Eu nem sei explicar o quanto fiquei impressionado com o seu trabalho — comentou Charles com calma.

Um de seus braços envolvia os ombros dela. Maxine se encostou nele no caminho de volta. Ela ainda estava muito feliz com o sucesso da noite, mas estava cansada. Os dois sabiam que levaria horas para se acalmar, e, quando se acalmasse, teria de voltar ao hospital, provavelmente sem ter dormido. Estava acostumada.

— Obrigada — disse ela sorrindo para Charles. — Obrigada por ficar comigo. Foi bom saber que você estava lá. Eu geralmente fico sozinha em noites como essa. Tomara que a gente vença essa batalha. Sinto que vamos conseguir.

— Eu também. Seu cirurgião é incrível. — E achava que ela também era.

— É mesmo — concordou Maxine.

O táxi parou em frente ao prédio dela. Ao sair do veículo, Maxine se deu conta do quanto estava cansada. As pernas estavam pesadas, os saltos a estavam matando. Ainda usava o jaleco por cima do vestido e segurava o casaco preto. Charles trajava um belo terno, escuro e de corte clássico, camisa branca e gravata azul-marinho. Maxine gostava do estilo dele. E ainda parecia impecável depois daquela longa noite.

— Sinto como se tivesse encarado um vendaval — comentou ela, rindo.

— Você está ótima. E foi absolutamente fantástica essa noite.

— Obrigada. É a equipe, não é só uma pessoa, e é uma questão de sorte também. Nunca dá para saber o que vai acontecer. Você faz o melhor que pode e reza para que tudo dê certo. Eu sempre rezo.

Charles olhou para ela com olhos cheios de respeito e admiração. Eram seis e meia da manhã, e ele de repente teve vontade de ir para a cama com Maxine. Adoraria dormir abraçando-a depois da noite que compartilharam. Em vez disso, ele se inclinou na direção dela, enquanto ainda estavam diante do prédio, e roçou seus lábios nos de Maxine. O beijo aconteceu mais cedo do que ambos planejavam, mas várias coisas mudaram naquela noite. De alguma forma, eles se conectaram. Charles a beijou de novo, com mais intensidade dessa vez, e Max correspondeu. Ele a abraçou e a trouxe para mais perto.

— Ligo mais tarde — sussurrou ele.

Maxine assentiu e entrou no prédio.

Ela ficou sentada na cozinha por um bom tempo pensando em tudo — na paciente, na noite interminável e no beijo de Charles. Era difícil dizer o que havia mexido mais com ela. A tentativa de suicídio, sem dúvida, porém Max sentiu como se tivesse sido atingida por um raio quando Charles a beijou. Mas ao mesmo tempo foi bom. Adorou tê-lo por perto. Charles pelo visto era tudo o que ela queria em vários sentidos. E, agora que ele estava ali, ao seu alcance, ela sentia medo do que isso poderia se tornar, de como faria isso acontecer. Não sabia ao certo se Charles cabia na vida dela e dos filhos. Estava preocupada.

Já eram quase nove da manhã quando, por fim, foi para a cama. Os filhos ainda dormiam, ela queria dormir um pouco também antes de ter de dar atenção a eles. Não estava pronta para o ataque de Daphne quando, depois de duas horas de sono, finalmente acordou e estava na cozinha tomando um café, lá pelas onze. Daphne a encarou com fúria no olhar. Maxine não fazia ideia do que estava acontecendo, mas com certeza estava prestes a descobrir.

— Onde você se meteu ontem? — perguntou Daphne. Ela estava lívida.

— No hospital. Por quê? — Maxine não soube o que pensar. O que estava acontecendo com ela?

— Não estava *nada*. Você estava com *ele*! — Ela falou como se fosse uma amante enfurecida. Nem no inferno havia tamanha fúria quanto a de uma filha diante do namorado da mãe, ou da suspeita de um namoro.

— Eu estava com "ele" durante o jantar — respondeu a mãe com calma. — Ligaram para mim quando eu estava voltando, uma das minhas pacientes quase morreu e eu tive de ir. Acho que conseguimos salvar a menina, se nada der errado hoje. — Ela geralmente contava aos filhos das emergências que faziam com que ficasse fora à noite. — Então qual é o seu problema?

— Não acredito em você. Eu acho que você ficou no apartamento dele a noite toda.

Daphne cuspiu as palavras com tanta raiva que Maxine ficou olhando sem acreditar. Não havia necessidade nenhuma disso, mas a cena fez com que Maxine percebesse o tipo de resistência que teria de enfrentar por Charles. Pelo menos vinda de Daphne.

— Isso pode até acontecer algum dia, com ele ou com alguma outra pessoa. E, se alguma coisa ficar séria a esse ponto na minha vida, eu aviso. Mas posso garantir, Daphne, que eu estava trabalhando ontem à noite. E acho que você está passando completamente dos limites.

Daphne virou o rosto com raiva. Pareceu amolecida, mas se virou para a mãe de novo.

— Por que eu acreditaria em você?

Sam entrou na cozinha olhando para a irmã com preocupação. Ele achou que Daphne estava sendo má com a mãe deles, o que era exatamente o que estava acontecendo.

— Porque eu nunca menti para você — retrucou Maxine bem séria —, e não pretendo começar agora. E não gostei das suas acusações. São grosseiras, equivocadas e desnecessárias. Agora pare com isso e se comporte. — E, com essas palavras, Maxine saiu com passos rápidos da cozinha sem falar mais nada para nenhum dos dois.

— Agora olha só o que você fez. — Sam ralhou com a irmã. — Você deixou a mamãe zangada. E ela deve estar cansada porque passou a noite toda acordada, e agora vai ficar triste o dia inteiro. Muito obrigado!

— Você não sabe de *nada*! — exclamou Daphne e também saiu com passos rápidos da cozinha.

Sam balançou a cabeça e pegou a caixa de cereal. Esse dia com certeza não ia ser fácil.

Maxine voltou para o hospital ao meio-dia e ficou muito feliz ao ver que Eloise estava bem. Havia retomado a consciência, e Maxine conseguiu conversar com ela, apesar de a menina não dizer por que tentou se matar. Max recomendou uma longa internação para ela, e os pais concordaram. Fariam o que fosse necessário para impedir que isso acontecesse de novo.

Maxine voltou para ficar com os filhos às duas da tarde. Daphne saiu com duas amigas, a princípio para fazer compras de Natal, mas Max sabia que a filha estava evitando a mãe, o que para ela não tinha problema. Ainda estava furiosa por causa da acusação de Daphne. E, como sempre, Sam foi adorável e compensou tudo. Foram ver o jogo de Jack juntos. Para a alegria deles, o time de Jack ganhou. Quando voltaram para casa, às cinco, estavam com um humor melhor. Daphne já havia voltado e parecia bem mansa.

Quando Charles ligou para ela, às seis, ele tinha acabado de acordar. Ficou estarrecido quando ela contou que havia passado o dia todo indo de um lado para o outro.

— Estou acostumada com isso. — Maxine riu. — É impossível parar. Principalmente quando se tem filhos.

— Não sei como você consegue. Sinto como se tivesse sido atropelado por um caminhão. Como está a sua paciente?

— Muito bem. Graças a Deus esses pacientes são jovens. A gente tem muita chance de conseguir salvá-los, mas nem sempre.

— Ainda bem que essa deu certo. — Charles estava interessado no caso e em algo mais. — Você vai fazer o que hoje à noite?

— Nós vamos ao cinema às oito, deve ter pizza ou comida chinesa antes disso.

E então Maxine teve uma ideia. Presumiu que ele estaria muito cansado naquela noite, e ela estava ficando exausta também, mas sempre havia um jantar em família nas noites de domingo, mais alegres que os jantares do restante da semana.

— Por que você não vem jantar com a gente amanhã?

— Com você e os seus filhos? — Sua voz mostrava dúvida e um pouco menos de animação do que ela esperava. Era uma ideia nova para ele.

149

— Isso, essa é a ideia. Podemos pedir comida chinesa, ou alguma outra coisa, se você preferir.

— Adoro comida chinesa. Só não quero me intrometer na sua família.

— Acho que vai dar tudo certo. E você?

Maxine sorria, e Charles não conseguiu pensar em uma boa desculpa.

— Tudo bem — aceitou ele, como se tivesse acabado de concordar em fazer *bungee jumping* do Empire State, e, para seus padrões, foi quase isso mesmo.

Ela gostou de ver que Charles estava disposto a se esforçar. Era óbvio que isso o assustava muito.

— Vejo você amanhã às seis — disse ela.

Daphne estava parada em pé encarando a mãe.

— Você acabou de fazer um convite para o jantar de amanhã? — perguntou Daphne quando a mãe desligou.

— Isso. — E ela não ia pedir permissão à filha.

As crianças recebiam amigos em casa o tempo todo, amigos que Maxine acolhia de braços abertos. Ela também tinha o direito de convidar amigos, apesar de raramente, quase nunca, exercer esse direito.

— Então não vou jantar com vocês amanhã — retrucou Daphne.

— Vai, sim — declarou Maxine com calma e lembrou a filha de que seus amigos também deviam ser bem recebidos na casa deles. — Não sei por que você está fazendo um drama tão grande, Daphne. Ele é uma pessoa muito legal. Não estou fugindo com ele. E você lida com as namoradas do seu pai o tempo todo.

— Ele é seu namorado? — Daphne estava horrorizada.

Maxine meneou a cabeça.

— Não é, não, mas não seria um absurdo se ele se tornasse. O estranho é eu não ter um namorado há tantos anos. Você não precisa fazer esse drama todo. — Talvez precisasse. Estava óbvio que ela se sentia ameaçada por Charles e pela ideia de ter um homem perto da mãe. Jack também não gostava. — Não vai acontecer nada aqui, Daphne, mas, pelo amor de Deus, calma. Vamos encarar as coisas como elas são. É um amigo vindo jantar. Se algum dia virar algo mais, eu vou contar para você. Por enquanto, é só um jantar, está bem?

Ao falar isso, pensou no beijo daquela manhã. Então Daphne não estava completamente errada. Era mais que apenas um jantar. A filha não falou nada, apenas foi embora em silêncio.

Quando Charles apareceu no dia seguinte, Daphne ficou no quarto, e Maxine teve de coagi-la, implorar e ameaçá-la para que finalmente fosse para o jantar. Daphne apareceu na cozinha, mas deixou bem claro com sua linguagem corporal e com suas atitudes que estava protestando. Ignorou Charles completamente e olhou para a mãe com raiva. E, quando começaram a servir a comida, que chegou às sete horas, Daphne se recusou a comer. Sam e Jack comeram a parte dela com prazer. Charles deu parabéns a Jack por ter ganhado o jogo no dia anterior e perguntou detalhes da partida.

Depois disso, Sam e Charles conversaram animados. Daphne olhou para os irmãos como se fossem traidores e voltou para o quarto depois de vinte minutos. Charles falou sobre isso com Maxine enquanto ela arrumava a cozinha e jogava os restos de comida fora. O jantar foi bom e Charles se saiu muito bem. Era evidente que precisava se esforçar para conversar com as crianças, mas estava tentando. Era tudo muito incomum para ele.

— Daphne me odeia — comentou ele, chateado, comendo o biscoito da sorte que sobrou na mesa.

— Não é que odeie, ela não conhece você. Só está assustada. Eu nunca tive um relacionamento de verdade e nunca trouxe ninguém para jantar. Ela está com medo do que isso possa representar.

— Ela falou isso? — Charles estava intrigado.

Maxine riu.

— Não, mas eu sou mãe e psiquiatra de adolescentes. Ela está se sentindo ameaçada.

— Eu falei alguma coisa que a deixou chateada? — Ele estava preocupado.

— Não, você foi ótimo. — Maxine sorriu para ele. — É que ela resolveu ter uma posição. Eu sinceramente odeio meninas na adolescência — declarou Maxine com um tom leve. Foi ele quem riu dessa vez, considerando a profissão dela. — Na verdade, acho que quando completam 15 anos é pior. Mas começa aos 13. Hormônios e essas coisas todas. Elas deviam ficar enjauladas até uns 16, 17 anos.

— Uma bela coisa de se dizer para uma mulher que tem uma carreira atendendo adolescentes.

— Nada disso. Eu sei do que estou falando. Elas torturam as mães nessa idade. O pai é sempre o herói.

— Eu percebi isso — disse ele, cabisbaixo. Daphne havia falado do pai no primeiro encontro deles. — E como me saí com os meninos?

— Você foi ótimo — respondeu ela, e olhou-o nos olhos com um sorriso gentil. — Obrigada por ter feito tudo isso. Sei que não faz o seu estilo.

— Não, mas faz o seu. Estou fazendo isso por você.

— Eu sei — comentou Maxine, e de repente eles estavam se beijando na cozinha.

Sam entrou.

— Olha isso! — exclamou ele assim que os viu. Max e Charles deram um pulo e ficaram com uma expressão de culpa. Maxine abriu a geladeira e fingiu estar ocupada. — A Daff vai matar você se pegar vocês se beijando — avisou ele.

Maxine e Charles começaram a rir.

— Isso não vai acontecer de novo. Eu prometo. Desculpe, Sam — disse Maxine. Sam deu de ombros, pegou dois biscoitos e voltou para o quarto.

— Eu gosto muito dele — comentou Charles com carinho.

— Sua presença é boa para todos eles, até mesmo para Daphne — disse ela com calma. — Meus filhos não podem achar que sou só deles o tempo todo, a vida não é assim.

— Eu não sabia que estava em uma missão de treinamento — resmungou Charles.

Maxine riu.

Eles se sentaram na sala e ficaram conversando. Charles foi embora às dez. Apesar da hostilidade de Daphne, o jantar foi muito bom. Ele parecia ter sobrevivido a uma queda das cataratas do Niágara dentro de um barril, e Maxine estava feliz quando entrou no quarto e se deparou com Sam quase dormindo.

— Você vai se casar com ele, mamãe? — sussurrou Sam. Ele mal conseguiu abrir os olhos quando ela o beijou.

— Não vou, não. Ele é só um amigo.

— Então por que você deu um beijo nele?

— Porque sim, porque eu gosto dele. Mas isso não quer dizer que a gente vá se casar.

— Que nem o papai e as meninas que saem com ele?

— É, mais ou menos. Não é nada sério.

— Ele sempre fala isso também.

Sam pareceu aliviado e caiu no sono. Maxine ficou olhando para ele. A chegada de Charles com certeza abalou todo mundo, mas ela ainda achava que era uma coisa boa. E era divertido ter um homem para sair. Não era um crime, disse Maxine a si mesma. Eles apenas teriam de se acostumar. Afinal de contas, Blake também namorava. Por que ela não podia fazer o mesmo?

11

O tempo que Blake passou com Arabella em Londres antes do Natal foi absolutamente mágico. Ele nunca esteve tão feliz ou tão inebriado com uma pessoa. Ela fez até uma pequena pintura de Blake nu. Ele amou cada segundo que passaram juntos. Levou-a para St. Moritz no fim de semana e esquiou com ela. Passaram três dias fazendo compras de Natal em Paris, e se hospedaram no Ritz. Chegaram a ir a Veneza e se hospedaram no *palazzo* dele. Esses foram os momentos mais românticos que ele já passou com uma mulher. E é claro que a convidou para ir a Aspen depois do Natal com ele e os filhos. Blake e Arabella passariam a véspera de Natal juntos em Londres. Ela queria que ele conhecesse sua família, mas Blake queria ficar a sós com ela e saborear cada instante. Não era muito bom em conhecer famílias. As coisas geralmente não corriam bem quando fazia isso, e criavam-se expectativas infundadas. No caso de Arabella, ele a queria só para si, e ela estava totalmente de acordo. Ficou hospedada na casa de Blake em Londres desde que se conheceram. E foram vistos nos tabloides inúmeras vezes.

Daphne os viu na *People*. Mostrou para a mãe com um ar de reprovação.

— Pelo visto o papai está apaixonado de novo.

— Dá um tempo, Daff. Ele nunca tem um relacionamento sério. Está só se divertindo.

Daphne estava sendo severa tanto com Blake quanto com Maxine.

— Ele disse que viria sozinho dessa vez.

Era isso que Daphne realmente queria, ficar sozinha com o pai, ser a mulher de sua vida. Conhecendo Blake, Maxine sabia que isso não iria acontecer. E achou que a nova mulher na vida dele era bem bonita. Estava feliz com Charles, não se importava com essas coisas. Nunca se importou.

— Tomara que ele não traga a namorada — reiterou Daphne.

Maxine comentou que achava que era bem provável que ele fizesse isso, sim. Era melhor prepará-la e fazer com que se acostumasse à ideia.

Arabella já tinha aceitado o convite para ir a Aspen. Nunca havia estado lá, e adorou a ideia de passar o fim de ano com os adoráveis filhos de Blake. Ela viu fotos de todos, e ele contou tudo sobre as crianças. Arabella o ajudou a comprar presentes para Daphne, escolheram uma pulseira cravejada de diamantes na Graff's que Arabella disse que com certeza ficaria perfeito na menina. Disse que era feito para princesas. Ele voltou à loja e escolheu um presente à altura de uma viscondessa, uma pulseira de safira espetacular. E, quando entregou o presente, Arabella adorou. Eles celebraram na noite de Natal e voaram para Nova York no dia seguinte no avião de Blake. Chegaram ao apartamento dele no fim da tarde de Natal. Ele ligou para Maxine assim que chegou. Max e os filhos tinham acabado de voltar do almoço com os pais dela, e as crianças estavam prontas para viajar no dia seguinte. Ela já estava preparando as malas dos filhos havia dois dias.

— Pelo que tenho visto, você anda bem ocupado — brincou ela. — Daffy e eu lemos umas coisas sobre você na *People*. — Maxine não contou que Daphne estava chateada.

— Espere só até você conhecê-la. Ela é incrível.

— Ah, mal posso esperar.

Maxine riu. As mulheres da vida de Blake não duravam tempo suficiente para que as conhecesse. E o caso atual ainda estava nas primeiras semanas. Ela o conhecia bem e não acreditou quando ele disse que agora era diferente. Blake sempre dizia isso. Não conseguia imaginá-lo levando ninguém a sério, apesar de essa mulher ser mais velha, fugindo do padrão dele — mas, mesmo assim, tinha 29 anos, uma criança para Maxine. Então ela contou suas novidades.

— Também tenho saído com uma pessoa — declarou ela distraidamente.

— Nossa, que novidade. Quem é o sortudo?

— Um médico que conheci por causa de um paciente.

— Perfeito. Ele é uma boa pessoa?

— Acho que sim.

Maxine não rasgou muita seda, o que Blake sabia que era uma característica dela. Reservada com tudo.

— O que as crianças acham? — Ele estava curioso.
— Ah... — Ela suspirou. — Isso é outra história. Daphne o odeia com todas as forças, Jack não está lá muito contente e não sei se Sam liga muito para essas coisas.
— Por que Daff o odeia?
— Ele é um homem. Todos eles acham que são o suficiente para mim, e são mesmo. Mas estou gostando da novidade. Pelo menos é um adulto com quem conversar, em meio aos pacientes e aos amiguinhos das crianças que pegam carona comigo.
— Acho uma boa.

E então Maxine achou que devia prepará-lo para a filha.
— Ela está em pé de guerra com você também.
— Está? — Blake ficou surpreso. — Por quê? — Não captou a mensagem. Era muito ingênuo.
— Por causa do seu novo romance. Acho que ela está sendo possessiva comigo e com você. Disse que você prometeu ir para Aspen sozinho dessa vez. Você está sozinho?

Blake hesitou.
— Hum... Não... O pior é que não. Arabella está comigo.
— Foi o que achei. Falei para Daffy que talvez isso fosse acontecer. Talvez você tenha de encarar alguma turbulência. Esteja preparado.
— Que ótimo. Melhor avisar para Arabella. Ela está ansiosa para conhecer as crianças.
— Os meninos, tudo bem. Estão acostumados às suas namoradas. Só fale para Arabella não levar a atitude de Daphne para o lado pessoal. Ela tem 13 anos, é uma idade difícil.
— Pelo visto, é mesmo — concordou ele, mas estava confiante que Arabella podia conquistar qualquer pessoa, até mesmo Daphne. Não achou que fosse grande coisa. — Vou buscar as crianças amanhã às oito e meia.
— Eu deixo todo mundo arrumado esperando você — prometeu ela. — Espero que dê tudo certo.

Daphne ainda não tinha dado o braço a torcer com Charles, mas só o viu uma vez e ele se manteve distante durante o feriado. Não gostava de Natal, não tinha mais família, então foi para sua casa em Vermont. Maxine ia se encontrar com ele na casa assim que as crianças fossem embora com Blake. Ia dirigir no dia seguinte e estava um pouco nervosa. Seria como uma lua de mel, e ela não fazia nada assim havia muito tempo, mas já estavam juntos havia seis semanas. Não tinha como adiar isso para sempre. Dormir com ele parecia um enorme passo.

Blake pegou as crianças na manhã seguinte, como combinado, e Maxine não desceu para vê-lo. Pediu às crianças que o cumprimentassem por ela. Não achou que seria justo interferir na relação dele com Arabella. Sam agarrou a mãe, e ela disse que ele podia ligar a qualquer momento. Max pediu aos mais velhos que ficassem de olho no caçula e que dormissem com ele. Daphne já estava de cara fechada porque Maxine avisou que Blake estava com Arabella.

— Mas ele prometeu... — gemeu ela, chorando na noite anterior.

Maxine garantiu à filha que isso não significava que o pai não a amava, ou que não queria ficar com ela. Ele simplesmente gostava de ter uma mulher por perto também. E as duas sabiam que, independentemente de quem fosse a tal Arabella, ela não ficaria com ele por muito tempo. Nenhuma mulher ficava. Por que essa seria exceção? Daphne abraçou a mãe e correu para o elevador, onde Jack e Sam a esperavam.

O apartamento ficou em um silêncio profundo quando as crianças saíram. Maxine e Zelda arrumaram tudo. Zelda trocou os lençóis de todas as camas antes de ir ao cinema. Maxine ligou para Charles em Vermont. Ele estava ansioso pela chegada dela. Max estava ansiosa para vê-lo, mas nervosa em relação aos planos para o feriado. Sentiu-se virgem de novo ao pensar em dormir com ele. E Charles já havia se desculpado por causa do "chalé nas montanhas", como ele mesmo disse, sabendo que Maxine tinha vivido no luxo com Blake. Ele explicou que a casa de Vermont era comum e bem simples.

Ficava perto de uma estação de esqui, e ele queria esquiar com ela, mas falou que não seria como em St. Moritz ou Aspen, ou nenhum outro lugar ao qual ela estava acostumada.

— Pare de se preocupar, Charles. Se isso fosse importante para mim, eu ainda estaria casada com Blake. Não se esqueça de que fui eu que pedi o divórcio. Só quero ficar com você, não me importo se o chalé for simples. Estou indo por você, não pela casa. — E era verdade.

Ele estava bastante aliviado por conseguir ficar sozinho com ela, só para variar. Ainda era estressante ter por perto os filhos. Charles deu CDs de presente de Natal para eles, bandas que a mãe sugeriu, e alguns DVDs para Sam. Não fazia ideia do que gostavam, e escolher os presentes o deixou nervoso. Comprou uma echarpe bem elegante da Chanel para Maxine. Ele achou que era bonita, e Max adorou. Entregou o presente no último jantar deles, antes que fosse para Vermont, a quatro dias do Natal. Preferiu sair da cidade antes que a comoção do feriado começasse. Ele simplesmente não gostava da festa, o que ela achou uma pena. Mas, para Maxine, assim ficava mais fácil lidar com os filhos. Daphne teria surtado se Charles tivesse participado do Natal, e então, no fim das contas, foi melhor.

Maxine deu para Charles uma gravata Hermès e um lenço de bolso que combinava com a gravata. Ele usou os presentes no jantar naquela noite. Era um relacionamento confortável para os dois, não muito rígido; havia bastante espaço para que prosseguissem com suas carreiras e vidas. Maxine não sabia o que mudaria se dormisse com ele. Não conseguia imaginá-lo ficando em casa com os filhos dela, e Charles já tinha dito que nunca faria isso. E, além disso, ele não achava respeitoso dormir com ela quando os filhos estivessem por perto, e Maxine concordou.

Ela deixou a cidade ao meio-dia e planejava ficar fora até o Ano-Novo. Chegaria a Vermont às seis da tarde. Charles ligou para Maxine duas vezes enquanto ela dirigia, só para ter certeza de que estava tudo bem. Nevava ao norte de Boston, mas as estradas estavam livres. A neve caía mais forte quando ela chegou a New Hampshire. Já havia recebido notícias dos filhos. Daphne ligou assim que aterrissou em Aspen, estava histérica.

— Eu *odeio* a namorada do meu pai, mãe! — sussurrou Daphne. Maxine ficou escutando e revirou os olhos. — Ela é *péssima*!

— Péssima como?

Maxine tentou manter a mente aberta, apesar de ter de admitir que algumas mulheres de Blake eram meio estranhas. Com o passar dos anos, Maxine se acostumou. Elas nunca duravam muito mesmo, então não valia a pena se estressar, a não ser que fizessem algo perigoso com as crianças. Mas os filhos já eram bem crescidos agora, não eram bebês.

— Os braços dela são cobertos de tatuagens!

Maxine sorriu ao imaginar a mulher.

— Os da última também eram, e as pernas, e isso não incomodou você. Ela é legal?

Talvez ela estivesse sendo grossa com as crianças. Maxine torceu para que não fosse o caso, mas não achava que Blake deixaria isso acontecer. Ele amava os filhos, mesmo que gostasse das namoradas.

— Eu não sei. Não vou falar com ela — declarou Daphne com orgulho.

— Não seja mal-educada, Daff. Não é legal e só vai irritar o seu pai. Ela está sendo boa com os meninos?

— Ela fez um monte de quadros idiotas com o Sam. Acho que ela é pintora ou algo assim. E tem uma coisa idiota no meio dos olhos dela.

— Que tipo de coisa?

Maxine imaginou uma flecha de brinquedo presa na testa dela.

— Aquela coisa que as mulheres indianas usam. A atitude dela é muito forçada.

— Ah, um *bindi*? Vamos lá, Daff, não seja tão cruel com a moça. Ela é só um pouco estranha. Dê uma chance a ela.

— Eu odeio ela.

Maxine sabia que Daphne também odiava Charles. Estava odiando muitas pessoas ultimamente, até os pais. Era coisa da idade.

— Você provavelmente não vai nem ver essa mulher depois dessa viagem, então não se estresse com ela. Você sabe como é.

— Essa é diferente — disse Daphne, um tanto deprimida.

— Acho que o papai ama essa mulher.

— Duvido muito. Ele só a conhece há algumas semanas.

— Mas você sabe como ele é. Fica louco por elas no começo.

— Isso, mas depois elas evaporam e ele se esquece delas. Relaxe.

Porém, depois de desligar, Maxine se perguntou se Daphne não estava certa e aquela mulher era mesmo uma exceção. Tudo era possível. Não conseguia imaginar Blake se casando ou tendo um relacionamento duradouro com mulher nenhuma, mas... vai saber. Talvez um dia isso acontecesse. Maxine não sabia como reagiria a isso. Talvez não ficasse muito contente. Assim como os filhos, ela gostava das coisas como eram. Mudanças nunca são fáceis, mas talvez algum dia Maxine teria de lidar com elas. Na vida de Blake e na sua própria vida. Charles representava isso. Mudança. Ela também sentia medo.

A viagem demorou mais que o planejado por causa da neve. Ela chegou à casa de Charles às oito da noite. Era uma casa pequena e arrumada ao estilo da Nova Inglaterra, com telhado pontudo e uma cerca rústica. Parecia um cartão-postal. Charles saiu para recebê-la assim que ela apareceu de carro e levou suas malas para dentro. Havia uma varanda na frente da casa, com uma cadeira de balanço para duas pessoas, e lá dentro havia um grande quarto, uma sala com lareira, tapeçaria na parede e uma cozinha bastante aconchegante em estilo campestre. Max ficou decepcionada ao notar que não teria onde acomodar as crianças, se as coisas chegassem a esse ponto. Não havia nem um quarto de hóspedes onde pudesse acomodar todos os filhos. Era uma casa para um homem solteiro, no máximo um casal, e nada mais — que era como ele vivia. E Charles gostava disso. Tinha deixado bem claro.

A casa era aconchegante e calorosa. Ele colocou as malas no quarto e mostrou o closet onde poderia colocar suas roupas. Foi estranho estar sozinha ali com Charles. Parecia um pouco prematuro, pois ainda não tinha dormido com ele, e agora dividiriam uma cama. E se ela decidisse que não queria dormir com ele? Foi o que se perguntou. Tarde demais, já estava no chalé. Maxine se sentiu repentinamente corajosa por ter ido até lá, e tímida enquanto Charles mostrava onde ficavam as coisas. Toalhas, lençóis, máquina de lavar, o banheiro, que era o único que havia. E tudo na cozinha dele era limpo e arrumado. Ele preparou um frango e uma sopa para ela, mas, depois da longa viagem, Max estava cansada demais para comer. Sentia-se feliz sentada com Charles à lareira com uma xícara de chá.

— Correu tudo bem na viagem das crianças? — perguntou educadamente.

— Elas estão bem. Daphne ligou assim que chegaram a Aspen. Está um pouco chateada porque o pai levou uma namorada. Ele prometeu que não ia levar ninguém dessa vez, mas conheceu uma mulher e ela está lá também. Blake fica meio empolgado no começo.

— Ele não descansa — comentou Charles com um tom de reprovação. Sempre ficava desconfortável quando ela mencionava Blake.

— As crianças vão se acostumar. Sempre se acostumam.

— Não sei se Daphne vai se acostumar a mim.

Charles ainda estava preocupado com isso, e não tinha costume de lidar com a fúria demoníaca das adolescentes. Maxine estava bem menos impressionada.

— Vai dar tudo certo. Ela só precisa de tempo.

Eles ficaram sentados conversando perto do fogo por bastante tempo, a vista lá fora era linda. Foram para a varanda e apreciaram a neve que se estendia ao redor da casa. Foi mágico, e Charles a abraçou e a beijou. Assim que ele fez isso, o celular de Maxine tocou. Era Sam ligando para mandar um beijinho de boa-noite. Ela mandou outro beijo, despediu-se e se virou para Charles de novo. Percebeu que ele estava irritado.

— Eles encontram você em todo lugar, até aqui — comentou em tom seco. — Você nunca tem folga?

— Não quero ter folga — respondeu ela com carinho. — São meus filhos. Eu sou tudo o que eles têm. E eles são a minha vida.

Era exatamente disso que Charles tinha medo, e exatamente por isso as crianças o assustavam. Não havia como afastá-las da mãe.

— Você precisa de mais coisas na vida, não só deles — comentou Charles, devagar.

Pelo visto ele estava se candidatando a ocupar essa posição, e Max ficou lisonjeada. Ele a beijou novamente, e dessa vez o telefone não tocou, ninguém os perturbou. Eles entraram em casa, e cada um usou o banheiro separadamente para se preparar para a cama. Era um pouco constrangedor e meio engraçado, e Maxine riu quando se deitou. Vestia uma camisola comprida de caxemira e um penhoar que combinava, além de meias. Nada romântico, mas não conseguiu pensar em mais nada para vestir. Ele estava com um pijama listrado. Maxine se sentiu como se fossem seus próprios pais se deitando lado a lado para dormir.

— Estou achando isso meio estranho — confessou ela sussurrando.

Charles a beijou, e de repente não havia mais nada estranho. Ele colocou as mãos embaixo da camisola dela, e aos poucos foram tirando as roupas um do outro e jogando-as no chão.

Fazia tanto tempo que ela não dormia com alguém que teve medo de que fosse ser meio assustador ou esquisito. Em vez disso, ele foi um amante gentil e atencioso, tudo correu da forma mais natural do mundo. Eles se abraçaram com força quando terminaram, e Charles disse que ela era linda e que a amava. Maxine ficou chocada ao ouvir essas palavras. Será que ele se sentiu obrigado a dizer isso só porque haviam feito amor? Ele disse que tinha começado a se apaixonar por ela desde que se conheceram. E ela falou para ele, da maneira mais gentil que pôde, que precisava de mais tempo antes de ter certeza do que sentia. Gostava de muitas coisas em Charles e queria sentir outras coisas enquanto o conhecia melhor. Sentia-se segura com ele, o que era importante para ela. Confiava nele. E, enquanto sussurravam na noite, acabaram fazendo amor de novo. Depois, feliz, confortável, saciada e totalmente em paz, ela caiu no sono em seus braços.

12

Na manhã seguinte, Maxine e Charles se agasalharam e foram dar uma caminhada na neve. Ele fez café da manhã para ela — panquecas e xarope de bordo de Vermont com fatias crocantes de bacon. Max olhou para ele com carinho, Charles deu um beijo nela. Ele sonhava com isso desde que se conheceram. Era difícil um momento como esse acontecer na vida dela. Os filhos já haviam ligado duas vezes antes do café da manhã. Daphne declarou guerra total contra o novo amor do pai. Escutando as respostas de Maxine ao telefone, Charles franziu o cenho. E ela ficou chocada com o que ele disse quando desligou.

— Eu sei que pode parecer loucura, Maxine, mas não acha que eles estão velhos demais para morar com você?

— Você acha que talvez seja melhor eles irem para a Marinha, ou talvez entrarem logo na faculdade? — Afinal de contas, Jack e Daphne tinham 12 e 13 anos respectivamente.

— Eu estudei em um internato quando tinha a idade deles. Foi a melhor experiência que já tive. Eu adorei, me preparou para a vida.

Maxine ficou horrorizada só de ouvir isso.

— Jamais — declarou ela com firmeza. — Eu nunca faria isso com os meus filhos. Eles já perderam Blake, de um jeito ou de outro. Não vou abandoná-los também. E para quê? Para que eu tenha uma vida social melhor? Quem liga para isso? São nesses anos que os filhos necessitam dos pais, precisam aprender valores, a resolver problemas e a lidar com questões tipo sexo e drogas. Não quero uma professora em um internato ensinando essas coisas aos meus filhos. Quero que aprendam comigo.

Maxine estava estarrecida.

— Mas e você? Está disposta a protelar a vida até que eles estejam na idade de ir para a faculdade? É isso que vai acontecer se ficar com eles o tempo todo.

— Foi isso que assumi quando tive filhos — argumentou ela com calma. — É para isso que os pais existem. Vejo o resultado de pais ausentes todo dia no meu consultório. E, mesmo que estejam por perto, muita coisa pode dar errado. Se você desiste e joga os filhos em um internato nessa idade, acho que está pedindo para ter problemas.

— Eu não tive — retrucou ele, na defensiva.

— Sim, mas você optou por não ter filhos — declarou diretamente. — Isso já é alguma coisa. Talvez no fim das contas você tenha perdido alguma coisa na infância. Olhe os britânicos. Eles mandam os filhos para internatos quando as crianças têm 6 ou 8 anos, e algumas ficam mal e só vão falar disso quando são adultas. Não tem como mandar uma criança embora nessa idade e não causar algum dano. As pessoas têm dificuldade de se relacionar depois disso. E eu não confiaria em adolescentes em uma escola integral. Quero estar perto para ver o que estão aprontando, quero passar meus valores para eles.

— Para mim, parece um sacrifício grande demais — disse ele, inflexível.

— Não é, não — retrucou ela.

Será que o conhecia direito? Com certeza havia uma parte de Charles faltando, e ela tinha pena disso. Talvez fosse a parte que ainda a fazia hesitar. Ela queria amá-lo, mas precisava saber que ele era capaz de amar seus filhos também, e certamente fazer campanha para mandá-los para um internato não era a melhor maneira. Só de pensar nisso Max se sentia estremecer. Ele notou isso e parou de insistir imediatamente. Não queria chateá-la, apesar de achar que seria ótimo se Maxine topasse a ideia. Não era o caso. Isso ficou claro.

Foram ao Sugarbush naquela tarde. Esquiar com ele foi fácil e divertido. Ela nunca foi tão proficiente quanto Blake, mas era boa esquiadora. Ela e Charles tinham o mesmo nível de habilidade e gostavam dos mesmos tipos de caminhos. Os dois terminaram relaxados e felizes, e ela esqueceu a pequena discussão da manhã. Ele tinha o direito de ter uma opinião, era só não forçar a barra com ela. Os filhos não ligaram naquela noite, e Charles ficou aliviado. Não ser interrompido enquanto estava com Maxine era ótimo. Ele a levou para jantar e, quando voltaram, fizeram amor diante da lareira. Ela ficou surpresa por se sentir tão confortável e tranquila ao lado dele. Era como se dormissem um com o outro desde sempre. Naquela noite, dormiram juntinhos na cama. Nevava lá fora; Maxine teve a impressão de que o tempo havia parado e de que eles estavam sozinhos em um mundo mágico.

Na casa de Blake, em Aspen, as coisas estavam menos tranquilas que em Vermont. O som ligado nas alturas, Jack e Sam estavam jogando Nintendo, alguns amigos apareceram, e

Daphne parecia determinada a fazer da vida de Arabella um inferno. Fazia comentários grosseiros e diretos, e dava opiniões negativas sobre as roupas dela. E, sempre que ela cozinhava, Daphne se recusava a comer. Perguntou a ela se havia feito teste de HIV depois das tatuagens. Arabella não tinha ideia de como lidar com a garota, mas disse a Blake que estava determinada a se manter firme. Ele insistiu que eram boas crianças.

Ele queria que a interação com os filhos desse certo. Daphne fazia tudo o que podia para que isso não acontecesse. E estava tentando colocar os meninos contra Arabella, mas ainda não tinha conseguido. Eles a achavam legal, apesar das tatuagens e do cabelo meio estranho.

Jack simplesmente não prestava atenção em Arabella, e Sam era educado. Ele perguntou sobre o *bindi*, e o pai explicou que ela passou a usá-lo depois de morar na Índia e falou que achava bem bonito. Sam confessou que também achava. Daphne deu de ombros e disse para Arabella que eles viam tantas mulheres entrarem e saírem da vida do pai que nem se importavam em conhecê-las. Garantiu a Arabella que ele se livraria dela em semanas. Foi o único comentário que ela fez que realmente atingiu Arabella. Blake a encontrou chorando no banheiro.

— Amor... Bella, minha linda... O que houve?

Ela chorava como se seu coração fosse se partir, e a única coisa que Blake detestava era mulheres chorando, principalmente as que amava.

— Qual é o problema?

Arabella quis responder que o problema era a porra da filha dele, mas se conteve, por puro amor. Estava genuinamente apaixonada por Blake, que também estava louco por ela.

Arabella por fim repetiu o comentário de Daphne que a fez chorar.

— Fiquei assustada, comecei a me perguntar de repente se você vai mesmo me abandonar quando a gente voltar para Londres.

Ela olhou para Blake com os olhos enormes e voltou a chorar. Ele a abraçou.

— Ninguém vai abandonar ninguém — garantiu Blake. — Eu sou louco por você. Não vou fugir, e, até onde eu sei, você também não. Pelo menos por muito, muito tempo. Odeio admitir isso, mas a minha filha está com ciúmes de você.

Ele conversou com Daphne sobre isso depois, naquela mesma tarde, e perguntou por que estava sendo tão má com Arabella. Não era justo, e ela nunca tinha feito isso com outras namoradas.

— O que está acontecendo, Daff? Eu já tive várias namoradas e, falando sério, algumas delas eram simplesmente idiotas.

Daphne gargalhou diante da honestidade do pai. Realmente, houve algumas namoradas bem burras. Lindas, porém burras, e Daphne nunca nem implicou nem curtiu com a cara delas.

— Arabella é diferente — declarou Daphne, relutante.

— É, sim. É mais inteligente e mais legal que as outras, e tem uma idade mais razoável. Então qual é o problema?

— Mas é isso, pai — respondeu Daphne. — Ela é melhor que as outras... então eu a odeio...

— Me explique isso. — Blake estava completamente surpreso.

Daphne explicou com a voz calma, parecia uma criança de novo.

— Estou com medo de que ela fique com você.

— E daí? Qual é o problema, se ela for boa com você?

— E se vocês se casarem?

Daphne pareceu enjoada só de pensar nisso, e seu pai ficou abismado.

— Casar com ela? Por que eu faria isso?

— Sei lá. As pessoas se casam.

— Eu não. Já me casei uma vez. Fui casado com a sua mãe. Tenho três filhos maravilhosos. Não preciso me casar de novo. Eu e Arabella estamos apenas nos divertindo. Só isso. Não é nada de mais. Se eu e ela estamos só nos divertindo, por que você tem de levar a sério?

— Ela disse que te ama, pai. — Daphne estava com os olhos arregalados. — E eu ouvi você dizendo a mesma coisa para ela. As pessoas que se amam se casam, e eu não quero que você se case com ninguém, só com a mamãe.

— Bem, isso não vai acontecer — declarou ele, sendo bastante direto. — Sua mãe e eu não queremos nos casar, mas a gente se ama ainda assim. E tem bastante espaço para eu ter uma mulher na minha vida, alguém com quem não vou querer me casar, e tem espaço para vocês também. Não precisa se preocupar. Eu prometo, Daff. Você não vai me ver casando de novo. Com ninguém. Está melhor assim?

— É... Talvez. — Ela não estava segura. — E se você mudar de ideia?

Daphne tinha de reconhecer que Arabella era bem bonita, inteligente e engraçada. Parecia a mulher perfeita para ele em vários sentidos, o que a aterrorizou.

— Se eu mudar de ideia, vou conversar com você antes. E dou permissão para você tentar o que quiser para me convencer a não me casar. Temos um trato? Só não precisa ser má com Arabella agora. Não é justo. Ela é nossa convidada e não está se divertindo.

— Eu sei — disse Daphne com um sorriso vitorioso. Ela se esforçou muito para isso.

— Pode parar. E seja legal com ela. Ela é uma boa moça. Assim como você.

— Eu tenho que ser legal mesmo, pai?

— Tem, sim — disse ele com firmeza.

Blake começou a se perguntar se Daphne ia fazer isso com todas as mulheres a partir de agora. Ela fez vários comentários desagradáveis sobre o amigo da mãe também, Charles. Pelo visto, Daphne queria que os pais ficassem solteiros, o que não era uma perspectiva realista. Blake estava feliz por Maxine finalmente ter encontrado alguém. Ela merecia um pouco de conforto e companhia na vida. Não sentia inveja dela, mas

Daphne com certeza sentia e faria de tudo para interferir. Ele não gostou de vê-la se comportando dessa forma. A filha se transformou em uma chata da noite para o dia, e ele se perguntou se Maxine estava certa sobre ser algo da idade. Blake não queria ter de lidar com isso. Seria mais difícil levá-la nas viagens, considerando que estava sempre acompanhado nem pensava em ficar sozinho.

— Quero que você se esforce com ela. Por mim — advertiu ele.

Daphne concordou, contrariada.

O resultado da conversa não foi perceptível na primeira noite, mas dois dias depois Daphne melhorou um pouco. Respondeu quando Arabella falou com ela e parou de fazer comentários sobre as tatuagens e o cabelo. Já era um começo. Arabella não chorou mais. A viagem acabou sendo estressante para Blake, o que nunca havia acontecido quando os filhos eram mais novos. Quase se arrependeu de ter levado Arabella — por ela, não pelas crianças.

Ele tirou uma tarde para esquiar em paz com Arabella. Teve de admitir que foi bom passar um tempo longe dos filhos. Os dois pararam várias vezes para recuperar o fôlego depois dos trechos mais intensos da descida. Blake sempre se aproximava e a beijava nesses momentos. E voltaram para casa para fazer amor. Arabella confessou que mal podia esperar para voltar para Londres, apesar de ter gostado de conhecer os filhos de Blake. No entanto, já havia passado tempo o suficiente com eles, e tinha a sensação de que estava constantemente organizando coisas para as crianças fazerem. E também era óbvio que ela e Daphne jamais seriam amigas. O melhor que podia esperar era uma trégua constrangedora, e foi exatamente o que houve. Mesmo assim, ainda era uma grande melhoria no comportamento da menina. Blake não queria estar no lugar de Maxine, se ela tinha de lidar com isso sempre que o namorado aparecia. Estava surpreso pelo tal namorado aguentar essa situação. Ele achava que Arabella não aguentaria muito tempo se Daphne não tivesse se contido no fim das contas.

Pela primeira vez, Blake ficou aliviado ao devolver as crianças a Maxine em Nova York. Ela voltou de carro de Vermont no mesmo dia. Havia acabado de entrar em casa quando Blake as deixou no apartamento. Arabella esperava por ele na cobertura, e eles voltariam para Londres na mesma noite.

Sam imediatamente abraçou a mãe e deu um grito de alegria, quase derrubando-a. Jack e Daphne pareciam felizes por estar em casa também.

— Como foi lá? — perguntou ela para Blake com um ar relaxado.

Viu nos olhos dele que não correu tudo bem; ele esperou Daphne sair da sala para responder.

— Não foi tão fácil quanto costumava ser — respondeu com um sorriso desanimado. — Cuidado com a Daff, Max, ou você vai ficar sozinha para sempre.

Maxine riu. Era a última de suas preocupações. Ela se divertiu muito com Charles em Vermont. Voltou relaxada e feliz, e estava mais próxima de Charles do que de qualquer outra pessoa nos últimos anos. Eles eram muito parecidos em diversos aspectos, formavam um casal perfeito. A carreira médica dos dois se encaixava perfeitamente, ambos eram meticulosos, asseados e organizados. Sem ninguém por perto, era perfeito. O desafio seria quando todos voltassem para casa.

— Ela não pegou leve em nenhum momento? — quis saber Maxine.

Blake meneou a cabeça.

— Nada. Ela parou com os comentários absurdos que estava fazendo no começo da viagem, mas conseguiu arruinar a vida de Arabella de muitas formas mais sutis. Fiquei surpreso por ela não ter ido embora.

— Ela não deve ter filhos, não é? Isso sempre ajuda — comentou Maxine.

Ele fez que não.

— Arabella provavelmente vai querer ligar as tubas depois disso. Eu entenderia. E até que seria bom para mim também — disse ele, rindo, e Maxine demonstrou simpatia.

— Pobrezinha. Não sei o que a gente pode fazer. Meninas de 13 anos são conhecidas por esse tipo de comportamento. Vai piorar antes de melhorar.

— Então você me liga quando ela se formar na faculdade — brincou Blake já se arrumando para partir.

Ele foi ao quarto dos filhos, deu um beijo em cada um e ficou mais um tempinho com Maxine.

— Se cuide, Max. Espero que esse cara seja bom para você. Se não for, avise que ele vai se ver comigo.

— Pode falar a mesma coisa para Arabella — disse ela, e deu um abraço em Blake, lamentando que Daphne tenha dado tanto trabalho em um feriado. — Aonde vocês vão agora?

— A gente vai passar algumas semanas em Londres, depois Marrakech. Quero começar o trabalho na casa. Não é uma casa exatamente, é mais um palácio. Você precisa ver depois.

— Ela não sabia quando isso aconteceria. — Provavelmente vou estar em St. Bart's no fim de janeiro. Vou pegar o barco lá e dar uma velejada.

Maxine já conhecia essa história. Os filhos não o veriam por muito tempo, provavelmente até o verão. Estavam acostumados, mas ela ainda ficava triste por eles. Precisavam ver o pai com mais frequência.

— A gente vai se falando. — Às vezes isso acontecia, às vezes não, mas ela sabia onde encontrá-lo se precisasse.

— Se cuide. — Ela lhe deu um abraço no elevador.

— Você também — disse ele em meio ao abraço e saiu.

Sempre se sentia estranha ao se despedir de Blake. Ficava pensando na vida que teriam se ainda fossem casados. Ele não iria parar em casa, como agora. Ter um marido só no papel não era o suficiente para Maxine. Ela precisava de um homem como o que, por fim, encontrou, um homem como Charles, um homem que iria ficar. Ele, sim, era maduro.

13

Quando Blake e Arabella voltaram para Londres, ambos tinham muitas coisas para fazer. Ele tinha reuniões e duas casas para supervisionar, e ela tinha um retrato encomendado. Foram duas semanas cheias antes da viagem. Quando saíram da cidade, Blake ficou aliviado. Fazia muito frio em Londres, e estava cansado do inverno. Também fazia frio em Aspen e em Nova York, mas ao menos pôde esquiar em Aspen. Estava ansioso para chegar ao Marrocos. Arabella nunca tinha visitado o país, e ele mal podia esperar para ir na companhia dela. Ficariam hospedados no La Mamounia, e Blake estava levando o arquiteto junto. Já estava com a planta da casa, que lhe pareceu maravilhosa. O projeto levaria pelo menos um ano, o que era um bom prazo para Blake. Para ele, a melhor parte era planejar e ver o projeto tomar forma. E, com o senso artístico de Arabella, seria muito divertido compartilhar a experiência com ela. Conversaram alegremente sobre isso durante todo o voo. Ao aterrissarem, ela ficou fascinada pela beleza do lugar. Chegaram ao anoitecer, com um brilho suave sobre a cordilheira do Atlas enquanto a sobrevoavam.

Um carro os esperava para levá-los ao hotel. Arabella ficou estupefata quando atravessaram a cidade. A impressionante Mesquita Koutoubia foi o primeiro marco de Marrakech que lhe chamou a atenção. Seguiram pela praça central, Jemaa el Fna, ao crepúsculo. Parecia um cenário de filme. Nem em suas andanças pela Índia viu coisas tão exóticas. Havia encantadores de serpentes, dançarinos, acrobatas, vendedores de bebidas, mulas sendo puxadas pelo cabresto, homens com longas túnicas por todo lado. Era uma cena tirada direto de *As mil e uma noites*. Blake dizia que queria levá-la aos *souks*, em particular ao *souk* de Zarbia, a Medina, a cidade murada, e aos Jardins da Menara, que ele considerava o lugar mais romântico do mundo. Havia uma atmosfera inebriante, e, quando ela baixou as janelas de vidro fumê para ver melhor, o aroma de temperos, flores, pessoas e animais se misturou, dando a impressão de ter uma aura própria. O trânsito era insano. Havia vespas e motocicletas serpenteando por entre os carros, era tudo louco e desorganizado, buzinas berravam, pessoas gritavam e os músicos de rua contribuíam para a cacofonia. Arabella se virou para Blake com um sorriso largo e feliz, e seus olhos iam de um lado para o outro. Foi até mesmo melhor que a Índia, porque agora compartilhava isso tudo com ele.

— Eu *amo* esse lugar! — exclamou ela, animada.

Blake sorria ao olhar para Arabella. Mal podia esperar para lhe mostrar o palácio. Considerava Marrakech o lugar mais romântico que já visitou, e ela concordou. Apesar da estadia na Índia, Arabella gostou muito mais do Marrocos. Ela se enchia de vida em lugares exóticos de um modo que Blake nunca tinha visto.

Passaram pelas palmeiras gigantes nas margens da estrada e se aproximaram do estuque cor de pêssego do hotel La Mamounia. Arabella havia ouvido falar do hotel várias vezes e sempre quis visitá-lo. Fazê-lo com Blake era perfeito. Homens com roupas marroquinas brancas e faixas vermelhas os receberam, enquanto Arabella apreciava as madeiras entalhadas e os desenhos dos mosaicos. O gerente do hotel apareceu. Blake já havia se hospedado ali inúmeras vezes desde que tinha comprado o palácio. Reservou um dos três palacetes particulares do hotel até que a reforma e a decoração de seu próprio palácio ficassem prontas.

Só para dar uma amostra a Arabella, eles foram para o lobby principal, de chão de mármore branco, com decoração de mármore preto e um lustre enorme e elaborado no teto. Para chegar lá, passaram por portas com vitrais coloridos, vermelho, amarelo e azul, enquanto um grupo de homens vestindo pijamas brancos, coletes cinza e chapéus azuis se aproximaram e cumprimentaram Blake e Arabella. Havia cinco restaurantes de luxo e cinco bares para deleite dos hóspedes, banheiras turcas e todo tipo possível de comodidade. E, quando o gerente os levou ao palacete privado de Blake, uma equipe de serventes já os esperava. O palacete tinha três banheiros, uma sala, uma área para jantares, uma pequena cozinha só para eles e uma cozinha maior separada para que o chef preparasse suas refeições, caso ele não quisesse comer na cidade nem nos restaurantes do hotel. Tinham uma entrada própria, além de um jardim e uma banheira de hidromassagem. Portanto, se não quisessem ver ninguém durante a estadia, era possível. Mas Arabella estava ansiosa para ver a cidade com ele. Blake pediu ao motorista que esperasse por eles, queria sair para explorar a cidade com Arabella depois de uma refeição silenciosa no jardim. Só de estar ali já era mágico.

Os dois tomaram banho e se trocaram, comeram uma refeição leve à mesa do jardim e depois saíram de mãos dadas. Passaram pela praça central, ficaram distantes dos encantadores de serpentes e depois pegaram a carruagem para o passeio pelas muralhas da cidade. Foi tudo o que Arabella esperava. Depois de usarem a Jacuzzi no jardim privado e de sentirem o aroma inebriante das flores, foram para o quarto e passaram horas fazendo amor. Já estava amanhecendo quando caíram no sono, um nos braços do outro.

Na manhã seguinte, a equipe do palacete preparou um café da manhã enorme para eles. Blake mostrou a Arabella os planos para o palácio que estava reconstruindo, e, depois do café da manhã, foram visitá-lo. Era mais fabuloso do que ela imaginava. Havia torreões e arcos, um pátio interno gigante com mosaicos antigos e lindos nas paredes, e os quartos da casa eram bem grandes. Era realmente um palácio, os olhos de Blake iam de um lado para o outro enquanto ele caminhava pelo imóvel com o arquiteto e Arabella. Ela deu sugestões excelentes quanto às cores e à decoração. E, de repente, no meio do passeio, Blake teve a certeza de que queria compartilhar o palacete com ela. Abraçou-a na varanda que dava para a cordilheira do Atlas e a beijou com a paixão que permeou o relacionamento deles desde sempre.

— Quero que o nosso ninho de amor seja neste lugar. Vai ser perfeito para nós. Você pode pintar aqui.

Blake conseguia se imaginar passando meses no palacete depois de reformado. Era uma cidadezinha perfeita, com restaurantes, bazares com mercadorias exóticas e a beleza natural ao longe. E a vida social também era animada. Arabella tinha vários amigos franceses que se mudaram para Marrakech, e ela e Blake jantaram com eles antes de partir. Foi uma viagem incrível.

Deixaram o arquiteto em Londres e depois foram para os Açores. De lá, seguiram para St. Bart's. Arabella adorou a casa, e, uma semana depois, pegaram o barco. Era o maior veleiro que ela já tinha visto. Foram para São Vicente e Granadinas, ao norte da Venezuela. Arabella precisou remarcar todas as sessões de pintura para que pudesse viajar com ele, mas valeu a pena. Deitou-se nua ao sol no deque com Blake, e deslizaram calmamente pelas águas verdes e tranquilas. Era fevereiro. Os dois concordaram que isso era uma vida perfeita. Nevava em quase toda parte, mas para eles era um verão eterno. Melhor: era o verão do amor que os unia.

Maxine caminhava para o consultório debaixo de chuva. Estava ocupada como sempre. Tinha vários novos casos, e uma onda de tiroteios em escolas fez com que tivesse de ir a várias cidades para prestar consultoria a grupos de psiquiatras e autoridades locais acerca das formas de lidar com as crianças envolvidas.

Na vida pessoal, as coisas iam bem com Charles. O inverno estava passando rápido. E até mesmo Daphne estava mais calma. Ela e Charles talvez nunca se tornassem melhores amigos, mas ela parou de fazer comentários rudes sobre ele, e de vez em quando até baixava a guarda com Charles por perto e os dois riam juntos. Com Jack e Sam era mais fácil. Ele levou os dois a vários jogos de basquete. Daphne estava ocupada demais com sua vida social para acompanhá-los, mas sempre era convidada.

Maxine tomou bastante cuidado para que eles não soubessem que ela e Charles dormiam juntos. Ele nunca ficava no apartamento, a não ser quando seus filhos dormiam na casa de amigos. Max tentava ficar no apartamento dele uma ou duas vezes por semana, mas sempre voltava antes de os filhos acordarem para a escola. Isso encurtava a noite dos dois, e ela dormia mal, mas achava que era importante fazer isso. De vez em quando, viajavam no fim de semana. Era o melhor que podiam fazer.

No Valentine's Day, já estavam juntos havia dois meses e meio. Charles fez uma reserva no La Grenouille. Era o restaurante favorito deles para um jantar. Charles dizia que era a cantina deles, e a levava lá pelo menos uma vez por semana. Já era convidado regular nos jantares de domingo da família, e até cozinhava de vez em quando.

Max ficou emocionada ao receber um buquê de rosas vermelhas no escritório por causa do Valentine's Day. O bilhete dizia simplesmente "Amo você. C." Era um homem muito doce. A secretária levou as flores para ela com um grande sorriso. Ela também gostava de Charles. Maxine usou um vestido vermelho novo naquela noite para o jantar. Ele disse que estava linda quando foi buscá-la. Sam fechou a cara ao vê-lo dando um beijo na mãe, mas ele e os irmãos já estavam acostumados.

Foi uma noite perfeita, e Charles subiu quando chegaram à casa dela. Maxine serviu conhaque para ele. Ficaram sentados na sala, como sempre faziam, conversando sobre a vida. Ele era fascinado pelo trabalho dela, e, depois de mais um tiroteio em uma escola, Max foi convidada para fazer uma palestra em outro congresso. Dessa vez, iria acompanhá-la. Disse que estava orgulhoso dela e pegou sua mão. As crianças já dormiam profundamente.

— Eu te amo, Maxine — declarou ele com carinho.

Ela sorriu. Finalmente havia ultrapassado essa barreira, ainda mais porque sentia que Charles estava de fato se esforçando com as crianças.

— Eu também te amo, Charles. Obrigada por esse dia tão lindo.

Ela não tinha um Valentine's Day como esse havia anos. O relacionamento dos dois estava perfeito para ela. Não era de mais, não era de menos, ele não a monopolizava e ela sabia que o veria algumas vezes por semana. E ainda tinha bastante tempo para trabalhar e para os filhos. Era exatamente o que ela queria.

— Os últimos dois meses foram perfeitos — comentou ele, com tranquilidade. — Acho que foram os melhores da minha vida.

Charles tinha muito mais a ver com ela do que com a mulher com quem passou vinte e um anos casado. Já tinha percebido havia muito tempo que Maxine era a mulher pela qual ele esperou a vida inteira. Ele já havia tomado uma decisão duas semanas antes e ia compartilhar seus pensamentos com Maxine naquela noite.

— Também foram ótimos para mim — disse ela, e lhe deu um beijo.

Eles haviam apagado as luzes da sala, o ambiente estava relaxante e romântico, ela sentiu o gosto do conhaque nos lábios dele.

— Quero estar mais com você, Maxine. Nós dois precisamos dormir melhor — brincou ele. — Não tem como você continuar acordando às quatro da manhã quando a gente passa a noite junto.

Eles decidiram não fazer isso naquela noite porque os dois precisavam atender um paciente cedo no dia seguinte. Max o escutou e temeu que ele fosse sugerir se mudar para o apartamento dela. E ela sabia muito bem que isso traumatizaria as crianças. Seus filhos por fim se acostumaram ao seu namoro. Morar juntos seria demais, e não era o estilo dela. Maxine gostava de ter o seu apartamento, e ele, o dele.

— Eu acho que do jeito que está é bom para mim — retrucou ela com calma, ele balançou a cabeça.

— Para mim, não. Não a longo prazo. Eu não acho que somos o tipo de pessoa que só namora, Maxine. Acho que já somos velhos o suficiente para sabermos o que queremos e qual é o momento certo. — Ela arregalou os olhos. Não sabia o que dizer, nem sabia do que ele estava falando. — Sempre tive certeza com você. Nós somos muito parecidos... muito... somos médicos. Temos os mesmos pontos de vista sobre as coisas. Eu adoro a sua companhia. Estou me acostumando aos seus filhos... Maxine... você quer se casar comigo?

Maxine engasgou diante da proposta e ficou em silêncio por um bom tempo. Charles esperou, olhando para ela, que estava iluminada pelas luzes da rua que invadiam a sala. Ele percebeu que os olhos de Maxine estavam cheios de medo.

— Vai dar tudo certo. Eu prometo. Eu sei que isso é o certo a fazer.

Ela não tinha tanta certeza. Casamento era algo para sempre. Ela também achou que seria com Blake, mas não foi. Como poderia ter certeza com Charles?

— Agora? É cedo demais, Charles... Estamos juntos há apenas dois meses.

— Dois e meio — corrigiu ele. — Acho que nós dois sabemos que é o melhor.

Max concordava, mas mesmo assim era cedo demais para os filhos. Disso ela tinha certeza. Não havia como falar para eles que ia se casar com Charles. Ainda não. Eles enlouqueceriam.

— Acho que as crianças precisam de mais tempo — argumentou ela com gentileza —, e nós também. A eternidade é bastante tempo, e a gente não quer cometer esse erro. Já fizemos isso antes.

— Mas também não queremos esperar para sempre. Quero morar com você como seu marido — declarou ele com doçura.

Era o que muitas mulheres queriam: um homem que propusesse casamento em poucos meses, e de maneira sincera. Maxine sabia que Charles estava sendo sincero, mas ela também tinha de querer, e não estava pronta.

— Você quer fazer o quê?

Ela pensou rápido. Ficou surpresa ao perceber que não queria dizer não, mas também não estava pronta para se casar com ele. Tinha de ter certeza.

— Quero esperar até junho para contar às crianças. Seis meses de namoro. Isso é mais aceitável. Já vão estar de férias e, se quiserem surtar, que seja no verão. Agora é cedo demais.

Charles ficou um tanto decepcionado, mas percebeu que ela não disse não, e isso o deixou muito, muito feliz. Estava nervoso com o pedido.

— E nos casamos quando? — Ele prendeu a respiração esperando uma resposta.

— Agosto? Meus filhos teriam dois meses para se acostumar à ideia. Tempo suficiente para se ajustar, mas não tanto para pensar demais no assunto. E é um bom tempo para nós dois também, antes da volta às aulas.

— Tudo na sua vida gira em torno dos seus filhos, Maxine? Não tem nada relacionado só a você, ou a nós dois?

— Acho que não — respondeu ela como se se desculpasse.

— Mas é importante que eles se sintam confortáveis com a ideia, ou vai ser mais difícil para nós.

Principalmente para ele, caso as crianças fossem contra. Max temeu que mesmo em junho elas ainda ficassem contra. Ela sabia que os filhos não ficariam animadíssimos. Mal o tinham aceitado, nem passava pela cabeça deles que a mãe pudesse se casar de novo. Pararam de se preocupar com isso no começo, quando ela garantiu que não se casaria mais, e era nisso que Maxine acreditava. Ela ia virar tudo de cabeça para baixo com essa notícia.

— Também quero que meus filhos sejam felizes.

— Eles vão ser felizes com o tempo, assim que se acostumarem à ideia — declarou ele com firmeza. — Acho que consigo aceitar um casamento em agosto e contar para eles em junho. Queria contar para todo mundo logo. — Sorriu para ela. — Isso é muito bom. Mas posso esperar!

Charles a puxou para mais perto e sentiu o coração dela batendo forte. Maxine estava nervosa e com medo e animada, tudo ao mesmo tempo. Ela o amava, no entanto era muito diferente do que teve com Blake. Mas, enfim, ela e Charles eram mais velhos, e isso fazia muito mais sentido agora. Charles era o tipo de homem firme e confiável que ela sempre quis, não um louco como Blake, que, mesmo sendo charmoso, nunca foi confiável. Charles não era um cafajeste, era um homem. Fazia sentido, mesmo que fosse surpreendente. Max ficou chocada quando ele fez o pedido.

Tudo parecia meio cedo demais para Maxine, mas ela aceitou. Na idade deles, sabiam como a coisa funcionava e o que queriam. Por que perder mais tempo?

— Eu te amo — sussurrou ela.

Charles a beijou.

— Eu também te amo — disse ele depois. — Onde você quer se casar?

— Que tal na minha casa de Southampton? É grande o suficiente para ficarmos lá, e podemos colocar tendas no jardim.

Os dois conheciam bastante gente.

— Acho perfeito. — Já tinham passado dois fins de semana lá.

Charles ficou preocupado de repente.

— Temos de levar as crianças na lua de mel com a gente? — perguntou ele.

Maxine gargalhou e meneou a cabeça.

— Não temos, não. — Ela teve uma ideia. — Talvez Blake possa emprestar o barco para a gente. Seria uma lua de mel perfeita.

Charles franziu o cenho quando ela falou isso.

— Não quero passar a minha lua de mel no barco do seu ex-marido — retrucou sem hesitar —, não importa se é um barco enorme. Você é minha esposa agora, não dele.

Charles sempre sentiu ciúmes de Blake, e Maxine recuou imediatamente.

— Desculpe. Tolice minha.

— Talvez em Veneza — sugeriu, sonhando.

Ele sempre adorou a cidade. Ela não sugeriu que pegassem o *palazzo* de Blake emprestado. Charles claramente esqueceu que ele tinha um.

— Ou Paris. Pode ser bem romântico.

Era uma das poucas cidades onde Blake não tinha casa.

— Depois a gente decide. Temos até junho para fazer planos.

Charles também queria comprar um anel de noivado para ela, e queria que Maxine o ajudasse a escolher. Contudo, ela não o usaria até junho, visto que não contaria aos filhos até lá. Ele lamentou. Mas agosto chegaria rápido, pensou. Em seis meses, ela seria a Sra. Charles West. Ele adorou a ideia. E ela também. Maxine West. Soava bem.

Eles ficaram sentados cochichando e fazendo planos. Charles concordou em vender o apartamento e morar com ela. Considerando que o apartamento dele era pequeno e que a família de Maxine era grande, era a única solução possível. Depois de conversarem, Max quis fazer amor com ele, mas não podiam. Sam estava na cama dela dormindo profundamente. Ela concordou em ir ao apartamento dele na noite seguinte para "firmar os planos", como Charles disse. Mal podiam esperar para passar a noite toda juntos e acordar sob o mesmo teto. Ela teria todo mundo que ama em um só lugar. Também achou que era um ótimo plano.

Eles se beijaram por bastante tempo antes de Charles partir. Ele era gentil, amoroso e carinhoso. Quando entrou no elevador, sussurrou:

— Boa noite, Sra. West.

Ela ficou reluzente e sussurrou:

— Eu te amo.

Ao trancar a porta e ir para o quarto, ela analisou toda a situação. Não era nada do que tinha esperado, mas, agora que tinha tomado uma decisão, o plano lhe parecia maravilhoso. Torceu para que os filhos aceitassem a notícia. Ainda bem que Charles concordou em esperar. Estava adorando a novidade. Era o tipo de homem com o qual devia ter se casado antes. Embora, se a vida tivesse sido diferente, não teria os filhos maravilhosos que tinha, então no fim deu tudo certo. E agora, tinha Charles. Era o que importava.

14

Apesar de Charles e Maxine não terem contado logo os planos para as crianças, apesar de terem mantido tudo em segredo por certo tempo, as coisas mudaram sutilmente de qualquer maneira. Charles de repente assumiu um ar de propriedade quando estava com Maxine e os filhos, e Daphne logo percebeu.

— Quem ele pensa que é? — reclamou ela certo dia, quando ele pediu a Jack que tirasse as chuteiras e trocasse de camisa antes de eles saírem para jantar.

Maxine também notou, mas estava feliz por Charles tentar se encaixar e assumir uma posição, mesmo que de forma estranha. Sabia que as intenções dele eram boas. Ser padrasto de três crianças era um passo enorme para ele.

— Ele não faz por mal — disse Maxine. Ela o perdoava com muito mais facilidade que a filha.

— Faz, sim. Ele fica mandando na gente. O papai nunca diria isso. Ele nem liga para o que o Jack usa no jantar. Não está nem aí se ele dormir de chuteira.

— Mas talvez isso não seja uma coisa muito boa — sugeriu Maxine. — Talvez a gente precise de um pouco mais de ordem por aqui.

Charles era muito correto e gostava de tudo arrumado e sob controle. Era uma das coisas que tinham em comum. Blake era o extremo oposto.

— O que é isso? O acampamento do Hitler? — retrucou Daphne, e saiu andando.

Maxine ficou feliz por eles esperarem para anunciar o noivado e o casamento no verão seguinte. As crianças ainda não estavam prontas para ouvir a notícia. Ela torceu para que nos meses seguintes elas aceitassem melhor a realidade.

Março foi um mês atribulado para Maxine. Ela participou de duas conferências em lados opostos do país. Uma foi em San Diego, sobre os efeitos de eventos traumáticos de escala nacional em crianças com menos de 12 anos, e ela foi a palestrante principal. A outra foi sobre índices de suicídio em adolescentes, em Washington. Maxine participou do painel que abriu a conferência e fez uma palestra sozinha no segundo dia de evento. Teve de voltar correndo para casa para passar o recesso de primavera com os filhos. Tentou convencer Blake a ver os filhos na mesma época, mas ele disse que estava no Marrocos acompanhando a reforma da casa, enfurnado em construções e plantas, ocupado demais para fazer uma pausa. Foi decepcionante para as crianças e estressante para ela, que teve de passar uma semana inteira com os filhos. Thelma cuidou de seus pacientes nesse período.

Maxine levou os filhos para esquiar em New Hampshire na semana de recesso. Infelizmente, Charles não conseguiu folga. Estava ocupadíssimo no trabalho, então Max viajou com os filhos. Cada um levou um amigo, e eles se divertiram bastante. Quando ela contou para Charles seus planos, ele confessou que estava muito aliviado por não poder acompanhá-los. Seis crianças eram demais para ele. Três já eram muito. Seis eram loucura. Maxine adorava, e ligava para ele para dar notícias várias vezes ao dia. Um dia depois de voltar de viagem, Maxine foi para a conferência em Washington. Charles foi visitá-la por uma noite, e finalmente se encontraram na cama dela à meia-noite. Foi uma semana daquelas.

Ele se chateava um pouco quando ela ficava ocupada demais, mas, teoricamente, compreendia. Era uma mulher com uma carreira exigente e três filhos dos quais cuidava sozinha, sem ajuda nem opiniões de Blake. Geralmente, ela sequer conseguia falar com ele, então parava de tentar e tomava decisões por si só.

Blake estava absorto em sua última aventura imobiliária e sua vida de "diversão" enquanto ela trabalhava muito e cuidava das crianças. A única pessoa que a ajudava era Zelda, não havia mais ninguém. Maxine se sentia eternamente grata e em dívida. Nem Charles nem Blake faziam ideia do esforço que tinha de fazer para manter a vida seguindo tranquilamente e os filhos cuidados e saudáveis. A sugestão de Charles de que Maxine tirasse um mês de férias para planejar o casamento só a fez gargalhar. O quê? Como? Quando? De jeito nenhum. Ela estava atolada, e Blake estava sendo novamente o homem invisível com os filhos. Ele foi ótimo em Aspen, mas não planejava vê-los antes de julho ou agosto. As crianças ainda esperariam por muito tempo, e com tudo o que Maxine tinha de lidar até lá.

Quando a primavera e os dias mais amenos chegaram, ela recebeu cada vez mais jovens em crise. Os pacientes mais doentes sempre respondiam de maneira negativa à primavera e ao outono, especialmente em março, abril, maio, junho e setembro. Na primavera, todos que sofriam com o inverno se sentiam melhores. O clima era mais quente, o sol aparecia, as flores desabrochavam, havia alegria no ar, porém os mais doentes se sentiam mais perdidos que nunca. Eram como pedras deixadas na praia após o recuo da maré, ficavam presos na escuridão, na infelicidade e no desespero. Era uma época perigosa para jovens suicidas.

Para a tristeza de Maxine, e apesar de seus esforços, dois pacientes cometeram suicídio em março, e um terceiro em abril. Era uma época terrível para ela. Thelma também perdeu um paciente, um garoto de 18 anos com o qual trabalhou durante quatro, e ficou bastante triste pela família. Ela mesma sentia saudades do menino. Setembro também era um mês perigoso, o mês preferido dos garotos suicidas, segundo estatísticas.

Thelma e Maxine estavam almoçando juntas e compartilhando a dor por causa dos pacientes perdidos. Maxine contou o segredo do noivado. As duas ficaram bem animadas. Era um sinal de esperança no mundo.

— Nossa! Que bela notícia! — exclamou Thelma, feliz pela amiga. Era um assunto bem mais feliz que o motivo que as levou a almoçar juntas. — Como os seus filhos vão reagir?

Maxine explicou que eles só iam anunciar às crianças em junho, e que o casamento estava planejado para agosto.

— Espero que estejam prontos em junho. Faltam só dois meses, mas acho que estão se ajustando a Charles devagarzinho. Basicamente, meus filhos gostavam das coisas como eram antes, eu era toda deles, sem ninguém com quem eu precisasse dividir minha atenção ou que pudesse interferir em nossa relação.

Maxine pareceu preocupada ao falar isso. Thelma sorriu.

— Isso faz delas crianças boas, ajustadas e normais. É um bom negócio para elas ter você com exclusividade, sem nenhum homem competindo pela sua atenção.

— Acho que Charles vai ser uma boa aquisição para nossa família. É o tipo de homem que sempre precisamos — declarou Maxine com um tom de esperança.

— Isso vai fazer com que as coisas sejam ainda mais difíceis para eles — comentou Thelma com sabedoria. — Se ele fosse um babaca, as crianças poderiam abrir mão dele, assim como você. Mas é um candidato razoável e um cidadão estável. Ele vai virar o inimigo número um das crianças, pelo menos por um tempo. Se prepare, Max, algo me diz que você vai ter trabalho quando contar a eles. Mas vão superar. Estou muito feliz por você — disse Thelma com um sorriso largo.

— Obrigada, eu também estou — falou Maxine, sorrindo, ainda um pouco nervosa por causa dos filhos. — E acho que você tem razão quanto à reação deles. Não estou muito animada com isso, então resolvemos adiar o máximo possível.

Mas junho já estava perto, faltavam apenas dois meses. E Maxine estava ficando ansiosa com o grande anúncio. Por enquanto, isso fazia com que os planos do casamento ficassem um pouco tensos e um tanto amargos. Tudo era meio irreal, até que contassem às crianças.

Maxine e Charles foram à Cartier e escolheram uma aliança em abril. Tiraram as medidas corretas, e ele lhe deu a aliança formalmente durante um jantar, mas os dois sabiam que ela ainda não poderia usá-la. Maxine a colocou em uma gaveta trancada em sua casa. Toda noite, pegava a aliança, ficava olhando para ela e a experimentava. Maxine amava aquela aliança. Era linda, e a pedra tinha um brilho inacreditável. Mal podia esperar para usá-la. Comprar a aliança fez com que os planos deles se tornassem mais reais. E ela já havia feito a reserva do bufê em Southampton para agosto. Faltavam apenas quatro meses para o casamento. Ela queria escolher um vestido. Também queria contar para Blake e para os pais, mas não antes de contar para os filhos. Sentia que devia isso a eles.

Ela, Charles e os filhos passaram o fim de semana da Páscoa em Southampton. Foi bem agradável. Maxine e Charles cochichavam seus planos de casamento à noite, dando risadinhas, como se fossem duas crianças, e faziam caminhadas românticas na praia de mãos dadas enquanto Daphne revirava os olhos.

Em maio, Maxine teve uma conversa inesperadamente séria com Zellie. Ela teve um dia péssimo, uma de suas amigas morreu em um acidente de carro. Pela primeira vez na vida, Zelda falou com tristeza de seu arrependimento por não ter filhos. Maxine sentiu pena dela e achou que fosse passar logo. Foi apenas um dia ruim.

— Não é tarde demais — disse Maxine, tentando animá-la. — Você ainda pode encontrar uma pessoa e ter um filho. — Estava ficando tarde, mas ainda havia tempo. — As mulheres estão engravidando bem mais tarde que no passado, com uma ajudinha.

Maxine e Charles também conversaram sobre isso. Ela teria gostado, mas Charles sentia que seus três filhos já eram suficientes. Sentia-se velho demais para ter filhos, o que Maxine achava ruim. Ela adoraria ter outro bebê, caso ele estivesse disposto. Mas não estava.

— Acho que prefiro adotar uma criança — declarou Zelda com praticidade. — Cuido dos filhos dos outros a vida inteira. Não tenho problemas com isso. Amo todos como se fossem meus. — Ela sorriu, e Maxine a abraçou. Sabia que era verdade. — Talvez eu devesse dar uma olhada nas adoções em algum momento — continuou Zelda distraidamente, e Maxine assentiu.

É uma daquelas coisas que as pessoas falam para se sentir melhor, mas não necessariamente querem fazer. Maxine tinha certeza de que era isso.

Zelda não sabia dos planos de casamento. Eles planejavam contar aos filhos em três semanas, quando as aulas terminariam. Maxine estava apreensiva, porém animada. Chegou o momento de compartilhar a grande novidade com eles. Zelda não falou mais nada sobre adoção, então Maxine se esqueceu disso. Presumiu que Zelda também tinha esquecido.

No último dia de aula, em junho, Maxine recebeu uma ligação da escola. Estava certa de que era um contato rotineiro. As crianças estariam em casa em uma hora. Ela estava atendendo pacientes no consultório. A ligação era sobre Sam.

Foi atropelado por um carro enquanto atravessava a rua para pegar carona. Foi levado para o Hospital Nova York em uma ambulância. Uma das professoras o acompanhou.

— Ai, meu Deus! Ele está bem?

Não tinha como estar bem se o levaram para um hospital de ambulância. Maxine entrou em pânico.

— Acreditam que a perna dele esteja quebrada, Dra. Williams... Sinto muito mesmo, esse último dia foi um caos. Ele bateu a cabeça também, mas estava consciente quando o levaram. É um menininho muito corajoso.

Corajoso? Fodam-se todos eles. Como deixaram isso acontecer com o filho dela? Max tremia quando desligou. Ela voltou para a sala de atendimento. Estava com um menino de 17 anos, paciente havia dois, e atendeu à ligação na mesa da secretária. Ela explicou ao paciente o que havia acontecido, e ele lamentou muito. Maxine pediu desculpas por finalizar a sessão e pediu à secretária que cancelasse todos os compromissos daquela tarde. Pegou a bolsa e se lembrou de ligar para Blake, mesmo que ele não pudesse fazer nada. Mas Sam também era seu filho. Ela ligou para a casa de Londres, e o mordomo disse que ele estava no Marrocos, talvez no palacete em La Mamounia. Quando ela ligou para Marrakech, anotaram o recado, mas se recusaram a confirmar se ele estava lá. O celular de Blake caía na caixa postal. Maxine estava desesperada, então ligou para Charles. Ele disse que se encontraria com ela na emergência. Depois disso, ela saiu do consultório o mais rápido possível.

Foi fácil encontrar Sam na emergência. Ele quebrou um braço, uma perna, duas costelas e teve uma concussão. Estava em estado de choque. Nem estava chorando. Charles foi maravilhoso com ele. Entrou na sala de operação, onde cuidaram da perna e do braço. Não tinham nada a fazer quanto às costelas, a não ser imobilizá-las, e a concussão felizmente foi leve. Maxine estava fora de controle na sala de espera. Permitiram que ela o levasse para casa naquela mesma tarde. Charles ainda estava com eles. Sam segurou a mão dos dois. Max ficou de coração partido ao vê-lo naquele estado. Eles o colocaram na cama e deram analgésicos, o que deixou o menino meio grogue. Daphne e Jack ficaram loucos ao verem o irmão. Mas ele estava bem, vivo e iria se recuperar. A mãe que daria carona a ele ligou e pediu mil desculpas, ninguém viu o carro vindo. O motorista também ficou devastado, mas não tanto quanto Maxine. Ela deu graças a Deus por não ter sido pior.

Charles ficou com eles e dormiu no sofá. Revezou com Maxine para ficar de olho em Sam. Os dois cancelaram os pacientes do dia seguinte. Zelda também checava Sam o tempo inteiro. Maxine foi à cozinha tomar chá à meia-noite. Era a sua hora de ficar com Sam. No caminho, esbarrou com Daphne, que olhou para ela com raiva.

— Por que ele está dormindo aqui? — exigiu saber ela, referindo-se a Charles.

— Porque ele se preocupa com a gente. — Maxine se sentia cansada e não estava disposta a ouvir os comentários de Daphne. — Ele foi ótimo com Sam no hospital. Charles o acompanhou na sala de operação.

— Você ligou para o papai? — perguntou Daphne, direto ao ponto, e para Maxine foi a gota d'água.

— Liguei. Para falar a verdade, liguei, sim. Ele está na porra do Marrocos e ninguém consegue encontrá-lo. Ele não me ligou de volta. Mas isso não é novidade, não é? Isso responde à sua pergunta?

Daphne pareceu magoada com a resposta e voltou rapidamente para o quarto. Ela ainda queria que o pai fosse algo que jamais seria. Todos queriam. Jack desejava que o pai fosse um herói, mas nunca seria. Era apenas um homem. E todos, incluindo Maxine, queriam que ele fosse responsável e que ficasse em algum lugar onde pudesse ser encontrado. Nunca ficava. Não foi diferente dessa vez. Foi exatamente por isso que se divorciaram.

Maxine levou cinco dias para localizá-lo no Marrocos. Blake explicou que houve um terremoto sério lá. Maxine se lembrou vagamente de ter ouvido alguma coisa a respeito, mas só conseguia pensar em Sam naquela semana. Ele estava mal por causa das costelas e sentiu dor de cabeça durante vários dias por causa da concussão. O braço e a perna estavam melhorando por causa da imobilização. Blake ficou chateado quando ela contou tudo.

— Seria bom se você pudesse ficar em algum lugar onde pudesse ser localizado, só para variar um pouco. Isso é ridículo, Blake. Se alguma coisa acontece, eu nunca consigo achar você. — Ela não estava contente, estava com muita raiva dele.

— Peço mil desculpas, Max. Todas as linhas telefônicas pararam de funcionar. Meu celular e e-mail só voltaram a funcionar hoje. Foi um terremoto terrível, muitas pessoas morreram nas cidadezinhas perto daqui. Estou tentando ajudar, mandei jatos com doações.

— Desde quando você virou o Bom Samaritano? — Ela estava realmente chateada. Charles dera apoio. Blake, como sempre, não.

— Eles precisam de ajuda. Há gente perambulando nas ruas, sem comida, e cadáveres em tudo que é canto. Olha, você quer que eu pegue um voo e vá ver o Sam?

— Não precisa. Ele está bem — respondeu ela, acalmando-se —, mas todo mundo ficou assustado. Principalmente Sam. Ele está dormindo agora, mas você devia ligar para ele daqui a algumas horas.

— Desculpe, Max — disse ele com sinceridade. — Você já tem coisa demais para lidar, e agora mais essa.

— Eu estou bem. Charles está aqui.

— Que bom — disse Blake em voz baixa.

Maxine percebeu que ele também estava cansado. Talvez realmente estivesse fazendo alguma coisa útil no Marrocos, embora fosse difícil de acreditar.

— Vou ligar para Sam mais tarde. Dê um beijo nele por mim.
— Vou dar.

E ele realmente ligou para Sam algumas horas depois. O menino ficou animado por falar com o pai e contou o que havia acontecido. Ele disse que Charles ficou na sala de cirurgia com ele e segurou sua mão. Também falou para Blake que a mãe ficou chateada porque os médicos não a deixaram entrar, o que era verdade. Ela quase desmaiou de preocupação. Charles foi o herói do dia. Blake prometeu não demorar a visitá-lo. A essa altura, Maxine tinha lido reportagens sobre o terremoto no Marrocos. Foi forte mesmo. Dois vilarejos inteiros foram destruídos, e todos os moradores morreram. Várias cidades foram bastante danificadas. Blake falou a verdade, mas ainda assim ela estava chateada por não ter conseguido falar com ele sobre o filho. Era o comportamento típico de Blake. Ele não mudaria nunca. Seria um cafajeste para todo o sempre. Ou pelo menos relapso. Graças a Deus ela tinha Charles.

Ele dormiu no sofá até o fim de semana, e esteve presente para ajudá-los todas as noites depois do trabalho. Charles foi muito bondoso com Sam. Os dois concordaram que era um bom momento para dar a notícia para as crianças. Tinha chegado a hora. Era junho, e elas estavam de férias.

Maxine reuniu todo mundo na cozinha no sábado de manhã. Charles também estava lá, o que ela não considerava uma boa ideia, mas ele queria estar presente quando a notícia fosse anunciada. Max sentiu que devia isso a ele. Charles se superou com Sam, não tinha como excluí-lo agora. E os filhos poderiam abrir o coração com a mãe mais tarde, caso tivessem algo a dizer.

Ela foi um pouco vaga no começo, falando de como Charles estava sendo gentil com todos eles nos últimos meses. Olhou para cada um dos filhos enquanto falava, tentando convencê-los ao mesmo tempo que fazia com que se lembrassem disso. Maxine ainda estava com medo da reação das crianças. E, no fim, só restava ser direta.

— Então Charles e eu decidimos que vamos nos casar.

A cozinha ficou em completo silêncio e não houve absolutamente nenhuma reação. Eles ficaram olhando para a mãe. Pareciam estátuas.

— Eu amo a mãe de vocês e amo vocês — acrescentou Charles com um tom um pouco mais severo do que queria. Mas ele nunca havia feito nada parecido com isso, e aquele grupo era assustador. Zelda estava atrás de todo mundo.

— Vocês estão falando sério? — Daphne foi a primeira a reagir.

Maxine respondeu com seriedade.

— Sim. Estamos falando sério.

— Você mal o conhece — disse ela para a mãe, ignorando Charles.

— Estamos namorando há quase sete meses, e na nossa idade a gente sabe quando vai dar certo.

Ela usou o argumento de Charles. Daphne se levantou e foi para o quarto sem falar mais nada. Ouviram a porta bater pouco depois.

— O papai sabe? — perguntou Jack.

— Ainda não — respondeu a mãe. — A gente quis contar para vocês primeiro. Agora posso contar para o seu pai e para os seus avós. Mas eu queria que vocês soubessem primeiro.

— Hum — disse Jack, e foi embora também.

Ele não bateu a porta, apenas a fechou, e o coração de Maxine ficou pesado. Foi mais difícil do que ela achou que seria.

— Eu acho que vai ser legal — comentou Sam em voz baixa olhando para os dois. — Você foi muito legal comigo no hospital, Charles. Obrigado.

Ele estava sendo educado, parecia menos chateado que os outros, mas também não estava empolgado. Logo percebeu que não ia mais dormir com a mãe. Charles tomaria seu lugar. Todos os filhos ficaram chateados, e para eles a vida estava muito bem sem Charles.

192

— Posso ir ver TV no seu quarto agora? — perguntou Sam.

Ninguém pediu detalhes do casamento nem quis saber quando seria. Eles não se interessavam em saber. Sam foi embora com suas muletas, que ele estava manejando muito bem. Charles e Maxine ficaram sozinhos na cozinha, e Zelda falou encostada à porta.

— Parabéns — desejou ela com voz suave. — Eles vão se acostumar à ideia. Estão em choque. Eu já achava que vocês dois estavam pensando nisso.

Zelda sorriu mas também pareceu um pouco triste. Era uma grande mudança para todos. Estavam acostumados à vida como era, gostavam dela assim.

— Nada muda para você, Zellie — garantiu Maxine. — Vamos continuar precisando de você. Talvez até mais. — Maxine sorriu.

— Obrigada. Eu não saberia o que fazer se vocês não precisassem de mim.

Charles olhou para ela e sorriu. Zelda parecia uma mulher agradável, embora ele não gostasse da ideia de esbarrar com ela à noite depois que se mudasse. Estava se jogando em uma vida completamente nova: esposa, três filhos e babá morando na mesma casa. Sua privacidade era coisa do passado, mas ele ainda achava que era o certo.

— As crianças vão se ajustar — garantiu Zelda de novo. — Só precisam de um tempo.

Maxine concordou.

— Podia ter sido pior — comentou Maxine, positiva.

— Não muito pior — retrucou Charles, desanimado. — Eu estava na esperança de que alguns dos seus filhos ficassem animados. Talvez não Daphne, mas pelo menos os meninos.

— Ninguém gosta de mudanças — lembrou Maxine —, e essa mudança é grande para eles. E para nós.

Ela se aproximou e o beijou. Charles sorriu para Maxine meio cabisbaixo, e Zelda voltou para o quarto para deixá-los a sós.

— Eu te amo — declarou ele. — É uma pena que seus filhos estejam chateados.

— Eles vão superar. Um dia, todos nós vamos rir dessa situação, como rimos do nosso primeiro encontro.

— Talvez aquela noite tenha sido um presságio — comentou ele, preocupado.

— Não... vai ser ótimo. Você vai ver — declarou Maxine, e o beijou de novo.

Em silêncio, Charles torceu para que ela estivesse certa ao envolvê-la com seus braços. Ficou triste pelos filhos de Maxine não estarem felizes por eles.

15

Depois do choque da notícia dada por Maxine, as crianças passaram horas no quarto. Charles decidiu ir para casa. Não dormia lá havia dias e achou que seria melhor deixar Max sozinha com os filhos. Ele foi embora ainda chateado. Maxine garantiu novamente que eles se adaptariam, mas Charles não tinha tanta certeza. Não ia desistir, mas estava temeroso. As crianças também.

Maxine se jogou numa cadeira da cozinha depois que ele foi embora. Fez uma xícara de chá e ficou feliz ao ver Zelda saindo do quarto.

— Pelo menos alguém aqui ainda fala comigo — disse ela para Zelda, que também se serviu de chá.

— A casa está muito silenciosa — comentou Zelda, e se sentou do outro lado da mesa. — Vai demorar um pouco para a poeira baixar.

— Eu sei. Detesto deixar meus filhos chateados, mas acho que vai ser bom.

Ele novamente se mostrou uma boa pessoa no acidente de Sam. Charles foi tudo o que ela queria que ele fosse, o tipo de homem do qual necessitava havia anos.

— Eles vão se acostumar — garantiu Zelda. — Também não é fácil para Charles. Dá para ver que ele não está acostumado a crianças.

Ela concordou. Nem tudo era perfeito. Se ele tivesse filhos, eles talvez também não fossem gostar. Era mais simples assim.

Maxine fez o jantar para os filhos naquela noite, e todo mundo ficou mexendo na comida sem ânimo. Ninguém conseguia comer, inclusive Maxine. Ela estava odiando as carinhas deles. Pela expressão de Daphne, parecia que alguém tinha morrido.

— Como você pode fazer isso, mãe? Ele é bizarro.

Foi maldade falar isso de Charles, Sam interferiu.

— Não é, não. Ele é legal comigo. E ele seria legal com você se não fosse tão má com ele. — Era verdade. Maxine não falou nada, mas concordou. — Ele só não está acostumado com crianças.

Todos sabiam que isso era verdade.

— Quando ele me levou ao jogo de basquete, ele tentou dizer que eu devia ir para um internato — comentou Jack, preocupado. — Você vai mandar a gente embora, mãe?

— É claro que não. Charles estudou em um internato e adorou, então ele acha que todo mundo devia fazer a mesma coisa. Eu nunca mandaria vocês embora.

— É o que você diz agora — interveio Daphne. — Espera só se casar para ver se ele não vai forçar você a fazer isso.

— Ele não vai me "forçar" a mandar vocês embora. Vocês são meus filhos, não dele.

— Ele age como se fosse nosso pai. Charles acha que o mundo é todo dele — declarou Daphne, olhando para a mãe com raiva.

— Não acha, não. — Maxine o defendeu, mas estava feliz de ver os filhos desabafarem. Pelo menos, estavam esclarecendo as coisas. — Ele está acostumado a levar a vida sozinho, mas não vai tomar conta da vida de vocês. Charles não quer isso, e eu não deixaria que isso acontecesse.

— Ele odeia o papai — declarou Jack diretamente.

— Também não acho que seja verdade. Ele pode ter ciúmes dele, mas não acho que o odeie.

— O que você acha que o papai vai falar? — perguntou Daphne, interessada. — Aposto que vai ficar triste se você se casar, mãe.

— Eu acho que não. Ele tem dez milhões de namoradas. Ele ainda está com Arabella? — Maxine não ouviu mais falar dela.

— Está — respondeu Daphne, triste. — Espero que ele não se case com ela. Era só o que faltava.

A julgar pelo tom geral, parecia que algo terrível tinha acontecido. A notícia com certeza não foi bem recebida. Apenas Sam parecia achar que estava tudo bem, mas ele gostava mais de Charles que os outros.

Charles ligou depois do jantar para saber como estavam. Já sentia saudades dela, mas foi um alívio voltar para casa. A semana foi difícil para todo mundo. Primeiro, o acidente de Sam, e agora isso. Maxine se sentia presa no meio de tudo.

— Eles estão bem. Só precisam de tempo para se acostumar — disse ela com cautela.

— Quanto tempo? Vinte anos? — Charles estava muito irritado.

— Não, eles são crianças. Dê algumas semanas. Eles vão dançar no nosso casamento, que nem todo mundo.

— Você contou para Blake?

— Não, vou ligar mais tarde. Queria falar com as crianças primeiro. E vou ligar para meus pais amanhã. Eles vão adorar a notícia!

Charles os conheceu e gostou muito deles. Adorava a ideia de fazer parte de uma família de médicos.

As crianças passaram o resto da noite amuadas. Ficaram em seus quartos vendo DVDs. Sam voltou a dormir no próprio quarto. Deitada na cama, Maxine achou engraçado que em dois meses Charles estaria morando ali. Era difícil imaginar a vida com outra pessoa depois de tantos anos. E Sam tinha razão, ele não poderia mais dormir com a mãe. Max sentiria falta disso. Apesar de amar Charles, a boa notícia tinha um lado ruim até para ela. Mas era a vida. Ganha-se umas e perde-se outras. Era difícil fazer os filhos entenderem isso. Às vezes, mesmo ela não entendia.

Ligou para Blake pouco depois da meia-noite, que já era de manhã para ele. Blake parecia ocupado e distraído. Ela ouviu máquinas e gritos ao fundo. Era difícil falar com ele.

— Onde você está? O que está fazendo? — perguntou ela em voz alta.

— Estou na rua tentando ajudar a tirarem os escombros. A gente trouxe de avião umas escavadeiras para ajudar. Ainda estão tirando pessoas. Max, tem criança aqui andando pela rua sem ter para onde ir. Famílias inteiras morreram e os filhos ainda estão procurando os pais. Tem gente ferida em todo canto porque os hospitais estão lotados. Você não imagina a cena.

— Imagino, sim — disse ela com tristeza. — Eu já trabalhei em locais de desastres. Não tem nada pior.

— Talvez você devesse vir aqui para ajudar. Eles precisam de gente para orientar sobre o que fazer com as crianças e como lidar com isso depois. Na verdade, você é exatamente do que eles precisam. Tem alguma chance de você vir? — indagou ele, parecendo refletir sobre isso.

A casa de Blake ainda estava de pé. Ele podia ter ido embora, mas gostava tanto do país e das pessoas que queria fazer tudo o que pudesse para ajudar.

— Eu iria se me contratassem. Não tem como eu simplesmente ir para aí e começar a dar ordens.

— Eu posso contratar você. — Blake faria o que fosse possível.

— Pare com isso. Eu faria de graça para você. Mas preciso saber que tipo de conselho eles querem de mim. O que faço é muito específico. Eu trabalho com trauma infantil, imediato e a longo prazo. Me fala depois se tem alguma coisa que eu possa fazer.

— Eu aviso. E Sam, como está?

— Bem. Ele está se virando muito bem com as muletas.

Só então Maxine se lembrou do motivo da ligação. Ele a distraiu com as histórias do terremoto e com o horror das crianças órfãs perambulando pelas ruas.

— Eu tenho uma coisa para contar.

— Sobre o acidente de Sam? — Blake ficou preocupado.

Max nunca tinha escutado esse tom na voz dele. Pela primeira vez, Blake estava pensando em outra pessoa e não apenas em si.

— Não, sobre mim. Eu vou me casar. Com Charles West. Vai ser em agosto.

Ele ficou em silêncio por algum tempo.

— As crianças ficaram chateadas? — Era a reação que ele achava que teriam.

— Ficaram. — Maxine foi honesta com ele. — Elas gostam das coisas como estão. Não querem que nada mude.

— É compreensível. Elas também não ficariam felizes se eu me casasse. Espero que ele seja bom para você, Max — desejou Blake com a voz mais séria de todos os tempos.

— É, sim.

— Então parabéns. — Ele riu e voltou ao tom de voz normal. — Acho que eu não esperava que fosse acontecer tão rápido. Mas vai ser bom para vocês e para as crianças. É que elas ainda não sabem disso. Olha, eu ligo para você assim que puder. Tenho que ir agora. Tem muita coisa acontecendo aqui, não dá para falar muito. Se cuide e dê um beijo nas crianças... e, Max, parabéns de novo...

Antes que pudesse agradecer, Blake desligou. Maxine foi dormir. Pensou em Blake no meio da devastação depois do terremoto no Marrocos e em tudo que estava fazendo para ajudar os órfãos e feridos, para remover os escombros, para levar medicamentos e comida. Pela primeira vez, estava fazendo mais do que simplesmente aplicando bem o dinheiro, estava arregaçando as mangas e metendo a mão na massa. Não era o Blake que conhecia. Maxine se perguntou se ele finalmente estava crescendo. Se fosse isso, até que enfim.

Maxine ligou para os pais de manhã e finalmente alguém ficou animado com a notícia. Seu pai disse que estava muito feliz e que gostava dele, que Charles era o tipo de homem que ele torcia para que ela encontrasse e com quem se casasse. E também estava feliz por ele ser médico. Ele pediu a ela que parabenizasse Charles e desejou tudo de bom para a filha. Depois, a mãe foi falar com ela e perguntou todos os detalhes do casamento.

— As crianças estão animadas? — perguntou ela.

Maxine sorriu e balançou a cabeça. Elas não entendiam.

— Não muito, mãe. É uma mudança muito grande para elas.

— Ele é um homem ótimo, tenho certeza de que mais tarde elas vão agradecer por você ter se casado com ele.

— Espero que sim — concordou ela com menos assertividade que a mãe.

— Vocês dois têm de vir jantar aqui um dia desses.

— Seria ótimo — disse Maxine. Ela queria que Charles conhecesse melhor os seus pais, ainda mais porque ele mesmo não tinha família.

Era bom para todos que os pais dela tenham ficado tão felizes e aprovado o casamento. Isso era muito importante para Maxine, e ela torceu para que fosse importante para Charles também, o que ajudaria a contrapor a falta de entusiasmo das crianças.

Charles jantou com Maxine e os filhos naquela noite. Foi uma refeição bem silenciosa. Não houve ataques desagradáveis, ninguém falou nada grosseiro, mas também não estavam felizes. Simplesmente comeram e foram para o quarto. Não foi assim que Charles achou que seria.

Maxine contou para ele sobre a ligação com os pais. Charles ficou feliz.

— Finalmente alguém gosta de mim aqui — disse ele, aliviado. — Talvez fosse bom levá-los ao La Grenouille.

— Eles querem que a gente vá lá antes, e acho que isso é uma boa ideia. — Max queria que ele se acostumasse às tradições, queria inseri-lo na família.

E então, depois do jantar, ela teve uma ideia. Abriu a gaveta que ficava trancada e pegou o anel que estava esperando para ser usado havia meses. Pediu a Charles que o colocasse em seu dedo, e ele ficou emocionado. Enfim, o que eles estavam falando passava a ser real. Estavam noivos independentemente da infelicidade aparente dos filhos. Era maravilhoso, e Charles a beijou quando olharam para a aliança. Brilhava com a mesma intensidade das esperanças dela para o casamento, a mesma força do amor entre eles, que não esmaeceu naqueles dias difíceis. Nada havia mudado. Era apenas um daqueles caminhos árduos que os dois sabiam que teriam de trilhar. Maxine previu isso melhor que ele. Charles estava muito feliz ao ver que ela ainda amava o anel e ele próprio. Iriam se casar dali a nove semanas.

— Agora temos de dar um gás nesse casamento — declarou ela, sentindo-se animada e jovem de novo. Era bom não ter mais de manter segredo.

— Ai, meu Deus — disse ele em tom de brincadeira. — Vai ser um casamento grande?

Maxine já havia encomendado os convites. Seriam enviados dali a três semanas, e eles ainda tinham de fazer as últimas listas. Ela falou algo sobre a lista de casamento da Tiffany.

— As pessoas fazem isso no segundo casamento? — perguntou ele, surpreso. — Não estamos meio velhos para isso?

— Claro que não — respondeu ela, confusa. — E eu ainda tenho de achar um vestido.

E tinha de encontrar um para Daphne também. Maxine estava um pouco nervosa com a possibilidade de a filha se recusar a ir ao casamento, então não iria forçar nada.

Eles fizeram suas listas naquela noite e concordaram em convidar duzentas pessoas para o casamento, o que provavelmente significaria cento e cinquenta comparecendo, um número satisfatório para ambos. Maxine disse que tinha de convidar Blake. Charles não gostou da ideia.

— Você não pode convidar o seu ex-marido para o nosso casamento. E se eu convidar a minha ex-mulher?

— Isso é com você, e por mim tudo bem se quiser fazer isso. Para mim, Blake é parte da família, e as crianças vão ficar muito chateadas se ele não for.

Charles resmungou enquanto ouvia.

— Não é isso que eu chamo de família estendida.

Ele já sabia que estava no meio de um grupo inusitado de pessoas. Não havia comum ou "normal" neles, e mais estranho ainda era perceber que estava se casando com a ex-esposa de Blake Williams. Isso já era algo não muito comum.

— Faça o que você quiser — disse ele, por fim. — Já vi que vamos ter algumas inovações nesse casamento. Quem sou eu para dizer o que você tem de fazer? Sou apenas o noivo.

Havia um toque de seriedade no tom de brincadeira de Charles. Ainda assim, era incrível que sua futura esposa estivesse dizendo para ele que o ex-marido ficaria magoado se não fosse convidado para o casamento dela. Se não quisesse entrar em uma batalha, e se não quisesse que os enteados o odiassem ainda mais, ele sentiu que só podia ceder.

— Ele não vai entrar na igreja com você não, não é? — perguntou Charles muito preocupado.

— Claro que não, seu bobo. Meu pai vai fazer isso.

Charles ficou aliviado. Ela sabia, mesmo que Charles não admitisse, que ele tinha um problema com Blake. Comparar-se com ele era difícil para qualquer homem. Se o dinheiro era o parâmetro de sucesso usado pela maioria das pessoas, então Blake estava no topo da montanha. Contudo, isso não mudava o fato de que ele era irresponsável, sempre foi, e que nunca estava presente para os filhos. Blake era divertido, e ela sempre o amaria. No entanto, Charles era o homem com o qual queria se casar, sem dúvida.

Os dois discutiram a maioria dos detalhes naquela noite. Sorriram com prazer quando ela mostrou o anel, e Charles lhe deu um beijo de despedida.

— Boa noite, Sra. West — disse ele com uma voz suave.

Ao ouvir isso, Maxine percebeu que provavelmente teria de manter o "Williams" por causa do trabalho. Seria complicado demais mudar tudo para todos os pacientes e para todas as questões profissionais nas quais se envolvia. Então, apesar de ser a Sra. West socialmente, ainda seria a Dra. Williams. Carregaria o nome de Blake para sempre. Algumas coisas simplesmente não podiam ser mudadas.

16

Blake ligou para o consultório de Maxine no intervalo entre pacientes. O dia estava sendo uma loucura para ela, que atendeu três novos pacientes e tinha acabado de discutir com o pessoal do bufê em Southampton por causa do preço da tenda para o casamento. O preço era insano, mas sem dúvida precisavam de uma tenda. Os pais dela ofereceram ajuda financeira, mas com a idade que tinha Maxine não achou que devia aceitar. Por outro lado, também não queria tomar um prejuízo do bufê. Tendas eram caras, principalmente as de laterais abertas, como queria. Seria muito claustrofóbico com as laterais fechadas. Ainda estava irritada quando atendeu a ligação de Blake.

— Oi — disse ela bruscamente. — O que foi?

— Desculpe, Max. Liguei na hora errada? Posso ligar mais tarde se você quiser.

Ela deu uma olhada no relógio e percebeu que era tarde para Blake. Não sabia se ele estava em Londres ou no Marrocos, mas mesmo assim já era tarde, e pela voz dele percebeu que estava cansado.

— Não, não, tudo bem. Desculpe. Tenho um tempinho antes do próximo paciente. Tudo bem?

— Comigo, sim. Mas o pessoal aqui está mal. Ainda estou em Imlil, a umas três horas de Marrakech. É incrível, mas eles têm uma torre de celular, e não sobrou muita coisa, então deu para ligar para você. Eu me envolvi com essas crianças daqui, Max. O que aconteceu a elas é simplesmente terrível. Ainda estão regatando pessoas dos escombros, onde elas ficaram enterradas com os familiares mortos por dias. Tem gente andando sem rumo pela cidade sem saber o que fazer. Eles são muito pobres aqui no vilarejo, e uma coisa dessas simplesmente acaba com eles. Estão dizendo que mais de vinte mil pessoas morreram.

— Eu sei — disse Maxine com tristeza. — Acompanhei a história no *Times* e na CNN.

Ficou surpresa por não ter conseguido tocá-lo com o acidente do próprio filho, mas de repente Blake começou a tentar curar as mazelas do mundo. Pelo menos era melhor que ficar pulando de festa em festa de avião pelo mundo inteiro. Maxine estava habituada a cenas de desastres por causa de sua profissão, mas era a primeira vez que o via tão chateado por causa de algo que não o envolvia diretamente. Blake estava acompanhando tudo em primeira mão. Ela já havia estado em situações como aquela em desastres naturais para onde tinha sido enviada para prestar consultoria, tanto nos Estados Unidos como fora.

— Preciso da sua ajuda — disse ele. Estava exausto, mal dormiu em dez dias. — Estou tentando organizar uma assistência para as crianças. Conheci umas pessoas interessantes e poderosas aqui desde que comprei a casa. O governo está tão sobrecarregado que o setor privado está tentando ver o que pode fazer para aliviá-lo. Eu assumi um projeto enorme com as crianças, estou fazendo tudo sozinho. Preciso de uma consultoria para saber de que tipo de assistência elas vão precisar, a curto e a longo prazos. É bem a sua área. Preciso da sua experiência, Max. — O tom de voz de Blake demonstrava cansaço, preocupação e tristeza.

Ela respirou fundo enquanto ouvia. O caso era sério.

— Eu adoraria ajudar — começou ela. Estava impressionada pela magnitude do que Blake estava fazendo, mas tinha de ser realista. — Não sei se dá para fazer uma consultoria pelo telefone — declarou com tristeza. — Não sei quais sistemas governamentais podem ser acessados aí, essas coisas têm de ser vistas pessoalmente. Não se pode agir só com teoria em um desastre como esse. É preciso estar aí, como você, para saber o que fazer e fazer direito.

— Eu sei. Por isso liguei. Eu não sabia mais o que fazer. — Hesitou por um instante. — Você viria aqui, Max? Essas crianças precisam de você, e eu também.

Maxine ficou estupefata ao ouvi-lo. Apesar de Blake ter mencionado essa ideia na conversa anterior, ela não fazia ideia de que ele estava levando a situação tão a sério, nem que ele realmente pediria a ela que fosse até lá. Estava com os horários cheios naquele mês. Ela ia viajar com os filhos em julho, como sempre fazia, e, com o casamento em agosto, sua vida estava uma loucura.

— Que merda, Blake... Eu gostaria de ir, mas não sei como vou conseguir. Estou lotada de pacientes, e alguns deles estão muito mal.

— Eu queria mandar meu avião para buscar você. Mesmo que fique só vinte e quatro horas, já seria uma grande ajuda.

Preciso da sua visão aqui, em vez da minha. Tenho a grana para ajudar, mas não sei nada, e você é a única pessoa em quem confio. Me diz o que eu preciso fazer aqui. Senão vou ficar dando tiro no escuro.

Blake pediu algo incrível, e ela achava que não conseguiria fazê-lo. Por outro lado, ele nunca havia pedido nada parecido, e Maxine tinha certeza de que Blake estava envolvido de corpo e alma naquilo. Estava comprometido a fazer tudo o que podia, com as próprias mãos e com o próprio dinheiro. Era o tipo de trabalho mais gratificante para Maxine. Sem sombra de dúvida, visitar uma área que sofreu um desastre desses seria triste e exaustivo, mas era isso o que ela mais gostava, uma oportunidade de realmente fazer a diferença. Sentia-se orgulhosa do que Blake estava fazendo, escutá-lo falando sobre aquilo a deixou emocionada. Maxine queria contar isso aos filhos para que pudessem ter orgulho do pai.

— Eu queria poder ir — disse ela com calma —, só não sei quando nem como seria possível.

Maxine adoraria ir para o Marrocos para ajudar Blake e prestar consultoria. Achava suas intenções e seu trabalho árduo admiráveis. Dava para ver que aquilo era diferente, ela queria ajudar. Só não conseguia conceber de que maneira o faria naquele momento.

— E se você cancelar os pacientes de sexta? Eu mando o avião na quinta, você faz a viagem durante a noite. Teria três dias no fim de semana. Você pega o voo de volta no domingo à noite, e na segunda está no consultório.

Blake passou horas pensando em uma solução. Ela ficou em silêncio.

— Eu não trabalho no fim de semana — argumentou ela, pensativa.

Thelma já havia combinado de cobrir o plantão dela. Maxine podia pedir um dia a mais para a amiga, mas sabia que ir para o Marrocos por três dias era loucura, considerando tudo o que tinha a fazer.

— Eu simplesmente não sei a quem mais recorrer. A vida dessas crianças vai ser arruinada se não houver nenhuma ajuda. Várias já estão perdidas de qualquer maneira.

Muitas sofreram ferimentos e mutilações, ficaram cegas, com lesões cerebrais, perderam partes do corpo quando suas casas e escolas caíram sobre elas. O número de crianças que ficaram órfãs era muito alto. Ele viu um bebê recém-nascido ser salvo com vida, puxado do meio dos escombros, e chorou.

— Me dá duas horinhas para eu ver o que posso fazer — pediu Maxine com tom brando quando a secretária anunciou a chegada do próximo paciente. — Tenho de pensar nisso.

Era terça-feira. Se ela fosse, teria dois dias para se organizar. Contudo, desastres naturais nunca vinham com aviso prévio ou tempo de planejamento. Ela já havia saído da cidade com apenas algumas horas de aviso. E queria ajudá-lo, ou pelo menos indicar alguém capaz de fazer a consultoria. Havia uma associação excelente de psiquiatras que ela conhecia em Paris especializada nesse tipo de situação. Mas a ideia de ir ajudá-los também a instigava. Maxine não fazia nada parecido havia algum tempo.

— Quando posso ligar para você?

— A qualquer hora. Não dormi a semana toda. Ligue para o meu celular de Londres e para o BlackBerry. Os dois estão funcionando aqui agora, pelo menos de vez em quando... e, Max... obrigado... eu te amo. Obrigada por me ouvir e se importar. Agora entendo o que você faz. Você é uma mulher incrível.

Blake sentiu um respeito renovado por Maxine agora que tinha visto aquilo ao vivo. Sentia como se tivesse crescido da noite para o dia, e ela foi capaz de detectar isso. Sabia que era genuíno, era um novo lado de Blake que por fim emergia.

— Você também — disse ela com doçura. Max ficou emocionada de novo. — Ligo assim que puder. Não sei se consigo ir, mas, se não der, indico algum profissional de ponta.

— Eu quero você — implorou ele. — Por favor, Max...

— Vou tentar — prometeu ela, e desligou.

Maxine abriu a porta para a paciente. Teve de forçar a mente para focar no presente e ouvir o que a menina de 12 anos estava falando. Ela se cortava, tinha marcas nos braços. Foi indicada para Maxine pela escola, era uma das vítimas do 11 de Setembro. O pai era um dos bombeiros que morreu, e ela era parte de um estudo que Maxine desenvolvia para a cidade desde o acontecido. A sessão durou mais que o normal, e, depois dela, Maxine foi correndo para casa.

Seus filhos estavam reunidos na cozinha com Zelda quando ela chegou, e Maxine contou a eles o que o pai estava fazendo no Marrocos. Os olhinhos das crianças brilharam enquanto ela falava, e mencionou que ele pediu sua ajuda. Eles ficaram animados e torceram para que a mãe conseguisse ir.

— Não sei como eu vou conseguir — declarou ela, estressada e avoada.

Maxine saiu da cozinha e foi ligar para Thelma. Ela não podia cobrir os pacientes na sexta-feira porque ia dar uma aula na Faculdade de Medicina da Universidade de Nova York, mas disse que conhecia uma médica que poderia fazer isso, se Maxine viajasse. E Thelma iria cobrir o fim de semana de qualquer forma.

Maxine fez outras ligações, verificou no computador os compromissos na sexta e, às oito da noite, tomou a decisão. Nem parou para jantar. Era o mínimo que podia fazer, e Blake estava facilitando a vida dela mandando o avião. A vida era isso. Maxine adorava uma frase do Talmude e sempre pensava nela: "Quem salva uma vida salva o mundo inteiro." Percebeu que talvez Blake finalmente tivesse percebido isso também. Aos 46, estava se tornando um ser humano de verdade.

Ela esperou até a meia-noite para ligar. Era bem cedo no fuso dele. Tentou várias vezes nos dois números e por fim conseguiu. Blake parecia ainda mais exausto que no dia anterior. Contou que havia passado mais uma noite acordado. Era assim mesmo, Maxine sabia disso, era o que precisava ser feito. Se ela fosse, faria o mesmo. Não havia tempo a perder com comida ou sono. Blake estava vivendo isso naquele momento.

Maxine foi direto ao ponto.

— Eu vou.

Blake começou a chorar quando ela disse isso. Eram lágrimas de alívio, exaustão, terror e gratidão. Ele nunca havia visto ou vivenciado nada parecido.

— Posso ir na quinta à noite — continuou ela.

— Graças a Deus... Max, eu nem sei como agradecer. Você é uma mulher e tanto. Eu te amo... Obrigado de coração.

Ela explicou de quais relatórios precisaria quando chegasse, e o que gostaria de ver. Blake decidiria se ela teria acesso a membros do governo, ao hospital, a se encontrar com o máximo de crianças possível no local onde estavam sendo reunidas, onde quer que fosse. Maxine queria usar cada minuto da melhor maneira, assim como Blake. Ele prometeu preparar tudo e lhe agradeceu mil vezes antes de desligar.

— Estou orgulhosa de você, mãe — disse Daphne baixinho quando a mãe desligou. Estava em pé à porta ouvindo a conversa, e lágrimas escorriam pelo seu rosto.

— Obrigada, meu amor. — Maxine se levantou e foi abraçá-la. — Estou orgulhosa do seu pai também. Ele não sabe nada dessas coisas e está fazendo tudo o que pode.

Daphne viu claramente, em um daqueles raros momentos especiais, que os pais eram pessoas boas, e isso tocou seu coração, assim como a ligação de Blake tocou o de Maxine. Elas conversaram um pouco sobre aquilo enquanto Max fazia uma lista apressada das coisas que precisava para a viagem. Mandou um e-mail para Thelma confirmando que ia viajar e precisava que a outra médica a ajudasse na sexta.

Lembrou-se de que tinha de ligar para Charles também. Eles tinham planejado passar o fim de semana em Southampton para se encontrar com o pessoal do bufê e o florista. Ele podia ir sozinho, ou então adiar tudo para o outro fim de semana. Não faria muita diferença, ainda faltavam dois meses para o casamento. Entretanto, estava tarde demais para ligar naquela noite. Max se deitou e ficou de olhos abertos durante horas pensando em tudo o que queria fazer quando chegasse ao Marrocos. Aquele projeto de repente virou um projeto seu também, e Maxine se sentiu grata por Blake dividi-lo com ela. A sensação foi de que o alarme tocou cinco minutos depois de ela pegar no sono. Maxine ligou para Charles logo após o café da manhã. Ele ainda não havia ido para o consultório e ela tinha de chegar ao dela em vinte minutos. Como estava no período de férias, as crianças ainda dormiam. Zellie se preparava na cozinha para a agitação de mais tarde.

— Oi, Max — disse ele com alegria, feliz por ouvir a voz dela ao atender. — Está tudo bem? — Charles já havia aprendido que ligações dela em horários inusitados nem sempre traziam boas notícias. O acidente de Sam lhe ensinou isso. A vida é diferente quando se tem filhos. — Sam está bem?

— Está. Só liguei para avisar uma coisa. Eu vou ter de viajar esse fim de semana.

Ela soou mais apressada do que desejava, mas não queria se atrasar para o consultório, e sabia que Charles também não. Os dois eram extremamente pontuais.

— Vou ter de cancelar o encontro com o pessoal do bufê e o florista em Southampton, a não ser que você queira ir sem mim. Se não, eu só posso ir no outro fim de semana. Não vou estar aqui. — Maxine percebeu que soou meio desarticulada enquanto falava.

— Aconteceu alguma coisa? — Ela viajava para conferências o tempo todo, mas era raro nos fins de semana que, na medida do possível, considerava sagrados para ficar com as crianças. — O que houve? — Charles pareceu confuso.

— Vou para o Marrocos me encontrar com Blake — avisou ela.

— Você o *quê*? *Como* assim? — Ele ficou espantado, não gostou nada dessa ideia.

Maxine explicou rapidamente.

— Não é isso. Ele estava lá quando aconteceu aquele terremoto. Está tentando organizar missões de resgate e não tem ideia do que está fazendo. É a primeira vez que faz trabalhos humanitários assim. Blake quer que eu vá lá para dar uma olhada nas crianças, me encontrar com agentes internacionais e do governo e prestar consultoria. — Ela falou como se estivesse avisando que ia comprar alface no mercado. Charles estava em choque.

— Você vai para lá por causa *dele*? Por quê?

— Não é por causa dele. É a primeira vez que ele mostra algum sinal de humanidade e maturidade em 46 anos. Estou orgulhosa dele. O mínimo que eu posso fazer é dar conselhos e ajudar todo mundo.

— Isso é ridículo, Max — disse Charles, furioso. — Eles têm a Cruz Vermelha. Não precisam de você.

— Não é a mesma coisa — retrucou ela. — Eu não escavo escombros, dirijo ambulâncias ou cuido de feridos. Eu presto consultorias a governos, digo como lidar com traumas e com crianças. É exatamente do que precisam. Vou ficar só três dias. Ele vai mandar o avião para mim.

— Você vai ficar hospedada com ele? — perguntou Charles com desconfiança.

Ele agiu como se ela tivesse dito que ia fazer um cruzeiro com Blake no iate dele. Maxine já havia feito isso com ele e as crianças, mas nada aconteceu. E os dois estavam ligados pelos filhos, o que justificava quase tudo para ela. Mas, enfim, a situação naquele momento era diferente, mesmo que Charles não compreendesse. Era trabalho, e ponto final. Nada mais.

— Acho que não vou ficar hospedada em lugar nenhum, se for que nem os outros terremotos em que já trabalhei. Devo acampar em algum caminhão. Provavelmente nem vou ver Blake quando chegar, ou ver muito pouco.

Ela achou ridícula a cena de ciúmes que Charles estava fazendo por causa de algo tão filantrópico como aquilo.

— Eu não acho que você deva ir — declarou ele, insistente. Ele estava pálido.

— A questão não é essa, e lamento que você pense assim — disse Maxine, fria. — Não há motivos para você se preocupar, Charles — continuou, tentando soar gentil e compreensiva. Ele estava com ciúmes. Era fofo. Mas aquele caso era uma das especialidades dela e o tipo de trabalho que fazia no mundo inteiro. — Eu te amo. Mas eu gostaria de ir e ajudar. É apenas uma coincidência que tenha sido Blake quem me pediu para ir. Qualquer um dos órgãos envolvidos podia ter me chamado.

— Mas não chamou. Ele chamou. E não entendo por que você vai. Pelo amor de Deus, quando o filho dele se machucou, você levou uma semana para localizá-lo.

— Porque ele estava no Marrocos e houve um terremoto — argumentou ela, irritada. A discussão ficava cada vez mais fora de controle.

— É mesmo? E onde ele esteve durante toda a vida dos filhos? Em festas e iates e caçando mulheres. Você mesma me falou que nunca consegue localizá-lo, e não é por causa de terremotos. Esse cara é um babaca, Max. E você vai dar a volta ao mundo para fazer com que ele fique bem na foto ajudando um bando de sobreviventes de um terremoto? Dá um tempo. Eu quero que ele se dane. E não quero que você vá.

— Por favor, não faça isso — pediu Maxine, trincando os dentes. — Eu não estou fugindo com o meu ex-marido para passar um fim de semana libertino. Eu vou prestar consultoria para um programa de assistência a milhares de crianças que ficaram órfãs e feridas e vão ter traumas pelo resto da vida se alguém não fizer alguma coisa rápido. Pode não fazer muita diferença, pois depende de como vão implementar o programa e da verba que vão destinar a ele, mas pode fazer. Meu interesse nisso não é Blake, mas sim ajudar as crianças, o maior número de crianças possível.

Maxine deixou tudo bem claro, mas ele não engolia. Nem um pouco.

— Eu não sabia que estava me casando com a Madre Teresa — disse ele ainda mais furioso que antes, o que deixou Maxine mais frustrada e aborrecida.

A última coisa que queria era brigar com Charles por causa disso. Não tinha motivo e só dificultaria as coisas para ela. Havia se comprometido com Blake e iria ao Marrocos. Era o que queria fazer, mesmo que Charles não gostasse. Ele não era dono dela e tinha de respeitar seu trabalho e sua relação com Blake. Charles era o homem que ela amava, era o seu futuro. Blake era o seu passado, o pai de seus filhos.

— Você está se casando com uma psiquiatra especializada em traumas na infância e na adolescência. Acho que isso está bem claro. O terremoto no Marrocos se encaixa na minha área. Você só está chateado por causa de Blake. Será que podemos ser maduros? Eu não faria um escândalo se você estivesse indo. Por que você não pode ser razoável comigo?

— Porque eu não entendo o tipo de relacionamento que você tem com ele, acho doentio. Vocês dois nunca cortaram a conexão. A senhora pode ser uma psiquiatra, Dra. Williams, mas acho que sua ligação com o seu ex-marido é estranha. É isso que eu acho.

— Obrigada pela sua opinião, Charles. Vou pensar nela em outro momento. Agora, estou atrasada para atender meus pacientes e vou passar três dias no Marrocos. Eu me comprometi e gostaria de ajudar. E ficaria feliz se você pudesse ser um pouco mais maduro e confiasse em mim com relação a Blake. Eu não vou transar com ele em cima dos escombros.

Maxine estava começando a falar mais alto, assim como ele. Estavam brigando. Por causa de Blake. Que loucura.

— Eu não ligo para o que você vai fazer com ele, Maxine. Mas posso dizer uma coisa: não vou tolerar esse tipo de coisa depois de nos casarmos. Se você quer sair correndo para terremotos e tsunamis e sei lá mais o que pelo mundo, por mim tudo bem. Mas não fique planejando fazer essas coisas com seu ex-marido achando que vou aguentar. Eu acho que ele só está inventando uma desculpa para que você vá para lá e fique com ele. Acho que não tem nada a ver com órfãos marroquinos nem nada parecido. Esse cara não é nem uma pessoa decente para prestar atenção em coisas que não sejam ele mesmo. Você mesma já me falou isso. É uma desculpa, e você sabe disso.

— Charles, você está errado — retrucou ela com calma. — Eu também nunca vi Blake agindo dessa forma, mas tenho de respeitar o que ele está fazendo. E eu gostaria de ajudá-lo se puder. Não faço isso por *ele*. Estou fazendo o que posso *pelas crianças*. Por favor, tente entender isso.

Charles não falou nada, e os dois ficaram sentados e bufando. Maxine não gostava que ele tivesse tantos problemas com Blake. As coisas para ela e para as crianças seriam mais difíceis no futuro se Charles não mudasse. Esperava que isso acontecesse logo. Até lá, ela ia para o Marrocos. Era uma mulher do mundo. Tinha esperança de que Charles se acalmasse. Eles desligaram, mas nada foi resolvido.

Maxine ficou olhando para o telefone por algum tempo, chateada por causa da conversa. Sobressaltou-se quando escutou a voz atrás dela. Durante o calor da briga com Charles, não ouviu a filha entrar.

— Ele é um idiota — comentou Daphne com uma voz macabra. — Eu não acredito que você vai se casar com ele, mãe. E ele odeia o papai.

Maxine discordou, mas compreendia o sentimento da filha.

— Charles não entende o tipo de relacionamento que eu tenho com o seu pai. Ele nunca fala com a ex. Eles não têm filhos.

Porém, era mais que isso com Blake. À maneira deles, os dois ainda se amavam, o sentimento apenas se transformou em outra coisa, um tipo de laço familiar que ela não queria perder. E não gastaria se desentender com Charles por causa disso. Queria que ele compreendesse, mas ele não compreendia.

— Você ainda vai para o Marrocos? — perguntou Daphne com olhos preocupados. Achava que a mãe devia ir para ajudar o pai e todas as crianças.

— Vou, sim. Só espero que Charles se acalme.

— Quem se importa com isso? — disse Daphne colocando cereal em uma tigela.

Zellie começou a fazer panquecas para ela.

— Eu me importo — disse Maxine com honestidade. — Eu amo Charles.

E ela queria que os filhos também o amassem um dia. Não era raro que crianças tivessem ressentimento de um padrasto ou madrasta, principalmente na idade deles. Não havia nada de incomum ali, Maxine sabia disso, mas era muito difícil conviver com essa situação.

Maxine chegou ao consultório uma hora atrasada, o que desorganizou com o horário de todas as consultas. Não teve tempo de falar com Charles de novo. Ficou atolada atendendo pacientes e cancelando compromissos do fim de semana. Ligou para Charles assim que voltou para casa e ficou desanimada ao perceber que ele ainda estava aborrecido. Tentou acalmá-lo de todas as formas e perguntou se queria jantar lá. Charles a surpreendeu dizendo que se encontraria com ela quando voltasse de viagem. Estava punindo-a.

— Mas eu queria ver você antes de ir — declarou ela com doçura.

Entretanto, Charles ainda não estava pronto para ceder. Ela odiou a ideia de viajar sabendo que ele ainda estava chateado. Maxine achou muita infantilidade dele, mas decidiu deixá-lo se acalmar enquanto estivesse fora. Não havia opção. Quando ligou para Charles mais tarde, descobriu que ele tinha até desligado o telefone. Estava irritado e descontava nela.

Max teve um jantar agradável com as crianças naquela noite e, depois de outro dia louco no consultório na quinta-feira, ligou para Charles novamente à noite antes de viajar. Dessa vez, ele atendeu.

— Se cuide — disse ele, mal-humorado.

— Eu mandei o número do celular e do BlackBerry de Blake para você por e-mail. Pode ligar para o meu também. Acho que vai funcionar enquanto eu estiver lá — avisou ela tentando ajudar.

— Eu não vou ligar para o celular dele para falar com você — disse Charles, irritado de novo.

Ainda estava mordido por ela estar indo. Seria um fim de semana péssimo para ele. Maxine o compreendia e se sentia mal, mas lamentou por Charles não conseguir superar isso e ser mais tolerante. Estava animada com a viagem e com o que faria lá. Sempre sentia uma ansiedade profissional em situações como essa, apesar de serem extremamente tristes. Contudo, ajudar em catástrofes de escala nacional como aquela fazia com que qualquer um acreditasse que a vida tinha um sentido. Max sabia que isso também era bom para Blake, era a primeira vez dele, o que em parte fez com que ela quisesse ir. Não queria decepcioná-lo, queria dar força à virada que a vida dele parecia estar dando. Era demais para Charles entender. E Daphne tinha razão. Ele odiava Blake, e demonstrou ciúmes desde o começo.

— Vou tentar ligar para você — garantiu Maxine. — Deixei os seus números com Zellie para o caso de alguma coisa acontecer aqui. — Achou que ele fosse ficar na cidade, visto que ela viajaria.

— Na verdade, acho que vou para Vermont — avisou Charles.

Era lindo lá em junho. Maxine adoraria que Charles tivesse uma boa relação com seus filhos e os visitasse, mesmo que ela não estivesse por lá, pois seria o padrasto deles dali a dois meses. Também sabia que, sem ela por perto, os filhos não iam querer vê-lo. Era uma pena. Eles ainda tinham um longo caminho pela frente até que os dois lados ficassem bem um com o outro. Precisavam dela para fazer a ponte entre eles.

— Tome cuidado, locais de desastres como esse podem ser perigosos. E você vai para o norte da África, não para Ohio — avisou ele antes de desligarem.

— Vou tomar cuidado, não se preocupe. — Ela sorriu. — Eu te amo, Charles. Estarei de volta na segunda.

Maxine se sentiu triste quando desligaram. Aquilo definitivamente foi uma vírgula entre eles. Ela torceu para que não fosse mais que isso, e lamentou por não encontrar com ele antes da viagem porque ele se recusou a encontrá-la. Para ela, a teimosia de Charles era infantil e mesquinha. Max foi dar um beijo de despedida nos filhos e refletiu que, no fim das contas, independentemente da idade e do quão maduros fingem ser, todos os homens são uns bebês.

17

O avião de Blake decolou do aeroporto Newark na noite de quinta-feira pouco depois das oito. Maxine se sentou nos acentos luxuosos e pensou em usar um dos dois quartos para ter uma boa noite de sono. Os cômodos tinham camas imensas, lindos lençóis e edredons e cobertores quentes, além de travesseiros grandes e macios. Uma das duas comissárias de bordo lhe trouxe um lanche e, pouco depois, um jantar leve com salmão defumado e omelete que prepararam a bordo. O chefe de cabine veio dar os detalhes do voo, que duraria sete horas e meia. Eles chegariam às sete e meia da manhã no horário local, e um carro com motorista estaria esperando para levá-la ao vilarejo perto de Marrakech onde Blake e vários outros voluntários estavam acampados. A Cruz Vermelha Internacional também estava lá em peso.

Maxine lhe agradeceu pelas informações, jantou e foi dormir. Ela sabia que precisava do máximo de descanso possível antes de chegar lá, e isso era fácil de conseguir no avião luxuoso de Blake. A decoração era linda, com tecidos e couro bege e cinza. Havia cobertores de caxemira em todos os acentos, estofamento de pele de cabra e carpetes grossos e cinza feitos de algodão pelo avião inteiro. O quarto era de um tom claro de amarelo, e Maxine dormiu assim que encostou a cabeça no travesseiro. Dormiu como um bebê por seis horas e, quando acordou, ficou deitada pensando em Charles. Ainda estava chateada por Charles ter ficado tão irritado com ela, mas sabia que ir para o Marrocos foi a decisão certa.

Ela penteou o cabelo, escovou os dentes e calçou as botas pesadas. Não as usava havia algum tempo, e teve de pegá-las no fundo do closet, onde guardava roupas para situações como essa. Maxine colocou roupas pesadas na mala, mas tinha a impressão de que dormiria com o que estava vestindo pelos próximos dias. Estava realmente animada com o que ia fazer e queria muito contribuir e dar alguma ajuda a Blake.

Ela saiu do quarto com uma expressão renovada e descansada, e saboreou o café da manhã que a comissária lhe serviu. Havia croissants e brioches, iogurte e uma cesta de frutas frescas. Maxine deu uma lida depois de comer enquanto iniciavam o pouso. Prendeu um caduceu na lapela ao se levantar, o que a identificaria como médica no local do desastre. Estava pronta para agir quando aterrissaram, cabelos presos em uma bela trança, vestia uma camisa amarronzada embaixo de um casaco pesado. Levou camisetas e uma jaqueta grossa também. Jack tinha verificado o clima na internet para ela antes que fizesse as malas. E levou um cantil de água, que encheu com Evian antes de sair do avião. Havia luvas grossas presas a seu cinto e máscaras cirúrgicas e luvas de látex nos bolsos. Estava pronta para o trabalho.

Como Blake prometeu, havia um jipe com um motorista esperando por ela quando saiu do avião. Maxine levava uma pequena mochila com roupas íntimas limpas, caso houvesse algum lugar onde pudesse tomar banho no local, e também pôs remédios para alguma emergência. Levou máscaras cirúrgicas para o caso de o cheiro dos cadáveres ser demais ou se fossem lidar com doenças contagiosas. Levou lenços umedecidos com álcool também. Ela tentou pensar em tudo antes da viagem. Situações como essa lembravam uma operação militar, mesmo que o caos fosse total. Não colocou nenhuma joia, a não ser o relógio. Deixou o anel de noivado de Charles em Nova York. Estava bastante compenetrada quando subiu no carro que a esperava, e foram embora. Sabia falar um francês rudimentar, mas conseguiu se comunicar com o motorista no caminho. Ele disse que muitas pessoas morreram, milhares, e que várias estavam feridas. Falou de corpos espalhados pelas ruas ainda esperando por um enterro, o que para Maxine era sinônimo de doenças e epidemias em um futuro próximo. Não é preciso ser médico para saber disso, o motorista também tinha essa noção.

A viagem de Marrakech para Imlil levaria três horas. Duas horas até uma cidade chamada Asni, na cordilheira do Atlas, e depois quase uma hora até Imlil em estradas precárias. Fazia mais frio na estrada para Imlil do que em Marrakech, e, consequentemente, o campo era mais verde. Havia vilarejos com casas de paredes de barro, cabras, ovelhas e galinhas na estrada, homens em mulas, mulheres e crianças carregando feixes de gravetos na cabeça. Havia sinais de cabanas afetadas e do trauma do terremoto entre Asni e Imlil. Havia trilhas entre todos os vilarejos, que, em sua maioria, foram destruídos. Caminhões com caçambas abertas, vindos de outras áreas, carregavam pessoas de um vilarejo a outro.

Quando começaram a se aproximar de Imlil, Maxine viu casebres de barro totalmente destruídos com homens cavando por entre os escombros, procurando sobreviventes, às vezes com as próprias mãos porque não tinham ferramentas. Reviravam os destroços em busca de entes queridos e sobreviventes. Alguns choravam, e Maxine sentiu lágrimas se acumularem nos olhos. Era difícil não ter pena deles, porque ela sentiu, sabendo muito bem que estavam procurando por esposas, filhos, irmãos ou pais. Isso a fez pensar no que veria quando por fim encontrasse Blake.

Quando chegaram aos arredores de Imlil, ela viu agentes da Federação Internacional da Cruz Vermelha e do Crescente Vermelho do Marrocos ajudando as pessoas perto dos escombros das casas. Parecia que quase nenhuma estrutura tinha ficado de pé, e centenas de pessoas circulavam pelas estradas. Havia algumas mulas e outros rebanhos perambulando à solta, interferindo no trânsito das ruas. Os últimos quilômetros foram lentos. Havia bombeiros e soldados à vista também. Todo tipo de profissional de resgate foi mobilizado pelo governo marroquino e por outros países, e havia helicópteros sobrevoando a área. Era uma visão familiar de outras áreas de desastres nas quais Maxine havia trabalhado.

Vários vilarejos não tinham eletricidade nem água. As condições eram difíceis, principalmente nas montanhas depois de Imlil. O motorista deu informações sobre as regiões enquanto eles passavam por habitantes, refugiados e gado nas estradas. Ele disse que as pessoas de Ikkiss, Tacheddirt e Seti Chambarouch, nas montanhas, desceram para Imlil para ajudar. Imlil era a passagem para a parte central da cordilheira do Atlas e para o vale Mizane, onde ficava o pico Jebel Toubkal, a maior montanha do norte da África, com mais de quatro mil metros de altura. Maxine já conseguia ver as montanhas à frente, cobertas de neve mesmo naquela época do ano. A população da área era composta de muçulmanos e berberes. Falavam árabe e dialetos berberes, e Maxine já sabia que apenas alguns deles saberiam francês. Blake disse que estava se comunicando com as pessoas do vilarejo em francês e por meio de intérpretes. Até aquele momento, não tinha encontrado ninguém que falasse inglês, a não ser da Cruz Vermelha. No entanto, depois de anos viajando, seu francês era muito bom.

O motorista também explicou que acima de Imlil também havia o Kasbah du Toubkal, o antigo palácio de verão do governador. Ficava a vinte minutos de caminhada de Imlil. Não havia outra forma de chegar lá, apenas de mula, que era como levavam os feridos dos vilarejos.

Os homens que viram vestiam *djellabas*, os mantos longos com capuz que os berberes usam. Todo mundo parecia exausto e coberto de poeira depois de viajar de mula, de caminhar por horas ou de tirar pessoas dos escombros de suas casas. Ao se aproximarem de Imlil, Maxine percebeu que até os prédios de concreto foram destruídos pelo terremoto. Nada ficou de pé. Eles começaram a ver as tendas que a Cruz Vermelha havia montado para funcionarem como hospitais e abrigos para os inúmeros refugiados. As cabanas típicas, feitas de barro, viraram uma pilha de pedras no chão. Os prédios de concreto não tiveram um fim melhor que as casas de barro e argila. Havia flores selvagens nas estradas, flores cuja beleza fazia um contraste profundo com a devastação que Maxine via por todo lado.

O motorista contou que a sede das Nações Unidas em Genebra também mandou uma equipe de avaliação de desastres para aconselhar a Cruz Vermelha e as várias equipes de resgate que foram para lá ajudar. Maxine já havia trabalhado com a ONU em várias ocasiões e percebeu que, se ia trabalhar com alguma agência internacional para atingir soluções de longo prazo, provavelmente seria com as Nações Unidas. Uma das maiores preocupações deles naquele momento era o medo de uma epidemia de malária nos vilarejos destruídos, considerando que era uma doença comum na área, transmitida por mosquitos. A cólera e a febre tifoide também eram perigos reais. Os corpos estavam sendo enterrados rapidamente, respeitando as tradições da região, porém, com a quantidade de cadáveres ainda não resgatados, a proliferação de doenças era uma preocupação.

Era muito assustador, até mesmo para Maxine, ver quanto trabalho tinha de ser feito em comparação ao pouquíssimo tempo que ela teria para ajudar Blake. Tinha exatamente dois dias e meio para fazer o que fosse possível. Maxine se sentiu repentinamente triste por não poder passar semanas ali, mas não havia como. Tinha obrigações, responsabilidades e seus próprios filhos esperando por ela em Nova York, e não queria perturbar Charles ainda mais. Entretanto, Maxine sabia que as equipes de resgate e as organizações internacionais ficariam trabalhando ali durante meses. Ela se perguntou se Blake faria o mesmo.

Quando chegaram a Imlil, viram mais casebres destruídos, caminhonetes viradas, rachaduras no solo e pessoas lamentando sobre cadáveres. A coisa foi ficando cada vez pior quanto mais se aproximavam do vilarejo onde Blake disse que estaria esperando. Ele estava trabalhando em uma tenda da Cruz Vermelha. E, conforme se aproximaram das tendas de resgate, Maxine sentiu o cheiro terrível e acre da morte, que já havia sentido antes, em situações similares, um cheiro que não tinha como esquecer. Ela pegou uma máscara cirúrgica e a colocou. Estava tão ruim quanto temia, e Maxine admirava Blake por estar ali. Ela sabia que a experiência toda devia ser um choque para ele.

O jipe a levou até o centro de Imlil, onde havia casas destruídas, escombros e cacos de vidro em toda parte e corpos jogados no chão, alguns cobertos, outros não. As pessoas perambulavam pela região ainda em estado de choque. Havia crianças chorando, carregando outras crianças mais jovens ou bebês, e ela viu dois caminhões da Cruz Vermelha onde os voluntários serviam comida e chá. Em um acampamento, havia uma tenda médica com uma cruz vermelha enorme e tendas menores. O motorista apontou para uma delas e foi atrás de Maxine quando ela seguiu a pé em direção à tenda através do solo irregular. Crianças de cabelo desgrenhado e rosto imundo olharam para ela. A maioria estava descalça, e algumas não tinham roupas, pois saíram correndo no meio da noite. Estava quente, por sorte, e ela tirou o suéter e o amarrou à cintura. O cheiro da morte, de urina e fezes era forte. Max entrou na tenda e procurou por um rosto familiar. Haveria apenas um conhecido ali, e ela o encontrou em poucos minutos. Estava conversando em francês com uma menininha. Blake aprendeu francês nas boates de St. Tropez, atraindo mulheres, mas pelo visto estava funcionando, pensou Maxine, e sorriu assim que o viu. Ela se aproximou de Blake rapidamente, e, quando ele ergueu a cabeça, seus olhos estavam cheios de lágrimas. Ele terminou de falar com a garotinha, apontou para um grupo de crianças que estava sob os cuidados de um voluntário da Cruz Vermelha e se levantou para abraçar Maxine. Ela mal escutou o que ele disse por causa do barulho das escavadeiras lá fora. Foram trazidas da Alemanha por Blake. E as equipes de resgate ainda cavavam para retirar pessoas.

— Obrigado por vir — disse ele com a voz embargada. — É horrível. Até agora, parece que tem mais de quatro mil crianças órfãs. Ainda não temos certeza, mas vai ter muito mais quando isso tudo acabar.

Morreram mais de sete mil crianças. E quase o dobro de adultos. Todas as famílias foram dizimadas ou sofreram perdas. E ele disse que o vilarejo vizinho, nas montanhas, estava ainda pior. Tinha passado os últimos cinco dias lá. Quase não havia sobreviventes, e a maioria tinha sido levada para Imlil. Estavam transportando os mais velhos e os mais feridos de barco para hospitais em Marrakech.

— A situação está feia mesmo — confirmou ela.

Blake concordou, segurou sua mão e deu uma volta com ela no acampamento. Havia crianças chorando em todo canto, e parecia que todo voluntário estava segurando um bebê.

— O que vai acontecer com eles? — perguntou Maxine. — Algo já foi oficialmente decidido? — Ela sabia que eles teriam de esperar pela confirmação de que os pais estavam mortos e de que os membros da família não podiam ser encontrados. Até lá, seria uma bagunça.

— O governo, a Cruz Vermelha e o Crescente Vermelho do Marrocos estão vendo isso, mas ainda está tudo muito caótico. Não tem nada oficial ainda, só sabemos de coisas pelo boca a boca. Eu não estou envolvido no resto, estou concentrado nas crianças.

Maxine estranhou isso mais uma vez, considerando que Blake passava pouquíssimo tempo com os próprios filhos. Pelo menos ele tinha um bom coração.

Ela passou as duas horas seguintes caminhando pelo acampamento com ele, conversando com as pessoas no melhor francês que conseguia falar. Ofereceu serviços na tenda médica, caso precisassem, e se identificou para o cirurgião-chefe como psiquiatra especializada em traumas. Ele pediu a ela que conversasse com várias mulheres e um idoso. Uma delas estava grávida de gêmeos e perdeu os dois por causa de uma pancada quando sua casa desabou em cima dela. O marido morreu e estava soterrado nos escombros. De alguma forma, ele deu sua vida para salvá-la, explicou a mulher. Ela tinha outros três filhos, porém ninguém conseguia encontrá-los. Havia dezenas de casos como o dessa mulher. Uma linda jovem perdeu os braços. Estava chorando muito pela mãe, e Maxine apenas parou ao seu lado e fez carinho em seus cabelos. Blake teve de se afastar porque estava chorando muito.

O sol já estava se pondo quando ela e Blake pararam no caminhão da Cruz Vermelha e tomaram xícaras bem quentes de chá de menta. Os dois escutaram a chamada às orações que reverberava pelos vilarejos, iniciada pela mesquita principal. Era um som inesquecível. Maxine prometeu voltar à tenda médica naquela noite para rascunhar alguns planos para ajudá-los a lidar com as vítimas de algum tipo de trauma, o que era quase todo mundo, incluindo os ajudantes. Maxine conversou com os voluntários da Cruz Vermelha por alguns minutos. Àquela altura todos precisavam de cuidados tão básicos que não havia como organizar intervenções mais sofisticadas. Tudo o que se podia fazer era conversar com cada pessoa. Ela e Blake não se sentavam havia horas. Foi apenas quando entraram na tenda para tomar chá que Maxine pensou em Arabella e perguntou como ela estava e se ainda fazia parte da vida dele. Blake fez que sim e sorriu.

— Ela tinha um trabalho encomendado e não pôde vir. Acho melhor que ela não esteja aqui. Arabella é muito sensível. Desmaia quando alguém corta o dedo com uma folha de papel. Isso aqui não daria para ela. Está na casa de Londres.

Arabella tinha se mudado para a casa dele oficialmente havia alguns meses, o que também era uma primeira vez para Blake. Geralmente, as mulheres ficavam com ele por um tempo e depois simplesmente desapareciam de sua vida. Depois de sete meses, Arabella ainda existia. Maxine ficou impressionada.

— É pra valer? — perguntou ela com um sorriso largo, e terminou o chá.

— Pode ser — respondeu ele meio envergonhado. — Seja lá o que isso quer dizer. Eu não tenho a mesma coragem que você, Max. Não preciso me casar. — Ele achava que era um ato de bravura, mas estava feliz por Maxine, se era o que ela queria. — Falando nisso, eu queria dizer uma coisa. Quero oferecer um jantar em Southampton para você e Charles. Sinto que devo pelo menos isso.

— Você não me deve nada — disse ela com carinho, com a máscara cirúrgica pendurada no pescoço.

O cheiro ainda era terrível, mas não tinha outra forma de tomar chá. Ela também deu uma máscara para Blake, e luvas cirúrgicas de látex. Maxine não queria que ele ficasse doente, o que era fácil em um lugar como esse. Os soldados passavam o dia enterrando corpos enquanto as famílias lamentavam. Era um som estranho e tortuoso, felizmente abafado pelas escavadeiras em alguns momentos.

— Quero fazer isso para você. Vai ser divertido. As crianças já concordaram?

— Não — disse ela honestamente —, mas vão concordar. Charles é um bom homem. É só meio estranho com crianças.

Ela contou para Blake sobre o primeiro encontro dos dois, e Blake riu.

— Eu teria saído correndo — confessou Blake —, e olha que são meus filhos.

— Eu me espantei por ele ter ficado.

Maxine também sorria. Não contou a ele que Charles ficou furioso por ela ter ido ao Marrocos. Blake não precisava saber disso. Ele podia acabar magoado ou, assim como Daphne, concluindo que Charles era um idiota. Maxine sentia a necessidade de proteger os dois. Na opinião dela, ambos eram bons homens.

Ela voltou para a tenda médica depois disso e tentou ajudar a montar um plano. Conversou com os paramédicos sobre sinais de trauma severo que deviam procurar, mas àquela altura era como cavar uma montanha com uma colher, pouco eficaz e brutal.

Ela ficou acordada grande parte da noite com Blake, que não dormia havia dias, e no fim os dois caíram no sono no jipe que a levou até lá, encostados um no outro como cachorrinhos. Maxine sequer pensou na reação de Charles se visse aquilo. Era irrelevante e não faria a menor diferença. Ela poderia passar o tempo que precisasse discutindo com ele quando voltasse para casa. Agora, tinha coisas mais importantes para fazer.

Passou a maior parte do sábado com as crianças. Conversou com muitas delas, e às vezes apenas as abraçava, principalmente as mais novas. Várias estavam ficando doentes, e ela sabia que algumas iriam morrer. Max mandou pelo menos umas dez para a tenda médica com os voluntários. Já era noite quando ela e Blake pararam.

— O que eu posso fazer?

O sentimento de desamparo de Blake era visível em seu rosto. Maxine estava mais acostumada àquela situação que ele, mas também estava chateada. Precisam de muitas coisas, e não havia quase nada à mão para ajudá-los.

— Honestamente? Pouca coisa. Você está fazendo o máximo que pode.

Maxine sabia que ele estava dando dinheiro e máquinas para os resgates, mas àquela altura eles só estavam encontrando corpos, e não sobreviventes.

E então Blake a deixou chocada com o que disse.

— Eu quero levar algumas dessas crianças para casa — comentou ele baixinho.

Era uma reação normal. Outras pessoas em circunstâncias similares também reagiam da mesma forma. Mas ela sabia que em situações como essa, adotar órfãos não era tão simples quanto Blake imaginava.

— Todo mundo quer — disse ela com calma. — Você não tem como levar todas elas para casa.

O governo iria montar orfanatos provisórios para elas e mais tarde as incluiria no sistema regular. Talvez algumas poucas fossem inseridas em agências de adoção internacionais. Crianças como aquelas geralmente ficavam nos próprios países e culturas. E a maioria delas era muçulmana e provavelmente seria adotada por pessoas da mesma religião.

— A parte mais difícil desse trabalho é ir embora. Em algum momento você vai ter feito tudo o que podia e terá de voltar para casa. Elas ficam.

Era difícil, mas Maxine sabia que era assim na maior parte dos casos.

— É disso que estou falando — falou ele com tristeza. — Eu não consigo fazer isso. Sinto que devo alguma coisa a esse lugar, a essas pessoas. Eu não consigo montar uma casa bonita e aparecer nela com um bando de gente chique de vez em quando. Eu sinto que tenho de fazer mais que isso, como ser humano. Não se pode passar a vida inteira só recebendo coisas. — Era uma nova descoberta, e Blake levou a vida inteira para entender isso.

— Que tal ajudar as crianças aqui em vez de levá-las para casa? A burocracia pode levar anos.

Blake olhou para ela com uma expressão estranha, como se algo tivesse lhe ocorrido.

— E se eu transformasse a casa daqui em um orfanato? Eu poderia manter, abrigar e até educar essas crianças. A casa de Marrakech provavelmente consegue abrigar cem crianças se a gente reconfigurar tudo, e a última coisa que preciso é de mais uma casa. — Ele estava com um sorriso largo, e Maxine ficou emocionada.

— É sério?

Estava chocada, o plano podia dar certo. Ele nunca havia feito nada parecido antes. Era um projeto generoso, uma coisa maravilhosa de se fazer. E Blake certamente tinha condições para isso se quisesse realmente fazer. Maxine tinha certeza de que ele poderia fazer do palácio um orfanato, montar uma equipe, financiá-lo e mudar a vida de centenas de crianças órfãs no futuro. Seria um milagre para elas, e fazia muito mais sentido do que tentar adotá-las. Transformando a casa, montando a estrutura certa e financiando o projeto, Blake poderia ajudar muitas outras crianças.

— Sim, é sério — respondeu ele, e a encarou.

Maxine ficou chocada com o que viu. Blake cresceu. Finalmente, tornou-se adulto. Não havia mais sinais nem do Peter Pan nem do cafajeste.

— É uma ideia fantástica — comentou ela com admiração.

Ele parecia animado, Maxine notou uma luz nos olhos de Blake que jamais tinha visto. Estava muito orgulhosa dele.

— Você me ajuda a fazer uma avaliação das crianças a longo prazo, como vítimas de trauma? Tipo uma versão resumida dos seus estudos. Quero dar toda a ajuda que puder. Psiquiátrica, médica e oportunidades de educação.

— Claro — aceitou ela com doçura.

Era um projeto incrível. Maxine estava emocionada demais para dizer o quanto estava impressionada. E precisaria de tempo e de várias visitas para avaliar a situação decentemente.

Os dois dormiram no jipe de novo naquela noite, e continuaram a fazer rondas durante o dia. As crianças que viram eram tão lindas e tão necessitadas que a ideia de transformar a casa em um orfanato ficou ainda mais forte. Haveria muito trabalho a ser feito nos meses seguintes. Blake já havia ligado para o arquiteto e estava tentando marcar reuniões com agências do governo para implementar o projeto.

Ela passou as últimas horas na tenda médica de novo. Teve a sensação de que fez muito pouco enquanto esteve lá, mas era um sentimento comum em situações como aquela. Blake a levou até o jipe à noite. Estava exausto. Tinha tanta coisa passando pela cabeça.

— Quando você volta? — perguntou ela, preocupada.

— Não sei. Quando não precisarem mais de mim. Em algumas semanas, um mês. Agora eu tenho muita coisa para organizar aqui.

Eles precisariam de ajuda por bastante tempo, mas eventualmente o pior da crise passaria e ele voltaria para Londres, onde Arabella o esperava. Blake estava tão ocupado que mal ligou para ela, porém, quando conseguia, Arabella era amável. Dizia que ele era maravilhoso, um herói, e que estava admirada com o gesto de Blake, assim como Maxine. Ela ficou imensamente impressionada pelo esforço e pelos planos dele para montar um orfanato em seu palácio em Marrakech.

— Não se esqueça de que você tem o barco durante duas semanas em julho — lembrou ele.

Os dois se sentiram estranhos em falar sobre isso naquele lugar. Férias em um veleiro gigante era um tópico totalmente fora daquele contexto. Maxine lhe agradeceu novamente por isso. Charles os acompanharia dessa vez, apesar de relutante, mas ela insistiu que era uma tradição familiar e que os filhos ficariam chateados se não fossem. E ele era parte da família agora. Max disse que não queria mudar nada para eles por enquanto. Era cedo demais, e não havia espaço para eles na casa de Vermont.

— E não se esqueça do jantar. Quero fazer alguma coisa maravilhosa para você e Charles.

Ela ficou feliz por Blake ter pensado nisso, ainda mais agora. E estava ansiosa para conhecer a famosa Arabella. Maxine tinha certeza de que ela era bem mais interessante do que Daphne queria admitir.

Max deu um abraço em Blake antes de ir embora e lhe agradeceu pelo privilégio de deixá-la vir, por fazer com que isso fosse possível.

— Você está brincando, não é? Eu que agradeço por você ter vindo até aqui e me ajudado por três dias.

— Você está fazendo um trabalho maravilhoso, Blake — elogiou. — Estou tão orgulhosa de você, e as crianças também vão ficar. Mal posso esperar para contar a elas o que você está fazendo.

— Não conte ainda. Quero montar tudo primeiro, tenho muita coisa para organizar antes disso.

Teria muito a fazer quando tivesse de coordenar a construção do orfanato e a contratação do pessoal certo. Uma trabalheira mesmo.

— Se cuide e não fique doente — alertou ela. — Cuidado.

— Logo haveria epidemias de malária, cólera e febre tifoide.

— Vou ter cuidado. Eu te amo, Max. Se cuide e dê um beijo nas crianças por mim.

Já estava escuro quando Maxine entrou no avião. A tripulação esperava por ela com a refeição pronta. Ela não conseguiu tocar na comida depois de tudo o que viu. Ficou sentada observando a noite durante um bom tempo. Havia uma lua reluzente na ponta da asa, e um céu repleto de estrelas. E tudo o que ela viu e fez nos últimos três dias lhe pareceu surreal.

Durante o voo para Nova York, Maxine pensou em tudo, em Blake e no que ele estava fazendo, até que por fim caiu no sono sentada, só acordando quando aterrissaram em Newark, às cinco da manhã. Os dias que passou no Marrocos pareciam ainda mais um sonho.

18

Maxine entrou em casa às sete da manhã. As crianças ainda estavam dormindo, e Zelda ainda não tinha saído do quarto. Max tomou banho e se vestiu para ir ao consultório. Dormiu bem no avião, sentia-se descansada, apesar de ter muito no que pensar e para digerir depois da viagem. Era uma linda manhã de junho, então ela caminhou até o consultório e chegou pouco depois das oito. Tinha uma hora antes do primeiro paciente, então ligou para Charles para avisar que havia chegado bem. Ele atendeu no segundo toque.

— Oi, sou eu — anunciou ela com carinho, na esperança de ele já ter se acalmado.

— Quem está falando? — respondeu ele com a voz rouca.

Maxine ligou três vezes do Marrocos, mas ele não atendeu, então deixou mensagens na secretária eletrônica. Tudo bem. Não queria brigar com Charles a distância. Ele também não atendeu em Vermont, onde não havia secretária eletrônica para deixar mensagens. Maxine torceu para que ele tivesse ficado mais calmo naqueles quatro dias, desde sua partida.

— Quem está falando é a futura Sra. West — brincou ela.
— Ou pelo menos é o que eu espero.
— Como foi? — Estava com uma voz melhor, ou foi o que ela achou. Teria certeza quando o visse, leria a expressão de seus olhos.

— Maravilhoso, terrível, triste e deprimente. Do jeito que esse tipo de coisa é. As crianças estão péssimas, assim como os adultos.

Ela não contou a ele que Blake planejava fazer um orfanato assim de cara. Achou que seria muita provocação. Falou sobre os danos do terremoto de maneira mais geral.

— Como sempre, a Cruz Vermelha está fazendo um trabalho excelente.

Assim como Blake, mas ela não disse isso. Queria ser cuidadosa com Charles e não o irritar novamente.

— Você está muito cansada? — perguntou ele, gentil.

Provavelmente sim. Maxine havia ido para o outro lado do mundo para passar três dias, e ele tinha certeza de que as instalações eram péssimas e de que a visita havia sido muito triste. Apesar de estar com raiva do motivo e da pessoa que a chamou, estava orgulhoso por ela ter ido, mas nunca lhe disse isso.

— Não muito. Eu dormi no avião. — Charles então se lembrou, com uma fagulha de irritação, que ela viajou no avião particular de Blake.

— Você gostaria de sair para jantar hoje à noite ou está com o fuso horário bagunçado?

— Eu adoraria — disse ela depressa. Era claramente uma tentativa de lhe oferecer a oportunidade de fazer as pazes com ela, que também estava ansiosa para vê-lo.

— O de sempre? — Ele se referia ao La Grenouille, é claro.

— Que tal o Café Boulud? Não é tão formal e fica mais perto de casa. — Maxine sabia que estaria mais cansada à noite, depois do dia no consultório, além da viagem longa. E queria ver os filhos.

— Busco você às oito — disse ele rapidamente. — Senti saudade, Max. Que bom que você voltou. Fiquei preocupado. — Charles pensou nela durante o fim de semana todo em Vermont.

— Foi tudo bem.
Ele deu um suspiro.
— Como Blake está?
— Está fazendo tudo o que pode para contribuir, e não é fácil. Nunca é fácil nessas situações. Ainda bem que eu fui.
— A gente conversa à noite — disse ele bruscamente.

Eles desligaram, e ela deu uma olhada nos recados na sua mesa antes de o primeiro paciente aparecer. Pelo visto, nada de muito dramático aconteceu no fim de semana. Thelma enviou um pequeno relatório por fax. Nenhum dos pacientes de Max teve problemas nem precisou ser internado. Ela ficou feliz. Também se preocupava com eles.

O restante do dia correu bem. Ela conseguiu entrar em casa às seis para ver os filhos depois do trabalho. Zelda não estava, e, quando voltou, usava sapatos de salto alto e blazer, o que era raro.

— Aonde você foi? — perguntou Maxine, sorrindo para ela. — Saiu com alguém? — Isso não acontecia com Zelda havia anos.

— Eu tive de ir ver um advogado por causa de umas coisinhas. Nada de mais.

— Está tudo bem?

Maxine ficou um pouco preocupada, mas Zelda disse que estava tudo bem.

Maxine contou aos filhos sobre o trabalho que o pai deles estava realizando no Marrocos, e eles ficaram muito orgulhosos. Ela disse que também estava. Max falou de tudo, menos do orfanato.

Ela conseguiu até estar pronta na hora certa quando Charles apareceu, um pouco antes das oito. Ele cumprimentou as crianças, que murmuraram respostas e foram para os quartos. Eram muito menos amigáveis agora que sabiam do casamento. Charles rapidamente se tornou um inimigo.

Maxine as ignorou. Ela e Charles caminharam até o restaurante na rua 67, leste. A noite estava agradável, e ela usava um vestido de linho azul e sandálias prateadas, bem diferentes das roupas pesadas e do coturno que usava vinte e quatro horas antes, em um mundo diferente com Blake. Ele havia ligado naquela tarde para agradecer novamente. Disse que já havia feito alguns contatos para levar o projeto à frente. Estava entrando nisso com a mesma determinação, energia e foco que o levaram ao sucesso ao longo dos anos.

Estavam no meio da refeição quando Maxine falou do jantar que Blake queria oferecer para eles na noite anterior ao casamento. Charles parou e ficou encarando-a com o garfo no meio do caminho.

— Como é?

Charles estava voltando a relaxar e a ficar mais doce com ela quando Maxine o atingiu com mais esse golpe.

— Eu falei que ele quer nos oferecer um jantar na noite anterior ao casamento.

— Acho que meus pais fariam isso se estivessem vivos — disse Charles com tristeza. Baixou o garfo e se encostou na cadeira. — Você quer que eu organize isso? — Ele ficou meio surpreso com a ideia.

— Não — recusou Maxine, sorrindo para Charles. — Acho que, como se trata de um segundo casamento, qualquer um pode fazer isso. Blake é parte da família mesmo. As crianças vão gostar de ver o pai fazendo isso.

— Bem, eu não vou gostar — declarou Charles diretamente, afastando o prato de comida. — A gente vai se livrar desse cara logo ou ele vai ficar atrapalhando a vida inteira? Você me disse que tinham um bom relacionamento, mas isso é ridículo. Eu sinto como se estivesse me casando com ele também.

— Não está. Mas ele é o pai dos meus filhos. Confie em mim, Charles, é melhor assim.

— Melhor para quem?

— Para os meus filhos. — E para ela também. Maxine detestaria ter um ex-marido com o qual não falava, ou com quem brigasse o tempo todo por causa dos filhos.

Charles a encarava com raiva. Max nunca tinha visto uma pessoa tão ciumenta. Não pôde evitar de se perguntar se Charles agia assim apenas por quem Blake era ou se porque eles tinham sido casados. Era difícil saber.

— E provavelmente se eu falar que não vai ter jantar na véspera os seus filhos vão me achar um babaca. — A resposta era sim, mas ela teve medo de dizer isso para Charles. — Eu não tenho como vencer.

— Não é verdade. Se você deixar Blake fazer isso, as crianças vão adorar planejar tudo com o pai, e ele sabe dar boas festas. — Enquanto falava, Charles ficava cada vez mais irritado. Maxine nunca achou que ele ficaria tão irritado. Blake era parte da família, ela achou que Charles entenderia.

— Talvez eu devesse convidar a minha ex-esposa também.

— Eu não teria problema nenhum com isso — disse Maxine com calma.

Charles pediu a conta. Não estava no clima para sobremesa, e Maxine não estava nem aí. O cansaço chegou, e ela não queria brigar com Charles por causa de Blake nem por nada.

Ele a acompanhou ao prédio em silêncio e a deixou na portaria. Disse que a veria no dia seguinte, chamou um táxi e foi embora sem falar uma palavra. A situação realmente estava tensa entre eles. Maxine torceu para que os planejamentos do casamento não piorassem tudo. Eles se encontrariam com o pessoal do bufê em Southampton no próximo fim de semana. Charles já tinha dito que achava que a tenda e o bolo eram caros demais, o que a havia deixado irritada, afinal ia pagar tudo sozinha. Charles era meio intransigente com coisas desse tipo, mas Maxine queria que estivesse tudo lindo no casamento.

Dentro do elevador, Maxine pensou em pedir a Blake que não fizesse o jantar, mas sabia que ele ficaria bastante decepcionado. E as crianças também ficariam chateadas se descobrissem. Esperava que Charles se acostumasse à ideia e relaxasse quanto a Blake com o tempo. E, se tinha uma pessoa que podia acalmar Charles, era Blake. Ele era gentil com todo mundo, ninguém jamais resistiu ao seu charme e senso de humor. Se Charles resistisse, seria o primeiro.

Apesar da raiva de Charles na noite anterior, na manhã seguinte Maxine teve de pedir a ele que fosse à casa dela à noite para dar uma olhada na lista de convidados e nos detalhes do casamento. Uma pessoa do bufê ligou pedindo mais informações e querendo saber várias coisas antes da reunião de sábado. Charles foi para a casa de Maxine de mau humor depois do jantar. Ainda continuava tão irritado quanto na noite anterior. Estava furioso por causa do jantar e ainda não havia engolido a viagem ao Marrocos. Havia uma overdose de Blake Williams em sua vida naqueles dias, até mesmo no casamento. Era demais para digerir.

Charles se sentou na cozinha com as crianças enquanto eles terminavam a sobremesa. Zelda fez torta de maçã com creme de baunilha. Ele comeu um pedaço e disse que estava muito bom.

E, quando estavam todos prestes a deixar a mesa, Zellie pigarreou. Era óbvio que ela ia dizer alguma coisa, mas ninguém sabia o quê.

— Eu... hum... Desculpe fazer isso agora. Eu sei que o casamento está chegando e...

Ela olhou para Maxine com um ar de desculpas. Maxine teve certeza de que Zelda ia se demitir. Era só o que faltava. O casamento era em agosto e Charles ia se mudar. Maxine queria o máximo de estabilidade e continuidade possível para todos. Não era hora de fazer uma mudança radical, nem de uma pessoa importante sair da vida deles. Maxine confiou nela durante anos. Zelda já era da família. Max olhou para a babá em pânico. As crianças ficaram olhando sem saber o que esperar. Charles terminou a torta e ficou meio confuso. O assunto de Zelda não tinha nada a ver com ele, ou pelo menos era o que achava. Quem Maxine contratava ou não era decisão dela. Zelda lhe parecia uma boa pessoa, além de ótima cozinheira. Mas para ele, assim como para todo mundo, ela poderia ser substituída com facilidade. Não era como Maxine e os filhos se sentiam, de forma alguma.

— Eu... Eu tenho pensado bastante... — continuou Zelda, torcendo um pano de prato nas mãos. — Vocês estão crescendo — disse ela, olhando para as crianças —, e a senhora está se casando — falou, olhando para Maxine —, e sinto que preciso de algo mais na minha vida. Eu já não sou tão jovem, não acho que minha vida vá mudar. — Deu um sorriso sem jeito. — Acho que o Príncipe Encantado perdeu o meu endereço... então decidi que... quero ter um filho... e, se isso for ruim para vocês, eu compreendo e vou embora. Mas já tomei a minha decisão.

Eles ficaram olhando para ela por um bom tempo, surpresos. Maxine se perguntou se Zellie teria saído na surdina e feito uma inseminação artificial. Foi o que pareceu para ela.

— Você está grávida? — perguntou Maxine com a voz embargada. As crianças não falaram nada, nem Charles.

— Não, quem me dera — disse Zelda com um sorriso triste. — Isso seria ótimo. Eu pensei nisso, mas quando a gente conversou sobre isso, Max, eu disse que passei a vida toda amando os filhos dos outros. Não tenho problemas com isso. Então para que ficar enjoada e engordar? E dessa forma posso continuar trabalhando. Vou precisar continuar trabalhando. Filhos não são baratos — declarou ela e sorriu para eles. — Eu fui ver um advogado para falar de adoção. Já me encontrei com ele quatro vezes. Um assistente social veio me avaliar aqui. Eu fiz exame médico e fui aprovada. — E não comentou nada com Maxine durante todo o processo.

— Você está querendo fazer isso quando? — perguntou Maxine sem conseguir respirar. Não estava pronta para ter um bebê em casa naquele momento. Talvez nunca. Era muita coisa para assimilar, além de um marido novo.

— Pode levar dois anos — respondeu Zelda, e Maxine respirou de novo —, se eu quiser um bebê ideal.

— Um bebê ideal? — perguntou Maxine sem entender. Ainda era a única falando. Os outros estavam perplexos.

— Branco, olhos azuis, saudável, pais formados em Harvard que decidiram que um bebê não combina com o estilo de vida deles. Sem álcool nem drogas, classe média alta. Isso pode levar anos. Em geral, hoje em dia, essas meninas ou não ficam grávidas, ou fazem abortos, ou ficam com os filhos. Bebês assim são muito raros. Dois anos é uma perspectiva otimista, ainda mais para uma mulher solteira de meia-idade como eu, da classe trabalhadora. Os bebês projetados vão para pessoas como vocês.

Ela olhou para Maxine e Charles, e Max viu que ele tremeu e balançou a cabeça.

— Não, obrigado — disse Charles com um sorriso. — Para mim, não. Nem para nós. — E sorriu para Maxine.

Charles realmente não dava a mínima se Zelda planejava adotar um bebê em dois anos, não importava o tipo. Definitivamente, não era problema dele. Estava aliviado por isso.

— Então você acha que vai ser daqui a dois anos, Zellie? — perguntou Maxine esperançosa. Sam teria 8 anos e Jack e Daphne estariam no ensino médio, com 14 e 15 anos. Ela se preocuparia quando chegasse a hora.

— Não. Eu não acho que tenho a menor chance de conseguir um bebê desses. Pensei em adoção internacional. Fiz uma pesquisa, mas há muitas informações desencontradas, e é muito caro para mim. Não tenho como ir para a Rússia ou para a China e passar três meses esperando me darem uma criança aleatória de 3 anos de algum orfanato, uma criança que pode ter todo tipo de problema que eu só descobriria depois. Eles nem deixam você escolher um bebê, eles que escolhem, e a maioria tem 3 ou 4 anos. Eu quero um bebê, um recém-nascido, se possível, que ninguém ainda influenciou negativamente.

— A não ser no útero — avisou Maxine. — Você tem de tomar muito cuidado para saber onde está se metendo, Zellie. Precisa ver se a mãe não usou drogas ou bebeu durante a gravidez.

Zelda desviou o olhar por um tempo.

— Mas meu plano é esse — disse ela olhando para Maxine de novo. — Tenho mais chances de conseguir um bebê de alto risco. Não um com necessidades especiais, como um bebê com espinha bífida ou com síndrome de Down ou algo assim. Não acho que conseguiria lidar com isso. Mas um bebê relativamente normal de uma menina que talvez tenha usado drogas ou que tomou umas cervejas durante a gravidez...

Zelda parecia não ter medo dessa ideia, mas sua empregadora, sim. Muito.

— Acho que isso é um grande erro — declarou Maxine com firmeza. — Você não faz ideia dos tipos de problema que vai ter de encarar, ainda mais com a mãe sendo usuária de drogas. Vejo os resultados disso no meu consultório o tempo todo, e várias crianças que eu atendo foram adotadas e tiveram pais biológicos viciados. Essas coisas são genéticas, e os efeitos podem ser bem assustadores mais tarde.

— Eu estou disposta a correr o risco — disse Zellie olhando nos olhos de Maxine. — Na verdade — respirou fundo —, eu já me arrisquei.

— Como assim? — Maxine contraiu o rosto enquanto Zelda explicava, e agora Charles e as crianças também estavam prestando atenção. Não havia mais nenhum barulho, a não ser a voz de Zelda.

— Tem um bebê para vir, a mãe tem 15 anos e viveu na rua durante um tempo da gravidez. Ela usou drogas no primeiro trimestre, mas agora está limpa. O pai está preso por tráfico e roubo de automóvel. Tem 19 anos e não está interessado nem no bebê nem na menina; então está disposto a concordar com a adoção. Ele já concordou, o que também é importante. Os pais dela não querem que ela fique com o bebê, não têm

dinheiro, e ela é uma menina muito boa. Eu a conheci ontem.
— Maxine se deu conta de que isso explicava as roupas dela no dia anterior. — Ela está disposta a me dar o bebê. Ela só quer fotos uma vez por ano. Não quer ver o bebê, o que é ótimo, então não vai me encher o saco nem aborrecer a criança. Três casais já recusaram essa adoção, então, se eu quiser, o bebê é meu. É um menino — comentou ela com lágrimas escorrendo e um sorriso que partiu o coração de Maxine.

Ela não imaginava como era querer tanto assim um bebê, aceitar um risco tão alto, aceitar o filho de outra pessoa, uma criança que pode ter problemas a vida toda. Maxine se levantou e abraçou Zellie.

— Ai, Zellie... Eu acho que o que você quer fazer é lindo. Mas você não tem como pegar um bebê assim. Você não faz ideia de onde está se metendo. Não pode fazer isso assim.

— Posso e vou — retrucou ela, teimosa, e Maxine viu que era sincero.

— Quando? — perguntou Charles. Ele entendeu a situação, que lhe parecia desastrosa.

Zelda respirou fundo.

— O bebê nasce essa semana.

— Você está falando sério? — Maxine quase deu um berro, e as crianças também se assustaram. — Agora? Tipo daqui a alguns dias? O que você vai fazer?

— Eu vou amar esse menino pelo resto da minha vida. O nome dele vai ser James. Jimmy. — Maxine começou a passar mal. Isso não podia estar acontecendo. Mas estava. — Eu não espero que a senhora vá me apoiar nisso. E odeio ter de fazer isso sem avisar antes. Achei que fosse levar mais tempo, tipo um ano ou dois. Mas eles me ligaram ontem e eu aceitei hoje. Então eu tinha de contar.

— Eles falaram do bebê para você ontem porque ninguém mais quer essa criança — disse Charles com frieza. — É uma escolha muito equivocada.

— Eu acho que era para ser — disse Zelda, esperançosa.

Maxine quis chorar. Para ela, era um grande erro, mas quem era ela para julgar a vida dos outros? Não faria o mesmo, mas ela tinha três filhos saudáveis, então como se colocaria no lugar de Zellie? Era um enorme ato de amor, mesmo que um pouco insano e altamente arriscado. Ela foi corajosa em aceitar.

— Se a senhora quiser que eu vá embora, eu vou — disse Zelda baixinho. — Não posso fazer nada. Não tenho como forçá-los a aceitar o bebê aqui. Se deixarem e quiserem que eu fique, eu fico, e a gente vê como funciona para todo mundo. Mas, se quiserem que eu vá embora, arrumo um jeito e vou daqui a alguns dias. Vou ter de arrumar rápido um lugar para morar, porque o bebê pode nascer no fim de semana.

— Ai, meu Deus! — exclamou Charles e se levantou, olhando fixamente para Maxine.

— Zellie — começou Maxine com calma —, a gente vai dar um jeito.

Quando disse isso, os três filhos comemoraram juntos e foram abraçar Zellie.

— A gente vai ter um bebê! — berrou Sam todo animado.

— É um menino! — Ele abraçou a cintura de Zelda e começou a chorar.

— Obrigada — sussurrou ela para Maxine.

— Vamos ver como vai ser — disse Maxine, sem forças. Ela obteve a resposta das crianças imediatamente mas também teria de lidar com Charles. — O máximo que podemos fazer é arriscar e torcer para que dê certo. Se não der, conversamos. Um bebê não vai causar tanto problema, não é? — Assim que falou isso, Zelda a abraçou com tanta força que ela mal conseguiu respirar.

— Obrigada, obrigada — disse ela, aos prantos. — É tudo que eu sempre quis. Um bebê meu.

— Você tem certeza? — questionou Maxine, séria. — Você ainda tem tempo para esperar por um bebê que não seja de alto risco.

— Eu não quero esperar — declarou ela com firmeza. — Eu quero esse bebê.

— Pode ser um erro.

— Não vai ser. — Ela já tinha decidido, e Maxine viu que não havia nada que pudesse dissuadi-la. — Eu tenho de comprar um berço e outras coisas amanhã.

Maxine já tinha doado o berço de Sam, senão daria para ela. Era incrível pensar que talvez tivessem um bebê em casa nos próximos dias. Maxine olhou ao redor e viu que Charles tinha saído da cozinha. Ela o encontrou na sala, bufando, e, quando ele olhou para Maxine, parecia que ia matar alguém.

— Você é louca? — cuspiu ele. — Você é maluca? Você vai receber um bebê viciado em craque na nossa casa? Porque você sabe que é isso mesmo. Ninguém em sã consciência aceitaria um bebê com esse perfil, e a pobre coitada está tão desesperada que vai aceitar qualquer coisa. E agora essa criança vai viver com você... e *comigo*! — acrescentou ele. — Como ousa tomar uma decisão dessas sem me perguntar primeiro?

Ele tremia de tanto ódio, e Maxine não achava que Charles estava inteiramente errado. Ela também não estava muito feliz, mas eles amavam Zellie. Charles, não. Mal a conhecia. Não fazia ideia do quanto ela significava para eles. Para Charles, ela era apenas uma babá. Para Max e os filhos, ela era da família.

— Me desculpe por não ter consultado você, Charles. Eu juro, saiu quase sem querer. Fiquei tão emocionada com o que ela disse, fiquei com pena dela. Eu não tenho como pedir a Zelda que vá embora tão rápido depois de doze anos de trabalho, as crianças se sentiriam péssimas. Assim como eu.

— Então ela devia ter contado o que estava fazendo. Isso é inadmissível! Você tem de mandá-la embora — disse ele friamente.

— Nós a amamos — argumentou Maxine com calma. — Meus filhos cresceram com Zelda. E ela os ama também. Se não der certo, podemos deixar que ela vá embora. Mas, com todas essas mudanças para as crianças, nosso casamento, elas precisando se acostumar a você, Charles, não quero que Zelda se vá.

Maxine estava com os olhos marejados. Os olhos de Charles eram glaciais e empedernidos.

— E o que você quer que eu faça agora? Que eu conviva com um bebê viciado em crack? Que eu troque fraldas? Isso não é justo. — Também não era justo para ela, mas Maxine tinha de fazer o que era melhor para os filhos. Eles precisavam demais de Zellie para que a perdessem naquele momento, com ou sem bebê.

— Você provavelmente nem vai saber que o bebê está aqui — garantiu Maxine. — O quarto de Zellie fica nos fundos do apartamento. Provavelmente o bebê vai ficar no quarto dela o tempo todo nos primeiros meses.

— E depois? Ele vem dormir com a gente, que nem o Sam? — Foi a primeira vez que Charles fez um comentário negativo em relação às crianças. Maxine não gostou, mas ele estava irritado. — Agora tem um drama novo a cada dia com você, não é? Primeiro você foge para a África com Blake, depois ele nos oferece jantares, e agora você convida a babá para trazer o bebê adotado dela para dentro de casa. E você espera que eu aceite tudo isso? Devo ser louco — disse ele e olhou para ela com raiva. — Não, você é que é.

Charles apontou para ela com muito ódio e bateu a porta ao sair.

— Isso foi Charles? — perguntou Zelda, ansiosa, quando Maxine voltou para a cozinha com um olhar triste. Todo mundo ouviu a porta. Maxine fez que sim com a cabeça e não disse mais nada. — Você não precisa fazer isso, Max — declarou Zelda com se pedisse desculpa. — Eu posso ir embora.

— Não pode, não — recusou Maxine dando um abraço nela. — Nós amamos você. Vamos tentar fazer com que dê certo. Só espero que você traga um bebê bom e saudável para cá — desejou ela com sinceridade. — Isso é tudo o que importa agora. Charles vai se adaptar. Todos vamos nos adaptar. É só novidade demais para ele no momento — disse ela e começou a gargalhar. O que mais estaria por vir?

19

Charles e Maxine foram para Southampton no fim de semana, como planejado. Encontraram-se com o pessoal do bufê para o casamento, andaram na praia de mãos dadas, fizeram amor várias vezes, e, quando o fim de semana acabou, Charles estava calmo de novo. Maxine prometeu a ele que, se o bebê de Zelda fosse demais para eles, ela iria embora. As coisas pareciam bem entre os dois de novo quando voltaram para casa. Charles estava desesperadamente necessitado de momentos de paz com ela, da atenção total dela, que significava muito para ele. Depois de passar o fim de semana com Maxine, ele estava renovado, como uma flor sob a chuva.

— Sabe de uma coisa? Quando ficamos juntos assim — disse ele enquanto voltavam para a cidade —, tudo faz sentido de novo. Mas, quando eu me vejo naquele hospício que você tem, na sua vida de novela, eu simplesmente fico maluco.

Maxine ficou magoada com o que ele disse.

— Não é um hospício, Charles. E a nossa vida não é de novela. Eu sou uma mãe solteira com três filhos e uma carreira, e coisas acontecem. Acontecem com todo mundo — disse ela sendo razoável, e Charles a olhou como se fosse realmente louca.

— Quantas pessoas você conhece que deixam a babá colocar dentro de casa um bebê viciado em crack tendo avisado três dias antes? Desculpe. Isso não me parece nada normal.

— Eu admito que é um tanto inusitado — disse, sorrindo para ele. — Mas coisas acontecem. Ela é importante para nós, especialmente agora.

— Não seja boba. Eles vão ficar bem sem ela.

— Duvido, e eu certamente não ficaria bem sem ela. Conto com ela mais do que você imagina. Eu não tenho como fazer tudo sozinha.

— Você tem a mim agora — retrucou ele com confiança, e Maxine riu.

— Que bom, e quanto você é bom em lavar e passar roupa, colocar a janta na mesa toda noite, ajudar nas caronas, arrumar os encontros dos amiguinhos, levar as crianças para a escola, fazer lanches, colocar lanches nas merendeiras, supervisionar festinhas em casa e cuidar deles quando ficam doentes?

Charles entendeu o recado, mas não concordou com ela, nunca concordou.

— Tenho certeza de que seus filhos seriam mais independentes se você permitisse. Não tem por que eles não fazerem grande parte dessas coisas sozinhos. — E isso vindo de um homem que nunca teve filhos e mal tinha visto crianças de perto até conhecer as dela. Charles evitou crianças a vida inteira. Tinha todas as opiniões arrogantes e irreais de pessoas que nunca tiveram filhos e que não conseguiam mais se lembrar de quando eram pequenos. — Além do mais, você sabe a minha solução para isso tudo — lembrou ele. — Internato. Você não teria nenhum desses problemas, nem uma mulher que adotou um bebê viciado em crack.

— Discordo de você, Charles — disse ela simplesmente. — Nunca vou mandar meus filhos para uma escola dessas antes da faculdade. — Maxine queria deixar isso bem claro para ele. — E Zellie não está adotando um bebê viciado em crack. Você não tem certeza disso. "Alto risco" não significa que ele vá ser viciado.

— Mas pode ser — insistiu ele, que notou muito bem que a ideia do internato não era bem recebida.

Maxine não iria abrir mão dos filhos nem os mandaria para longe. Se ele não a amasse tanto, teria insistido mais. E, se ela não o amasse, não aguentaria as coisas que Charles dizia. E Max acreditava que era apenas um dos defeitos dele. Mas Charles adorou o fim de semana, calmo e sem crianças, que teve com ela. Maxine, por outro lado, adorou, mas sentiu falta das crianças. Sabia que, como Charles não tinha filhos, nunca entenderia, e ela preferiu deixar assim.

Eles estavam jantando comida chinesa com as crianças no domingo à noite quando Zellie entrou correndo na cozinha.

— Ai, meu Deus... Ai, meu Deus... Ele está vindo... Ele está vindo! — Por um momento eles haviam se esquecido completamente. Zelda parecia uma galinha degolada correndo pela cozinha.

— O que está vindo? — perguntou Maxine sem entender nada. Ela realmente não se lembrava.

— O bebê! A mãe biológica está em trabalho de parto nesse momento! Eu tenho de ir para o Hospital Roosevelt agora.

— Ai, meu Deus! — exclamou Maxine, e todo mundo se levantou e se aproximou de Zelda como se ela mesma estivesse parindo. Charles ficou sentado comendo calmamente e balançou a cabeça.

Cinco minutos depois Zelda já estava vestida e saindo do apartamento. Os outros conversavam sobre isso e depois foram para os respectivos quartos. Maxine se sentou à mesa e olhou para Charles.

— Obrigada por levar isso numa boa — disse ela, grata. — Sei que isso não é divertido para você.

Maxine não estava feliz com isso, mas tentava lidar com a situação da melhor forma que podia. Não havia escolha. Ou havia apenas escolhas que não queria fazer, como ter aceitado receber o bebê de Zellie.

— Também não vai ser divertido para você quando esse bebê começar a berrar nessa casa. Se ele nascer viciado, vai nada disso para Charles. Sabia que ele ficaria chateado. Sendo assim, foi às compras sozinha na esperança de encontrar vestidos para ambas. Já havia comprado ternos cáqui para os meninos e um terno para Charles também. Pelo menos isso já tinha sido feito.

Blake ligou do Marrocos e contou o que havia conseguido fazer desde que ela tinha ido embora. A reforma para transformar o palácio dele em um lar para cem crianças já havia sido iniciada. Ele delegou a seleção do pessoal e a administração do orfanato para um grupo de pessoas bastante competente e, por enquanto, havia feito tudo o que podia. Planejou voltar de mês em mês para ter a certeza de que tudo estava caminhando conforme o planejado. Ia voltar para Londres por enquanto e disse para Maxine que estava tudo pronto para eles no barco. Ela e os filhos mal podiam esperar. Era o melhor momento das férias em conjunto deles todo ano. Charles não tinha lá tanta certeza.

Blake havia contado a Arabella seus planos com o orfanato. Ela achava que o que ele estava fazendo era maravilhoso.

Ele decidiu surpreendê-la no retorno a Londres. Voltaria uma semana antes do combinado. Já havia feito tudo o que podia e agora tinha coisas a resolver em Londres também, como organizar o financiamento para o orfanato e para o sustento de cem crianças.

Chegou ao aeroporto de Heathrow à meia-noite, e quarenta minutos depois estava em casa. Quando entrou, estava tudo escuro. Arabella disse que vinha trabalhando muito, então Blake presumiu que estivesse dormindo. Ela disse que mal estava saindo, que nada tinha graça sem ele. Estava desesperada pela sua chegada.

Blake estava exausto por causa do voo para Londres e por tudo o que fez nas semanas anteriores. Estava com o rosto e os braços queimados de sol, com a marca da camiseta. Tudo o que queria era cair nos braços de Arabella e ir para a cama com ela. Estava faminto por ela. Entrou no quarto na ponta dos pés para não a acordar. Viu o formato de seu corpo sob o cobertor, sentou-se ao seu lado e se inclinou para beijá-la, mas percebeu que havia dois corpos, e não apenas um, e que estavam enroscados um no outro em sono profundo. Ele arregalou os olhos e acendeu a luz para ver melhor. Não conseguia acreditar no que estava vendo e torcia para que fosse um engano. Mas não era. Um homem bonito de pele escura estava na cama com ela, e sua expressão era de pânico. Blake suspeitou que fosse um dos indianos importantes que Arabella conhecia, ou talvez fosse um novo. Não importava quem era. Estava na sua cama com ela.

— Sinto muito mesmo — disse o homem educadamente.

Ele, de imediato, se enrolou no lençol jogado sobre a cama, onde as atividades devem ter sido intensas, e saiu do quarto o mais rápido que pôde. Arabella ficou olhando para Blake horrorizada e começou a chorar.

— Ele só deu uma passada aqui — disse ela sem forças, o que claramente era mentira porque o homem estava fazendo duas malas enormes no camarim de Blake, o que significava que devia ter ficado lá por algum tempo. Ele apareceu cinco minutos depois vestindo um terno com um belo corte. Era um homem de imagem marcante.

— Obrigado, e me desculpe — disse ele para Blake. — Adeus — disse para Arabella, e desceu rapidamente com as duas malas.

Um segundo depois, os dois ouviram a porta batendo. Ele estava hospedado com Arabella, na casa de Blake, sem vergonha nenhuma.

— Saia da minha cama — ordenou Blake friamente.

Arabella tremia e tentou segurá-lo.

— Me perdoe... Eu não quis... Não vou fazer de novo...

— Levante-se e vá embora — mandou ele sem rodeios.

— Você podia pelo menos ter ficado na sua casa. Pelo menos eu não teria descoberto. Acho que assim foi meio descarado, você não acha?

ser um pesadelo para todos vocês. Eu estou aliviado porque só venho morar aqui daqui a dois meses.

Maxine também estava.

E, no fim das contas, para a infelicidade de Maxine, Charles não estava errado. A mãe biológica usou muito mais drogas do que admitiu, e o bebê nasceu viciado em cocaína. Passou uma semana sendo desintoxicado no hospital, e Zelda deu colo a ele todos os dias. E, quando foi para casa, berrava dia e noite. Zellie ficou com ele em seu quartinho. Ele não comia bem, mal dormia e ela não podia largá-lo. Ele só fazia berrar. O pobrezinho veio ao mundo de uma forma muito difícil, mas pelo menos caiu nos braços de uma mãe adotiva amorosa.

— E aí? — perguntou Maxine certa manhã.

Zelda estava com uma cara péssima depois de mais uma noite sem dormir. Ela ficava acordada com o bebê todas as noites, o tempo inteiro, segurando-o.

— O médico disse que pode demorar um pouco para as drogas saírem do organismo dele. Eu acho que ele já está melhorando — respondeu Zellie olhando para o filho com amor.

Ela já havia se conectado a Jimmy como se o tivesse colocado no mundo. Os assistentes sociais foram conferir várias vezes, e ninguém poderia criticar Zelda por não ser dedicada ao bebê. Ele só não era muito divertido para os outros. Maxine ficou aliviada pelos filhos estarem prestes a viajar. Com sorte, Jimmy já estaria melhor quando voltassem. Era tudo o que ela podia querer naquele momento. Zellie era uma mãe incrível, tão paciente quanto foi quando Jack e Sam nasceram. E o pequeno Jimmy era bem mais difícil.

Enquanto isso, os planos para o casamento estavam sendo encaminhados. Maxine ainda não havia encontrado o vestido, e precisava de um para Daphne também. Daphne se recusou a participar da escolha e ameaçava não ir ao casamento, o que era outro desafio com o qual Maxine precisava lidar. Ela não falou

Ela estava de pé e nua diante dele com toda a sua beleza exposta. Era uma garota linda com todas as suas tatuagens. A única coisa que vestia era o rubi que usava como *bindi* entre os olhos. Blake já não estava mais encantado.

— Você tem cinco minutos — disse ele claramente. — Eu mando depois o que você esquecer.

Blake pegou o telefone e chamou um táxi. Ela foi ao banheiro e voltou usando jeans e uma camiseta masculina. Colocou sandálias douradas de salto alto e estava mais sensual que nunca. Mas ele não a queria mais. Já era mercadoria usada. E uma mentirosa. Das grandes.

Arabella ficou olhando para ele com lágrimas no rosto. Blake desviou o olhar. Não foi uma cena bonita. Nenhuma das outras mulheres com as quais saía foi burra o suficiente para colocar outro homem na cama dele. E Blake ficou com Arabella por mais tempo que com qualquer outra. Foram sete meses, e doeu. Ele confiou nela e estava bastante apaixonado, de um jeito que não se sentiu com nenhuma outra. Teve de se controlar muito para não a xingar enquanto ela descia as escadas. Blake foi até o bar e se serviu de uma bebida forte. Nunca mais queria vê-la. Ela tentou ligar para ele mais tarde naquela mesma noite e durante vários dias depois, mas ele não atendeu. Arabella já era história. Evaporou em uma nuvem de fumaça, *bindi*, tatuagens e tudo mais.

20

A busca frenética de Maxine pelo vestido perfeito continuou até o começo de julho. Ela estava fazendo compras para a viagem quando esbarrou no vestido sem querer. Era tudo o que ela queria, um Oscar de la Renta, de saia enorme de organdi em tom champanhe, uma faixa lilás discreta de cetim e um pequeno bustiê bege de contas. O caimento era exuberante, mas não exagerado. Ela encontrou sandálias que combinavam e decidiu imediatamente que levaria orquídeas bege. E, por pura sorte, encontrou um vestido de seda sem alça cor de lavanda lindo para Daphne no dia seguinte. Estavam todos prontos. Ela ficou animada e feliz com o vestido de casamento e com o de Daphne. Contudo, resolveu esperar para mostrar a ela quando voltassem de viagem. Daphne ainda ameaçava não ir ao casamento. Maxine tinha esperança de que Blake a convenceria a ir. Ele era a única pessoa que conseguiria fazer isso.

Quando Blake ligou para Maxine na véspera da viagem, ela falou sobre isso com ele, que prometeu fazer o possível com Daphne. Estava ligando só para avisar que o barco estava pronto e aguardando por eles em Mônaco, onde ficava atracado. O bebê de Zelda estava berrando, como sempre, quando Blake ligou. Ele ainda estava passando por maus bocados, assim como Zellie.

— Que barulho é esse? — perguntou Blake sem entender nada, e Maxine riu com tristeza. Ficar em casa não estava sendo muito fácil naqueles dias. Parecia ter um alarme soando o tempo todo.

— É o Jimmy — explicou Maxine. — O filho de Zellie.

— Zellie teve um filho? — Ele estava impressionado. — Quando isso aconteceu?

— Há três semanas.

Maxine baixou o tom de voz para que ninguém a escutasse. Detestava dar razão a Charles, mas torcia para que o berreiro não durasse para sempre. Ainda bem que o quarto de Zelda era nos fundos do apartamento. O menininho tinha os pulmões do Louis Armstrong.

— Zellie adotou um bebê que nasceu viciado em cocaína. Ela me avisou que estava planejando fazer isso quatro dias antes do nascimento. Quis se demitir, mas eu não podia deixar que ela fosse embora. Nós a amamos muito. Todo mundo ficaria infeliz sem ela.

— É, eu sei — concordou Blake, ainda surpreso. — Como Charles está lidando com tudo isso?

— Ele não está muito contente. Ainda estamos todos nos acostumando. — Ela não comentou que ele gostava da ideia de colocar as crianças num internato. Blake não precisava saber disso. — É uma grande adaptação.

— Acho que eu também não estaria contente — declarou Blake honestamente, e depois contou que as coisas estavam caminhando no Marrocos. Era um plano incrível, e estava tudo dando certo.

— Quando você vem? — perguntou ela.

— Não se preocupe, eu estarei no casamento. E está tudo correndo bem para o jantar. — Ele alugou uma discoteca linda para o evento. — Eu chego alguns dias antes.

— Arabella vem com você?

— Hum... — Blake hesitou, o que Maxine achou estranho. — Na verdade, não.

— Que pena. Eu queria conhecê-la. Ela vai estar fazendo algum retrato?

— Não sei. E, para ser sincero, não dou a mínima. Eu a encontrei na minha cama com um indiano boa-pinta na noite em que voltei para casa. Ele estava morando aqui. Eu mandei que ela fosse embora naquela noite mesmo, e não a vejo desde então.

— Que merda, Blake. Sinto muito.

Ele não falou com raiva, mas Maxine sabia que devia estar magoado. Ela durou mais que as outras. Bem mais. Mas, pelo visto, Blake estava encarando tudo muito bem.

— Eu também. Mas foi uma boa aventura. Estou livre como o vento de novo, a não ser pelos cem órfãos no Marrocos. — Ele gargalhou.

— Daphne vai adorar quando souber. De Arabella.
— Com certeza. Como estão as coisas entre ela e Charles?
— Mais ou menos na mesma. Espero que a viagem de barco ajude. Eles vão ter tempo de se conhecer. Ele é um homem bom, só que é muito sério.
— Ele vai amolecer com o bebê de Zellie. — Os dois riram. — Enfim, divirtam-se no barco, Max. O Grande Dia está chegando. Você está com medo? Está sentindo algum pânico? — Blake estava curioso e queria o melhor para ela.
— Pânico nenhum. Eu sei que estou fazendo a coisa certa. Acho que ele é o homem certo para mim. Só queria que o período de adaptação fosse mais fácil para todo mundo.

Tentar unir as duas facções era estressante para Maxine. Blake não queria estar na pele dela.

— Acho que eu não conseguiria fazer isso de novo — comentou Blake com sinceridade. — Acho que Arabella me curou.
— Espero que não. Você vai encontrar a mulher certa.

Blake havia mudado muito nos últimos dois meses. Max se perguntou se ele estava pronto para uma mulher madura em vez de um brinquedo. Vai saber. Podia acontecer. Ela torceu para que acontecesse. Seria bom vê-lo sossegado e com mais tempo para as crianças.

— Eu ligo para vocês no barco — prometeu ele, e desligou.

Naquela noite, Maxine e Charles jantaram com os pais dela. Charles comprou todo tipo de remédio para enjoo que conseguiu encontrar, e ainda estava furioso por passar férias no barco de Blake. Fazia isso por Maxine e confessou aos pais dela naquela noite que não estava tão animado.

— Acho que você vai gostar — comentou o pai dela com leveza enquanto os dois conversavam sobre medicina e golfe.
— É um senhor barco. E sabe de uma coisa? Ele é muito gente boa. Você o conheceu? — perguntou Arthur Connors para seu futuro genro sobre o genro anterior.

— Não, não o conheci — respondeu Blake com uma expressão tensa. Estava cansado de ouvir sobre Blake. Eram as crianças, Maxine e agora o pai dela. — Não sei se quero. Mas não tenho muita escolha. Ele vai ao nosso casamento, e vai oferecer um jantar na véspera.

— É a cara dele. — Arthur riu. — Ele é como uma criançona no corpo de adulto. Era completamente errado para Maxine, um péssimo pai, mas é um homem decente. É apenas irresponsável e fez dinheiro demais quando era muito jovem. Isso acabou com ele. Não trabalhou mais, só vive por aí ao lado de mulheres fáceis e comprando casas. Eu costumava chamá-lo de "cafajeste".

— Não é o tipo de homem que o senhor quer que se case com sua filha — disse Charles, sério e inseguro de novo. Por que todo mundo gostava tanto de Blake? Não fazia sentido, considerando que ele era tão irresponsável. O fato de ser divertido e legal não bastava.

— Não é, não — concordou Arthur prontamente. — Eu pensava assim quando ela se casou com ele. Blake era meio avoado já naquela época, tinha ideias meio loucas. Mas ele é muito divertido. — O pai de Maxine olhou para Charles e sorriu. — É bom ver que ela finalmente vai se casar com um médico. Eu diria que vocês dois formam um casal perfeito.

— Charles sorriu. — Como está sua relação com as crianças?

— Vou levar um tempinho para me acostumar, já que eu nunca tive filhos.

— Então você deve estar adorando — comentou Arthur todo feliz, pensando nos netos pelos quais ele era tão louco.

— São crianças incríveis.

Charles concordou com ele educadamente. Foram jantar poucos minutos depois. Foi uma noite bastante agradável, e Charles estava relaxado e feliz quando foram embora. Ele gostava dos pais dela, o que também deixava Maxine feliz. Pelo menos essa área era fácil para ele. Ainda não havia aprendido a lidar com as crianças, e tinha ciúmes de Blake. Mas amava Maxine, como gostava de repetir para ela. E até gostava dos pais dela. Os dois sabiam que o restante se encaixaria com o tempo, principalmente quando o bebê de Zelda parasse de berrar — o que esperavam que já tenha acontecido quando voltassem da viagem de barco.

21

Charles, Maxine e os filhos dela voaram de Nova York direto para Nice. Quando saíram de casa, Jimmy ainda berrava.

Foi um voo agradável. Três tripulantes e o capitão do barco de Blake esperavam por eles no aeroporto de Nice e os levaram para o barco em dois carros. Charles não fazia ideia do que esperar, mas ficou um tanto surpreso com os uniformes impecáveis e o profissionalismo da tripulação. Ficou óbvio que não se tratava de um barco qualquer. E Blake Williams não era um homem qualquer. O barco se chamava *Bons Sonhos*, e Maxine não contou a Charles, mas Blake tinha mandado o barco ser construído para ela, que era um sonho muito, muito bom. Um veleiro de setenta e cinco metros, como Charles nunca tinha visto. A tripulação era composta de dezoito pessoas, e as acomodações eram mais lindas que a maioria das casas ou do que qualquer hotel. Havia uma fortuna em obras de arte nas paredes de madeira. As crianças sempre se divertiam muito quando estavam a bordo. Eles andavam pela embarcação como se fosse uma segunda casa, o que não deixava de ser.

Ficaram muito felizes em ver a tripulação, que também se alegrou em vê-los. A equipe de bordo era treinada para atender a qualquer necessidade imaginável, a mimá-los de todas as formas possíveis. Nenhum pedido era pequeno ou desprezível, nada era ignorado. Era a única época do ano em que Maxine se sentia totalmente mimada e podia relaxar por completo. A tripulação entretinha as crianças e usava os brinquedos em todas as paradas. Havia jet skis, pequenos veleiros, lanchas e jangadas com eles, além de um heliporto para quando Blake usasse o barco. E havia um cinema de tamanho real para entretê-los à noite, uma academia completa para se exercitarem e um massoterapeuta.

Charles se sentou no deque com uma expressão de surpresa e desconforto enquanto o barco gigante se afastava do porto. Uma comissária lhe ofereceu uma bebida, outra ofereceu uma massagem. Ele declinou de ambas as ofertas e ficou observando Mônaco cada vez menor ao horizonte; velejavam em direção à Itália. Maxine e os filhos estavam desfazendo as malas e se ajeitando. Felizmente, nenhum deles sentia enjoo no mar e, naquele barco enorme, Charles suspeitou que também não fosse sentir nada. Ele observava a costa com binóculos quando Maxine subiu e o encontrou. Usava uma camiseta cor-de-rosa e short. Já haviam pedido educadamente a Charles que não usasse sapatos no deque de madeira. Estava tomando um Bloody Mary e sorriu para Maxine, que se aconchegou ao seu lado e lhe deu um beijo no pescoço.

— Está tudo bem? — Max estava feliz, relaxada e mais linda que nunca.

Ele confirmou com um sorriso constrangido.

— Me desculpe por eu ter feito tanto escândalo para vir conhecer o barco. Agora entendo por que você gosta tanto. Quem não gostaria? Eu só me senti meio mal porque é o barco de Blake. É meio como estar no lugar dele. É realmente difícil superar o cara. Como vou conseguir impressionar você depois disso tudo?

Foi uma confissão honesta e humilde. Maxine ficou emocionada. Era bom passar as férias com ele, mesmo que fosse no barco de Blake. Ela estava com Charles, e não com Blake. Exatamente onde e com quem queria estar.

— Você não precisa me impressionar dessa forma. Você me impressiona sendo você mesmo. Não se esqueça de que abri mão de tudo isso.

— As pessoas devem ter achado que você era louca. Eu acho.

— Não era. A gente não combinava. Ele era ausente. Era um marido ruim. Não tem nada a ver com isso tudo, Charles. E eu o amo, mas ele é uma furada. Blake não era o homem certo para mim, pelo menos não no fim.

— Você tem certeza disso? — Charles parecia não acreditar.

— Como alguém pode ser uma furada e conseguir dinheiro para ter tudo isso? — Era uma pergunta pertinente.

— Ele é bom com os negócios. E está disposto a arriscar tudo para conseguir vencer. Blake é um bom jogador, mas isso não significa que seja bom marido e bom pai. E, no fim das contas, ele me colocou na aposta e perdeu. Achou que não haveria problema em ser ausente, fazer o que queria e aparecer de vez em quando. Depois de um tempo, eu simplesmente achei que não valia a pena. Eu queria um marido, não apenas um nome. E eu só tinha um nome.

— Não é um nome ruim — argumentou Charles e terminou a bebida.

— Prefiro ter o seu — sussurrou ela.

Charles se inclinou e a beijou.

— Eu sou um homem de muita sorte. — Ele reluzia de alegria ao dizer isso.

— Mesmo que eu tenha três crianças que não facilitam a sua vida, um trabalho que me consome, um ex-marido louco e uma babá que adotou um bebê viciado em crack e me avisou quatro dias antes? — perguntou ela, olhando nos olhos dele.

Maxine às vezes ficava preocupada se Charles iria tolerar sua vida. Era muito mais insana do que estava acostumado.

Não tão insana quanto a de Blake, porém muito mais agitada que os seus padrões. Mas estar com ela também o deixava animado, e, apesar de suas reclamações, era louco por Max. Ela conseguia sentir isso agora.

— Me deixe pensar um pouco — respondeu ele diante da lista dela. — Não, apesar disso tudo, eu te amo, Max. Só preciso de tempo para me acostumar a tudo isso. Principalmente às crianças. Eu simplesmente não me sinto confortável perto delas ainda. — Também foi uma confissão honesta. — Nunca achei que fosse me apaixonar por uma mulher com três filhos. Mas daqui a alguns anos eles vão embora.

— Mas vai demorar — lembrou ela. — Sam tem só 6 anos. E os outros dois ainda vão fazer o ensino médio.

— Talvez eles consigam pular de ano — brincou ele.

Maxine não gostava do fato de Charles querer tanto que seus filhos crescessem e fossem embora. Isso era um grande motivo de preocupação. Um ponto importante para Max. Até o momento, ela vivia para os filhos e não tinha a intenção de mudar isso por ninguém, nem por Charles.

Ela falou para ele sobre o orfanato de Blake e pediu que não contasse às crianças. O pai queria que fosse surpresa.

— O que ele vai fazer com cem órfãos?

Charles estava surpreso. Por que alguém faria uma coisa dessas? Mesmo com a grana de Blake, parecia loucura.

— Ele vai dar abrigo, educação e cuidado. Depois vai mandar as crianças para a faculdade algum dia. Blake está criando uma fundação para o orfanato. É muito legal da parte dele. É um presente incrível para as crianças. Ele tem como bancar isso, não vai nem fazer diferença no tanto que tem.

Nisso Charles conseguia acreditar, a julgar pelo barco e por tudo o que já havia lido sobre Blake. Era um dos homens mais ricos do mundo. Charles ainda ficava impressionado por Maxine não ter levado nada dele, e gostava da escala mais humana de sua vida. Não havia muitas mulheres que resistiriam à tentação de levar tudo o que podiam quando se separassem. Para ele, era por isso que Max e Blake eram tão amigos, porque ele sabia que ela era uma pessoa muito boa. Charles mesmo tinha total noção disso.

Os dois ficaram deitados no deque, pegando sol por algum tempo, e as crianças foram almoçar com eles. O plano era ancorar em Portofino naquela noite. O barco era grande demais para entrar no porto, e as crianças não se interessavam muito em sair. Depois, passariam vários dias na Córsega, na Sardenha, em Capri e em Elba na volta. Tinham uma bela viagem planejada, e passariam a maior parte dela no barco, ancorados.

Para a surpresa de Maxine, Charles jogou cartas com as crianças à noite. Ela nunca o tinha visto tão relaxado. Sam havia acabado de tirar o gesso e suas costelas estavam bem melhores, então pôde se mover pelo barco com tranquilidade. Charles o levou para passear de jet ski no dia seguinte. Ele mesmo parecia uma criança. Depois foi mergulhar com um dos membros da tripulação, já que tinha licença para isso. E foi mergulhar de snorkel com Maxine após o almoço. Nadaram até uma pequena praia juntos e se deitaram na areia branca. Jack e Daphne ficaram observando os dois com binóculos, e ela fez cara de nojo quando se beijaram. Ainda implicava com Charles, mas era difícil evitá-lo no barco. Com o tempo, até Daphne relaxou, principalmente depois que ele a ensinou a fazer esqui aquático. Charles era bom nisso e lhe deu algumas boas dicas.

Maxine ficou muito contente ao ver que Charles estava se aproximando das crianças. Levou muito tempo, e os filhos não ajudaram — a não ser Sam, que se dava bem com todo mundo e sentia pena dele. Ele achava que Daphne estava sendo muito má e disse isso a Charles.

— Você acha, é? — indagou Charles, rindo.

Estava de muito bom humor desde que entraram no barco. Apesar das trepidações iniciais, ele confessou a Maxine que eram as melhores férias de sua vida, e ela nunca o tinha visto tão feliz.

Blake ligou no segundo dia. Só queria se certificar de que a viagem estava indo bem e pediu a Maxine que mandasse um alô para Charles. Ela passou o recado, e uma nuvem negra cobriu os olhos de Charles de novo.

— Por que você não relaxa em relação a ele? — sugeriu ela.

Charles assentiu com a cabeça e não falou nada. Independentemente do que ela dizia para deixá-lo seguro, ele ainda sentia bastante ciúme de Blake. Ela compreendia, mas achava desnecessário. Estava apaixonada por ele, não por Blake.

Eles conversaram sobre o casamento, e ela recebeu e-mails do bufê e da cerimonialista. Estava tudo sob controle.

Nadaram em lindas enseadas da Córsega e se deitaram na areia clara das praias. Depois foram para a Sardenha, onde havia bem mais gente e vários outros barcos enormes. Maxine e Charles jantaram em terra e, no dia seguinte, partiram para Capri. As crianças sempre se divertiam lá. Andaram de carruagem e fizeram compras; Charles comprou uma pulseira turquesa linda que ela adorou. E ele falou de novo, enquanto voltavam para o barco, que estava se divertindo muito na viagem. Os dois pareciam felizes e relaxados. Blake deu um presente e tanto para eles cedendo o barco. E as crianças estavam enfim começando a gostar de Charles, sem reclamar tanto dele com Maxine, apesar de Daphne ainda dizer que ele era intransigente. Mas, comparado ao pai dela, todo mundo era. Charles era maduro em sua essência. Ainda assim, conseguia se divertir, contar piadas, e dançou com Maxine no deque certa noite, quando a tripulação escolheu uma música ótima.

— Você não se incomoda por estar com outro homem no barco dele? — perguntou Charles.

— Nem um pouco. Ele já esteve aqui com metade das mulheres do mundo. Já nos separamos há muito tempo. Eu não estaria me casando com você se fosse diferente.

Charles acreditava nisso, apenas sentia que Blake estava sempre o observando aonde quer que fosse. Havia fotos dele em todo canto, algumas de Maxine e várias das crianças. Tudo em molduras prateadas lindas.

As semanas passaram rápido demais; de repente, já era a última noite. Ancoraram em Saint-Jean-Cap-Ferrat e iam para Monte Carlo no dia seguinte, para pegarem o voo de volta para casa. Era uma noite linda de luar, as crianças estavam assistindo a um filme, e Maxine e Charles se sentaram nas cadeiras do deque e conversaram com leveza.

— Eu odeio voltar para casa — reconheceu ela. — Sair do barco é sempre como ser expulsa do Jardim do Éden. É difícil voltar para a realidade depois disso aqui. — Max riu, e ele concordou. — As duas próximas semanas vão ser uma loucura antes do casamento — avisou ela, mas Charles não parecia mais preocupado ou irritado com isso.

— Eu já desconfiava. Vou me esconder em algum canto se ficar demais para mim.

Maxine planejava trabalhar durante duas semanas, pois tinha muito a fazer no consultório e vários pacientes a atender antes de tirar férias em agosto, para o casamento e a lua de mel. Thelma iria substituí-la de novo, como sempre fazia.

Quando voltassem para casa, estariam a quatro semanas do casamento. Ela mal conseguia esperar. Maxine e as crianças iriam se mudar para a casa de Southampton no dia primeiro de agosto, e Charles iria com eles. Zellie e o bebê também, Maxine torceu para que isso desse certo. Seria uma dose poderosa de realidade para Charles, mas ele disse estar preparado. Os dois estavam animados com o casamento, e os pais dela também ficariam hospedados com eles no fim de semana da cerimônia. Charles teria alguém com quem conversar enquanto Maxine cuidava dos últimos detalhes. O único momento em que Charles não ficaria com eles seria na noite anterior ao casamento, depois do jantar. Max fez com que ele reservasse um quarto de hotel para que não a visse na manhã do casamento. Ela era supersticiosa com isso, o que ele achava bobagem, mas concordou em ceder por uma noite.

— Talvez seja a única noite em que eu durma bem com tanta gente na casa.

Era bem diferente da paz do chalé dele em Vermont. Maxine nunca queria ir lá porque não tinha como levar os filhos, ao contrário da antiga casa nos Hamptons, que abrigava todos eles e ainda sobrava espaço para convidados.

O capitão atracou no porto de Monte Carlo bem cedo na manhã seguinte, e eles já estavam parados quando todo mundo acordou. Tomaram o último café da manhã no barco, e depois alguém da tripulação os levaria para o aeroporto. Antes de partirem, Maxine ficou olhando para o lindo veleiro nas docas.

— Você ama esse barco, não é? — perguntou Charles, e ela confirmou.

— Sim — disse Maxine com carinho. — Sempre odeio ir embora. — Ela olhou para Charles. — Eu me diverti muito com você, Charles. — Max se aproximou e deu um beijo nele, que foi correspondido.

— Eu também — disse ele e a pegou pela cintura.

Juntos, caminharam para longe do *Bons Sonhos* e entraram no carro. As férias foram perfeitas.

22

Os dez dias seguintes foram uma loucura no consultório. Quando agosto chegasse, ela passaria um mês fora, assim como a maior parte de seus pacientes. Muitos viajariam com os pais por causa das férias de verão. Porém, tinha de atender vários dos pacientes mais graves antes de deixá-los com Thelma, além de querer colocá-la a par de tudo.

As duas almoçaram juntas assim que Maxine chegou da viagem de barco, e Thelma perguntou sobre Charles. Ela o havia encontrado duas vezes, mas não tinha uma impressão muito clara dele, a não ser a de que era um homem bem reservado. Já havia conhecido Blake também e comentou que os dois homens eram extremamente diferentes.

— Você com certeza não tem um tipo — brincou Thelma —, e, se tem, eu não sei direito qual seria.

— Provavelmente Charles. Somos mais parecidos. Blake foi um erro de principiante — comentou Maxine sem pensar muito, mas parou e refletiu. — Não, isso não é verdade, nem é justo. Deu certo quando éramos jovens. Eu cresci e ele não, e tudo foi por água abaixo depois.

— Não foi por água abaixo, não. Vocês tiveram três filhos.

Thelma tinha dois, e eram lindos. O marido era chinês, de Hong Kong, e as crianças tinham uma pele linda em tom caramelado e olhos enormes levemente puxados. Nasceram com o melhor dos dois. A filha era uma modelo adolescente, e Thelma sempre dizia que o filho partia todos os corações da escola. Assim como a mãe, ele iria para Harvard no outono e depois para a Faculdade de Medicina. Seu marido também era médico, um cardiologista, chefe do departamento na Universidade de Nova York. Tinham um casamento bem-sucedido. Maxine estava tentando combinar um jantar com os quatro, mas ainda não tinham conseguido. Eram todos muito ocupados.

— Charles me parece uma pessoa muito séria — comentou Thelma, e Maxine concordou.

— Ele é, mas tem um lado doce também. É muito bom com Sam.

— E com os outros?

— Ele está tentando. — Maxine sorriu. — Daphne é difícil.

— Deus me livre das meninas adolescentes — comentou Thelma e virou os olhos para cima. — Jenna está me odiando essa semana. Ela me odeia há dois anos, na verdade. Às vezes eu acho que ela vai me odiar para sempre. Na maior parte das vezes, eu nem sei o que fiz de errado, mas, na opinião dela, assim que me levanto da cama, já estou fazendo merda. A única coisa boa que faço é ter bons sapatos. Ela usa todos.

Maxine riu da descrição. Tinha os mesmos problemas com Daphne, apesar de ela ser dois anos mais nova e ainda não ter tanta raiva. Mas estava quase lá. Seria uma longa luta.

— Falando nisso, como está o bebê da sua babá?

— Ele ainda berra muito. Zellie disse que o pediatra falou que o bebê está indo bem, mas é um ajuste difícil. Comprei protetores de ouvido para o Charles para quando a gente for para Southampton. Eu mesma uso. É a única coisa que funciona. Zellie vai ficar surda de tanto segurar o garoto se ele não parar logo. — Maxine sorriu com carinho.

— Parece divertido — disse Thelma, e as duas riram.

Era bom ter um tempinho para relaxar durante o almoço. Maxine não fazia isso sempre, e estava tão atolada no consultório que se sentia culpada, mas Thelma era uma boa amiga. Era uma das poucas médicas a quem confiava em delegar seus pacientes.

Conforme o planejado, Maxine passou seus compromissos profissionais para Thelma no dia primeiro de agosto, e foram todos para Southampton em uma caravana de carros. Havia o dela, o de Charles, e Zelda dirigiu uma perua alugada. As crianças foram com Zellie, pois o carro de Maxine estava entulhado com coisas para o casamento. E Charles foi na sua BMW impecável. Ele não falou nada, mas Maxine sabia que não queria as crianças no carro. E elas foram felizes da vida com Zelda, pois o único lugar onde Jimmy dormia e finalmente parava de chorar era no carro. Um alívio divino. Mais de uma vez, quando o menininho dava gritos de explodir os pulmões no apartamento, Maxine sugeriu que Zellie pegasse o carro e fosse dar umas voltas no quarteirão. Ela foi várias vezes, e funcionava. Maxine lamentava que ela não pudesse ficar dando voltas a noite inteira. Ele era uma coisinha linda com um rosto fofo. Era difícil gostar dele porque chorava muito, mas naquela última semana ele estava melhorando devagar. Havia esperança. Com um pouco de sorte, ele já teria superado isso quando Charles fosse morar com eles, depois da lua de mel. Ele adiou a mudança de suas roupas para o apartamento.

Charles acomodou suas coisas no quarto dela assim que eles chegaram à casa de Southampton. Maxine lhe deu um closet e encheu o seu próprio com as coisas que comprou na cidade. Colocou o vestido de noiva, escondido com cuidado e coberto em um closet no quarto de hóspedes, junto do vestido lavanda de Daphne, que ela ainda tinha de experimentar. A filha havia se recusado a fazer isso, e disse que não iria ao casamento, que ficaria no quarto. Ela gostava um pouco mais de Charles depois da viagem de barco, mas não o suficiente para querer ver os dois se casando. Ainda dizia para a mãe que ela estava cometendo um erro e que ele era chato e intransigente.

— Ele não é chato, Daff — retrucou Maxine com calma.
— Ele é responsável e firme.
— Não é, não — insistiu a filha. — Ele é entediante, e você sabe disso.

Mas Maxine nunca ficava entediada com ele. Charles estava sempre interessado no trabalho dela, e eles passavam a maior parte do tempo conversando sobre medicina. Nunca discutia isso com Thelma, mas era o assunto preferido dela e Charles.

Na primeira semana, Maxine teve milhares de coisas para resolver e reuniões com o pessoal do bufê e com a cerimonialista. Falava com o florista quase todos os dias. Colocariam flores brancas em todo canto e trariam cercas e árvores podadas com formatos especiais e orquídeas. Seria simples e elegante, e um tanto formal, exatamente o que Maxine queria. Charles não estava interessado nos detalhes do casamento e confiava nela para que decidisse tudo.

À noite, ela e Charles saíam para jantar ou levavam as crianças ao cinema. E, durante o dia, elas ficavam com os amiguinhos na praia. Estava tudo bem até a chegada de Blake, na segunda semana depois de se mudarem. Charles virou um iceberg assim que ele chegou.

Blake foi até a casa para ver Maxine e os filhos, e ela lhe apresentou Charles. Nunca tinha visto Charles tão tenso e desagradável. Ele ficava arrepiado sempre que Blake falava, apesar de Blake não ver problemas nisso e estar charmoso como sempre. Blake o convidou para uma partida de tênis no clube, mas Charles declinou secamente, o que deixou Maxine triste. Blake conversou com ele com bom humor, e não se ofendeu. Charles não conseguia ficar perto dele e brigou com Maxine naquela noite sem motivo algum. Blake alugou uma casa perto da deles para passar a semana, bem próxima à praia, um lugar com piscina, o que Charles achou um absurdo. Ele se sentiu acuado e falou isso para Maxine.

— Eu não sei por que está tão irritado — comentou Maxine. — Ele foi extremamente gentil com você.

Ela achava que Charles estava exagerando. Afinal de contas, ele era o vencedor, o noivo.

— Você age como se ainda estivesse casada com ele — reclamou.

— Isso não é verdade. — Max ficou chocada com o que ele disse. — Que coisa ridícula de se dizer.

— Você se jogou no pescoço dele e o abraçou. E ele não tira as mãos de você.

Charles estava furioso, assim como ela. As acusações dele simplesmente não eram justas. Ela e Blake eram carinhosos um com o outro, mas não havia nada além disso, não em anos.

— Que coisa nojenta de se dizer. — Maxine estava furiosa. — Ele me trata como uma irmã. E ele teve muito boa vontade de falar com você, você mal trocou duas palavras com ele. Blake está dando um jantar de presente a nós. Poderia pelo menos ser educado com ele, poderia se esforçar. Porra, a gente acabou de passar duas semanas no barco dele.

— Não foi ideia minha! — gritou Charles. — Você me forçou a ir. E sabe o que acho desse jantar. Eu também nunca quis isso.

— Você se divertiu no barco — lembrou ela.

— Sim, me diverti — concordou ele —, mas me pergunto se você tem alguma ideia do que é transar com a sua noiva na cama em que ela transava com o ex-marido. Sua vida é assanhada demais para mim, Maxine.

— Ah, pelo amor de Deus, não fique tão nervoso. É só uma cama. Ele não está dormindo nela conosco.

— Mas talvez durma! — retrucou Charles e saiu do quarto.

Ele fez as malas naquela noite e foi para Vermont de manhã. Disse que voltaria para o casamento. Que belo começo. Charles ficou dois dias sem atender suas ligações, o que a deixou magoada, e, quando por fim se falaram, não pediu desculpa por ter ido embora. Ele foi ríspido e frio. Maxine não gostou das acusações, e Charles não gostava de ter Blake por perto, entrando e saindo da casa. Ele falou que Blake agia como se a casa ainda fosse dele, e ela também ficou com raiva disso, dizendo que não era verdade.

— Cadê o noivo? — perguntou Blake no dia seguinte quando foi à casa dela.

— Foi para Vermont — respondeu ela com raiva.

— Opa. Será que estou sentindo o cheiro de desentendimentos pré-nupciais? — brincou ele, ela deu um gemido.

— Não, o cheiro que você está sentindo é o da minha raiva por ele agir feito um babaca.

Podia ser honesta com Blake, mesmo que com as crianças tivesse de parecer feliz. Disse a elas que Charles precisava de um pouco de paz e silêncio antes do casamento, e Daphne revirou os olhos. A filha ficou feliz por ele ter ido embora.

— Por que você está tão irritada, Max? Ele parece um cara legal.

— Eu não sei como pode dizer isso. Ele mal falou com você ontem. Eu achei que Charles foi muito grosso e até falei isso para ele. O mínimo que podia fazer era falar com você direito. E ele deu uma resposta tão ríspida quando o convidou para jogar tênis.

— Ele deve ficar um pouco desconfortável porque o seu ex-marido está por perto. Nem todo mundo é tão tranquilo como nós — comentou ele, rindo —, ou tão loucos.

— Foi isso que ele disse. — Maxine sorriu para Blake. — Charles acha que somos todos malucos. E o bebê de Zelda o deixa irritado.

Ela quis falar "e os nossos filhos também", mas pensou duas vezes antes de lhe dizer isso. Não queria que Blake ficasse preocupado com Charles. E ainda estava certa de que ele e as crianças se acostumariam uns aos outros e que até passariam a se gostar com o tempo.

— Eu tenho que admitir que o bebê de Zellie é meio escandaloso. — Blake sorriu para ela. — Será que ela vai encontrar o botão do volume nessa criança? A mãe dele deve ter se entupido de crack.

— Não deixe que ela escute você falando isso. E ele está melhorando. Só leva tempo.

— Eu não tenho como culpar Charles por não gostar disso — declarou ele. — E você? Já está ficando apavorada?

Blake estava implicando com ela. Maxine deu um leve empurrão nele, como duas criancinhas brincando na caixa de areia.

— Ah, fique quieto. Eu só estou com raiva. Não estou nervosa.

— Devia estar! — disse Daphne atrás da mãe enquanto passava.

— Pode parar com isso! — berrou Maxine e balançou a cabeça. — Garota chata. Você já contou para eles sobre o orfanato? — perguntou ela a Blake.

— Eu ia contar hoje à noite. Espero que eles achem legal e não fiquem chateados. Pelo visto eles estão cheios de opiniões próprias

267

hoje em dia. Jack acabou de me falar que as minhas calças são curtas demais, meu cabelo muito comprido e que estou fora de forma. Talvez ele esteja certo, mas é meio duro de escutar.

Blake sorria quando Sam entrou e olhou para ele.

— Para mim você está bem, papai — disse ele, aprovando o pai.

— Obrigado, Sam. — Blake o abraçou, e Sam reluziu de alegria.

— Quer comer pizza com a gente hoje à noite? — perguntou ele para Maxine.

— Claro. Eu adoraria.

Ela não tinha mais nada para fazer. Maxine adorava como as pessoas iam e vinham na casa de Southampton, e também gostava da proximidade de Blake. Era uma pena que Charles não conseguisse relaxar e curtir. Quando foi embora, falou que era muita confusão para ele. Disse que parecia um circo, o que não soou como um elogio para Maxine. Ela queria matá-lo em alguns momentos, como agora, antes do casamento. Toda a agitação e todos os detalhes do preparo do casamento faziam o que havia de pior nos dois aflorar. Maxine não estava sendo tão paciente quanto costumava ser e achava que Charles não tinha sido muito educado indo para Vermont assim que Blake chegou. E Blake havia sido muito gentil com ele. Para Maxine, era óbvio que Charles nutria um complexo de inferioridade quanto a Blake. Ela torceu para que isso passasse logo.

Blake foi buscar Maxine e os filhos para jantarem naquela noite, e, como já havia planejado, contou a eles sobre o orfanato no Marrocos enquanto comiam. As crianças se surpreenderam por um momento e depois perceberam como era incrível o projeto que o pai estava organizando. Todas falaram que estavam orgulhosas. E Maxine sentiu orgulho dos filhos por gostarem do que o pai estava fazendo.

— A gente pode ir visitar, papai? — perguntou Sam, todo interessado.

— Claro. Podemos todos ir para Marrakech juntos depois. A construção ainda não acabou, mas, quando terminar, eu levo vocês três comigo.

Blake achava que as crianças tinham de ver o orfanato, seria bom para elas. Era bem diferente do mundinho seguro e feliz dos filhos.

Também falou de como Maxine foi incrível ao ajudá-lo no Marrocos. Ele explicou o que fizeram, o que viram, e as crianças prestaram muita atenção. E então, subitamente, Daphne perguntou o que aconteceu com Arabella.

— Eu a mandei embora — respondeu ele. Não precisavam saber o restante da história.

— Assim, de repente? — perguntou Jack.

Blake fez que sim com a cabeça e estalou os dedos.

— Assim, de repente. Eu falei "sai de mim, coisa ruim", e ela se foi. Que nem mágica. Ela desapareceu.

Blake falou com um ar de mistério e todos gargalharam, incluindo ele próprio. Maxine viu que Blake estava lidando melhor com a situação. Recuperou-se rápido. Como sempre. Seus sentimentos pelas mulheres em sua vida nunca eram muito profundos, apesar de Maxine saber que foram mais profundos por Arabella que pela maioria. Mas foi um fim bem desagradável, considerando a cena que ele descreveu. Max sabia que ele não iria contar os detalhes para as crianças, nem deveria, por isso aprovou a forma como ele lidou com o assunto.

— Que bom — comentou Daphne com convicção.

— Aposto que você está feliz — disse o pai dela. — Você foi um demoniozinho com ela em Aspen.

— Não fui, não — retrucou Daphne se defendendo veementemente.

— Foi, sim — disseram Sam, Jack e Blake a uma só voz, e todo mundo na mesa riu, até mesmo Daphne.

— Talvez eu tenha sido, mas não gostei dela.

— Não sei por que — comentou Blake —, ela foi legal com você.

— Ela era fingida. Que nem quando Charles é legal com a gente. Ele não faz de coração.

Maxine ficou chocada com o comentário da filha.

— Como você pode falar um negócio desses, Daff? Ele não é fingido, só é reservado — protestou ela.

— Ele é fingido. E odeia a gente — disse Daphne com tristeza. — Dá para ver.

Maxine só conseguiu se lembrar do comentário de Charles sobre internatos. O instinto das crianças é incrível. Ela ficou em silêncio.

— Arabella também não queria a gente por perto. Eu não sei por que você e a mamãe não se casam de novo logo. Vocês dois são muito mais legais que as pessoas com quem saem. Vocês arrumam umas pessoas muito esquisitas.

— Obrigado, Daphne — disse Blake pelos dois com um sorriso. — Eu saio com umas pessoas bem legais, sim.

— Não sai, não. São todas idiotas — decretou Daphne, e todos riram de novo. — E a mamãe sai com esses caras chatos, intransigentes e arrumadinhos.

— Isso é uma reação a mim — explicou Blake com leveza. — Ela não achava que eu era maduro o suficiente, então sai com homens bem maduros que não são nada parecidos comigo. Não é, Max? — Ela ficou constrangida com o comentário e não falou nada. — E, além disso, eu e a sua mãe gostamos das coisas como estão. Somos amigos agora. Não brigamos. Podemos sair com vocês. E eu fico com as minhas idiotas e ela com os arrumadinhos dela. O que pode ser melhor?

— Vocês dois se casarem de novo — respondeu Daphne.

— Isso não vai acontecer — retrucou a mãe dela baixinho. — Eu vou me casar com Charles na semana que vem.

— E eu vou dar um jantar de presente para eles — acrescentou Blake para mudar de assunto.

A conversa estava ficando meio pesada demais para eles, apesar de Maxine saber que era normal os filhos quererem que os pais casassem de novo, e um casamento com outra pessoa acabava com essa esperança de uma vez por todas.

— O jantar vai ser ótimo — continuou Blake para cobrir o silêncio incômodo depois dos comentários de Daphne e da resposta de Maxine. — Eu tenho uma surpresa para a noite.

— Você vai sair pelado de dentro do bolo? — perguntou Sam todo animado, a mesa inteira rapidamente se alegrou e começou a rir.

— Charles iria *adorar* isso! — disse Maxine, com a mão na barriga de tanto rir.

— É uma boa mesmo. Eu não tinha pensado nisso — disse Blake com um sorriso.

Ele sugeriu que fossem para a casa que havia alugado e entrassem na piscina depois do jantar. Todos acharam uma ótima ideia. Pegaram suas roupas de banho na casa de Maxine e foram nadar na casa dele. Divertiram-se muito, e as crianças resolveram passar a noite na casa do pai. Blake convidou Maxine para ficar também.

— Eu ficaria — disse ela com sinceridade —, mas, se Charles descobre, ele me mata. É melhor eu ir para casa.

Max dirigiu o pequeno trecho entre a casa de Blake e a dela e deixou os filhos com o pai. Foi uma noite ótima, e os três receberam bem a notícia do orfanato. Maxine estava ansiosa para se encontrar com as crianças e ajudá-las com os traumas que passaram.

Blake saiu e entrou da casa dela várias vezes durante a semana. Maxine percebeu que era mais fácil sem Charles por perto. Ele mal ligou para ela de Vermont, e ela não ligou para ele. Achou que fosse melhor deixá-lo se acalmar, que ele apareceria mais cedo ou mais tarde. O casamento aconteceria em poucos dias. Charles voltou no dia do jantar oferecido por Blake. Chegou como se tivesse apenas ido comprar pão. Beijou Maxine, entrou

271

23

Maxine também comprou um vestido novo para o jantar, e, quando Charles a viu com o figurino novo, deu um assobio. Era um tomara que caia longo de tecido dourado-claro e fino que a cobria como se fosse um sarongue. Ela parecia a Grace Kelly jovem. Colocou sandálias douradas de salto alto. Blake decidiu que o traje da festa seria a rigor.

Charles estava alinhado com um blazer preto de um só botão. Quando chegaram à festa, Blake estava usando um blazer branco de dois botões, calças pretas de terno, gravata-borboleta preta e mocassins de couro. Maxine notou imediatamente que ele não usava meias. Ela o conhecia bem, e isso não a surpreendeu. Muitos homens em Southampton faziam isso. Era uma espécie de moda local, apesar de Charles fazer um comentário sobre isso e ter colocado meias. Blake estava incrivelmente lindo, bronzeado e com seus cabelos pretos, e Charles também estava. Os dois eram homens bonitos. E, com

272

seus cabelos loiros e longos e o vestido dourado-claro, Maxine parecia um anjo. Blake disse que só lhe faltavam as asas.

Blake convidou cem pessoas da lista de Max e algumas poucas que ele queria. Havia uma banda com dez integrantes que tocava tudo, desde Motown até músicas dançantes e suingue. E todos estavam muito felizes. O champanhe fluiu que nem água, e Maxine viu que Daphne pegou uma taça. Fez um sinal de que ela só podia tomar uma, e a filha assentiu. Mas Maxine ficaria de olho nela mesmo assim.

Foi divertido ver todos os seus amigos e apresentar Charles para os que não o conheciam. Os pais dela estavam lá, sua mãe com um vestido longo azul-claro e um blazer, e o pai vestia um blazer branco como o de Blake. Era um grupo de pessoas bonitas.

O pai de Maxine parou para falar com Charles pouco antes do jantar e perguntou como foi a viagem de barco. Eles não se viam desde então.

— É um barco e tanto, não é? — disse ele com alegria, e Charles concordou e falou que se divertiram muito. Seria difícil não se divertir lá.

Charles começou a noite dançando com Maxine, os dois pareciam felizes e tranquilos, relaxados um nos braços do outro. Formavam um belo casal. E a festa estava linda. Blake mandou decorar a pista de dança com milhares de flores brancas e lanternas delicadas de papel com detalhes dourados. Blake fez um discurso espirituoso antes do jantar e contou algumas histórias bem engraçadas de Maxine que fizeram com que todos gargalhassem, incluindo Max. Charles parecia meio incomodado, mas sobreviveu. Ele não gostava do fato de Blake conhecê-la melhor que ele e de ter uma história com ela. Blake desejou tudo de bom para o casal e disse que esperava que Charles se saísse bem melhor que ele na tarefa de fazê-la feliz. Foi um momento emocionante que deixou os olhos de Maxine marejados. E, depois, Charles se levantou e ergueu um brinde

273

ao generoso anfitrião e prometeu fazer o que pudesse para que Maxine fosse amada para sempre. Todos ficaram comovidos. Blake convidou Maxine para dançar no intervalo da refeição, e eles giraram na pista de dança como Fred Astaire e Ginger Rogers. Sempre dançaram bem juntos.

— O que você disse foi adorável, mas você me fez feliz, sim — corrigiu ela. — Sempre fui feliz com você, Blake. Eu só não via você com frequência e nunca sabia onde estava. Sua vida ficou grandiosa demais para que eu fizesse essa parte dela depois que ganhou todo aquele dinheiro.

— Minha vida não ficou grandiosa, Max — disse ele com carinho. — Ela não é um milésimo do tamanho da sua. Ela não chegava aos pés da sua vida naquela época. Acho que eu sabia disso e fiquei assustado. Você era bem mais inteligente que eu, e tão mais sábia. Sempre ficou de olho no que realmente importava, como os nossos filhos.

— E você também fez isso — disse ela generosamente —, é só que a gente queria coisas diferentes. Eu queria trabalhar e você queria brincar.

— Acho que existe uma fábula francesa sobre isso. E olha só aonde eu cheguei. Segundo Daphne, eu estou cercado de idiotas.

Eles estavam rindo do comentário quando Charles apareceu e tomou Maxine em seus braços.

— Vocês estão rindo do quê? — perguntou ele, desconfiado.

— Pelo visto estavam se divertindo bastante.

— Uma coisa que Daphne falou para ele sobre as idiotas com quem sai.

— Que comentário de se fazer com o pai — disse ele, obviamente em tom de crítica.

— Mas é verdade — disse Maxine rindo de novo.

A dança chegou ao fim e eles voltaram para a mesa. Maxine teve a impressão de que Charles não queria dançar com ela, só queria afastá-la de Blake.

274

Blake escolheu os lugares perfeitos para os convidados. As pessoas que ela mais amava sentaram-se à mesa de Maxine e Charles, e os amigos de Blake estavam na mesa com ele. Ele não tinha companhia e escolheu colocar a mãe de Maxine ao seu lado direito, o que era apropriado. Charles também notou isso. Ele viu tudo e passou a noite observando os dois. Não desgrudou os olhos de Maxine e Blake. Parecia um homem preocupado. Só relaxava quando Maxine dançava com Jack ou Sam.

Todos continuaram dançando até a meia-noite, depois do jantar. Quando deram as doze badaladas, fogos de artifício estouraram no céu. Blake organizou um show de fogos para eles, e Maxine bateu palmas que nem uma criança. Ela adorava fogos, e Blake sabia disso. Foi uma noite perfeita. Os últimos convidados saíram à uma da manhã. Charles ficaria no hotel naquela noite, como ela havia insistido. No fim, os pais de Maxine resolveram ficar no hotel também, e não com ela. Max dançou uma última vez com Blake e agradeceu pelos fogos. Perguntou a ele se poderia levar Zellie para casa. Ela levaria Charles ao hotel onde ele ficaria hospedado para que não a visse até o casamento. Blake prometeu que levaria todo mundo em meia hora.

Quando a dança acabou, ela voltou para Charles e eles foram embora.

O casamento aconteceria ao meio-dia no dia seguinte. Mas todos concordaram que seria difícil superar aquele jantar. Ela e Charles conversaram sobre isso enquanto iam para o hotel. Ele reclamou, achava que era uma tradição boba. Preferia que tivessem ficado em casa, mas Maxine havia insistido. Charles deu um beijo de boa-noite nela, o que o fez se lembrar de por que estava se casando com ele. Ela o amava, apesar de ser o que Daphne chamou de "arrumadinho". Eles viajariam para Paris na noite seguinte, iam fazer uma viagem de carro no vale do Loire. Para ela, seria a lua de mel perfeita.

275

— Vou sentir sua falta hoje — declarou ele com a voz rouca, e ela o beijou de novo.

— Também vou sentir sua falta — sussurrou ela dando risadinhas. Havia bebido bastante champanhe, mas não estava bêbada, tinha certeza de que estava sóbria. — Quando eu encontrar você de novo, uns dez minutinhos depois, eu vou ser a Sra. West — disse ela, feliz.

— Mal posso esperar — anunciou ele, e deu um último beijo nela. Depois, relutante, saiu do carro, acenou e entrou no hotel. Maxine foi embora.

Quando entrou em casa, foi para a sala e se serviu de mais uma taça de champanhe. Alguns minutos depois, ouviu o carro de Blake chegando com Zellie e as crianças. Zellie havia deixado o bebê em casa com uma babá, que foi embora assim que eles voltaram, e Zelda fez com que todas as crianças fossem para o segundo andar, para os quartos. Estavam exaustas e foram para o quarto depois de murmurar um boa-noite para os pais, que ficaram sentados conversando no sofá.

Blake estava de bom humor e achou que Maxine estava meio alta, ainda mais do que na festa. Lá, ela parecia sóbria, mas agora não tanto, depois de mais duas taças de champanhe. Ele também pegou mais champanhe. Os dois estavam se divertindo conversando sobre a noite. Blake havia bebido muito, mas continuava sóbrio e parecia um astro de cinema com aquele blazer branco. Na verdade, os dois pareciam grandes astros, e fizeram um brinde.

— Que festa linda! — exclamou ela girando na sala em seu vestido dourado. Rodopiou e caiu bem nos braços dele. — Você dá umas festas tão boas. Foi muito glamorosa, você não acha?

— Eu acho melhor você se sentar antes de cair, sua bêbada — brincou ele.

— Eu não estou bêbada — insistiu ela, o que era um sinal claro de que estava. Ele sempre gostava quando Maxine ficava meio bêbada. Era tão engraçada e tão sensual, e tão raro... mas

276

era uma noite especial. — Você acha que eu vou ser feliz com Charles? — perguntou ela com uma expressão séria. Estava tendo mais trabalho do que nunca para se focar nele.

— Espero que sim, Max — disse Blake sinceramente. Podia ter respondido outra coisa, mas não respondeu.

— Ele é tão maduro, não é? Parece um pouco o meu pai — comentou ela com o olhar meio torto. Ainda assim, estava mais linda que nunca, e ele teve de dizer para si mesmo que não devia tirar vantagem da situação. Não seria justo. Blake não teria feito nada que a ferisse, principalmente não naquela noite. Ele perdeu a viagem, e sabia disso. Trocou o champanhe pela vodca e encheu a última taça de champanhe que Maxine tinha em casa.

— É, ele é um pouco como o seu pai — concordou Blake. — Os dois são médicos.

Ele estava começando a se sentir alegrinho também e não estava nem aí. Se era para encher a cara, a noite era essa.

— Eu sou médica também — informou ela com um soluço. — Uma psiquiatra. Trabalho com traumas. Eu não fui me encontrar com você um dia desses no Marrocos? — Blake e a própria Maxine riram com a própria pergunta dela.

— Você fica diferente com botas. Acho que prefiro com salto alto.

Ela levantou uma de suas lindas pernas, olhou para a sandália dourada e delicada e concordou.

— Eu também. As botas me dão bolhas.

— Vá de salto alto na próxima vez — sugeriu ele, e tomou um gole de vodca.

— Eu vou. Prometo. Sabe de uma coisa — disse ela bebericando o champanhe —, nós temos filhos ótimos. Eu os amo demais.

— Eu também.

— Eu não acho que Charles goste deles — declarou ela franzindo o cenho.

— Eles também não gostam de Charles — disse Blake, e os dois riram sem parar.

277

Então Maxine olhou fixamente para Blake, como se ele estivesse bem longe.

— Por que a gente se divorciou mesmo? Você se lembra? Eu não me lembro. Você fez alguma coisa ruim comigo? — Ela definitivamente estava bêbada, e ele também.

— Eu me esqueci de voltar para casa. — Blake sorriu com tristeza.

— Ah, foi isso. Agora eu lembro. Que pena. Eu realmente gosto de você... Na verdade, eu te amo — declarou Max sorrindo com bondade para ele, e deu outro soluço.

— Eu também te amo — disse Blake com carinho, e então a sua consciência falou mais alto. — E acho que você devia ir para a cama, Max. Você vai estar com uma ressaca dos infernos amanhã no casamento.

Champanhe era sempre um terror no dia seguinte.

— Você está pedindo para eu ir para a cama com você? — perguntou ela um pouco surpresa.

— Não, não estou. Se eu fizesse isso, Charles ficaria muito puto amanhã e você se sentiria culpada. Mas acho que você devia ir dormir.

Maxine terminou o champanhe assim que parou de falar, e naquela altura já estava bem bêbada. O último gole fez toda a diferença, e ele estava se sentindo bêbado também. A vodca fez muito efeito depois de uma noite inteira bebendo, ou talvez fosse o efeito de vê-la daquela forma, naquele vestido dourado. Max era inebriante. Sempre havia sido, para ele. De repente se lembrou, e se perguntou como poderia ter esquecido.

— Por que eu tenho de ir dormir tão cedo? — Maxine fez um beicinho para ele.

— Porque, Cinderela — disse ele segurando-a pelo braço e levantando-a do sofá —, você vai virar abóbora se não for agora. E você vai se casar com o príncipe encantado amanhã. Ele começou a conduzi-la para o quarto.

278

— Não vou, não. Eu vou me casar com Charles. Disso eu me lembro. Ele não é o príncipe encantado. Você é. Por que eu vou me casar com ele?

Max ficou séria de repente, e Blake riu e perdeu o equilíbrio, quase deixando-a cair, mas a segurou com mais força. Ela era leve como uma pluma.

— Eu acho que você vai se casar com ele porque você o ama — disse ele, e entrou no quarto de Maxine.

Blake a colocou na cama com cuidado e depois se levantou e olhou para ela, acenando. Os dois estavam para lá de bêbados.

— Ah, que bom — disse Maxine com alegria. — Eu o amo. E realmente devia me casar com ele. Ele é médico. — Ela olhou para Blake. — Eu acho que você está bêbado demais para voltar para casa. E estou bêbada demais para levar você. — Era uma avaliação precisa da situação. — É melhor você ficar por aqui. — Quando ela falou isso, o quarto girou ao redor dele.

— Eu só vou me deitar aqui rapidinho para ficar mais sóbrio, se você não se importar. Aí depois eu vou para casa. Você não se importa, não é? — perguntou ele, e se deitou ao lado dela de blazer e sapato.

— Não me importo nada — respondeu ela, então se virou para ele e apoiou a cabeça em seu ombro. Ainda estava com o vestido e as sandálias douradas. — Bons sonhos — sussurrou ela, fechou os olhos e caiu no sono.

— E o nome do nosso barco — disse Blake com os olhos fechados, e desmaiou.

24

O telefone tocou sem parar na casa de Maxine na manhã seguinte. Eram dez da manhã. Tocou, tocou e ninguém atendeu. Ainda estavam todos dormindo. Sam finalmente

279

escutou o telefone e saiu da cama para atender. A casa estava em silêncio total.

— Alô? — disse Sam.

Ele ainda estava de pijama e bocejou. Todos foram dormir tarde, ele estava cansado. Não sabia onde as outras pessoas estavam, mas sabia que Daphne tinha tomado champanhe demais na noite anterior. Ele prometeu que não contaria para ninguém que ela vomitou quando voltaram para casa.

— Oi, Sam. — Era Charles. Pela voz, estava bem acordado. — Posso falar com a sua mãe, por favor? Só quero dizer "oi". Eu sei que ela deve estar muito ocupada com o casamento.

Maxine tinha avisado que iriam à casa dela para fazer o cabelo e maquiagem. Ele tinha certeza de que a casa estava parecendo um zoológico.

— Você pode chamá-la? Vai ser rápido.

Sam colocou o telefone na mesa e foi descalço para o quarto dela. Olhou pela porta, que estava aberta, e viu os pais dormindo com a roupa da noite anterior. O pai roncava. Ele não quis acordar os dois, então voltou ao telefone e disse:

— Eles ainda estão dormindo — disse ele com firmeza.

— Eles?

Charles sabia que não era Sam, pois estava conversando com ele. Então com quem ela estava dormindo àquela hora no dia do casamento? Não fazia sentido.

— O meu pai está lá também. Ele está roncando — explicou Sam. — Eu aviso que você ligou quando ela acordar.

O telefone ficou mudo antes de Sam desligar. O menino voltou para o quarto no segundo andar. Não tinha ninguém acordado, então ele não viu por que teria de se arrumar. Ligou a TV e, pela primeira vez, não ouviu nem o bebê de Zellie. Parecia que estavam todos mortos.

A cabeleireira e a maquiadora chegaram pontualmente às dez e meia. Zelda pediu que entrassem, se deu conta da hora e foi acordar Maxine. Ficou surpresa quando viu Blake dormindo ao seu lado, mas deduziu o que tinha acontecido.

280

Os dois estavam vestidos. Devem ter enchido a cara na noite anterior. Cutucou Maxine com gentileza no ombro e, depois de várias tentativas, ela finalmente se mexeu e olhou para Zelda com um gemido. Imediatamente fechou os olhos e levou as mãos à cabeça. Blake ainda dormia profundamente ao seu lado, roncando feito um buldogue.

— Ai, meu Deus — disse Maxine, e fechou os olhos por causa da claridade. — Ai, meu Deus... Eu estou com um tumor no cérebro e estou morrendo.

— Acho que pode ser por causa do champanhe — comentou Zelda baixinho tentando não rir dela.

— Pare de berrar! — pediu Maxine com os olhos fechados.

— A senhora está péssima — confirmou Zelda. — A cabeleireira e a maquiadora estão aqui. O que eu falo para elas?

— Eu não preciso de uma cabeleireira — disse ela, tentando se sentar. — Preciso de um neurocirurgião... Ai, meu Deus! — exclamou, olhando para Blake. — O que ele está fazendo aqui? — E então se lembrou. Olhou para Zelda, espantada.

— Acho que está tudo bem, vocês dois estão vestidos.

Maxine o cutucou e o sacudiu para que acordasse. Ele se mexeu e gemeu da mesma forma que ela.

— Talvez seja uma epidemia de tumores no cérebro — sugeriu Zelda enquanto Blake abria os olhos e olhava para as duas com um sorriso.

— Eu fui sequestrado. Oi, Zellie. Então o seu bebê não está berrando?

— Acho que ele se cansou. Querem alguma coisa?

— Um médico — disse Maxine. — Não... Merda... Nem pensar. Se Charles visse isso ele ia me matar.

— Ele não precisa saber — declarou Zelda com firmeza. — Não é da conta dele. E a senhora ainda não é esposa dele.

— E nunca vou ser se ele souber disso — gemeu Maxine. Blake estava começando a achar que não era má ideia. Ele se levantou, testando como as pernas bambas se comportariam, ajeitou a gravata e caminhou até a porta cambaleando.

281

— Vou para casa — anunciou ele como se fosse uma idéia revolucionária.

— Beba bastante café quando chegar — sugeriu Zelda. Ela achava que os dois ainda estavam bêbados, ou com a pior ressaca do mundo. — Quanto beberam, gente? — perguntou Zelda para Maxine quando o ouviram fechar a porta ao sair. — Muito. Champanhe sempre acaba comigo — disse Maxine saindo da cama, ao mesmo tempo que Sam entrou para falar com ela.

— Cadê o papai? — perguntou ele à mãe.

Maxine estava bem pior que Daphne, que também estava de ressaca.

— Foi para casa.

Ela andou na ponta dos pés e sentiu fogos de artifício explodindo na cabeça. Era como o show da noite anterior, só que não tão bonito.

— Charles ligou para você — anunciou Sam.

A mãe parou, congelada, e parecia ter levado um tiro.

— O que você falou para ele? — perguntou com uma voz rouca.

— Falei que você estava dormindo. — Max fechou os olhos de tanto alívio. Nem se atreveu a perguntar se tinha mencionado o pai. — Ele disse que estava ligando só para dar "oi" e que veria você no casamento ou alguma coisa assim.

— Não posso ligar para ele. Estou muito mal. Charles vai saber que fiquei bêbada ontem à noite e vai se preocupar.

— A senhora vai vê-lo no casamento — disse Zelda. — Está um trapo, temos de arrumá-la. Tome um banho, eu pego o café.

— Boa... Isso... Ótima idéia.

Max entrou no banho, e parecia estar levando facadas na cabeça.

Enquanto estava no banho, Zelda subiu para acordar as crianças. Daphne parecia tão mal quanto a mãe. Zelda brigou com ela e prometeu que não ia contar nada. Jack se levantou e desceu para tomar café. Estava bem. Tinha bebido apenas uma taça de champanhe e refrigerante o resto da noite, o que fez com que não acabasse como a irmã.

Zelda fez com que Maxine tomasse duas xícaras de café e comesse ovos mexidos, sob protestos, e lhe deu duas aspirinas. A cabeleireira começou o trabalho na cozinha mesmo. Até a maquiagem doía, e fazer os cabelos era ainda pior. Mas tinha de ajeitá-lo. Não podia aparecer no casamento de rabo de cavalo e sem maquiagem.

Em meia hora, Maxine estava toda maquiada e mais linda que nunca. Sentia-se péssima, mas não parecia. A mulher fez um trabalho excelente, o rosto de Maxine reluzia. A cabeleireira prendeu os cabelos de Maxine em um coque francês e colocou uma pequena fileira de pérolas nele. Max mal conseguia se mover quando se levantou, e havia navalhas perfurando seus olhos sempre que olhava para a luz.

— Eu juro que estou morrendo, Zellie — comentou ela, fechando os olhos um minuto.

— Vai dar tudo certo — garantiu Zellie.

Daphne desceu, pálida, cabelos bem penteados, brilho nos lábios. Era tudo o que a mãe permitiu que colocasse. Maxine estava mal demais para perceber que Daphne também estava de ressaca; nem Sam nem Zellie falaram nada.

Faltando vinte minutos para o meio-dia, todas as crianças, incluindo Daphne, estavam prontas. Zelda obrigou Daphne a colocar o vestido, ameaçando contar que tinha ficado bêbada se não obedecesse. Funcionou. Depois, Zelda foi pegar o vestido e os sapatos de Maxine, que estava em pé na cozinha que nem um cavalo doente com os olhos fechados.

Max colocou os sapatos e deixou que Zelda ajudasse com o vestido. Ela fechou o zíper e a cinta. Seus filhos levaram um susto quando a viram. Parecia uma princesa encantada.

— Você está muito linda, mãe — comentou Daphne, com sinceridade.

— Obrigada. Estou me sentindo uma merda. Acho que estou resfriada.

283

— Você e o papai ficaram bêbados ontem à noite — disse Sam, rindo, e a mãe lançou um olhar sério para ele.

— Não conte para ninguém. Principalmente para Charles.

— Prometo. — Ele nem se lembrava de ter contado para Charles que o pai estava roncando.

Os carros estavam esperando por eles. Um minuto depois, Zelda apareceu com um vestido vermelho de seda, sapatos pretos de couro e segurando o bebê. Ele tinha começado a se mexer, mas ainda não estava chorando. Maxine sabia que, se ele berrasse, ia partir sua cabeça ao meio. Implorou em silêncio a ele que não começasse. Eles iam se encontrar com os pais dela e Blake na igreja. Charles estaria esperando por ela no altar. De repente, em grande parte por causa da ressaca fenomenal, achou ela, a ideia de entrar na igreja e de se casar a fez se sentir meio enjoada.

Havia um carro para Zellie e as crianças e outro para ela. Maxine encostou a cabeça no assento e fechou os olhos a caminho da igreja. Era a pior ressaca de sua vida. Estava convencida de que Deus a estava castigando porque ela passou a noite com Blake. Isso não devia ter acontecido. Mas, pelo menos, foi só isso. A limusine dela estacionou atrás da igreja às onze e cinquenta e cinco. A limusine com as crianças estava logo atrás. Eles conseguiram. Maxine caminhou até a casa paroquial com o máximo de firmeza que conseguia, seus pais a esperavam lá. Blake devia pegar as crianças antes da cerimônia, e ele entrou logo atrás dela. Estava pior que ela. Formavam um casal perfeito. Dois bêbados arrependidos. Ela sorriu cheia de dor para ele. Blake gargalhou e deu um beijo em sua testa.

— Você está deslumbrante, Max. Mas está um trapo.

— E, você também. — Ela estava feliz por vê-lo.

— Desculpe por ontem à noite — sussurrou ele. — Eu não devia ter deixado você tomar o último champanhe.

— Não se preocupe, tomei porque eu quis. Acho que queria ficar bêbada.

284

Os pais dela escutavam com interesse, e então a porta da casa paroquial foi escancarada e Charles entrou que nem um furacão. Ele olhou para todo mundo com olhos enfurecidos e depois para Maxine em seu vestido de noiva. Não era para ele vê-la. Era para estar no altar. Olhou para ela com raiva. O florista lhe entregou o buquê e tentou prender uma pequena orquídea na lapela de Charles. Ele o afastou.

— Você estava com ele ontem à noite, não estava?! — berrou com Maxine e apontou para Blake.

Ao ouvir isso, levou as mãos à cabeça.

— Ai, meu Deus do céu, não grita!

Charles olhou para ela e para Blake e percebeu que Maxine estava bêbada. Nunca a tinha visto assim.

— Eu bebi demais e ele caiu no sono — explicou ela. — Não aconteceu nada.

— Eu não acredito em nenhuma palavra que você diz! — retrucou ele com ódio. — Vocês são loucos, todos vocês. Vocês dois parecem que ainda estão casados. Seus filhos são uns pentelhos. Bebês viciados em crack, velieros, mulheres idiotas. Vocês são doentes, todos vocês. Eu não vou me casar com você, Maxine. Nem que me pagasse, eu entraria nessa família. E tenho certeza de que você nunca parou de dormir com ele. Quando falou isso, Maxine começou a chorar. Antes que ela pudesse responder, Blake deu um passo à frente e segurou Charles pela lapela de seu terno cáqui, erguendo-o do chão.

— Você está falando com a minha esposa, seu escroto engomadinho. E essas crianças pentelhas são os meus filhos! E me deixe falar uma coisa, seu babaca. Ela não se casaria com você nem por um cacete. Você não serve nem para lustrar os sapatos dela, então vá embora e saia da nossa frente.

Ele jogou Charles porta afora. Charles se virou e saiu correndo. Maxine ficou olhando para Blake.

— Que merda! O que eu vou fazer?

— Você queria se casar com ele? — perguntou Blake com um olhar preocupado.

285

Ela balançou a cabeça, e o movimento quase a matou.

— Não queria, não. Descobri isso ontem à noite.

— Quase tarde demais — comentou Blake.

As crianças comemoraram. Foi a primeira vez que viram o pai em ação, e adoraram vê-lo colocando Charles para correr. Na opinião deles, ele já foi tarde.

— Bem, digamos que o dia começou interessante — comentou Arthur Connors, olhando para o ex-genro. — Você sugere que eu faça o que agora? — Ele não estava triste, apenas preocupado.

— Alguém tem de avisar a todo mundo que o casamento foi cancelado — disse Maxine, jogando-se em uma cadeira vazia. As crianças comemoraram de novo, e Zelda sorriu. O bebê nem se mexeu, estava dormindo profundamente. Talvez ele simplesmente não gostasse de Charles.

— Seria uma pena desperdiçar um vestido desses — disse Blake olhando para ela. — E as flores estavam lindas quando dei uma olhada na igreja. Que tal a gente usar isso tudo para um bom objetivo? — Ele olhou para Max com seriedade e baixou a voz para que ninguém mais ouvisse. — Eu prometo que dessa vez eu volto para casa. Não sou mais tão burro quanto antes. E já não estou atrás de mulheres idiotas, Max.

— Que bom — disse ela baixinho olhando nos olhos dele. Maxine sabia que ele estava dizendo a verdade, que dessa vez voltaria para casa. Talvez até ficasse lá. Ainda era um cafajeste, e ela gostava disso nele, mas havia crescido. Os dois cresceram. Ela não esperava mais que Blake fosse outra pessoa, queria que fosse apenas Blake. E descobriu que amava a pessoa que era quando estava com ele. Eles instigavam o melhor um do outro.

— Max?

Ele a sacudiu. Eram meio-dia e meia, os convidados já estavam esperando havia hora meia enquanto a música tocava.

— Sim — aceitou ela em voz baixa, e ele a beijou.

Era o que os dois queriam fazer na noite anterior. Foi preciso que Charles aparecesse na vida deles para que os dois

286

reatassem. Charles era tudo o que ela deveria querer, mas tudo o que ela queria, tudo o que sempre quis, era Blake.

— Vamos! — disse Blake, entrando em ação. Ele esqueceu a ressaca, e Max estava melhor também. — Jack, você leva a vovó até o altar. Sam, você leva a Zellie. Daffy, você entra comigo. Pai — ele olhou para o sogro e eles trocaram um sorriso —, falando nisso, por você tudo bem? — Não que isso fosse fazer muita diferença, mas Blake não queria que ele se sentisse excluído.

— Ela teria morrido de tédio com o outro cara — comentou Arthur com um sorriso enorme para Blake —, e eu também acrescentou.

Maxine deu uma gargalhada.

— Esperem uns cinco minutos e aí vocês dois entram.

O pastor já estava no altar esperando havia meia hora, perguntando-se o que havia acontecido.

Todos saíram correndo, e os convidados observaram a família entrando na igreja. Todos reconheceram Blake e ficaram meio surpresos quando ele e Daphne pararam no altar. Sam e Jack se uniram aos dois um minuto depois. Obviamente era um casamento muito liberal e moderno, no qual o ex-marido ajudava a dar a mão da noiva. Os convidados ficaram impressionados e um pouco surpresos. Zellie e a mãe de Maxine se sentaram, esperando pela entrada de Max com o pai. A música mudou de repente, e ela caminhou na direção de Blake, olhando apenas para ele. Seu pai estava muito feliz. Ela não desviou o olhar de Blake. Os dois se entreolharam, e todos os anos que compartilharam, os bons e os ruins, se uniram em um momento de luz.

O pastor os observava e entendeu o que havia acontecido. Blake se inclinou para falar com ele e sussurrou que eles não tinham licença para se casar.

— Fazemos a cerimônia hoje — sussurrou o pastor —, tiramos a licença na segunda e refazemos a cerimônia só entre nós. Pode ser assim?

— Perfeito. Obrigado — disse Blake, respeitoso, e voltou a olhar para a noiva.

Ele e Arthur trocaram um aperto de mãos. Arthur deu um tapinha no ombro de Blake e sussurrou um "bem-vindo de volta". Blake voltou toda a sua atenção para Maxine e tomou o lugar ao lado dela. As crianças olharam e perceberam que tanto a mãe quanto o pai estavam com os olhos marejados.

O pastor se virou para os presentes e os olhou solenemente.

— Meus queridos — começou —, estamos aqui reunidos hoje para unir este homem e esta mulher, e, pelo que entendi, ou pelo que posso ver, eles já foram unidos um dia — olhou para as crianças sorrindo — e tiveram belos resultados. E quero que todos vocês saibam que, quando realizo um casamento, ele perdura. Então não vão voltar aqui pedindo outra chance. — Ele olhou diretamente para Maxine e Blake, que se entreolhavam radiantes. — Então tudo bem, vamos lá.

"Estamos aqui reunidos para consagrar a união deste homem e desta mulher."

Maxine não conseguia ver nada além de Blake, e Blake não conseguia ver nada além de Maxine, e os dois só ouviam um ao outro e o zumbido da ressaca, até que ambos disseram "aceito", se beijaram e caminharam até a saída da igreja. E dessa vez não foram apenas as crianças e o pastor que comemoraram, mas todos os presentes.

Não foi o casamento que os convidados esperavam, nem o que Maxine e Blake esperavam, mas foi o casamento que devia acontecer, o que estava destinado aos dois. Foi o casamento entre duas pessoas que sempre se amaram, e cada um deles, à sua maneira, por fim amadureceu. Foi uma união perfeita entre um cafajeste encantador e amável e sua noiva muito feliz. Arthur Connors deu uma piscadela para os dois quando passaram por ele na igreja. Blake retribuiu, e Maxine deu uma gargalhada.

fim

EDIÇÕES BESTBOLSO

Reencontro em Paris

Danielle Steel nasceu em Nova York, no ano de 1947. Seus livros já venderam mais de 500 milhões de exemplares em todo o mundo e são best-sellers em 47 países. Traduzida para mais de 20 idiomas, Danielle Steel publicou seu primeiro livro, *O apelo do amor*, em 1973, e se tornou conhecida mundialmente com *Segredo de uma promessa*, em 1978.

EDIÇÕES BESTBOLSO

Recifontro em Paris

Danielle Steel nasceu em Nova York, no ano de 1947. Seus livros já venderam mais de 500 milhões de exemplares em todo o mundo e são best-sellers em 47 países. Traduzida para mais de 20 idiomas, Danielle Steel publicou seu primeiro livro, *O apelo do amor*, em 1973, e se tornou conhecida mundialmente com *Segredo de uma promessa*, em 1978.

DANIELLE STEEL

Reencontro em Paris

LIVRO VIRA-VIRA 2

Tradução de
ALICE FRANÇA

1ª edição

CIP-BRASIL. CATALOGAÇÃO-NA-FONTE
SINDICATO NACIONAL DOS EDITORES DE LIVROS, RJ

S826r
Steel, Danielle
  Reencontro em Paris: vira-vira: livro 2 / Danielle Steel; tradução Alice França. – 1ª ed. – Rio de Janeiro: Best Seller, 2019.
  304 p. ; 12 × 18 cm.

  Tradução de: Honor Thyself
  ISBN 978-85-7799-582-0

  1. Ficção americana. I. França, Alice. II. Título.

18-53870
CDD: 813
CDU: 82-3(73)

Vanessa Mafra Xavier Salgado – Bibliotecária – CRB-7/6644

Reencontro em Paris, de autoria de Danielle Steel.
Título número 420 das Edições BestBolso.
Primeira edição impressa em janeiro de 2019.
Texto revisado conforme o Acordo Ortográfico da Língua Portuguesa.

Título original:
HONOR THYSELF

Copyright © 2008 by Danielle Steel.
Copyright da tradução © by Distribuidora Record de Serviços de Imprensa S.A.
Direitos de reprodução da tradução cedidos para Edições BestBolso, um selo da Editora Best Seller Ltda. Distribuidora Record de Serviços de Imprensa S. A. e Editora Best Seller Ltda são empresas do Grupo Editorial Record.

A logomarca vira-vira (vira-vira) e o slogan 2 LIVROS EM 1 são marcas registradas e de propriedade da Editora Best Seller Ltda., parte integrante do Grupo Editorial Record.

www.edicoesbestbolso.com.br

Design de capa: adaptação da capa da edição trade, criada por Renata Vidal.

Todos os direitos reservados. Proibida a reprodução, no todo ou em parte, sem autorização prévia por escrito da editora, sejam quais forem os meios empregados.

Direitos exclusivos de publicação em língua portuguesa para o Brasil em formato bolso adquiridos pelas Edições BestBolso, um selo da Editora Best Seller Ltda. Rua Argentina, 171 – 20921-380 – Rio de Janeiro, RJ – Tel.: 2585-2000, que se reserva a propriedade literária desta tradução.

Impresso no Brasil

ISBN 978-85-7799-582-0

À minha mãe, Norma,
que nunca leu nenhum dos meus livros,
mas se orgulhava de mim, eu espero.
Às relações difíceis
entre mães e filhas menos afortunadas,
às oportunidades perdidas,
às boas intenções malsucedidas e, por fim,
ao amor que ampara, não importa
qual tenha sido a história ou como ela aconteceu.
De todas as formas que me eram importantes na época,
perdi minha mãe aos 6 anos,
quando não pude mais contar com sua ajuda para pentear meu cabelo,
para que eu não passasse vergonha na escola.
Nós nos conhecemos melhor como adultas,
duas mulheres completamente diferentes,
com visões distintas da vida.
Frequentemente desapontamos uma à outra,
raramente nos entendemos,
mas reconheço que ambas tentamos e persistimos até o fim.
Dedico este livro à mãe que eu gostaria de ter tido,
à mãe que eu esperava ver sempre que nos encontrávamos;
àquela que preparava panquecas e almôndegas
antes de partir, quando eu era pequena;
à mãe que, sem dúvida, ela tentou ser, apesar de tudo.

E, finalmente, com amor, perdão e compaixão,
dedico este livro à mãe que ela foi.
À sua maneira, ela me ensinou a ser a mãe que eu sou.
Que Deus lhe sorria e a proteja,
que você encontre alegria e paz.
Amo você, mãe.

d.s.

"Quando estiveres plenamente são,
tudo virá a ti."

Tao Te Ching

1

Em uma tranquila e ensolarada manhã de novembro, Carole Barber desviou os olhos da tela do computador e fitou o jardim de sua casa, uma enorme mansão labiríntica de pedra em Bel Air, onde morava havia 15 anos. Da estufa iluminada pelo sol que costumava usar como escritório, viam-se as roseiras que ela mesma havia plantado, além da fonte e do lago, que refletia o céu. A vista transmitia uma atmosfera de paz, e a casa era silenciosa. Havia quase uma hora que suas mãos praticamente não tocavam o teclado, o que a deixava extremamente frustrada. Apesar da longa e bem-sucedida carreira na indústria cinematográfica, ela estava tentando escrever seu primeiro romance. E, embora tivesse escrito alguns contos nos últimos anos, nunca havia publicado nenhum. Chegara inclusive a se aventurar a escrever um roteiro. Enquanto esteve casada, ela e seu recém-falecido marido, Sean, cogitaram fazer um filme juntos, mas nunca chegaram a levar o plano adiante porque estavam sempre muito ocupados fazendo outras coisas, em suas respectivas áreas.

Sean era produtor e diretor; e ela, atriz. Mas não uma simples atriz. Carole Barber era uma estrela, desde os 18 anos, e fazia dois meses que havia completado 50. Por escolha própria, não atuava em um filme havia três anos. Naquela idade, mesmo com sua beleza arrebatadora, bons papéis eram raros.

Carole parou de trabalhar quando Sean adoeceu. E, durante os dois anos que sucederam à morte do marido, ela viajou para Londres e Nova York, para visitar os filhos. Estava envolvida em

várias causas, a maioria relacionada aos direitos das mulheres e das crianças, o que fazia com que fosse sempre para a Europa, China e países subdesenvolvidos do mundo todo. Questões como injustiça, pobreza, perseguição política e crimes contra pessoas indefesas eram o foco da sua luta. Entre as anotações detalhadas que ela mantinha de suas viagens, havia um registro particularmente comovente dos meses que antecederam a morte de Sean. Nos últimos dias de vida do marido, Carole conversou com ele sobre sua intenção de escrever um livro. Ele adorou a ideia e a incentivou a dar início ao projeto. Porém, dois anos depois de sua morte, foi que ela de fato começou. Já fazia um ano que vinha lutando para conseguir escrever. O livro lhe daria a oportunidade de se posicionar a respeito de assuntos que ela achava importantes e de mergulhar profundamente em si mesma, de um jeito que nunca havia conseguido através da arte da interpretação. Queria muito escrever, mas não conseguia sequer começar. Sentia-se travada e não sabia identificar a razão de tal dificuldade. Enfrentava um caso clássico de bloqueio criativo. Porém, tal qual um cachorro que não largava o osso, ela se recusava a desistir e esquecer aquela ideia. Tinha planos de voltar a atuar, mas pretendia terminar o livro antes. Era como se devesse isso a Sean e a si mesma.

Em agosto, recusou um papel aparentemente bom em uma grande produção. O diretor era excelente e o roteirista havia recebido vários prêmios da Academia por seu trabalho anterior. Além disso, contracenar com os atores coadjuvantes escalados para o filme teria sido uma experiência incrível. Mas o roteiro não despertou seu interesse. Ela não se sentiu nada atraída pela história e não queria voltar a trabalhar, a menos que adorasse sua personagem. Estava obcecada com o livro, mesmo em seu estágio embrionário, e isso a impedia de voltar ao cinema. Em algum lugar no fundo de seu coração, ela sabia que tinha de escrevê-lo antes de fazer qualquer outra coisa. Esse romance seria a voz da sua alma.

Quando finalmente começou o livro, Carole fez questão de evitar escrever sobre si mesma. Porém, à medida que se aprofundava na trama, ela se dava conta de que estava fazendo exatamente isso. A personagem principal tinha muitas características suas, e, quanto mais escrevia, mais difícil se tornava aquela tarefa, como se fosse insuportável encarar a si mesma. Por isso, havia algumas semanas vinha enfrentando mais um bloqueio criativo. A história era sobre uma mulher que, ao chegar à meia-idade, resolve fazer uma análise de seu passado. As semelhanças com ela eram inevitáveis: suas experiências, os homens que amara e as decisões que havia tomado no decorrer da vida. Todas as vezes que se sentava para escrever, pegava a si mesma olhando para o nada, sonhando com o passado, enquanto a tela do computador permanecia em branco. Estava assombrada pelos ecos do passado e sabia que, enquanto não aprendesse a lidar com eles, não conseguiria mergulhar no romance, nem desenvolver a trama. Carole precisava da chave para abrir aquelas portas, mas, até o momento, não a tinha encontrado. Conforme escrevia, cada questionamento e cada dúvida que algum dia teve sobre si mesma vinham à tona. De repente, ela se viu questionando todas as decisões que tomou na vida: por quê? Quando? Como? Agira de forma certa ou errada? As pessoas com quem convivera eram de fato como ela as enxergava na época? Será que tinha sido injusta alguma vez? Ela não parava de se fazer as mesmas perguntas e não conseguia entender por que, agora, esses questionamentos tinham tanta importância. Mas a verdade é que tinham. E muito. Ela não avançaria na história até encontrar essas respostas. Isso a deixava louca. Era como se, ao decidir escrever o livro, ela fosse forçada a se enfrentar de um modo que nunca havia feito antes, de uma maneira que durante muitos anos tinha evitado. Mas, agora, não havia escapatória. As pessoas que ela conhecia flutuavam em sua mente quando ficava acordada durante a madrugada e pairavam em seus sonhos quando estava dormindo. Então, no dia seguinte, Carole acordava exausta.

O rosto que vinha à sua mente com mais frequência era o de Sean. Ele era o único que não lhe despertava dúvidas sobre quem era e quanto significara para ela. O relacionamento deles fora baseado no respeito e na confiança, num nível diferente, mais profundo, do que todos os outros que ela teve antes. Carole tinha questionamentos em relação a todos os outros homens com quem se envolvera, exceto com Sean. E ele se mostrara tão empolgado com a ideia do livro que ela sentia que devia isso a ele. Era como um presente póstumo. Além do mais, queria provar a si mesma que era capaz de fazer aquilo. O medo de não conseguir escrevê-lo por não ter capacidade para isso a deixava apavorada. Aquele era seu sonho havia mais de três anos, e ela precisava descobrir se tinha potencial para levar o projeto adiante ou não.

Sempre que pensava em Sean, a palavra que lhe vinha à mente era *paz*. Ele fora um homem gentil, educado, sensato e carinhoso, além de um companheiro simplesmente maravilhoso. Desde o começo, trouxe ordem à sua rotina, e, juntos, construíram uma base sólida para a vida em comum. Jamais tentou dominá-la ou oprimi-la. Suas vidas nunca pareceram presas em um emaranhado. Em vez disso, eles haviam caminhado lado a lado, em um ritmo confortável, e foram juntos até o fim. Devido à personalidade de Sean, até a sua morte, em decorrência de um câncer, tinha sido um acontecimento tranquilo, uma espécie de evolução natural rumo a uma nova dimensão, na qual ela não poderia mais vê-lo. Mas, por causa da forte influência que ele exercia na vida de Carole, ela sempre sentia sua presença. Ele havia aceitado a morte como mais um passo na jornada da vida; uma transição que tinha de ser feita em algum momento, como se aquilo fosse uma oportunidade maravilhosa. Ele aprendia com todas as experiências que vivia e abraçava de bom grado tudo o que encontrava pela frente. Com sua postura diante da morte, ele presenteou Carole com mais um ensinamento extremamente valioso sobre a vida.

Mesmo depois de dois anos da morte do marido, Carole ainda sentia falta do seu sorriso, do som da sua voz, da sua mente brilhante, da sua companhia e dos longos passeios tranquilos que os dois faziam juntos pela praia. Mas, por outro lado, tinha a sensação de que ele sempre estava ao seu lado, fazendo o que lhe dava vontade, viajando e compartilhando uma espécie de bênção com a amada, exatamente como fazia quando estava vivo. Conhecê-lo e amá-lo tinham sido as maiores dádivas de sua vida. Antes de morrer, Sean fizera questão de ressaltar que a esposa ainda tinha muito a realizar e a incentivou a voltar a trabalhar. Ele queria que ela voltasse a atuar e que escrevesse o livro também. Além disso, o marido adorava seus contos e seus ensaios, e tinha muito carinho pelos inúmeros poemas que ela havia escrito para ele durante os anos em que viveram juntos. Alguns meses antes de ele morrer, Carole os reunira em uma pasta de couro, e Sean passou horas lendo-os repetidas vezes.

Enquanto o marido estava doente, Carole não tivera tempo de começar o livro, por estar muito ocupada tratando dele. Dedicara-se exclusivamente a ele por um ano e cuidou pessoalmente do amado quando ele piorou, principalmente depois da quimioterapia e em seus últimos meses de vida. Sean enfrentou tudo com coragem, até o fim. Na véspera de sua morte, eles fizeram um passeio, mas não conseguiram ir muito longe e trocaram poucas palavras. Caminharam lado a lado, de mãos dadas, parando para se sentar sempre que ele se sentia cansado. Ambos choraram assistindo ao pôr do sol, pois sabiam que o fim estava próximo. Ele morreu na noite seguinte, em paz, nos braços de Carole. Sean olhou para ela uma última vez por um longo tempo, suspirou, dando um sorriso amável, fechou os olhos e se foi.

Pela coragem e aceitação com que ele enfrentara a morte, Carole não ficava tão arrasada quando pensava nele. Ela estava pronta para aquilo. Ambos estavam, na verdade. O que ela sentiu quando ele a deixou foi um vazio, um vazio que ainda persistia. E ela queria preencher esse vazio se compreendendo.

E sabia que o livro a ajudaria, se conseguisse escrevê-lo. Queria pelo menos tentar atender às expectativas e à fé que o marido depositara nela. Ele tinha sido uma constante fonte de inspiração na vida e no trabalho de Carole. E lhe trouxera calma e alegria, além de serenidade e equilíbrio.

Em diversos aspectos, para Carole tinha sido um alívio não atuar nos últimos três anos. Havia trabalhado tanto e por tanto tempo que, mesmo antes de Sean adoecer, sentia que precisava de uma pausa na carreira. E sabia também que um tempo livre para introspecção traria, consequentemente, um significado mais profundo ao seu trabalho. Ao longo dos anos, protagonizara alguns filmes importantes e atuara em produções de grande sucesso. Porém, agora, queria mais do que isso. Pretendia levar algo para seu trabalho que nunca havia levado: a profundidade que só vinha com a sabedoria dos anos, com a maturidade e com o tempo. Aos 50 anos, ela não era velha, mas o período de doença e morte do marido havia lhe trazido um conhecimento que Carole sabia que nunca teria experimentado de outra maneira. E ela estava certa de que, inevitavelmente, essa experiência se revelaria em cena. E, se realmente a dominasse, seguramente se revelaria em seu livro também. Aquele romance seria um símbolo da suprema maturidade e da libertação dos últimos fantasmas de seu passado. Carole havia passado muitos anos fingindo ser outras pessoas quando estava atuando e aparentando ser quem o mundo esperava que ela fosse, mas agora tinha chegado o momento de se livrar das expectativas dos outros e finalmente ser ela mesma. Agora, ela não pertencia a ninguém. Era livre para ser quem bem entendesse.

Pertencer a um homem era algo que não fazia parte de sua vida muito antes de conhecer Sean. Eles eram duas almas livres, vivendo lado a lado, desfrutando da companhia um do outro com amor e respeito mútuo. Tinham vidas paralelas, em perfeita sintonia e equilíbrio, mas nunca emaranhadas. Este havia sido seu maior medo antes de se casar: temia que o rela-

cionamento ficasse complicado, ou que ele tentasse "dominá-la" e que isso, de alguma forma, fizesse com que um sufocasse o outro. Mas isso nunca aconteceu. Ele garantiu a Carole que isso nunca iria acontecer e cumpriu sua promessa. Ela sabia que os oito anos ao lado do marido haviam sido algo que só acontecia uma vez na vida e não alimentava a esperança de ter isso com mais ninguém. Sean era único.

Ela não conseguia se imaginar apaixonada por outra pessoa, ou se casando novamente. Sentira falta dele nos dois últimos anos, mas não tinha lastimado sua morte. O amor dele a deixara tão realizada que ela se sentia tranquila agora, mesmo sozinha. Não havia angústia nem sofrimento no amor que sentiam um pelo outro, embora, como qualquer casal, eles tivessem algumas brigas acaloradas, que acabavam em gargalhadas. Nem Sean nem Carole eram pessoas de guardar rancor, e não havia o menor vestígio de malícia em nenhum dos dois, nem em suas brigas. Só havia amor entre eles, e os dois eram muito amigos.

Eles se conheceram quando Carole tinha 40 anos, e Sean, 35. Embora fosse cinco anos mais novo, ele servira de exemplo para ela, em muitos aspectos, sobretudo em sua percepção em relação à vida. A carreira de Carole ainda seguia a todo vapor, e ela estava fazendo mais filmes do que queria, na época. Durante muitos anos, ela havia sido levada a seguir o caminho de uma carreira cada vez mais exigente. Quando eles se conheceram, em Los Angeles, fazia cinco anos que ela havia voltado da França e estava tentando passar mais tempo com os filhos, sempre dividida entre eles e os papéis cada vez mais irresistíveis. Nesse período, desde que chegara da Europa, Carole não tivera nenhum relacionamento sério. Simplesmente não tinha tempo nem vontade de começar uma relação. Chegou a sair com alguns homens, normalmente tinha poucos encontros com eles; alguns eram da indústria cinematográfica, a maioria diretores ou roteiristas, outros de áreas criativas diversas, trabalhavam com arte, arquitetura ou música. Tinham perfis

interessantes, mas ela nunca se apaixonou por nenhum deles e estava convencida de que não iria se encantar por ninguém novamente. Até conhecer Sean.

Eles se conheceram em uma conferência que discutia os direitos dos atores em Hollywood, quando participaram de um debate sobre a mudança do papel da mulher no cinema. O fato de ele ser cinco anos mais novo do que ela nunca os incomodou, era algo completamente irrelevante para ambos. Os dois eram almas gêmeas. Um mês depois de se conhecerem, foram passar um fim de semana no México. Três meses depois, decidiram morar juntos e nunca mais se separaram. Seis meses depois de estarem morando juntos, apesar da relutância e dos receios de Carole, eles se casaram. Sean a convencera de que era a coisa certa a fazer. Ele estava absolutamente correto, embora, a princípio, Carole tivesse resistido à ideia de se casar mais uma vez. Ela estava convencida de que suas respectivas carreiras acabariam, de alguma forma, interferindo no casamento deles, o que poderia gerar conflitos. Como Sean havia prometido, os temores dela tinham sido infundados. Aquela união parecia abençoada.

Naquela época, os filhos de Carole eram pequenos e ainda moravam com ela, o que representava uma preocupação a mais. Sean não tinha herdeiros, mas adorava Anthony e Chloe. Ele e Carole haviam combinado que não teriam filhos, já que ambos eram pessoas muito ocupadas e não teriam tempo para se dedicar a outra criança. Em vez disso, dedicavam-se um ao outro, o que acabou fortalecendo o relacionamento. Quando eles se casaram, as crianças estavam no ensino médio, o que contribuiu para a decisão de Carole, que não queria viver junto com alguém, sem compromisso. Preferiu dar o bom exemplo do casamento. E seus filhos haviam se mostrado completamente favoráveis à união, pois queriam a presença de Sean em suas vidas. Por sua vez, Sean revelou-se um bom padrasto e amigo para ambos. E agora, para a tristeza de Carole, seus dois filhos já estavam crescidos e não moravam mais com ela.

Chloe havia conseguido seu primeiro emprego depois de se formar em Stanford. Trabalhava como assistente em uma editoria de uma revista de moda, em Londres. O trabalho lhe oferecia basicamente prestígio e diversão. Ela colaborava com questões de estilo, planejava as sessões de fotos e era encarregada de pequenas incumbências, tudo em troca de um salário irrisório e da emoção de trabalhar para a *Vogue* britânica. Chloe adorava o trabalho. Ela era muito parecida com a mãe fisicamente, poderia ter sido modelo, mas acabou preferindo o mercado editorial e estava se divertindo muito em Londres. Ela era uma garota inteligente, extrovertida e estava empolgada com as pessoas que havia conhecido por trabalhar naquele ramo. A jovem e a mãe se falavam frequentemente por telefone.

Anthony seguira os passos do pai no mercado financeiro, em Wall Street, depois de concluir um MBA em Harvard. Ele era um jovem sério, responsável e sempre fora motivo de orgulho para a família. Era tão bonito quanto a irmã, mas sempre foi um pouco tímido. Saía com muitas garotas lindas e inteligentes, mas não havia encontrado nenhuma especial, até o momento. Estava mais interessado no trabalho do que na vida social, era extremamente dedicado à carreira e sempre mantinha o foco em seus objetivos. Na verdade, poucas coisas o desviavam do que ele realmente queria, e muitas vezes, quando Carole ligava para seu celular tarde da noite, ele ainda estava no trabalho.

Chloe e Anthony eram profundamente ligados a Sean e Carole, e sempre foram equilibrados, sensatos e carinhosos, apesar dos ocasionais atritos entre mãe e filha. Chloe sempre exigiu mais tempo e atenção da mãe do que o irmão e costumava reclamar quando Carole viajava para gravar um filme. Isso aconteceu com mais frequência no período em que ela estava no ensino médio, quando cobrava que Carole estivesse por perto, assim como as outras mães. Suas queixas faziam Carole se sentir culpada, embora ela levasse as crianças para o set de filmagem sempre que possível, ou fosse para casa nos intervalos das gra-

vações para ficar com eles. Anthony era bem tolerante; Chloe, não tanto, pelo menos para Carole. Enquanto ela achava o pai o máximo, estava sempre disposta a apontar os erros da mãe. Carole dizia a si mesma que isso era muito comum entre mãe e filha. Era mais fácil ser mãe de um filho que a idolatrava.

E agora, sozinha, com seus filhos independentes, felizes e tocando suas próprias vidas, Carole estava decidida a dar conta do livro que havia tanto tempo prometera a si mesma que iria escrever. Passou as últimas semanas se sentindo desestimulada e chegou a duvidar de que conseguiria levar aquilo adiante. Ela começava a se perguntar se havia cometido um erro ao recusar o papel que lhe fora oferecido em agosto. Talvez devesse desistir de escrever e voltar à carreira de atriz. Mike Appelsohn, seu empresário, já estava ficando irritado com ela. Sentia-se contrariado por ela ter recusado tantos papéis e não aguentava mais ouvir sobre o livro que ela nunca conseguia terminar.

A trama central estava escapando de sua mente, os personagens ainda pareciam vagos, e era como se a conclusão e o desenvolvimento da história estivessem atados em um nó em algum lugar de sua cabeça. Era tudo um imenso emaranhado, assim como um novelo de lã castigado por um gato. E não importava o que fizesse, ou quanto se concentrasse na história, Carole não conseguia organizar as ideias, o que a deixava extremamente frustrada.

Em uma prateleira acima da sua escrivaninha, havia duas estatuetas do Oscar e um Globo de Ouro, que ela ganhara exatamente um ano antes do seu afastamento das telas, quando Sean adoeceu. Hollywood ainda não a tinha esquecido, mas Mike Appelsohn assegurou-lhe que, um dia, acabariam desistindo dela, caso não voltasse a atuar. Carole não tinha mais desculpas para dar e estipulou a si mesma um prazo até o fim do ano para começar o livro. Só lhe restavam dois meses e, até o momento, não havia chegado a lugar nenhum. E ficava apavorada toda vez que se sentava diante do computador.

Carole ouviu uma porta se abrir suavemente atrás dela e se virou, ansiosa. Aquela interrupção não a deixou aborrecida, pelo contrário, ela ficou agradecida. Um dia antes, havia inclusive arrumado os armários do banheiro em vez de trabalhar no livro. Quando ela se virou para ver quem era, deu de cara com Stephanie Morrow, sua assistente, parecendo indecisa, na porta do seu escritório. Stephanie era professora por formação, uma mulher bonita, que Carole contratara para o período de verão, havia 15 anos, na primeira vez que voltou de Paris. Carole tinha comprado a casa em Bel Air, aceitara fazer dois filmes naquele primeiro ano e havia assinado um contrato de um ano para uma peça na Broadway. Além disso, estava profundamente comprometida com as causas envolvendo os direitos das mulheres, tinha de divulgar seus filmes e precisava de ajuda para cuidar dos filhos e administrar a casa. Inicialmente, Stephanie iria ajudá-la por dois meses, mas acabou ficando. Agora, 15 anos mais tarde, ela estava com 39 anos e vivia com um companheiro, com quem nunca havia pensado em se casar. Ele era compreensivo em relação ao trabalho dela e também viajava muito. Stephanie não tinha certeza se um dia iria quer se casar, mas sabia que não queria filhos. Ela costumava brincar com Carole dizendo que ela era seu bebê. Carole respondia dizendo que Stephanie era sua babá. Era uma assistente maravilhosa, sabia como lidar com a imprensa de forma brilhante e tinha jogo de cintura para encarar situações delicadas usando argumentos inteligentes. Não havia nada que ela não pudesse administrar.

Quando Sean adoeceu, ela fez tudo o que podia por Carole, dando apoio à patroa, aos seus filhos e ao próprio Sean. Ajudou inclusive a organizar o velório e a escolher o caixão. Com o passar dos anos, Stephanie tinha se tornado mais do que uma simples assistente. Apesar dos 11 anos de diferença entre as duas, elas se tornaram amigas e nutriam profundo afeto e respeito uma pela outra. Stevie, como Carole a chamava, nunca teve inveja da patroa. Ficava feliz com as conquistas dela, sofria

junto com a atriz, adorava seu trabalho e enfrentava cada dia com paciência e bom humor.

Carole era muito apegada a ela e reconhecia que teria ficado perdida sem o seu apoio. Ela era a assistente perfeita, e empregos como aquele exigiam que a pessoa deixasse a própria vida em segundo plano, ou às vezes nem tivesse vida própria. Para Stevie, isso não era nenhum sacrifício, já que ela adorava Carole e seu emprego. Afinal, a vida da famosa atriz era muito mais excitante do que a sua.

Stevie tinha um metro e oitenta, cabelos pretos, lisos e grandes olhos castanhos, e estava usando jeans e uma camiseta.

— Quer chá? — perguntou ela baixinho.

— Não. Prefiro veneno — respondeu Carole com um gemido, ao girar na cadeira. — Não consigo escrever esse maldito livro. Travei e não sei o motivo. Talvez seja apenas insegurança. Talvez eu saiba que não tenho capacidade para escrever. Não sei o que me levou a pensar que podia fazer isso.

Ela olhou para Stevie, que estava com o cenho franzido, parecendo meio desesperada.

— Claro que você tem capacidade para isso — assegurou-lhe Stephanie calmamente. — Dê um tempo a si mesma. Dizem que a parte mais difícil é o começo. Você só precisa persistir pelo tempo que for necessário.

Na semana anterior, Stevie a ajudara a arrumar todos os armários, a mudar o projeto do jardim e a limpar a garagem. Além disso, juntas, planejaram a reforma da cozinha. Carole surgira com todos os tipos de distrações e desculpas para evitar começar o livro. E já vinha fazendo isso havia alguns meses.

— Talvez você precise de um descanso — sugeriu Stevie. Carole resmungou.

— Nos últimos tempos, minha vida tem sido um completo descanso. Mais cedo ou mais tarde, preciso voltar a trabalhar, seja em um filme ou nesse livro. Mike vai me matar se eu recusar outro papel.

Mike Appelsohn era produtor e atuava como seu empresário havia 32 anos, desde que a descobrira, muito tempo antes. Na época, Carole tinha apenas 18 anos, era só uma garota do interior do Mississippi, com longos cabelos loiros e enormes olhos verdes. Tinha ido para Hollywood mais por curiosidade do que por ambição. Só que ela tinha talento, e Mike Appelsohn a transformara em uma grande atriz. Ele e seu próprio dom, é claro. Seu primeiro teste, aos 18 anos, deixou todo mundo surpreso. O resto era história. A sua história. Agora, ela era uma das atrizes mais famosas do mundo, tinha mais sucesso do que um dia havia sonhado ter. Então, por que insistia em escrever um livro? Carole não conseguia parar de se perguntar isso. Mas ela sabia a resposta, assim como Stevie. Ela procurava uma parte de si mesma, uma parte que havia escondido em uma gaveta, em algum lugar, uma parte sua que queria e precisava encontrar, para que o resto da sua vida fizesse sentido.

Seu último aniversário a afetara profundamente. Completar 50 anos tinha sido um marco importante para ela, principalmente agora que estava sozinha. Não poderia passar em branco nem ser ignorado. Carole havia decidido juntar todas as partes que a faziam ser quem ela era, de um jeito que nunca fizera antes, uni-las em um grupo, em vez de fragmentos à deriva, no espaço. Ela queria que sua vida fizesse sentido, pelo menos para si mesma. E queria voltar bem lá atrás, para compreender tudo.

Tantas coisas haviam acontecido por acaso, principalmente nos primeiros anos de sua carreira, ou pelo menos assim parecia ser. Algumas vezes, a sorte lhe fora favorável; em outras, nem tanto. Mas, na maior parte das vezes, Carole fora afortunada, pelo menos em relação ao trabalho e aos filhos. Mas ela não queria que sua vida se resumisse ao acaso, fosse ele feliz ou infeliz. Muitas coisas que havia feito tinham sido em resposta a circunstâncias ou a outras pessoas, e não resultado de decisões suas. Agora, parecia importante saber se as escolhas feitas tinham sido as certas. Mas e daí? Ela continuava se perguntando

qual seria a diferença saber isso, já que nada mudaria o passado. Mas ela sabia que poderia alterar o rumo de sua vida nos anos seguintes. Essa era a diferença que ela buscava. Sem a presença de Sean, agora o mais importante era fazer escolhas e tomar decisões, em vez de apenas esperar que algo acontecesse. O que *ela* queria? Queria escrever um livro. Era tudo o que sabia. E, talvez depois disso, o resto viesse normalmente. Talvez ela passasse a ter uma noção melhor dos papéis que gostaria de interpretar, a impressão que gostaria de deixar no mundo, as causas que iria apoiar e quem realmente desejava ser, para o resto da vida. Seus filhos já estavam crescidos. Agora era o seu momento.

Stevie desapareceu e voltou com uma xícara de chá para Carole: chá de baunilha descafeinado, que Stevie mandava vir da loja Mariage Frères, em Paris. Carole era viciada nesse chá desde quando morava na França, era o seu favorito. Ela sempre ficava agradecida com a bebida quentinha que Stevie lhe servia, isso era reconfortante. Quando levou a xícara aos lábios e bebeu um gole, Carole parecia pensativa.

— Talvez você tenha razão — disse ela, absorta, dirigindo o olhar à amiga de tantos anos.

Elas viajavam juntas, porque Carole a levava para o set de filmagens quando estava gravando. Stevie era pau pra toda obra. Além de tornar a vida de Carole mais fácil e tranquila, a assistente gostava de trabalhar para ela. Adorava o que fazia e sentia-se animada para a jornada diária. Cada dia era diferente do anterior, como um novo desafio. E trabalhar para Carole Barber, depois de todos aqueles anos, ainda a deixava empolgada.

— Como assim eu tenho razão? — perguntou Stevie, relaxando os longos braços na poltrona de couro do escritório.

Elas costumavam passar muitas horas naquela sala, planejando coisas, resolvendo problemas. Carole estava sempre disposta a ouvir o que Stevie tinha a dizer, mesmo que depois fizesse algo diferente. De qualquer forma, na maioria das vezes, considerava seus conselhos sólidos e valiosos. E, para Stevie,

Carole não era apenas sua chefe; era como uma tia sábia. As duas compartilhavam opiniões sobre a vida e pensavam da mesma forma em relação a vários assuntos, principalmente quando se tratava de homens.

— Talvez eu precise fazer uma viagem.

Não seria para se esquivar do livro, mas talvez, neste caso, para quebrar o encanto. Como se faz com uma concha dura e resistente que não abre de jeito nenhum.

— Você poderia visitar seus filhos — sugeriu Stevie.

Carole adorava fazer isso, uma vez que eles raramente vinham visitá-la. Para Anthony, era difícil escapar do escritório, embora sempre arranjasse tempo, por mais ocupado que estivesse, para vê-la à noite, quando ela estava em Nova York. Ele adorava a mãe. Assim como Chloe, que seria capaz de largar tudo para bater pernas por Londres com ela, para se divertir e fazer compras. A jovem aproveitava todo o amor e tempo que a mãe lhe oferecia, como uma flor absorve a água da chuva.

— Acabei de visitá-los há poucos dias. Não sei... talvez eu devesse fazer algo, sei lá... completamente diferente... ir a algum lugar ao qual nunca fui antes... como Praga ou algo assim... ou à Romênia... à Suécia...

Havia poucos lugares no mundo que ela ainda não conhecia. Carole deu palestras em conferências de mulheres na Índia, no Paquistão e em Pequim. Encontrou-se com chefes de Estado em todo o mundo, trabalhou para o Unicef e discursou no Senado dos Estados Unidos.

Stevie hesitou em dizer o óbvio: Paris. Ela sabia quanto a cidade significava para a amiga. Carole havia morado na capital francesa por dois anos e meio, e, nos últimos 15 anos, só voltara à cidade apenas duas vezes. Dizia que não havia mais nada que interessasse a ela por lá. A primeira vez que voltou a Paris, nos cinco anos que antecederam seu casamento com Sean, fora para vender a casa na rue Jacob; ou, mais especificamente, em uma viela atrás dessa rua. Stevie fora com ela e adorou a

propriedade. Mas, naquela época, a vida de Carole estava concentrada, mais uma vez, em Los Angeles, e ela achava que não fazia sentido manter uma casa em Paris. Foi difícil para Carole fechar a casa, e ela nunca mais voltou à cidade, até sua única ida na companhia de Sean, pouco depois de se casar, havia uns dez anos. Mas ele odiava os franceses e sempre preferia ir a Londres. Eles ficaram no Ritz, e ele reclamou o tempo inteiro. Sean adorava a Itália e a Inglaterra, mas não a França.

— Talvez seja a hora de voltar a Paris — disse Stevie, de forma cautelosa. Ela sabia que aquele ainda era um assunto delicado, mas, depois de 15 anos, não imaginava que poderia mexer tanto com Carole. Não depois dos oito anos que passara com Sean. Stevie acreditava que o que quer que tivesse acontecido a Carole em Paris já havia sido curado fazia muito tempo e, de vez em quando, a atriz ainda se referia à cidade em tom afetuoso.

— Não sei — disse Carole, refletindo sobre a ideia. — Chove muito em novembro. E aqui o tempo está tão bom.

— O tempo não parece estar ajudando você a escrever o livro. Vá para outro lugar então. Viena... Milão... Veneza... Buenos Aires... Cidade do México... Havaí. Talvez você devesse ir para algum lugar de praia, se quiser curtir um tempo bom.

Ambas sabiam que o clima não era o problema.

— Vou pensar nisso — disse Carole com um suspiro, levantando-se da cadeira. — Vou pensar a respeito.

Carole era alta, embora não tanto quanto sua assistente. Era esbelta, elegante e mantinha um corpo bonito. Ela se exercitava, mas não o bastante para justificar a boa forma. Havia herdado uma ótima genética, boa estrutura óssea, tinha um corpo que desafiava os anos e um rosto que, voluntariamente, não condizia com a idade. E nunca havia feito cirurgia plástica.

Carole Barber era simplesmente uma bela mulher. Seu cabelo ainda era louro, comprido e liso, e ela o mantinha frequentemente preso em um rabo de cavalo ou em um coque. Desde o início de sua carreira, ela fazia a alegria dos cabeleireiros nos sets

de filmagem. Seus olhos eram verdes e enormes; as maçãs de seu rosto, salientes; e as feições, delicadas e perfeitas. Ela parecia uma modelo. Além disso, seu modo de andar transmitia confiança, equilíbrio e elegância. Não era arrogante, apenas uma mulher segura de si; caminhava com a elegância de uma bailarina. Isso porque o primeiro estúdio que a contratou exigiu que ela fizesse aulas de balé. E, mesmo agora, ela ainda andava como uma bailarina, com a postura perfeita. Sua aparência era espetacular, e Carole raramente usava maquiagem. Seu estilo simples a tornava ainda mais interessante. Stevie sentira-se intimidada diante dela no primeiro dia de trabalho. Na época, Carole tinha apenas 35 anos. Agora estava com 50, por mais incrível que parecesse, pois aparentava ter dez anos a menos. Embora Sean fosse cinco anos mais novo do que ela, sempre pareceu mais velho. O falecido marido fora um homem bonito, mas era calvo e tinha tendência a ganhar peso. Carole mantinha o mesmo corpo desde os 20 anos. Era cuidadosa quanto à alimentação, mas, acima de tudo, tinha sorte. Havia sido abençoada pelos deuses ao nascer.

— Vou resolver algumas coisas — disse ela a Stevie alguns minutos depois. Havia colocado um suéter de caxemira branco em volta dos ombros e segurava uma bolsa de couro de jacaré bege que comprara na Hermès. Ela gostava de roupas simples, mas de boa qualidade, especialmente se fossem francesas. Aos 50 anos, havia algo em Carole que lembrava Grace Kelly aos 20. Ambas transmitiam a mesma tranquilidade elegante, aristocrática, embora Carole parecesse mais entusiástica. Não havia nada de austero nela e, considerando-se quem era e a fama da qual usufruíra durante toda a sua vida adulta, ela era tremendamente humilde. Como todas as outras pessoas, Stevie adorava essa característica da personalidade da famosa atriz. Carole jamais fora convencida.

— Quer que eu faça algo para você? — ofereceu Stevie.

— Sim, escreva o livro enquanto eu estiver fora. Eu enviarei o trabalho à minha agente amanhã. — Carole havia feito contato com uma agente literária, mas, por ora, não tinha nada para enviar.

— Combinado — disse Stevie, achando graça da brincadeira. — Pode deixar que cuido de tudo por aqui enquanto estiver na Rodeo Drive.

— Não vou à Rodeo Drive — retrucou Carole, em tom afetado. — Quero dar uma olhada em cadeiras para sala de jantar. Acho que a sala está precisando de uma repaginada. Pensando bem, eu também estou, mas não tenho coragem suficiente para fazer isso. Não quero acordar de manhã parecendo outra pessoa. Precisei de 50 anos para me acostumar com o rosto que tenho. E odiaria trocá-lo por outro.

— Você não precisa de plástica — disse Stevie, tranquilizando-a.

— Obrigada, mas o espelho me mostra os estragos do tempo.

— Eu tenho mais rugas do que você — disse Stevie. E era verdade. Sua pele irlandesa, de textura fina, não estava envelhecendo tão bem quanto a de sua patroa, para sua tristeza.

Cinco minutos depois, Carole saiu em sua SUV. Tinha o mesmo carro havia seis anos. Diferente de outras estrelas de Hollywood, não tinha necessidade de ser vista em um Rolls Royce ou um Bentley. Estava satisfeita com a SUV. As únicas joias que usava eram um par de brincos de diamante e, quando Sean era vivo, a aliança simples de ouro, que ela havia, finalmente, tirado naquele verão. Qualquer coisa mais do que isso ela considerava desnecessária, e os produtores conseguiam emprestadas algumas joias, quando ela precisava ir a algum evento para promover um filme. Na sua vida pessoal, a peça mais exótica que usava era um relógio simples de ouro. A coisa mais deslumbrante sobre Carole era ela mesma.

Ela retornou duas horas depois e encontrou a assistente comendo um sanduíche na cozinha. Stevie dispunha de um pequeno escritório, e sua maior reclamação era que o cômodo ficava perto demais da geladeira, que ela visitava com muita frequência. E, para compensar o que comia no trabalho, exercitava-se na academia todas as noites.

— Já terminou o livro? — perguntou Carole ao entrar. Ela parecia bem mais animada do que estava antes de sair.

— Quase. Estou no último capítulo. Mais meia hora e acho que termino — respondeu ela, rindo. E as cadeiras?

— Ah, não combinavam com a mesa. O tamanho era desproporcional. A menos que eu compre uma mesa nova também.

Carole estava à procura de novos projetos, e ambas sabiam que ela precisava voltar a trabalhar, ou escrever o livro. Preguiça não combinava com a atriz. Depois de uma vida inteira de trabalho constante, e agora que Sean havia morrido, precisava de algo para se ocupar.

— Decidi seguir o seu conselho — anunciou Carole com uma expressão séria, sentando-se diante de Stevie.

— Que conselho? — Stevie não se lembrava mais do que tinha dito.

— Sobre fazer uma viagem. Tenho que sair aqui. Levarei o computador. Talvez eu possa começar o livro de novo em algum quarto de hotel. Não estou satisfeita com o que já escrevi.

— Eu gosto. Os dois primeiros capítulos são bons. Você só tem que desenvolvê-los um pouco mais e continuar daí. É como escalar uma montanha. Não pode olhar para baixo nem parar até chegar ao topo.

Esse foi um bom conselho.

— Talvez. Vou pensar nisso. De qualquer maneira, preciso espairecer — disse ela com um suspiro. — Reserve um voo para Paris para depois de amanhã. Não tenho nada para fazer aqui, e ainda faltam três semanas e meia para o feriado de Ação de Graças. É melhor eu ir logo para voltar antes de Chloe e Anthony chegarem. O momento é perfeito.

Ela refletira durante todo o trajeto para casa e tomara a decisão. Sentia-se melhor agora.

Stevie concordou apenas com um aceno de cabeça e absteve-se de qualquer comentário. Estava convencida de que seria bom para Carole viajar, principalmente para um lugar que ela adorava.

— Acho que estou pronta para voltar — disse Carole baixinho, com ar pensativo. — Pode fazer reserva no Ritz. Sean odiava esse hotel, mas eu gosto muito de lá.

— Quanto tempo você pretende ficar?

— Não sei. Melhor fazer a reserva para duas semanas. Pensei em usar Paris como base. Na verdade, quero ir a Praga e a Budapeste, já que nunca estive lá. Quero passear um pouco. Sou livre como um pássaro e posso muito bem tirar proveito disso. Talvez me sinta inspirada se vir algo novo. Se eu quiser voltar para casa antes, tudo bem. E, na volta, darei uma passada em Londres, para ficar com Chloe por alguns dias. Se estiver perto do feriado de Ação de Graças, talvez ela queira vir comigo. Seria ótimo. E Anthony também virá, portanto não preciso parar em Nova York na volta.

Carole sempre tentava ver os filhos quando viajava, desde que eles tivessem tempo, já que isso agora não era problema para ela. Mas aquela viagem era dela.

Stevie sorriu, enquanto anotava os pedidos nos mínimos detalhes.

— Vai ser bom voltar a Paris. A última vez que estive lá foi quando você desocupou a casa. Há 14 anos. — Nesse momento, Carole pareceu ligeiramente constrangida. Ela não deixara claro o motivo da viagem.

— Por favor, não pense que sou ingrata. Adoro quando viajamos juntas. Mas desta vez quero ir sozinha. Não sei por que, mas sinto que preciso mergulhar na minha própria mente. Se formos juntas, vou acabar me distraindo em vez de fazer o que realmente quero. Estou à procura de algo, nem sei ao certo o que é. Acho que estou à procura de mim mesma. — Carole tinha profunda convicção de que as respostas para o seu futuro, e para o livro, estavam enterradas no passado. Agora, queria voltar para desenterrar tudo o que tinha deixado para trás e tentado esquecer havia muito tempo.

Stevie pareceu surpresa, mas sorriu para a patroa.

— Tudo bem. É que eu fico preocupada quando você viaja sozinha.

Carole não costumava fazer isso, e Stevie não gostava da ideia.

— Eu também fico preocupada — confessou Carole. — Além disso, sou preguiçosa demais. Você me acostumou mal. Odeio lidar com o pessoal do hotel e pedir meu próprio chá. Mas talvez isso seja bom para mim. Afinal de contas, a vida não deve ser tão complicada no Ritz.

— E se você for à Europa Oriental? Quer que alguém a acompanhe? Posso contratar alguém em Paris, através do próprio Ritz.

Durante um tempo, houve algumas ameaças em relação à segurança da atriz, mas elas haviam cessado. As pessoas a reconheciam praticamente no mundo inteiro. E, mesmo que não a reconhecessem, Carole seria uma mulher bonita viajando sozinha. E se ela ficasse doente? Carole fazia aflorar o instinto maternal de Stevie, que gostava de cuidar dela e protegê-la da vida real. Esse era seu trabalho e sua missão na vida.

— Não preciso de segurança. Ficarei bem. E daí se me reconhecerem? Como Katharine Hepburn costumava dizer, vou manter a cabeça baixa e evitar contato visual.

Elas ainda ficavam surpresas com o fato de essa estratégia funcionar. Quando Carole evitava contato visual com as pessoas na rua, praticamente passava despercebida. Era um velho truque de Hollywood, embora nem sempre desse certo. Mas frequentemente funcionava.

— Se mudar de ideia, posso ir ao seu encontro — ofereceu Stevie, o que fez Carole sorrir. Ela sabia que sua assistente não estava forçando a barra tentando viajar. Estava apenas preocupada com ela, o que tocou seu coração. Stevie era a assistente perfeita de todas as maneiras, sempre se esforçando para tornar a vida de Carole mais fácil e antecipando problemas que poderiam ocorrer.

— Juro que telefono se tiver algum problema ou se me sentir sozinha ou estranha — prometeu Carole. — Quem sabe

resolvo voltar para casa depois de alguns dias? Parecia divertido viajar assim, sem planos definidos.

Carole já havia feito milhares de viagens para promover seus filmes, ou para locações de filmagens. Não era comum viajar sem ter planos definidos, mas Stevie achava aquilo uma boa ideia, mesmo sendo algo inusitado.

— Vou deixar o celular sempre ligado, assim você pode telefonar a qualquer hora, mesmo no meio da noite ou quando eu estiver na academia. Qualquer coisa, posso pegar o primeiro voo — prometeu Stevie, embora Carole tivesse a consideração de não telefonar para ela de madrugada. Ao longo dos anos, ela mantinha fortes limites, que serviam para as duas. Ela respeitava a vida pessoal de Stevie, e Stevie respeitava a dela. Isso havia facilitado a convivência entre as duas por todo aquele tempo. — Vou telefonar para a companhia aérea e para o Ritz — disse Stevie, terminando seu sanduíche e se levantando para colocar o prato no lava-louça. Havia muito, Carole reduzira o número de funcionários a apenas uma faxineira, que vinha cinco dias por semana, na parte da manhã. Sem Sean e os filhos em casa, não precisava de muita ajuda, nem queria. Ela mesma vasculhava a geladeira quando queria preparar alguma coisa para comer e não tinha mais cozinheira. E preferia dirigir o próprio carro. Gostava de viver como uma pessoa normal, sem as mordomias de uma estrela.

— Vou arrumar as malas — anunciou Carole ao sair da cozinha. Duas horas depois, já havia terminado. Estava levando pouca coisa: algumas calças compridas, uns jeans, uma saia, suéteres, sapatos confortáveis para caminhar e um par de saltos altos. Também colocou na mala uma jaqueta e uma capa e deixou à mão um casaco de lã quente para usar no voo. A coisa mais importante que estava levando era seu laptop. Não precisava de muito mais e talvez nem usasse o computador, se não se sentisse inspirada durante a viagem.

Tinha acabado de fechar a mala quando Stevie entrou no quarto para informar que as reservas tinham sido feitas. Ela

pegaria um avião para Paris em dois dias e ficaria em uma suíte no Ritz, na parte que dava para a place Vendôme. Stevie prometeu levá-la ao aeroporto. Carole estava pronta para a odisseia em busca do autoconhecimento em Paris, ou aonde quer que ela fosse. Estando na Europa, poderia fazer reservas para qualquer cidade que decidisse visitar. Carole de repente ficou empolgada diante da ideia de viajar. Seria maravilhoso voltar a Paris depois de todos aqueles anos.

Queria rever sua antiga casa perto da rue Jacob, na Rive Gauche, e prestar uma espécie de homenagem aos dois anos e meio que havia morado lá. Parecia que tinha sido há uma eternidade. Quando deixou Paris, era mais jovem do que Stevie. Seu filho, Anthony, então com 11 anos, ficara feliz em voltar aos Estados Unidos. Por outro lado, Chloe, que tinha apenas 7 anos, ficou triste ao partir e deixar os amigos que havia feito na cidade. Carole falava francês fluentemente. Quando eles se mudaram para Paris, as crianças tinham, respectivamente, 8 e 4 anos, e ela estava gravando um filme lá. As filmagens levaram oito meses, e eles acabaram ficando por mais dois anos. Na época, parecera muito tempo, especialmente para uma criança, e até para ela. E, agora, ela iria voltar, em uma espécie de peregrinação. Não tinha a menor ideia do que encontraria na cidade, ou como iria se sentir. Mas estava pronta. Mal podia esperar para ir. Percebia agora que aquele era um passo importante na concretização do seu livro. Talvez voltar àquela cidade a libertasse e abrisse as portas que haviam sido trancadas com tanta força. Se permanecesse diante do computador em Bel Air, não teria como abri-las. Mas, talvez em Paris, as portas se escancarassem sozinhas. Ela estava contando com isso.

Só de saber que iria a Paris, Carole conseguiu escrever naquela noite. Ficou na frente do computador por várias horas depois que Stevie foi embora. E já estava sentada escrevendo quando a assistente chegou pela manhã.

Carole ditou algumas cartas, pagou contas e resolveu algumas pendências. No dia seguinte, quando foi para o aeroporto,

já havia resolvido tudo. No caminho, conversou animadamente com Stevie, deixando-a a par de alguns detalhes, como as recomendações ao jardineiro e algumas coisas que ela havia encomendado e que chegariam quando estivesse fora.

— O que devo dizer à Chloe e ao Anthony, se eles telefonarem? — perguntou Stevie no aeroporto, enquanto tirava a mala do carro. Carole estava levando pouca bagagem, para se virar sozinha com facilidade.

— Diga apenas que viajei — respondeu Carole com a maior tranquilidade.

— Para Paris? — Stevie sempre fora discreta e só dizia às pessoas, até aos filhos de Carole, o que ela autorizava.

— Tudo bem. Não é nenhum segredo. Provavelmente, em algum momento, eu mesma vou telefonar para eles. Vou ligar para Chloe antes de ir para Londres. Primeiro quero decidir ver o que vou fazer.

Ela estava adorando a sensação da liberdade de viajar sozinha e de poder decidir, a cada dia, seus destinos. Era raro para ela agir de forma tão espontânea e fazer o que bem entendesse. Aquela oportunidade estava sendo uma verdadeira bênção.

— Não se esqueça de me manter informada — disse Stevie.
— Fico preocupada com você.

Stevie provavelmente ficava mais preocupada do que os próprios filhos de Carole, que não eram tão inteirados da vida da mãe, embora a amassem. Às vezes, Stevie agia de uma forma quase maternal. Ela conhecia o lado vulnerável de Carole que outras pessoas não viam; o lado frágil, propenso a sofrimento. Para os demais, Carole exibia uma tranquilidade e uma segurança que nem sempre eram verdadeiras.

— Vou mandar um e-mail para você assim que chegar ao hotel. Não se preocupe se não receber notícias minhas depois disso. Se eu for a Praga ou a Viena, ou a qualquer outro lugar, provavelmente vou deixar o computador em Paris. Não quero ter que me preocupar em responder e-mails enquanto estiver viajando. Às

vezes é divertido escrever em bloquinhos de papel. A mudança pode me fazer bem. Eu telefono se precisar de alguma coisa.

— É bom mesmo. Divirta-se — disse Stevie ao abraçá-la, e Carole sorriu.

— Se cuide. Aproveite esses dias de folga — sugeriu Carole, no momento em que um funcionário do aeroporto pegou sua mala para fazer o check-in. Ela iria viajar na primeira classe. O rapaz deu uma segunda olhada para ela e, em seguida, sorriu ao reconhecê-la.

— Olá, Srta. Barber. Como vai? — perguntou o rapaz, emocionado por estar diante da famosa estrela.

— Bem, obrigada — respondeu ela com um sorriso. Seus grandes olhos verdes iluminavam seu rosto.

— Indo para Paris? — perguntou ele, completamente deslumbrado. Ela era tão bonita quanto na tela e parecia simpática, afetuosa e verdadeira.

— Isso mesmo. — O simples fato de dizer aquelas palavras já lhe causava uma sensação de bem-estar, como se Paris estivesse à sua espera. Ela deu uma generosa gorjeta ao funcionário, e ele retribuiu o gesto com uma saudação com o quepe, enquanto dois outros carregadores se apressaram para pedir autógrafo. Carole deu os autógrafos, acenou para Stevie uma última vez e desapareceu no terminal. Estava usando calças jeans, seu pesado casaco cinza escuro e levava uma bolsa grande. Seu cabelo loiro estava preso em um rabo de cavalo liso, e ela tratou de colocar, rapidamente, os óculos escuros quando entrou. Ninguém a reconheceu quando ela passou. Era apenas mais uma mulher se dirigindo ao controle de segurança, a caminho do avião. Iria pegar um voo da Air France. Mesmo depois de 15 anos, seu francês continuava bom e teria a chance de praticar no voo.

O avião decolou do aeroporto de Los Angeles na hora prevista, e ela começou a ler um livro que tinha trazido para a viagem. No meio do caminho, dormiu, e, como havia solicitado, eles a acordaram quarenta minutos antes da aterrissagem, o

que lhe deu tempo para escovar os dentes, lavar o rosto, pentear o cabelo e tomar uma xícara do seu chá de baunilha. Ela estava olhando pela janela quando o avião pousou. Era um dia de novembro chuvoso em Paris, e seu coração disparou só de ver a cidade novamente. Por razões que ela desconhecia, estava em uma peregrinação de volta no tempo e, mesmo depois de todos aqueles anos, sentia-se como se estivesse voltando para casa.

2

A suíte no Ritz era tão bonita quanto ela esperava. A roupa de cama era de seda e cetim, em azul-claro e tons de dourado. A suíte dispunha de uma sala de estar e um quarto, além de uma escrivaninha estilo Luís XV, na qual ela instalou o laptop. Dez minutos depois de chegar, mandou um e-mail para Stevie, enquanto esperava os croissants e um bule de água quente que havia pedido. Carole levara um estoque para três semanas do chá de baunilha, que Stevie colocara na mala. Ele era vendido em Paris, mas isso a pouparia de sair para comprá-lo.

No e-mail, ela dizia que havia chegado bem, que a suíte era magnífica e que o voo fora perfeito. Contava também que estava chovendo em Paris, mas que ela não se importava. Carole mencionou que iria desligar o computador e não mandaria notícias por algum tempo, se é que entraria em contato novamente até o fim da viagem. Se acontecesse algum problema, ela ligaria para o celular de Stevie. Pensou em telefonar para os filhos, mas desistiu. Adorava falar com os dois, mas eles tinham as próprias vidas agora, e aquela viagem era um momento só dela, algo que Carole precisava fazer sozinha. E não queria compartilhar aquela experiência com eles, pelo menos por enquanto. Sabia que tanto Anthony quanto Chloe acha-

riam estranha sua decisão de perambular pela Europa sozinha. Havia algo ligeiramente patético nisso, como se ela não tivesse nada para fazer, nem ninguém com quem conversar, o que era verdade, mas Carole estava satisfeita com isso. E sentia que a chave para o livro que tentava escrever estava ali, ou pelo menos uma das chaves. Seus filhos poderiam ficar preocupados se soubessem que ela estava viajando sozinha. Às vezes Stevie, Chloe e Anthony eram mais conscientes a respeito de sua fama do que ela própria, que gostava de ignorar esse detalhe.

Os croissants e a água quente chegaram, entregues por um funcionário uniformizado. Ele pôs a bandeja de prata na mesinha, já abastecida com alguns doces, uma caixa de bombom e uma cesta de frutas, além de uma garrafa de champanhe, enviada pelo gerente do hotel. Eles a tratavam com carinho, e ela sempre gostou muito do Ritz. Nada havia mudado. O lugar estava mais bonito do que nunca. Carole parou diante da enorme janela francesa e olhou para a place Vendôme, sob a chuva que caía. Seu avião havia aterrissado às onze horas naquela manhã. Ela passou diretamente pela alfândega e chegou ao hotel meio-dia e meia. Agora, era uma da tarde; ela teria o resto do dia para passear na chuva e visitar pontos turísticos que já conhecia. Ainda não tinha a menor ideia de para onde iria depois de Paris, mas, por ora, se sentia feliz. Estava começando a considerar a possibilidade de ficar só em Paris e aproveitar a cidade. Para ela, não havia nada melhor do que a capital francesa. Ainda considerava Paris a cidade mais bela do mundo.

Ela tirou da mala as poucas coisas que havia levado e pendurou as roupas no armário. Depois, tomou banho na enorme banheira e deleitou-se com as felpudas toalhas cor-de-rosa. Em seguida, vestiu uma roupa quentinha e, às duas e meia, passou pelo saguão, levando alguns euros no bolso. Resolveu deixar a chave na recepção, porque a pesada etiqueta de latão do chaveiro o tornava incômodo para carregar, e ela nunca levava bolsa quando saía a pé, pois isso acabava sendo um transtorno.

Então puxou o capuz, abaixou a cabeça, enfiou as mãos nos bolsos e passou discretamente pela porta giratória. Assim que saiu do hotel, pôs os óculos escuros. A chuva tinha se tornado uma névoa e caía suavemente em seu rosto quando ela desceu os degraus do Ritz e seguiu para a place Vendôme. Ninguém a reconheceu. Ela era apenas uma anônima em Paris, saindo para um passeio. Dirigiu-se a pé até a place de la Concorde, e dali iria em direção à Rive Gauche. Embora fosse uma longa caminhada até lá, Carole sentia-se bem-disposta. Pela primeira vez em anos, podia fazer o que quisesse em Paris, ir aonde bem entendesse. Não tinha de escutar Sean reclamando do lugar, nem ter de se preocupar em distrair as crianças. Não tinha de agradar a ninguém além de si mesma. Foi então que se deu conta de que ter ido para Paris tinha sido a melhor coisa que poderia ter feito. Nem a fraca chuva de novembro nem a friagem a incomodavam. Seu casaco pesado a deixava aquecida, e os sapatos de sola de borracha mantinham seus pés secos, mesmo no chão molhado. Então, olhou para o céu, respirou fundo e sorriu. Não havia cidade mais espetacular do que aquela, fossem quais fossem as condições do tempo. Sempre achou o céu de Paris o mais belo do mundo. E agora ele parecia uma pérola cinza luminosa.

Carole passou pelo Hotel Crillon e chegou à place de la Concorde, com suas fontes e estátuas, e o barulho do trânsito. Permaneceu ali por um longo tempo, absorvendo a alma da cidade novamente, e depois partiu a pé, em direção à Rive Gauche, com as mãos nos bolsos. Estava feliz por não ter levado bolsa. Teria sido um transtorno. Assim, sentia-se mais livre. E tudo o que precisava ter consigo era algum dinheiro para pagar o táxi de volta, caso se afastasse demais do hotel e estivesse muito cansada para andar.

Carole sempre gostou de andar sem rumo por Paris, mesmo quando as crianças eram pequenas. Ela os levava para todos os cantos, a todos os pontos turísticos e museus, e para brincar no Bois de Boulogne, nas Tulherias, no Bagatelle e nos jardins de Luxemburgo. Adorou o período que passou na cidade com os

filhos, embora Chloe se lembrasse muito pouco dessa época, e Anthony tivesse ficado feliz de voltar para casa. Ele sentia falta do beisebol, dos hambúrgueres e dos milk-shakes, dos programas de televisão e do Super Bowl. Após algum tempo, ficou difícil convencê-lo de que a vida na França era mais animada, pois não era o que ele achava, embora tivesse aprendido francês, assim como Chloe e a própria Carole. Anthony ainda falava um pouco, Chloe não falava nada e Carole ficou satisfeita ao perceber, durante o voo, que ainda conseguia se virar razoavelmente bem. Ela raramente tinha chance de praticar o idioma. Havia se esforçado bastante quando ainda morava lá e chegou a falar fluentemente. Agora, embora não fosse mais fluente, ainda se comunicava muito bem, mas cometia alguns deslizes, o que era comum a qualquer norte-americano, ao usar os artigos *le* e *la*. Para qualquer pessoa que não tivesse crescido na França, era difícil se comunicar sem cometer erros. Mas, quando estava morando lá, Carole chegou perto da perfeição e costumava deixar todos os seus amigos franceses impressionados.

Ela atravessou a ponte Alexandre III para a Rive Gauche, em direção ao Les Invalides, e depois seguiu para o cais, passando por todos os antiquários dos quais ainda se lembrava. Entrou na rue des Saints-Pères e caminhou para a rue Jacob. Chegou ao local como um pombo-correio e entrou na viela onde ficava sua antiga casa. Durante seus oito primeiros meses em Paris, morou em um apartamento alugado pelo estúdio. Era pequeno para ela, duas crianças, uma assistente e uma babá, e eles acabaram se mudando para um hotel, onde ficaram por um tempo. Ela havia matriculado as crianças em uma escola americana e, depois que o filme terminou, quando decidiu se mudar de vez para Paris, acabou encontrando aquela casa, perto da rue Jacob. Era uma pequena joia, em um pátio privado, com um lindo jardim nos fundos. A propriedade tinha o tamanho ideal para eles e era muito bonitinha. Os quartos das crianças e da babá, com janelas *oeil de boeuf* e teto de mansar-

da, ficavam no último andar. O seu quarto, no andar de baixo era digno de Maria Antonieta, com teto alto, enormes janelas francesas que davam para o jardim, piso do século XVIII e *boiseries*, além de uma lareira de mármore cor-de-rosa que ainda funcionava naquela época. Perto do seu quarto, havia um escritório, um quarto de vestir e uma enorme banheira, onde ela tomava banhos de espuma com a filha ou relaxava sozinha. No andar principal, havia uma sala de estar dupla, uma sala de jantar e a cozinha, além de uma entrada para o jardim, onde eles faziam refeições na primavera e no verão. Era uma residência incrível, construída no século XVIII para alguma cortesã. Ela nunca soube sua história completa, mas imaginava que fosse algo muito romântico. Como tinha sido para ela também.

Carole encontrou a casa facilmente e, como os portões estavam abertos, entrou no pátio. Em seguida, parou, olhou para a janela do seu antigo quarto e se perguntou quem morava ali agora. Será que era um lar feliz? Teriam seus atuais moradores realizado seus sonhos naquela casa? Por dois anos, ela foi feliz ali. Porém, ao final desse período, sofreu muito. Deixara Paris com o coração partido. Só de se lembrar daquela época ainda podia sentir a angústia no peito. Era como abrir uma porta que mantivera trancada pelos últimos 15 anos e evocar os odores, os sons e as sensações daquela época; a emoção de estar ali com seus filhos, de fazer descobertas e de estabelecer uma nova vida, para finalmente voltar aos Estados Unidos. Fora uma decisão difícil e um período triste. De vez em quando, tinha dúvidas se havia tomado a decisão certa, e ainda se perguntava se as coisas teriam sido diferentes se tivesse ficado na Europa. Mas agora sentia que tomara a decisão acertada, pelo menos em relação aos filhos. E talvez também a si mesma. Mesmo 15 anos depois, era difícil saber.

Entendia agora a razão de ter voltado. Queria compreender as escolhas que havia feito para ter certeza de que agira da forma certa. Assim, no fundo da alma, teria algumas das respostas que precisava para começar a escrever. Estava fazendo o caminho de

volta no mapa da sua vida para contar o que havia acontecido. Mesmo que o livro fosse uma história de ficção, ela precisava saber a verdade, antes de começar a montar uma trama. Sabia também que evitara essas respostas por muito tempo, mas o importante era que agora se sentia mais encorajada a enfrentá-las.

Ela deixou o pátio sem pressa, de cabeça baixa, e acabou esbarrando em um homem que passava pelo portão. Ele pareceu assustado ao vê-la, então Carole se desculpou em francês. Ele acenou com a cabeça e seguiu em frente.

Logo depois, caminhou pela Rive Gauche, observando os antiquários. Em seguida, parou na padaria à qual costumava levar as crianças e comprou macarons, que foram colocados em uma pequena sacola para que ela fosse comendo no caminho. O lugar era repleto de recordações, doces e amargas, que se precipitavam sobre ela como um oceano na maré alta, porém aquilo não era uma sensação ruim. As lembranças eram muitas, e, de repente, ela quis voltar ao hotel e escrever. Sabia o rumo que a história deveria tomar, e onde deveria começar. Resolveu reescrever o começo e, ao tomar essa decisão, fez sinal para um táxi. Estivera andando por quase três horas, e já estava escuro.

Ela deu o endereço do Ritz ao motorista, e eles seguiram em direção à Rive Droit. Então, Carole se acomodou no banco de trás do carro e pensou em sua antiga casa e nas coisas que tinha visto naquela tarde enquanto caminhava. Desde que deixara Paris, aquela era a primeira vez que andava pela cidade e se permitia pensar no passado. Diferente de quando viera com Sean e de quando voltara com Stevie, profundamente desolada, para desocupar a casa. Ela não queria se desfazer da propriedade, mas não via razão para mantê-la. Los Angeles era longe demais, ela estava fazendo um filme seguido do outro, portanto não tinha mais razão para voltar a Paris naquela época. O lugar era página virada. Então, um ano depois de partir, vendeu a casa. Ficou dois dias na cidade, deu as devidas instruções a Stevie e depois voltou para Los Angeles. Naquela

ocasião, não ficou muito tempo, mas agora dispunha de todo o tempo do mundo, e as recordações não mais a assustavam. Depois de 15 anos, elas estavam distantes demais para lhe causar qualquer dor. Ou, talvez, agora, ela finalmente estivesse pronta para enfrentá-las. Depois de perder Sean, podia enfrentar o que fosse. Ele a ensinara isso.

Carole estava absorta em seus pensamentos quando o táxi entrou no túnel, pouco antes do Louvre, e ficou parado no trânsito, mas ela não se incomodou. Não estava com pressa para ir a lugar nenhum. Sentia-se apenas cansada da viagem, do longo passeio e ainda estava sob o efeito do jet lag. Planejava jantar cedo, no quarto mesmo, e trabalhar no livro antes de dormir.

Estava pensando no romance quando o táxi avançou alguns metros no túnel e parou completamente. Era hora do rush em Paris. Àquela hora, o trânsito na cidade era sempre caótico. Ela olhou para o carro ao lado e viu dois jovens nos bancos dianteiros, rindo e buzinando. À frente deles, outro jovem colocou a cabeça para fora do carro e acenou. Os rapazes estavam se divertindo, rindo histericamente de alguma coisa, o que fez Carole sorrir. Eles pareciam africanos ou marroquinos e tinham a pele escura, de uma bela cor café com leite. E, no banco de trás do carro ao lado, havia um adolescente, que não estava rindo. Ele parecia nervoso e triste, e, por um longo momento, os olhares dele e de Carole se cruzaram. Dava a impressão de estar assustado, e ela de repente sentiu pena dele. O trânsito na pista na qual o táxi estava permaneceu parado, mas a pista ao lado finalmente avançou. Os rapazes no banco da frente ainda riam, e, assim que o carro andou, o jovem no banco de trás saltou do veículo e saiu correndo. Surpresa, Carole observou o jovem correr para a entrada do túnel, e, no momento em que ele desapareceu, um caminhão explodiu logo à sua frente. Nesse instante, ela viu os dois carros da pista ao lado, com os jovens que não paravam de rir, se transformarem em bolas de fogo, e o túnel inteiro reverberou com uma série de explosões.

Ela só foi capaz de ver uma parede de fogo avançar em direção ao táxi em que estava. Sua mente lhe ordenou que saísse do carro e corresse, mas, antes que pudesse agir, a porta do táxi voou pelos ares e Carole sentiu seu corpo ser arremessado para longe, por sobre os outros veículos, como se, de repente, ela tivesse criado asas. Tudo que viu ao redor foi fogo. O táxi em que estava tinha desaparecido, pulverizado junto com outros veículos. Parecia que ela estava em um sonho. Do nada, carros e pessoas desapareceram, outras voaram pelo ar, assim como ela, até que, finalmente, Carole mergulhou em total escuridão.

3

Dezenas de bombeiros ficaram posicionados do lado de fora do túnel, perto do Louvre, por várias horas. A CRS, tropa de choque da Polícia Nacional da França, com seus homens em trajes à prova de balas, munidos de escudos, capacetes e portando metralhadoras, havia sido chamada. A rua foi fechada. Ambulâncias, o SAMU e equipes de paramédicos haviam chegado. A polícia controlava curiosos e pedestres, enquanto o esquadrão antibomba procurava mais explosivos não detonados. Dentro do túnel, via-se um terrível incêndio, pois os carros continuavam explodindo, o que tornava quase impossível a retirada dos feridos. O chão do túnel estava coberto de corpos, os sobreviventes gemiam, e os que conseguiam andar, correr ou o rastejar saíam com dificuldade — muitos com os cabelos e as roupas em chamas. A cena era um pesadelo. Equipes de jornalistas chegavam aos montes para fazer a cobertura da tragédia e tentar entrevistar sobreviventes; a maioria, em choque. Até o momento, nenhum grupo terrorista conhecido havia assumido a autoria do atentado, mas o relato das pessoas que estavam no

túnel não deixava dúvidas de que a explosão tinha sido causada por uma bomba, provavelmente por mais de uma.

Passava da meia-noite quando os bombeiros e a polícia disseram aos repórteres que acreditavam já terem resgatado todos os sobreviventes. Ainda havia corpos presos nas ferragens dos veículos, e entre os destroços e entulhos, porém seriam necessárias mais algumas horas para que os bombeiros apagassem completamente o fogo e retirassem aqueles que tinham perdido a vida. Dois bombeiros morreram no incêndio tentando resgatar sobreviventes quando outros carros explodiram. Vários integrantes da equipe de resgate, além de paramédicos que tentavam ajudar as pessoas ou atender aos feridos no local, ficaram asfixiados pelos gases e pelas chamas. Entre os mortos, havia homens, mulheres e crianças. Era uma cena inacreditável. Muitas vítimas foram retiradas com vida, mas inconscientes. Os sobreviventes resgatados eram enviados a um dos quatro hospitais, onde equipes médicas tinham sido acionadas para socorrê-los. Dois centros de queimadura já estavam abarrotados, e os casos menos graves eram encaminhados a uma unidade especial nos arredores de Paris. Os esforços de resgate tinham sido extremamente bem coordenados, conforme declarou um dos repórteres, mas não se podia fazer muito depois de um atentado daquela magnitude, presumivelmente executado por terroristas. O poder de destruição das bombas era tamanho que tinha arrancado até partes das paredes do túnel. Era difícil acreditar que alguém pudesse sobreviver depois de testemunhar a imensa escuridão da fumaça e do fogo, que ainda se espalhava pelo túnel.

Carole tinha caído em uma pequena reentrância do túnel, o que, por sorte, a protegeu quando o fogo avançou. Ela foi uma das primeiras vítimas a serem resgatadas pelos bombeiros. Apresentava um corte profundo no rosto, um braço quebrado, queimaduras nos dois braços e no rosto, além de um grave ferimento na cabeça. Estava inconsciente quando foi retirada de lá em uma maca e colocada na ambulância, na qual médicos e

paramédicos puderam socorrê-la. Eles verificaram imediatamente seus ferimentos e a entubaram para que pudesse respirar. Em seguida, Carole foi encaminhada ao hospital La Pitié Salpêtrière, para onde eram mandados os casos mais graves. Suas queimaduras não necessitavam de cuidados intensos, mas o ferimento na cabeça colocava sua vida em perigo. Estava em coma profundo. Tentaram identificá-la, mas não encontraram nenhum documento com ela. Não tinha sequer dinheiro nos bolsos, que teriam sido esvaziados quando ela voou pelos ares. E, se tivesse uma bolsa, provavelmente também não estaria com ela, uma vez que fora ejetada do carro em que estava. Carole era uma vítima não identificada de um atentado terrorista em Paris. Não havia absolutamente nada que pudesse dar uma pista de quem ela era, nem mesmo a chave do seu quarto no Ritz. Seu passaporte havia ficado no hotel.

Carole foi levada em uma ambulância código azul, usada para pacientes que necessitavam de atendimento de emergência, juntamente com outro sobrevivente inconsciente, que tinha saído do túnel despido, com queimaduras de terceiro grau no corpo todo. Os paramédicos atenderam a ambos, mas parecia improvável que qualquer um dos dois chegasse vivo ao hospital. A vítima de queimadura morreu na ambulância. Carole ainda estava viva, embora em estado grave, quando foi levada, às pressas, para a unidade de traumatologia. Uma equipe estava a postos, esperando os primeiros feridos. As duas primeiras ambulâncias já haviam chegado com vítimas sem vida.

A médica responsável pela unidade de traumatologia e emergência pareceu desanimada quando examinou Carole. O corte no rosto era profundo, as queimaduras nos braços eram de segundo grau e a do rosto parecia irrelevante, em comparação com o restante dos ferimentos. Um ortopedista foi chamado para dar uma olhada em seu braço, mas nada poderia ser feito enquanto o ferimento na cabeça não fosse examinado. Carole precisava passar por uma tomografia computadorizada

o mais rápido possível, mas acabou sofrendo uma parada cardíaca. Imediatamente a equipe de cardiologia realizou procedimentos de salvamento para reanimá-la e conseguiu fazer seu coração voltar a bater, porém sua pressão arterial despencou. Havia 11 pessoas cuidando dela. Enquanto isso, outras vítimas eram trazidas, mas, naquele momento, o estado de Carole era um dos mais graves. Um neurocirurgião chegou para examiná-la e realizou a tomografia, mas decidiu esperar para fazer qualquer procedimento cirúrgico, já que seu estado não era estável. Eles limparam as queimaduras, colocaram o osso do braço no lugar e, como ela parou de respirar, foi colocada em um respirador artificial. A situação só se acalmou pela manhã, na unidade de traumatologia, quando o neurocirurgião voltou para avaliar o estado de Carole. A principal preocupação dos médicos era o inchaço no cérebro, e era difícil determinar a força com que ela havia se chocado contra a parede ou caído no chão do túnel, ou as possíveis sequelas, caso ela sobrevivesse. O neurocirurgião e a chefe da unidade de traumatologia chegaram à conclusão de que não iriam operá-la de imediato. Seria melhor se a cirurgia pudesse ser evitada, para que seu estado não piorasse. A vida de Carole estava por um fio.

— A família dela está aqui? — perguntou o médico, preocupado. Ele presumiu que seus parentes talvez quisessem que ela recebesse a extrema-unção, como faz a maior parte das famílias.

— Não. Ela não foi identificada. Estava sem documento — explicou a chefe da unidade de traumatologia, e o neurocirurgião assentiu, em silêncio.

Naquela noite, havia vários pacientes não identificados no La Pitié. Porém, mais cedo ou mais tarde, as famílias ou os amigos procurariam por essas pessoas, que consequentemente seriam identificadas. Por enquanto, esse detalhe era irrelevante. Estavam recebendo o melhor atendimento que a cidade poderia fornecer, independentemente de quem fossem. Naquele momento, eram vítimas de uma bomba. O médico já tinha visto

três crianças morrerem naquela noite, logo depois de chegarem, com queimaduras tão graves que as deixaram irreconhecíveis. O atentado tinha sido um ato covarde. O cirurgião disse que voltaria dentro de uma hora para verificar o estado de Carole. Ela estava temporariamente no setor de reanimação da unidade, recebendo atendimento de uma equipe completa, que tentava desesperadamente mantê-la viva e estável. Carole estava literalmente entre a vida e a morte. Aparentemente, tinha sido salva graças à reentrância no túnel, para onde havia sido arremessada e que servira de bolha de ar e escudo contra o fogo. Se não fosse isso, assim como tantos outros, ela teria sido queimada viva.

Ao meio-dia, o neurocirurgião foi tirar um cochilo em alguma maca, em um quartinho. Os médicos estavam atendendo a 42 pacientes, vítimas do atentado no túnel. Ao todo, a polícia havia registrado 98 feridos. Até o momento, já tinham sido contados 71 corpos, e ainda havia mais mortos dentro do túnel. Tinha sido uma noite longa e aterradora.

O médico ficou surpreso ao encontrar Carole ainda com vida quando voltou, quatro horas depois. Seu estado permanecia inalterado, ela ainda respirava com a ajuda de aparelhos, mas outra tomografia mostrou que o inchaço no cérebro não havia piorado, o que era uma ótima notícia. A lesão mais grave parecia estar localizada no tronco cerebral. Ela apresentava uma lesão axonal difusa, com leves rupturas, devido à forte pancada na cabeça, mas ainda não era possível avaliar as possíveis sequelas no longo prazo. Seu encéfalo também tinha sido afetado, o que, em última análise, poderia comprometer seus músculos e sua memória.

O corte profundo na face havia sido suturado e, ao vê-la, o neurocirurgião comentou com o médico que a examinava que ela era uma bela mulher. Ele sabia que nunca a tinha visto antes, mas seu rosto lhe parecia familiar. Calculou que ela deveria ter entre 40 e 45 anos, no máximo. E estava surpreso com o fato de ninguém ter vindo procurá-la. Ainda era cedo. Se ela morresse sozinha, poderia levar dias até que alguém percebesse

que havia desaparecido. Mas as pessoas não permaneciam sem identificação para sempre.

O dia seguinte era um sábado, e as equipes da unidade de traumatologia continuavam trabalhando sem parar. Alguns pacientes haviam sido transferidos para outras unidades do hospital, e vários foram levados, de ambulância, para centros de queimadura. Carole permanecia entre os pacientes com ferimentos mais graves, juntamente com outras vítimas em diferentes hospitais de Paris.

No domingo, seu estado piorou. Ela apresentou febre, algo que era esperado. Seu corpo estava em estado de choque, e ela ainda lutava pela vida.

A febre durou até terça-feira, quando, finalmente, cedeu. O inchaço no cérebro havia melhorado ligeiramente, e ela continuava em observação. Mas não estava mais perto de recuperar a consciência do que quando chegou. Sua cabeça e seus braços estavam enfaixados, e o braço esquerdo também estava engessado. O corte no rosto estava se fechando, embora fosse deixar uma cicatriz. A maior preocupação ainda era o dano cerebral. Eles a mantinham sedada, devido ao respirador, mas Carole permanecia em coma profundo. Não havia como avaliar as consequências, ou se ela, sequer, sobreviveria. Ainda não estava nem um pouco fora de perigo, pelo contrário.

Na quarta e na quinta-feira, não houve melhora em seu quadro. Sua vida permanecia por um fio. Na sexta-feira, uma semana depois que ela chegou, novos exames mostraram uma ligeira melhora, o que foi encorajador. A chefe da unidade de traumatologia comentou na ocasião que ela era a única paciente que ainda não tinha sido identificada. Ninguém tinha vindo procurá-la, o que parecia estranho. Todas as outras vítimas do atentado, sobreviventes ou não, tinham sido identificadas.

Nesse mesmo dia, a camareira que limpava o quarto de Carole no Ritz comentou com a chefe da limpeza que a hóspede não dormira no quarto a semana inteira. A bolsa, o passaporte

e as roupas estavam lá, mas a cama não havia sido usada. Estava claro que ela havia feito check-in e desaparecido. A chefe da limpeza não viu nada de estranho nesse fato, já que alguns hóspedes, às vezes, faziam coisas esquisitas. Como reservar um quarto ou uma suíte para encontros secretos e só aparecerem esporadicamente, raramente ou mesmo nunca, caso as coisas não saíssem conforme o planejado. O único detalhe que a funcionária achou estranho foi o fato de a bolsa estar ali; e o passaporte, em cima da escrivaninha. Estava evidente que nada havia sido tocado desde que ela se registrara. Por uma simples formalidade, ela informou isso à recepção. Eles tomaram nota do fato, mas a reserva garantida pelo cartão de crédito era de duas semanas. Só após o final desse prazo é que eles deveriam ficar preocupados. Sabiam que a hóspede era uma atriz famosa e que talvez nem pretendesse usar o quarto de fato. Talvez quisesse apenas mantê-lo à disposição, se precisasse dele. Afinal, estrelas de cinema fazem coisas estranhas. Provavelmente estava hospedada em outro lugar. Não havia razão para ligar esse fato ao atentado terrorista no túnel. Mesmo assim, na recepção foi feita a seguinte anotação em seu registro: "Hóspede não usou o quarto desde que fez check-in." Naturalmente, essa informação não poderia ser divulgada à imprensa, nem, da mesma forma, a qualquer outra pessoa. Isso era um procedimento padrão do hotel. E o sumiço de Carole, se é que ela havia realmente sumido, poderia estar relacionado à sua vida amorosa, portanto eles precisavam manter a discrição, algo que o Ritz considerava sagrado. Como todos os bons hotéis, este guardava muitos segredos, e seus hóspedes ficavam agradecidos por isso.

Na segunda-feira, Jason Waterman telefonou para Stevie. Ele fora o primeiro marido de Carole e era o pai de seus filhos. Embora não se falassem com frequência, os dois se davam bem. Jason disse que fazia uma semana que estava tentando falar com a ex-mulher no celular, mas que ela não havia respondido às suas mensagens. Contou também que não conseguiu encontrá-la quando ligou para a casa dela durante o fim de semana.

— Ela está viajando — explicou Stevie.

Ela já havia estado com Jason várias vezes, e ele sempre a tratava muito bem. Stevie sabia que Carole mantinha uma boa relação com o ex-marido por causa dos filhos. Estavam divorciados havia 18 anos, embora Stevie não soubesse os detalhes da separação, um dos poucos assuntos sobre os quais Carole não conversava com ela. A única coisa que sabia era que eles tinham se divorciado quando a atriz estava gravando um filme em Paris, 18 anos atrás, e que, depois disso, ela resolvera ficar na França com as crianças.

— Ela levou o celular, mas a linha não funciona no exterior. Ela viajou há quase duas semanas. Creio que logo receberei notícias dela.

Carole não mandava notícias desde sua chegada a Paris, havia dez dias. Mas, como tinha avisado que não entraria contato, Stevie supôs que deveria estar passeando ou escrevendo e que não queria ser incomodada. Stevie não ousava pensar em incomodá-la, então esperou que Carole entrasse em contato, quando estivesse disposta.

— Você sabe onde ela está? — perguntou ele, com ar preocupado.

— Não exatamente. Ela disse que iria primeiro a Paris e que depois visitaria outros lugares sozinha.

Jason chegou a pensar na possibilidade de haver um novo romance na vida de Carole, mas não quis perguntar.

— Algum problema?

De repente, Stevie pensou nos filhos de Carole. Se algo acontecesse a um deles, ela iria querer saber imediatamente.

— Não, nada importante. Só estou tentando me organizar para as festas de fim de ano. As crianças estão planejando passar o dia de Ação de Graças com a mãe, mas não sei ao certo o que Carole pretende fazer no Natal. Falei com o Anthony e com a Chloe, e eles disseram que não decidiram nada ainda. Um amigo me ofereceu uma casa em St. Barth para passar o Ano-Novo, mas eu não queria estragar os planos de Carole.

Principalmente agora que Sean havia morrido, passar o Natal com os filhos teria um significado especial para ela. E Jason sempre fora compreensivo em relação a isso. Stevie sabia que ele tinha se casado novamente, mas o casamento não durara muito, e que tivera duas filhas, que já eram adolescentes e moravam em Hong Kong, com a mãe. Carole havia comentado com a assistente que ele não as via com frequência, apenas algumas vezes por ano. Ele era muito mais próximo de sua primeira família.

— Vou pedir a ela que telefone para você assim que entrar em contato. Creio que isso não vai demorar. Espero ter notícias dela em breve.

— Espero que ela não tenha estado em Paris quando aquela bomba explodiu no túnel. Foi um horror.

A tragédia tinha sido divulgada em todos os noticiários dos Estados Unidos. Um grupo fundamentalista extremista finalmente havia assumido a autoria do atentado, o que causou protestos até no mundo árabe, que não queria estar relacionado aos terroristas.

— Foi terrível. Eu vi no jornal. No início, cheguei a ficar preocupada, mas, como isso foi no dia em que ela chegou, tenho certeza de que Carole estava quietinha no hotel, descansando depois do voo.

Viagens longas normalmente a deixavam exausta, e ela quase sempre ficava no quarto e dormia no dia em que voava.

— Você tentou mandar um e-mail para ela? — perguntou Jason.

— O computador dela está desligado. Ela realmente queria ficar um tempo sozinha — disse Stevie com toda a calma.

— Onde ela se hospedou? — perguntou ele, parecendo ligeiramente preocupado. Sua atitude começava a afligir Stevie. Ela chegara a ficar apreensiva com a notícia do atentado, mas dissera a si mesma que era ridículo se deixar dominar pela inquietação. Tinha certeza de que Carole estava bem, mas a preocupação de Jason a deixava nervosa.

— No Ritz — respondeu Stevie, rapidamente.

— Vou telefonar para lá e deixar uma mensagem.

— Ela deve estar viajando, portanto talvez não responda logo. Não estou preocupada.

— Bem, não vai fazer mal nenhum deixar uma mensagem. Além disso, tenho que saber se posso reservar a casa, senão corro o risco de perdê-la. E não quero fazer nada enquanto não tiver a certeza de que Chloe e Anthony vão querer ir. Acho que eles iriam gostar.

— Eu aviso à Carole se ela telefonar — disse Stevie.

— Vou tentar achá-la no Ritz. Obrigado.

Quando Jason desligou, Stevie sentou-se à escrivaninha de seu escritório, pensando na conversa que tivera com ele. Parecia tão improvável que algo tivesse acontecido a Carole que ela estava decidida a não ficar preocupada. Quais eram as chances de ela estar no local do atentado? Cerca de uma em um milhão. Stevie obrigou-se a afastar aqueles pensamentos, enquanto tentava se concentrar no projeto que estava executando, reunindo informações para alguns dos trabalhos de Carole sobre os direitos da mulher. Queria aproveitar que ela estava viajando para colocar tudo em dia. A pesquisa era para um discurso que Carole planejava fazer na ONU.

Assim que desligou, Jason telefonou para o Ritz, em Paris, e pediu para falar com Carole. O funcionário pediu a ele que aguardasse e ligou para o quarto dela, a fim repassar a ligação. Ela sempre pedia aos funcionários que filtrassem os telefonemas em todos os hotéis onde se hospedava. O funcionário voltou à linha, disse que a hóspede não se encontrava no quarto e o colocou em contato com a recepção, o que era bem incomum. Ele decidiu esperar para ouvir o que eles iriam dizer. Outro funcionário pediu a ele que aguardasse um momento e, logo depois, um subgerente, com sotaque britânico, atendeu e perguntou a Jason quem ele era. A conversa estava ficando cada vez mais estranha, e ele não estava gostando nada daquilo.

— Meu nome é Jason Waterman, sou ex-marido da Srta. Barber. E cliente de longa data do Ritz. Há algo errado? — A essa altura, ele já estava com uma sensação ruim, e não sabia por quê. — A senhorita Barber está bem?

— Tenho certeza de que sim, senhor. Isso é um tanto incomum, mas a chefe da limpeza nos relatou alguns detalhes sobre o quarto da Srta. Carole Barber. Essas coisas acontecem, e acreditamos que ela pode estar viajando, ou até hospedada em outro lugar. Mas o fato é que ela não usou o quarto desde que fez check-in. Normalmente, eu não mencionaria isso a ninguém, mas nossa funcionária achou estranho. Ao que parece, os pertences da Srta. Barber estão no quarto. A bolsa está lá e o passaporte está na escrivaninha. Não há nenhum sinal de que o quarto tenha sido usado há quase duas semanas — disse ele baixinho, como se contasse um segredo.

— Merda — rosnou Jason involuntariamente. — Alguém a viu?

— Não que eu saiba, senhor. Há alguma coisa que possamos fazer? — Aquilo era muito esquisito. Hotéis como o Ritz não costumavam contar a quem telefona procurando um hóspede que ele não tinha usado o quarto durante duas semanas. Jason percebeu que eles também estavam preocupados.

— Sim, há. Talvez pareça loucura, mas você poderia entrar em contato com a polícia, ou com os hospitais para onde as vítimas do atentado no túnel foram levadas, e verificar se ainda há alguma vítima não identificada, viva ou morta? — Jason se sentiu mal ao pronunciar aquelas palavras, mas, de repente, viu-se preocupado com Carole. Ainda a amava; sempre a amara. Além disso, ela era a mãe de seus filhos, e eles eram bastante amigos. Esperava que nada de terrível tivesse acontecido. E, se ela não estava no túnel durante o atentado, Jason não fazia ideia de onde Carole poderia se encontrar. Stevie provavelmente sabia mais do que ele e queria guardar segredo. Talvez Carole tivesse ido encontrar um homem em Paris, ou em algum outro lugar na Europa. Afi-

nal, agora, sem o Sean, ela era uma mulher solteira novamente. Mas então por que não usara o quarto, ou pelo menos levou o passaporte e a bolsa quando saiu? Esse tipo de comportamento não é comum, disse ele a si mesmo. Mas às vezes acontece. Jason esperava que ela estivesse com alguém em algum lugar, com um novo amor, talvez. E não internada em um hospital, ou algo pior.

— Você poderia verificar, por favor? — pediu ele ao gerente, que concordou imediatamente.

— O senhor poderia me dar o seu telefone?

Jason informou o número ao funcionário. Era uma da tarde em Nova York e pouco mais de sete horas da noite em Paris. Ele não esperava ter notícias do hotel até o dia seguinte. Apreensivo, desligou o telefone e permaneceu diante da escrivaninha, fitando o aparelho por um longo tempo, pensando na ex-mulher. Vinte minutos depois, sua secretária informou que o Hotel Ritz de Paris estava na linha. Era a mesma voz entrecortada e com sotaque britânico com quem ele tinha falado antes.

— Alô? Conseguiu descobrir alguma coisa? — perguntou Jason, com a voz tensa.

— Creio que sim, senhor. Embora não haja garantia de que se trate da mesma pessoa. Há uma vítima do atentado no hospital La Pitié Salpêtrière. Ela é loira e tem aproximadamente entre 40 e 45 anos. A vítima não foi identificada nem qualquer parente veio procurá-la. — O homem deu a notícia como se estivesse se referindo a uma bagagem extraviada, e Jason sentiu a voz embargar.

— Ela está viva? — perguntou, temendo a resposta.

— Sim, está na unidade de terapia intensiva, em estado crítico, com um ferimento na cabeça. É a única vítima não identificada do atentado. E também está com um braço quebrado e tem queimaduras de segundo grau. — Jason sentiu-se mal ao ouvir aquilo. — Ela está em coma, por isso não foi possível identificá-la. Não há razão para pensar que seja a Srta. Barber, senhor. Acho que alguém a teria reconhecido até na França, já que ela é famosa no mundo inteiro. Essa mulher provavelmente é daqui.

— Não necessariamente. Talvez seu rosto esteja queimado. Ou ninguém esperasse vê-la ali. Ou talvez não seja ela. Peço a Deus que não seja. — Jason estava quase chorando.

— Nós também — disse o subgerente com delicadeza. — Como poderíamos ajudar? O senhor quer que alguém do hotel vá ao hospital para verificar?

— Não, pode deixar. Vou tentar pegar o voo das seis horas da tarde aqui. Assim que chegar a Paris, vou para o hospital. Você pode reservar um quarto para mim?

Sua mente estava em disparada. Queria partir imediatamente, mas sabia que não tinha nenhum voo antes desse horário, pois ia a Paris com frequência.

— Vou providenciar, senhor. Realmente espero que não seja a Srta. Barber.

— Obrigado. Nos veremos assim que o senhor chegar.

Jason permaneceu sentado à escrivaninha, sentindo-se atordoado. Não era possível. Não podia ser Carole. Não suportava pensar nessa possibilidade. Sem saber o que fazer, telefonou para Stevie em Los Angeles e contou a ela o que ouvira do subgerente do Ritz.

— Ah, meu Deus. Por favor, que não seja Carole! — pediu Stevie, com a voz embargada.

— Espero que não seja. Vou até lá para ver com meus próprios olhos. Se tiver notícias dela, me telefone. E não diga nada à Chloe nem ao Anthony, se eles ligarem. Direi ao Anthony que vou a Chicago, Boston ou qualquer outro lugar. Não quero falar nada com eles enquanto não tivermos certeza — disse Jason, em um tom firme.

— Eu também vou — anunciou Stevie, fora de si. O último lugar onde queria ficar agora era Los Angeles. Por outro lado, se Carole estivesse bem, iria pensar que eles estavam loucos, ao chegar de Budapeste, Viena, ou de onde quer que tivesse ido, e dar de cara com ela e Jason no Ritz. Ela provavelmente estava bem, passeando em alguma cidade europeia, se divertindo, sem imaginar que estavam preocupados com ela.

— Por que você não espera até eu dar notícias? O funcionário do hotel tem razão, pode não ser ela. Provavelmente a teriam reconhecido.

— Não sei. Carole passa despercebida sem maquiagem e cabelo solto. E ninguém espera ver uma atriz americana em uma unidade de traumatologia em Paris. Isso pode nem ter passado pela cabeça dos médicos. — Stevie também pensou na possibilidade de o rosto dela estar queimado, o que explicaria o fato de Carole não ter sido reconhecida.

— Ah, não é possível que eles sejam tão idiotas! Ela é uma das atrizes mais famosas do mundo, até na França — gritou Jason.

— É, você tem razão — disse Stevie, sem muita convicção. Por sua vez, Jason também não tinha tanta certeza, por isso resolvera ir até lá. Ambos tentavam apenas tranquilizar um ao outro, sem muito sucesso.

— Devo chegar a Paris depois das dez horas da noite, hora de Los Angeles — disse Jason —, e talvez leve algumas horas para conseguir descobrir alguma coisa. Do aeroporto, irei direto para o hospital e tentarei vê-la assim que possível, se for ela, é claro. Mas, até lá, provavelmente, será meia-noite aqui.

— Não importa o horário, me ligue de qualquer maneira. Vou ficar acordada. E se por acaso cair no sono, estarei com o celular na mão.

Jason anotou o número do celular de Stevie e prometeu ligar assim que chegasse ao hospital em Paris. Em seguida, pediu à sua secretária para cancelar seus compromissos daquela tarde e do dia seguinte. Explicou-lhe o que estava acontecendo e contou para onde iria, mas pediu-lhe que não falasse nada aos seus filhos. A versão oficial era de que ele precisara viajar para uma reunião de emergência, em Chicago. Cinco minutos depois, Jason deixou o escritório e pegou um táxi. Chegou ao seu apartamento no Upper East Side vinte minutos depois e jogou algumas roupas em uma mala. Eram duas horas, e ele tinha de deixar a cidade às três para pegar o voo às seis.

Os sessenta minutos que esperou em casa antes de sair foram angustiantes. E Jason se sentiu pior quando chegou ao aeroporto. Tudo aquilo parecia surreal. Estava indo para Paris visitar uma mulher em coma, num hospital, rezando para que não fosse sua ex-mulher. Estavam divorciados havia 18 anos, e, nos últimos 14, ele tinha certeza de que ter se separado dela havia sido o maior erro de sua vida. Jason a deixara por causa de uma modelo russa de 21 anos, que acabou se revelando a maior interesseira do planeta. Ela só queria era dar o golpe do baú. Na época, ele estava loucamente apaixonado. Carole vivia o auge de sua carreira, fazendo dois ou três filmes por ano, e estava sempre gravando em algum lugar ou viajando para divulgar uma produção. Ele era o garoto prodígio de Wall Street, mas seu êxito era insignificante comparado ao dela. Ela ganhara duas estatuetas do Oscar nos últimos dois anos de seu casamento, e isso o afetara profundamente. Ela era uma boa esposa, porém, mais tarde, ele percebeu que seu ego tinha sido fraco demais para suportar aquela espécie de competição. Jason tinha de se sentir importante e, diante do sucesso de Carole, nunca conseguiu. Foi então que ele se apaixonou por Natalya, que parecia adorá-lo, mas tirou todo o dinheiro dele e o trocou por outro homem.

A modelo russa foi a pior coisa que poderia ter acontecido ao casal, principalmente a Jason. Ela era linda e engravidou logo no início do relacionamento. Jason se separou de Carole e se casou com a modelo assim que o divórcio saiu. Ela teve outro bebê no ano seguinte e logo depois o deixou por um homem mais rico que ele, naquela época. Desde então, ela teve mais dois maridos e agora estava morando em Hong Kong, casada com um dos financistas mais importantes do mundo. Jason mal conhecia suas duas filhas. Elas eram lindas como a mãe e praticamente estranhas para ele, que as visitava duas vezes por ano. Natalya não permitia às filhas irem aos Estados Unidos, e os tribunais de Nova York não tinham absolutamente nenhuma jurisdição sobre ela. A russa era uma mulher muito esperta e tirou todo o dinheiro dele

no divórcio, um ano depois de Carole se mudar de Paris para Los Angeles com os filhos. Embora morasse em Nova York quando era casada com Jason, Carole decidira se mudar para Los Angeles porque era melhor para o trabalho dela. Além disso, a mudança seria um recomeço, depois da experiência na Europa. Quando Natalya o abandonou, Jason tentou reatar com a ex-mulher. Mas já era tarde, Carole não o queria mais. Ele tinha 41 anos quando se apaixonou por Natalya e estava numa espécie de crise de meia--idade. E, aos 45, quando se deu conta do erro que havia cometido e do estrago que causara em sua vida e na de Carole, era tarde demais. Ela deixou bem claro que estava tudo acabado.

Carole levou muitos anos para perdoá-lo, e eles só voltaram a ter um relacionamento amigável quando ela se casou com Sean. Ela finalmente estava feliz, e Jason nunca se casou novamente. Aos 59 anos, era um homem bem-sucedido e solitário, e considerava Carole uma de suas melhores amigas. Jamais conseguira esquecer a expressão em seu rosto ao dizer a ela que a deixaria. Isso fora há 18 anos. Parecia que ela havia levado um tiro. Desde então, ele tinha revivido aquele momento mil vezes e sabia que nunca se perdoaria. Tudo o que queria agora era saber que ela estava viva e bem, e não internada em um hospital em Paris. Ao embarcar no avião naquela noite, ele soube que a amava mais do que nunca. E rezou durante o voo, algo que não fazia desde que era menino. Estava disposto a fazer qualquer promessa a Deus, somente para que a mulher em coma no hospital em Paris não fosse Carole. E, se fosse, que ela sobrevivesse.

Jason permaneceu acordado durante o voo inteiro, pensando nela. Lembrou-se de quando Anthony nasceu, e também de quando tiveram Chloe... do dia em que se conheceram... de como ela era linda aos 22 anos, e agora também, 28 anos depois. Viveram dez anos maravilhosos juntos, até ele jogar tudo para o alto por causa de Natalya. Não conseguia sequer imaginar como Carole se sentira com tudo aquilo. Ela estava fazendo um filme grandioso em Paris quando ele foi até lá lhe dizer que queria o

divórcio. Fora um voo como o desta noite, mas, na época, ele tinha uma missão: pôr um fim em seu casamento para ficar com Natalya. E agora ele rezava pela vida de Carole. Quando o avião pousou sob uma forte chuva no aeroporto Charles de Gaulle, em Paris, ele estava tenso e abatido. Faltava pouco para as sete da manhã, horário de Paris. O voo chegara alguns minutos mais cedo, e Jason estava com o passaporte na mão quando o avião aterrissou. Não conseguia controlar a ansiedade. Tudo o que queria era chegar ao hospital o mais rápido possível e ver a vítima não identificada com seus próprios olhos.

4

Jason não tinha levado nada além de uma pasta e de uma pequena mala com alguns pertences. Esperava se distrair com o trabalho no avião, mas nem tocou na pasta. Não conseguiu se concentrar em nada. Naquela noite, seus pensamentos estavam voltados para a ex-mulher.

O avião chegou a Paris às seis e cinquenta e um da manhã, hora local, e estacionou em uma pista distante. Os passageiros desceram a escada sob uma chuva torrencial e entraram em um ônibus, que se arrastou, chacoalhando, em direção ao terminal. Jason estava impaciente, desesperado para chegar à cidade. Como não precisou parar para pegar a bagagem, pois não havia despachado nada, entrou num táxi às sete e meia e, em um francês hesitante, pediu ao motorista que seguisse direto para o La Pitié Salpêtrière, onde estava a mulher não identificada. Ele sabia que o hospital ficava no Boulevard de l'Hôpital, no 13º arrondissement, e escreveu o endereço para se certificar de que não haveria erro. Então, entregou o papel ao motorista, que fez um gesto afirmativo com a cabeça.

— Certo. Entendi — disse em um inglês com um forte sotaque, o que não era nem melhor nem pior do que o francês de Jason.

A corrida de táxi até o hospital levou quase uma hora. No banco de trás, Jason, impaciente, dizia a si mesmo que a mulher provavelmente não era Carole; estava convencido de que tomaria o café da manhã no Ritz e daria de cara com a ex-mulher, quando ela voltasse. Ele sabia quanto ela era independente, principalmente agora, depois da morte de Sean. E sabia que ela viajava com frequência para conferências internacionais para discutir os direitos da mulher. Havia participado, inclusive, de várias missões com grupos da ONU. Mas Jason não tinha ideia do que Carole estava fazendo na França. O que quer que fosse, torcia para que ela não tivesse passado perto do túnel no momento do atentado terrorista. Desejava de todo o coração que ela estivesse em outro lugar. Mas, nesse caso, por que o passaporte e a bolsa dela estavam no quarto do hotel? Por que tinha saído sem levá-los? Se algo tivesse lhe acontecido, ninguém saberia quem ela era.

Jason se lembrava de quanto Carole prezava o próprio anonimato e a chance de passear livremente, sem ser reconhecida. Isso era mais fácil em Paris, mas, de qualquer forma, Carole Barber era reconhecida no mundo todo, o que o levava a acreditar que a mulher no hospital La Pitié Salpêtrière não era ela. Como era possível não reconhecer aquele rosto? Isso era inimaginável, a menos que algo a tornasse irreconhecível. Mil pensamentos horripilantes passavam por sua cabeça. Finalmente, o táxi parou em frente ao hospital. Jason pagou a corrida, deu uma generosa gorjeta ao motorista e saltou do carro. Ele parecia exatamente o que era: um alto executivo americano. Usava um terno inglês cinza escuro, um sobretudo de caxemira azul-marinho e um relógio de ouro caríssimo. Aos 59 anos, ainda era um homem bonito.

— *Merci!* — gritou o taxista da janela, erguendo o polegar em sinal de agradecimento pela generosa gorjeta. — *Bonne chance!* —

acrescentou, desejando-lhe sorte. A expressão de Jason Waterman não deixara dúvida de que ele precisava disso. Afinal, o motorista sabia que ninguém que acabava de desembarcar em Paris ia direto para um hospital, principalmente para aquele, a menos que algo grave tivesse acontecido. E o rosto abatido de Jason e seu olhar tenso confirmavam a suspeita. Ele estava com a barba por fazer, precisava tomar um banho e descansar. Mas não agora.

Entrou correndo no hospital, carregando a mala, na esperança de que conseguisse se comunicar com alguém em inglês. O subgerente do Ritz lhe dera o nome da chefe da unidade de traumatologia, então Jason se dirigiu à recepcionista e mostrou-lhe o papel no qual tinha escrito o nome dela. A recepcionista falou algo em francês, e Jason fez um sinal indicando que não entendia o idioma. Ela então apontou para o elevador atrás da própria mesa, ergueu três dedos e disse: *"Troisième étage."* Terceiro andar. E acrescentou: *"Réanimation."* Aquilo não parecia nada bom. Era o termo em francês para UTI. Jason lhe agradeceu e se dirigiu ao elevador, a passos largos. Queria acabar logo com aquilo. Estava extremamente nervoso e sentia o coração disparar. Não havia ninguém no elevador e, ao chegar ao terceiro andar, olhou ao redor, sentindo-se perdido. Avistou uma placa na qual se lia *"Réanimation"* e se lembrou das palavras da recepcionista. Foi em direção à placa e chegou a uma mesa de atendimento de uma unidade agitada, com médicos e enfermeiras correndo de um lado para o outro, e pacientes que pareciam estar mortos em boxes que ocupavam todo o andar. Havia um ruído intermitente de máquinas, bipes de monitores, pessoas gemendo, além do característico cheiro de hospital, que fez seu estômago se revirar depois da longa viagem.

— Alguém aqui fala inglês? — perguntou ele com a voz firme, enquanto a mulher a quem se dirigia olhava para ele como se não estivesse entendendo. — *Anglais. Parlez-vous anglais?*

— Ah, engleesh... um minuto... — disse ela misturando inglês com francês, e foi buscar alguém para ajudá-lo. Uma

médica de jaleco branco, gorro e com um estetoscópio em volta do pescoço se aproximou. Tinha mais ou menos a idade de Jason, e seu inglês era bom, o que foi um alívio. Ele temia que ninguém entendesse o que dizia. Ou pior, que ele não entendesse o que os outros estavam tentando lhe dizer.

— Posso ajudar o senhor? — perguntou ela, de forma articulada.

Ele pediu para falar com a responsável pela unidade de traumatologia, e a médica lhe disse que ela não estava no momento, mas se ofereceu para ajudá-lo. Jason explicou a razão de sua vinda e acabou se esquecendo de acrescentar "ex" antes da palavra "esposa".

A médica olhou para ele com curiosidade. O homem estava bem-vestido e aparentava ser um sujeito respeitável. Além disso, parecia muito preocupado. Temendo parecer um louco, Jason tratou de explicar que havia acabado de chegar de Nova York, mas a médica parecia entender. Disse também que sua esposa tinha desaparecido do hotel, e que ele receava que a vítima não identificada fosse ela.

— Há quanto tempo ela desapareceu?

— Não sei ao certo. Eu estava em Nova York. Ela chegou no dia do atentado terrorista no túnel. Desde então, não foi mais vista nem voltou ao hotel.

— Mas isso foi há quase duas semanas — comentou ela, como se tentasse entender por que ele demorou esse tempo todo para perceber que a esposa tinha desaparecido. Era tarde demais para explicar que eram divorciados. Ele já havia se referido a Carole como sua esposa, e talvez fosse melhor deixar esse detalhe passar. Afinal, ele não conhecia os direitos de ex-maridos como parente próximo na França. Provavelmente isso não existia, nem aqui nem em qualquer outro lugar.

— Ela estava viajando, mas talvez essa paciente nem seja ela. Bom, espero que não seja. Vim até aqui para me certificar disso.

A médica pareceu entender e assentiu. Em seguida, dirigiu-se à enfermeira na mesa de atendimento, que apontou para um quarto com a porta fechada.

Depois, ela fez um sinal para que Jason a acompanhasse e abriu a porta do quarto, mas ele não conseguiu ver a paciente na cama, pois ela estava cercada de máquinas, e duas enfermeiras ao lado do leito bloqueavam sua visão. Jason ouviu o *ruído* do respirador e o *zumbido* das máquinas. Conduzido pela médica, finalmente entrou no quarto, que parecia tomado por uma tonelada de aparelhos. De repente, sentiu-se um intruso, um espectador curioso ali. Estava prestes a dar de cara com alguém que provavelmente nem conhecia. Mas ele tinha de vê-la. Precisava se certificar de que não era Carole. Devia isso a ela e aos seus filhos, mesmo que aquilo parecesse uma loucura. Na realidade, até para ele mesmo, aquela atitude parecia o cúmulo da paranoia, ou talvez fosse apenas culpa. Ele seguiu a médica e se deparou com uma pessoa deitada, inerte, com um respirador na boca, o nariz tapado por uma fita adesiva e a cabeça inclinada para trás. A mulher estava completamente imóvel, e seu rosto era tomado de uma palidez mortal. A atadura na cabeça era enorme, o rosto estava enfaixado, e o braço, engessado. Pelo ângulo que Jason se aproximou, era difícil ver o rosto da paciente. Então, deu outro passo para a frente, a fim de ver melhor, e perdeu o fôlego. Lágrimas brotaram em seus olhos. Era Carole.

Seu pior pesadelo acabava de se tornar realidade. Ele chegou perto dela e tocou seus dedos azulados, do lado de fora do gesso. Não houve reação. Ela estava em outro mundo, distante, e parecia que nunca mais iria voltar. O pior tinha acontecido. Carole era a vítima não identificada do atentado no túnel. A mulher por quem ele fora apaixonado — e que nunca deixou de amar — lutava pela vida em Paris. Estava ali, sozinha, fazia quase duas semanas, enquanto ninguém sabia o que havia lhe acontecido. Transtornado, Jason se virou para a médica.

— É ela — sussurrou ele enquanto as enfermeiras o observavam. Estava claro que ele a identificara.

— Sinto muito — disse a médica, tentando consolá-lo. Em seguida, fez um gesto para que ele a acompanhasse para fora do quarto. — É a sua esposa? — perguntou ela, sem precisar de confirmação. As lágrimas de Jason falavam por si. Ele parecia arrasado. — Não tínhamos como identificá-la — explicou a médica. — Ela não estava com nenhum documento, nada.

— Eu sei. A bolsa e o passaporte estão no hotel. Às vezes ela sai sem bolsa.

Carole sempre fazia isso. Enfiava uma nota de dez dólares no bolso e saía. Fazia isso havia muitos anos, desde a época em que morava em Nova York, embora Jason sempre insistisse para que ela levasse a carteira de identidade consigo. Dessa vez, o pior tinha acontecido, e ninguém a reconheceu, o que parecia inacreditável.

— Ela é famosa, é uma atriz de cinema muito conhecida — disse ele, embora isso não importasse agora. No momento, Carole era uma mulher com um ferimento grave na cabeça, na UTI de um hospital, nada mais. A médica pareceu intrigada.

— Ela é atriz de Hollywood? — perguntou, abismada.

— Carole Barber — respondeu Jason, sabendo o impacto que o nome causaria. A médica pareceu imediatamente surpresa.

— Carole Barber? Não sabíamos — acrescentou, visivelmente impressionada.

— Seria melhor se isso não fosse divulgado para a imprensa. Meus filhos não sabem de nada ainda. Não quero que eles descubram através do noticiário. Gostaria de telefonar para eles primeiro pelo menos.

— Claro — concordou a médica, percebendo o que estava prestes a acontecer. A equipe médica teria cuidado de Carole independentemente de quem ela era. Mas, assim que a notícia viesse à tona, o hospital seria assediado pela imprensa. Seria uma situação muito complicada. Tinha sido muito mais fácil enquanto ela era somente uma vítima não identificada. Ter uma das estrelas de cinema mais famosas dos Estados Unidos

em estado grave seria um transtorno para todo mundo. — Vai ser muito difícil manter a imprensa afastada depois que essa informação vazar — disse ela, parecendo preocupada. — A não ser que se use o seu nome de casada.

— Waterman — informou ele. — Carole Waterman.

Durante um tempo, esse tinha sido o nome dela. Nem quando se casou com Sean ela nunca adotou o sobrenome dele, Clarke, que também poderia ser usado, nas circunstâncias atuais. Jason achou que talvez ela até o preferisse. Mas agora isso não fazia diferença. A única coisa que importava era que Carole sobrevivesse.

— E ela... ela... vai ficar bem? — Ele não conseguia perguntar se a ex-mulher iria morrer. Mas isso parecia uma grande possibilidade. Para ele, Carole aparentava estar muito mal, à beira da morte.

— Não sabemos. É muito difícil dar um prognóstico quando há lesões cerebrais. Ela está melhor do que quando chegou, e os resultados dos exames de tomografia são animadores. O inchaço está diminuindo, mas não podemos prever as sequelas enquanto ela estiver em coma. Se continuar melhorando, nós a tiraremos do respirador em pouco tempo. Ela pode voltar a respirar sozinha e sair do coma. Por enquanto, não temos como saber a extensão dos danos ou seus efeitos a longo prazo. Ela vai precisar ir para um centro de reabilitação, mas ainda é cedo para falarmos sobre isso. Temos um longo caminho pela frente. Ela ainda corre perigo. Existe risco de infecção, complicações, e o cérebro dela pode inchar novamente. Ela sofreu uma pancada muito grave na cabeça e teve muita sorte de não haver sofrido queimaduras mais graves. O ferimento no braço vai cicatrizar. A cabeça é a nossa maior preocupação.

Jason não conseguia se imaginar contando isso a seus filhos, mas eles precisavam saber. Chloe tinha de vir de Londres, e Anthony, de Nova York. Eles tinham o direito de ver a mãe, e ele sabia que ambos iriam querer estar com ela. E se ela morresse? Não podia suportar esse pensamento ao encontrar os olhos da médica novamente.

— Será que ela não deveria ir para outro lugar? Há algo mais que possa ser feito?

A médica pareceu ofendida.

— Fizemos tudo o que era possível, mesmo antes de sabermos de quem se tratava. A identidade da vítima não faz diferença para nós. Agora só nos resta esperar. Só o tempo nos dirá o que fazer, se ela sobreviver. — A médica queria deixar claro que eles não tinham certeza se Carole iria sobreviver. Aquele homem merecia saber a verdade.

— Ela foi operada?

— Não. Achamos melhor não operá-la, para que ela não sofresse um trauma ainda maior, e o inchaço diminuiu sozinho. Optamos por um tratamento conservador, que acredito ter sido o melhor para ela.

Jason assentiu, aliviado. Pelo menos não tinham aberto seu cérebro. Isso lhe dava a esperança de que, um dia, Carole voltasse a ser quem era antes. Era tudo o que poderia esperar agora. E, se isso não acontecesse, eles lidariam com o problema quando chegasse a hora. Teriam de enfrentar a morte dela, caso fosse inevitável. Era um pensamento aterrador.

— Qual é o próximo passo? — perguntou ele, ansioso para tomar as medidas necessárias. Não era seu estilo agir passivamente.

— Esperar. Não há nada mais a fazer. Saberemos mais nos próximos dias.

Ele assentiu em silêncio, enquanto olhava ao redor e percebia o quanto o hospital era deprimente. Tinha ouvido falar do Hospital Americano de Paris e pensou na possibilidade de transferi-la para lá, mas o subgerente do hotel havia garantido que o La Pitié Salpêtrière era o melhor lugar, caso a vítima não identificada fosse mesmo Carole. A unidade de traumatologia era excelente, e ela receberia a melhor assistência médica possível em um caso tão grave como aquele.

— Eu vou para o hotel telefonar para os meus filhos e volto à tarde. Qualquer coisa, você pode me achar no Ritz.

Ele também deu à médica o número de seu celular, que foi anotado no prontuário de Carole, junto com o nome dele. Agora, a paciente tinha um nome, embora não fosse o verdadeiro. Carole Waterman. Tinha marido e filhos, além de uma identidade famosa, que certamente iria vazar. A médica garantiu que só diria ao chefe da unidade quem Carole realmente era, mas ambos sabiam que era apenas uma questão de tempo até que a imprensa descobrisse. Isso sempre acabava acontecendo nesses casos. Era inacreditável que ninguém a tivesse reconhecido até aquele momento. Mas, se alguém falasse, a imprensa chegaria em peso, e a rotina do hospital se tornaria um inferno.

— Faremos o possível para manter a identidade dela sob sigilo — assegurou-lhe a médica.

— Eu também. Voltarei essa tarde... e... obrigado... por tudo o que vocês fizeram.

Eles a mantiveram viva, isso era o mais importante. Jason não conseguia imaginar a possibilidade de encontrar Carole em um necrotério em Paris e ter de identificar seu corpo. E, de acordo com o relato da médica, isso quase aconteceu. Carole tivera sorte.

— Posso vê-la novamente? — perguntou ele, dessa vez entrando no quarto sozinho. As enfermeiras ainda estavam lá e deram passagem para que ele pudesse se aproximar da cama. Ele olhou para a ex-mulher e tocou sua face. Os tubos do respirador cobriam seu rosto. Ele viu a atadura na bochecha dela e se perguntou se o ferimento era muito grave. A leve queimadura junto do curativo já estava cicatrizando, e o braço dela estava coberto de pomada. — Amo você, Carole — sussurrou ele. — Você vai ficar bem. Te amo. Chloe e Anthony também te amam. Você precisa voltar logo para nós.

Carole não deu sinal de vida, e as enfermeiras desviaram o olhar, discretamente. Era difícil ver tanto sofrimento nos olhos de Jason. Então, ele se curvou para beijá-la na face e lembrou-se da maciez familiar do rosto dela. Mesmo depois de todos aqueles anos, isso não tinha mudado. O cabelo de Carole estava

solto sob a atadura. Uma das enfermeiras o havia escovado e comentara que ele era bonito como seda amarelo-clara.

Rever a ex-mulher despertou em Jason antigas lembranças; todas elas boas. As ruins, pelo menos para ele, estavam esquecidas havia muito tempo. Ele e Carole nunca falavam do passado, apenas sobre os filhos ou sobre o que estavam fazendo no momento. Quando Sean morreu, ele ficou sensibilizado e foi muito atencioso. Fora um duro golpe para Carole ficar viúva de um homem que morreu cedo demais. Jason foi ao enterro prestar seu apoio, tanto para ex-mulher como para seus filhos. E, agora, aqui estava ela, lutando pela própria vida, dois anos depois da morte do marido. De vez em quando, a vida é estranha e cruel. Mas ela ainda estava viva e tinha uma chance. Essas eram as melhores notícias que ele poderia dar aos filhos. Estava aflito por ter de contar-lhes o que acontecera.

— Voltarei mais tarde — sussurrou ele a Carole, quando a beijou novamente. O respirador mantinha um ritmo contínuo.
— Te amo. Você vai ficar boa — disse, em tom decisivo, e saiu rapidamente do quarto, tentando conter as lágrimas. Por mais que estivesse sofrendo, precisava ser forte. Por ela, por Anthony e por Chloe.

Jason deixou o hospital e se dirigiu à Gare d'Austerlitz sob uma chuva torrencial. Quando finalmente conseguiu um táxi, estava encharcado. Ele deu o endereço do Ritz ao motorista. Seu rosto expressava nitidamente a tristeza que sentia, como se tivesse envelhecido cem anos em um dia. Carole não merecia passar por tudo aquilo. Ninguém merecia, na verdade. Ela, menos ainda. Era uma boa mulher, uma pessoa bacana e uma mãe maravilhosa. E tinha sido uma esposa dedicada nos dois casamentos. O primeiro marido a deixara por uma piranha, e o outro havia morrido. E, agora, ela lutava pela vida. Fora vítima de um atentado terrorista. Jason poderia até se revoltar contra Deus, mas não se atrevia a tanto. Precisava muito da ajuda divina agora. E, ao passarem pela place Vendôme, no

1º arrondissement, pediu a Deus que o ajudasse a contar aos filhos o que havia acontecido. Não conseguia nem imaginar como abordaria o assunto. E então se lembrou de outra pessoa que precisava saber daquilo. Rapidamente, pegou o celular e fez uma ligação. Era quase meia-noite em Los Angeles, mas ele havia prometido que ligaria assim que soubesse de algo.

Stevie atendeu no primeiro toque. Estava acordada esperando pelo telefonema, que, a seu ver, a menos que o voo tivesse atrasado, tinha demorado muito. Já deveria ter recebido notícias de Jason se a vítima no hospital não fosse Carole. Estava apavorada e atendeu com a voz trêmula.

— É ela — disse ele, sem nem ao menos se identificar. Não havia necessidade disso.

— Ah, meu Deus... como ela está? — Imediatamente as lágrimas rolaram em seu rosto.

— Nada bem. Está respirando com a ajuda de aparelhos, mas está viva. Está em coma devido a um ferimento na cabeça. Não foi operada, mas sofreu uma pancada violenta. Ela ainda corre perigo, e os médicos não sabem quais serão as sequelas dos ferimentos — contou Jason sem fazer rodeios. Planejava falar de forma mais sutil com os filhos, mas Stevie tinha o direito de saber toda a verdade. Ela não se conformaria com menos do que isso.

— Merda. Vou pegar o primeiro voo.

Na melhor das hipóteses, o voo levaria dez horas. Com um fuso horário de nove horas, ela só chegaria a Paris no dia seguinte.

— Já falou com Chloe e Anthony?

— Ainda não. Estou voltando para o hotel. Mas não há nada que você possa fazer aqui. Não sei se faz sentido vir para cá. Carole não precisava de uma assistente naquele momento; talvez nunca mais fosse precisar de uma. Porém, acima de tudo, Stevie era sua amiga. Era presença constante na família havia anos. Além disso, Chloe e Anthony a amavam, assim como ela os amava. — Não há nada que nenhum de nós possa fazer — repetiu Jason, com a voz trêmula.

— Não vou conseguir ficar aqui — disse Stevie.
— Eu sei — concordou Jason. Ele lhe deu o nome do hospital e ficou de encontrá-la em Paris, no dia seguinte. — Vou fazer uma reserva no Ritz para você.
— Posso ficar no quarto da Carole — sugeriu Stevie, na tentativa de facilitar as coisas. Não havia razão para pagar por mais um quarto. — A menos que você queira usá-lo — acrescentou ela, cautelosamente, sem querer causar transtorno.
— Já reservei um para mim e farei reservas para Chloe e Anthony. Vou ver se consigo colocá-los perto do quarto de Carole, para ficarmos todos juntos. Vamos enfrentar momentos bem difíceis, e ela também. Será um longo caminho, isso se ela se recuperar. Não posso nem imaginar como serão as coisas se isso não acontecer. — Jason ficou surpreso ao perceber que desejava que Carole sobrevivesse, mesmo ficando com graves sequelas. Só queria que ela não morresse. Ele não iria suportar isso. Nem ele nem seus filhos. Eles a queriam de qualquer maneira, e Jason sabia que Stevie compartilhava desse sentimento. — Nos veremos amanhã. Boa viagem para você — desejou ele, parecendo exausto, e desligou. Embora fossem três horas da manhã em Los Angeles, ele ligou para a casa de sua secretária logo depois, pediu-lhe que não contasse nada a seu filho e que cancelasse todos os compromissos e reuniões que tinha agendado.
— Ficarei um tempo aqui — acrescentou, antes de se desculpar por telefonar de madrugada, embora ela tivesse lhe garantido que aquilo não era problema.
— Então é mesmo a Srta. Barber? — perguntou a secretária em tom consternado. Ela era uma das maiores fãs de Carole, como pessoa e como atriz. E Carole era muito com gentil com ela, sempre que as duas se falavam ao telefone.
— Sim — assentiu Jason, com a voz embargada. — Vou telefonar para Anthony dentro de algumas horas. Por enquanto, não entre em contato com ele. Vamos enfrentar um inferno quando a imprensa descobrir. Eu a registrei no hospital com o

meu nome, mas não vamos conseguir esconder isso por muito mais tempo. Mais cedo ou mais tarde, a notícia virá à tona, e você pode imaginar como vai ser.

— Sinto muito, Sr. Waterman — disse a secretária com os olhos cheios de lágrimas. — Me avise se houver algo que eu possa fazer.

Pessoas de todos os cantos do mundo ficariam com o coração partido e rezariam por Carole. Talvez isso ajudasse.

— Obrigado — disse ele e, ao chegar ao hotel, desligou. Na recepção, o subgerente com quem falara mais cedo o recebeu com ar sóbrio.

— Espero que tenha boas notícias — disse o funcionário do Ritz cautelosamente, embora pudesse ver que Jason demonstrava o contrário.

— Infelizmente, não. É ela. Temos que manter isso no mais absoluto sigilo — falou Jason, deslizando duzentos euros para a mão do homem. Um gesto desnecessário, pelas circunstâncias, mas apreciado, de qualquer forma.

— Entendo — disse o subgerente, assegurando-lhe, em seguida, que arranjaria uma suíte de três quartos em frente à suíte de Carole. Jason explicou que Stevie chegaria no dia seguinte e que ficaria no quarto de sua ex-mulher.

Depois, o subgerente o acompanhou até as acomodações. Jason não tinha coragem de olhar o quarto de Carole, ou correr o risco de se deparar com qualquer evidência de que, havia muito pouco tempo, ela estava bem. E agora parecia à beira da morte. Ele entrou na suíte, logo atrás do subgerente, e se jogou em uma cadeira.

— O senhor precisa de alguma coisa? — perguntou o funcionário, ao que Jason respondeu com um gesto negativo de cabeça. O jovem inglês se retirou discretamente e Jason fitou, com tristeza, o telefone em cima da mesa. Ele havia prorrogado o quanto podia, mas sabia que, dentro de algumas horas, teria de telefonar para os filhos. Eles tinham de saber. Talvez nem chegassem a

69

tempo de vê-la com vida. Precisava telefonar o mais rápido possível e não queria falar com Chloe antes de Anthony, que estava em Nova York, acordar. Esperou até as sete da manhã, horário de Nova York. Antes disso, tomou um banho, ficou andando de um lado para outro no quarto e não conseguiu comer.

À uma da tarde, horário de Paris, com passos lentos, ele pegou o telefone e ligou para o filho. Anthony estava acordado e prestes a sair para uma reunião de trabalho. Jason ligara bem a tempo.

— Como estão as coisas em Chicago, papai? — A voz do filho soou alegre e cheia de vida. Ele era um rapaz maravilhoso, Jason adorava tê-lo no escritório. Era esforçado, inteligente e gentil. E muito parecido com a mãe, tendo herdado do pai apenas a mente aguçada, quando o assunto era finanças. Aprendia as coisas com rapidez e um dia se tornaria um grande capitalista.

— Não sei — confessou Jason. — Estou em Paris, e as coisas não estão nada boas por aqui.

— O que você está fazendo em Paris? — perguntou Anthony, surpreso, sem suspeitar de nada. Ele nem sequer sabia que a mãe tinha viajado, pois Carole não havia contado nada a mais ninguém além de Stevie. Ele, por sua vez, tinha estado ocupado e não telefonara fazia quase duas semanas, o que era um comportamento incomum. Mas ele sabia que sua mãe compreenderia. E planejava telefonar para ela justo naquele dia.

— Anthony... — Jason não fazia ideia de como começar e respirou fundo. — Houve um acidente. Sua mãe está aqui.

Imediatamente Anthony temeu o pior.

— Ela está bem?

— Não. Há duas semanas, houve um atentado em um túnel, aqui em Paris. Até poucas horas atrás, eu não sabia que ela estava entre as vítimas. Ela não tinha sido identificada até então. Eu vim para cá ontem à noite para ter certeza de que era realmente sua mãe, porque ela desapareceu do Ritz no mesmo dia do atentado.

— Ah, meu Deus. — Ouvir a voz de Anthony era como sentir um edifício desabando sobre ele. — É muito grave?

— Muito. Ela tem uma lesão cerebral e está em coma.

— Ela vai se recuperar? — Anthony tentava não chorar e sentia-se completamente indefeso.

— Esperamos que sim. Ela conseguiu chegar até aqui, mas ainda não está fora de perigo. Está respirando com a ajuda de aparelhos. — Jason mencionou este último detalhe na tentativa de prepará-lo. Ver Carole no respirador era muito doloroso.

— Não é possível... como isso foi acontecer? — Jason pôde ouvir o filho chorando. Àquela altura, ambos estavam aos prantos.

— Falta de sorte. Lugar errado na hora errada. Durante toda a viagem até aqui, eu rezei para que não fosse ela. Não dá para acreditar que eles não a reconheceram.

— O rosto dela está desfigurado? — Caso contrário, seria impossível que alguém não tivesse reconhecido Carole Barber.

— Não exatamente. Ela tem um corte e uma pequena queimadura em um lado do rosto. Nada que um bom cirurgião plástico não possa corrigir. O problema é o ferimento na cabeça. Temos que aguardar para ver como ela evolui.

— Vou pegar um avião para Paris agora. Já falou com a Chloe?

— Eu quis falar com você primeiro. Vou telefonar para ela agora. Tem um voo que sai do JKF às seis da tarde. Se conseguir um lugar, chegará aqui de manhã.

— Estarei nele. — A espera até o horário do voo seria angustiante. — Vou fazer as malas agora e irei direto do escritório. Nos vemos amanhã... Pai... — Sua voz falhou novamente. — ... Eu te amo... e diga a mamãe que a amo também. — Naquele momento, ambos estavam chorando.

— Já falei. E você poderá dizer isso a ela pessoalmente amanhã. Sua mãe precisa de nós agora, ela está numa luta difícil... Amo você também, meu filho — acrescentou Jason, então ambos desligaram. Não conseguiam falar mais nada. As perspectivas eram devastadoras.

Em seguida, Jason ligou para Chloe, que teve uma reação muito pior do que a do irmão. Ela desatou a chorar e perdeu o

controle assim que o pai começou a falar. Mas ela estava a apenas uma hora de distância de Paris e, quando finalmente parou de chorar, disse que pegaria o primeiro voo para lá. Tudo o que queria agora era ver a mãe.

Às cinco da tarde daquele mesmo dia, Jason foi buscar a filha no aeroporto. Ela abraçou o pai, aos prantos, assim que saiu do desembarque, e eles seguiram para o hospital. Ao ver a mãe, Chloe chorou mais ainda e não conseguiu desgrudar do braço do pai. Era uma visão terrível para ambos, mas pelo menos eles tinham um ao outro. Os dois ficaram no hospital até as nove horas e, depois de falar com a médica mais uma vez, foram para o hotel descansar. O estado de Carole não tivera nenhuma melhora, porém ela estava resistindo. Isso por si só já era um alento.

Chloe ainda estava chorando quando eles chegaram ao hotel. Por fim, Jason a colocou na cama e ela adormeceu. Em seguida, ele foi ao frigobar e se serviu de uma dose de uísque. Sentou-se em uma cadeira e bebeu em silêncio, pensando em Carole e nos filhos. Aquele era o pior momento de suas vidas, e tudo que desejava era que Carole sobrevivesse.

Ele adormeceu sem nem sequer trocar de roupa e acordou às seis horas da manhã. Então tomou um banho, fez a barba e se vestiu. Estava sentado em silêncio na sala da suíte quando Chloe acordou e foi encontrá-lo com os olhos inchados. Ele percebeu que a filha se sentia pior do que aparentava. Chloe ainda não conseguia acreditar no que tinha acontecido com sua mãe.

Às sete, foram buscar Anthony no aeroporto e depois voltaram ao hotel para o café da manhã. O jovem parecia desolado e exausto. Estava usando calça jeans e um suéter pesado. Não havia feito a barba, pois isso era a última de suas preocupações. Eles permaneceram no quarto até Stevie chegar ao Ritz, ao meio-dia e meia.

Jason pediu um sanduíche para ela e, à uma da tarde, eles foram para o hospital. Anthony se esforçou o quanto pôde, mas caiu em prantos assim que viu a mãe. Chloe chorou baixinho,

amparada a Stevie, e, quando saíram do quarto, os quatro estavam chorando. O único conforto que tiveram foi saber que Carole havia tido uma ligeira melhora durante a madrugada. Os médicos iriam tirar o respirador naquela noite e ver como ela reagia. Isso era encorajador, porém representava um risco. Se ela não conseguisse respirar sem o aparelho, eles a entubariam novamente, e isso seria um mau sinal. Seu cérebro precisava estar vivo para fazer com que o corpo respirasse. E só o tempo diria se isso iria mesmo acontecer. Jason empalideceu quando a médica explicou os procedimentos que seriam feitos, e Chloe e Anthony ficaram apavorados. Stevie falou, baixinho, que estaria presente quando eles a tirassem do respirador. Jason, Chloe e Anthony também queriam estar com a mãe. Seria um momento crucial para Carole, e todos queriam ver se ela conseguiria respirar sozinha.

Eles jantaram no hotel, embora ninguém conseguisse realmente comer. Estavam esgotados devido ao fuso horário, assustados e extremamente preocupados. Fitavam os pratos sem tocar na comida. Um pouco mais tarde, voltaram ao hospital para mais uma provação no pesadelo que era a luta de Carole pela vida.

No carro, durante o trajeto até o La Pitié, todos permaneceram em silêncio, perdidos nos próprios pensamentos e nas lembranças de Carole. A médica explicara a eles que a parte do tronco cerebral que tinha sido afetada era exatamente a que controlava a respiração. Caso Carole conseguisse respirar sozinha, isso indicaria que seu cérebro estava se recuperando. Todos estavam angustiados para saber o que iria acontecer quando os tubos fossem retirados e o respirador, desligado.

Chloe olhava fixamente pela janela do carro, com as lágrimas rolando pelo rosto, enquanto o irmão apertava sua mão.

— Ela vai ficar bem — sussurrou ele. A jovem fez um gesto negativo com a cabeça e se virou. Naquele momento, nada estava bem no mundo deles, e era difícil acreditar que algum dia tudo voltaria a ficar bem. Carole era uma força vital, o eixo central em suas vidas. Quaisquer que fossem as diferenças entre Chloe e a

mãe já não importavam mais. Tudo o que ela queria agora era que a mãe se recuperasse. E Anthony sentia o mesmo. O fato de vê-la tão fragilizada e em perigo fazia ambos se sentirem como crianças. Os dois estavam extremamente vulneráveis e assustados. Nenhum deles conseguia imaginar a vida sem Carole. Nem Jason.

— Ela vai se recuperar — disse o pai deles, tentando tranquilizá-los. Jason se esforçava para demonstrar uma confiança que não sentia.

— E se isso não acontecer? — perguntou a filha baixinho enquanto passavam pela, agora familiar, Gare d'Austerlitz, quase chegando ao hospital.

— Então ela será colocada no respirador novamente até que esteja pronta. — Chloe não tinha coragem de seguir aquela linha de pensamento. Pelo menos não em voz alta, sabendo que todos ali estavam tão preocupados quanto ela. Temiam o momento em que o respirador fosse desligado. O simples fato de pensar nisso a fazia querer gritar.

Eles saltaram do carro quando pararam em frente ao hospital, e Stevie os acompanhou, em silêncio. Ela já havia passado por uma experiência semelhante, quando o pai teve de fazer uma cirurgia no coração. O momento crucial tinha sido desanimador, mas ele sobreviveu. O caso de Carole parecia mais delicado, levando em conta a extensão da lesão cerebral e seus efeitos no longo prazo, ainda desconhecidos. Ela poderia nunca mais voltar a respirar sozinha. Todos estavam desolados e tensos ao pegarem o elevador que os levaria até o andar no qual Carole estava e, minutos depois, entrarem em silêncio no quarto, para aguardar a chegada do médico.

Carole estava do mesmo jeito; seus olhos permaneciam fechados, e ela respirava com a ajuda rítmica da máquina. Instantes depois, o médico responsável chegou. Todos sabiam por que estavam ali. Mais cedo, um dos médicos havia explicado todo o procedimento a eles, e todos viram, apavorados, uma enfermeira retirar o esparadrapo do nariz de Carole. Até aquele momento,

ela só conseguira respirar pelo tubo na boca. Mas agora seu nariz estava aberto, e, depois de perguntar se eles estavam prontos, o médico fez um sinal para que a enfermeira retirasse o tubo da boca da paciente. Então, com um único gesto, ele desligou a máquina. Houve um terrível e longo momento de silêncio, enquanto todos observavam Carole. Não houve nenhum sinal de respiração. O médico então se aproximou da cama e olhou para a enfermeira. E foi nesse momento que Carole começou a respirar sozinha. Chloe deixou escapar um grito de alívio e desatou a chorar. Lágrimas rolavam no rosto de Jason, enquanto Anthony soluçava. Instintivamente, Chloe aninhou-se nos braços de Stevie, que ria e chorava ao mesmo tempo, mas conseguia manter Chloe em um abraço apertado. Até o médico sorriu.

— Isso é um ótimo sinal — disse ele com uma expressão tranquilizadora. Por um momento, o próprio médico chegou a pensar que ela não iria reagir. Porém, quando todos começaram a ficar apavorados, ela conseguiu. — O cérebro está dizendo aos pulmões o que fazer. É um ótimo sinal. — Eles também sabiam que havia a possibilidade de Carole ficar em coma para sempre, mesmo conseguindo respirar sozinha. Porém, se ela não tivesse conseguido, suas chances de recuperação seriam bem menores. Aquele havia sido um primeiro passo de volta à vida.

O médico explicou à família que Carole seria monitorada a noite toda, para que eles tivessem certeza de que ela continuava respirando sozinha, mas que não havia razão para que ficassem preocupados com a possibilidade de ela parar de respirar. A cada instante, seu estado ficava mais estável. O corpo inerte na cama não dava nenhum sinal de vida ou movimento, mas todos podiam ver que seu tórax subia e descia suavemente a cada respiração. Pelo menos havia uma esperança.

Todos ficaram em volta da cama durante mais de uma hora, desfrutando da vitória que tinham compartilhado naquela noite. Por fim, Jason sugeriu que voltassem ao hotel. Já haviam sofrido demais por um dia, e ele podia ver que os filhos preci-

savam descansar. Ver o respirador sendo desligado tinha sido traumático para todos. Eles saíram do quarto em silêncio, e Stevie foi a última a se afastar. Ela parou ao lado da cama por um momento e tocou os dedos de Carole. Ela permanecia em coma profundo, e seus dedos estavam frios. Seu rosto parecia mais familiar agora, sem o tubo de respiração na boca e o esparadrapo no nariz. Aquele era o rosto que Stevie tinha visto tantas vezes e que todos os fãs da famosa atriz conheciam e amavam. Mas, para Stevie, era mais do que isso; era o rosto da mulher que ela tanto admirava e a quem fora leal durante tantos anos.

— Você foi muito bem, Carole — murmurou ela ao se inclinar para beijar a face da amiga. — Agora seja boazinha, faça só mais um esforço e tente acordar. Sentimos sua falta — pediu ela, com lágrimas de alívio, antes de sair para se juntar aos outros. Levando tudo em consideração, aquela tinha sido uma noite muito boa, embora um tanto difícil.

5

O inevitável aconteceu dois dias depois que eles haviam se reunido em Paris. Alguém, talvez no hotel ou no hospital, deu a informação para a imprensa. Em poucas horas, havia dezenas de fotógrafos na porta do hospital, e alguns deles, mais audaciosos, chegaram a subir sem que nenhum funcionário percebesse, mas acabaram sendo barrados na porta do quarto de Carole. Stevie foi ao corredor e, sem o menor pudor, ordenou que se retirassem do local. Mas, a partir de então, o inferno se instalou.

O hospital transferiu Carole para outro quarto e colocou um segurança do lado de fora. Mas isso complicou as coisas para todos, além de tornar tudo mais difícil para a família.

Os fotógrafos ficavam à espreita, esperando por eles no hotel e na porta do hospital. Havia equipes de televisão em ambos os lugares, e flashes eram disparados em seus rostos sempre que chegavam ou saíam. Uma cena comum para todos eles. A atriz sempre protegera os filhos da imprensa, mas o fato de que a grande estrela Carole Barber estava em coma, vítima de um atentado terrorista, era notícia no mundo todo. Dessa vez, não havia como fugir dos repórteres. Eles teriam de conviver com isso e enfrentar a situação da melhor maneira possível. A boa notícia era que Carole já conseguia respirar sozinha. Permanecia inconsciente, mas não estava mais sedada, e os médicos acreditavam numa melhora. Porém, caso isso não acontecesse, haveria implicações em longo prazo, que ninguém, por ora, queria enfrentar. Nesse meio-tempo, eles eram constantemente perseguidos pela imprensa. Carole aparecia na primeira página dos jornais em todos os lugares do mundo, incluindo a dos franceses *Le Monde* e *Le Figaro*, e a do *Herald Tribune*, em Paris.

— Sempre adorei essa foto — comentou Stevie, tentando minimizar o problema, enquanto todos liam os jornais, durante o café da manhã do dia seguinte. Já estavam em Paris havia três dias.

— Eu também — disse Anthony, comendo o segundo *pain au chocolat*. Seu apetite havia melhorado. Eles estavam começando a se acostumar com a ida diária ao hospital para conversar com os médicos e ficar com Carole o máximo de tempo possível. Depois, voltavam ao hotel e descansavam na suíte, à espera de notícias. Os médicos desaconselhavam visitas noturnas, pois Carole continuava em sono profundo. O tempo todo, pessoas no mundo inteiro liam as notícias sobre seu estado de saúde e rezavam por ela. Fãs começavam a se aglomerar na porta do hospital erguendo cartazes quando a família chegava. Era uma cena comovente.

Naquela manhã, quando estavam se dirigindo ao hospital, um homem em um apartamento na rue du Bac, em Paris, serviu-se de *café au lait*, espalhou geleia em uma fatia de tor-

rada e sentou-se para ler o jornal, como fazia todas os dias. Ele abriu o jornal, esticou o papel e leu a primeira página. Ao ver a foto estampada nela, suas mãos tremeram. Era uma foto de Carole, tirada quando ela estava gravando um filme na França, havia alguns anos. Ele se lembrou imediatamente disso porque estava com ela naquele dia, acompanhando as filmagens. Seus olhos se encheram de lágrimas ao ver a notícia e, assim que terminou de ler a matéria, ele se levantou e telefonou para o La Pitié Salpêtrière. A ligação foi transferida para a unidade de *réanimation*, então ele perguntou por Carole. Eles lhe informaram que seu estado era estável, mas que não estavam autorizados a dar mais detalhes por telefone. Ele pensou em ligar para o diretor do hospital, mas decidiu ir até lá.

Era um homem alto e elegante. Tinha o cabelo grisalho e seus olhos, protegidos pelos óculos, eram azuis e brilhantes. Embora já não fosse mais jovem, ainda era um sujeito bonito. Seu modo de andar e de falar era típico de alguém acostumado a dar ordens. Tinha uma aura de autoridade em torno de si. Ele se chamava Matthieu de Billancourt e era ex-ministro do Interior da França.

Em menos de vinte minutos, vestiu o sobretudo, saiu e pegou o carro, abalado com a notícia. As lembranças que tinha de Carole ainda eram bem nítidas, como se a tivesse visto na véspera, embora fizesse 15 anos que os dois não se encontravam, desde que ela deixara Paris, e 14 anos que falara com ela pela última vez. Desde então, não tivera mais notícias dela, exceto o que lia nos jornais. Ele sabia que a atriz havia se casado novamente com um produtor de Hollywood e sentira-se desolado, embora tivesse ficado feliz por ela. Dezoito anos antes, Carole Barber fora o amor de sua vida.

Matthieu de Billancourt estacionou o carro em frente ao hospital, dirigiu-se rapidamente à entrada e perguntou à recepcionista o número do quarto de Carole. Imediatamente foi interceptado e informado de que não seria emitido nenhum boletim sobre o estado de saúde da atriz e de que as visitas

estavam proibidas. Então, pediu para falar com o diretor do hospital e entregou seu cartão à recepcionista. Ela olhou o cartão, viu o nome impresso e, em seguida, desapareceu.

Em menos de três minutos, o diretor apareceu. Ele olhou para Matthieu como se tentasse se certificar de que o nome no cartão era verdadeiro. Matthieu usara o cartão do escritório de advocacia de família, onde trabalhava havia dez anos, desde que deixara o cargo no governo. Tinha 68 anos, mas possuía a aparência e o porte de um homem mais jovem.

— *Monsieur le ministre?* — perguntou o diretor do hospital, torcendo as mãos de nervosismo. Ele não fazia ideia do que trouxera Matthieu até ali, mas sua reputação era lendária como ministro do Interior e seu nome era citado vez ou outra pela imprensa. Frequentemente era consultado e sempre colaborava como fonte nas matérias. Fora um homem poderoso durante trinta anos e expressava uma autoridade inquestionável.

— Em que posso ajudá-lo, senhor?

O olhar de Matthieu era quase assustador. Ele parecia preocupado e profundamente transtornado.

— Estou aqui para visitar uma pessoa conhecida — disse, em tom melancólico. — Ela era amiga de minha esposa. — Ele não queria que sua visita chamasse a atenção das pessoas, embora o simples fato de pedir para falar com o diretor do hospital fosse o suficiente para despertar curiosidade. Mas esperava que o funcionário fosse discreto. Também não queria acabar virando notícia, mas, a essa altura, teria arriscado tudo para ver Carole novamente. Sabia que aquela poderia ser sua última chance. Segundo os jornais, o estado dela ainda era crítico, e Carole corria risco de morte. — Fiquei sabendo que ela não pode receber visitas. Nossas famílias eram muito próximas — explicou Matthieu, e o diretor do La Pitié Salpêtrière adivinhou imediatamente quem era a paciente.

Matthieu estava sério mas parecia desesperado, o que não passou despercebido pelo homem baixinho e atento.

— Estou certo de que podemos abrir uma exceção, senhor. Não há o menor problema. O senhor quer que eu o acompanhe até o quarto da paciente? Estamos falando da Sra. Waterman... Srta. Barber... certo?

— Exatamente. Eu ficaria muito grato se o senhor me levasse até o quarto dela.

Sem dizer mais nada, o diretor do hospital o conduziu ao elevador, que chegou quase imediatamente, cheio de médicos, enfermeiras e visitantes. Ele e Matthieu esperaram que todos saíssem do elevador e entraram nele. Em seguida, o diretor apertou o botão e, logo depois, chegaram ao andar onde Carole estava internada. Matthieu sentiu o coração disparar. Não sabia o que encontraria quando entrasse no quarto, ou quem estaria lá. Achava pouco provável que os filhos dela se lembrassem dele, já que ambos eram muito pequenos na época. Ele supôs que o atual marido de Carole estivesse lá, mas torcia mesmo para que não houvesse ninguém.

O diretor parou na recepção e sussurrou algumas palavras à chefe da enfermaria. Ela assentiu com um gesto de cabeça, olhou para Matthieu com interesse e apontou para uma porta no final do corredor, o quarto de Carole. Sem dizer uma palavra sequer, Matthieu seguiu o diretor, tomado por preocupação e angústia. Na iluminação sombria do hospital, ele aparentava a idade que tinha. Ao chegarem ao fim do corredor, o diretor se deteve por um momento, abriu a porta que a enfermeira havia indicado e fez um gesto para que Matthieu entrasse, ao que ele hesitou e sussurrou:

— A família está com ela? Não quero atrapalhar se não for uma hora apropriada. — De repente, ele se deu conta de que poderia provocar uma situação constrangedora. Por um momento, havia se esquecido de que já não estavam mais juntos.

— O senhor quer que eu o anuncie, caso eles estejam com ela? — perguntou o diretor. Matthieu recusou a oferta, sem dar explicações, mas o homem entendeu e acrescentou: — Vou verificar. — Ele entrou e fechou a porta, e Matthieu não conseguiu ver

o interior do quarto. Logo depois, o diretor saiu e confirmou: — A família está com ela. O senhor prefere aguardar na sala de espera? Matthieu pareceu aliviado com a sugestão.

— Sim. Isso deve ser muito difícil para eles.

O diretor o conduziu de volta ao corredor, até uma pequena sala de espera privada, normalmente usada quando havia um número excessivo de visitas, ou quando alguém se encontrava muito angustiado e necessitava de privacidade. Era o local perfeito para Matthieu, que queria evitar olhares curiosos e preferia ficar sozinho, enquanto esperava para ver Carole. Não sabia quanto tempo a família ficaria com ela, mas estava pronto para esperar o dia todo, até de madrugada, contanto que conseguisse vê-la.

O diretor do hospital apontou para uma cadeira, e Matthieu se sentou nela.

— O senhor gostaria de algo para beber? Uma xícara de café?

— Não, obrigado. — Agradeço a ajuda. Fiquei surpreso quando tomei conhecimento dos fatos.

— Todos nós ficamos — comentou o diretor. — Fazia duas semanas que ela estava aqui, e não sabíamos de quem se tratava. Uma coisa terrível — acrescentou, com discrição.

— Ela vai se recuperar? — perguntou Matthieu, com o olhar triste.

— Ainda é cedo para sabermos. Lesões no cérebro são traiçoeiras e de difícil prognóstico. Ela continua em coma, mas já consegue respirar sozinha, o que é um bom sinal. Porém, não está fora de perigo. — Matthieu assentiu em silêncio. — Voltarei depois para ver se precisa de alguma coisa — prometeu o diretor. — As enfermeiras poderão lhe trazer o que o senhor precisar. — Matthieu agradeceu-lhe novamente, então o diretor saiu da sala. O homem que, durante uma época, tinha sido ministro do Interior da França estava naquela sala, sentindo-se triste, como qualquer outro visitante, perdido nas próprias reflexões, pensando em alguém que amava. Matthieu de Billancourt fora um dos homens mais poderosos, e ainda era um dos mais

respeitados, do país. Ele estava assustado como qualquer outra pessoa ali na unidade de *réanimation*. Apavorado, por ela e por ele mesmo. Apenas saber que Carole estava ali, tão perto, fazia seu coração disparar novamente, como havia muito tempo não acontecia.

JASON, STEVIE, ANTHONY e Chloe estavam com Carole havia horas. Revezavam-se em uma cadeira ao lado da cama, acariciando sua mão ou falando com ela.

Chloe beijou os dedos azulados da mãe, que estavam do lado de fora do gesso, e implorou a ela que despertasse.

— Vamos, mamãe. Por favor... queremos que você acorde.

Ela falava como uma criança e acabava caindo no choro, até Stevie abraçá-la, oferecer-lhe água, e outra pessoa tomar seu lugar ao lado da cama.

Anthony tentava ser corajoso, mas só conseguia falar algumas palavras e rapidamente caía em prantos. Jason ficava atrás da cadeira, transtornado. Insistiam em falar com ela, porque havia a remota possibilidade de que ela pudesse ouvi-los. E rezavam para que isso a trouxesse de volta. Até então, nada dera resultado. Jason, Chloe e Anthony pareciam exaustos; fatigados pelo voo e abatidos pelo sofrimento, enquanto Stevie tentava animá-los, embora não se encontrasse melhor do que eles. Ela estava decidida a fazer tudo que se encontrasse a seu alcance, por Carole e por eles. Porém, no fundo, se sentia tão arrasada quanto os outros. Carole era uma amiga querida.

— Vamos, Carole, você tem um livro para escrever. Não é hora de relaxar — disse ela, ao se sentar na cadeira, como se a amiga pudesse ouvi-la. Jason sorriu. Ele gostava de Stevie. Ela era uma mulher firme e estava sendo maravilhosa com todos eles. Era visível quanto ela se preocupava com Carole. — Sabe de uma coisa? Isso está realmente levando o conceito de bloqueio criativo ao extremo, não acha? Já pensou no livro? Acho que deveria fazer isso. As crianças estão aqui também. Chloe está linda, fez um corte de cabelo novo e está cheia de acessórios diferentes. Espere

até você receber a conta para pagar! — disse ela, fazendo com que todos rissem. — Isso deveria acordá-la — comentou Stevie.

Foi uma tarde longa, e ficou óbvio que nada tinha mudado. Eles queriam muito que algo acontecesse. Era uma agonia ver o corpo inerte e o rosto mortalmente pálido de Carole.

— Talvez fosse melhor voltarmos para o hotel — sugeriu Stevie, finalmente. Jason parecia estar a ponto de desmaiar. Eles praticamente não haviam tocado no café da manhã e estavam sem comer nada desde então. Ele estava pálido, e Chloe parecia que não ia conseguir parar de chorar. Anthony não parecia muito melhor, e Stevie sentia-se fraca. — Acho que todos nós estamos precisando nos alimentar. Eles irão telefonar se algo acontecer, e podemos voltar à noite — disse ela de maneira sensata, então Jason assentiu em silêncio. Embora não fosse muito de beber, naquele momento ele queria um drinque. Seria uma forma de relaxar.

— Não quero ir — anunciou Chloe aos prantos.

— Ora, Clo — disse Anthony, abraçando-a. — A mamãe não gostaria de nos ver desse jeito. E temos que recuperar nossas forças. — Um pouco mais cedo, Stevie tinha sugerido que fossem à piscina do hotel quando voltassem, e Anthony gostou da ideia. Ele precisava de exercício para ajudá-lo a lidar com a forte tensão que enfrentava. Até Stevie queria nadar um pouco.

Com muito esforço, ela reuniu o grupo e saiu do quarto, despedindo-se da enfermeira com um aceno de cabeça. Não foi nada fácil convencê-los a voltar para o hotel, já que nenhum deles queria deixar Carole. Ela também não queria fazer isso, mas sabia que precisavam manter a esperança. Não havia previsão de quanto tempo Carole ficaria naquele estado, e não poderiam se deixar desanimar. Isso não ajudaria Carole em nada, e ela sabia muito bem disso. Portanto, tomou para si a responsabilidade de cuidar de todos. Demoraram uma eternidade para chegar ao elevador. Chloe tinha esquecido seu suéter; e Anthony, seu casaco. Eles voltaram um por um e, finalmente, entraram no elevador, prometendo um ao outro que estariam de volta em algumas horas. Odiavam ter de deixar Carole.

Da cadeira na sala de espera privada, Matthieu os viu sair. Não reconheceu ninguém, mas sabia quem eram. Percebeu que as duas mulheres e os dois homens tinham sotaque americano. E, assim que a porta do elevador se fechou, ele se dirigiu à enfermeira-chefe. Normalmente, todas as visitas seriam proibidas, mas ele era Matthieu de Billancourt, o respeitado ex-ministro do Interior. Além disso, o diretor do hospital determinara que a enfermeira se encarregasse de providenciar tudo de que ele precisasse. Ficara claro que as normas não se aplicavam a ele. E Matthieu não esperava menos. Sem dizer uma palavra, a enfermeira-chefe o conduziu ao quarto de Carole. Ela parecia uma princesa adormecida, recebendo medicamento intravenoso, com uma enfermeira ao seu lado para verificar os monitores. Carole estava inerte e mortalmente pálida. Ele se aproximou dela e tocou-lhe suavemente o rosto. Em seus olhos, estava estampado tudo o que um dia sentira por aquela mulher. A enfermeira permaneceu no quarto, mas se virou discretamente ao perceber que presenciava algo profundamente íntimo.

Ele ficou no quarto por um longo tempo, olhando para Carole, como se esperasse que ela fosse abrir os olhos. Finalmente, de cabeça baixa e com os olhos marejados, ele foi embora. Ela estava tão bonita, como a imagem que tinha dela na memória, e parecia intocada pela idade. Até seu cabelo era o mesmo. A atadura tinha sido retirada da cabeça, e Chloe havia escovado seu cabelo, antes de voltar para o hotel.

Quando saiu do hospital, Matthieu ficou alguns minutos sentado no carro. O ex-ministro do Interior da França enterrou o rosto entre as mãos e chorou como uma criança ao se lembrar de tudo o que havia acontecido entre eles e das promessas não cumpridas. Sentia uma imensa angústia ao imaginar como as coisas poderiam ter sido. Fora a única vez na vida que deixara de cumprir uma promessa, e lamentava isso profundamente. Apesar de tudo, estava convencido de que não havia outra escolha. Carole também sabia disso, por esse motivo resolveu partir. Matthieu

nunca a culpou por deixá-lo, pois tinha plena consciência de suas responsabilidades na época. Só lamentava não poder falar com ela sobre isso agora. Quando foi embora, Carole levou seu coração — e ela ainda o tinha. Ele não conseguia suportar a ideia de que ela poderia morrer e, enquanto dirigia, certificava-se de que precisava vê-la novamente, de qualquer jeito. Apesar dos 15 anos transcorridos e de tudo o que tinha acontecido a ambos desde então, Matthieu ainda era obcecado por ela. Só de ver seu rosto, voltara a sentir a mesma emoção do passado.

6

Cinco dias depois da chegada da família de Carole a Paris, Jason convocou uma reunião com todos os médicos para esclarecer a situação da ex-mulher. Ela permanecia em coma, e, fora o fato de não estar mais respirando com o auxílio de aparelhos, nada havia mudado. Não parecia estar nem perto de sair do estado em que se encontrava havia quase três semanas. A possibilidade de que ela nunca voltaria a si começava a aterrorizá-los.

Os médicos usaram de muito tato mas foram francos. Se ela não recuperasse a consciência logo, as lesões cerebrais seriam irreversíveis. Mesmo agora, aquela era uma possibilidade cada vez maior. As chances de recuperação se tornavam mais reduzidas a cada hora. A preocupação dos médicos expressara os piores temores de Jason. Nada poderia ser feito, em termos médicos, para alterar seu estado. Estava nas mãos de Deus. Eles sabiam que havia casos de pessoas que despertaram de coma depois de um período mais longo, mas, com o tempo, as chances de que Carole recuperasse a função cerebral diminuíam. Todos estavam chorando quando os médicos deixaram a sala de espera onde haviam se reunido. Chloe soluçava, e Anthony a abraçava, com

lágrimas nos olhos. Jason permaneceu em um pranto silencioso, enquanto Stevie secou as lágrimas e respirou fundo.

— Bem, pessoal. Carole nunca foi de se entregar. Nós também não podemos nos entregar. Vocês sabem como ela é. Faz as coisas no próprio ritmo. Ela vai conseguir. Não podemos perder a fé agora. Que tal irmos a algum lugar hoje? Vocês precisam de um descanso de tudo isso.

Os outros a olharam como se ela estivesse ficando louca.

— Ir aonde? Fazer compras? — Chloe pareceu ofendida, e os dois homens estavam abatidos. Eles não tinham feito nada além do trajeto diário entre o hospital e o hotel. E a profunda tristeza os acompanhava por todo canto. O mesmo acontecia com Stevie, mas ela tentava animar o grupo.

— Qualquer lugar. Ao cinema. Ao Louvre. Podemos sair para almoçar. Versalhes. Notre Dame. Eu voto em algo divertido. Estamos em Paris. Vamos pensar no que ela gostaria que nós fizéssemos. Ela não iria querer vocês todos aqui, desse jeito, um dia após o outro.

No início, sua sugestão foi recebida sem nenhum entusiasmo.

— Não podemos simplesmente deixá-la aqui e nos esquecer dela — disse Jason, com o ar sisudo.

— Eu ficarei com ela. Vocês podem fazer alguma coisa por algumas horas. E, quanto à sua pergunta, Chloe, talvez fazer compras seja uma boa ideia. O que sua mãe faria?

— Faria as unhas e compraria sapatos — respondeu Chloe com um olhar irreverente. Então riu e acrescentou: — E depilaria as pernas.

— Perfeito — assentiu Stevie. — Quero que você compre, pelo menos, três pares de sapatos hoje. Sua mãe nunca compra menos do que isso. Pode até comprar mais. Vou marcar um horário com a manicure no hotel. Manicure, pedicure, depilação, serviço completo. E uma massagem. Para vocês também, cavalheiros, uma massagem faria bem. Que tal reservar a quadra de squash no clube do Ritz?

Stevie sabia que eles gostavam de jogar.

— Não acha um comportamento esquisito? — perguntou Anthony, em tom de culpa, embora tivesse de admitir que sentira falta de exercício físico a semana inteira. Parecia um animal preso em uma jaula, sem se movimentar.

— De jeito nenhum. E, depois do jogo, vocês dois poderiam nadar um pouco. Por que não almoçam os três juntos na piscina antes? Depois, enquanto os rapazes jogam squash, Chloe faz as unhas. E em seguida todo mundo vai para a massagem. Posso marcar as massagens nos quartos, se preferirem.

Jason disparou-lhe um sorriso agradecido. Apesar de tudo, ele gostava da ideia.

— E você, Stevie?

— Esse é o meu trabalho — disse ela tranquilamente. — Espero pacientemente e organizo tudo. — Fizera o mesmo por Carole quando Sean estava doente e permaneceu ao lado da cama dele por vários dias, especialmente depois da quimioterapia. — Algumas horas livres não farão mal a ninguém. Será muito bom para vocês. Eu fico com ela.

Todos se sentiam culpados sempre que deixavam Carole sozinha no hospital. E se ela acordasse enquanto estivessem longe? Infelizmente, essa não parecia uma possibilidade iminente. Stevie telefonou para o hotel, fez as reservas e, literalmente, ordenou a Chloe que parasse na rue Faubourg Saint-Honoré no caminho, antes de almoçar. O local era famoso por ter uma infinidade de lojas com variados modelos de sapatos, inclusive lojas masculinas. Vinte minutos depois, como se eles fossem crianças, ela os expulsou do hospital e voltou a se sentar calmamente na cadeira ao lado da cama de Carole. Eles ficaram agradecidos, e a enfermeira de serviço acenou para Stevie com a cabeça. Elas não falavam a mesma língua, mas, àquela altura, estavam familiarizadas uma com a outra. A enfermeira que cuidaria de Carole naquele dia tinha mais ou menos a idade de Stevie e queria muito poder conversar, mas, em vez disso, Stevie se aproximou do corpo inerte da amiga.

— Muito bem, mocinha. Já chega. Está na hora de se mexer. Os médicos estão perdendo a paciência. É hora de acordar. Você precisa fazer as unhas, seu cabelo está um horror e a mobília desse lugar é horrorosa. Você precisa voltar para o Ritz. Além disso, tem um livro para escrever. Você *tem* que acordar — disse Stevie em tom de desespero. O feriado de Ação de Graças estava chegando. — Não é justo com seus filhos. Nem com ninguém. Você não é de se entregar, Carole. E já dormiu demais. *Acorde!*

Ela havia falado algo parecido para a amiga nos dias sombrios, logo depois da morte de Sean. Na época, Carole dera a volta por cima rapidamente, porque sabia que esse era o desejo de Sean. Mas, dessa vez, Stevie não mencionou o nome dele. Só dos filhos dela.

— Estou perdendo a paciência — acrescentou. — E tenho certeza de que você também está. Quero dizer, isso tudo é muito cansativo. Essa rotina de Bela Adormecida está durando muito.

Carole não esboçou nenhum som ou movimento. Stevie se perguntou até que ponto era verdadeira a história de que pacientes em coma conseguem ouvir seus entes queridos falarem com eles. Se houvesse qualquer verdade nessa afirmação, ela iria se agarrar a isso. Então, continuou falando com Carole a tarde inteira, em tom normal, sobre coisas cotidianas, como se a amiga pudesse ouvi-la. A enfermeira executou suas tarefas normalmente, mas parecia sentir pena dela. A essa altura, o pessoal da enfermagem tinha perdido as esperanças, inclusive os médicos. Já havia se passado muito tempo desde o atentado, e as chances de recuperação diminuíam a cada hora. Stevie estava ciente disso, mas se recusava a desanimar.

Às seis da tarde, depois de passar oito horas ao lado de Carole, Stevie voltou ao hotel para ver como estavam os outros. Eles tinham ficado fora o dia todo, e ela esperava que essas horas livres tivessem sido proveitosas.

— Bem, eu já vou — despediu-se, exatamente como fazia quando ia para casa, após o trabalho, em Los Angeles. — Não

quero saber de moleza amanhã, Carole. Chega. Hoje eu te dei folga. Mas já chega. Você já teve todo o tempo de que precisava. Amanhã voltaremos ao trabalho. Você acorda, dá uma olhada ao redor e toma seu café da manhã. Depois, vamos escrever algumas cartas. Você tem que dar um montão de telefonemas. Mike liga todos os dias. Já não tenho mais desculpas para dar. Você tem que telefonar para ele.

Stevie sabia que parecia uma louca, mas na verdade sentia-se melhor falando como se Carole estivesse ouvindo o que ela dizia. E o amigo e agente de Carole, Mike Appelsohn, realmente telefonava todos os dias. Desde que a imprensa noticiara a tragédia, ele ligava duas vezes por dia, parecendo abatido. Mike a conhecia desde que ela era uma menina, quando a descobriu em uma farmácia em Nova Orleans. Ele fora o responsável por mudar a vida dela para sempre. Mike era como um pai para Carole. Completara 70 anos recentemente, mas ainda era um homem forte. E agora tinha acontecido isso. Ele não tinha filhos e a considerava uma filha. Queria ir até Paris para vê-la, mas Jason pedira a ele que esperasse pelo menos alguns dias. A situação já era complicada o suficiente sem a presença de outras pessoas, por mais bem-intencionadas que fossem. Stevie estava agradecida por eles permitirem sua presença, mas ela não atrapalhava; pelo contrário, era muito prestativa. Todos estariam perdidos sem ela, assim como Carole. Assim era Stevie. Carole tinha outros amigos em Hollywood, mas, pelo tempo que ambas se conheciam — e por tudo o que haviam passado nos últimos 15 anos —, ela era mais chegada à sua assistente do que a qualquer outra pessoa.

— Muito bem, entendeu direitinho? Hoje foi seu último dia para dormir. Não vai ter mais essa coisa de ficar aí deitada como uma diva. Você é uma trabalhadora. Portanto, trate de acordar e escrever seu maldito livro. Eu não vou fazer isso por você. Você terá que escrevê-lo com suas próprias mãos. Chega de preguiça. Tenha uma boa noite de sono hoje e amanhã acorde. É isso. Chegou a hora. Essas férias *acabaram*. Fim. E, se você quer saber, em termos de férias, essas foram uma merda.

A enfermeira teria rido se tivesse entendido. Quando Stevie saiu, a moça se despediu dela com um sorriso. Dentro de uma hora, seu turno acabaria, e ela iria para casa cuidar do marido e dos três filhos. Stevie tinha apenas um namorado e a mulher em coma por quem tinha um carinho enorme. Sentia-se exausta quando foi embora. Estivera falando com Carole o dia todo, mas não ousara fazer isso na presença dos outros. Limitara-se a dizer algumas palavras de carinho e pronto. Não tinha planejado nada, mas, quando eles saíram, decidiu tentar. Afinal, não tinham nada a perder, e aquilo não iria fazer mal nenhum.

Quando o táxi arrancou, Stevie fechou os olhos e reclinou a cabeça. Os mesmos paparazzi permaneciam na entrada do Ritz, na expectativa de tirar fotos dos filhos de Carole e de Harrison Ford e sua família, que haviam acabado de chegar dos Estados Unidos. A chegada de Madonna era esperada para o dia seguinte. Por razões pessoais, essas pessoas iriam passar o dia de Ação de Graças em Paris, assim como a família de Carole, porém, nesse caso, por um triste motivo, considerando a tragédia que os mantinha ali. Stevie já tinha pedido ao chefe de cozinha para preparar um verdadeiro jantar de Ação de Graças para eles, em um ambiente reservado. Era o mínimo que ela podia fazer. Era impossível achar os marshmallows para preparar as batatas-doces em Paris, então ela pediu ao namorado, Alan, para enviá-los, via FedEx, dos Estados Unidos. Stevie falava com ele diariamente por telefone para mantê-lo informado da situação e, assim como as outras pessoas, ele desejava que Carole se restabelecesse logo e dizia que rezava por ela. Ele era um cara bacana, porém Stevie não conseguia se imaginar casada com ele, nem com qualquer outro homem. Era comprometida com o trabalho e com Carole, sobretudo agora, quando a atriz precisava tanto de sua ajuda e sua vida estava em risco.

Jason, Anthony e Chloe estavam bem mais animados e, seguindo antigas recomendações de Carole, que costumava exaltar o Espadon, resolveram jantar lá, no restaurante principal do

hotel. O lugar era animado, concorrido; e a comida, fabulosa. Stevie não se juntou ao grupo. Ela fez uma massagem, pediu uma sopa no quarto e foi dormir. Todos estavam agradecidos pelas atividades que ela planejara para eles. Sentiam-se vivos novamente. Tomada pela agitação, Chloe acabou comprando seis pares de sapatos e um vestido, na Yves Saint Laurent. Surpreso consigo mesmo, Jason comprara dois pares da marca John Lobb na Hermès, enquanto esperava pela filha, e Anthony, que odiava fazer compras, voltou com quatro camisas. Ele e Jason compraram umas peças de roupa, na maioria suéteres e jeans para usar naqueles dias em Paris, já que haviam trazido pouca coisa. Sentiam-se renovados depois de nadar e receber uma massagem. Na partida de squash, Jason venceu o filho, um fato raro, portanto uma importante vitória para ele. Apesar das terríveis circunstâncias que os haviam trazido àquela cidade, tiveram um dia satisfatório, graças a Stevie e sua positividade em relação a tudo. Ela mesma se sentia exausta quando foi para a cama e, às nove da noite, já estava dormindo profundamente.

Na manhã seguinte, ao ouvir o telefone tocar, seu coração disparou. Era Jason. O hospital havia ligado para ele às seis da manhã. Um telefonema àquela hora só podia ser por um motivo. E ele estava chorando quando Stevie atendeu.

— Ah, meu Deus... — disse Stevie, ainda sonolenta, porém imediatamente alerta.

— Ela acordou — disse ele, soluçando. — Abriu os olhos. Não está falando, mas abriu os olhos e acenou com a cabeça para o médico.

— Ah, meu Deus... ah, meu *Deus*... — Foi tudo o que Stevie conseguiu dizer. Por um momento, chegou a pensar que Carole havia morrido.

— Estou indo para lá. Quer ir comigo? Achei melhor deixar Chloe e Anthony dormindo. Não quero criar esperanças até vermos como ela está.

— Sim. Estarei pronta em cinco minutos — disse, rindo em meio às lágrimas. — Ela deve ter me ouvido.

Stevie sabia que seu monólogo de oito horas não era o causador do despertar de Carole. Deus e o tempo tinham, finalmente, agido. Mas talvez suas palavras tivessem ajudado.

— O que você falou para ela? — perguntou Jason, secando as lágrimas do rosto. Ele tinha perdido as esperanças após ouvir as explicações do médico, no dia anterior. Mas agora ela havia despertado. Era uma resposta às preces de todos eles.

— Eu disse que estávamos todos cansados daquela merda, falei que ela precisava levantar a bunda daquela cama e voltar ao trabalho. Algo assim.

— Bom trabalho — elogiou ele, rindo. — Deveríamos ter tentado essa estratégia antes. Acho que você a fez se sentir culpada.

— Espero que sim.

O despertar de Carole seria um presente de Ação de Graças maravilhoso para todos eles.

— Em cinco minutos estarei batendo à sua porta — disse Jason, antes de desligar.

Stevie havia colocado jeans e um suéter. Além de levar consigo o pesado casaco que tinha trazido, estava usando as botas de vaqueiro que comprara em um brechó e que frequentemente usava para trabalhar. Ela as adorava e dizia que eram suas botas da sorte. Como as usara no dia anterior, agora tinha certeza de que davam sorte.

Eles conversaram animadamente no trajeto até o hospital, passando por todos os marcos que agora lhes eram familiares. Mal podiam esperar para ver Carole. Jason lembrou a Stevie que o médico havia dito que ela ainda não estava falando e que isso poderia levar algum tempo. Mas ela estava acordada. Tudo tinha mudado durante a noite. No hospital silencioso, eles correram até o quarto de Carole, guardado por um segurança do lado de fora dia e noite. Ele os cumprimentou com um aceno de cabeça e supôs que a chegada deles, tão cedo, fosse um mau sinal. Era uma manhã fria, embora ensolarada, e o dia mais feliz da vida de Stevie. Para Jason, aquele dia só ficava atrás

do dia do nascimento dos seus filhos. Dessa vez, Carole tinha nascido de novo. Estava acordada!

Quando eles chegaram, Carole estava deitada na cama, com os olhos abertos, e a médica responsável estava ao seu lado. Ela havia acabado de chegar. Tinha vindo assim que o hospital telefonou. Ela os recebeu com um sorriso, que se estendeu para sua paciente. Carole olhou para a médica, quando esta falou com ela em inglês, com um forte sotaque, mas não respondeu. Não emitiu nenhum som nem sorriu. Apenas olhava, mas, quando solicitada, apertava a mão da médica, fazendo uma leve pressão. Também virava o olhar aos dois visitantes quando ouvia suas vozes, mas também não lhes sorria. Seu rosto era inexpressivo, como uma máscara. Stevie falava com ela como se Carole fosse a mesma pessoa de sempre, e Jason se curvou para beijá-la na face. Carole também não reagiu a esse gesto. Por fim, ela fechou os olhos e voltou a dormir. Jason, Stevie e a médica saíram do quarto para conversar.

— Ela não está expressando reação — comentou Jason, preocupado. Stevie estava animada, decidida a não se deixar abater pelo que havia acontecido. Aquilo era apenas o começo e já era muito melhor do que a situação em que a querida amiga estava antes.

— Isso é só o começo — disse a médica a Jason. — É possível que por enquanto ela não os reconheça. Ela pode ter perdido boa parte da memória. O córtex cerebral e o hipocampo foram afetados, e ambos guardam memórias. Não sabemos ao certo o que restou, ou se ela irá acessá-los novamente com facilidade. Com sorte, a memória e a função cerebral voltarão ao normal, mas isso levará tempo. Agora, ela precisa se lembrar de tudo, como se mover, como falar, como andar. O cérebro sofreu um choque muito grande. Mas agora existe uma possibilidade. Agora, o processo começou.

A médica pareceu muito animada. Eles já tinham quase perdido as esperanças de que ela recobrasse a consciência. Isso

mostrou a todos que milagres realmente acontecem quando menos se espera. Então a médica se virou para Stevie e sorriu.

— As enfermeiras disseram que você falou com ela o dia todo ontem. Nunca se sabe o que os pacientes ouvem, ou o que pode fazer as coisas mudarem.

— Acho que chegou o momento — disse Stevie modestamente. Na verdade, já não era sem tempo, na visão deles. Afinal, haviam sido três semanas de pesadelo para Carole e uma semana de agonia para eles. Só que Carole não tinha consciência do que estava acontecendo, enquanto os outros tiveram de enfrentar o medo de perdê-la. Aqueles tinham sido os piores dias da vida de Stevie, que, agora, tinha uma nova interpretação para o sentido da vida.

— Queremos fazer mais algumas tomografias computadorizadas e ressonâncias magnéticas ainda hoje, e vou chamar uma fonoaudióloga para ver como ela responde. É possível que ela não se lembre das palavras por ora, mas nós vamos dar um empurrãozinho para que ela possa começar. Estou tentando encontrar alguém que fale inglês — explicou a médica.

Stevie dissera que Carole falava francês, mas eles queriam reeducá-la em seu idioma. Fazer isso em francês seria muito mais difícil.

— Posso trabalhar com ela se alguém me mostrar como fazer — ofereceu-se Stevie, e a médica sorriu novamente. Aquela era uma enorme vitória para ela.

— Acho que você fez um excelente trabalho com ela ontem. — A médica foi generosa no elogio. Quem poderia afirmar, com certeza, o que a tinha despertado?

Jason e Stevie voltaram ao hotel para contar as novidades a Anthony e Chloe. Jason os acordou, e ambos tiveram a mesma reação de Stevie quando ele lhe telefonou para contar sobre o estado de Carole. Um terror indisfarçável se estampou em seus rostos e em seus olhos, no momento em que acordaram.

— É a mamãe? — perguntou Anthony, apavorado. Ele tinha 26 anos, era um homem feito, mas Carole ainda era sua "mamãe".

— Ela acordou — disse Jason, chorando novamente. — Ainda não consegue falar, mas ela nos viu. Sua mãe vai se recuperar, filho. — Anthony irrompeu em soluços. Nenhum deles sabia, ao certo, se ela iria se recuperar totalmente, mas estava viva. E tinha saído do coma. Era definitivamente um começo e um enorme alívio para todos.

Chloe abraçou o pai e, em meio às lágrimas, sorriu como uma criança. Em seguida, pulou da cama e começou a dançar. E depois correu para abraçar Stevie.

Todos estavam sorridentes e falantes durante o café da manhã e, às dez horas, foram para o hospital. Quando entraram no quarto, Carole estava acordada e olhou para eles, parecendo curiosa.

— Oi, mãe — cumprimentou-a Chloe com o ar tranquilo, ao se aproximar da cama. Em seguida, segurou a mão de Carole e curvou-se para beijar seu rosto. Não houve nenhuma reação visível por parte de Carole. Ela parecia no máximo surpresa. Mas até suas expressões faciais eram limitadas. A atadura do rosto fora retirada havia vários dias, mas o corte profundo tinha deixado uma feia cicatriz, que era o menor de seus problemas. Àquela altura, eles estavam acostumados com a marca, embora Stevie soubesse que Carole ficaria aflita quando a visse, mas isso não aconteceria tão cedo. E como Jason tinha dito, um bom cirurgião plástico daria um jeito quando eles voltassem para Los Angeles.

Carole permaneceu deitada, olhando para eles e virando a cabeça, várias vezes, para acompanhá-los com os olhos. Anthony a beijou também, e ela pareceu intrigada. Jason se aproximou da cama e segurou a mão dela. Stevie se manteve um pouco afastada, encostada na parede, sorrindo para a amiga, mas Carole não pareceu notá-la. Havia a possibilidade de que ela ainda não conseguisse enxergar com muita nitidez, a certa distância.

— Você nos deixou muito felizes hoje — disse Jason à ex-mulher, com um sorriso cheio de amor, enquanto segurava a mão dela. Carole lançou-lhe um olhar inexpressivo. Levou algum tempo, mas ela finalmente conseguiu articular uma palavra.

— Can... ssa... dda... cansada.

— Sei que está cansada, querida — disse ele com carinho.

— Você dormiu durante muito tempo.

— Te amo, mãe — acrescentou Chloe, e Anthony repetiu as palavras da irmã. Carole os fitou como se não soubesse o significado do que fora dito e falou mais uma palavra.

— Á... gua. — Com a mão trêmula, ela apontou para o copo, e a enfermeira o levou aos seus lábios. A cena fez Stevie se lembrar de Anne Bancroft no filme *O milagre de Anne Sullivan*. Eles estavam voltando ao início de tudo. Mas, pelo menos, agora estavam na direção certa. Carole não falou nada diretamente a nenhum deles, nem disse seus nomes. Apenas permaneceu observando-os. Eles ficaram no quarto até o meio-dia e depois foram embora. Carole parecia esgotada e, nas duas vezes que falou, sua voz parecia estranha. Stevie suspeitou que ela ainda estivesse rouca por causa do respirador, que tinha sido retirado havia pouco tempo. Sua garganta provavelmente estava irritada, e seus olhos pareciam enormes em relação ao rosto. Antes do atentado, ela já estava magra e, logo depois, perdera muito peso. Mas continuava linda. Mais do que nunca, embora um tanto pálida. Seu rosto lembrava o de Mimi em *La Bohème*. Parecia uma heroína trágica ali, deitada, mas, felizmente, a tragédia havia acabado.

Naquela tarde, Jason conversou com a médica novamente. Chloe tinha decidido fazer compras, dessa vez para comemorar. Fazer o que Stevie chamou de "terapia das compras". E Anthony estava no ginásio esportivo, exercitando-se. Sentiam-se bem melhor e menos culpados em voltar à vida normal. Tinham inclusive desfrutado de um farto almoço no Le Voltaire, o restaurante favorito de Carole em Paris. Jason disse que o almoço era em homenagem a ela.

A médica responsável por Carole falou que os resultados dos exames de ressonância e tomografia estavam bons. Não havia sinais visíveis de danos no cérebro, o que era excelente. As pequenas rupturas iniciais nos nervos já haviam cicatri-

zado. Por outro lado, não tinham como avaliar a extensão da perda de memória nem prever o nível de recuperação das funções cerebrais normais. Só o tempo poderia dizer. Ela começava a se dar conta das pessoas, quando elas falavam, e conseguiu proferir mais algumas palavras naquela tarde, a maior parte relacionada ao seu estado físico, e nada mais. Pronunciara "frio" quando a enfermeira abriu a janela, e "ai" quando espetaram uma agulha em seu braço para colher sangue e, novamente, quando ajustaram o soro. Reagia à dor e a estímulos físicos, mas se mantinha inexpressiva quando a médica fazia perguntas cujas respostas iam além de "sim" e "não". Quando perguntaram o seu nome, ela fez um gesto negativo com a cabeça. Eles lhe disseram que era "Carole", e ela deu de ombros. Aparentemente, isso não lhe despertava nenhum interesse. A enfermeira dissera que ela não esboçava reação quando era chamada pelo nome. E, como não sabia o próprio nome, era improvável que se lembrasse do nome dos outros. Além disso, a médica estava praticamente certa de que, por enquanto, Carole não tinha nenhuma lembrança de quem eram aquelas pessoas.

Jason se recusava a se deixar desanimar e, mais tarde, quando falou com Stevie, disse que a recuperação de Carole era somente uma questão de tempo. Agarrava-se firmemente às suas esperanças. Talvez até demais, na opinião de Stevie, para quem a possibilidade de Carole nunca mais voltar a ser a mesma não era de todo improvável. Ela saíra do coma, mas ainda havia um longo caminho antes de voltar a ser quem era, se é que isso um dia iria acontecer.

Um novo vazamento de informação naquele dia fez com que a imprensa, na manhã seguinte, divulgasse que Carole Barber havia saído do coma. Ela já estava fora de perigo fazia alguns dias, porém continuava sendo notícia. Para Stevie, era óbvio que alguém no hospital estava sendo pago para fornecer informações sobre o estado de saúde dela, algo que seria comum em qualquer lugar do mundo, mas que, mesmo assim,

lhe causava repulsa. Embora esse tipo de atitude fizesse parte do pacote da vida de uma estrela, era um preço muito alto a se pagar. A matéria dava a entender que existia a possibilidade de Carole ter danos cerebrais permanentes. Mas a foto dela na reportagem era magnífica. Tinha sido tirada havia dez anos, no auge da sua beleza, porém, mesmo depois de todo esse tempo, ela continuava sendo uma mulher muito bonita. E, levando-se em conta as circunstâncias, sua aparência atual era muito boa para alguém que tinha sobrevivido a um atentado terrorista.

Quando soube que ela havia saído do coma, a polícia foi ao hospital. A médica permitiu que eles falassem com ela por pouco tempo, mas, em alguns minutos, ficou claro que ela não se lembrava do atentado, nem de qualquer outra coisa, então os agentes foram embora sem nenhuma informação nova.

Jason, Chloe, Anthony e Stevie continuaram com suas visitas diárias a Carole, que, a cada dia, acrescentava palavras ao seu repertório: *Livro. Manta. Sede. Não!* Nesta última, era sempre muito enfática, em particular quando vinham colher sangue. Na última vez, ela chegou a puxar o braço, encarou a enfermeira e a chamou de "má", o que fez todos rirem. Eles colheram o sangue mesmo assim, Carole caiu em lágrimas, pareceu surpresa e disse a palavra "chorando". Stevie falava com a amiga como se ela estivesse perfeitamente bem, e, às vezes, Carole se limitava a fitá-la por horas, sem dizer nada. Ela já conseguia ficar sentada, mas ainda não era capaz de formar uma frase, nem de dizer os nomes das pessoas. Na véspera do dia de Ação de Graças, três dias depois de sair do coma, era evidente que ela ainda não sabia quem eram aquelas pessoas. Não reconhecera ninguém, nem os próprios filhos, o que os deixava angustiados. Chloe era a mais aflita de todos.

— Ela não reconhece nem a mim! — disse Chloe com lágrimas nos olhos, quando saiu do hospital acompanhada do pai, a caminho do hotel.

— Ela vai lembrar, querida. Tenha um pouco de paciência.

— E se ela ficar assim para sempre? — perguntou, expressando o que todos mais temiam. Ninguém mais ousara dizê-lo.

— Nós a levaremos aos melhores médicos do mundo — assegurou-lhe Jason, falando do fundo do coração.

Stevie também estava preocupada. Continuava suas conversas com Carole, porém sua chefe e amiga não expressava nenhuma reação. De vez em quando, achava graça das coisas que Stevie dizia, mas não havia sequer uma faísca de lembrança em seus olhos que demonstrasse reconhecer a assistente. Sorrir era uma novidade para ela. E rir também. Carole se assustou na primeira vez que riu e, imediatamente, desatou a chorar. Era como um bebê. Tinha um longo caminho a ser percorrido, o que demandava muito esforço. O hospital havia encontrado uma fonoaudióloga inglesa que a submetia a um trabalho intenso. Ela dizia o seu nome e pedia a Carole que o repetisse várias vezes, na esperança de que aquilo provocasse um lampejo, mas, até o momento, nada havia acontecido.

Na manhã do dia de Ação de Graças, Stevie falou com Carole sobre a data e seu significado nos Estados Unidos. Quando mencionou o que eles teriam no jantar, Carole pareceu intrigada. Stevie achou que tivesse despertado alguma lembrança, mas estava enganada.

— Peru? O que é isso? — perguntou ela, como se nunca tivesse ouvido a palavra antes. Stevie sorriu.

— É uma ave que costumamos comer no almoço.

— Parece nojento — disse Carole, fazendo uma careta, o que fez Stevie rir mais uma vez.

— Às vezes é, sim. Mas é uma tradição.

— Penas? — perguntou Carole com interesse, focando no elemento básico: aves possuem penas. Pelo menos disso ela se lembrava.

— Não. Recheado. Huuum, é delicioso! — Stevie descreveu o recheio para Carole, que ouviu atentamente.

— É difícil — disse ela, com lágrimas nos olhos. — Falar. Não consigo achar palavras.

Pela primeira vez, ela pareceu frustrada.

— Eu sei. Tenha paciência. Você vai lembrar. Que tal começarmos com as obscenas? Talvez seja mais divertido. Sabe, tipo: *merda, foda, filho da puta*; as boas. Para que se preocupar com *peru* e *recheio*?

— Palavras obscenas? — perguntou Carole. Stevie assentiu com a cabeça, e ambas riram. — Merda — disse Carole, com orgulho. — Foda. — Era evidente que ela não fazia a menor ideia do significado daqueles termos.

— Muito bem — elogiou Stevie, olhando para a amiga de forma carinhosa. Ela gostava de Carole mais do que da própria mãe ou de sua irmã. Ela era realmente sua melhor amiga.

— Nome? — perguntou Carole, com um ar triste novamente. — O *seu* nome — corrigiu-se, enfatizando o pronome, na tentativa de aumentar seu vocabulário. A fonoaudióloga queria que ela formasse frases. Porém, na maior parte das vezes, ela não conseguia. Pelo menos por enquanto.

— Stevie. Stephanie Morrow. Trabalho para você em Los Angeles, e nós somos amigas. — Seus olhos estavam cheios de lágrimas; ela acrescentou: — Gosto muito de você. Muito. Acho que você gosta muito de mim também.

— Legal — disse Carole. — Stevie — repetiu, pronunciando cuidadosamente o nome. — Você é minha amiga. — Foi a frase mais longa que ela havia formado até aquele momento.

— Sim, eu sou sua amiga.

Jason foi ao hospital dar um beijo em Carole, antes do jantar de Ação de Graças, no hotel. Chloe e Anthony estavam no Ritz se arrumando, depois de terem ido nadar naquela manhã. Carole olhou para ele e sorriu.

— Merda. Foda — disse ela. Jason pareceu assustado e, sem saber o que tinha acontecido, olhou para Stevie, temendo que Carole tivesse piorado.

— Palavras novas para aumentar o vocabulário — explicou Stevie com um largo sorriso.

— Ah. Ótimo. Devem ser muito úteis. — Ele riu e se sentou.
— O seu nome? — perguntou ela. Jason já havia falado seu nome, mas ela esquecera.
— Jason.
Por um momento, ele pareceu triste.
— Você é meu amigo?

Ele hesitou um instante antes de responder, tentando soar normal e descontraído, apesar do peso daquela pergunta, que indicava, mais uma vez, que ela não se lembrava de nada do passado.

— Fui seu marido. Nós fomos casados. Temos dois filhos, Anthony e Chloe. Eles estiveram aqui ontem.

Ele respondeu com ar cansado, mas, acima de tudo, triste.

— Filhos? — perguntou Carole em tom inexpressivo, e ele então compreendeu.

— Eles estão crescidos. São adultos. A menina tem 22 anos, e o menino, 26. Eles vieram visitar você. Estavam aqui comigo. Chloe mora em Londres, e Anthony, em Nova York, e ele trabalha comigo. Eu moro em Nova York também.

Tomar conhecimento daqueles detalhes todos de uma só vez era demais para ela.

— Onde eu moro? Com você?

— Não. Você mora em Los Angeles. Não somos mais casados. Nosso casamento não durou muito tempo.

— Por quê? — perguntou Carole, olhando bem nos olhos de Jason. Ela precisava saber tudo agora, para descobrir quem era, uma vez que se sentia completamente perdida.

— É uma longa história. Talvez seja melhor deixarmos isso para outra hora. Nós nos divorciamos.

E ninguém queria falar sobre Sean. Era cedo demais. Ela nem sequer se lembrava da existência dele, portanto não precisava saber que o perdera havia dois anos.

— Isso é muito triste — comentou ela, parecendo entender o significado da palavra *divorciados*, o que deixou Stevie intrigada. Havia palavras e conceitos que Carole conseguia com-

preender. Alguns, porém, pareciam ter sido completamente esquecidos. Era estranho aquilo.

— É mesmo — concordou Jason. Depois, ele falou também sobre o dia de Ação de Graças e sobre o jantar que teriam no hotel.

— Parece comida demais. Horrível — disse ela, e ele assentiu com a cabeça e riu.

— É, tem razão. Mas é uma data bonita. É um dia para se agradecer as coisas boas que aconteceram e as bênçãos que recebemos. Como ter você agora falando comigo — disse ele, olhando para a ex-mulher de forma carinhosa. — Esse ano vou agradecer por você. Todos nós estamos gratos. — Nesse instante, Stevie se levantou para sair do quarto discretamente, mas ele insistiu com ela para que ficasse. Não havia segredo entre eles naquelas circunstâncias.

— Eu sou agradecida a vocês — disse ela, olhando para os dois. Embora não soubesse muito bem quem eram aquelas pessoas, podia sentir o carinho deles, que enchia o ambiente e a fazia se sentir muito bem.

Eles conversaram durante algum tempo, e ela se lembrou de mais algumas palavras, a maioria relacionada ao dia de Ação de Graças. As palavras *tortinhas de frutas* e *torta de abóbora* vieram à sua mente, mas ela não sabia o significado delas. Stevie só tinha mencionado a torta de maçã para ela porque o hotel não conseguira fazer as outras. Por fim, Stevie e Jason se levantaram para ir embora.

— Nós vamos voltar ao hotel para o jantar de Ação de Graças com Anthony e Chloe — explicou Jason, com uma expressão carinhosa, enquanto segurava a mão de Carole. — Gostaria que você pudesse vir com a gente.

Ela franziu a testa quando ele mencionou o hotel, como se tentasse puxar algo do seu computador mental, mas nada aconteceu.

— Que hotel?

— O Ritz. É onde você sempre fica quando vem a Paris. Você adora esse hotel. É muito bonito. Eles estão assando um peru para o nosso jantar, em um ambiente reservado.

E, aquele ano, a família de Carole tinha muito pelo que agradecer.

— Parece legal — comentou ela, com ar triste. — Não consigo me lembrar de nada... quem eu sou, quem você é, onde moro... o hotel... não me lembro nem do que seja Ação de Graças, peru, tortas. — Havia lágrimas de tristeza e frustração em seus olhos. E vê-la daquele jeito deixava todos arrasados.

— Você vai conseguir — disse Stevie, tranquilizando-a. — Dê tempo ao tempo. É muita informação para tentar acessar de repente. Vá com calma — acrescentou, com um sorriso carinhoso. — Você vai chegar lá. Prometo.

— Você costuma cumprir as suas promessas? — perguntou ela, olhando Stevie bem nos olhos. Carole sabia o que uma promessa representava, embora não lembrasse o nome do hotel onde costumava se hospedar.

— Sempre — respondeu Stevie, erguendo a mão, em um juramento solene. Em seguida, com dois dedos, formou um X no peito, então Carole deu um sorriso e falou junto com ela:

— Juro por tudo o que é mais sagrado! Eu me lembro disso! — acrescentou com uma expressão de vitória. E Stevie e Jason riram.

— Viu! Você se lembra de coisas importantes, como "Juro por tudo o que é mais sagrado". Vai se lembrar também do resto — disse Stevie com carinho.

— Assim espero — falou Carole em tom fervoroso. Jason deu-lhe um beijo na testa e Stevie apertou a mão dela. — Tenham um jantar maravilhoso. Comam peru por mim.

— Nós traremos um pedaço para você ainda essa noite — prometeu Jason.

Ele, Chloe e Anthony planejavam voltar ao hospital depois do jantar.

— Feliz Dia de Ação de Graças — desejou Stevie ao se inclinar para beijar Carole.

Esse gesto soou um tanto esquisito, já que, para Carole, Stevie era uma estranha. Mas Stevie não se importou, e Carole retribuiu apertando a mão dela.

— Você é bem alta — comentou ela, e Stevie sorriu.

De salto alto, ela ficava ainda mais alta do que Jason, e ele tinha mais de um metro e oitenta.

— É, sou mesmo. Você também é, mas não tanto quanto eu. Feliz Dia de Ação de Graças, Carole. Bem-vinda de volta.

— Merda — disse Carole, com um sorriso, e ambas riram.

Havia uma faísca de malícia em seus olhos dessa vez. Além da profunda gratidão pelo fato de Carole estar viva e fora de perigo, Stevie só queria que ela voltasse a ser quem era e que pudessem ter aqueles bons momentos novamente. A essa altura, Jason já havia saído do quarto, mas Stevie ainda sorria para a amiga.

— Foda-se — disse Stevie. — Essa também é boa. E muito útil.

Carole abriu um largo sorriso e olhou bem nos olhos da mulher que era sua amiga havia 15 anos.

— Foda-se também — disse ela claramente, e ambas deram uma risada. Em seguida, Stevie soprou-lhe um beijo e saiu. Aquele não era o Dia de Ação de Graças que esperavam ter, mas foi o melhor da vida de Stevie. E talvez da vida de Carole também.

7

A ida de Matthieu ao hospital no Dia de Ação de Graças, justamente quando Stevie e a família de Carole jantavam no hotel, foi pura coincidência. Ele tinha tomado todo o cuidado para evitar dar de cara com os filhos dela e, mesmo agora, sentia-se pouco à vontade. Afinal de contas, era uma situação muito desesperadora, e ele não queria importuná-los em um momento de choque e sofrimento. Mas, ao ler nos jornais que

ela havia saído do coma e estava se recuperando, não conseguiu resistir e decidiu vê-la novamente.

Ele entrou no quarto com todo o cuidado e ficou parado, observando-a. Era a primeira vez que a via acordada, o que fez seu coração disparar. Porém, não havia o menor sinal de reconhecimento nos olhos dela. A princípio, não sabia se isso se devia ao fato de que não se viam fazia muito tempo, ou ao acidente em si. Mas, depois de tudo o que viveram juntos, ele não podia imaginar que Carole não se lembrasse dele. Pensara nela todos os dias e não conseguia acreditar que, em seu estado normal, ela não fizesse o mesmo ou, pelo menos, não se lembrasse do seu rosto.

Quando ele entrou, ela se virou em sua direção com uma expressão de surpresa e curiosidade, mas não se lembrou dele. Era um homem alto, bonito, tinha o cabelo grisalho, penetrantes olhos azuis e um ar sério. Parecia uma pessoa importante, e ela pensou que fosse um médico.

— Olá, Carole.

Ele se adiantou em cumprimentá-la em inglês, ainda que com um forte sotaque, por não saber se ela iria entendê-lo em francês.

— Olá — respondeu Carole, de forma inexpressiva, e ficou claro que ela não o reconhecera, o que o deixou desolado.

— Eu devo ter mudado muito — comentou ele. — Faz muito tempo que não nos vemos. Meu nome é Matthieu de Billancourt.

Carole permaneceu impassível, mas lhe dirigiu um sorriso amável. Todos eram desconhecidos para ela, até seu ex-marido e os próprios filhos. E agora aquele homem.

— Você é médico? — perguntou ela, o que ele negou com um gesto de cabeça. — É meu amigo? — arriscou Carole, hesitante, dando-se conta de que, se ele não fosse um conhecido, não estaria ali. Mas foi a maneira que encontrou para perguntar se o conhecia. Afinal, dependia dos outros para saber de tudo. Mas ele pareceu assustado diante da pergunta. Só de vê-la novamen-

te, percebeu que ainda a amava, e achou que, para Carole, não havia restado nada. Matthieu não pôde deixar de se perguntar qual seria a reação dela ao vê-lo se não estivesse naquele estado.

— Sim... sim... sou. Um amigo. Não nos vemos faz um bom tempo. — Ele percebeu imediatamente que ela ainda não tinha recuperado a memória e passou a ter mais cuidado com as palavras, para não assustá-la. Carole ainda parecia muito frágil ali, deitada naquela cama de hospital. Ele também não queria dizer muita coisa, já que a enfermeira estava presente. Como não sabia se ela falava inglês, resolveu ser cauteloso. Além do mais, não iria fazer confidências a uma mulher que nem sequer se lembrava de tê-lo visto antes.

— Nós nos conhecemos quando você morava em Paris — explicou ele, ao entregar à enfermeira o enorme buquê de rosas que havia trazido.

— Eu morei em Paris? — Aquilo era novidade para Carole. Ninguém havia mencionado esse detalhe para ela. Tinha tanta coisa que ela não sabia sobre si mesma que ficava frustrada quando se dava conta disso. Matthieu percebeu isso em seus olhos. — E quando foi?

— Você morou aqui durante dois anos e meio. E partiu há 15 anos.

— Ah, sim — assentiu Carole sem fazer mais perguntas, limitando-se a olhar para ele. Algo no olhar daquele homem a deixava perturbada, mas, ao mesmo tempo, parecia uma coisa fora de alcance, porém visível à distância. Não sabia exatamente do que se tratava, nem se era bom ou ruim. Ele transmitia algo muito intenso. Isso não a assustava, e sim a intrigava, mesmo ela não sabendo identificar aquela sensação pelo nome.

— Como você se sente? — perguntou ele, educadamente. Era mais seguro falar sobre o presente do que sobre o passado.

Carole pensou por algum tempo, procurando a palavra certa. A maneira como ele falava, parecendo um velho amigo, dava-lhe a impressão de que ela o conhecia bastante. Ela sentia algo parecido em relação a Jason, mas que não era exatamente a mesma coisa.

— Confusa — respondeu, finalmente. — Não me lembro de nada. Não consigo me lembrar das palavras, das pessoas... Sei que tenho dois filhos — acrescentou, ainda parecendo surpresa. — Eles já são adultos — explicou, como se lembrasse a si mesma desse detalhe. — Anthony e Chloe.

Ela estava orgulhosa por se lembrar dos nomes agora. Tentava apreender tudo o que lhe diziam, embora tivesse muita coisa para absorver.

— Eu sei. Eu os conheci. Eram maravilhosos. E você também.

Carole ainda era uma mulher muito bonita. Era impressionante como praticamente não havia mudado com o passar do tempo. Matthieu notou a cicatriz em seu rosto, mas não falou nada a respeito. Parecia recente.

— Você vai conseguir, vai se lembrar aos poucos. — Ela assentiu em silêncio, sem muita convicção. Ainda tinha um longo caminho pela frente.

— Nós éramos bons amigos? — perguntou ela, como se buscasse alguma recordação. Fosse o que fosse, não era capaz de acessá-la. Não conseguia encontrar aquele homem em sua mente. O que quer que ele representasse para ela havia sido esquecido, junto com tudo o mais que acontecera em sua vida. Sua mente era um quadro em branco.

— Claro que sim — respondeu Matthieu.

Em seguida, ficaram em silêncio por algum tempo, até que, finalmente, ele se aproximou da cama, devagar, e segurou a mão dela com delicadeza. Carole não sabia o que fazer, mas não resistiu.

— Estou muito feliz por saber que você está se recuperando. Eu vim aqui quando você estava em coma. É um presente vê-la acordada. — Ela sabia que sua família sentia a mesma coisa. — Senti sua falta, Carole. Pensei em você todos esses anos.

Ela quis perguntar a ele por que, mas não se atreveu. Parecia uma situação complicada. O modo como ele a olhava a deixava tensa. Carole não sabia identificar a sensação, mas era bem diferente da forma como Jason ou seus filhos a olhavam.

Eles pareciam muito mais diretos. No caso daquele homem, no entanto, havia algo obscuro, como se houvesse muitas coisas que ele não dizia mas expressava com o olhar. Algo que ela não conseguia decifrar.

— É muita gentileza sua vir me visitar — disse ela de uma forma educada, encontrando uma frase que pareceu surgir de repente. Isso acontecia às vezes, mas, em outros momentos, ela precisava se esforçar muito para conseguir dizer uma única palavra.

— Posso vir de novo?

Ela assentiu com a cabeça, sem saber o que dizer. As sutilezas sociais lhe eram confusas, e ela continuava sem ter a menor ideia de quem era aquele homem. Tinha a impressão de que ele havia sido mais que um simples amigo, mas ele não disse que tinham sido casados. Era difícil adivinhar quem e o que ele fora em sua vida.

— Obrigado pelas flores. São lindas — elogiou Carole, procurando nos olhos dele as respostas que ele não expressava em palavras.

— Lindas como você, meu anjo — falou ele, ainda segurando a mão dela. — Você sempre foi linda, e ainda é. Parece uma menina.

Ela se surpreendeu ao se dar conta de algo no qual não tinha pensado antes.

— Não sei quantos anos eu tenho. Você sabe?

Foi fácil para ele fazer o cálculo. Matthieu acrescentou 15 anos à idade dela quando foi embora de Paris. Concluiu que ela devia ter 50 anos, embora não parecesse, mas não sabia se deveria lhe dizer isso.

— Não acho que isso seja importante. Você ainda é muito nova. Eu sou um velho agora. Tenho 68 anos. — Embora seu rosto mostrasse a sua idade, sua vitalidade a ocultava. Ele estava impregnado de tanta força e energia que aparentava ser bem mais novo.

— Você parece mais jovem — comentou ela, num tom amável. — Se você não é médico, qual é a sua profissão? —

Para Carole, ele parecia um médico, mesmo sem o jaleco branco. Estava usando um terno azul-escuro, bem-cortado, e um sobretudo cinza escuro. Estava bem-vestido, com uma camisa branca e uma gravata discreta. Seu cabelo grisalho era impecável, e seus óculos sem aro eram tipicamente franceses.

— Sou advogado — respondeu, omitindo o cargo que um dia ocupara no governo. Aquilo já não importava mais.

Ela assentiu em silêncio, observando-o novamente. Ele levou a mão de Carole aos lábios e beijou suavemente seus dedos, ainda feridos.

— Eu voltarei. A partir de agora, você vai se recuperar. — Depois acrescentou: — Penso em você o tempo todo.

Ela não entendia por quê. Era tão frustrante não se lembrar de nada do seu passado, nem mesmo de quantos anos tinha ou de quem era. Isso a deixava em desvantagem em relação a todo mundo. Eles sabiam tudo a seu respeito. E agora aquele desconhecido também parecia saber uma parte do seu passado.

— Obrigada.

Foi tudo o que ela conseguiu dizer quando ele pousou delicadamente sua mão na cama. Matthieu sorriu para ela novamente e logo depois foi embora. A enfermeira o reconhecera, mas não disse nada a Carole. Não era seu papel ficar comentando sobre ex--ministros que vinham visitar seus pacientes. Afinal, ela era uma estrela de cinema e provavelmente conhecia muita gente importante. Mas era óbvio que Matthieu de Billancourt havia sido muito próximo dela e a conhecia bem. Até Carole conseguiu notar isso.

Jason, Stevie e os filhos de Carole voltaram ao hospital naquela noite, depois do jantar. Estavam de bom humor, e Stevie trouxe uma pequena porção de tudo o que havia sido servido. Ela apresentou cada item a Carole, que pareceu interessada e provou tudo. Ela não gostou muito do peru, mas achou os marshmallows deliciosos.

— Você odeia marshmallows, mãe — falou Chloe, surpresa. — Você sempre dizia que eram uma porcaria e não nos deixava comê-los quando éramos crianças.

— Que pena! Eu gostei — disse ela com um sorriso tímido e estendendo a mão para a filha. — Desculpe não saber de nada. Tentarei me lembrar. — Chloe assentiu com os olhos marejados.

— Tudo bem, mãe. Nós vamos contando tudo aos poucos. Não tem muita coisa importante.

— Tem, sim — disse Carole em tom carinhoso. — Quero saber tudo. Do que você gosta, do que não gosta, o que normalmente fazemos juntas, o que fazíamos quando você era pequena.

— Você passava muito tempo fora de casa — disse Chloe delicadamente, e Jason lhe disparou um olhar de advertência. Ainda era muito cedo para falar sobre essas coisas.

— Por que eu ficava tanto tempo fora de casa?

— Você trabalhava muito — respondeu a filha, sem rodeios, e Anthony estremeceu. Ouvira aquelas acusações durante muitos anos e sabia que aquelas conversas entre a mãe e a irmã nunca acabavam bem. Esperava que elas não começassem a brigar agora. Não queria que Chloe perturbasse sua mãe naquele momento. Ela ainda estava muito frágil e seria injusto acusá-la de coisas das quais ela não se lembrava. Carole não tinha como se defender.

— Fazendo o quê? Onde eu trabalhava? — Carole olhou para Stevie, como se lhe pedisse ajuda. Ela já havia captado o vínculo que tinha com aquela mulher, embora não se lembrasse de detalhes, do seu rosto nem do seu nome.

— Você é atriz — contou Stevie. Ninguém havia mencionado essa informação. — Uma atriz muito famosa. É uma grande estrela.

— É mesmo? — Carole parecia perplexa. — Quer dizer que sou conhecida? — Aquilo tudo era novidade para ela.

Todos riram diante da situação, e Jason disse:

— Você provavelmente é uma das pessoas mais famosas do mundo.

— Que esquisito! — Era a primeira vez que usava a palavra *esquisito*, e todos acharam isso engraçado.

— Não é nada esquisito — retrucou Jason. — Você é uma excelente atriz, fez vários filmes e ganhou alguns prêmios mui-

to importantes. Duas estatuetas do Oscar e um Globo de Ouro. O mundo inteiro conhece você.

Ele não sabia se Carole se lembrava do significado desses prêmios, e, a julgar pela expressão dela, a resposta era não. Mas a palavra *filmes* acendeu uma faísca. Isso, ela sabia o que era.

— Como você lida com isso? — perguntou ela à filha ao se virar e, por um momento, parecia a antiga Carole. Todos no quarto estremeceram, enquanto esperavam pela resposta de Chloe.

— Não acho muito legal. Foi muito difícil para mim quando éramos pequenos.

Carole de repente sentiu pena da filha.

— Não seja boba — interrompeu Anthony, tentando mudar o rumo da conversa. — Era muito bom ter uma mãe famosa. Todo mundo ficava com inveja de nós, íamos a lugares bacanas e a mamãe era linda. Continua linda, na verdade — acrescentou, dando um sorriso.

Ele detestava a desavença entre as duas e o ressentimento que a irmã carregava da infância e da adolescência, embora isso tivesse melhorado nos últimos anos.

— Talvez tenha sido bom para você — rosnou Chloe. — Para mim, não foi. — Ela se virou para Carole, que olhava para ela com compaixão, e apertou sua mão.

— Sinto muito — disse Carole. — Também acho que não deve ter sido nada bom. Se eu fosse criança, ia querer minha mãe por perto o tempo todo. — De repente, ela olhou para Jason. Acabara de se lembrar de outra pergunta importante. Era terrível não saber de nada. — Eu ainda tenho mãe? — Ele fez um gesto negativo com a cabeça, aliviado ao perceber que o foco da conversa havia mudado.

Carole acabara de voltar do mundo dos mortos, após semanas que haviam sido um verdadeiro terror para todos. Ele não queria que Chloe a afligisse, ou pior, que começasse uma briga. E todos sabiam que ela era capaz disso. Havia muito ressentimento entre mãe e filha. Com Anthony, era diferente.

Ele nunca se ressentira da carreira da mãe e nunca exigira tanta atenção quanto a irmã. Sempre fora mais independente, mesmo quando ainda era criança.

— Sua mãe morreu quando você tinha 2 anos — explicou Jason. — E seu pai, quando você tinha 18.

Ela era órfã. A palavra logo lhe veio à mente.

— Onde eu cresci?

— Em uma fazenda no Mississippi. — Ela não se lembrava de nada. — Aos 18 anos, foi descoberta e se mudou para Hollywood. Na época você morava em Nova Orleans.

Ela apenas assentiu em silêncio e voltou a atenção para Chloe. Estava mais preocupada com a filha do que com a própria história. Isso era algo novo. Era como se tivesse voltado como outra pessoa, sutilmente diferente, mas talvez mudada para sempre. Era muito cedo para se saber. Estava começando do zero e contava com aquelas pessoas para lhe fornecerem informações a seu respeito. Chloe fizera sua parte ao falar com sua habitual franqueza. A princípio, todos ficaram apreensivos com sua atitude, mas Stevie chegou à conclusão de que talvez fosse melhor assim. Carole estava reagindo bem. Queria saber tudo a seu respeito e a respeito de sua família, tanto as coisas boas como as ruins. Tinha necessidade de preencher as lacunas em sua mente, e agora havia muitos espaços em branco.

— Sinto muito não ter sido uma mãe presente. Você vai ter que me contar tudo. Quero saber como você se sentia em relação a isso. Sei que é um pouco tarde, que vocês já estão crescidos. Mas talvez possamos mudar algumas coisas. Como você se sente agora?

— Normal — respondeu Chloe com sinceridade. — Eu moro em Londres. Você me visita de vez em quando, e eu passo o Natal e o dia de Ação de Graças em Los Angeles, com você. Não gosto mais de Los Angeles. Prefiro Londres.

— Em que universidade você estudou? — perguntou Carole.

— Stanford.

Carole se mostrou inexpressiva, não parecia se lembrar do nome.

— É uma excelente universidade — completou Jason, ao que Carole assentiu com um sorriso para a filha.

— Não esperaria menos de você.

Dessa vez, Chloe sorriu.

Em seguida, eles conversaram sobre futilidades e, mais tarde, voltaram para o hotel. Carole parecia cansada. Stevie foi a última a se retirar e, ao se aproximar da amiga, sussurrou:

— Você se saiu muito bem com a sua filha.

— Preciso que me conte algumas coisas. Não me lembro de absolutamente nada.

— Nós vamos conversar — prometeu Stevie. Então notou as flores na mesinha de canto. Havia pelo menos duas dúzias de rosas vermelhas, de caule longo. — Quem trouxe essas flores?

— Não sei. Um francês que veio me visitar. Esqueci o nome dele. Disse que éramos velhos amigos.

— Não sei como o segurança o deixou entrar. Eles têm ordem para proibir visitas. Qualquer um pode se apresentar como um velho amigo seu. Se não tiverem cuidado, o hospital pode ser invadido por fãs.

Apenas membros da família tinham permissão para visitá-la, mas nenhum guarda de segurança francês iria proibir a entrada de um ex-ministro da França. Na recepção, haviam interceptado centenas de buquês de flores que, a pedido de Stevie e Jason, foram distribuídos a todos os outros pacientes. Tinha flor suficiente para encher cada quarto do hospital.

— Você não o reconheceu? — perguntou Stevie.

Aquela era uma pergunta idiota, porém, mesmo assim, Stevie teve de fazê-la. Não dava para se saber o que Carole poderia ou não lembrar. Mais cedo ou mais tarde, algumas lembranças do passado voltariam. E isso poderia acontecer a qualquer momento, era o que Stevie esperava, na verdade.

— Claro que não — respondeu Carole, imediatamente. — Eu não consigo me lembrar nem dos meus próprios filhos, como iria reconhecê-lo?

— Perguntei por perguntar. Vou pedir ao segurança que fique mais atento.

Stevie já havia notado algumas falhas em relação à segurança e chegara até a reclamar. Quando o guarda de serviço estava no intervalo, ninguém o substituía, e, nesse meio-tempo, qualquer pessoa poderia entrar no quarto. O que, aparentemente, tinha acontecido. A família de Carole queria que a segurança fosse mais eficiente.

— De qualquer maneira, as flores são lindas.

— Ele é muito gentil. Não ficou muito tempo. Disse que conhecia meus filhos.

— Qualquer um pode dizer isso.

Eles tinham de protegê-la de curiosos, paparazzi e fãs; ou até de coisa pior. Afinal de contas, ela era Carole Barber, e o hospital nunca tinha lidado com uma estrela de sua magnitude. Stevie e Jason haviam pensado em contratar um segurança particular, mas o hospital insistira em cuidar do assunto. Stevie iria recomendar que intensificassem a vigilância. A última coisa que queriam era que um fotógrafo entrasse no quarto dela e tirasse uma foto. Embora estivesse acostumada a lidar com esse tipo de coisa diariamente, antes do atentado, na atual situação em que se encontrava, isso deixaria Carole transtornada.

— Vejo você amanhã. Feliz Dia de Ação de Graças, querida — desejou Stevie com um sorriso carinhoso.

— Foda-se — respondeu Carole em tom alegre, e ambas riram. A cada hora, ela se mostrava melhor. Por um minuto, quase pareceu a mulher que costumava ser.

8

No dia seguinte, Jason, Chloe e Anthony foram ao Louvre e, mais tarde, saíram para fazer compras outra vez. Em seguida, voltaram ao hotel e almoçaram no restaurante que ficava no térreo. Depois do almoço, Jason e Anthony foram para seus respectivos quartos, telefonaram para o escritório e trabalharam um pouco. Ambos tinham tarefas acumuladas, mas, devido às circunstâncias, seus clientes se mostravam compreensivos diante do atraso. Alguns sócios de Jason ficaram encarregados de diversos clientes e tanto ele como o filho planejavam retomar as atividades assim que voltassem a Nova York.

Chloe foi à piscina e depois fez uma massagem, enquanto seu irmão e seu pai estavam trabalhando. Seu chefe fora muito compreensivo e gentil e lhe concedera uma licença no trabalho, com permissão para ficar em Paris com a mãe pelo tempo que precisasse. Naquela tarde, dispunha de tempo e estava, finalmente, disposta a telefonar para um rapaz que havia conhecido recentemente, em Londres, chamado Jake. Eles conversaram durante meia hora, e Chloe gostou dele. Ela falara do acidente de sua mãe, e ele fora muito solidário com ela. Jake prometeu telefonar em breve e disse que gostaria de vê-la quando ela voltasse para Londres. Tinha pensado em ligar para Chloe, e ficara feliz quando ela ligou.

Como todos estavam ocupados, Stevie teve a oportunidade de passar um tempo sozinha com Carole. Os médicos haviam recomendado que ela contasse à amiga o máximo possível sobre seu passado, na esperança de refrescar sua memória. Stevie estava disposta a fazê-lo, mas não queria afligir Carole lembrando-a de fatos tristes, o que, em sua vida, não eram raros.

Stevie pegou um sanduíche e se sentou diante da amiga para conversar. Não tinha nada específico em mente; em especial porque, no dia anterior, Carole havia feito muitas perguntas, inclusive sobre seus pais. Ela estava começando do início.

Stevie havia comido metade do sanduíche quando Carole lhe perguntou sobre o fim de seu casamento com Jason, e ela teve de admitir que não sabia muita coisa a esse respeito.

— Eu não trabalhava para você nessa época. Sei que ele se casou com outra pessoa depois da separação; uma top model russa, se não me engano. Mas se divorciou dela cerca de um ano depois que você voltou da França. Aí eu já estava trabalhando para você, mas tinha pouco tempo, e não conversávamos sobre essas coisas. Creio que ele apareceu algumas vezes para vê-la e acho que pediu para voltar. Mas isso é apenas suposição minha, já que você nunca me contou nada a respeito. Só sei que você não voltou para ele. Estava muito ressentida. Levou anos para esquecer toda a mágoa. Antes disso, vocês sempre brigavam por telefone, sobre as crianças. Mas, nos últimos dez anos, a relação de vocês tem sido amigável.

Para Carole, essa realidade era clara agora, e ela assentiu em silêncio enquanto ouvia, tentando puxar pela memória alguma lembrança do casamento com Jason, mas não encontrou nada. Sua mente era um espaço em branco.

— Eu o deixei ou ele me deixou?

— Isso, eu também não sei. Você vai ter que perguntar para ele. Sei que você morava em Nova York no período em que foram casados. O casamento durou dez anos. Depois, você foi para a França, onde fez um filme de grande sucesso. Nessa época, acho que já estava se divorciando. Quando acabou de gravar o filme, ficou em Paris por mais dois anos, com seus filhos, e comprou uma casa lá. Um ano depois de voltar para Los Angeles, você a vendeu. A casa era linda.

— Como você sabe? — perguntou Carole, intrigada. — Você trabalhou para mim em Paris?

Estava confusa novamente. Havia muitas informações a serem organizadas em ordem cronológica.

— Não, eu fui lá só para fazer o restante da mudança. Você ficou alguns dias na cidade, me deu as instruções a respeito dos ob-

jetos que deveriam ser enviados para Los Angeles, e eu cuidei do restante. A casa era pequena mas muito bonita; do século XVIII, se não me engano, com revestimento de madeira e piso de parquete; imensas janelas francesas que davam para um jardim e lareiras por toda parte. Eu fiquei triste quando você decidiu vendê-la.

— Por que eu fiz isso? — perguntou Carole, franzindo o cenho. Queria se lembrar dessas coisas, mas não conseguia.

— Você dizia que era muito longe e, como trabalhava muito, não tinha tempo de ir a Paris entre um filme e outro. Agora isso não é problema, mas na época era complicado. E acho que você não queria voltar. — Stevie evitou entrar em detalhes. — Estava tentando se dedicar mais a seus filhos, especialmente a Chloe, já que Anthony sempre foi mais independente.

Stevie o conhecia desde que ele tinha 11 anos, e, mesmo com essa idade, Anthony se contentava em ficar sozinho ou com os amigos e visitar o pai em Nova York durante as férias. Chloe exigia mais da mãe e, por mais que Carole tentasse satisfazer essa carência, nunca parecia ser o bastante. Na opinião de Stevie, ela fora uma criança muito carente de atenção, e continuava sendo, embora menos, agora que tinha a própria vida e não cobrava tanto da mãe. Mas ainda gostava de ser o centro das atenções quando estava com Carole.

— E aquilo que ela disse ontem a meu respeito. É verdade? — perguntou Carole, parecendo preocupada. Queria saber se era uma pessoa boa ou ruim. Era assustador não conhecer a si própria.

— Nem tudo. Uma parte talvez. Acho que, quando ela era pequena, você trabalhava muito. Tinha 28 anos quando ela nasceu e estava no auge da sua carreira. Eu não conhecia você nessa época. Quando comecei a trabalhar para você, Chloe tinha 7 anos. Mas já era revoltada. Até onde eu sei, sempre que podia, você levava as crianças para as gravações, sempre acompanhadas de um professor particular. A menos que fosse para algum lugar muito diferente daquele ao qual eles estavam acostumados,

como o Quênia, por exemplo. Mas, se fosse filmar em um lugar mais urbano, você os levava, até quando eu já estava trabalhando para você. Depois de um tempo, Anthony passou a não querer mais ir e, quando eles começaram o ensino médio, não podiam ficar faltando às aulas. Mas, antes disso, eles a acompanhavam nas viagens e ficavam longos períodos afastados da escola, o que deixava a diretora com muita raiva. Por outro lado, Chloe também ficava uma fera quando você não os levava.

E tinha mais: à medida que Chloe foi crescendo, Stevie muitas vezes teve a impressão de que ela queria *ser* Carole, o que era um problema ainda mais grave, porém não mencionou esse detalhe durante a conversa.

— Sei que não é fácil ser filha de uma celebridade, mas você sempre se esforçava muito e tentava dedicar o máximo possível de tempo aos dois. Inclusive atualmente. Você nunca viaja sem dar uma passadinha em Nova York e em Londres só para vê-los. Não sei se Chloe percebe isso, ou se ela se dá conta do sacrifício que isso requer. Ela não dá muito crédito, pelo menos ao tempo que você dedicou a ela durante a infância. E, até onde eu sei, você fez o que pôde. Mas acho que ela queria mais.

— Por quê?

— Algumas pessoas são assim. Ela ainda é jovem. Pode mudar. Mas, no fundo, é uma boa garota. Só fico chateada quando ela exige demais de você. Acho que não é justo. Em muitos aspectos, ela ainda é um bebê e precisa amadurecer. — Stevie sorriu. — Além disso, você sempre a mimou muito. Dá tudo o que ela quer. Eu sei disso porque sou em quem paga as contas.

— Que vergonha — disse Carole, conseguindo se expressar adequadamente. Ela conseguia se lembrar das palavras, mas não do significado relacionado a elas. — Por que você acha que eu a trato dessa maneira?

— Culpa. Generosidade. Você ama seus filhos. Tem uma vida cheia de conquistas e quer que eles também desfrutem das vantagens que isso traz. De vez em quando, Chloe se aproveita disso tentando fazer você se sentir culpada. Mas, às vezes, acho

que ela realmente sente que foi deixada de lado quando criança. Na minha opinião, ela queria que a mãe fosse uma dona de casa comum, que a levasse e a buscasse na escola todos os dias e que não tivesse mais nada para fazer. Você a buscava na escola sempre que estava na cidade, mas fazia outras coisas além de ser atriz. Tinha uma vida muito agitada.

— O que eu fazia além de ser atriz?

Ouvir o relato de Stevie era como escutar uma história sobre outra pessoa. Carole não tinha a sensação de que o que estava sendo falado era sobre ela. A mulher que Stevie descrevia era uma completa desconhecida.

— Durante muitos anos você trabalhou em defesa dos direitos das mulheres. Viajou para países subdesenvolvidos, discursou no Senado, deu palestras na ONU. Quando acredita em uma causa, você se empenha muito e luta por ela. Eu considero isso fantástico e por esse motivo sempre a admirei.

— E Chloe? Ela também me admira por isso? — perguntou Carole, com a expressão triste. Pelo que Stevie havia dito, isso parecia pouco provável.

— Não. Acho que qualquer coisa que demande tempo ou dinheiro dela a deixa furiosa. Talvez ela seja muito jovem para entender essas coisas. E, vamos admitir, entre um filme e outro, você viajava bastante para defender essas causas.

— Talvez eu devesse mesmo ter sido mais presente — comentou Carole, enquanto perguntava a si mesma se o estrago ainda poderia ser reparado. Esperava que sim. Tinha a sensação de que precisava se redimir com a filha, mesmo Chloe sendo tão mimada.

— Mas essa não seria você. Você sempre se envolveu em diversas atividades.

— E agora?

— Agora não muito. Seu ritmo diminuiu nos últimos anos.

Stevie era cautelosa com o que dizia, por causa de Sean. Não sabia se Carole estava pronta para ouvir a respeito do falecido marido e lidar com os sentimentos que viriam com essas lembranças.

— É mesmo? Por quê? Por que eu diminuí o ritmo? — perguntou Carole, intrigada, tentando refrescar a memória.

— Talvez estivesse cansada. E ficou mais exigente em relação aos filmes. O último que fez foi há três anos. Desde então, recusou vários papéis. Costumava dizer que só queria interpretar personagens que tivessem algum significado para você, não somente algo pomposo e comercial. Além disso, você está escrevendo um livro, ou pelo menos estava tentando — acrescentou Stevie com um sorriso. — Por isso voltou a Paris. Achava que aqui iria conseguir se inspirar. — Porém, em vez disso, aquela decisão quase lhe custara a vida. Stevie iria lamentar para sempre o fato de Carole ter feito aquela viagem. Ainda estava traumatizada por quase ter perdido a amiga a quem tanto admirava. — Creio que você voltará a atuar depois de terminar o livro. É um romance, mas deve ter muito de você na história. Talvez por isso se sinta bloqueada.

— Foi só por isso que reduzi meu ritmo de vida? — perguntou Carole com o olhar inocente de uma criança.

Stevie fez uma longa pausa, sem saber o que dizer. Por fim, decidiu falar a verdade.

— Não, não foi só por isso. Houve outra razão. — Stevie suspirou. Não queria contar a ela. Porém, mais cedo ou mais tarde, alguém iria fazê-lo; então melhor que fosse ela. — Você era casada com um homem maravilhoso. Uma pessoa realmente incrível.

— Não me diga que eu me divorciei pela segunda vez — quis saber, aflita. Dois divórcios pareciam demais. Um só já era triste o bastante.

— Não — respondeu Stevie, tranquilizando-a, se é que se poderia ver a coisa dessa forma. Ficar viúva de um homem que amava era muito pior do que um divórcio. — Você foi casada durante oito anos. O nome dele era Sean. Sean Clarke. Você estava com 40 anos, e ele com 35 quando se casaram. Ele era um produtor bem-sucedido, mas vocês nunca fizeram um filme

juntos. Era um homem incrivelmente gentil, e acho que vocês eram muito felizes. Anthony e Chloe o adoravam. Ele não tinha filhos, e vocês não tiveram nenhum juntos. Enfim, ele adoeceu há três anos. Ficou muito mal. Teve câncer no fígado. Ficou em tratamento durante um ano, mas tinha uma postura muito tranquila e serena em relação à doença. Aceitou tudo de uma forma muito digna. — Stevie suspirou antes de continuar. — Ele morreu, Carole. Nos seus braços. Um ano depois de ficar doente, e isso faz dois anos. Desde então, você teve que se esforçar muito para aprender a viver sem ele. Começou a escrever, viajou, passou um tempo com seus filhos. Recusou papéis em filmes, embora afirmasse que voltaria a trabalhar depois que terminasse o livro. E acredito que você vai terminar de escrever o livro e voltar a fazer filmes. Essa viagem era parte desse processo. Acho que você amadureceu muito desde a morte de Sean. Creio que está mais fortalecida agora.

Pelo menos estava até o dia do atentado. Era impressionante o fato de Carole ter sobrevivido, e ninguém sabia o que poderia acontecer com ela agora. Ainda era muito cedo para afirmar qualquer coisa. Quando Stevie olhou para ela, viu que lágrimas rolavam em seu rosto, então segurou a mão da amiga.

— Sinto muito. Preferia não ter que contar. Ele era um homem encantador.

— Fico feliz que tenha me contado. Tudo isso é muito triste. Perdi um marido que provavelmente amei muito e de quem nem sequer me lembro. É como perder tudo o que um dia você já amou ou possuiu. Perdi todas as pessoas da minha vida e a história que nos ligava. Eu nem me lembro do rosto nem do nome dele, muito menos de ter me casado com Jason. Também não me lembro do nascimento dos meus filhos.

Era uma sensação terrível, mais forte até que o impacto do atentado. Os médicos haviam explicado tudo a ela, mas lhe parecia irreal demais, assim como todo o resto. Como se fosse a vida de outra pessoa, e não a sua.

— Você não perdeu ninguém, exceto Sean. Todo mundo continua aqui. Além disso, você passou momentos maravilhosos ao lado dele e, um dia, certamente, vai se lembrar de tudo. Seus filhos, Jason e o seu trabalho, de um jeito ou de outro, estão aqui. Seu passado também, embora você ainda não se lembre dele. O laço que une vocês permanece vivo. As pessoas que a amam ficarão sempre do seu lado.

— Eu nem sei o que um dia representei para eles, quem sou... ou quem eles foram para mim — confessou Carole, desolada, assoando o nariz no lenço de papel cedido pela enfermeira. — Sinto como se um barco tivesse afundado com tudo o que eu tinha.

— Ele não afundou. Está lá fora, em algum lugar, no meio de um nevoeiro. Quando o nevoeiro se dissipar, você encontrará todas as suas coisas e todas as pessoas. Mas a maior parte do que há no barco é apenas bagagem. Talvez seja melhor seguir sem ela.

— E você? — perguntou Carole, olhando para Stevie. — O que sou para você? Sou uma boa patroa? Trato você bem? Você gosta do seu emprego? E que tipo de vida você tem?

Carole queria saber quem era Stevie como pessoa, não somente em relação a ela. Estava realmente interessada em descobrir isso. Mesmo sem memória, Carole continuava sendo a mulher generosa que sempre fora e que Stevie admirava.

— Gosto muito do meu emprego, e de você também. Acho que até demais. Prefiro trabalhar para você a fazer qualquer outra coisa na vida. Adoro seus filhos, o trabalho que fazemos, as causas que você defende. Gosto do ser humano que você é e por isso a admiro tanto. Você é uma excelente pessoa, Carole. E uma boa mãe também. Não deixe que Chloe a convença do contrário.

Stevie estava chateada. Chloe contribuíra, em grande parte, para as desavenças entre as duas. Era impiedosa com a mãe e muitas vezes amarga em relação à vida que teve na infância. Para Stevie, já havia passado da hora de a jovem esquecer o passado e achava que não tinha sido legal da parte dela fazer aqueles comentários.

— Não sei se Chloe recebeu tanta atenção de mim — disse Carole, baixinho —, mas fico feliz em saber que você me considera uma boa pessoa. É horrível não ter ideia de quem eu sou ou do que fiz com os outros. Parece que sou uma péssima pessoa e que você está sendo gentil comigo. Odeio não me lembrar de nada... nem mesmo das pessoas mais importantes da minha vida. É assustador. — Isso realmente a deixava assustada. Era como voar no escuro. Não sabia quando poderia bater em uma parede, exatamente como acontecera quando a bomba explodiu. — E você? — perguntou ela a Stevie. — É casada?

— Não. Moro com meu namorado — respondeu Stevie, fazendo uma pausa antes de prosseguir.

— Você o ama? — perguntou Carole, com curiosidade. Queria saber tudo, sobre todos. Tinha de saber quem eram e descobrir quem ela era.

— Não sei. Não sei bem o que sinto por ele, e é justamente isso o que me impede de me casar. Bom, mas já estou casada com o meu trabalho. O nome do meu namorado é Alan, e ele é jornalista. Viaja muito, o que eu acho ótimo. Nosso relacionamento é conveniente e cômodo. Não sei se chamaria de amor. E, quando penso na possibilidade de me casar com ele, me dá vontade de correr como o diabo foge da cruz. Nunca considerei o casamento uma grande coisa, principalmente no meu caso, já que não quero ter filhos.

— Por quê?

— Eu já tenho você — respondeu Stevie em tom de brincadeira. Então voltou a ficar séria. — Sempre achei que isso não fazia parte da minha essência... nunca senti necessidade de ser mãe. Estou feliz da maneira que sou. Tenho um gato, um cachorro, um emprego que adoro e um homem com quem durmo às vezes. Acho que para mim isso basta. Gosto de ter uma vida descomplicada.

— E para ele isso é suficiente?

Carole estava curiosa em relação à vida de Stevie. O que ela descrevera parecia pouco. Stevie obviamente tinha medo de alguma coisa, que Carole não conseguia identificar.

— Acho que, por algum tempo, sim. Ele diz que quer filhos. Mas provavelmente não será comigo — falou Stevie, sem meias palavras. — Ele vai fazer 40 anos e acha que deveríamos nos casar. Isso pode acabar com o relacionamento. Não quero ter filhos. Nunca quis. Tomei essa decisão há muito tempo. Tive uma infância terrível e prometi a mim mesma que não faria isso com ninguém. Estou satisfeita como adulta, cuidando apenas de mim, sem nada que me prenda, sem uma pessoa que vai se queixar de mim mais tarde e reclamar de tudo o que fiz de errado. Veja a Chloe, por exemplo. Não sei se a minha opinião interessa, mas acho que você foi uma ótima mãe e, ainda assim, ela é revoltada. Não quero correr o risco de passar por isso. Prefiro ficar com o meu cachorro. E, se eu perder o Alan por causa disso, é porque não era para ser. Eu avisei a ele desde o início que não queria filhos, e ele aceitou ficar comigo. Agora, talvez o relógio biológico dele esteja cobrando, mas o meu não está. Acho que nem tenho relógio biológico. Eu o joguei fora há muito tempo. Aliás, estava tão certa disso que pedi ao médico para ligar as trompas quando estava na universidade e não pretendo reverter o processo. Nem quero adotar uma criança. Gosto da minha vida do jeito que ela é.

Ela parecia absolutamente segura do que dizia, e Carole a observava atentamente, tentando identificar o que era medo e o que era verdade. Havia um pouco de ambos.

— E se acontecer alguma coisa comigo? Sou mais velha do que você. E se eu morrer? Ou melhor, quando eu morrer? Eu poderia ter morrido a qualquer instante nas últimas três semanas. E aí? Se eu sou a coisa mais importante na sua vida, o que será de você quando eu não estiver mais aqui? Não acha que está numa situação muito ruim?

E era verdade, independentemente de Stevie aceitar isso ou não.

— É assim com todo mundo. O que acontece quando se perde o marido? Ou um filho? Ou se seu marido a abandona e você acaba sozinha? Todos nós temos que enfrentar uma situação dessas um dia. Talvez eu morra antes de você. Ou você pode perder a paciência e me despedir, se eu fizer alguma besteira. Não há garantias na vida, a menos que todos pulemos de uma ponte ao mesmo tempo quando tivermos 90 anos. A vida é feita de riscos. A pessoa tem que ser honesta e saber o que quer. Eu procuro agir de acordo com as minhas convicções.

"Fui honesta com Alan — continuou Stevie. — Se ele não aceita a minha posição, então que vá embora. Nunca menti para ele em relação a esse assunto. Desde o começo, disse que não queria me casar e que o meu trabalho era a coisa mais importante para mim. E não mudei de ideia. Agora, se para ele isso é importante, acho que deve ir em busca do que deseja. Não dá para ser de outra forma. Às vezes, as peças só se ajustam durante algum tempo.

"Deve ter sido assim com você e com o Jason. Caso contrário, ainda estariam casados. Tem coisas que não duram para sempre. Já me conformei com isso e estou disposta a dar o melhor de mim. É tudo o que posso fazer. E, realmente, às vezes Alan acaba ficando em segundo plano. E às vezes eu também fico em segundo plano na vida dele. Para mim, está tudo bem, mas talvez não esteja para ele. E, se esse for o caso, o relacionamento vai terminar e vamos dizer que foi bom enquanto durou. Não estou à procura de um príncipe encantado ou de uma história de amor perfeita. Só quero algo prático e verdadeiro, que seja bom para mim. Para as duas partes, na verdade. Ele não é meu escravo, nem eu quero ser escrava dele. E o casamento me dá essa sensação."

Stevie fora sincera, como sempre. Ela não mentia para ninguém, nem enganava a si mesma. Era direta e prática em relação à vida, ao emprego e aos relacionamentos. Isso a tornava uma pessoa segura, verdadeira e agradável. Carole podia ver essa característica nela. Stevie era totalmente autêntica e profundamente honesta.

— E eu? Também tinha essa sensação em relação ao casamento? — perguntou Carole, demonstrando novamente estar confusa.

— Pelo que sei, acho que você também sempre agiu de acordo com suas convicções. Poderia ter reatado com Jason quando voltou de Paris, mas por alguma razão não quis. Acho que você é melhor em fazer concessões do que eu, e talvez por isso consiga se adaptar a um casamento. Mas não creio que você sacrificaria seus valores, seus princípios, ou quem você é por nada nem por ninguém. Quando acredita em algo, você vai até o fim. Admiro muito a sua postura. Você se dispõe a lutar pelo que acredita, não importa quantas vezes seja derrotada. É uma característica nobre. A coisa mais importante numa pessoa é o tipo de ser humano que ela é.

— Para mim, é importante saber que fui uma boa mãe — disse Carole baixinho. Mesmo sem poder contar com a sua memória, ela sabia que isso era uma parte importante da sua personalidade.

— Você é uma boa mãe — garantiu-lhe Stevie, tranquilizando-a.

— Talvez. Sinto que tenho muito que compensar Chloe e estou disposta a aceitar isso. Talvez eu não visse as coisas assim antes.

Carole tinha a oportunidade de recomeçar e pretendia ver as coisas com um olhar mais aguçado e fazer tudo melhor dessa vez. Essa oportunidade era uma dádiva, e ela queria fazer por merecê-la; não iria desperdiçá-la. Pelo menos Anthony parecia satisfeito com a atenção que recebera dela, ou quem sabe só tenha sido mais educado. Talvez meninos não precisassem tanto assim de suas mães. Mas Chloe, com certeza, precisou, e Carole poderia tentar preencher a lacuna que havia entre as duas. E ela ansiava por isso.

Naquela noite, as duas conversaram bastante. Stevie falou sobre várias passagens da vida de Carole da qual se lembrava. Conversaram sobre seus filhos, seus dois maridos, então

Carole perguntou se havia tido algum relacionamento quando morou em Paris. A amiga deu uma resposta vaga.

— O que quer que tenha acontecido, a coisa não terminou bem. Você não falava muito sobre isso. Mas, quando viemos tirar as últimas coisas da casa, você estava ansiosa para deixar a cidade. Parecia abatida durante todo o tempo em que estivemos aqui. Não falou com ninguém e, assim que terminou de me dar as instruções sobre a casa, fez check-out no hotel e voltou para Los Angeles. Acho que você fez de tudo para não reencontrar esse homem, quem quer que ele tenha sido. Também não teve nenhum relacionamento sério nos cinco primeiros anos que trabalhei para você, até se apaixonar por Sean. Eu sempre tive a sensação de que você tinha sofrido muito em seus relacionamentos anteriores, mas não sabia se fora com Jason ou com outra pessoa, e não tinha intimidade o bastante com você para perguntar. — Agora, Carole lamentava que Stevie não tivesse perguntado, já que não havia outra maneira de descobrir o que exatamente acontecera em Paris.

— Então não tenho como saber — disse Carole, triste. — Se eu tive um relacionamento em Paris, está perdido, para sempre, na minha memória. Mas talvez não faça mais diferença.

— Você era muito jovem. Tinha 35 anos quando voltou e 40 quando conheceu Sean. Antes de conhecê-lo, teve apenas alguns relacionamentos superficiais. Na época, você só se preocupava com seus filhos, com seu trabalho e com as causas que defendia. Passamos um ano em Nova York, enquanto você atuava em uma peça na Broadway. Foi muito bom.

— Gostaria de lembrar pelo menos uma parte dessa época — disse Carole, sentindo-se frustrada. Ainda não conseguia se recordar de nada.

— Sua memória vai voltar — disse Stevie confiante e rindo. — Pode acreditar, há muita coisa na minha vida que eu gostaria de esquecer. Como a minha infância, por exemplo. Nossa, como foi tumultuada! Meus pais eram alcoólatras. Minha irmã

engravidou aos 15 anos, foi parar em um reformatório feminino e deu o bebê para adoção. Depois, teve mais dois filhos e os deu também. Por fim, teve um colapso mental e acabou em um instituto psiquiátrico quando tinha 21 anos. Aos 23, ela se suicidou. Minha família era um pesadelo. Não sei como consegui sobreviver. Acho que por isso a ideia de casamento e família não me atraem. Só me trazem muita mágoa, dor de cabeça e sofrimento.

— Nem sempre é assim — disse Carole, em tom amável. — Sinto muito por isso. Deve ter sido muito doloroso.

— Sim — concordou Stevie com um suspiro. — Gastei uma fortuna em terapia para superar tudo. Acho que consegui, mas prefiro levar uma vida descomplicada. Estou satisfeita em viver indiretamente através de você. É emocionante ser sua assistente.

— Não consigo entender por quê. Não tenho essa impressão. Acho que deve ter sido emocionante fazer tantos filmes. Mas divórcio, viuvez, relacionamento sofrido em Paris... nada disso me parece divertido. Está mais para vida real.

— É verdade. Ninguém escapa dessas coisas. Famoso ou não, todo mundo tem problemas. Mas você lida muito bem com a fama. É extremamente discreta.

— Pelo menos já é alguma coisa. Graças a Deus. E quanto à religião? Sou uma pessoa religiosa? — perguntou Carole, curiosa.

— Não muito. Acho que foi mais na época em que Sean estava bem doente e um pouco depois da morte dele. Fora isso, você não é muito de ir à igreja. Foi criada na religião católica, mas creio que está mais para uma pessoa espiritualista do que religiosa. Conduz a vida dentro desse conceito e é uma boa pessoa. Não é preciso ir à igreja para ser assim.

Stevie tornara-se o espelho de Carole e lhe mostrava quem ela tinha sido e quem ainda era.

— Acho que quero ir à igreja quando sair do hospital. Tenho muito o que agradecer.

— Eu também — disse Stevie, com um sorriso. Em seguida se despediu da amiga e voltou ao hotel, pensando em tudo o

que haviam conversado. Carole estava tão cansada que caiu num sono profundo antes de Stevie chegar ao Ritz. Tentar reconstruir uma vida que desaparecera na fumaça era uma tarefa extremamente desgastante.

9

No sábado depois do Dia de Ação de Graças, a família de Carole foi ao hospital para uma breve visita, mas ela ainda estava cansada do dia anterior. A longa conversa com Stevie e os milhares de perguntas sobre sua vida e sua personalidade a deixaram exaurida. Era evidente que ela precisava descansar, então eles acabaram ficando pouco tempo lá. Ela adormeceu novamente quando os familiares ainda estavam no quarto, e Stevie sentiu-se culpada por não ter interrompido a conversa no dia anterior, mas, por outro lado, Carole queria saber muita coisa.

No domingo, Chloe e Anthony resolveram passar o dia em Deauville e convenceram Stevie a acompanhá-los. Ela gostou da ideia e, como Jason havia dito que queria ficar um tempo sozinho com a ex-mulher, aceitou o convite. Carole sentia-se melhor novamente, depois do descanso no dia anterior, e estava feliz em poder conversar com Jason. Tinha muitas perguntas a fazer, havia muitos detalhes do relacionamento dos dois que gostaria de saber.

Quando ele chegou, deu um beijo em seu rosto e se sentou ao seu lado. No início, eles falaram sobre os filhos e suas qualidades. Jason comentou que Chloe parecia empolgada com o primeiro emprego e que Anthony trabalhava com ele, em Nova York, e era muito esforçado, o que não era surpresa.

— Ele sempre foi um ótimo garoto — elogiou o pai, orgulhoso. — Responsável, gentil. Na universidade, jogava basquete e era um excelente aluno. Também foi um adolescente

tranquilo e sempre adorou você. Ele acha você o máximo. Assistiu a todos os seus filmes umas três ou quatro vezes. Teve um que ele viu dez vezes e ainda levou todos os amigos ao cinema. Todo ano, no dia do aniversário dele, sempre assistíamos ao seu filme mais recente. Era o presente preferido dele. Não creio que nosso filho tenha experimentado sequer um minuto de ressentimento na vida. Ele aceita as coisas da maneira que são. E, quando algo ruim acontece, tenta lidar com o problema da melhor forma possível. É uma qualidade fantástica. Ele tem uma atitude positiva em relação à vida e sempre se sai bem. Por mais estranho que possa parecer, acho que foi bom para ele o fato de você trabalhar tanto. Fez com que ele se tornasse uma pessoa bastante independente. Só não posso dizer o mesmo da Chloe. Acho que, quando era pequena, foi difícil para ela aceitar a sua carreira. Chloe está sempre carente e quer mais do que lhe é oferecido. Enquanto, para ela, o copo nunca está nem pela metade, para Anthony está sempre transbordando. É engraçado como filhos dos mesmos pais podem ser tão diferentes.

— Eu ficava fora o tempo todo? — perguntou Carole, parecendo preocupada.

— Não. Mas viajava bastante. Muitas vezes levava Chloe para as gravações, aliás, mais do que deveria. Você a tirava da escola e contratava um professor particular para viajar com vocês. Mas nem isso ajudou. Chloe é muito carente. Sempre foi.

— Talvez exista uma explicação para o fato de ela ser assim.

— Não consigo entender como posso ter feito tantos filmes e ter sido uma boa mãe.

Essa ideia parecia realmente afligi-la, e Jason tentou tranquilizá-la.

— Você se virava. Aliás, muito bem. Considero você mais que uma boa mãe, uma mãe maravilhosa.

— Não posso ser maravilhosa se minha filha, quer dizer, nossa filha — corrigiu ela com um sorriso — é infeliz.

— Ela não é infeliz. Só exige muita atenção. Para atender às suas necessidades, é preciso dispor de tempo integral. Nin-

guém pode parar tudo o que está fazendo e concentrar toda a atenção em uma criança. Quando éramos casados, eu também queria um pouco de atenção. Tudo bem, você trabalhava muito quando eles eram pequenos, mas cuidava bem de ambos, principalmente quando não estava gravando. Houve um período complicado, na época em que você ganhou os prêmios da academia e fazia um filme atrás do outro. Mas, mesmo nessa época, você os levava para os sets de gravação. Quando fez um filme de época na França, ficou com eles o tempo todo. Se você fosse médica ou advogada, teria sido pior. Conheço mulheres que têm empregos normais, alguns deles em Wall Street, por exemplo, que nunca ficam com os filhos. Você sempre arrumava tempo para eles. Acho que Chloe queria uma mãe em tempo integral, que não trabalhasse, que ficasse em casa assando biscoitos com ela nos fins de semana e não fizesse nada além de levá-la para a escola de carro e depois fosse buscá-la. E isso não seria maçante?

— Talvez não tanto — disse Carole, triste —, se era disso o que ela precisava. Por que eu não larguei a carreira de atriz quando nos casamos?

Agora essa ideia lhe parecia sensata, mas Jason riu e fez um gesto negativo com a cabeça.

— Acho que você ainda não se deu conta do quanto é famosa. Quando nos conhecemos, você estava no auge da carreira. Você chegou ao topo, Carole. Teria sido uma pena abandonar tudo. É uma realização incrível chegar aonde chegou, conseguir trabalhar em defesa de causas que são importantes para você e para o mundo, e fazer bom uso do seu nome. Além disso, ainda foi uma ótima mãe. Acho que é por isso que o Anthony tem tanto orgulho de você. Todos nós temos, na verdade. Creio que Chloe continuaria achando que não recebeu a atenção que merecia mesmo que as coisas tivessem sido diferentes. É o jeito dela. Talvez seja a forma de conseguir o que quer, ou o que precisa. Pode acreditar, seus filhos jamais deixaram de receber carinho e atenção. Longe disso.

— Só queria que Chloe se sentisse feliz. Ela parece muito triste quando fala sobre a infância.

Isso fizera Carole se sentir culpada, mesmo não sabendo o que tinha feito ou o que havia deixado de fazer.

— Ela faz terapia — disse Jason, baixinho. — Há um ano. Vai superar tudo. Talvez esse atentado faça com que ela finalmente se dê conta da sorte que tem de ser sua filha. Você é uma mãe incrível.

E, mesmo naquele momento, sem se lembrar de nada, Carole estava preocupada com os filhos e se sentia confortada pelas palavras de Jason. Enquanto ouvia o que ele dizia, ficou imaginando se a filha iria gostar se ela fosse a Londres visitá-la e passasse uns dias lá, quando estivesse recuperada. Talvez pudesse lhe mostrar o quanto realmente se preocupava com ela e quanto passar um tempo em sua companhia lhe era agradável.

Carole sabia que não podia resgatar o passado nem reviver sua história, mas podia, pelo menos, tentar melhorar as coisas no futuro. Para ela, ficara evidente que Chloe sentia que sua infância havia sido prejudicada, e talvez aquela fosse a chance de compensá-la por tudo e lhe dar o que a filha achava nunca ter recebido. Carole estava disposta a fazer isso. Era seu projeto mais importante. O livro que estava tentando escrever, se algum dia o retomasse, podia esperar. Suas prioridades haviam mudado desde o atentado, que acabara sendo um forte grito de alerta e uma nova chance para fazer as coisas direito. E ela queria agarrar essa oportunidade enquanto ainda havia tempo.

Os dois conversaram sobre vários assuntos, depois ela ficou observando-o em silêncio, enquanto ele se sentava na cadeira que Stevie ocupara no dia anterior e falava da sua vida. Carole queria ouvir o lado dele também.

— O que aconteceu com o nosso casamento? — A história deles obviamente não tivera um final feliz, já que haviam se divorciado.

— Puxa... essa é uma pergunta complicada...

Jason não sabia se ela estava preparada para ouvir o que ele tinha a dizer, embora afirmasse estar em condições de saber a

verdade. Ela precisava saber como viviam, o que havia acontecido com o relacionamento deles e por que tinham se divorciado. Queria saber também tudo o que acontecera depois da separação. Stevie já havia falado sobre Sean, mas Carole sabia muito pouco sobre seu relacionamento com Jason, exceto que eles tinham sido casados por dez anos, morado em Nova York e que tiveram dois filhos. O resto era um mistério. Stevie não conhecia os detalhes, e Carole não se atreveria a perguntar nada aos seus filhos, que provavelmente eram pequenos na época.

— Para ser franco, não sei ao certo — respondeu ele, finalmente. — Passei anos tentando entender. Acho que, na verdade, tive uma crise de meia-idade quando você estava fazendo muito sucesso. Esses dois elementos colidiram e nos destruíram. Mas a história não se resume a isso. No começo foi maravilhoso. Você já era famosa quando nos casamos. Eu tinha 31 anos, e você, 22. Eu estava tendo bastante lucro em Wall Street fazia uns cinco anos e resolvi financiar um filme. Isso não iria me dar dinheiro nenhum, só parecia divertido. Eu era jovem e queria conhecer mulheres bonitas. Não havia nenhuma razão muito profunda. Então, conheci Mike Appelsohn numa reunião em Nova York. Na época, ele era um grande produtor e seu agente, desde que a descobriu. Aliás, ele ainda é seu agente — acrescentou Jason. — Ele me convidou para ir a Los Angeles para assinarmos um contrato. Então eu fui, assinei na linha pontilhada e conheci você.

"Você era a mulher mais bonita que eu já tinha visto na vida — continuou Jason. — E, além de tudo, simpática. Era jovem, doce e inocente, embora tivesse características tipicamente sulistas. Estava em Hollywood havia quatro anos e continuava sendo uma garota adorável e inocente, embora já fosse uma grande estrela. Era como se nem o estrelato nem a fama a tivessem afetado. Continuava sendo a pessoa decente, afetuosa e honesta que provavelmente foi quando morava na fazenda do seu pai, no Mississipi. Na época, ainda tinha um sotaque do Sul, que eu também adorava. Depois, Mike fez você mudar seu

jeito de falar. Eu senti saudades do seu sotaque. Fazia parte da sua doçura que eu tanto adorava. Você era muito jovem e acabamos nos apaixonando perdidamente.

"Enquanto você estava gravando o filme, viajei dezenas de vezes até o local das filmagens só para vê-la. Os tabloides trataram logo de anunciar que uma jovem promessa de Wall Street cortejava a estrela mais sexy de Hollywood. Você era o máximo. Lindíssima — disse ele, sorrindo. — E continua sendo — acrescentou, de forma generosa. — Eu ainda não estava acostumado com aquela nova realidade. Na verdade, acho que nunca me acostumei. Acordava de manhã e me beliscava, incapaz de acreditar que estava casado com Carole Barber. O que mais eu poderia querer?

"Casamos seis meses depois de nos conhecermos, assim que vocês acabaram de rodar o filme. No início, você dizia que era muito jovem para se casar, e acho que era mesmo. Eu a convenci, só que você não cedeu. Disse que não estava pronta para abandonar a carreira. Queria fazer filmes e estava curtindo a vida. Eu também, por estar com você. Nunca fui tão feliz quanto naquela época.

"Mike nos levou a Las Vegas num fim de semana, no avião dele, e nos casamos lá. Ele foi testemunha, junto com uma amiga sua, na ocasião, que dividia o apartamento com você, mas não consigo lembrar o nome dela... Ela foi dama de honra também. E você foi a noiva mais linda que eu já vi. Estava usando um vestido do figurino de um filme dos anos 1930. Parecia uma rainha.

"Passamos a lua de mel no México. Ficamos duas semanas em Acapulco e, depois, você voltou a trabalhar. Você fazia aproximadamente três filmes por ano. Era muita coisa. Os estúdios a faziam atuar em uma produção atrás da outra, com grandes estrelas, nomes importantes, os maiores produtores do momento, e você acabava recusando roteiros com a mesma rapidez com que eles surgiam. Você era uma verdadeira máquina. Nunca tinha visto nada igual. Era a mulher mais sexy do mundo, e eu era seu marido. Estávamos constantemente na mídia, o que pode

ser fascinante para dois jovens, mas acho que um dia isso acaba cansando. Só que não aconteceu com você. Você adorava cada minuto, e quem poderia culpá-la? Era a queridinha de todos, a mulher mais desejada do planeta... e era minha mulher.

"Você passava a maior parte do tempo nas locações externas, e, entre um filme e outro, passávamos um tempo juntos em Nova York. Tínhamos um ótimo apartamento na Park Avenue, e, sempre que podia, eu viajava até o set de filmagem para vê-la. Na verdade, nós nos víamos bastante. Pensávamos em ter filhos, mas não tínhamos tempo. Havia sempre outro filme. Então, Anthony nasceu. Foi uma surpresa, embora estivéssemos casados havia dois anos. Você tirou aproximadamente seis meses de licença, logo que a barriga começou a aparecer, e voltou a trabalhar quando ele estava com três semanas. Estava fazendo um filme na Inglaterra e o levou para lá, juntamente com uma babá. Ficou lá durante cinco meses, e eu ia vê-la a cada duas semanas. Era uma vida meio louca, mas sua carreira estava em ascensão e seria uma pena se fosse interrompida. Além disso, você era muito jovem para querer abandoná-la. Eu entendia sua posição. Para falar a verdade, você tirou alguns meses de licença quando engravidou da Chloe também. Anthony tinha 3 anos. Você o levava ao parque, como qualquer outra mãe. Eu achava aquilo maravilhoso. Estar casado com você era como brincar de casinha com uma estrela de cinema. A mulher mais linda do mundo era minha."

De sua cama, Carole percebeu que os olhos de Jason ainda brilhavam ao falar do relacionamento deles e se perguntou por que não desacelerara o ritmo de vida. Ele não parecia se questionar tanto quanto ela. Pelo menos para Carole agora sua carreira não parecia mais tão importante. Mas ele deixou bem claro que na época ela pensava diferente.

— Bem, um ano após o nascimento de Chloe, quando Anthony estava com 5 anos, você engravidou novamente. Dessa vez, por acidente, e ficamos ambos aflitos. Eu estava montando

meu próprio negócio, trabalhava como um louco, e você viajava para gravar em todos os cantos do mundo. Estávamos satisfeitos com apenas dois filhos, porém, mesmo assim, resolvemos seguir em frente com a gravidez. Mas você perdeu o bebê. Ficou arrasada, e eu também, na verdade. Àquela altura, já havia me acostumado com a ideia de um terceiro filho. Você estava na África, num set de filmagem, e teve que rodar umas cenas um tanto perigosas, o que era uma loucura, e acabou abortando. Eles a fizeram voltar a gravar quatro semanas depois. Seu contrato era péssimo e ainda a obrigava a fazer mais dois filmes. Era uma roda-viva constante. Então, dois anos depois, você ganhou seu primeiro Oscar, e a pressão só aumentou. Acho que foi naquele momento que algo aconteceu. Não com você, e sim comigo.

"Você ainda era jovem. Tinha 30 anos quando ganhou o Oscar. Eu ia fazer 40 e, na época, não admiti... mas acho que estava revoltado por ter uma esposa mais bem-sucedida do que eu. Você ganhava uma fortuna, era conhecida no mundo inteiro, e acho que eu estava ficando cansado de lidar com a imprensa, com as fofocas, com os olhares se voltando para você sempre que íamos a algum lugar. Você roubava todas as atenções, e isso acaba com o ego de um homem. Talvez eu também quisesse ser famoso, sei lá. Só queria uma vida normal, uma esposa, filhos, uma casa em Connecticut ou no Maine, para onde pudesse ir passar o verão. Em vez disso, eu viajava o mundo inteiro só para vê-la, pois você levava as crianças para as gravações; e, quando eles ficavam comigo, você ficava triste. Começamos a brigar muito. Eu queria que você largasse sua carreira, mas não tive coragem de pedir, portanto descontei toda a frustração em você. Passamos a nos ver menos e, quando estávamos juntos, brigávamos. Então, dois anos depois, você ganhou outro Oscar, e acho que foi a gota d'água. Foi o fim. Fiquei desesperado depois disso. Sabia que você nunca iria parar, pelo menos não tão cedo. Aí você assinou um contrato para fazer um filme em Paris, onde passaria oito meses, e eu

fiquei transtornado. Devia ter me aberto com você, mas não o fiz. Creio que você nem sabia o que estava acontecendo comigo. Estava muito ocupada para perceber qualquer coisa, e eu nunca disse quanto me sentia triste. Você fazia filmes, tentava manter nossos filhos ao seu lado e viajava para me ver sempre que tinha alguns dias de folga. Suas intenções eram as melhores. Apenas não havia dias suficientes no ano para fazer tudo o que você queria: continuar com a carreira, cuidar das crianças e manter nosso relacionamento. Talvez você tivesse largado tudo se eu pedisse. Quem sabe? Mas eu não falei nada."

Jason parecia arrependido por não ter feito isso. Levara anos para ter o discernimento que possuía agora, e o estava compartilhando com Carole. Ele prosseguiu seu relato com um ar sombrio, enquanto a ex-mulher o observava, atenta e em silêncio. Não queria interrompê-lo.

— Então, comecei a beber e ir a festas, e devo admitir que saí da linha algumas vezes. Eu sempre saía nas revistas de fofocas, mas você nunca se queixou. Às vezes, até me perguntava o que estava acontecendo, e eu falava que era só diversão. E estava falando a verdade. Você tentou vir mais vezes para casa, mas, como tinha começado a rodar o filme em Paris, precisava ficar lá, porque gravava seis dias por semana. Anthony estava com 8 anos, e você o matriculou em uma escola lá mesmo. Chloe tinha 4 anos e ficava no jardim de infância uma parte do dia e o resto do tempo passava no set com você e com a babá. Passei a me comportar como solteiro. Como um babaca, na verdade — acrescentou, envergonhado, olhando para a ex-mulher. Ela apenas sorriu para ele.

— Parece que éramos ambos jovens e tolos — comentou ela em um tom amável. — Deve ter sido uma péssima experiência ser casado com alguém que ficava fora a maior parte do tempo e que trabalhava tanto.

Ele assentiu em silêncio, agradecido pelas palavras de Carole.

— Foi difícil. Quanto mais penso a respeito, mais me conscientizo de que deveria ter pedido a você que largasse tudo, ou

pelo menos que diminuísse o ritmo. Mas, com duas estatuetas do Oscar no currículo, sua carreira estava a pleno vapor. Eu não tinha o direito de acabar com ela, então, em vez disso, destruí nosso casamento. E só para você saber, jamais vou me perdoar por isso. Nunca disse antes... mas é assim que eu me sinto.

Carole escutava em silêncio e, quando Jason terminou, apenas assentiu. Admirava a sinceridade dele e, embora não se lembrasse de nada, estava agradecida por sua franqueza, inclusive ao falar de si mesmo. Ele parecia um homem verdadeiramente gentil, e o desenrolar da história deles era fascinante. Como sempre, era como se Carole ouvisse o relato da vida de outra pessoa, e não teve nenhum lampejo de memória visual em sua mente. Enquanto ouvia, ficava se perguntando por que ela mesma não tivera o discernimento de largar a carreira e salvar seu casamento, mas a história parecia uma avalanche impossível de ser interrompida. Os sinais de alerta estavam visíveis desde o começo, mas, ao que parece, sua carreira era muito imponente na época. Uma força independente, com vida própria. Agora, Carole podia ver como os problemas no casamento tinham surgido, e Jason também. Era uma pena não terem feito nada antes. Ela havia sido omissa, focada demais na carreira, e ele estava ressentido, mas se mantivera em silêncio, corroído por dentro, e acabou descontando nela. Jason levara anos para reconhecer isso, até para si mesmo. Era a clássica e trágica história do fim de um casamento. Ela lamentava não ter sido mais sensata, mas era muito jovem, se é que se podia considerar isso uma desculpa.

— Você foi para Paris com as crianças, para fazer um filme no qual interpretaria Maria Antonieta. Foi um dos filmes de época mais famosos do cinema. Então, uma semana depois que partiu, fui a uma festa na casa de Hugh Hefner. Eu nunca tinha visto mulheres tão bonitas, quase tão lindas quanto você — disse ele, com um sorriso arrependido, e ela retribuiu o gesto. Era um relato triste de se ouvir; o final era previsível. Sem surpresas. Ela sabia o fim do filme: não viveram felizes para sempre, ou ele não estaria contando essa história.

"Mas elas não eram como você — prosseguiu. — Você sempre foi decente, gentil, sincera e generosa comigo. Trabalhava demais e ficava fora durante muito tempo, mas era uma boa mulher. Sempre foi. Aquelas garotas eram diferentes: interesseiras, profissionais; algumas delas, até prostitutas, disfarçadas de atrizes ou modelos. Na realidade, vagabundas. Eu era casado com uma mulher autêntica. Aquelas mulheres não passavam de umas falsas, que conseguiam conquistar uma plateia como ninguém. Então, conheci uma top model russa chamada Natalya. Ela era a grande sensação do momento em Nova York. Todo mundo a conhecia. Surgiu de repente, vinda de Moscou, via Paris, e estava à caça de dinheiro a todo custo. Meu e de todo mundo. Se não me engano, tinha sido amante de um playboy em Paris, não lembro muito bem agora. Enfim, ela se envolveu com vários homens ricos como ele, depois. Atualmente está casada com o quarto marido, em Hong Kong. Acho que ele é brasileiro e traficante de armas ou algo assim, mas tem muito dinheiro. Ele diz que é banqueiro, mas acho que os negócios dele são bem mais escusos. Enfim, fiquei muito empolgado. Para falar a verdade, bebi demais, usei um pouco de cocaína que alguém me ofereceu e acabei na cama com ela. Não estávamos na casa de Hefner. Estávamos no iate de alguém no rio Hudson. Era um pessoal animado. Eu tinha 41 anos, e ela, 21. Você estava com 32 anos e trabalhava em Paris, tentando ser uma boa mãe, embora fosse uma esposa ausente. Não acho que tenha me traído. Acho que isso nunca sequer passou pela sua cabeça. Não tinha nem tempo para isso. Tinha uma reputação impecável em Hollywood, mas não posso dizer o mesmo de mim.

"Todos os jornais noticiaram o meu caso com ela. Acho que ela arranjou tudo aquilo. Tivemos um romance tórrido, que você, de maneira civilizada, ignorou. O que foi uma atitude inacreditavelmente educada e generosa. Então, duas semanas depois de nos conhecermos, ela engravidou. Ela se recusou a abortar e queria casar. Dizia que me amava e que estava dis-

posta a largar tudo por mim: a carreira de modelo, seu país, sua vida. E iria ficar em casa para criar nossos filhos. Aquela declaração soou como música para os meus ouvidos. Uma esposa em tempo integral era tudo o que eu queria na época; e você não estava pronta para isso, nem dava sinais de que poderia haver uma possibilidade. Mas quem poderia saber? Nós nunca conversamos sobre o assunto. Aí fiquei apaixonado por ela.

"Ela ia ter um filho meu. Eu queria ter mais filhos, e o nascimento de Chloe tinha sido problemático para você. Além disso, considerando a vida agitada que você levava, teria sido loucura ter mais filhos. Já era complicado carregar duas crianças para todos os lugares. Era impossível vê-la fazendo isso com três ou quatro. Anthony estava crescendo, e eu queria meus filhos em casa, comigo. Não me pergunte como, mas ela me convenceu de que o casamento seria a melhor solução... para ela. Seríamos um casal apaixonado com um monte de bebês. Então, comprei uma casa em Greenwich e contratei um advogado. Acho que estava fora de mim. Caso clássico de crise de meia-idade: *financista de Wall Street enlouquece, destrói a própria vida e sacaneia a esposa*. Depois, fui para Paris pedir o divórcio a você. Nunca vi ninguém chorar tanto na vida. Durante aproximadamente cinco minutos, eu me questionei sobre o que estava fazendo. Passei a noite com você e quase recobrei a razão. Nossos filhos eram adoráveis, e eu não queria causar sofrimento a eles nem a você. Então, ela telefonou para mim. Natalya era como uma feiticeira tramando um encanto; e funcionou.

"Depois, voltei a Nova York e entrei com o pedido de divórcio. Você não exigiu nada, a não ser a pensão das crianças. Ganhava muito dinheiro e era orgulhosa demais para tomar qualquer coisa de mim. Eu contei a você que Natalya estava grávida e acho que isso quase a matou. Fui o filho da puta mais cruel do mundo. Creio que estava indo à forra por cada minuto do seu sucesso, ou cada segundo que você não passou comigo. Seis meses depois, estava casado com Natalya, e você ainda morava

em Paris. Recusava-se a falar comigo, o que acho compreensível. Fui até Paris algumas vezes para ver as crianças, mas você sempre mandava a babá levá-los ao hotel onde eu estava hospedado. Evitava qualquer tipo de contato comigo. Para falar a verdade, ficamos sem nos falar por dois anos. Só nos falávamos através de advogados, secretárias e babás, e você dispunha de vários desses três profissionais. A parte triste da história é que, dois anos e meio depois, quando voltou para Los Angeles, você reduziu drasticamente o ritmo de trabalho. Continuava a fazer filmes, mas aceitava bem menos papéis e passava mais tempo com as crianças. Era uma situação perfeitamente suportável para mim, já que era um ritmo mais tranquilo do que o que levava antes. Eu nunca poderia imaginar que você faria aquilo. Mas não tive coragem para esperar ou pedir isso a você.

"Natalya teve nossa filha dois dias depois de nos casarmos; um ano mais tarde, teve outra menina. Ficou dois anos longe das passarelas, mas então disse que estava entediada. Então me abandonou e retomou a carreira. Ela deixou as crianças comigo durante um tempo, mas as pegou de volta. Conheceu um playboy muito rico, pediu o divórcio, casou-se com ele e levou todo o meu dinheiro. Não me pergunte por que, mas não me preocupei em fazer um acordo pré-nupcial. Então, ela pegou o que lhe era devido e seguiu em frente. Eu nem sequer vi aquelas crianças durante cinco anos. Ela não deixava. Estavam fora da nossa jurisdição, enquanto ela passeava pela Europa e pela América do Sul colecionando maridos. Era basicamente prostituição de luxo, e ela se mostrou muito boa nisso. Enquanto isso, eu tinha arruinado você e o nosso casamento.

"Quando você voltou para Los Angeles, esperei a poeira baixar e fui visitá-la com a desculpa de ver as crianças, mas, na verdade, queria vê-la. Você estava mais calma e nós conversamos sobre tudo o que tinha acontecido. Fui sincero e contei a verdade como eu a via. Acho que não tinha o discernimento que tenho agora, a compreensão de que, no fundo, estava com

ciúmes da sua carreira e do seu sucesso. Pedi a você que me desse uma chance pelo bem das crianças, mas, na verdade, era para o meu próprio bem. Eu ainda a amava. Ainda amo — disse ele, sem meias palavras. — Sempre amei.

"Fiquei completamente louco por aquela modelo russa. Mas você não aceitou quando pedi para reatarmos. E não a culpo. Meu comportamento foi execrável. Você foi educada, gentil e, sutilmente, mandou que eu me fodesse de várias maneiras. Disse que nosso relacionamento estava acabado e que eu havia destruído tudo o que você sentia por mim. Falou também que tinha me amado muito e que lamentava que a sua carreira e o fato de passar tanto tempo fora de casa tivessem me atormentado tanto. E afirmou que teria trabalhado menos se eu tivesse pedido, embora eu não tenha tanta certeza de que estivesse falando a verdade, pelo menos no início do casamento. Você tinha muita energia para o trabalho e, naquele momento, teria sido difícil largar tudo.

"Então voltei a Nova York, e você ficou em Los Angeles. Por fim, nos tornamos amigos. As crianças cresceram, e nós também. Você se casou com Sean uns quatro anos depois que eu pedi para voltarmos, e fiquei feliz por você. Ele era um cara bacana e um excelente padrasto para os nossos filhos. Fiquei triste por você quando ele morreu. Você merecia um homem como ele; um cara realmente bom, não um safado como eu. Só que ele morreu, e agora aqui estamos, somos apenas amigos. Vou fazer 60 anos e fui inteligente o bastante para não me casar de novo depois que me separei da Natalya. Ela mora em Hong Kong, e eu só vejo as meninas duas vezes por ano. Elas me tratam como um estranho... bom, é isso o que na verdade eu sou para elas. Natalya continua linda, à custa de muita plástica. Porra, ela só tem 39 anos. As meninas têm 17 e 18 anos e uma beleza muito exótica. A pensão que eu ainda pago para elas poderia financiar uma pequena nação, mas elas têm um estilo de vida bastante sofisticado. Ambas são modelos. Chloe e Anthony nunca as conheceram, ainda bem.

"Agora estamos aqui. Sou uma espécie de meio-irmão, meio-amigo; um ex-marido que ainda a ama, e acho que você é feliz. Nunca tive a sensação de que você se arrependeu de não ter voltado para mim e me dado outra chance, principalmente depois de conhecer Sean. Você não precisa de mim, Carole. Tem o próprio dinheiro, que investi muito bem para você, há um bom tempo, e continuo a lhe dar consultoria financeira. Nós nos amamos de um modo peculiar. Você pode contar comigo sempre que precisar, e acho que faria o mesmo por mim. Nosso relacionamento nunca passará disso, mas tenho algumas lembranças incríveis dos momentos que passamos juntos e que nunca esquecerei. Fico triste por você não se lembrar de nada, porque tivemos fases maravilhosas. Espero que, um dia, volte a se lembrar. Guardo com carinho cada momento que passamos juntos e nunca deixarei de lamentar quanto fiz você sofrer. Paguei em dobro, e mereci isso."

Ele tinha feito uma confissão minuciosa, deixando Carole profundamente emocionada.

— Espero que um dia você me perdoe. Bom, acho que até já perdoou, há muito tempo. Não há ressentimentos entre a gente agora, nenhuma mágoa. Tudo se acalmou com o passar do tempo, em parte por causa da pessoa que você é. Você tem um coração enorme, foi uma boa esposa para mim e é uma mãe maravilhosa. Sou muito grato a você.

Em seguida, Jason parou de falar e olhou para ela, que o observava com profunda compaixão.

— Você passou por muita coisa — comentou Carole, em tom carinhoso. — Obrigada por me contar isso tudo. Me perdoe por não ter sido inteligente o bastante para ser a esposa que você precisava que eu fosse. Nós fazemos muitas coisas estúpidas na juventude.

Carole estava muito fraca depois de ouvi-lo por duas horas. Apesar de cansada, tinha muito sobre o que refletir. Durante o relato, não conseguiu se lembrar de nada, mas tinha a forte sen-

sação de que Jason tentara ser justo em relação a ambos. A única pessoa duramente criticada por ele fora a top model russa, que, pelo visto, fizera por merecer. Jason havia entrado em uma furada e tinha consciência disso. Ela era perigosa, mas Carole, conforme ele deixara bem claro, sempre tentou ser uma esposa carinhosa e fiel. Ela não tinha muitos motivos para se culpar, exceto o fato de trabalhar demais e viajar com muita frequência.

— Estou feliz por você ter sobrevivido, querida — disse ele em tom carinhoso, antes de ir embora, e ela percebeu que suas palavras eram sinceras. — Nossos filhos e eu estaríamos arrasados se aquela bomba tivesse matado você. Espero que recupere sua memória logo. Mas, mesmo que isso não aconteça, saiba que todos nós te amamos.

— Eu sei — assentiu Carole, baixinho. Tivera prova do carinho de todos, inclusive do dele, mesmo os dois não sendo mais casados. — Eu te amo também — acrescentou ela.

Jason lhe deu um beijo no rosto e foi embora.

Aquele homem acrescentara algo à sua vida, não somente lembranças e informações sobre o passado, e sim uma amizade sincera com um sabor todo especial.

10

Depois do feriado de Ação de Graças, Jason e Anthony anunciaram que precisavam voltar a Nova York; e Chloe achou que deveria retornar ao trabalho. Jake já havia telefonado várias vezes. Não tinha nada que pudessem fazer por Carole, e todos sabiam que ela estava fora de perigo. Sua recuperação era uma questão de tempo e poderia até demorar.

Chloe e Anthony iriam para Los Angeles em um mês, para passar o Natal com Carole. Eles esperavam que, até lá, o hospital já

tivesse dado alta à mãe e que ela estivesse em condições de ir para casa. Ela convidou Jason para passar o Natal com eles, e o ex-marido aceitou o convite de bom grado. Era um esquema incomum, mas, de alguma forma, sentiam-se como uma família de novo. Ele levaria Chloe e Anthony para passar o Ano-Novo em St. Barth e propôs a Carole que os acompanhasse, mas, por recomendação médica, ela não poderia viajar depois que chegasse a Los Angeles. Ainda estava muito frágil, e a agitação poderia deixá-la confusa. Não conseguia andar e, sem memória, tudo o que fizesse seria um sacrifício a mais. Além disso, ela preferia ficar em casa, quando chegasse a Los Angeles, mas não queria privar os filhos da viagem com o pai. Já tinham sofrido muito desde o atentado. Ela sabia que uns dias de férias seriam algo ótimo para eles.

Na sua última noite em Paris, Jason passou uma hora sozinho com Carole. Nessa oportunidade, admitiu ser cedo demais para tocar no assunto, mas esperava que, tão logo ela se recuperasse, pudesse lhe dar uma nova chance. Mesmo sem se lembrar do passado e sabendo do profundo afeto que tinha por ele, ela hesitou. Estava agradecida pelo tempo que ele permanecera em Paris ao seu lado, e por poder ver quanto o ex-marido era generoso. Porém, não sentia mais nada por Jason e duvidava de que seus sentimentos mudariam com o passar do tempo. Não queria iludi-lo, ou estimulá-lo a esperar algo que ela não poderia lhe dar. Precisava se concentrar em sua recuperação e voltar à sua vida de antes. Também queria passar um tempo com os filhos e não estava em condições de pensar em relacionamentos. Além disso, a história deles parecia muito complicada. Tinham estabelecido laços de amizade antes do acidente, e ela não queria estragar aquilo ou arriscar tudo novamente.

Havia lágrimas em seus olhos quando ela respondeu.

— Não sei bem por que, mas tenho a sensação de que seria uma atitude inteligente se deixássemos as coisas como estão. Ainda não sei muito sobre a minha vida, mas sei que adoro você e que a nossa separação foi muito triste. E algo nos

manteve separados desde então, embora eu não lembre o que foi. Eu me casei com outro homem, e todo mundo diz que fui feliz com ele. Você também deve ter tido outros relacionamentos, creio que ambos tivemos. E posso sentir a intensidade do sentimento que nos une, mas hoje somos só amigos. Nossos filhos já vão nos manter unidos para sempre. Eu jamais poderia destruir esse vínculo ou magoar você.

"De alguma forma, devo ter deixado a desejar como esposa, ou decepcionado você, para ter me trocado por outra mulher — continuou Carole. — Acho maravilhoso o carinho que temos um pelo outro. Não quero perder isso por nada neste mundo. Algo me diz que tentar retomar o nosso casamento seria muito arriscado, ou até desastroso para nós dois. Se você não se importa — acrescentou ela com um sorriso carinhoso —, eu gostaria de manter as coisas como estão. Parece que já temos uma fórmula vitoriosa. Se eu não for vítima de outro atentado, saiba que pode contar comigo para sempre. Espero que seja o bastante para você, Jason. Para mim, a amizade que nos une é como uma bênção incrível. Não quero pôr tudo a perder."

Por mais atraente e gentil que Jason fosse, ou mostrasse quanto estava apaixonado, Carole simplesmente não se sentia atraída por ele. Não o amava mais, embora tivesse certeza de que, no passado, fora muito apaixonada pelo ex-marido. Ela estava totalmente certa de seus sentimentos.

— Eu temia que você me desse essa resposta — disse ele com tristeza. — E talvez você tenha razão. Eu propus exatamente isso logo depois que me separei da Natalya, quando você voltou a Los Angeles. Sua resposta foi basicamente a mesma, embora, talvez, você ainda estivesse zangada comigo. E tinha todo o direito de estar. Fui um sacana quando a deixei e mereci tudo o que aconteceu comigo. Ah, os arroubos da juventude... ou, no meu caso, da meia-idade. Não tenho nenhum direito de pedir o que pedi a você, mas tinha que tentar. Bom, saiba que pode contar comigo também, para sempre.

— Eu sei disso. Acabei de ter uma prova — disse ela, com lágrimas nos olhos. Desde o acidente, Jason fora extremamente atencioso com a ex-mulher. — Eu te amo, Jason, de uma forma muito especial.

— Eu também — confessou ele, antes de lhe dar um beijo carinhoso. No fim, deixar tudo como estava era o melhor para ela. E para ele também. O que aconteceu foi que, por um instante, Jason vislumbrou uma centelha de esperança, ou desejou vislumbrar, e resolveu tentar. Se houvesse uma possibilidade, ele não iria desperdiçá-la. Ficando com ela ou não, ele sempre iria amá-la. Estava triste por ter de deixar Paris. Apesar das circunstâncias, estava gostando de passar um tempo com Carole. E sabia que sentiria sua falta quando partisse. Mas pelo menos passariam o Natal juntos, na companhia dos filhos.

Stevie planejava permanecer em Paris com Carole até que ela recebesse alta para voltar a Los Angeles, mesmo que isso fosse demorar. Já havia falado com Alan várias vezes e ele se mostrara compreensivo quanto à permanência da namorada na cidade. Ele entendia a situação e não reclamou. Stevie ficou agradecida. Em certas ocasiões, Alan era realmente compreensivo, por mais que suas necessidades e seus objetivos, bem como sua postura em relação ao casamento, não coincidissem com as expectativas de Stevie.

Antes de partir para Nova York, Anthony foi ao hospital. Passou uma hora com a mãe e, assim como Jason, disse a ela quanto estava feliz por vê-la viva. Chloe havia dito a mesma coisa ao se despedir, uma hora antes. Todos estavam profundamente aliviados por ela ter sobrevivido.

— Trate de não se meter em nenhuma encrenca, pelo menos por um tempo, até eu chegar a Los Angeles. Nada de viajar sozinha. Da próxima vez, leve Stevie com você pelo menos. — Anthony achava que talvez isso não tivesse feito muita diferença, pois Carole havia estado no lugar errado na hora errada. Mas só de pensar que quase perdera a mãe em um atentado terrorista,

ele começava a tremer. — Obrigado por convidar o papai para passar o Natal com a gente. Foi muito gentil da sua parte. — Ele sabia que, se não fosse esse convite, seu pai ficaria sozinho. Jason não tinha um relacionamento sério havia algum tempo. Além disso, este seria o primeiro Natal que os quatro passariam juntos, após 18 anos. E, como não sabia se os quatro se reuniriam novamente para comemorar as festas de fim de ano, este Natal era muito importante para ele, e para seu pai também.

— Vou me comportar — prometeu Carole, olhando para o filho, cheia de orgulho. Embora não se lembrasse dos detalhes de sua infância, ficava evidente que Anthony era um jovem maravilhoso, exatamente como Jason descrevera. E o amor pela mãe estava estampado em seus olhos, assim como o amor de Carole por ele.

Ambos choraram quando se abraçaram pela última vez, embora ela soubesse que o veria em breve. Agora Carole chorava com facilidade, e tudo lhe parecia mais comovente. Tinha muito o que aprender e assimilar. Era como se tivesse nascido de novo.

Quando Anthony estava saindo, depois de se despedirem, um homem entrou no quarto. Era o francês alto e elegante que a visitara anteriormente e que havia levado as flores. Carole não se lembrava do nome dele e tinha esquecido completamente todas as palavras que sabia em francês. Entendia o que os médicos e as enfermeiras diziam, mas não conseguia responder. Já era bem difícil falar no próprio idioma e se lembrar de todas as palavras, mas, àquela altura, conseguia se expressar. No entanto, comunicar-se em francês estava além de suas possibilidades.

Ao dar de cara com o visitante, Anthony ficou paralisado. O francês o cumprimentou com um breve sorriso e um aceno de cabeça, mas, ao ver a reação e o olhar frio do filho, Carole percebeu que ele havia reconhecido aquele homem. Era nítido que Anthony não estava feliz em vê-lo. O francês dissera que era amigo da família e que conhecia seus filhos, portanto ela não ficou surpresa por eles se reconhecerem. Mas ficou intrigada diante da perplexidade de Anthony.

— Olá, Anthony — cumprimentou Matthieu calmamente.
— Há quanto tempo!
— O que você está fazendo aqui? — perguntou Anthony, parecendo furioso. Não o via desde que era criança. Ele se virou para a mãe com um olhar protetor, enquanto Carole os observava, tentando entender o que estava se passando entre os dois.
— Vim visitar sua mãe. Estive aqui algumas vezes.
Havia uma antipatia visível entre os dois homens, e Carole não sabia o motivo.
— Ela se lembra de você? — perguntou Anthony, friamente.
— Não — respondeu Matthieu.
Mas Anthony, sim, se lembrava muito bem daquele homem, e de quanto ele havia feito sua mãe chorar. Fazia 15 anos que não o via, mas se lembrou, como se fosse na véspera, de quanto ela estava arrasada quando disse a ele e à irmã que iriam embora de Paris. Carole havia chorado muito, e Anthony nunca conseguira esquecer aquela cena.

Anthony gostava de Matthieu; muito. Até jogava futebol com ele, mas passou a odiá-lo quando viu sua mãe chorando, e ela lhe disse que Matthieu era a causa de suas lágrimas. Só agora lhe vieram à mente as lembranças de que, muitos meses antes, ela já chorava. Ele tinha ficado feliz de voltar aos Estados Unidos, mas não de ver sua mãe tão atormentada quando partiram. Pelo que lembrava, ela sofreu por muito tempo, mesmo depois de chegarem a Los Angeles. Carole acabou vendendo a casa e disse que a família nunca mais voltaria a Paris. Na época, ele não ficou triste, embora tivesse feito alguns amigos na cidade. Mas sabia que sua mãe ficara aborrecida, e, se ela não tivesse perdido a memória, estaria triste agora. Anthony ficara profundamente transtornado ao ver Matthieu no quarto de sua mãe.

O francês tinha um ar arrogante, portando-se como se tivesse o direito de fazer o que bem entendesse. Não hesitava diante de nada, queria que todos o ouvissem e agissem conforme seus desejos. Anthony lembrou que, quando criança,

não gostava nada dessa postura. Uma vez, Matthieu o colocou de castigo no quarto por ter sido grosseiro com Carole, e Anthony gritara com ele dizendo que não era seu pai. Mais tarde, Matthieu pediu desculpas a ele. Mesmo assim, depois de todos aqueles anos, Anthony ainda podia sentir a prepotência daquele homem, como se fosse um visitante bem-vindo, o que não era verdade. E era óbvio que Carole não tinha ideia de quem ele era.

— Só vou ficar alguns minutos — disse Matthieu educadamente, quando Anthony se aproximou da mãe para abraçá-la, mais uma vez, como se quisesse protegê-la. Ele queria Matthieu fora daquele quarto e da vida deles, para sempre.

— Volto logo, mãe — prometeu. — Se cuide. Vou telefonar de Nova York.

Anthony pronunciou aquelas palavras olhando para Matthieu. Estava inconformado por ter de deixar sua mãe com aquele homem, embora soubesse que ele não poderia lhe causar nenhum transtorno, pois ela não se lembrava dele e havia uma enfermeira no quarto o tempo todo. Mesmo assim, não gostava da ideia. Matthieu saíra da vida de Carole havia um bom tempo, depois de lhe causar muito sofrimento. Não havia razão para voltar, pelo menos na opinião de Anthony. Além disso, ela estava vulnerável, e isso cortava seu coração.

Assim que Anthony saiu, Carole virou-se para Matthieu, intrigada:

— Ele se lembrou de você — comentou ela, olhando nos olhos dele. Ela não tinha a menor dúvida de que o filho não gostava daquele homem. — Por que ele não gosta de você? — perguntou Carole. Tinha de confiar em outras pessoas para descobrir o que precisava saber. Acima de tudo, precisava que dissessem a verdade, como Jason havia feito. Ela o admirava por sua sinceridade e sabia que tinha sido difícil contar a história toda. Matthieu parecia muito mais cauteloso e menos inclinado a se expor. Carole tinha a sensação de que ele se mostrara prudente quando foi visitá-la. Também notou a reação das

enfermeiras. Ficara evidente que elas o conheciam, e, agora mais do que nunca, ela queria saber quem ele era. Pensou em perguntar a Anthony, quando ele telefonasse de Nova York.

— Ele era um menino quando o vi pela última vez — explicou Matthieu, suspirando ao se sentar. — Via o mundo com os olhos de uma criança. Sempre foi muito protetor em relação a você. Era um garoto maravilhoso. — Disso, ela sabia muito bem. — Eu a fiz sofrer, Carole.

Não havia razão para esconder esse fato dela. Anthony certamente diria isso a ela, embora não conhecesse a história toda. Apenas ele e Carole sabiam todos os detalhes, mas Matthieu ainda não estava pronto para lhe contar. Não queria se apaixonar de novo e temia que isso pudesse acontecer.

— Nossas vidas eram muito complicadas — continuou ele. Nós nos conhecemos quando você estava fazendo um filme em Paris, logo depois que seu marido a deixou. E nos apaixonamos — lembrou ele, com ar saudoso.

Ele ainda a amava. Aquilo era nítido para Carole. Seus olhos demonstravam um sentimento diferente do que ela via no olhar de Jason. Aquele homem era mais intenso e, de certa forma, implacável; quase assustador. Jason tinha uma simpatia e uma bondade que Matthieu não possuía. Ele a afetava de um modo estranho, e ela não sabia se o temia, se confiava nele ou se até gostava dele. Tinha um ar de mistério, uma paixão reprimida, e, qualquer que tenha sido a história dos dois, estava claro que a chama permanecia acesa. Isso a perturbava. Carole não se lembrava dele, mas sentia algo que não conseguia identificar, não sabia se era medo ou amor. Não tinha ideia de quem ele era e, ao contrário das enfermeiras, para ela, seu nome não fazia diferença. Era apenas um homem que afirmava ter vivido um romance com ela. Carole tentava, mas não se lembrava de nada, não tinha recordação nenhuma, nem boa nem ruim. Mesmo assim, sabia que ele despertava algo nela que a abalava, ela só não entendia por quê. Tudo o que sabia a respeito dele ou sentia por aquele homem estava além de seu alcance.

— O que aconteceu quando nos apaixonamos? — perguntou Carole no instante em que Stevie entrou no quarto e pareceu assustada ao dar de cara com Matthieu. Carole os apresentou e, em seguida, com uma expressão de curiosidade, Stevie deixou os dois sozinhos e foi esperar no corredor. Mas não sem antes dizer que estaria ali perto, deixando Carole mais tranquila. Embora soubesse que ele não poderia magoá-la, era como se estivesse nua, sozinha no quarto com aquele homem, que não tirava os olhos dela um minuto sequer.

— Muitas coisas aconteceram. Você foi o amor da minha vida. Quero conversar sobre isso, mas não agora.

— Por que não? — A postura reservada de Matthieu em relação ao passado a intrigava. Ele tentava se conter, e isso parecia esquisito.

— Porque há muita coisa para ser contada. Eu esperava que você se lembrasse de tudo quando acordasse do coma, mas vejo que isso não aconteceu. Eu gostaria de vir outro dia para que pudéssemos conversar. — O que ele disse em seguida a tomou de sobressalto. — Nós moramos juntos durante dois anos.

— É mesmo? — perguntou ela, atordoada. — Éramos casados?

Ele sorriu e fez um gesto negativo com a cabeça.

Carole começava a achar que seu passado era recheado de maridos: Jason, Sean e agora aquele homem, que afirmava ter morado com ela. Ele não era um simples admirador, e sim um homem com quem ela, obviamente, tivera um relacionamento. Ninguém havia comentado sobre ele. Talvez não soubessem, mas Anthony, com certeza, sabia, e sua reação ao vê-lo não tinha sido nada boa, o que indicava alguma coisa. Provavelmente não fora um relacionamento feliz.

— Não, não éramos casados. Eu queria me casar com você, e você também queria se casar comigo. Mas não podíamos. Eu tinha problemas de família e um emprego difícil de conciliar com um relacionamento. Não era o momento certo.

Fazer as coisas no momento certo parecia ser fundamental. E não perceber esse detalhe tinha sido exatamente o erro de Jason. Isso era tudo o que Matthieu queria revelar por enquanto. Então, ele se levantou e prometeu voltar. Carole não tinha certeza se queria vê-lo de novo. Provavelmente iria contar uma história que ela preferia não ouvir. O quarto parecia tomado de tristeza e desgosto enquanto ele falava. Em seguida ele sorriu. Tinha um olhar profundamente penetrante e, de repente, ela se lembrou de algo, mas não sabia exatamente o quê. Não queria que ele voltasse, mas não tinha coragem de dizer aquilo. Se ele a visitasse de novo, ela pediria a Stevie para ficar no quarto, para protegê-la. Sentia que precisava disso. Ele a deixava assustada. Tinha um poder inacreditável.

Matthieu inclinou-se para beijar a mão de Carole enquanto ela o observava. Ele era formal à sua maneira, muito peculiar, embora, ao mesmo tempo, bem audacioso. Afinal, estava no quarto de uma mulher que não se lembrava dele e, mesmo assim, afirmava que haviam tido um relacionamento, morado juntos e pensado em se casar. E, quando a fitava, deixava clara a atração que ainda sentia por ela.

Assim que ele saiu, Stevie entrou no quarto.

— Quem é esse homem? — perguntou ela, intrigada, e Carole respondeu que não sabia. — Talvez seja o tal francês misterioso que partiu seu coração e sobre quem você nunca entrou em detalhes comigo — disse Stevie com ar de curiosidade. Carole apenas riu.

— Nossa, eles estão mesmo surgindo de todos os lados, não é? Maridos, namorados, franceses misteriosos. Ele falou que moramos juntos e que pensávamos em nos casar, e mesmo assim eu não me lembro dele de jeito nenhum. Talvez, nesse caso, seja bom não ter memória. Ele me parece um pouco estranho.

— Ele é apenas francês. São todos meio estranhos — disse Stevie, de forma um tanto indelicada — e muito intensos! Não é o meu estilo.

— Acho que também não é o meu. Mas talvez fosse, na época.

— Talvez tenha sido com ele que você morou na casa que acabou vendendo.

— Talvez. Anthony pareceu furioso ao vê-lo. E ele admitiu que me fez muito infeliz — disse Carole, com ar pensativo.

— Pelo menos ele é sincero.

— Eu gostaria de me lembrar um pouco dessa época da minha vida — confessou Carole, parecendo inquieta.

— Alguma lembrança do passado?

— Não. Absolutamente nada. As histórias são fascinantes, mas é como escutar sobre a vida de outra pessoa. Pelo que posso concluir, eu trabalhava muito e nunca ficava em casa com o meu marido. Eu o perdi para uma top model de 21 anos que o abandonou depois que ele me largou. Ao que parece, logo depois, eu me apaixonei por um francês, que me fez sofrer muito e que meu filho odiava. Em seguida, eu me casei com um homem encantador que morreu ainda jovem, e agora aqui estou.

Havia um traço de humor em seus olhos, enquanto resumia o que sabia sobre seu passado, o que fez Stevie sorrir.

— Parece uma vida bem interessante. Queria saber se houve mais algum relacionamento — comentou ela, parecendo esperançosa, e Carole a fitou, horrorizada.

— Espero que não! Isso já é demais para mim. Estou cansada só de pensar nesses três. Além dos meus filhos.

Ela ainda estava preocupada com Chloe. Não parava de pensar na filha. Essa era sua prioridade por ora. Jason já não era mais uma preocupação, embora ela o amasse. Sean havia morrido e, quanto ao francês, fosse ele quem fosse, seu interesse não ia além da curiosidade sobre o que ele significara para ela. Mas, de alguma forma, ela achava que seria melhor não saber. Não lhe parecia boa coisa. Queria evitar que lembranças dolorosas se somassem ao restante. A história que Jason lhe contara havia sido o bastante. Dava-lhe uma ideia de quanto tinha sofrido no passado.

Depois ainda viera o francês. Deve ter sido uma época terrível em sua vida. Dava graças a Deus por ter conhecido Sean, já que as opiniões sobre ele eram unanimemente positivas. Mas também o perdera. Parecia não ter tido muita sorte com os homens, embora se considerasse afortunada pelos filhos que possuía.

Com o auxílio da enfermeira, Stevie ajudou-a a se levantar da cama. Os médicos estavam tentando fazer Carole andar.

Ela ficou espantada ao notar quanto era difícil. Era como se suas pernas tivessem esquecido suas funções. Sentia-se como uma criança pequena ao tropeçar e cair, que precisava aprender a se levantar. Quando finalmente sua memória motora pareceu começar a funcionar, ela cambaleou pelo corredor, com a ajuda de Stevie e de uma enfermeira. Aprender a andar novamente exigia um tremendo esforço. Tudo era complicado. Todos os dias, ao anoitecer, estava esgotada e dormia antes de Stevie ir embora.

Anthony cumpriu o que havia prometido e telefonou assim que chegou a Nova York. Ainda estava furioso por ter visto Matthieu no hospital.

— Ele não tem o direito de visitar você, mãe. Ele te fez sofrer muito. Por isso fomos embora da França.

— O que ele fez? — perguntou Carole, mas as lembranças de Anthony eram as de uma criança.

— Ele foi cruel com você e te fez chorar — resumiu o filho de forma tão simples que ela sorriu.

— Bem, ele não pode me magoar agora — disse ela, tranquilizando-o.

— Eu o mato se ele fizer isso. — Embora Anthony não se lembrasse dos detalhes, ainda tinha muito ressentimento. — Diga a ele para não aparecer mais.

— Prometo. Se ele não me tratar bem, eu pedirei que o expulsem do meu quarto.

Mas ela queria saber mais. Dois dias depois que Jason e Anthony voltaram para os Estados Unidos, Mike Appelsohn disse que iria a Paris para vê-la. Ele telefonava todos os dias e falava

com Stevie, que afirmara que Carole estava em condições de recebê-lo, mas que voltaria para Los Angeles em algumas semanas, então ele poderia visitá-la em casa. Porém, Mike insistiu, ele não queria esperar e pegou um avião. Chegou a Paris no dia seguinte, após semanas de preocupação. Considerava Carole uma filha. Eles tinham uma relação muito antiga.

Mike Appelsohn era um homem bonito, forte, dono de um olhar aguçado e de uma risada alta. Tinha um grande senso de humor e produzia filmes havia cinquenta anos. Conheceu Carole em Nova Orleans, 32 anos atrás, e a convenceu a ir para Hollywood fazer um teste. O resto era história de cinema. O teste tinha sido perfeito, e, graças a ele, ela foi lançada ao estrelato como um meteoro, logo nos primeiros filmes. Ele a protegia como um verdadeiro pai. Estava presente na ocasião em que ela conheceu Jason. Foi ele, inclusive, quem os apresentou, sem imaginar no que aquele encontro iria resultar. Era o padrinho de Anthony, que, assim como Chloe, o adorava como um avô. Além disso, era agente de Carole desde que a lançara no cinema. Ela não assinava nenhum contrato nem se aventurava em um único projeto sem a prévia aprovação e o sábio conselho dele. Quando Mike soube do acidente e do estado em que ela se encontrava, ficou arrasado. Queria vê-la com os próprios olhos. Stevie fez questão de avisá-lo de que Carole ainda não tinha nenhuma recordação, que não iria reconhecê-lo nem se lembrar de nada da história deles, mas a assistente da grande atriz tinha certeza de que, quando ela soubesse quanto era importante na vida dele, e vice-versa, ficaria feliz em vê-lo.

— Ela ainda não se lembra de nada? — perguntou ele, preocupado, ao telefone. — Será que vai conseguir recuperar a memória?

Ele estava preocupado desde que Stevie telefonara ao chegar a Paris, para contar o que havia acontecido, antes que ele soubesse pela imprensa. E chorou quando soube da tragédia.

— Esperamos que sim. Por enquanto, continua tudo na mesma, mas estamos todos tentando ajudá-la.

Carole também se esforçava bastante. Às vezes ficava horas tentando se lembrar das coisas que tinha ouvido desde que saíra do coma, embora não conseguisse acessar alguns fragmentos da memória. Jason pedira à sua secretária que enviasse fotos e um álbum com registros dos filhos quando bebês. As fotografias eram bonitas, mas Carole as fitava sem ter ao menos uma faísca de lembrança. Apesar disso, os médicos permaneciam esperançosos. O neurologista afirmara que sua melhora poderia levar muito tempo e que algumas áreas da memória talvez nunca fossem recuperadas. Tanto a pancada na cabeça como o trauma e o posterior estado de coma tinham causado danos severos. A extensão do dano, bem como sua duração, ainda eram uma incógnita. A situação era frustrante, especialmente para Carole.

Mas, apesar dos alertas de Stevie, Mike Appelsohn não estava preparado para o que viu quando entrou no quarto. Ele esperava que Carole se lembrasse de alguma coisa, fosse de seu rosto, ou da amizade de tantos anos. Porém, ela não esboçou nenhuma reação quando Mike chegou, e a decepção ficou visível nos olhos dele. Por sorte, Stevie estava presente. Ela havia avisado a Carole que ele viria. Apesar de tentar evitar a todo custo, Mike desatou a chorar quando a abraçou. Parecia um urso grandalhão e carinhoso.

— Graças a Deus! — Foi tudo que ele conseguiu dizer a princípio e, então, finalmente se acalmou ao se afastar de Carole.

— Você é o Mike? — perguntou Carole lentamente, como se o visse pela primeira vez. — Stevie falou muito a seu respeito. Você foi maravilhoso para mim. — Ela pareceu agradecida, embora tivesse ficado sabendo dos detalhes por meio de outras pessoas.

— Adoro você, garota. Sempre adorei. Você é a mulher mais doce que eu conheço. — Ele precisou conter as lágrimas enquanto olhava para ela, que só conseguia sorrir. — Você era uma beleza quando tinha 18 anos — disse ele, todo orgulhoso. — E ainda é.

— Stevie falou que foi você quem me descobriu. Isso faz com que eu pareça um país, uma flor ou um pássaro raro.

— Você é um pássaro raro. E uma flor — disse ele, sentando-se na única cadeira confortável que havia no quarto, enquanto Stevie permaneceu de pé, ao seu lado, a pedido de Carole. Apesar de não se lembrar do que Stevie fazia por ela, Carole confiava em sua assistente e sentia-se segura e protegida pela jovem alta e de cabelos escuros.

— Adoro você, Carole — disse ele, agora convencido de que ela não o reconhecia. — Você tem um talento incrível. Fizemos grandes filmes juntos ao longo de todos esses anos. E vamos fazer mais, assim que você melhorar. — Mike era um agente muito respeitado e ativo desde que ingressara na indústria cinematográfica, havia meio século, quando Carole nasceu. — Mal posso esperar para ver você de volta a Los Angeles. Entrei em contato com os melhores médicos no Cedars-Sinai. — Os médicos em Paris iriam recomendar profissionais nos Estados Unidos, mas Mike gostava de se sentir útil e de estar no comando. — Então, por onde começamos? — perguntou, cheio de expectativas. Estava disposto a fazer o possível para ajudá-la. Sabia muito do início de sua carreira e de fatos anteriores à sua chegada a Hollywood. Mais que qualquer outra pessoa. Stevie havia explicado esses detalhes a Carole.

— Como nós nos conhecemos? — perguntou ela, ansiosa para ouvir a história.

— Eu estava comprando pasta de dentes em uma farmácia em Nova Orleans e fui atendido por você, a moça mais bonita que eu já vi na vida — explicou, em tom carinhoso.

Ele não mencionou a cicatriz no rosto de Carole, mas ela já a tinha visto, quando foi ao banheiro e se olhou no espelho. A princípio, ficara chocada, mas logo decidiu que não ligaria para aquilo. Ela estava viva, e aquela cicatriz era um pequeno preço a pagar por ter sobrevivido. Estava mais preocupada em recuperar a memória, e não com sua beleza perfeita.

— Então, convidei você para ir a Los Angeles fazer um teste — prosseguiu Mike. — Um tempo depois você me disse que

achou que eu fosse cafetão. — Ele era um homem alegre e, ao se lembrar desse fato, deu uma sonora risada. Já havia contado essa história um milhão de vezes. — Era a primeira vez que alguém me confundia com um cafetão — disse ele, rindo. Carole riu também. Ela já havia recobrado todo o seu vocabulário e entendera o termo.

— Você tinha acabado de chegar do Mississipi, da fazenda do seu pai, que havia morrido alguns meses antes. Vivia do dinheiro da venda da propriedade, nem me deixou pagar a passagem. Disse que não queria se sentir "em dívida" comigo. Tinha uma fala bem arrastada que eu adorava, mas que não soava bem nos filmes. — Carole acenou com a cabeça ao lembrar que Jason tinha dito a mesma coisa. Ela ainda mantinha um pouco da fala arrastada do Mississipi quando se casou com ele, mas já havia perdido o sotaque fazia muitos anos. — Você foi para Los Angeles, e o seu teste foi incrível.

— E antes disso? — perguntou Carole.

Ele a conhecia havia mais tempo do que qualquer pessoa, o que a fez pensar que ele poderia saber algo sobre sua infância. Jason tinha sido vago nesse ponto, pois não conhecia todos os detalhes.

— Não sei muito bem — disse ele, com franqueza. — Você falava muito do seu pai e de quando era pequena. Parece que ele era um bom pai e que você gostou de ter sido criada na fazenda, em uma cidade pequena nas redondezas de Biloxi. — Quando ele disse o nome da cidade, Carole teve um estalo. Ela não sabia exatamente por que, mas uma palavra lhe veio à memória:

— Norton — disse ela, surpresa, ao fitá-lo. Stevie também se surpreendeu.

— É isso mesmo. Norton — confirmou Mike, completamente admirado. — Havia porcos, vacas, frangos e... — Ela o interrompeu.

— Uma lhama — completou Carole, com uma expressão atordoada. Era a primeira coisa de que se lembrava sem a ajuda de ninguém.

Mike se virou para Stevie, que os observava atentamente. Carole assentiu com a cabeça enquanto fitava seu agente. Ele havia aberto uma porta que ninguém conseguira abrir.

— Meu pai uma vez me deu uma lhama de aniversário — prosseguiu Carole. — Ele dizia que ela era parecida comigo, porque eu tinha olhos grandes, cílios longos e um pescoço comprido. Ele costumava falar que eu tinha uma aparência engraçada. — Carole falava como se pudesse ouvi-lo. — O nome do meu pai era Conway. — Mike assentiu em silêncio, temendo interrompê-la. Algo importante estava acontecendo, e os três tinham consciência disso. Eram as primeiras recordações de Carole. Ela precisava voltar ao início. — Minha mãe morreu quando eu era pequena. Em cima do piano, havia uma foto dela comigo no colo. Ela era muito bonita. O nome dela era Jane, e eu pareço com ela — acrescentou, com lágrimas nos olhos. — Eu tinha uma avó chamada Ruth, que fazia biscoitos para mim e que morreu quando eu tinha 10 anos. A lembrança era nítida na mente de Carole.

— Eu não sabia — disse Mike, baixinho.

— Ela também era muito bonita. Meu pai morreu pouco antes da minha formatura. — Agora ela se lembrava com clareza. — O caminhão dele caiu numa vala. Então, disseram que eu tinha que vender a fazenda, e... — De repente, ela pareceu confusa e se virou para Stevie e Mike. — Depois não sei o que aconteceu.

— Você a vendeu e foi para Nova Orleans, onde nos conhecemos. — Ele a ajudou a se lembrar da história, mas ela queria extrair os fatos da própria mente. No entanto, não passou daquele ponto. Era tudo o que havia em sua memória. Por mais que se esforçasse, simplesmente não conseguia ir além. Mas já havia se lembrado de muita coisa em um curto espaço de tempo. Se fechasse os olhos, podia ver a foto de sua mãe e o rosto da vovó Ruth.

Durante mais algum tempo, eles conversaram sobre outras coisas, então Mike segurou a mão de Carole. Ele não disse nada, mas vê-la tão confusa o deixara arrasado. Ele rezou para que ela

recobrasse a memória e voltasse a ser a mulher inteligente, ativa, brilhante e talentosa que sempre fora. Era assustador imaginar que ela poderia ficar, para sempre, limitada, sem se lembrar de nada de seu passado. Ela também apresentava falhas de memória de fatos recentes e, caso não melhorasse, nunca mais poderia atuar de novo. Seria o fim de uma carreira importante e de uma mulher encantadora. Todos estavam preocupados; e, a seu próprio modo, Carole também. Ela lutava por cada fragmento de lembrança que pudesse adquirir, e a conversa com Mike resultara em uma importante vitória. Era a primeira vez que evocava tantos fatos de sua vida de forma extraordinária. Mike abrira portas que, até então, estavam fechadas, e Carole queria ir adiante.

Ela e Stevie conversaram sobre a volta a Los Angeles e sobre sua casa, cujos detalhes Carole não lembrava em absoluto. Conforme já tinha feito várias vezes, Stevie a descreveu. Quando falou sobre o jardim, ela olhou para a amiga e secretária de um modo estranho e disse:

— Acho que eu tinha um jardim em Paris.

— Exatamente — assentiu Stevie. — Você se lembra da casa em Paris?

— Não — respondeu Carole com um gesto negativo de cabeça. — Eu me lembro do celeiro do meu pai, onde ordenhava as vacas.

Algumas imagens começavam a surgir em sua mente, como peças de um quebra-cabeça. Mas a maior parte delas não se encaixava. *Será que, assim como Carole conseguiu se lembrar do jardim em Paris, vai se lembrar de Matthieu?*, Stevie se perguntou. Era difícil prever. Stevie chegava a torcer para que isso não acontecesse, já que ele a fizera sofrer tanto. Ela se lembrou de quanto Carole estava angustiada quando esvaziaram a casa.

— Quanto tempo você vai ficar em Paris? — perguntou Stevie a Mike.

— Só até amanhã. Eu queria ver minha garota, mas agora preciso voltar para Los Angeles.

Para um homem da sua idade, tinha sido uma viagem longa, principalmente para passar apenas uma noite. Mas ele teria dado a volta ao mundo por Carole sem pensar duas vezes, e foi exatamente isso que decidiu fazer assim que Stevie telefonou. Jason insistira para que ele aguardasse, Mike até se segurou por um tempo, mas estava louco para vê-la.

— Fico contente por você ter vindo — disse Carole, sorrindo. — Até então, eu não tinha conseguido me lembrar de nada.

— Você vai conseguir quando voltar para casa — disse Mike com uma confiança que não sentia, pois estava muito preocupado. Embora tivesse sido alertado sobre o estado de Carole, de alguma forma, para ele, a situação era pior do que esperava. Olhar no fundo dos seus olhos e saber que ela não se lembrava de nada, nem da carreira, nem das pessoas que a amavam, era muito triste. — Até eu, se ficasse isolado aqui, iria acabar tendo lapsos de memória.

Assim como Sean, Mike não gostava de Paris. A única coisa que apreciava era a comida. Quanto aos franceses, ele achava que eram pessoas difíceis para fazer negócios, além de serem desorganizados e até mesmo pouco confiáveis. Para ele, o que tornava a cidade suportável era o Ritz, que ele considerava o melhor hotel do mundo. Fora isso, sentia-se mais feliz nos Estados Unidos. E queria que Carole voltasse para Los Angeles a fim de que pudesse levá-la aos médicos que ele conhecia. Já tinha até marcado consulta com alguns dos melhores especialistas da cidade. Hipocondríaco assumido, era membro do conselho de dois hospitais e de uma faculdade de medicina.

Ele detestava a ideia de deixá-la e voltar para o hotel, mas via que Carole estava cansada. Ele também se sentia exausto. Passara a tarde toda tentando ativar um pouco mais a sua memória, com histórias dos seus primeiros passos em Hollywood, mas ela não se lembrava de nada, a não ser dos trechos da sua infância, no Mississipi. Só conseguia se recordar de fatos ocorridos até seus 18 anos, quando deixara a fazenda, o que, de qualquer maneira, já era um começo.

Conversar durante muitas horas ainda era uma atividade cansativa para Carole, e tentar forçar a memória a deixava exaurida. Ela estava quase adormecendo quando Mike se preparava para ir embora. Antes de sair, porém, ele parou ao lado dela por um momento, acariciando seu longo cabelo loiro.

— Adoro você, garota. — Ele a chamava de garota desde que a conhecera. — Agora trate de melhorar e voltar logo para casa. Estarei esperando por você em Los Angeles — disse novamente, se controlando para conter as lágrimas ao abraçá-la. Em seguida, foi embora. Um motorista o aguardava para levá-lo ao hotel.

Stevie ficou no quarto até Carole cair no sono e então foi embora. Quando chegou ao hotel, Mike telefonou para o quarto dela, aflito.

— Minha Nossa! — desabafou. — Ela não se lembra de nada mesmo.

— A lhama, sua cidade natal, sua avó, a foto da mãe e o celeiro do pai foram os primeiros raios de esperança até agora. Acho que a sua visita foi muito proveitosa — disse Stevie, do fundo do coração.

— Espero que ela consiga recuperar a memória.

Mike desejava que ela voltasse a ser a mulher de antes e retomasse sua carreira. Não queria que as coisas terminassem daquela forma, com Carole debilitada por uma lesão cerebral.

— Eu também — concordou Stevie.

Em seguida, Mike contou-lhe que, quando estava saindo do hospital, concedera uma breve entrevista a um jornalista americano que, ao reconhecê-lo, quis saber sobre o estado de Carole e perguntou se ele tinha ido lá para vê-la. Ele confirmou aquilo e contou que ela estava melhorando. Disse ao repórter também que ela já se lembrava de quase de tudo. Tentava evitar que o rumor de que ela havia perdido a memória se espalhasse. Achava importante para a carreira dela montar um quadro favorável da sua recuperação. Stevie não tinha certeza se ele estava certo, mas sabia que aquela atitude não iria piorar a

situação. Carole não falava com os repórteres, e os médicos não tinham autorização para dar entrevistas, portanto ninguém tinha como saber a verdade. Embora sua maior preocupação fosse com Carole, Mike não se descuidava da carreira dela.

Uma breve reportagem sobre a conversa com o jornalista foi publicada em todas as redes de notícias da Associated Press, no dia seguinte, e nos jornais do mundo todo. "A estrela Carole Barber se recupera em Paris e já recobrou a memória", segundo Mike Appelsohn, produtor e agente da atriz. A matéria dizia também que ela voltaria para Los Angeles em breve, para retomar a carreira, sem mencionar o fato de que não fazia um filme havia três anos. Dizia apenas que tinha recuperado a memória, o que, para Mike, era o mais importante. Como sempre fizera, Mike Appelsohn a protegera, sem deixar de lado os interesses dela.

11

Durante os dias que se seguiram à visita de Mike, Carole ficou debilitada por causa de um forte resfriado. Como se não bastassem o dano neurológico que tentava superar e a necessidade de reaprender a andar, ela também estava vulnerável a enfermidades comuns, como qualquer outra pessoa. Além de dois fisioterapeutas que acompanhavam seu caso, um fonoaudiólogo a atendia todos os dias. Estava caminhando com mais desenvoltura, porém o resfriado a deixava enfraquecida. Stevie também estava resfriada e, para evitar que Carole piorasse, ficou no hotel, repousando. O médico do Ritz a examinou e prescreveu antibióticos, caso ela piorasse. Estava com uma forte sinusite e uma tosse terrível, então telefonou para Carole, que estava praticamente tão mal quanto ela.

A nova enfermeira de serviço a deixava sozinha na hora do almoço, e Carole se sentia solitária sem Stevie por perto para conversar. Então, pela primeira vez desde que acordara do coma, ligou a televisão para assistir ao noticiário na CNN. Pelo menos seria uma distração. Ainda não conseguia se concentrar o suficiente para ler um livro. Se ler, para ela, era muito difícil, escrever era ainda pior. Sua caligrafia também fora afetada. Já fazia um tempo que Stevie se dera conta de que ela não poderia escrever o livro tão cedo, mas não tocou no assunto. Afinal, Carole não teria como retomá-lo agora, já que não se lembrava da trama, e seu computador estava no hotel. Tinha coisa mais importante com que se preocupar. Mas, por enquanto, Carole estava gostando de ver televisão quando ficava sozinha. A nova enfermeira não era boa companhia; além disso, parecia meio austera.

Com o som da televisão, Carole não ouviu a porta do quarto se abrir e se assustou ao ver uma pessoa ao pé de sua cama. Quando virou a cabeça, lá estava ele, observando-a. Era um jovem de jeans, que parecia ter uns 16 anos. Tinha a pele escura e os olhos grandes e amendoados. Ao olhar para o rapaz, percebeu que ele parecia malnutrido e assustado. Não conseguia entender o que ele, que não tirava os olhos dela, queria em seu quarto. Carole presumiu que o segurança o deixara entrar. Provavelmente era um entregador que tinha ido levar flores para ela, mas não viu nenhum buquê. Carole tentou falar com ele em francês, mas o rapaz não deu sinais de que estava entendendo. Então, ela resolveu lhe perguntar algo em inglês. Não sabia sua nacionalidade.

— Posso ajudá-lo? Você está procurando alguém? — Quem sabe ele estivesse perdido, ou fosse um fã. Não seria a primeira vez que um fã ia ao hospital tentar vê-la, embora o segurança fosse orientado a barrar a entrada de estranhos.

— Você é uma estrela do cinema? — perguntou ele, com um sotaque indefinido. O rapaz parecia espanhol ou português, mas ela não se lembrava de nada do idioma espanhol. Também poderia ser italiano. Tinha a pele bem morena.

165

— Sim, sou — respondeu Carole com um sorriso. Ele parecia muito jovem. Estava com uma jaqueta larga, que parecia ter o dobro do seu tamanho, por cima de um suéter azul-marinho. Usava tênis de corrida, como os que Anthony costumava usar, só que estavam rasgados. Seu filho dizia que eram seus sapatos da sorte e os trouxera para Paris. Mas aquele garoto parecia não ter nada melhor para usar. — O que você está fazendo aqui? — perguntou ela, em tom amável, imaginando que ele poderia querer um autógrafo. Já havia distribuído alguns no hospital, embora com péssima caligrafia. Sua assinatura atual não tinha nenhuma semelhança com sua letra habitual. Era outra sequela do atentado. Escrever ainda era uma tarefa difícil.

— Procurando você — respondeu ele, sem rodeios, encarando-a.

Carole sabia que nunca o tinha visto antes. No entanto, havia algo em seus olhos que ela lembrava. Em sua mente, surgiu a imagem de um carro e o rosto de um jovem na janela, fitando-a. Nesse momento, ela soube. Ela o vira no túnel, no carro ao lado do táxi em que estava antes da explosão. Ele havia saltado do veículo e fugido. Em seguida, tudo irrompeu em fogo, e, segundos depois, ela não viu mais nada.

No mesmo instante em que a visão surgiu em sua mente, Carole viu o rapaz tirar uma faca da jaqueta. A faca tinha uma lâmina curva, longa e assustadora, e um cabo de osso. Era uma arma funesta. Quando ele deu um único passo em sua direção, ela o fitou assustada e pulou para o outro lado da cama.

— O que você está fazendo? — gritou ela, apavorada, de pé, vestida com a camisola do hospital.

— Você se lembra de mim, não é? O jornal diz que você recuperou a memória. — Ele parecia quase tão apavorado quanto ela, ao esfregar a lâmina na calça.

— Não, não me lembro de você — disse ela, com a voz trêmula, rezando para que suas pernas a mantivessem de pé. Estava muito perto de um botão que ficava na parede de trás e devia

ser usado em caso de emergência. Se conseguisse alcançá-lo, poderia se salvar. Caso contrário, aquele jovem iria cortar sua garganta, não havia a menor dúvida disso. O rapaz tinha a gana de matar estampada nos olhos.

— Você é atriz e uma mulher depravada. Uma piranha — gritou ele, no quarto silencioso. Carole recuava, tentando se afastar, enquanto ele investia contra ela.

De repente, ele passou por cima da cama, agitando a faca, e, nesse instante, ela apertou o botão preto com toda a sua força. Carole ouviu um alarme disparar no corredor, no momento em que o agressor esticou o braço e tentou agarrar seu cabelo, chamando-a de piranha novamente. Então, ela atirou a bandeja do almoço no rosto dele, fazendo-o perder o equilíbrio. Nesse momento, quatro enfermeiras e dois médicos invadiram o quarto, esperando encontrar uma emergência médica e, em vez disso, se depararam com o agressor com a faca na mão, que se voltara perigosamente na direção deles, ainda tentando alcançar Carole. Queria matá-la antes de ser detido. Mas os dois médicos conseguiram agarrar os braços do rapaz e o jogaram no chão, enquanto uma das enfermeiras correu para buscar ajuda. Em poucos segundos, um segurança entrou no quarto e, literalmente, arrancou o agressor das mãos dos médicos. A faca havia caído em um canto, e o segurança imobilizou o jovem e o algemou. Carole deixou-se escorregar lentamente até o chão, tremendo da cabeça aos pés.

Agora, conseguia se lembrar de tudo: do táxi, do carro ao lado, dos homens rindo no banco dianteiro e buzinando para o carro à frente; o rapaz no banco de trás fitando-a e fugindo em seguida, para fora do túnel... as explosões... o fogo... seu corpo voando pelos ares... e depois a escuridão infinita que se apoderara dela... Estava tudo claro como água. Ele tinha ido ao hospital com a intenção de matá-la, após ter visto a declaração de Mike nos jornais garantindo que a famosa atriz havia recobrado a memória. Ele ia cortar sua garganta para que ela não pudesse identificá-lo. A única coisa que ela não sabia era como ele tinha passado pelo segurança, que ficava de prontidão na porta do quarto.

Após alguns minutos, sua médica chegou para examiná-la e a ajudou a voltar para a cama. Ela estava aliviada por encontrá-la ilesa, embora traumatizada e trêmula. Àquela altura, o agressor já havia sido levado pela polícia.

— Você está bem? — perguntou a médica, preocupada.

— Acho que sim... não sei... — respondeu Carole, ainda tremendo. — Lembrei... lembrei de tudo quando o vi... no túnel. Ele estava no carro ao lado do meu táxi e olhou para mim antes de fugir. — Carole tremia tanto que não parava de bater os dentes. Então, a médica pediu a uma enfermeira que providenciasse cobertores quentes, que chegaram imediatamente.

— Do que mais você se lembra? — perguntou.

— Não sei.

Carole parecia estar em choque. A médica pôs o cobertor sobre seus ombros e insistiu para que ela desse detalhes.

— Você se lembra do seu quarto em Los Angeles? De que cor ele é?

— Amarelo, eu acho.

Quase podia vê-lo, mas não nitidamente. Ainda estava tudo nebuloso.

— Sua casa tem jardim?

— Tem.

— Como é esse jardim?

— Há uma fonte... um lago... rosas que eu plantei... vermelhas.

— Você tem cachorro?

— Não. Ela morreu. Há muito tempo.

— Você se lembra do que estava fazendo antes do atentado? — A médica a estimulava ao máximo, aproveitando-se das portas que tinham se aberto em sua mente, destrancadas pelo rapaz que havia tentado matá-la com uma faca.

— Não — respondeu ela, mas, logo em seguida, conseguiu lembrar. — Sim... eu tinha ido ver minha antiga casa... perto da rua Jacob.

Recordou-se claramente do endereço, de ir andando até lá, de pegar um táxi para voltar ao hotel e de ficar presa no trânsito, dentro do túnel.

— Como é essa casa?

— Não sei, não consigo lembrar — disse Carole, baixinho, então outra voz respondeu por ela.

— É uma casa pequena que fica no centro de um pátio, com um jardim e janelas bonitas. Tem um telhado de mansarda e janelas *oeil de boeuf* no andar de cima.

Era Matthieu quem estava ao lado da cama, com uma expressão furiosa. Ela olhou para ele chorando e, ao mesmo tempo, aliviada. Estava confusa. Matthieu olhou para a médica, que estava do outro lado da cama.

— O que aconteceu aqui? — perguntou ele, com a voz tensa. — Onde o segurança estava?

— Houve um imprevisto. Ele saiu para almoçar e a enfermeira também. O rapaz que ficaria em seu lugar não chegou.

— A médica estava aflita diante da fúria de Matthieu, que era perfeitamente justificável.

— E ele a deixou sozinha? — gritou o francês.

— Sinto muito, *monsieur le ministre*, não acontecerá de novo. — A voz dela era fria como gelo. Por mais perturbado que estivesse, Matthieu de Billancourt não a assustava. Ela só se preocupava com sua paciente, e com o horror que havia passado nas mãos do jovem árabe.

— Aquele rapaz veio aqui para matá-la. Ele era um dos terroristas que colocaram a bomba no túnel. Ele deve ter lido aquela matéria estúpida no jornal de ontem que falava que Carole tinha recuperado a memória. A partir de hoje, quero dois seguranças na porta, dia e noite.

Ele não tinha nenhuma autoridade no hospital, mas até a médica reconhecia que suas ordens faziam sentido.

— E, se o hospital não consegue protegê-la de forma apropriada, que a mande de volta ao hotel.

— Cuidarei disso — assegurou-lhe a médica.

Ela mal acabara de falar quando o diretor do hospital entrou no quarto. Matthieu o chamara imediatamente, assim que vira o terrorista sendo conduzido, algemado, para fora do hospital. A polícia lhe explicou o que tinha acontecido, então ele subiu as escadas correndo até o quarto de Carole. Tinha ido visitá-la e fez um escândalo quando descobriu o que o agressor havia feito. Se ela não tivesse conseguido acionar o alarme, estaria morta agora.

Em um inglês arrastado, o diretor do hospital perguntou a Carole se ela estava bem e saiu apressadamente, um minuto depois, para repreender os funcionários da segurança. A última coisa que eles precisavam era de uma estrela de Hollywood assassinada no hospital, algo que atrairia muita mídia negativa.

Após dar um sorriso amável para Carole e lançar um olhar frio para Matthieu, a médica saiu do quarto. Ela não gostava de receber ordens de leigos, mesmo sendo ex-ministros, embora, nesse caso, admitisse que o homem tinha razão. Afinal, Carole quase fora assassinada. Havia sido um verdadeiro milagre o agressor não ter conseguido matá-la. Imagens horripilantes vieram à sua mente. Se ele tivesse entrado no quarto enquanto Carole estivesse dormindo, as coisas teriam sido diferentes.

Matthieu sentou-se na cadeira ao lado da cama de Carole, acariciou sua mão e olhou para ela com uma expressão doce, totalmente diferente do modo como se dirigira à equipe do hospital. Ele tinha ficado indignado com a falha na segurança. Ela poderia ter sido facilmente assassinada. Ele agradeceu a Deus isso não ter acontecido.

— Eu tinha planejado visitá-la hoje — disse ele, baixinho. — Quer que eu vá embora? Você não parece bem.

Ela fez que não com a cabeça.

— Estou resfriada. Ao fitá-lo, Carole de repente sentiu um lampejo de reconhecimento. Aqueles eram os olhos que tanto havia amado no passado. No entanto, os detalhes do que havia acontecido entre eles não lhe vinham à mente, e ela não tinha

certeza se queria ter essas recordações. Mas se lembrava do carinho e do sofrimento, além de uma intensa paixão. Ainda estava trêmula em virtude do choque, ficara apavorada. Mas ele a fazia se sentir protegida e segura. Matthieu era um homem poderoso em muitos aspectos.

— Quer um chá? — perguntou ele, e ela aceitou.

No quarto, havia uma garrafa térmica com água quente e uma caixa com saquinhos de seu chá preferido, que Stevie trouxera do hotel. Ele o preparou do jeito que ela gostava: nem muito forte nem muito fraco. Então, entregou-lhe a xícara. Ciente de quem estava no quarto com Carole, a enfermeira os deixara sozinhos. Naquele momento, a famosa atriz estava segura e não precisava de cuidados médicos urgentes. A enfermeira estava do lado de fora para assegurar a comodidade de Carole, e não por necessidade extrema.

— Você se incomoda se eu tomar uma xícara também? — perguntou o francês. Carole balançou a cabeça, e ele preparou outra xícara para ele. Enquanto Matthieu se servia, ela se lembrou de que conhecera aquele chá através dele, que lhe dera uma caixinha de presente. Sempre o tomavam juntos.

— Estive pensando muito em você — disse ele, após beber um gole do chá de baunilha. Até aquele momento, Carole não havia dito uma palavra. Ainda estava muito assustada com os últimos acontecimentos.

— Estive pensando em você também — admitiu ela. — Não sei por quê. Tenho tentado me lembrar, mas simplesmente não consigo.

Ela conseguia se lembrar de algumas coisas, mas não se recordava dele. De nenhum detalhe. A não ser daqueles olhos expressivos e do amor que sentira por ele no passado. Só isso. Continuava sem saber quem ele era, ou por que todo mundo ficava agitado quando aquele homem se aproximava dela. Acima de tudo, não se lembrava de ter morado com ele, nem de como tinha sido a vida dos dois, exceto pelo detalhe do chá, que acabara de recor-

dar. Tinha a sensação de que ele lhe preparara chá anteriormente. Muitas vezes. Principalmente no café da manhã, servido em uma mesa na cozinha, onde a luz do sol entrava pela janela.

— Você se lembra de como nos conhecemos?

Ela fez que não com a cabeça. Sentia-se um pouco melhor depois da bebida quente. Então, apoiou a caneca vazia na mesa e se deitou novamente. Matthieu estava muito próximo, mas ela não se incomodou. Sentia-se segura ao seu lado e não queria ficar sozinha.

— Nós nos conhecemos quando você estava fazendo um filme sobre Maria Antonieta — continuou ele. — O ministro da Cultura iria oferecer uma recepção no Quai d'Orsay. Ele era um velho amigo meu e insistiu para que eu fosse. Eu não queria ir, porque tinha outro compromisso naquela noite, mas ele fez um drama tão grande que acabei aceitando o convite. E você estava lá. Extremamente linda. Tinha ido direto do set de filmagem e ainda estava vestida com o figurino do filme. Nunca vou me esquecer disso. Maria Antonieta nunca foi tão bonita.

Carole sorriu ao se lembrar vagamente do figurino e do espetacular teto pintado no Quai d'Orsay. Mas não se lembrou dele.

— Era primavera. Você precisava voltar ao set depois da festa e devolver o figurino. Eu a levei até lá e, depois que você trocou de roupa, demos uma volta na margem do Sena. Ficamos sentados à beira do rio conversando durante um bom tempo. Era como se o céu tivesse caído sobre mim, e você disse que sentia o mesmo.

Ele sorriu com a lembrança, e seus olhares se cruzaram novamente.

— Foi um *coup de foudre* — disse ela, em um sussurro. Essas tinham sido as palavras dele depois daquela primeira noite... *coup de foudre*... raio de luz... amor à primeira vista. Ela se lembrou das palavras, mas não do que tinha acontecido depois.

— Conversamos durante muitas horas. Ficamos acordados até a hora de você ter que voltar para o set, às cinco da manhã.

Foi a noite mais emocionante da minha vida. Você me contou que seu marido a tinha deixado por outra mulher. Pelo que me lembro, era uma moça bem jovem, russa, que estava grávida dele. Você estava arrasada, e conversamos sobre o assunto por horas. Acho que você o amava muito.

Ela assentiu em silêncio, pois tivera a mesma impressão quando conversara com Jason. Era estranho ter de depender de todo mundo para saber como se sentia na época. Espontaneamente, não tinha nenhuma lembrança. Principalmente em relação a Jason. Em relação a Matthieu, porém, alguns sentimentos, mais do que fatos propriamente ditos, começavam a surgir em sua memória. Carole sabia que o amava e se lembrava da emoção daquela primeira noite.

Ela se recordou vagamente de voltar ao set sem ter dormido. Mas não sabia como Matthieu era na época. Na realidade, ele tinha mudado bem pouco, exceto pelo cabelo grisalho, que, na ocasião, era bem escuro, quase preto. Ele tinha 50 anos quando os dois se conheceram e era um dos homens mais poderosos da França. Era temido por muita gente, mas não por Carole. Ele nunca a intimidara, pois a amava demais. Tudo o que queria era protegê-la, exatamente como estava fazendo agora. E não admitia que ninguém a magoasse. Carole percebia todas essas emoções ao vê-lo ao seu lado, falando sobre o passado.

— No dia seguinte, convidei-a para jantar — prosseguiu ele —, e fomos a um lugar sem graça do meu tempo de estudante. Passamos a noite toda conversando novamente e nos divertimos muito. Não parávamos de falar. Era a primeira vez na vida que eu me abria com alguém daquele jeito. Contei tudo a você: meus sentimentos, meus segredos, meus sonhos e meus desejos, e algumas coisas que não deveria ter contado sobre o meu trabalho. Você nunca traiu a minha confiança. Nunca. Confiei em você completamente, desde o princípio, e nunca me decepcionei.

"Nós nos vimos todos os dias até seu último dia de gravação, cinco meses depois. Você estava em dúvida se voltaria para

Nova York ou para Los Angeles, e eu pedi que ficasse em Paris Àquela altura, estávamos profundamente apaixonados, e você concordou em ficar. Encontramos uma casa, aquela perto da rue Jacob, e fomos a alguns leilões para comprar a mobília. Construí uma casa na árvore para o Anthony brincar, no jardim, e ele gostou tanto dela que passou o verão todo fazendo todas as refeições lá. Viajamos para o sul da França quando as crianças foram visitar o pai. Íamos a todos os lugares juntos. Eu ficava com você todas as noites. Naquele verão, passamos duas semanas num veleiro, no Sul. Acho que nunca fui tão feliz. Foram os melhores dias da minha vida.

Carole assentiu em silêncio. Não se lembrava dos fatos, apenas dos sentimentos. E também tinha a sensação de que aqueles dias tinham sido mágicos. Pensar nisso lhe trazia conforto, mas havia algo mais, podia sentir que tinha algo errado. Seus olhos procuraram os dele, então ela se lembrou e disse em voz alta:

— Você era casado — falou ela, com tristeza.

— Era. O meu casamento tinha acabado havia muitos anos, meus filhos já estavam crescidos. Minha esposa e eu éramos como estranhos um para o outro, não vivíamos juntos mais fazia dez anos quando conheci você. Eu já ia deixá-la antes mesmo de conhecer você. Prometi que faria isso. E estava falando sério. Queria fazer as coisas de uma forma discreta, sem constrangimentos para nenhum dos lados. Conversei com a minha esposa, e ela me pediu que esperasse. Temia a humilhação e o escândalo que poderia sofrer por ter sido trocada por uma atriz de cinema famosa. Seria doloroso demais para ela, e provavelmente a imprensa faria uma festa com isso, então concordei em esperar seis meses. Você se mostrou bem compreensiva. Não pareceu se importar. Éramos felizes e morávamos na nossa pequena casa. Eu adorava os seus filhos e acho que eles gostavam de mim também, pelo menos no começo. Você era tão jovem, Carole. Tinha 32 anos quando nos conhecemos; e

eu, 50. Eu tinha idade para ser seu pai, mas me sentia como um garoto novamente quando estava com você.

— Eu me lembro do barco — comentou ela, baixinho — no sul da França. Fomos a Saint Tropez e ao antigo porto, em Antibes. Acho que fui muito, muito feliz com você.

— Nós dois fomos muito felizes. — Matthieu parecia triste ao se lembrar de tudo o que acontecera depois.

— Algo aconteceu. Você teve que viajar.

— Exatamente — concordou ele, surpreso por ela ter se lembrado. Ele mesmo já havia praticamente esquecido, embora tivesse sido um momento doloroso na época. Ele recebera uma mensagem de rádio no barco. Teve que deixá-la no aeroporto, em Nice, e embarcou em um avião militar.

— Por que você foi embora? Acho que alguém tinha levado um tiro, não foi? Quem tinha sido baleado?

— O presidente da França. Ele sofreu uma tentativa de assassinato durante a parada militar do Dia da Bastilha, na Champs-Élysées. Eu deveria estar lá, mas fui viajar com você.

— Você trabalhava para o governo... alto escalão e secreto. Qual era o seu cargo? ... Algo a ver com polícia secreta? — perguntou ela, hesitante.

— Esse era um dos meus deveres. Eu era ministro do Interior — respondeu ele em voz baixa.

Carole acenou com a cabeça. Havia muita coisa que não lembrava sobre a própria vida, mas essa informação lhe veio à memória. Eles conduziram o barco até o porto e foram para o aeroporto de táxi. Minutos depois, o casal se despediu. Ela ficou observando o avião militar decolar e depois voltou para Paris sozinha. Na ocasião, ele se desculpou por ter de deixá-la daquela forma. Estava cercado por soldados armados, mas Carole não se intimidou, embora parecesse uma cena estranha.

— Houve outro episódio parecido mais tarde... alguém foi ferido e você me largou em algum lugar, no meio de uma viagem... estávamos esquiando, e você partiu de helicóptero.

Ela ainda podia ver o helicóptero levantando voo, espalhando neve por todos os lados.

— O presidente teve um ataque cardíaco, e eu viajei para ficar com ele.

— Foi aí que terminamos, não foi? — perguntou ela, com uma expressão triste.

Ele confirmou, a princípio em silêncio, ao se recordar dessa parte. Aquele tinha sido o incidente que o fizera cair em si e compreender que não poderia largar seu emprego, e que pertencia à França. Por mais que a amasse e estivesse disposto a abandonar tudo por ela, seu país e sua missão eram a sua vida. Por fim, viu que não conseguiria agir de outra forma. Os dois ficaram juntos por mais algum tempo, mas não muito. Além disso, sua esposa também andava causando problemas. Tinha sido uma época insuportável, para ambos.

— Sim, foi praticamente o fim do nosso relacionamento. Entre esses dois eventos, houve um intervalo de dois anos e vários momentos maravilhosos.

— É tudo de que me lembro — disse ela, olhando para ele e imaginando como teriam sido aqueles dois anos. Tinha a sensação de que haviam sido emocionantes, exatamente como Matthieu parecia ser, porém difíceis também. Conforme ele mesmo afirmara, sua vida era bastante complicada. A política e as responsabilidades inerentes ao cargo que ocupava eram seu próprio sangue. Mas, durante algum tempo, ela também foi importante. Carole fora o coração que o mantinha vivo.

— Passamos o nosso primeiro Natal em Gstaad, com as crianças. E, logo depois, você começou a fazer outro filme, na Inglaterra. Eu viajava todo fim de semana para vê-la. Quando você voltou, eu estava preparado para falar com o advogado e dar entrada no pedido de divórcio, mas minha mulher, mais uma vez, implorou que eu esperasse. Disse que não conseguiria enfrentar a separação. Estávamos casados havia 29 anos, e eu achava que devia algo a ela. No mínimo um pouco de respeito,

pois já não a amava mais. Ela sabia disso, tinha plena consciência de quanto eu gostava de você e não tinha ressentimentos. Foi muito compreensiva em relação a isso. Eu planejava deixar meu emprego no governo naquele ano, teria sido o momento perfeito para me divorciar, mas logo fui nomeado para mais um mandato. A essa altura, estávamos juntos fazia um ano, o ano mais feliz da minha vida. Você aceitou esperar mais seis meses. Eu estava mesmo decidido a me divorciar, e Arlette prometera não interferir em nosso relacionamento. Mas então vieram à tona alguns escândalos no governo envolvendo outras pessoas, e senti que não seria o momento apropriado para pedir o divórcio. Então, prometi que, se me desse mais um ano, eu me demitiria e iria para os Estados Unidos com você.

— Você nunca teria feito isso. Ficaria deprimido em Los Angeles.

— Eu sentia que tinha uma dívida em relação ao meu país... e à minha esposa... não podia simplesmente abandoná-los sem cumprir o meu dever, mas pretendia ir embora com você. Foi quando... — ele fez uma pausa, e Carole se lembrou do que tinha acontecido. — Algo terrível aconteceu...

— Sua filha morreu... em um acidente de carro... eu me lembro disso... foi... horrível.

Os dois se entreolharam, então ela segurou a mão dele.

— Ela tinha 19 anos. Tinha ido esquiar com alguns amigos. Você foi incrível comigo, mas eu não podia deixar Arlette naquelas circunstâncias. Seria desumano.

Carole lembrou que, na época, ele tinha dito exatamente a mesma coisa.

— Você vivia me dizendo que a deixaria. Desde o início. Dizia que o seu casamento já tinha acabado, só que, na verdade, não era bem assim... você achava que tinha uma dívida com a sua esposa. Ela sempre queria mais seis meses, e você cedia todas as vezes. Ficou o tempo todo do lado dela, e não do meu. Isso está nítido na minha mente agora. Eu ficava sempre

esperando. Você vivia comigo, mas continuava casado com ela; e com o seu país. Era sempre a mesma história: precisava dar mais um ano para seu país e mais seis meses para sua esposa, e nisso se passaram dois anos. — Carole olhou para ele, surpresa pelo que acabara de se lembrar. — Eu engravidei. — Matthieu assentiu em silêncio, com uma expressão de angústia. — E pedi para você se divorciar, não foi? — Ele concordou novamente, parecendo humilhado. — Na época, havia uma cláusula de moralidade no meu contrato. Se alguém descobrisse que eu vivia com um homem casado e que estava grávida, minha carreira estaria acabada. Eu teria sido rejeitada ou, no mínimo, ficaria sem trabalho. Arrisquei tudo por você — disse ela com o olhar triste.

Ambos tinham consciência dos riscos que envolviam o relacionamento. A França teria perdoado Matthieu por ter uma amante e trair a esposa. Carole, porém, não teria a mesma sorte, e as consequências para ela seriam desastrosas. Os Estados Unidos, ou no mínimo a indústria cinematográfica, não a perdoariam por se envolver com um homem casado. O relacionamento deles acabaria virando um escândalo. Ainda por cima, com um filho fora do casamento. A cláusula de moralidade em seu contrato era extremamente rígida, e ela ficaria marginalizada da noite para o dia. Carole resolvera correr o risco porque ele lhe garantiu que iria se divorciar, mas nunca sequer contratou um advogado. Matthieu sempre cedia à pressão da esposa. Apenas continuou ganhando tempo com Carole.

— O que aconteceu com o bebê? — perguntou ela com a voz embargada, erguendo os olhos para ele. Algumas coisas permaneciam obscuras em sua mente, embora se recordasse de alguns fatos.

— Você o perdeu. Era um menino. Você ia completar seis meses de gravidez, mas caiu da escada quando estava montando a árvore de Natal. Tentei segurá-la, mas não consegui. Você passou três dias no hospital e acabou perdendo a criança.

Chloe nunca soube que você ficou grávida, mas Anthony sabia. Nós contamos tudo para ele. Ele me perguntou se íamos nos casar, e eu respondi que sim. Então minha filha morreu... Arlette teve uma crise nervosa e me pediu mais tempo, ameaçou até se suicidar. Como você tinha perdido o bebê, não havia pressa para nos casarmos. Implorei a você que entendesse. Eu ia pedir demissão na primavera e achei que, até lá, Arlette estaria pronta para enfrentar a separação. Eu precisava de mais tempo, ou, pelo menos, foi isso que falei. — Ele olhou para Carole com ar pesaroso. — No fim das contas, acho que você fez a coisa certa — reconheceu ele, embora fosse doloroso admitir a verdade. — Acho que eu não iria mesmo me separar. Eu queria, de verdade. Achava que ia conseguir, mas estava enganado. Não consegui nem deixar minha mulher nem meu emprego. Depois que você foi embora de Paris, ainda se passaram seis anos até eu me aposentar. E não sei se poderia, algum dia, ter deixado Arlette. Sempre haveria algo, alguma razão para que eu não a deixasse. Acho até que ela não me amava mais; pelo menos não da forma como eu e você nos amávamos. Só não queria me perder para outra mulher. Se você fosse francesa, teria aceitado essa situação, mas, como não era, você achava que era tudo mentira, e em parte tinha razão. Hoje vejo que não tinha coragem de confessar que não podia cumprir com a minha promessa. Eu mentia mais para mim mesmo do que para você. Quando eu disse que iria me divorciar, estava falando sério. Eu te odiei por me abandonar. Achei que você estava se vingando de mim. Mas entendi por que agiu assim. Eu iria acabar te magoando ainda mais. Os últimos seis meses que passamos juntos foram um pesadelo: brigas constantes, choro constante. Você ficou arrasada depois que perdeu o bebê, e eu também.

— O que aconteceu? O que me fez ir embora?

— Outro dia, outra mentira, outro atraso. Um belo dia você acordou e começou a fazer as malas. Só esperou o ano escolar terminar. Eu não tinha feito nada em relação ao divórcio e fui

convidado a cumprir outro mandato no ministério. Tentei lhe explicar a situação, mas você não quis nem me ouvir. Partiu uma semana depois. Quando a levei ao aeroporto, ambos estávamos inconsoláveis. Você me pediu que telefonasse, se eu conseguisse o divórcio. Eu telefonei, mas não tinha me divorciado e ainda estava trabalhando. Precisavam de mim lá. E Arlette também. Ela não me amava mais, mas estávamos acostumados um com o outro. E ela achava que era meu dever lhe dar apoio.

"Depois que você foi para Los Angeles, liguei várias vezes, e um dia você parou de me atender. Soube que acabou vendendo a casa em Paris. Um dia, eu fui lá para ver com meus próprios olhos e fiquei arrasado ao recordar os momentos felizes que passamos naquele lugar."

— Eu fui lá no dia do atentado no túnel. Estava voltando para o hotel quando tudo aconteceu.

A casa fora um refúgio para ambos, um abrigo, o ninho de amor que haviam compartilhado e onde conceberam um filho. Carole não podia deixar de imaginar o que teria acontecido caso o bebê deles tivesse sobrevivido. Perguntava a si mesma se Matthieu teria enfim se divorciado. Provavelmente não. Ele era francês, e era comum para os homens na França terem amantes e filhos fora do casamento. Faziam isso havia séculos, nada tinha mudado. Ainda era uma prática aceitável, mas não para Carole. Mesmo sendo uma atriz famosa, ela havia sido criada em uma fazenda no Mississipi e não queria viver com o marido de outra mulher. Deixara isso bem claro desde o princípio.

— Nunca deveríamos ter nos envolvido — afirmou Carole, olhando para ele, com a cabeça no travesseiro.

— Não tínhamos escolha — disse Matthieu sem rodeios. — Estávamos muito apaixonados.

— Não acredito nisso — disse ela em tom firme. — Acho que as pessoas sempre têm escolhas. Nós tivemos e fizemos as erradas, mas pagamos um alto preço por isso. Não tenho certe-

za, mas acho que nunca o esqueci. Fiquei remoendo tudo o que houve por um longo tempo, até conhecer meu último marido.

As lembranças lhe surgiam claramente agora.

— Há uns dez anos, li nos jornais que você havia se casado — disse ele. Carole fez um gesto afirmativo com a cabeça. — Fiquei feliz por você — acrescentou Matthieu com um sorriso triste — e com ciúmes. Ele é um homem de sorte.

— Era. Morreu há dois anos; de câncer. Todo mundo o considerava uma pessoa maravilhosa.

— Por isso Jason estava aqui. Agora entendo.

— Ele teria vindo de qualquer forma. Ele também é um bom homem.

— Você não pensava assim há 18 anos — comentou Matthieu, parecendo irritado. Não tinha certeza se Carole teria dito o mesmo a seu respeito agora, depois de tantos anos. Na época, ela achava que ele não tinha sido correto, que havia mentido e a enganado. Além disso, Carole o acusara de ser uma pessoa desonesta e sem princípios. Aquilo o deixou profundamente triste. Ninguém jamais o acusara de agir assim, mas ela estava certa.

— Agora acho que ele é uma boa pessoa — disse Carole, referindo-se a Jason. — No fim, todos nós pagamos pelos nossos pecados. A modelo russa o abandonou quando eu fui embora de Paris.

— Ele tentou voltar para você? — perguntou Matthieu, com curiosidade.

— Ao que parece, sim. Ele diz que eu não aceitei. Provavelmente ainda estava apaixonada por você.

— E você se arrepende disso?

— Sim — respondeu ela sem rodeios. — Perdi dois anos e meio da minha vida com você e provavelmente outros cinco tentando esquecê-lo. É muito tempo para se dedicar a um homem que não acabaria não se separando da esposa. — Ao pensar nisso, ela se perguntou o que teria acontecido com Arlette. — E ela, por onde anda?

181

— Morreu tem um ano, após passar um longo período doente. Ficou muito mal nos últimos três anos de vida. Foi sorte eu estar ao lado dela. Devia isso à Arlette. Fomos casados por 46 anos. Não era o casamento dos meus sonhos, nem o relacionamento que idealizei quando me casei com ela, aos 21 anos, mas era o que tínhamos. Éramos amigos. Ela agiu de maneira muito elegante quando soube do meu relacionamento com você. Não creio que tenha me perdoado, mas entendeu a situação. E sabia quanto eu estava apaixonado. Nunca senti isso por ela. Ela era uma pessoa muito fria, mas uma mulher decente e honesta.

Agora, Carole sabia que ele acabara ficando com a esposa até o último dia de vida dela, exatamente como previra. Ele mesmo assumiu que Carole havia feito a escolha certa ao voltar para os Estados Unidos. Finalmente, agora dispunha das respostas que viera buscar em Paris. Entre elas, estava a conclusão de que era tarde demais para reatar com Jason quando ele pediu, pois já não o amava mais. E também não poderia tê-lo impedido de se casar com a modelo russa. Não tinha escolha naquelas circunstâncias; quando teve, não o quis mais. Agora também não o queria de volta. Era tarde demais. E, para Matthieu, ela fora apenas uma amante. Ele nunca teria deixado a esposa. Naquele momento, Carole se deu conta desse triste fato, e foi por esse motivo que foi embora de Paris. Mas só agora percebia que havia tomado a decisão certa. Matthieu confirmou isso, o que era uma espécie de retribuição, mesmo depois de tanto tempo.

Àquela altura, ela já se lembrava de muita coisa; de alguns acontecimentos e de muitos sentimentos. Chegava quase a sentir o gosto da decepção e do desespero quando finalmente cansou de esperar e o abandonou. Ele quase destruiu sua vida e sua carreira, desapontando até seus filhos. Quaisquer que fossem suas intenções no início, ou por maior que fosse seu amor por ela, Matthieu não a respeitou. Jason agiu de forma

diferente. Embora o que fez tivesse sido terrível para ela, ele, pelo menos, fora franco e sincero. Pediu o divórcio e se casou com outra mulher, exatamente o que Matthieu não fez.

— O que você está fazendo agora? Continua no governo?

— Eu trabalhava para o governo até dez anos atrás, quando me aposentei e voltei à empresa de advocacia da minha família. Eu divido o escritório com dois irmãos meus.

— Você era o homem mais poderoso da França. Controlava tudo e adorava o seu trabalho.

— É verdade. — Pelo menos em relação a isso, ele era sincero, como fora sincero agora em relação às outras coisas também. O relato de Matthieu mostrava, sim, que Carole havia tomado a decisão certa, mas ouvir isso era doloroso. Ela se lembrava muito bem de quanto o tinha amado e de quanto ele a magoara. — O poder é como uma droga para um homem. É difícil largar. Eu era viciado em poder. Porém, era mais viciado em você. Quase morri quando você me abandonou. Mesmo assim, não consegui pedir o divórcio nem largar o meu emprego.

— Nunca quis que você abandonasse o seu emprego. Não era essa a questão. Mas eu realmente queria que você se divorciasse.

— Eu não conseguiria fazer isso — reconheceu Matthieu de cabeça baixa e depois olhou nos olhos dela mais uma vez. — Não tinha coragem. — Era uma confissão corajosa, e, por um minuto, Carole ficou em silêncio. Então disparou:

— Foi por isso que abandonei você.

— E agiu certo — reconheceu ele, com um sussurro, e ela assentiu com um gesto de cabeça.

Os dois permaneceram em silêncio durante um bom tempo. Então, enquanto ele ficou ali, olhando para ela, Carole fechou os olhos e caiu no sono. Pela primeira vez em muito tempo, ela estava em paz. Matthieu permaneceu no quarto, observando-a. Por fim, levantou-se e saiu sem fazer barulho.

12

Naquela noite, Carole acordou novamente sentindo-se melhor depois de dormir por algumas horas. Então se lembrou da visita de Matthieu e do que ele lhe dissera. Ficou na cama, pensando nele por um longo tempo. Apesar da memória falha, muitos de seus fantasmas tinham sido exorcizados. Estava agradecida por ele, finalmente, ter sido sincero e admitir que ela agira corretamente ao deixá-lo. Ouvir aquilo era libertador. Ela se lembrava de sempre se perguntar o que teria acontecido se tivesse ficado em Paris e sido mais paciente. Agora ele havia confirmado que não teria feito diferença.

Quando acordou novamente, havia uma enfermeira no quarto e dois seguranças na porta, graças às exigências de Matthieu. Carole tinha telefonado para Jason e para seus filhos contando-lhes sobre o ataque. Disse a todos que estava bem e que tivera sorte mais uma vez. Jason se ofereceu para voltar a Paris, mas ela disse que a polícia havia tomado todas as providências e que a situação estava sob controle. Embora ainda estivesse abalada, garantiu-lhes que estava segura. Todos ficaram horrorizados por ela ter sido vítima de outro atentado terrorista, e Anthony voltou a alertar a mãe em relação a Matthieu. Disse que poderia voltar para Paris e ficar com ela, mas Carole afirmou que estava tudo bem.

No meio da noite, ela acordou e ficou na cama pensando em tudo o que acontecera naquele dia: o terrorista, Matthieu e alguns trechos da história dos dois que ele havia lhe contado. Isso a deixou ansiosa e inquieta.

Então, ligou para Stevie, sentindo-se tola por incomodá-la em uma hora tão imprópria, mas estava desesperada para ouvir uma voz familiar. Stevie acordou no mesmo instante.

— Melhorou do resfriado? — perguntou Carole, já se sentindo melhor, embora ainda estivesse abalada pelos acon-

tecimentos do dia. Agora, ao rever os fatos, tudo parecia ainda mais assustador.

— Acho que sim, mas não totalmente — respondeu Stevie.
— O que está fazendo acordada a uma hora dessas?

Carole então contou-lhe sobre o ataque que sofrera no próprio quarto.

— *O quê?* Você está brincando. E onde o segurança estava?

Stevie ficou horrorizada. Aquilo era inacreditável e estaria nos jornais no dia seguinte.

— Tinha saído para almoçar. Disseram que o segurança que o renderia não apareceu. — Carole deu um longo suspiro e se deitou, reconhecendo que tivera muita sorte. — Fiquei morrendo de medo.

Ela ainda estremecia só de pensar. Ainda bem que Matthieu chegou logo depois.

— Eu vou para aí agora mesmo. Eles que tratem de pôr uma cama extra no seu quarto. Não vou deixar você ficar sozinha.

— Não seja boba. Você está doente. Eu estou bem. Eles cuidarão para que essa falha não se repita. Matthieu esteve aqui e fez um escândalo. Ele ainda deve ter alguma influência, porque, em menos de cinco minutos, o diretor do hospital veio se desculpar. E a polícia ficou aqui por muitas horas. Não deixarão que nada me aconteça. Mas na hora eu fiquei apavorada.

— Não é para menos.

Era difícil acreditar que Carole havia sido vítima de dois incidentes.

O policial encarregado dissera que tomaria seu depoimento no dia seguinte, para que ela não ficasse mais perturbada. Além disso, com a prisão do agressor, Carole estava segura.

— Me lembrei de tê-lo visto no túnel — comentou Carole, ainda nervosa. Então, para distraí-la, Stevie mudou de assunto, perguntando sobre Matthieu.

— E o homem misterioso? Esclareceu mais detalhes sobre o romance de vocês? — Stevie estava curiosa a respeito dele.

— Sim. Consegui me lembrar de muitas coisas sozinha. Inclusive reconheci o cara que me atacou no quarto — disse ela, voltando a tocar no assunto. — Ele estava no carro que parou ao lado do meu táxi no túnel, mas fugiu. Os homens-bomba devem ter dito que ele ia morrer. Ao que parece, o rapaz não estava pronto para as 77 virgens às quais teria direito no Paraíso.

— Não, preferiu matar você. Deus do céu, mal posso esperar para voltarmos para casa.

— Eu também. Essa viagem não foi nada boa, mas acho que encontrei as respostas que buscava. Se algum dia eu recobrar a memória completamente e conseguir aprender como usar um computador de novo, creio que estarei pronta para escrever o livro. Vou ter que colocar um pouco de tudo isso que me aconteceu na história. É muito interessante para ser ignorado.

— Que tal da próxima vez escrever um livro de receitas, ou uma história infantil? Não gostei da pesquisa que você andou fazendo para esse romance.

Mas as respostas que ela obtivera a respeito de Jason e de Matthieu eram as que precisava para si mesma. Agora Carole se dava conta disso. E o melhor de tudo foi descobrir a história através dos próprios personagens, em vez de fazer suposições e tentar chegar a conclusões por si só.

— Tem notícias do Alan? — perguntou Carole, começando a relaxar. Sentia-se bem por ter alguém com quem falar no meio da noite. Então se lembrou de que não costumava fazer isso com Sean. Ela estava tendo alguns fragmentos de memória do passado.

— Ele disse que sente a minha falta — respondeu Stevie. — Está louco para que eu volte para casa. Falou que está com saudades da minha comida. Deve ter perdido a memória também, porque não sei do que ele poderia ter saudade. Comida chinesa pronta? Lanchinhos? Não preparo uma refeição decente para ele há uns quatro anos.

— Eu sei como ele se sente. Eu também senti sua falta hoje.

— Estarei aí amanhã. Vou passar a noite com você.

— Não haverá outro ataque — disse Carole para tranquilizá-la. — Todos os outros terroristas se explodiram. — E quase me levaram junto. — Não sobrou nenhum.

— Não quero saber. Prefiro ficar aí com você.

— Eu preferia estar no Ritz a ficar aqui — disse Carole rindo. — O serviço daí é infinitamente melhor.

— Não importa — retrucou Stevie, decidida. — Vou me instalar no seu quarto. E, se não gostarem, eles que se fodam! Se não são capazes de manter um segurança de prontidão na sua porta na hora do almoço, você precisa de um cão de guarda.

— Acho que Matthieu já cuidou de tudo. Eles pareciam estar morrendo de medo dele. Agora deve ter centenas de guardas no corredor.

— Ele me assusta também — admitiu Stevie. — Parece ser um cara durão.

— E é — confirmou Carole, lembrando-se dessa característica dele. — Mas não era assim comigo. Ele era casado e não abandonou a esposa. Conversamos sobre isso hoje. Moramos juntos durante dois anos e meio. Como ele não se divorciou, eu o deixei.

— Uma vez, eu também entrei numa fria dessas. É uma batalha difícil de ganhar. A maioria não consegue. Nunca mais quis isso para mim. Alan pode ser um chato de vez em quando, mas pelo menos é meu.

— É, acho que demorei para entender isso. Ele disse que estava se separando quando nos conhecemos, que o casamento estava acabado havia dez anos.

— Eles sempre dizem essas baboseiras. A única pessoa que não sabe que o casamento acabou é a esposa. Na verdade, eles nunca se separam de fato.

— Ele ficou casado até o ano passado. Disse que eu fiz bem em ir embora.

— É o que parece. E ele se divorciou, agora? — perguntou Stevie, surpresa, já que, na idade dele, não era comum alguém se separar. Especialmente na França.

— Não, ela morreu. Ele ficou com ela até seu triste fim. Quarenta e seis anos de um casamento supostamente sem amor. Por quê? Qual o sentido de uma relação assim?

— Costume. Comodismo. Covardia. Só Deus sabe por que as pessoas insistem.

— A filha dele morreu quando vivíamos juntos e a esposa ameaçou se suicidar. Houve uma série infinita de desculpas, algumas até válidas, mas a maior parte nem tanto. Até que eu finalmente desisti. Ele era casado com ela e com a França.

— Parece que você não teve a menor chance.

— É, não tive. Agora ele diz isso, mas, na época, com certeza não admitia.

Ela não contou a Stevie sobre o bebê que tinha perdido, mas iria conversar com Anthony algum dia, caso ele se lembrasse desse fato. O filho não falara nada, mas deixara claro, ao se deparar com Matthieu no hospital, quanto agora o odiava. Até seus filhos haviam se sentido traídos. Aquele relacionamento tinha deixado uma cicatriz em seu filho.

— Você estava inconsolável quando voltamos a Paris para desocupar a casa.

— Estava mesmo.

— Veja só, você parece estar se lembrando de muitas coisas — comentou Stevie.

Nos últimos dias, o progresso de Carole era notável. O ataque que sofrera no quarto também servira para estimular sua memória.

— É verdade. Pouco a pouco, minha memória está voltando. Eu me recordo mais de sentimentos do que de fatos propriamente ditos.

— Isso é só o começo. — Mike Appelsohn também ajudara, a não ser pela entrevista que concedeu ao repórter na entrada

do hospital, o que acabou servindo de alerta ao terrorista. — Espero que liberem você para voltar ao hotel o mais rápido possível.

Stevie estava profundamente preocupada com o risco de haver outros terroristas atrás de Carole. Mas agora a polícia também estava atenta.

— Eu também.

Em seguida, elas se despediram. Carole permaneceu deitada por um bom tempo, pensando em quanto era uma mulher de sorte. Primeiro pela bênção de ter os filhos que tinha; segundo, pelo milagre de ter sobrevivido, e, finalmente, por poder contar com uma amiga como Stevie. Tentou não pensar em Matthieu, nem no agressor que fora ao hospital para matá-la. Ficou apenas deitada na cama, de olhos fechados, respirando profundamente. Porém, por mais que se esforçasse, a imagem do agressor com a faca na mão não saía de sua cabeça, até que seus pensamentos se desviaram, rapidamente, para a sensação de segurança e proteção que Matthieu lhe oferecia. Era como se, após todos aqueles anos, ele continuasse a ser uma fonte de refúgio e paz, mantendo-a a salvo. Não queria aceitar esse sentimento, mas, em algum lugar, trancado na memória de seu coração, algo a conduzia a isso. Quase podia sentir os braços de Matthieu em volta dela, até que, finalmente, adormeceu.

13

No dia seguinte, a polícia foi ao hospital para tomar o depoimento de Carole. O rapaz que eles haviam detido era da Síria, tinha 17 anos e fazia parte de um grupo fundamentalista responsável por três atentados terroristas nos últimos

tempos: dois na França e um na Espanha. Fora isso, a polícia sabia muito pouco sobre ele; Carole era a única pessoa que poderia conectá-lo ao atentado no túnel. Embora a maior parte de suas lembranças em relação a esse fato ainda fosse muito vaga, bem como detalhes da própria vida, ela se recordava nitidamente de vê-lo no carro ao lado enquanto estava presa no engarrafamento. Todas essas lembranças voltaram assim que ela viu o rosto do agressor no quarto do hospital. Enquanto investia contra ela com a enorme faca, ele não tirava os olhos de Carole.

A polícia tomou seu depoimento durante quase três horas e lhe mostrou fotografias de uma dúzia de homens. Ela não reconheceu nenhum deles, a não ser o jovem que entrara no hospital e quase a matara. Uma das fotos fez com que Carole se lembrasse vagamente do motorista do carro ao lado, mas ela não tinha prestado tanta atenção nele quanto no rapaz que vira sentado no banco de trás e, portanto, não tinha muita certeza. No entanto, não tinha dúvida em relação ao terrorista que a atacara. Seu semblante triste ao fitá-la no túnel ficara gravado em sua memória.

Outras lembranças também surgiam, embora fossem quase sempre desordenadas e sem sentido. Carole conseguia formar uma imagem mental do celeiro da fazenda de seu pai e se via ordenhando as vacas como se fosse na véspera. Também podia ouvir a risada dele, mas, por mais que se concentrasse, não visualizava seu rosto. O encontro com Mike Appelsohn em Nova Orleans, quando ele a descobriu, permanecia perdido em sua memória, mas, por outro lado, ela se lembrava do teste que fizera e de seu primeiro filme. Acordou pensando nisso naquele dia, mas o primeiro encontro com Jason e o início do relacionamento deles ainda eram um borrão. Ela se lembrava do dia do casamento, do apartamento em Nova York onde foram morar depois de casados e tinha uma vaga lembrança do nascimento de Anthony. Fora isso, não tinha nenhuma recor-

dação do nascimento de Chloe, nem dos filmes que fez, muito menos das estatuetas do Oscar que conquistou no decorrer da carreira. E se lembrava apenas vagamente de Sean.

Tudo era desconexo e fora de sequência, como cenas excluídas na montagem final de um filme. Alguns rostos e nomes vinham à sua mente, na maior parte das vezes sem ligação nenhuma entre si. E depois cenas inteiras apareciam, límpidas como água. Era como se fosse uma colcha de retalhos da sua vida, cujos pedaços ela tentava, o tempo todo, reconhecer e recolocar em ordem. E, quando achava que tudo estava certo e que sabia do que estava se lembrando, surgia outro detalhe, um rosto, nome ou fato, e a história inteira se transformava, como um calidoscópio em constante movimento, cujas cores e formas se modificavam continuamente. Era extenuante a tentativa de absorver e entender tudo aquilo. Agora, durante horas seguidas, Carole tinha uma lembrança total; porém, depois, por um período ainda mais longo, sua mente parecia se fechar, como se estivesse saturada do processo de separação e ordenação que tomava cada minuto do seu dia. Esforçava-se para se lembrar de tudo e fazia mil perguntas quando as imagens vinham à sua mente, tentando ajustar o foco da lente da sua memória. Era um trabalho em tempo integral; o mais difícil que já fizera na vida.

Stevie tinha consciência de quanto esse esforço era cansativo e ficava em silêncio no quarto quando via que Carole estava absorta, tentando refletir. De vez em quando, Carole dizia alguma coisa, mas, durante longas horas, permanecia deitada, aparentemente fitando o nada, pensando em tudo. Boa parte dos fatos ainda não fazia sentido para ela, era como fotos em um álbum sem indicação de quem estava nos retratos e por quê. De alguns eventos, ela se lembrava muito bem. De outros, no entanto, praticamente nada. E tudo estava embaralhado em sua cabeça. Às vezes, levava horas para identificar uma imagem, um rosto ou um nome. Quando conseguia, era uma

verdadeira vitória. Sentia-se triunfante todas as vezes e logo depois ficava em silêncio, descansando por um bom tempo.

Os policiais ficaram surpresos com os detalhes fornecidos por Carole a respeito do atentado, já que tinham sido avisados de que ela não se recordava de nada. Várias outras vítimas com quem eles haviam falado lembravam bem menos. Algumas porque estavam distraídas, conversando com outros passageiros, ou ouvindo música, ou porque simplesmente não conseguiam se lembrar de nada após o trauma do ataque e seus consequentes danos. A polícia e uma unidade especial de inteligência estavam tomando o depoimento dos sobreviventes havia várias semanas e, até aquele momento, tinham sido informados de que Carole não seria capaz de contribuir com a investigação. Só que, de repente, tudo mudou, e eles se viram agradecidos por sua colaboração. Providenciaram segurança adicional para ela no hospital. Agora, na porta do quarto, ficavam dois membros da CRS francesa, com suas botas de combate e uniforme azul-marinho, deixando bem claro qual era sua missão ali. As armas que portavam diziam tudo. As famosas Compagnies Republicaines de Sécurité eram a unidade mais temida em Paris, acionadas para conter distúrbios e ameaças de atentados terroristas. O fato de terem sido convocadas confirmava a gravidade do que levara Carole ao La Pitié Salpêtrière.

Não havia nenhuma forte razão para crer que outros integrantes do grupo poderiam querer matar a atriz. Até onde a polícia sabia, todos os outros tinham morrido no atentado, à exceção de um rapaz que havia fugido. Carole se lembrava nitidamente de vê-lo correndo na direção da entrada do túnel, justo antes de a primeira bomba explodir. No entanto, tinha uma vaga lembrança das explosões subsequentes, porque ela havia sido arremessada para fora do táxi e se chocado contra o chão. Mas a polícia ainda tinha certa preocupação por ela ser uma vítima facilmente identificável do atentado. Os terroristas

teriam um ganho a mais eliminando-a, além da vitória adicional de matar uma pessoa famosa e ainda chamar atenção para sua causa. De qualquer forma, as unidades de inteligência e a polícia especial não tinham a menor intenção de permitir que Carole morresse em solo francês. Estavam dispostos a fazer todo o possível para mantê-la sã e salva, pelo menos até que ela deixasse a França. O FBI também foi acionado e havia se comprometido a vigiar a casa da atriz em Bel Air durante os meses seguintes, especialmente quando ela chegasse aos Estados Unidos. Era uma medida segura e, ao mesmo tempo, assustadora.

O fato de nunca ter certeza de estar fora de perigo era algo desanimador. Carole já havia pagado um preço bem alto por estar no túnel no momento da explosão. Tudo o que queria agora era recobrar a memória, deixar o hospital e tocar sua vida assim que voltasse para casa. Ainda queria escrever o livro. E tudo sobre seu presente e seu passado agora lhe parecia mais precioso, especialmente seus filhos.

Matthieu chegou quando ela estava prestando depoimento. Sem dizer nada, ele entrou no quarto calmamente, cumprimentou Carole com um gesto de cabeça e permaneceu em silêncio, ouvindo, com ar sério e preocupado. Ele havia feito vários telefonemas para a unidade de inteligência que estava cuidando do caso e para o chefe da CRS. Além disso, na véspera, havia entrado em contato com o atual ministro do Interior para assegurar-se de que não haveria equívocos ou falhas na investigação nem na proteção fornecida a Carole. Deixara bem claro que o assunto era de suma importância para ele e não precisou dar muitas explicações. Carole Barber era uma turista importante para a França. Ao ministro do Interior, ele confessou que ela era uma grande amiga, e o ministro não pediu detalhes.

Enquanto os policiais a interrogavam, Matthieu não tirava os olhos do rosto de Carole e, assim como os próprios policiais, ficou surpreso ao ver quanto ela se lembrava do que tinha

acontecido. Ela foi capaz de se recordar de muitos detalhes que estavam inteiramente apagados de sua memória antes. Dessa vez, Carole não se incomodou com a presença de Matthieu. Era tranquilizador ter alguém conhecido por perto; ele não a assustava mais. Ela achava que seu temor inicial em relação ao francês se devia ao fato de sentir, de alguma maneira, que ele tinha sido importante em sua vida, embora não soubesse por quê. Agora ela sabia e, estranhamente, se lembrava de mais detalhes sobre o relacionamento deles do que sobre outras pessoas ou acontecimentos.

Os pontos altos do relacionamento dos dois estavam gravados nitidamente em sua memória e começavam a emergir do oceano que os encobrira. Carole se lembrou de um milhão de pequenos detalhes, momentos importantes, dias ensolarados, noites românticas e instantes de carinho, além da angústia que sentira ao se dar conta de que ele não iria deixar a esposa e das brigas que tinham por isso. As explicações e as desculpas de Matthieu destacavam-se em sua mente. Ela conseguia se lembrar até mesmo do passeio que fizeram de veleiro, pelo sul da França, e de quase toda a conversa que tiveram enquanto navegavam por Saint Tropez. Recordara-se também da tristeza inconsolável de Matthieu quando sua filha morreu, um ano depois, e da decepção e do desgosto que ambos experimentaram quando Carole perdeu o bebê. As lembranças dos momentos que passou ao lado dele a dominavam e pareciam encobrir todo o restante. Era como se ela pudesse reviver a dor que ele lhe causara e o dia em que deixou a França, quando já havia perdido toda a esperança de uma vida a dois. Ciente de tudo aquilo, parecia estranho estar ali com ele agora. Não que fosse assustador; era apenas inquietante. Matthieu tinha uma expressão austera e infeliz, o que parecera sinistro no início. Mas agora ela sabia que era apenas o ar sombrio e familiar dele. Ele não parecia um homem feliz e dava a impressão de ser uma pessoa atormentada pelas próprias lembranças do tempo

em que viveram juntos. Durante anos, ele quis pedir perdão a Carole, e agora o destino lhe dava essa chance.

Quando os policiais e os investigadores se retiraram, Carole parecia exausta. Matthieu sentou-se ao lado dela e, sem perguntar, serviu-lhe um chá. Ela olhou para ele com gratidão e sorriu. Estava tão cansada que mal conseguia levar a caneca à boca. Ao perceber que a mão dela tremia, ele a ajudou a beber. A enfermeira estava do lado de fora, conversando com os dois guardas da CRS. A equipe do hospital protestou sobre o uso de armas pesadas dentro da instituição, mas, como a proteção de Carole era de suma importância e tinha prioridade sobre qualquer regra, os protestos foram ignorados. A atriz chegou a vê-las de perto, quando fez um passeio pelo corredor com a enfermeira, antes da chegada da unidade de investigação. Ficara chocada ao ver as armas, mas, ao mesmo tempo, sentiu-se segura; exatamente como a presença de Matthieu a fazia se sentir. Era como se fosse uma maldição e uma bênção, ao mesmo tempo.

— Está se sentindo melhor? — perguntou ele, baixinho.

Carole assentiu e bebeu um gole do chá, com a ajuda dele. Estava tremendo dos pés à cabeça.

Tinha sido uma manhã cansativa, embora não tanto quanto o dia anterior. Jamais se esqueceria do fato e da sensação de pavor que experimentara ao ser atacada. Chegou a ter certeza de que iria morrer. Nem a explosão no túnel tinha sido tão assustadora. O incidente em seu quarto havia sido muito mais pessoal; era algo contra ela em particular, como um míssil apontado para a sua direção. Quando pensava a respeito, ainda ficava abalada, mas, só de olhar para Matthieu, sentia-se mais tranquila. Sentado ali, ele parecia um homem carinhoso. Havia um lado gentil nele que ela não esquecera. Era algo evidente em seus gestos, e seu amor por ela se manifestava no olhar. Porém, Carole não sabia se aquele olhar indicava apenas que ele se recordava dos bons momentos que haviam passado juntos ou se era a chama que nunca se apagara. De qualquer

forma, não pretendia descobrir. Era melhor manter algumas portas fechadas, para sempre. O que havia atrás daquela porta era muito doloroso para ambos, ou pelo menos ela imaginava que fosse. Ele não tinha feito nenhuma revelação em relação ao presente, só ao passado, o que já era suficiente.

— Estou bem — respondeu ela, dando um suspiro antes de recostar a cabeça no travesseiro. Olhou nos olhos dele e continuou, referindo-se à investigação: — Foi cansativo.

Matthieu assentiu em silêncio.

— Você se saiu muito bem.

Ele estava orgulhoso dela. Carole havia ficado calma, fora clara e se esforçara para extrair cada detalhe de seu despedaçado banco de memória. Agira de modo impressionante, o que não o surpreendeu, pois ela sempre fora uma mulher notável. Também havia sido extremamente compreensiva e amiga quando sua filha morreu e em várias outras ocasiões. Ela nunca o desapontou. Matthieu tinha plena consciência disso e, durante anos, remoera sua culpa. Vivia atormentado havia 15 anos. E agora estava ao lado dela. Aquilo era quase inacreditável.

— Você já tinha falado com eles? — perguntou Carole, curiosa. A polícia agira de forma gentil e respeitosa, embora a pressionasse de forma implacável por cada detalhe possível. Mas o modo como a trataram pareceu excepcionalmente educado. E ela suspeitou que ele estivesse por trás disso.

— Telefonei para o ministro do Interior ontem à noite.

Basicamente, era o ministro quem estava no comando da investigação, além de ser o responsável por ditar a forma como o caso era tratado e por seu possível êxito. Era esse o cargo que Matthieu ocupava quando os dois se conheceram.

— Obrigada — disse ela, com um olhar de gratidão. Os investigadores poderiam ter sido ríspidos, o que era o estilo deles, mas agiram de modo educado. Graças a Matthieu, eles

usaram luvas de pelica ao lidar com o caso. — Sente falta do seu emprego?

Para Carole, aquele seria um sentimento natural. Afinal, Matthieu havia sido o homem mais poderoso da França quando ministro. Seria difícil para qualquer pessoa abrir mão dessa autoridade, principalmente para um homem. Ele estava no auge quando a conheceu e era muito atuante, motivo pelo qual nunca conseguiu abandonar o cargo. Achava que o bem-estar de seu país estava em suas mãos. O país que ele amava. "*Ma patrie*", como ele costumava dizer, manifestando todo o amor pela França e pelo seu povo. Era pouco provável que tivesse mudado, mesmo estando aposentado.

— Às vezes. É difícil renunciar a esse tipo de responsabilidade. É como o amor; nunca acaba, mesmo mudando de endereço. Mas agora os tempos são outros. O cargo é mais difícil, mais complicado. O terrorismo mudou muitas coisas, em todos os países. Nenhum líder de nação tem uma vida tranquila. Costumava ser mais fácil quando eu estava no governo. Sabia-se quem eram os vilões. Agora eles não têm cara; você não consegue identificá-los até o estrago ser feito, como o que aconteceu com você. É mais difícil proteger seu país e seu povo. Todo mundo está mais desiludido, e algumas pessoas são muito intransigentes. É difícil ser herói. O povo está com raiva de todo mundo, não só dos inimigos, mas de seus líderes também — disse ele com um suspiro. — Não invejo os homens que estão no governo hoje. Mas devo admitir que sinto falta. — Ele deu um dos seus raros sorrisos. — Que homem não sentiria? Era muito divertido.

— Eu me lembro de quanto você adorava o que fazia — comentou Carole com um sorriso vago. — Trabalhava em horários loucos e recebia chamadas a qualquer hora da noite.

Era exatamente como ele queria que fosse. Insistia em estar a par de cada detalhe do que estava acontecendo, sempre. Era uma obsessão.

E naquela manhã ele havia ficado no quarto com Carole, acompanhando a investigação, como se ainda estivesse no comando. Às vezes esquecia que já não estava mais. Matthieu ainda era profundamente respeitado pelo povo francês e pelos governantes que vieram depois dele. Frequentemente tomava posição em questões políticas e muitas vezes era citado pelos jornais. Alguns dias antes, ele havia sido procurado pela imprensa para falar sobre o atentado no túnel e avaliar a maneira como o assunto estava sendo conduzido. Ele tinha sido diplomático, o que, para ele, não era um comportamento padrão. Quando algo o incomodava ou se ele tinha alguma crítica em relação ao governo, não media palavras. Sempre agira dessa forma.

— A França sempre foi meu primeiro amor — respondeu ele. — Até eu conhecer você — acrescentou, em tom carinhoso. Mas Carole não tinha certeza se aquilo era ou algum dia fora verdade. Ela sentia que ocupava o terceiro lugar na lista de prioridades de Matthieu, depois do seu país e do seu casamento.

— Por que você se aposentou? — perguntou Carole, enquanto pegava a caneca de chá novamente. Dessa vez, sem a ajuda de Matthieu. Sentia-se melhor e mais calma. O interrogatório a deixara agitada, mas ela estava finalmente mais tranquila. Matthieu também se deu conta disso.

— Achei que era a hora. Servi ao meu país durante um bom tempo. Cumpri a minha missão. Meu mandato tinha acabado e o governo mudou. Tive alguns problemas de saúde, provavelmente por causa do trabalho. Agora estou bem. No início senti muita falta e, desde então, tenho recebido algumas propostas para ocupar cargos mais tranquilos, como um gesto simbólico. Só que eu não quero. Não preciso de um prêmio de consolação. Fiz o que queria na época, mas agora basta. E gosto de exercer a advocacia. Fui convidado várias vezes para ser magistrado, juiz, mas acho isso maçante. É mais divertido ser advogado do que juiz. Pelo menos para mim, embora eu esteja planejando me aposentar dos tribunais esse ano também.

— Por quê? — perguntou ela, preocupada. Matthieu era o tipo de homem que sentia necessidade de trabalhar. Mesmo aos 68 anos, dispunha do ânimo e da energia de um homem bem mais jovem. Carole percebera esse dinamismo enquanto estava sendo interrogada. Ele se mostrara positivamente elétrico, como um fio de alta-tensão. A aposentadoria não seria saudável para um homem como ele. Já era o suficiente ter abandonado o ministério, não lhe parecia uma decisão lógica largar a advocacia também.

— Estou velho, minha querida. É hora de fazer outras coisas. Escrever, ler, viajar, meditar, descobrir novos mundos. Estou planejando fazer uma viagem ao sudeste da Ásia. — Ele fora à África no ano anterior. — Agora quero fazer as coisas com mais calma e saboreá-las enquanto ainda há tempo.

— Você tem muito tempo pela frente. Ainda é um homem jovial e cheio de energia.

Ele riu da escolha de palavras dela.

— Sim, jovial; mas não jovem. Há uma grande diferença. Quero desfrutar a vida e a liberdade que nunca tive. Não devo explicações a ninguém agora. Há um aspecto bom e outro ruim nessa situação. Meus filhos estão crescidos. Até os meus netos já estão criados — acrescentou ele, dando uma risada. Era algo difícil de se imaginar, mas ela se deu conta de que era verdade. — Arlette se foi. Ninguém se preocupa com o que faço ou onde estou, o que não deixa de ser triste, mas é a mais pura verdade. Quero aproveitar isso enquanto posso, antes que meus filhos comecem a ligar lá para casa e perguntar à empregada se eu almocei ou se molhei a cama.

Ele estava longe de chegar a esse ponto, e o quadro que pintou do seu futuro tocou o coração de Carole. De certo modo, aquela situação se assemelhava à dela, embora seus filhos fossem bem mais jovens que os dele. Carole sabia que o filho mais velho de Matthieu devia estar perto dos 40 anos, era apenas alguns anos mais jovem que ela. Ele se casara bem

novo e tivera filhos cedo, portanto não estava preso a herdeiros relativamente jovens, como era o caso dela. Mesmo com essa diferença, Anthony e Chloe já estavam formados, eram adultos e moravam em outra cidade. Se não fosse a companhia diária de Stevie, sua casa seria um túmulo. Não havia nenhum homem em sua vida, nenhuma criança em casa, ninguém com quem passar o tempo, conversar, ou uma pessoa de quem cuidar; ninguém que se preocupasse com o horário que jantou, ou se jantou. Carole era quase vinte anos mais jovem do que ele, mas também estava livre agora. E fora exatamente isso que a levara a querer escrever um livro e a viajar pela Europa para encontrar as respostas que, até então, buscava.

— E quanto a você? — perguntou ele, virando-se em sua direção com o mesmo olhar de interesse que notara em Carole.
— Tem muito tempo que não faz um filme. Acho que vi todos eles. — Ele sorriu novamente.

Sentar-se na sala escura do cinema para vê-la e ouvir sua voz era seu passatempo preferido. Chegou a rever na TV três ou quatro vezes alguns de seus filmes. Sua esposa nunca falava nada e saía da sala em silêncio quando Carole aparecia na tela. Ela sabia. Sempre soube. Os dois evitaram o assunto nos últimos anos de vida em comum. Ela aceitava o que o marido sentia por Carole e tinha consciência de que ele nunca a amara do mesmo jeito. O que Matthieu sentia em relação à esposa era algo completamente diferente. Tinha a ver com obrigação, dever moral, responsabilidade, companhia e respeito. Os sentimentos em relação a Carole nasceram da paixão, do desejo, de sonhos e esperança. Ele tinha perdido os sonhos, mas não a esperança, nem o amor. Seriam seus para sempre, e ele os mantinha trancados no coração, como uma joia rara em um cofre, longe do perigo e em um lugar secreto. Pelas longas conversas no quarto do hospital, Carole podia perceber os sentimentos que ele ainda nutria por ela. O lugar ficava impregnado de emoções veladas, mas ainda vivas; pelo menos da parte dele.

— Os roteiros não têm me agradado muito nos últimos tempos. Não quero fazer papéis medíocres, a menos que seja algo realmente engraçado. Aliás, tenho pensado muito sobre isso ultimamente. Sempre quis fazer comédia. Não sei se sou engraçada, mas gostaria de tentar. Acho que iria me divertir. Por que não, não é mesmo? E também quero fazer papéis que sejam significativos para mim e que isso estimule as pessoas a quererem assistir ao filme. Não vejo sentido em só mostrar a cara na tela para que os outros não se esqueçam de mim. É preciso ter muito cuidado antes de aceitar um papel. O personagem tem que me interessar; caso contrário, não vale a pena fazer. Não há muitos papéis assim hoje em dia, principalmente para uma mulher na minha idade. E não quis trabalhar durante o ano que meu marido ficou doente. Desde então, não vi um roteiro sequer do qual eu tenha gostado. Tudo porcaria. Nunca fiz porcaria e não quero começar agora. Não preciso. E estou tentando escrever um livro — confessou ela com um sorriso.

Eles sempre conversaram sobre filmes, política, seus respectivos trabalhos, suas visões sobre o mundo e a vida. Matthieu era um homem extremamente culto, que lia muito e tinha uma visão crítica da vida. Possuía mestrado em literatura, psicologia e arte; além de doutorado em ciências políticas. Tinha múltiplos conhecimentos e era dono de uma mente aguçada.

— Você está escrevendo um livro sobre a sua vida? — perguntou ele, intrigado.

— Sim e não — respondeu Carole, com um sorriso tímido.
— Na verdade, é um romance sobre uma mulher madura que faz um retrospecto da sua vida após a morte do marido. Já tentei começar a história dezenas de vezes. Escrevi vários capítulos sob ângulos diferentes, mas sempre fico agarrada no mesmo ponto. Não consigo compreender o objetivo da personagem depois da morte do marido. Ela é uma neurocirurgiã brilhante que não conseguiu salvá-lo de um tumor no cérebro, apesar de todo o seu conhecimento. É uma mulher acostumada ao

poder e que está sempre no controle da situação, e seu fracasso em mudar o destino a leva a uma encruzilhada. A história é sobre aceitação e também uma jornada de autoconhecimento e da compreensão do verdadeiro significado da vida. Essa personagem teve que tomar decisões importantes no passado, e que ainda a afetam. Então, ela abandona a medicina, embarca em uma viagem para encontrar respostas às suas perguntas e as chaves para abrir as portas que deixou trancadas durante quase toda a sua vida. Antes de seguir adiante, ela precisa rever o passado.

Ela ficou surpresa por ter se lembrado de tantos detalhes da história que queria contar no livro.

— Parece interessante — disse ele com ar pensativo. Assim como Carole, Matthieu entendeu perfeitamente que a história era sobre ela e as decisões que tomara no decorrer da vida. A trama resumia as escolhas, os desvios no caminho que havia seguido, incluindo a decisão que tinha a ver com ele, a de deixar a França e desistir do relacionamento que ela vira como um beco sem saída.

— Espero que seja. Talvez até vire filme um dia, se eu conseguir terminar de escrever. Esse seria um papel que eu gostaria de interpretar! — Ambos sabiam que ela já havia interpretado. — Gosto de escrever. Isso me dá o poder da narrativa. É bom ter conhecimento de toda a história e dispor de uma visão mais ampla, não apenas do diálogo entre os personagens e das expressões que eles têm que assumir. Um escritor sabe tudo, ou pelo menos deve saber, acho. Por acaso descobri que eu não sabia. Não consegui encontrar as respostas para minhas próprias perguntas. Vim à Europa para encontrá-las, antes de continuar escrevendo. Tinha esperança de que a viagem poderia abrir algumas portas para mim que me tiraria desse bloqueio criativo.

— E isso aconteceu? — perguntou ele com curiosidade. Ela respondeu com um sorriso triste.

— Não sei. Talvez. Fui ver a nossa casa no dia que cheguei a Paris e tive algumas ideias. Eu estava voltando ao hotel para pôr tudo no papel, mas passei pelo túnel. Então tudo evaporou da minha cabeça. É muito estranho não saber quem você é, onde estava pouco tempo antes e o que era importante para você. Todas as pessoas, os lugares e os fatos armazenados na memória desaparecem, e você se vê sozinho no silêncio, sem saber do seu passado, sem ter ideia de quem foi. — Esse é o pior pesadelo do mundo. — Minha memória está voltando agora, em fragmentos. Mas não sei o que esqueci. Na maior parte das vezes, vejo imagens e rostos. Eu me lembro de sentimentos, mas não sei exatamente como se encaixam no todo, ou no quebra-cabeça da minha vida.

O mais estranho é que ele era a pessoa de quem mais Carole se lembrava. Tinha mais recordações de Matthieu do que dos próprios filhos, e isso a entristecia. Ela não se lembrava de quase nada sobre Sean, exceto o que haviam lhe contado, e alguns poucos momentos de seus oito anos de vida juntos. Até a lembrança de sua morte era vaga e indistinta. Jason era a pessoa de quem menos se recordava, embora soubesse que o amava de um modo diferente. Tinha sentimentos distintos em relação a Matthieu. As lembranças dele a deixavam pouco confortável e traziam à sua memória uma intensa sensação de alegria e dor. Na maior parte das vezes, dor.

— Sei que você vai recuperar a memória. Provavelmente por completo. Você precisa ser paciente. Talvez essa experiência acabe lhe proporcionando um entendimento mais profundo que não teria se não tivesse passado por isso.

— Talvez.

Os médicos estavam otimistas, mas ainda não podiam assegurar uma recuperação total. Ela estava melhor, e seu progresso era rápido, mas ainda havia momentos em que parecia não evoluir. Havia palavras, lugares, incidentes e pessoas que tinham desaparecido completamente de sua cabeça. E

ninguém sabia se algum dia ela iria se lembrar de tudo, embora os terapeutas a ajudassem muito. Carole ainda dependia de outras pessoas para lhe contar detalhes de sua vida e estimular sua memória, como Matthieu fizera. E, nesse caso, ela ainda não sabia se era bom ou ruim tomar conhecimento do passado. O que ele havia contado até agora a deixara triste, os dois haviam perdido muita coisa, inclusive um filho.

— Se eu não recuperar a memória — falou ela, sem rodeios —, vai ser muito difícil voltar ao trabalho. Pode ser que esteja tudo acabado para mim. Uma atriz que não consegue gravar suas falas provavelmente não vai conseguir muitos papéis, embora eu tenha trabalhado com muita gente assim — comentou ela, dando uma risada. Encarava com surpreendente bom humor a perda que poderia enfrentar e se mostrava muito menos deprimida do que os médicos e a família temiam. Ela mantinha a esperança, assim como ele. Para Matthieu, Carole parecia notavelmente animada e perceptiva para alguém que havia sofrido um dano cerebral.

— Eu gostava de acompanhar as gravações. Costumava ir à Inglaterra todo fim de semana quando você estava fazendo aquele filme depois de *Maria Antonieta*. Não consigo lembrar o nome agora. Steven Archer e Sir Harland Chadwick também estavam no elenco.

Enquanto ele tentava se lembrar do título, Carole falou sem pensar duas vezes.

— *Epifania*. Deus do céu, que filme horrível era aquele — disse ela, dando um sorriso e parecendo surpresa por conseguir se lembrar do título e do enredo do filme. — Caramba, de onde veio isso?

— Está tudo aí em algum lugar. Você vai encontrar tudo. Só precisa buscar.

— Acho que tenho medo do que posso encontrar. Talvez seja mais fácil deixar como está. Não me lembro das coisas que me magoaram, das pessoas de quem não gostava, nem de quem

não gostava de mim; dos momentos e das pessoas que queria esquecer... mas também não me lembro daqueles que queria preservar — confessou ela, parecendo nostálgica. — Lamento não ter muitas recordações dos meus filhos, em particular da Chloe. Acho que a minha carreira a prejudicou muito. Devo ter sido muito egoísta quando ela e Anthony eram crianças. Ele parece ter me perdoado, diz até que não há nada o que perdoar, mas Chloe é mais franca sobre o assunto. Ela parece zangada e muito ressentida. Gostaria de ter sido mais inteligente para perceber isso na época. E de ter passado mais tempo com eles.

Com a memória, veio a culpa.

— Você ficava com eles. Muito tempo. Às vezes até demais — disse Matthieu tranquilizando-a. — Costumava levá-los com você a todos os lugares; até quando viajava comigo. Chloe nunca ficava fora de vista quando você não estava trabalhando. E, quando estava gravando, você a levava para o set. Não queria nem colocá-la na escola. Mas Chloe sempre exigiu muita atenção. Por mais que você se dedicasse, ela sempre queria algo a mais ou alguma coisa diferente. Nunca estava satisfeita.

— É mesmo?

Era interessante ver os fatos através da percepção de Matthieu, já que sua própria visão do passado estava confusa. Carole se perguntou se ele estaria certo, ou se a opinião dele seria tendenciosa, por ele ser homem e por vir de uma cultura diferente.

— Claro. Eu mesmo nunca passei tanto tempo assim com os meus filhos. Nem a mãe deles. E olha que ela nem trabalhava. Você vivia grudada na Chloe e estava sempre preocupada com ela. Com Anthony também. Eu tinha mais facilidade para lidar com ele; era mais velho e mais acessível a mim, por ser menino. Éramos grandes amigos quando vocês moravam aqui. Mas depois ele passou a me odiar, assim como você, porque via a mãe chorando o tempo todo — lembrou Matthieu, constrangido e parecendo culpado.

— Eu passei a ter ódio de você? — perguntou ela, confusa. O que conseguia evocar ou perceber, a partir das lembranças que havia recuperado, era um sentimento de angústia, e não de ódio... ou seriam ambos a mesma coisa? Decepção, frustração, desilusão, raiva... Mas ódio parecia uma palavra muito forte. Agora, vendo-o ali, ao seu lado, ela sabia que não o odiava. Porém, Anthony ficara zangado ao vê-lo, como uma criança que se sentia desapontada ou traída. No fim das contas, Matthieu não só havia traído os dois, mas também a si mesmo.

— Não sei. Mas acho que você tinha suas razões para isso. Afinal, eu a desapontei profundamente. Agi mal. Assumi compromissos que não pude cumprir. Não tinha o direito de fazer as promessas que fiz. Na época eu acreditava nelas, mas, olhando para trás, e tenho feito isso com bastante frequência ultimamente, sei que estava sonhando. Eu queria transformar esse sonho em realidade, mas falhei. Meu sonho se tornou um pesadelo para você. E, no fim, para mim também. — Ele estava se esforçando para ser franco, com Carole e consigo mesmo. Passou muitos anos querendo lhe confessar aquelas palavras, e era um alívio fazê-lo agora, mesmo sendo doloroso para ambos. — Anthony nem sequer se despediu de mim quando vocês foram embora. Ele achava que o pai havia traído todos vocês e que eu só a fiz sofrer mais. Foi um golpe terrível para você e para os seus filhos; e para mim também. Acho que foi a primeira vez na vida que eu realmente me vi como um homem cruel. Acabei prisioneiro das circunstâncias.

Carole assentiu em silêncio, refletindo sobre o que acabara de ouvir. Não podia atestar a veracidade daquele relato, mas a história fazia sentido. Então sentiu pena de Matthieu ao se dar conta de que ele também devia ter sofrido.

— Deve ter sido um momento difícil para nós dois.

— Realmente foi. E para Arlette também. Nunca achei que ela me amasse, até você aparecer na minha vida. Talvez ela só tenha se dado conta de que me amava naquele momento. Não

sei ao certo se era amor, mas Arlette achava que eu tinha uma dívida moral em relação a ela, e creio que estava certa. Sempre me considerei um homem honesto, mas não agi de forma honesta com nenhuma de vocês duas. Nem comigo. Eu amava você e continuava casado com ela. Talvez tivesse sido diferente se eu não tivesse permanecido no governo. Meu segundo mandato mudou tudo; sua fama também contribuiu para isso. Ter uma amante não causaria um grande impacto. Afinal, na França, isso não teria sido novidade. Mas, como a protagonista do caso era você, teria sido um grande escândalo, para todos nós, na verdade, e provavelmente teria destruído a sua carreira e a minha. Arlette acabou se beneficiando disso.

— E, se eu bem me lembro, ela tirou proveito da situação — disse Carole, parecendo subitamente tensa. — Falou que contaria tudo aos estúdios e à imprensa. E depois ameaçou se matar.

Aquela lembrança surgiu de repente, deixando Matthieu constrangido.

— Essas coisas acontecem na França. Aqui é muito mais comum mulheres ameaçarem se suicidar do que nos Estados Unidos, especialmente por problemas sentimentais.

— Ela o mantinha preso pelo rabo, e a mim também — disse Carole sem rodeios, o que o fez rir.

— É possível, mas, no meu caso, eu diria que por outra parte da minha anatomia. E ela me segurava através das crianças também. Eu realmente achava que, se a abandonasse, meus filhos iriam ficar contra mim. Ela usava meu filho mais velho para falar comigo, como porta-voz da família. Era muito esperta, mas não posso culpá-la. Eu tinha absoluta certeza de que ela aceitaria o divórcio, afinal já não nos amávamos mais. Aliás, o amor já havia acabado fazia muito tempo. Fui um tolo em acreditar que ela aceitaria a separação assim tão fácil. E a minha ingenuidade me levou a enganá-la — desabafou ele, com o semblante triste, olhando bem nos olhos de Carole.

— Nós dois estávamos em uma posição difícil — concluiu ela, de forma compreensiva.

— Exatamente. Estávamos aprisionados pelo amor que sentíamos um pelo outro e éramos reféns de Arlette, bem como do ministério do Interior e das responsabilidades que o meu cargo exigia.

Então, Carole percebeu que Matthieu tivera opções. Difíceis, talvez, porém concretas. Ele optou por continuar casado e manter o cargo no governo; e ela, por deixá-lo. Lembrou-se de hesitar diante da dúvida de que talvez fosse cedo demais para desistir... e depois de ter passado anos se perguntando se havia feito a escolha certa, se as coisas teriam terminado de maneira diferente caso não tivesse ido embora, e se, lá no fim, teria ganhado a batalha e ficado com ele. Só conseguiu se livrar da dúvida quando conheceu Sean e se casou. Até então, culpava-se por não ter sido mais paciente, porém dois anos e meio parecia tempo suficiente para que ele pudesse cumprir o que havia prometido, então finalmente se convenceu de que ele nunca iria ceder. Havia sempre uma desculpa, mas, após algum tempo, elas acabaram perdendo força. Ele achava que aquelas justificativas eram verdadeiras, mas Carole já havia desistido. E, ao conversarem, logo depois de Carole voltar a si, no hospital, ele a eximira de toda e qualquer culpa quando assumiu que ela havia tomado a decisão certa. Mesmo com a memória falha, havia sido um enorme alívio ver que ele, finalmente, reconhecia isso. Em suas conversas pelo telefone, um ano depois da separação, ele ainda a culpava por ter desistido cedo demais. Agora ela sabia que o que ele dizia não era verdade. Fizera a coisa certa. E, mesmo depois de 15 anos, estava agradecida por ter se dado conta disso, assim como sentia-se grata pelo relato de Jason sobre o casamento deles. Ela começava a se perguntar se, de alguma forma macabra, o atentado no túnel tinha sido uma bênção. Todas as pessoas que haviam feito parte de seu passado agora estavam abrindo seus corações. Se não fosse

o atentado, nunca saberia essas coisas. Era exatamente o que Carole precisava para seu livro, e para sua vida.

— Você precisa descansar — disse Matthieu finalmente, ao notar os olhos cansados dela. A investigação da polícia a deixara extenuada e falar sobre o passado também tinha sido desgastante. Então ele fez uma pergunta que o atormentava desde que a vira no hospital pela primeira vez. Já tinha ido visitá-la várias vezes, aparentemente de forma casual, mas seu interesse em vê-la era bem menos repentino do que parecia. E agora que ela estava consciente e lembrava o que ambos tinham representado um para o outro, Matthieu sabia que Carole tinha condições de responder. — Você gostaria que eu viesse aqui novamente? — perguntou ele, prendendo a respiração. Ela hesitou por um longo tempo. No início, sentira-se confusa e tensa, mas agora era confortador tê-lo por perto, como um anjo da guarda que havia aparecido e que a protegia com suas largas asas e seus olhos intensamente azuis, da cor do céu.

— Sim — respondeu ela finalmente, após um longo momento. — Gosto de conversar com você. Não precisamos falar sobre o passado. — Carole sempre gostou de conversar com ele e, quanto ao passado, já sabia o suficiente e não estava certa se queria descobrir mais. Mesmo depois de tantos anos, aquele tempo que passaram juntos era repleto de sofrimento. — Talvez possamos ser amigos. Eu gostaria muito disso.

Ele assentiu em silêncio, embora desejasse algo mais. Porém, não queria assustá-la, já que ela ainda estava frágil depois de tudo o que tinha acontecido. Além disso, o relacionamento tinha terminado havia muito tempo. Provavelmente era tarde demais, por mais que fosse difícil de admitir. Ele tinha perdido a mulher que mais amara na vida, mas agora ela estava de volta, de um jeito diferente. Talvez, como ela mesma havia dito, as coisas poderiam ficar do jeito que estavam. Eles poderiam tentar.

— Venho amanhã — prometeu ele, ao se levantar, olhando nos olhos dela. Carole parecia frágil sob as cobertas, seu corpo

mal fazia uma ondulação na cama. Matthieu se curvou para beijá-la na testa. Ela deu um sorriso tranquilo, fechou os olhos e falou em um sussurro pleno de sonhos:

— Adeus, Matthieu... obrigada...

Ele nunca sentira tanto amor por ela quanto naquele momento.

14

No final da tarde, Stevie apareceu no hospital carregando uma pequena mala e pediu à enfermeira que colocasse uma cama no quarto de Carole, pois planejava passar a noite com a amiga. Quando chegou, Carole havia acabado de acordar de um longo cochilo. Depois que Matthieu foi embora, ela dormiu por algumas horas, exausta pelos acontecimentos da manhã e pela longa conversa que tiveram. As duas atividades haviam exigido muita concentração de sua parte.

— Estou de mudança para cá — declarou Stevie, colocando a mala no chão. Seus olhos ainda estavam irritados, seu nariz, vermelho, e a tosse persistia. Mas estava tomando antibióticos e afirmou que já não havia mais a possibilidade de contágio. Carole também estava melhor do resfriado. — Então, em que tipo de confusão você se meteu hoje?

Carole contou-lhe sobre a visita da polícia, e Stevie ficou aliviada por ver os dois guardas da CRS na porta, embora as armas parecessem assustadoras. Um potencial agressor acharia o mesmo também.

— Matthieu ficou depois que eles foram embora. Ele estava aqui quando falei com a polícia — acrescentou Carole, pensativa. Stevie olhou para ela, intrigada.

— Devo ficar preocupada?
— Acho que não. Tudo aconteceu há tanto tempo. Eu era muito jovem, bem mais do que você é agora. Concordamos em ser amigos, ou pelo menos tentar. Acho que ele tem boas intenções. Parece um homem infeliz. — Ele ainda possuía a mesma intensidade da época em que viviam juntos, mas agora havia uma profunda tristeza em seus olhos que antes não existia, exceto quando sua filha morreu. — De qualquer maneira, vou para casa logo. É uma sensação boa enterrar antigos fantasmas e manter uma boa relação com eles. Isso os enfraquece.

— Não sei se alguma coisa poderia enfraquecer aquele homem. — Ele entra aqui como um tsunami, e todo o mundo fica apavorado só de vê-lo.

— Ele foi um homem muito importante; ainda é. Ele telefonou para o ministro do Interior para conversar sobre o atentado que sofri aqui no quarto. Foi assim que conseguimos os guardas para ficarem na porta.

— Não quero saber disso. Só não vou admitir que ele a incomode — disse Stevie, soando bastante protetora. A jovem não queria que nada perturbasse Carole, nunca mais se possível. Ela havia sofrido demais, sua recuperação já estava sendo bem difícil. Não precisava ter de lidar com questões emocionais, principalmente em relação a Matthieu. Ele havia tido sua chance e, pelo que Stevie sabia, a desperdiçara.

— Ele não me incomoda. As coisas das quais me lembro sobre o nosso relacionamento me chateiam, às vezes, mas ele tem sido muito atencioso. Pediu até permissão para me visitar de novo.

A atitude de Matthieu a deixara impressionada. Ele não decidiu por conta própria, não supôs que poderia ir ao hospital quando bem quisesse. Muito pelo contrário, perguntou se ela gostaria que ele voltasse.

— E você deixou? — perguntou Stevie, curiosa. Ainda não confiava no ex-ministro. Ele tinha um olhar assustador,

mas não para Carole. Ela o conhecia bem; ou havia conhecido, no passado.

— Sim. Creio que podemos ser amigos. Vale a pena tentar. Ele é um homem muito interessante.

— Hitler também era... Stalin... não sei por que, mas tenho a sensação de que esse homem faria qualquer coisa para conseguir o que quer.

— Ele era assim antes. Agora é diferente. Nós somos diferentes. Ele está mais maduro. Tudo mudou. — Carole parecia convicta disso, mas Stevie não.

— Não aposte nisso. É difícil esquecer antigos amores.

O amor deles, com certeza, não fugia a essa regra. Carole passou muitos anos sem conseguir deixar de pensar nele e o amou durante um longo tempo, o que a impedira de se apaixonar novamente, até conhecer Sean. Mas ela se limitou a assentir, em silêncio.

Stevie acomodou-se na cama que o hospital havia providenciado e anunciou que as duas fariam uma festa do pijama. Carole sentiu-se culpada por ver que sua assistente estava mal instalada, em vez de dormir no conforto do Ritz. Mas, depois do incidente no quarto, Stevie não conseguia ficar tranquila longe de Carole e tinha prometido a Jason que permaneceria sempre ao lado dela. Ele havia telefonado várias vezes, chocado com o que acontecera. Os filhos de Carole também haviam ligado. Agora, além dos guardas armados na porta do quarto, Stevie também a protegia. A atriz estava emocionada de ver quanto a amiga e assistente se preocupava com ela. As duas ficaram até tarde da noite conversando e rindo, como se fossem crianças, enquanto a enfermeira permaneceu do lado de fora, conversando com os guardas.

— Nunca me diverti tanto — confessou Carole, a certa altura, no meio de uma risada. — Obrigada por ficar comigo.

— Eu também estava me sentindo sozinha no hotel — admitiu Stevie. — Estou começando a sentir saudades do Alan.

Os dois estavam afastados fazia várias semanas e não se viram nem sequer no Dia de Ação de Graças.

— Ele tem telefonado muito — acrescentou. — Finalmente está começando a se comportar como um adulto. Aliás, já não era sem tempo, ele fez 40 anos no mês passado. Custou a amadurecer. — Assim como Stevie, Alan nunca havia se casado e, ultimamente, falava muito sobre o assunto, além de viver fazendo planos para o futuro. — Ele me convidou para a ceia de Natal na casa dos pais. Sempre passamos as festas de fim de ano separados, porque o fato de comemorar juntos essas datas implica um compromisso sério. Portanto, acho que estamos dando um passo adiante, mas em direção a quê? Gosto das coisas como estão.

Os planos de Alan para o futuro deixavam Stevie nervosa.

— O que iria acontecer se você se casasse? — perguntou Carole com muita delicadeza.

Ela estava deitada na cama e, a não ser por uma lâmpada noturna instalada na cabeceira, o quarto estava praticamente escuro, o que propiciava confidências que elas provavelmente não ousariam trocar em circunstâncias diferentes, embora fossem sempre sinceras uma com a outra. Mas até mesmo entre elas alguns assuntos eram evitados. Essa pergunta, por exemplo, Carole nunca fizera antes e, mesmo naquele momento, havia hesitado em fazê-la.

— Eu me mataria — respondeu Stevie imediatamente, antes de cair na gargalhada. — Como assim? Não sei... nada... odeio mudanças. O nosso apartamento é bem confortável. Ele odeia a minha mobília, mas eu não me importo. Provavelmente eu pintaria a sala e arranjaria outro cachorro.

Stevie não conseguia entender por que teria de haver qualquer mudança em sua rotina, mas era possível que isso acontecesse. Após o casamento, Alan iria dividir a vida com ela, motivo pelo qual Stevie não queria se casar. Gostava das coisas exatamente como eram.

— Eu me refiro ao seu trabalho.

— Meu trabalho? O que o casamento tem a ver com isso, se não é com você que eu vou me casar? Se fosse, eu me mudaria para a sua casa. — As duas riram.

— Você trabalha muito, viaja comigo... enfim, passamos muito tempo fora de casa. E, toda vez que eu for vítima de um atentado terrorista, você pode acabar tendo que ficar em Paris por um bom tempo — explicou Carole com um sorriso.

— Ah, é isso? Caramba, não sei. Nunca pensei nisso. Creio que abandonaria Alan antes de largar o meu emprego. Aliás, tenho certeza disso. Se o meu trabalho for um problema, ele pode arrumar a malinha dele e sumir, para sempre. Não vou largar meu emprego. Jamais. Você teria que me matar primeiro.

Ouvir aquilo era reconfortante, embora, às vezes, a vida pudesse mudar de forma inesperada. Carole se preocupava com Stevie, pois queria que ela tivesse uma vida feliz, não apenas um emprego.

— E quanto ao Alan? Como ele se sente em relação a isso? Ele reclama?

— Não exatamente. Às vezes ele se queixa, quando eu fico fora muito tempo; diz que sente minha falta. Imagino que seja bom para ele, desde que não coloque outra mulher dentro do nosso apartamento. Mas Alan é muito conservador e vive ocupado. Na verdade, viaja mais do que eu, mas nunca vai para muito longe. Suas viagens, quase sempre, são dentro do estado da Califórnia, enquanto as minhas com você são para o exterior. Acho que ele nunca me traiu. Creio que era bem mulherengo quando mais jovem. É a primeira vez que vive com uma mulher. Por enquanto, o relacionamento tem dado certo, e isso é outra coisa que me faz pensar: para que mexer em time que está ganhando?

— Ele a pediu em casamento, Stevie?

— Não. Graças a Deus. Tenho medo de que faça isso. Antigamente, ele nunca falava em casamento, não queria nem

pensar nisso. Agora, volta e meia toca no assunto. Aliás, com muita frequência, nos últimos tempos. Diz que deveríamos nos casar. Mas nunca fez o pedido claramente. Eu ficaria angustiada se ele fizesse. Deve estar passando por uma espécie de crise de meia-idade. Isso também é deprimente, porque detesto pensar que somos tão velhos assim.

— Vocês não são velhos. É apenas um gesto carinhoso da parte dele mostrar que se sente responsável por você. Em seu lugar, eu ficaria mais angustiada se ele agisse de outra forma. Você vai passar o Natal na casa dos pais dele? — perguntou Carole, curiosa. Stevie respondeu com um murmúrio indecifrável, do outro lado do quarto.

— Acho que sim. A mãe dele é uma chata. Acha que sou muito alta e velha demais para o filho dela. Mas o pai é um amor. E eu gosto muito das irmãs dele. São inteligentes, assim como ele.

Para Carole, tudo parecia favorável, o que a fez se lembrar de telefonar para Chloe no dia seguinte. Queria convidá-la para ir para a Califórnia alguns dias antes da chegada dos outros, para que tivessem a oportunidade de passar algum tempo sozinhas. Achava que isso seria bom para as duas.

Em seguida, ficou no escuro durante alguns minutos, pensando no que Matthieu dissera a respeito dos cuidados que ela tinha com os filhos e sobre Chloe ter sido uma criança exigente e difícil de agradar. O relato dele, em parte, a eximia da culpa e a deixava aliviada, mas Carole queria tentar compensar a filha por tudo o que ela achava que não havia recebido na infância. Nenhuma das duas tinha nada a perder com essa resolução; pelo contrário, tinham muito a ganhar.

Ela estava quase dormindo quando Stevie voltou a falar. Era mais uma daquelas perguntas feitas com mais facilidade na escuridão do quarto. De onde estavam, uma não podia ver a outra. Portanto, o lugar era uma espécie de confessionário, e a pergunta surpreendeu Carole.

— Você ainda é apaixonada por Matthieu?

Essa dúvida incomodava Stevie havia alguns dias. Carole demorou a responder. Refletiu bastante e tentou se expressar o mais próximo possível da verdade.

— Não sei.

— Você acha que voltaria a morar aqui em Paris? — perguntou Stevie, de repente preocupada com seu emprego, da mesma forma que Carole se mostrara preocupada em perdê-la. Dessa vez Carole respondeu bem rápido, sem hesitar.

— Não. Muito menos por causa de um homem. Eu gosto da minha vida em Los Angeles. — Mesmo não tendo mais a companhia dos filhos, ela gostava da casa, da cidade, de seus amigos e do clima do lugar. Os invernos cinzentos de Paris já não lhe agradavam mais, por mais bonita que a cidade fosse. Já havia morado lá anos antes e não tinha a menor intenção de se instalar na capital francesa novamente. — Não vou ficar aqui — assegurou à sua assistente.

Pouco depois, ambas adormeceram tranquilas por saberem que suas vidas não iriam mudar. Pelo menos, no que dependia delas, o futuro estava certo.

QUANDO CAROLE ACORDOU na manhã seguinte, Stevie já havia trocado de roupa e feito a cama. Uma enfermeira carregando uma bandeja de café da manhã para Carole chegou acompanhada da neurologista.

A médica se posicionou ao lado da cama, com um sorriso carinhoso no rosto. Carole era a paciente estrela e, até o momento, havia tido uma recuperação que excedia todas as expectativas. Ela falou exatamente isso com a famosa atriz, na presença de Stevie, como se fosse uma mãe orgulhosa. Os médicos estavam muito satisfeitos com seu progresso.

— Ainda há muitas coisas de que não consigo me lembrar. O número do meu telefone, por exemplo; meu endereço, como é a parte externa da minha casa. Sei como é o meu quarto, o

jardim, e até o meu escritório, mas não consigo visualizar o restante da casa. Não me lembro do rosto nem do nome do caseiro, assim como não me lembro dos meus filhos quando eram pequenos... posso ouvir a voz do meu pai, mas não consigo ver o rosto dele... também não sei quem são as pessoas com quem convivo. Eu me lembro muito pouco dos meus casamentos, principalmente do último.

A médica sorriu diante daquela interminável lista.

— Não se lembrar desse último item pode ser uma bênção. Eu me lembro demais dos meus dois casamentos! Ah, como eu gostaria de esquecê-los! — brincou a médica, e as três mulheres riram. — Precisa ter paciência, Carole. A recuperação total da memória levará meses, talvez um ano, ou até dois. É possível que algumas lembranças nunca voltem, provavelmente as de menor importância. Você pode fazer algumas coisas para estimular a memória, como ver fotos antigas, ler algumas cartas, ouvir relatos de amigos. Seus filhos poderão ajudar. O seu cérebro sofreu um impacto muito grande e agora está fazendo o trabalho dele novamente. Você precisa dar um tempo para que ele possa se recuperar. É como se você estivesse no cinema e, no meio do filme, a exibição fosse interrompida. Leva um tempinho para que a fita possa ser rebobinada e o filme volte a rodar normalmente. Durante um tempo, algumas cenas acabam sendo puladas, a imagem fica embaçada, o som fica rápido ou lento demais, até que, finalmente, tudo se estabiliza. Você precisa ser paciente durante esse processo. Ficar revoltada ou jogar pipoca na tela não vai adiantar nada. E, quanto mais impaciente você ficar, mais dificuldade terá para lembrar.

— Será que vou saber dirigir?

Suas habilidades e sua coordenação motora melhoraram bastante, mas ainda não estavam totalmente recuperadas. Os fisioterapeutas haviam realizado um trabalho intenso, garantindo bons resultados. Seu equilíbrio estava melhor, mas, de vez em quando, ela sentia o quarto girar, ou as pernas ficarem fracas.

— Talvez não, no início. Mas depois você vai conseguir. Para cada caso, você tem que se lembrar, sem hesitar, do que sabia fazer antes. Coisas como usar a máquina de lavar louça, a máquina de lavar roupa, o computador, dirigir; enfim, tudo o que você sabia fazer antes precisa ser reinstalado no seu computador mental, ou recuperado, se estiver salvo lá. Acho que tem mais arquivos salvos do que você imagina. Daqui a um ano, talvez não haja nenhum indício desse incidente. Ou até em seis meses, quem sabe? Ou talvez permaneça alguma coisinha que agora ache mais complicada. Você vai precisar de um fisioterapeuta na Califórnia que seja especialista em traumatismo craniano. Eu ia sugerir um fonoaudiólogo, mas não creio que seja mais necessário.

Após sua dificuldade inicial em se lembrar das palavras, Carole parecia ter acesso total ao seu vocabulário.

— Conheço um neurologista excelente em Los Angeles — prosseguiu a médica — que pode acompanhar o seu caso. Enviaremos todos os seus registros para ele, quando você chegar a Los Angeles. Sugiro, a princípio, uma consulta a cada 15 dias, mas ele é quem vai decidir com que frequência irá examiná-la. Depois, você pode aumentar o intervalo entre as consultas para alguns meses, desde que não esteja sentindo nada. Se tiver dores de cabeça ou sentir tonturas, informe ao médico imediatamente. Não espere pela próxima consulta. Você pode ficar assim por algum tempo. Vamos fazer uns exames hoje, mas estou extremamente satisfeita com o seu progresso. Você é a "paciente-milagre" do La Pitié.

Alguns sobreviventes do atentado não evoluíram tão bem, e muitos haviam morrido logo nos primeiros dias de recuperação; a maioria em decorrência das queimaduras. Os braços de Carole haviam cicatrizado, a queimadura no rosto tinha sido superficial, e ela já estava se acostumando à cicatriz. A médica ficara impressionada com sua falta de vaidade. Carole era uma mulher sensata e estava muito mais preocupada com seu

cérebro do que com sua aparência. Ainda não havia decidido se faria uma cirurgia para remover a cicatriz. Viveria com ela durante algum tempo e só então analisaria quanto isso a afetava. Assim como os médicos, ela se preocupava com o possível efeito da anestesia em seu cérebro. A cicatriz podia esperar.

— Quero que você espere mais algumas semanas para viajar de avião. Sei que quer ir para casa para as festas de fim de ano, mas, se puder esperar até o dia 20 ou 21, seria melhor. Desde que não haja nenhuma complicação até lá. Se houver algum problema, os planos terão que ser repensados. Mas, como está tudo bem até agora, creio que estará em casa para o Natal.

Ao ouvir isso, os olhos de Carole se encheram de lágrimas. Stevie também se emocionou. Durante algum tempo, elas chegaram a pensar que Carole nunca mais voltaria para casa, ou que não reconheceria o próprio lar, caso tivesse alta. Esse seria um ótimo Natal, ao lado de seus filhos e de Jason. Fazia muitos anos que não comemoravam a data juntos. Chloe e Anthony estavam empolgados, e ela também.

— Quando poderei voltar para o hotel? — perguntou Carole. Sentia-se tão segura e confortável em seu casulo no hospital que a perspectiva de sair dali a deixava temerosa, mas lhe agradava a ideia de poder passar seus últimos dias em Paris no Ritz. Já havia sido combinado que uma enfermeira iria acompanhá-la.

— Tudo vai depender dos resultados dos exames que faremos hoje. Talvez você possa voltar ao hotel amanhã. — Carole sorriu, embora soubesse que sentiria falta da sensação de segurança que o hospital, com a assistência médica disponível o tempo todo, lhe dava. Já estava arranjado que os guardas da CRS iriam para o Ritz, reforçando a segurança do hotel assim que ela chegasse. Tudo já estava sendo providenciado. — O que acha de um médico acompanhá-la durante a viagem para a Califórnia? Acho que seria uma boa ideia e você ficaria mais tranquila. A pressão no avião pode causar algumas mudanças que podem

alarmá-la, embora eu ache que, até lá, você já não terá mais problemas. É só por precaução. E um conforto a mais para você.

Carole e Stevie gostaram da ideia. Stevie não tinha falado nada antes, mas estava preocupada com a viagem e com a pressão no avião, como bem lembrou a médica.

— Seria ótimo — respondeu Carole imediatamente, e Stevie demonstrou sua aprovação.

— Conheço um jovem neurocirurgião que tem uma irmã em Los Angeles e está louco para passar o Natal com ela. Vou falar com ele. Tenho certeza de que vai adorar a ideia.

— Eu já adorei — falou Stevie, aliviada. Estava apavorada diante da responsabilidade de viajar sozinha com Carole, com medo de que acontecesse algo durante o voo. Era uma viagem de 11 horas, muito tempo para ficar sem nenhum apoio médico depois de tudo o que ela havia passado. Haviam cogitado a hipótese de fretar um avião, mas Carole não aceitou. Parecia-lhe uma despesa desnecessária; afinal, só estava um pouco fraca. Ela queria voltar para casa da mesma maneira que tinha ido para Paris: de Air France, agora com Stevie ao seu lado. A única diferença seria a companhia do jovem médico cuja irmã mora em Los Angeles. Stevie sentiu-se bem mais tranquila em relação à viagem. Poderia até dormir, já que haveria um médico para cuidar de Carole, e, ainda por cima, um neurocirurgião.

— Então acho que está tudo acertado — disse a médica, sorrindo novamente. — Mais tarde conversaremos sobre os resultados dos exames. Acho que logo, logo, você poderá começar a fazer as malas. Em breve, estará bebendo champanhe no Ritz. — Elas sabiam que aquilo era uma brincadeira, porque Carole tinha sido avisada de que não poderia ingerir álcool durante um tempo. De qualquer forma, ela raramente bebia, portanto não se incomodou com a restrição.

Assim que a médica saiu, ela se levantou e tomou um banho. Stevie ajudou-a a lavar o cabelo e, dessa vez, Carole observou a cicatriz no espelho por um longo tempo.

— Tenho que admitir que não é uma marca muito bonita — disse ela, apertando os olhos para enxergá-la melhor.

— Parece a cicatriz de um duelo — disse Stevie, achando graça. — Aposto que consegue disfarçá-la com maquiagem.

— Talvez. Quem sabe ela seja meu distintivo de honra? Pelo menos a minha mente não ficou completamente retalhada — disse Carole, afastando-se do espelho e dando de ombros, enquanto tirava a umidade do cabelo com uma toalha. Em seguida, voltou a comentar com Stevie que estava apreensiva em deixar o hospital. Era como sair do ventre da mãe para o mundo. Porém, ao mesmo tempo, estava tranquila por saber que teria uma enfermeira no hotel.

Quando acabou de secar o cabelo, Carole telefonou para Chloe, em Londres. Disse à filha que voltaria ao hotel em breve e que estaria em Los Angeles antes do Natal. Assim como todos os médicos, ela presumia que os resultados de seus exames seriam positivos, ou pelo menos não seriam piores do que os anteriores. Não havia nada que sugerisse o contrário.

— Eu estive pensando numa coisa: o que você acha de ir para Los Angeles alguns dias antes do seu irmão e do seu pai? — sugeriu Carole. — Talvez no dia em que eu chegar. Você poderia me ajudar com os preparativos para o Natal. Poderíamos sair para fazer compras. Acho que não comprei nada antes de vir para cá. Poderia ser uma boa oportunidade para passarmos um tempo juntas e talvez planejarmos uma viagem na primavera, para algum lugar que você queira muito ir. — Carole estava pensando nisso havia vários dias e gostava muito da ideia.

— Só nós duas? — perguntou Chloe, surpresa.

— Só nós duas — garantiu-lhe Carole, sorrindo ao segurar o telefone. Então olhou para Stevie, que ergueu o polegar em sinal de aprovação. — Acho que precisamos recuperar o tempo perdido entre mãe e filha. Se quiser, estou pronta.

— Puxa! Mãe... nunca pensei que ouviria isso de você — disse Chloe, admirada.

— Eu adoraria. Seria um presente para mim, se você tiver tempo disponível.

Ela se lembrou de que Matthieu havia dito que era preciso muita paciência para lidar com a filha. Desde pequena, Chloe demandava bastante atenção. Porém, mesmo que ela tenha sido uma criança difícil, se era de atenção que precisava, por que não lhe dar isso? As pessoas têm diferentes necessidades, e, no caso de Chloe, possivelmente essas necessidades são mais do que a maioria precisa. E isso acontece por algum motivo, fosse culpa de sua mãe ou não. Carole dispunha de tempo. Por que não usá-lo para proporcionar felicidade à sua filha? Afinal, para que servem as mães? Só porque Anthony era mais independente não significava que as necessidades de Chloe eram menos importantes; eram apenas diferentes. E Carole queria passar um tempo com o filho também. Desejava compartilhar o presente que recebera: sua vida. Afinal de contas, eles eram seus filhos, mesmo sendo adultos e independentes. Independente do que precisassem, ela estava disposta a tentar oferecer, em nome não só do passado, mas também do presente e do futuro. Um dia, eles teriam suas próprias famílias. Agora era hora de passar momentos especiais ao lado deles, antes que fosse tarde demais. Era sua última oportunidade, e ela a agarraria com unhas e dentes.

— Por que não pensa em um lugar aonde gostaria de ir? — sugeriu Carole. — Talvez nessa primavera. Qualquer lugar. — Aquela era uma oferta maravilhosa e, como sempre, Stevie estava impressionada com a atitude de sua chefe e amiga. Carole nunca desapontava. Sempre fora uma mulher extraordinária; era um privilégio ser sua amiga.

— Que tal Taiti? — sugeriu Chloe, superanimada. — Posso tirar férias em março.

— Acho ótimo. Creio que nunca estive lá. E, se estive, não me lembro de nada, portanto será novidade para mim. — Ambas riram do comentário de Carole. — Vamos ver isso. Enfim,

devo voltar a Los Angeles no dia 21. Você poderia ir no dia 22. Anthony e Jason só chegarão na véspera do Natal. Não é muito tempo, mas já é alguma coisa. Até lá, ficarei em Paris.

Ela sabia que Chloe precisaria adiantar seu trabalho na *Vogue* inglesa e até trabalharia nos fins de semana para compensar o tempo que passaria de férias. Portanto, não esperava vê-la em Los Angeles até pouco antes do Natal. E ainda não se sentia forte o bastante para viajar até Londres para ver a filha. Queria se poupar para a viagem de volta para casa; algo que seria um desafio. Agora um pouco mais fácil, já que teria a companhia de um neurocirurgião durante o voo.

— Chegarei no dia 22. E obrigada, mãe — disse Chloe.

Carole sentiu que a filha tinha agradecido do fundo do coração. No mínimo, reconhecera o esforço que a mãe estava fazendo para ficar ao seu lado. Carole se perguntou se não havia se esforçado sempre e que talvez sua filha nunca tivesse notado, ou não fosse madura o suficiente para perceber sua boa vontade e se sentir agradecida. Agora, o esforço era mútuo, e ambas estavam conscientes o bastante para ser gentis uma com a outra. Isso, por si só, já era um enorme presente para as duas.

— Ligo para você quando chegar ao hotel. Amanhã ou depois.

— Obrigada, mãe — repetiu Chloe com ternura, antes de as duas se despedirem de forma carinhosa.

Em seguida, Carole telefonou para Anthony, em Nova York. Ele estava no escritório e parecia ocupado, mas ficou feliz ao ouvir sua voz. Ela lhe contou que voltaria para o hotel em breve e que estava ansiosa para vê-lo no Natal. Ele pareceu bem-humorado, embora a alertasse, novamente, para que não falasse com Matthieu. Esse era um assunto recorrente quando conversavam ao telefone.

— Simplesmente não confio nele, mãe. As pessoas não mudam. Eu me lembro de quanto ele te fez sofrer. Tudo o que me lembro dos nossos últimos dias em Paris é de ver você chorando

o tempo todo. Nem sabia o motivo. Só via que você estava muito triste. Não quero vê-la assim de novo. Você já passou por muita coisa. Prefiro ver você casada novamente com o papai.

Era a primeira vez que ele dizia isso, e ela ficou espantada. Não queria desapontá-lo, mas não iria voltar para Jason.

— Isso está fora de cogitação — falou ela calmamente. — Acho que nos damos melhor como amigos.

— Bem, Matthieu não é seu amigo — rosnou Anthony. — Ele se portou como um verdadeiro safado quando vocês estavam juntos. Ele era casado, não era?

Anthony tinha apenas uma vaga recordação do que acontecera na época, e só a impressão negativa havia permanecido, o que era muito forte. Ele faria qualquer coisa para proteger a mãe de passar por todo aquele sofrimento mais uma vez. Agora, a simples lembrança do que havia acontecido o deixava magoado. Sua mãe merecia ser tratada da melhor forma possível por qualquer homem.

— Sim, ele era casado — assentiu ela, baixinho. Não queria ser colocada na posição de defensora de Matthieu.

— Eu sabia. Então por que ele morava com a gente? — perguntou Anthony, intrigado, pois Matthieu ficava na casa deles a maior parte do tempo.

— Os homens fazem esse tipo de esquema na França. Eles têm amantes e continuam casados. Não é uma situação confortável para ninguém, mas todos parecem aceitá-la por aqui. E, naquela época, era muito mais difícil ainda se divorciar, então as pessoas viviam desse jeito. Eu queria que ele se separasse, mas a filha dele morreu e a esposa ameaçou se suicidar. Além disso, ele ocupava um cargo importante no governo, e uma separação seria um escândalo. Parece incoerente, mas era considerado menos ofensivo viver como vivíamos. Ele falava que ia se divorciar e que depois iríamos nos casar. Acho até que ele acreditava nisso, só que nunca conseguiu cumprir a promessa. Por isso fomos embora — contou ela, dando um suspiro no

final. — Eu não queria ir, mas não aceitava mais viver daquele jeito. Não parecia certo nem para os meus filhos nem para mim. Não podia tolerar uma vida assim. Não admitia ser a eterna amante de alguém e levar uma vida secreta.

— O que aconteceu com a esposa dele? — perguntou Anthony, impassível.

— Ela morreu. No ano passado, se não me engano.

— Vou ficar muito chateado se você voltar a se envolver com esse homem. Ele vai te magoar novamente. Como já fez antes — advertiu-a Anthony, como se fosse seu pai.

— Não estou envolvida com ninguém — disse ela, tentando acalmá-lo.

— Mas existe essa possibilidade? Seja sincera, mãe.

Carole adorava o som da palavra "mãe". Ainda lhe soava como algo novo e repleto de amor. Toda vez que um de seus filhos a chamava assim, ela ficava emocionada.

— Não sei. Não consigo imaginar uma coisa dessas. Tudo aconteceu há tanto tempo.

— Ele está ainda apaixonado por você. Pude notar quando o vi.

— Se isso for verdade, ele está apaixonado pela recordação de quem eu era na época. Nós dois envelhecemos — explicou ela. Muitas coisas tinham acontecido desde que ela chegara à França. Ainda precisava se recuperar e tinha muito o que reaprender e assimilar. Só de pensar em tudo aquilo já se sentia extremamente cansada.

— Você não é velha. Só não quero que sofra.

— Eu também não. Não consigo nem pensar em algo assim agora.

Anthony se tranquilizou ao ouvir as palavras da mãe.

— Ótimo. Você vai para casa em breve. Tente apenas não dar a ele nenhuma chance de começar alguma coisa até lá.

— Tudo bem, mas você precisa confiar em mim — pediu ela, sentindo-se uma verdadeira mãe. No entanto, por mais

que seu filho a amasse, Carole tinha o direito de tomar as próprias decisões e conduzir a própria vida. E queria deixar isso bem claro.

— Eu só não confio nele.

— Por que não damos um crédito a Matthieu, por enquanto? Ele não era um mau-caráter; sua situação é que era confusa e, por tabela, a minha também. Fui uma tola de me envolver, mas eu era jovem. Tinha praticamente a idade que você tem agora. Devia ter percebido o que estava acontecendo, afinal ele é francês. Naquele tempo, os franceses não se divorciavam. Nem sei se fazem isso hoje. Ter uma amante é tradição por aqui — disse ela com um sorriso, enquanto Anthony, do outro lado da linha, balançou a cabeça em um gesto de reprovação.

— Se quer saber a minha opinião, acho isso péssimo.

— Tem razão — admitiu ela, lembrando-se claramente dos fatos.

Então, eles mudaram de assunto. Anthony disse que estava nevando em Nova York. Nesse momento, a imagem da neve veio à mente de Carole e, de imediato, ela se lembrou do tempo em que levava os filhos para patinar quando eram pequenos, no Rockefeller Center, onde havia uma enorme árvore de Natal. Isso acontecera pouco antes de ir para Paris, quando tudo ainda transcorria normalmente em sua vida. Jason tinha ido buscá-los e acabou levando todos para tomar sorvete. Ela se lembrou dessa época como a mais feliz de sua vida. Tudo parecia perfeito, embora não fosse bem assim.

— Não se esqueça de se agasalhar — recomendou Carole, o que fez Anthony rir.

— Pode deixar, mãe. Se cuide também. Não vá fazer nenhuma loucura quando voltar ao Ritz, como sair para dançar, por exemplo.

Ela não conseguiu entender o recado e não sabia se ele estava falando sério.

— Eu gosto de dançar? — perguntou, confusa.

— Demais. É a rainha das pistas de dança. Vou ajudar você a se lembrar quando for para casa no Natal. É só tocar uma música. Ou posso te levar a uma boate.

— Acho que eu vou gostar — disse ela. *Se eu não ficar tonta e cair*, pensou, desolada por ainda haver tantas coisas que não sabia a seu respeito. Pelo menos podia contar com alguém para ajudá-la a se lembrar.

Os dois conversaram por mais alguns minutos e se despediram de forma carinhosa. Logo depois, Jason telefonou para ela. Ele havia acabado de entrar no escritório quando Anthony desligou e contou ao pai que sua mãe parecia muito bem. Carole ficou emocionada com o telefonema do ex-marido.

— Soube que está nevando em Nova York — disse ela.

— Muito. Dez centímetros nos últimos sessenta minutos. O serviço de meteorologia diz que teremos 60 centímetros de neve até a noite. Sorte sua ir para Los Angeles em vez de vir para cá. Soube que a temperatura lá hoje é de 24 graus. Não vejo a hora de viajar no Natal.

— Eu não vejo a hora de estarmos todos juntos — falou ela com um sorriso cheio de ternura, expressando um sentimento do fundo do coração. — Estava me lembrando do dia em que levei as crianças para patinar no Rockefeller Center e você nos levou para tomar sorvete depois. Foi muito bom.

— Agora você está se lembrando de coisas que nem eu me recordo — comentou ele com um tom de divertimento na voz. — Nós costumávamos levar as crianças para andar de trenó no parque, o que também era muito divertido.

Além desses passeios, os dois levavam os filhos ao carrossel, ao lago com os barcos de controle remoto e ao jardim zoológico. Faziam muitas coisas juntos, e a própria Carole também se encarregava de sair com Anthony e Chloe, sempre que não estava filmando. Talvez Matthieu estivesse certo ao afirmar que ela nunca fora negligente com as crianças. Mas Chloe demonstrara que ela havia sido uma mãe ausente.

— Quando você terá alta? — perguntou Jason.
— Amanhã, espero. Terei a confirmação hoje.

Carole explicou que um médico a acompanharia na viagem de volta a Los Angeles, e Jason ficou aliviado.

— Isso é ótimo. Não vá fazer nenhuma loucura até lá. Vá com calma e coma muitos docinhos no hotel.

— O médico disse que preciso caminhar. Talvez faça algumas compras de Natal.

— Não se preocupe com essas coisas. Já temos o único presente de Natal que poderíamos desejar: você. — Ao ouvir essas palavras tão carinhosas, ela ficou emocionada novamente. Por mais que buscasse em sua memória, não conseguia evocar nenhum sentimento romântico por Jason, mas sentia um amor fraternal por ele. Afinal, ele era o pai de seus filhos, um homem por quem tinha sido apaixonada e com quem fora casada durante dez anos. Ele ficaria, para sempre, em seu coração, mas de um modo diferente do que havia sido no passado. O relacionamento deles e o que um sentia pelo outro haviam mudado com os anos. Pelo menos para ela. Com Matthieu, porém, as coisas eram diferentes. Seus sentimentos em relação a ele pareciam bem mais complicados, e às vezes ele a deixava inquieta. Com Jason, isso não acontecia. Ele era um porto ensolarado, no qual ela se sentia confortável e segura. Matthieu, por sua vez, era um jardim misterioso onde ela temia entrar, embora se lembrasse de sua beleza e de seus espinhos. — Nos vemos em Los Angeles — disse Jason, animado, antes de desligar.

Logo depois, a médica entrou trazendo os resultados dos exames. Eles mostravam que seu quadro havia apresentado melhora.

— Você está pronta para ser liberada — disse ela, sorrindo. — Pode ir para casa... ou voltar para o Ritz, por ora. O hospital lhe dará alta amanhã.

A equipe médica estava triste por vê-la partir, mas, ao mesmo tempo, feliz por ela ter melhorado. E Carole sentia exatamente a mesma coisa. Aquele havia sido um mês atípico,

Naquela tarde, Stevie arrumou a mala de Carole e avisou à segurança do hotel que elas estariam de volta no dia seguinte. O chefe da segurança recomendou que usassem a entrada da rue Cambon, nos fundos do hotel, que seria aberta para elas. A maior parte da imprensa e dos paparazzi aguardavam a famosa atriz na place Vendôme. Carole queria evitar chamar atenção, embora soubesse que, mais cedo ou mais tarde, alguém conseguiria uma foto sua. Mas, por enquanto, ela só queria paz. Seria a primeira vez dela fora do hospital, após passar um mês internada lutando pela vida. Stevie estava fazendo de tudo para que a amiga se recuperasse completamente, antes que a imprensa caísse em cima dela. As notícias sobre a recuperação de Carole Barber estariam nas primeiras páginas dos jornais do mundo todo. Não era nada fácil ser uma estrela, e privacidade era algo que não existia para uma celebridade como Carole Barber. Morta ou viva, ela era notícia, e o trabalho de Stevie consistia em protegê-la dos curiosos. Os médicos haviam salvado sua vida e, com o apoio da CRS à segurança do hotel, a estrela estaria segura. Considerando tudo isso, Stevie até achava sua missão a mais fácil de todas.

Naquela noite, Matthieu telefonou para saber notícias. Ele estava em Lyon e ficaria lá até o dia seguinte.

— Estou indo embora! — exclamou Carole, feliz. Silêncio do outro lado da linha.

— Para Los Angeles? — perguntou ele, desanimado; ela riu.

— Não, para o hotel. Os médicos querem que eu fique na cidade por mais duas semanas antes de viajar para os Estados Unidos, para terem certeza de que estou bem. Um neurologista irá me acompanhar durante o voo de volta e uma enfermeira ficará comigo no hotel. Vou ser bem assistida. Além disso, a médica irá me examinar no Ritz. Se eu não fizer nenhuma loucura e ninguém tentar me matar novamente, estarei bem. A médica recomendou que eu caminhasse para recuperar os movimentos das pernas. Estou pensando em me exercitar nas

joalherias da place Vendôme — brincou ela, já que nunca comprava joias. Carole parecia bastante animada. E ele, aliviado, em saber que ela ficaria em Paris por mais uns dias. Matthieu queria passar um tempo ao seu lado, antes que ela partisse. Era cedo demais para perdê-la de novo.

— Podemos ir a Bagatelle e dar uma caminhada por lá — sugeriu ele. Quando ouviu o nome do lugar, veio à mente de Carole a imagem dos dois passeando no local, assim como nos jardins de Luxemburgo e no Bois de Boulogne. Havia dezenas de lugares em Paris para passear. — Estarei de volta amanhã. Vou telefonar para você. Se cuide, Carole.

— Pode deixar. Prometo. Dá um medo sair do hospital. Sinto como se a minha cabeça fosse de vidro.

Apesar de exagerar na comparação, agora Carole tinha consciência de sua fragilidade, e de sua mortalidade, como nunca tivera antes. E não queria correr riscos novamente. A ideia de ficar longe dos médicos que tinham salvado sua vida a deixava assustada. Era um alívio saber que teria uma enfermeira para assisti-la no hotel. Além disso, Stevie conseguira um quarto contíguo à sua suíte, para ficar perto dela, caso houvesse algum problema, embora todos os prognósticos sugerissem o contrário. Mas, de qualquer maneira, todos estavam preocupados com Carole, inclusive Matthieu.

— Tem certeza de que pode viajar? — perguntou ele. Matthieu queria muito que ela permanecesse em Paris, mas a pergunta foi mais por preocupação do que por interesse.

— Os médicos acham que sim, desde que não haja nenhum problema nas próximas duas semanas. E eu quero estar em casa para o Natal, com os meus filhos.

— Eles podem passar as festas com você no Ritz.

— Não é a mesma coisa.

Além disso, agora Paris estava marcada para Anthony e Chloe também. Levaria um tempo até que pudessem voltar a se sentir felizes no Ritz, sem pensar nos dias angustiantes que

haviam passado na cidade, sem saber se a mãe sobreviveria ou não. Seria melhor ir para casa.

— Entendo. Se você não se incomodar, gostaria de visitá-la no hotel amanhã.

— Seria ótimo — disse ela, com bastante tranquilidade. Sentia vontade de vê-lo e de passear com ele.

Um simples passeio parecia algo inofensivo.

— Então nos veremos amanhã — despediu-se Matthieu. Assim que desligou, ficou pensando nela, temendo o dia em que Carole o deixaria novamente. Dessa vez, provavelmente para sempre.

15

Aprontar Carole para deixar o hospital revelou-se uma tarefa mais difícil do que Stevie imaginara. Carole acordou cansada no dia em que teria alta e nervosa por ter de abandonar o casulo que o hospital se tornara para ela. Era como passar de lagarta a borboleta mais uma vez. Stevie a ajudou a lavar o cabelo e, pela primeira vez, Carole se maquiou e conseguiu disfarçar a cicatriz no rosto. Em seguida, Stevie a ajudou a vestir uma calça jeans, um suéter preto, uma jaqueta de lã e os mocassins pretos de camurça. Carole estava usando os brincos de diamante que eram sua marca registrada, e seu cabelo estava preso no habitual rabo de cavalo sedoso e brilhante. Parecia a antiga Carole Barber, e não mais uma paciente em roupa de hospital. E, mesmo depois da experiência traumática pela qual tinha passado, sua beleza natural era impressionante, embora parecesse muito magra e um pouco frágil na cadeira de rodas. A equipe do hospital foi ao quarto para se despedir dela, e a

enfermeira que iria acompanhá-la ao Ritz vestiu o casaco e começou a empurrar a cadeira de rodas. Os dois guardas da CRS designados para proteger a atriz a acompanhavam com ar sisudo, empunhando suas armas, enquanto Stevie carregava sua bolsa e a de Carole. Eles formavam um grupo totalmente heterogêneo.

Desceram de elevador e atravessaram o hall acompanhados pelos agentes de segurança do hospital. O diretor do La Pitié Salpêtrière estava presente para se despedir da atriz e desejar-lhe boa sorte. Era uma cena comovente. Em seguida, a médica responsável pelo caso de Carole conduziu o grupo até a limusine que o hotel havia providenciado para buscá-la. Os dois guardas da CRS, a enfermeira, Stevie e Carole entraram rapidamente no veículo. Ela abaixou o vidro da janela e acenou para a pequena aglomeração de fãs e simpatizantes que estava na calçada. Stevie estava admirada por não haver nenhum fotógrafo ali para tumultuar a saída. Com sorte, entrariam no hotel com a mesma facilidade, pela rue Cambon, e chegariam ao quarto sem maiores incidentes. Carole já havia demonstrado sinais de cansaço após o esforço para se levantar da cama, se arrumar e sair, pois isso tudo representava uma grande mudança em sua rotina.

A limusine desceu a rue Cambon tranquilamente e parou na entrada dos fundos do Ritz, conforme combinado. Ligeiramente cambaleante, Carole saltou do carro, olhou para o céu e sorriu, enquanto os guardas da CRS se posicionavam ao seu lado. Em seguida, toda sorridente, andou em direção à entrada do hotel, sem precisar da ajuda de ninguém. De repente, quatro fotógrafos surgiram perto dela. Carole hesitou por um instante, mas continuou andando, ainda com um sorriso no rosto. Alguém tinha avisado à imprensa que ela voltaria ao hotel naquele dia. Os guardas da CRS os afastaram do caminho, fazendo com que os paparazzi abrissem passagem. Mas é claro que eles conseguiram fazer várias fotos enquanto chamavam o

seu nome. Um deles gritou "Bravo!" e jogou uma rosa em sua direção. Ela pegou a flor, olhou para ele e sorriu. Depois, com muita elegância, entrou no hotel.

O gerente a esperava lá dentro e a acompanhou até sua suíte. Para Carole, percorrer todo aquele trajeto tinha se mostrado mais cansativo do que ela imaginara. Ao caminhar pelos corredores, viu seguranças por todo lado. Ao entrar na suíte, já se sentia exausta, mas agradeceu ao gerente o enorme buquê de flores de boas-vindas que viu em cima da mesa. Minutos depois, o gerente deixou o quarto, e os guardas da CRS se posicionaram do lado de fora junto à equipe de segurança do hotel. Stevie deixou a bolsa de Carole em cima da mesa e olhou para ela, preocupada.

— Sente-se. Você parece abatida.

Carole estava pálida.

— Estou mesmo — admitiu ela, sentando-se em uma cadeira. Sentia-se como se tivesse 100 anos quando a enfermeira a ajudou a tirar o casaco. — Não consigo acreditar em quanto estou cansada. Tudo o que fiz foi sair da cama e vir até aqui de carro. Parece que fui atropelada por um ônibus.

— Foi mais ou menos o que aconteceu, há um mês. Descanse um pouco.

Stevie ainda estava aborrecida por terem avisado à imprensa que Carole voltaria ao hotel naquele dia. Era algo inevitável, ela sabia, mas agora os jornalistas não dariam descanso. Ficariam de prontidão a cada saída da atriz do hotel. Stevie considerou a possibilidade de elas utilizarem a entrada de serviço. Essa tática havia funcionado antes, embora a porta não fosse tão distante da entrada da rue Cambon, e, por isso, elas ainda estariam no campo de visão dos paparazzi. Todas essas particularidades só pioravam as coisas para Carole. Teria sido melhor se ninguém tivesse ficado sabendo de sua alta do hospital. Mas isso seria querer demais, levando em consideração tantas camareiras, garçons levando comida no quarto e toda a fofoca interna que

havia em um grande hotel, mesmo se tratando de um ambiente discreto como o Ritz. Alguém certamente se viu tentado a avisar à imprensa. E deve ter sido muito bem pago por isso.

Sem perguntar, Stevie lhe serviu uma xícara de seu chá favorito, que Carole aceitou de bom grado. Sentia-se como se tivesse escalado o Everest naquela manhã. E não era para menos, considerando o que havia passado.

— Quer comer alguma coisa?

— Não, obrigada.

— Por que não se deita um pouco? Acho que você já fez seu exercício matinal.

— Merda! Será que algum dia vou voltar ao normal? Não ficava tão cansada assim no hospital. Parece que vou morrer.

— É assim mesmo — tranquilizou-a Stevie. Ela percebeu o desânimo de Carole, mas aquela sensação era normal. A transição do hospital para o mundo real, por mais delicadamente administrada e cuidadosamente planejada, foi como se ela tivesse sido ejetada de um canhão. — Você vai se sentir melhor em um ou dois dias, talvez até antes. Precisa se acostumar com o que acontece à sua volta, não pode ficar deitada para sempre numa cama de hospital. Eu me lembro de quando fiz a cirurgia de apendicite, há dois anos, e voltei para casa me sentindo como se tivesse uns 90 anos. Cinco dias depois, estava me esbaldando e dançando em uma boate. Tenha paciência, querida. Tenha paciência — disse Stevie tranquilizando-a, e Carole suspirou, desanimada por se sentir tão fraca e abatida.

Carole entrou lentamente no quarto e olhou ao redor, atônita. Em seguida, viu a escrivaninha na qual havia deixado seu computador. Era como se tivesse saído para o fatídico passeio apenas há algumas horas. Ao se virar para Stevie, seus olhos estavam cheios de lágrimas.

— É uma sensação tão estranha saber que, na última vez que saí desse quarto, quase morri. É meio como morrer e renascer, ou ter outra chance.

Stevie assentiu em silêncio e abraçou a amiga.

— Eu sei. Pensei a mesma coisa. Quer trocar de quarto?

Carole balançou a cabeça. Ela não queria ser paparicada nem tratada como uma criança. Só precisava de tempo para se adaptar a tudo o que tinha acontecido, não só no aspecto físico como também no psicológico. Então deitou na cama e examinou o quarto, enquanto Stevie trazia mais chá. Agora se sentia um pouco melhor. Ficara nervosa ao dar de cara com a imprensa; embora, como de costume, não deixasse transparecer. Ao contrário, ela parecia uma verdadeira rainha ao acenar com elegância, sorrir e seguir seu caminho como se nada tivesse acontecido, com seu longo cabelo loiro e seus brincos de diamante reluzindo nas orelhas.

Mais tarde, Stevie pediu almoço para as duas, e Carole se sentiu mais confortável depois de comer. Em seguida, deleitou-se com um banho quente na enorme banheira de mármore rosa e voltou a se deitar, enrolada no roupão cor-de-rosa felpudo fornecido pelo hotel. Às quatro da tarde, Matthieu telefonou. Àquela altura, ela já havia descansado e estava mais confiante.

— Como foi voltar ao hotel? — indagou ele, em tom amável.

— Foi mais difícil do que imaginei que seria. Eu estava exausta quando chegamos, mas agora estou melhor. Não consigo acreditar em quanto foi complicado. E, para completar, demos de cara com uns paparazzi na entrada dos fundos. Eu devia estar parecendo a Noiva do Frankenstein quando saí do carro. Mal conseguia andar.

— Tenho certeza de que estava linda. Como sempre.

— Um dos paparazzi jogou uma rosa para mim e, embora eu tenha achado um gesto carinhoso, quando a flor me atingiu, parecia que ia me derrubar. Naquele minuto, a expressão "quase caí de susto" parecia bem real.

Ele riu da brincadeira.

— Eu ia convidar você para caminhar, mas acho que não está em condições. Posso lhe fazer uma visita, em vez disso?

Talvez possamos dar uma volta amanhã. Ou dar uma volta de carro, se você preferir.

— Você poderia vir tomar um chá comigo.

Carole não queria convidá-lo para jantar porque não sabia se isso seria apropriado. Afinal, o relacionamento deles havia sido fortemente abalado pelas mágoas, mas, ao mesmo tempo, a paixão os unira no passado.

— Eu ia adorar. Pode ser lá pelas cinco? — perguntou ele, agradecido por Carole se mostrar disposta a recebê-lo.

— Bem, eu não vou sair mesmo. — Estarei aqui.

Uma hora depois, Matthieu chegou ao hotel vestindo um terno escuro e um sobretudo cinza. Ainda fazia frio aquela tarde, e suas bochechas estavam rosadas devido ao vento. Carole usava o mesmo suéter preto, a calça jeans e os mocassins de camurça que colocara quando deixou o hospital, além dos habituais brincos de diamante. Para Matthieu, ela estava maravilhosa, embora muito pálida. Mas seus olhos brilhavam, e ela estava se sentindo melhor ao sentar-se ao lado dele para tomar chá e comer macarons e os biscoitos de amêndoa da confeitaria La Durée, providenciados pelo hotel. Matthieu ficara satisfeito ao ver os guardas na porta do quarto, além da segurança do hotel reforçada em todo o saguão. Estavam tomando todas as medidas possíveis para prevenir prováveis atentados; e deveriam mesmo, pois o incidente no hospital servira como alerta de que Carole estava em perigo.

— Como foram as coisas em Lyon? — perguntou ela com um sorriso no rosto.

— Cansativas. Tive que comparecer a uma audiência no tribunal que não pude adiar e quase perdi o trem de volta. Ou seja, dificuldades corriqueiras de um advogado e cidadão comum — falou ele com uma risada, feliz por estar ao lado dela.

Carole parecia revigorada e mais segura de si na companhia dele. Matthieu observou, satisfeito, que ela havia comido meia dúzia de macarons e ainda dividira uma bomba de café

com ele. Achava ótimo o fato de seu apetite ter melhorado, já que estava muito magra, embora menos pálida do que quando ele chegou. Levando-se em conta tudo o que ela havia sofrido nas últimas semanas, era inacreditável vê-la ali sentada usando jeans e brincos de diamante. Carole havia feito as unhas naquela tarde e optara por um esmalte cor-de-rosa claro, a mesma cor que usava havia muito tempo. Em silêncio, ele admirou seus dedos longos e graciosos, enquanto ela bebia o chá. Stevie tinha se retirado para seu quarto, acompanhada da enfermeira, e estava feliz por saber que Carole sentia-se à vontade na presença de Matthieu. Chegara a hesitar antes de deixá-los a sós, mas Carole sorriu e acenou com a cabeça, garantindo-lhe que estava tudo bem.

— Cheguei a pensar que nunca veria esse quarto novamente — admitiu Carole na sala de estar da suíte.

— Eu também receei que isso pudesse acontecer — confessou ele, aliviado.

Matthieu estava louco para tirá-la do hotel e levá-la para passear, mas era evidente que Carole não estava pronta para isso ainda, embora fosse gostar da ideia.

— Parece que sempre me envolvo em encrencas em Paris, não é mesmo? — comentou ela com um sorriso malicioso, ao que Matthieu riu e retrucou:

— Eu diria que dessa vez a encrenca foi um tanto exagerada, concorda?

Ela assentiu com um gesto de cabeça, e os dois começaram a conversar sobre o livro dela.

Carole contou que, nos últimos dias, tivera algumas ideias e esperava voltar a trabalhar assim que chegasse a Los Angeles. Ele a admirava por sua iniciativa, pois estava sempre recebendo convites de editores para escrever um livro de memórias e, até o momento, ainda não havia aceitado nenhuma proposta. Tinha muitos projetos e planejava se aposentar no ano seguinte para fazer tudo aquilo com que um dia havia sonhado, antes

que fosse tarde demais. A morte da esposa o levara a se dar conta de quanto a vida é curta e preciosa, principalmente na sua idade. Ele planejava esquiar com os filhos no Vale de Isère, no Natal. Carole disse que lamentava que seus dias de esqui tivessem acabado, pois a última coisa de que precisava era outro golpe na cabeça. Isso os fez lembrar quanto se divertiam quando esquiavam juntos. Eles esquiavam com frequência e levavam os filhos de Carole também. Matthieu era excelente no esporte e, quando jovem, chegara a participar de uma competição nacional. Carole também se saía muito bem.

Eles conversaram sobre diversos assuntos, enquanto a noite caía do lado de fora. Já eram quase oito horas quando ele se levantou, sentindo-se culpado por mantê-la acordada por tanto tempo. Sabia que Carole precisava descansar. Ele havia perdido a hora, e ela parecia cansada, porém tranquila. Ao se levantar e olhar pela janela, Carole se espantou. Estava nevando. Então, ela abriu a janela e pôs a mão do lado de fora, tentando pegar os flocos de neve, enquanto Matthieu a observava. De repente, ela se virou, parecendo uma criança feliz.

— Olhe! Está nevando! — falou ela, finalmente, toda animada. Ele assentiu e achou graça. Tomada por um sentimento de gratidão, Carole contemplou a escuridão da noite. Tudo agora tinha um significado novo para ela, e os menores prazeres lhe davam alegria. Mas, para Matthieu, ela era sua maior alegria. Sempre fora. — É tão lindo! — exclamou ela, deslumbrada. Ele estava bem atrás dela, mas não a tocou. Deleitava-se apenas com sua presença, enquanto tremia por dentro.

— Você também é linda — elogiou ele, baixinho. Sentia-se muito feliz por ela ter permitido esse encontro. Era um presente muito valioso para o francês.

Ela se virou para ele com o rosto emoldurado pela neve que caía lá fora.

— Estava nevando na noite em que me mudei para cá... você estava comigo... nós nos beijamos... eu me lembro de pen-

sar que nunca me esqueceria daquela noite tão linda. Então, fomos dar um passeio ao longo do Sena sob a neve... eu estava usando um casaco de pele com capuz... — sussurrou ela.

— ... parecia uma princesa russa...

— Foi exatamente o que você me disse.

Ele acenou com a cabeça, e os dois evocaram a magia daquela noite. Então, diante da janela aberta no Ritz, eles se aproximaram delicadamente e se beijaram. E o tempo parou.

16

Carole parecia preocupada quando Matthieu telefonou na manhã seguinte. Sentia-se melhor, e suas pernas estavam mais firmes, mas tinha ficado acordada durante horas pensando nele.

— Foi uma coisa estúpida o que fizemos na noite passada... desculpe... — disse ela quando atendeu ao telefone. Ficara perturbada a noite toda. Não queria reviver o passado. Mas as lembranças da noite em que se conheceram, vivida há muito tempo, foram tão poderosas que a arrebataram. Ambos se deixaram levar pelas emoções, exatamente como acontecera no passado. Eles exerciam um poder irresistível e inebriante um sobre o outro.

— Por que você acha isso? — perguntou ele, desapontado.

— Porque as coisas são diferentes agora. O passado é passado, e o presente é presente. Não se pode voltar no tempo. E eu vou embora em breve. Eu não pretendia deixá-lo confuso.

Carole também não queria que ele a deixasse confusa. Depois que Matthieu foi embora, sua cabeça ficou girando. Não por causa do trauma que havia sofrido, e sim por causa dele e do despertar de antigos sentimentos.

— Você não me deixou confuso, Carole. Se por acaso estou, a culpa é só minha... mas acho que não me sinto assim.

Não havia nada de confuso em relação aos seus sentimentos. Ele sabia que ainda estava apaixonado por ela, ou melhor, que nunca deixara de amá-la. Nada havia mudado. Fora Carole quem fechara a porta. E tentava fechá-la novamente.

— Quero ser sua amiga — disse ela em tom firme. Apenas isso.

— Nós somos amigos.

— Não quero fazer aquilo de novo — disse, referindo-se ao beijo da noite anterior.

Ela estava tentando ser forte, mas sentia-se assustada. Sabia o efeito que ele exercia sobre ela. Matthieu fora como um tsunami na noite passada.

— Então não irá acontecer de novo. Eu lhe dou a minha palavra.

Mas Carole sabia que, para ele, promessas não tinham valor. Nunca as cumpria. Pelo menos no passado fora assim.

— Nós dois sabemos que prometer não adianta nada — disse Carole involuntariamente, e ele suspirou. — Desculpe. Não foi o que eu quis dizer.

— Mas disse. E eu merecia ouvir isso. Vamos apenas dizer que a minha palavra tem mais valor hoje do que antigamente.

— Desculpe.

Ela estava constrangida pelo que havia acabado de falar. Não dispunha do seu controle habitual, mas isso não era desculpa, mesmo ele merecendo. Porém, apesar de tudo, Matthieu não demonstrou ter ficado zangado.

— Tudo bem. E quanto ao nosso passeio? Ainda está de pé? — A neve que caíra na noite anterior já havia derretido. Fora apenas uma breve lufada, mas estava frio e ele não queria que ela adoecesse. — Vai precisar de um casaco bem quente.

— Eu tenho um... quer dizer, tinha. — Ela lembrou que o usara na fatídica noite. E, assim como todas as outras peças de

roupa que estava vestindo, o casaco também não existia mais. Quando a ambulância a resgatou, ela estava coberta por trapos.

— Posso pegar o casaco da Stevie emprestado.

— Aonde você quer ir?

— Que tal Bagatelle?

— Boa ideia. Vou providenciar para que seus seguranças nos sigam em outro carro.

Ele não queria correr riscos, e ela concordou. O problema seria sair do hotel. Carole sugeriu encontrá-lo em frente ao Crillon, onde passaria para o carro dele.

— Parece filme de espionagem — comentou Matthieu, achando graça, embora esse tipo de tática não fosse novidade para ele. Afinal, costumavam ser cautelosos quando moravam juntos.

— É espionagem — concordou Carole, dando uma risada.

— A que horas nos encontraremos? — Ela parecia mais feliz e mais à vontade do que alguns minutos antes, embora tentasse estabelecer limites para os dois.

— Que tal às duas da tarde? Tenho uma reunião um pouco mais cedo.

— Então nos vemos no Crillon às duas. A propósito, em que carro vai estar? Eu iria odiar entrar no carro errado. — Ele riu da ideia, embora achasse que o motorista ficaria satisfeito.

— Tenho um Peugeot azul-marinho. Estarei com um chapéu cinza, uma rosa na mão e vou calçar apenas um sapato.

Ela riu, lembrando-se do habitual bom humor de Matthieu. Costumava se divertir com ele; e também sofrer. Ainda se sentia culpada por tê-lo beijado na noite anterior e estava decidida a não permitir que isso voltasse a acontecer.

Carole pediu a Stevie que providenciasse um carro para ela; depois as duas almoçaram no quarto. Ela comeu um club sandwich que achou delicioso e tomou a canja do hotel.

— Tem certeza de que está se sentindo bem para sair? — perguntou Stevie, preocupada. Carole parecia melhor do que

na véspera, mas sair para um passeio era um tanto ousado e talvez até mesmo exagerado no momento. Stevie temia que Matthieu a deixasse cansada ou agitada, pois percebeu que a amiga tinha ficado exausta e nervosa depois que ele saiu.

— Pode deixar. Se ficar muito cansada, eu volto.

Matthieu era cauteloso com ela também e não a deixaria exagerar.

Em seguida, Carole pegou emprestado o casaco de Stevie, que a levou até o carro que a aguardava na entrada da rue Cambon. O capuz do casaco cobria sua cabeça, e ela estava de óculos escuros. Usava a mesma roupa do dia anterior, com um pesado suéter branco por cima, dessa vez. Havia dois paparazzi do lado de fora, que tiraram uma foto dela entrando no carro. Stevie a acompanhou por duas quadras, depois voltou ao hotel a pé, deixando a amiga seguir com os dois seguranças.

Matthieu a esperava em frente ao Crillon, exatamente como haviam combinado, e ela mudou de carro. Ninguém a tinha seguido. Estava sem fôlego e um pouco tonta quando se sentou no banco do carona.

— Como está se sentindo? — perguntou ele, parecendo preocupado. Quando ela abaixou o capuz e tirou os óculos escuros, o francês percebeu que ainda estava muito pálida, porém bastante bonita. Mesmo depois de todos aqueles anos, ainda se sentia arrebatado por ela.

— Bem. Um pouco trêmula, mas é bom sair do hotel. — Ela já estava cansada de ficar presa no quarto e percebeu que estava comendo muito doce por não ter nada melhor para fazer. — Parece bobagem, mas é bom dar uma volta. Isso é a coisa mais emocionante que fiz em um mês.

A não ser beijá-lo. Mas não se permitiria pensar nisso agora. Matthieu podia ver em seus olhos que ela estava alerta e pretendia mantê-lo à distância, embora o tivesse cumprimentado com um beijo no rosto quando chegara. Antigos hábitos não

desaparecem facilmente, mesmo depois de 15 anos. E Carole tinha perpetuado em sua alma esse gesto de intimidade com ele, que não havia sido muito praticado nos últimos anos, mas que não estava perdido.

Quando chegaram à Bagatelle, o sol brilhava, apesar do frio e do vento. Mas ambos estavam agasalhados, e ela ficou surpresa diante do prazer que sentiu de estar ao ar livre. Tomou o braço de Matthieu para se firmar, então os dois caminharam lentamente por um bom tempo. Carole estava sem fôlego quando voltaram para o carro. Os seguranças se mantiveram a uma distância razoável a fim de lhes dar privacidade, mas próximos o suficiente para manter a atriz em segurança.

— Está tudo bem? — perguntou ele novamente, observando-a e temendo que tivessem ido longe demais. Ele não conseguia se controlar, a companhia dela era muito agradável para resistir.

— Estou ótima! — Suas bochechas estavam rosadas por causa do frio, e seus olhos brilhavam. — É ótima a sensação de me sentir viva.

Matthieu teria gostado de levá-la para passear em outro lugar também, mas não se atreveria a tanto. Podia ver que Carole estava cansada, ainda que parecesse serena. No caminho de volta, conversaram animadamente e, apesar de seus planos de "espionagem", os dois se esqueceram de parar no Crillon, e Carole acabou seguindo para o hotel no carro dele, embora os seguranças dessem cobertura no outro carro. Chegaram ao Ritz pela place Vendôme, a entrada principal do hotel. Carole disse a si mesma que não tinham nada a esconder, afinal eram apenas velhos amigos e ambos eram viúvos. Parecia estranho que agora tivessem isso em comum. Em todo caso, eram livres e descomprometidos, e Matthieu agora era apenas um advogado, não um ministro.

— Quer subir? — perguntou ela, olhando para o francês, enquanto cobria a cabeça com o capuz. Nem se preocupou

em colocar os óculos escuros, pois não tinha visto nenhum paparazzo por perto.

— Você quer que eu a acompanhe? Não está muito cansada? — Temia que tivessem andado demais, mas Carole parecia animada.

— Provavelmente vou me sentir cansada mais tarde, mas agora estou ótima. Além do mais, os próprios médicos recomendaram que eu caminhasse um pouco. Podemos tomar um chá, mas sem beijo dessa vez — alertou-o, fazendo-o rir.

— Isso certamente deixa as coisas bem claras entre nós. Tudo bem, tomaremos o chá, mas não vamos nos beijar. Embora eu precise admitir que gostei do nosso beijo — disse ele, sem rodeios.

— Eu também — confessou ela, timidamente. — Mas não faz parte do cardápio regular. Foi uma espécie de "especial de antigamente".

Por mais afetuoso que tivesse sido no momento, o gesto fora um deslize.

— Que pena! Por que você não vai na frente com os seguranças? Vou estacionar o carro e subo em seguida.

Se algum paparazzo a fotografasse, ela estaria sozinha e não teria de dar explicações.

— Então até logo — disse ela, antes de sair do carro, e, imediatamente, os seguranças pularam do outro veículo e se posicionaram logo atrás dela. Um momento depois, houve uma série de flashes em seu rosto. Carole se assustou, mas rapidamente se recompôs, sorriu e acenou para os fotógrafos. Há muitos anos aprendera que, quando era fotografada, não fazia sentido parecer aborrecida. Em seguida, entrou rapidamente no hotel, passou pelo saguão e pegou o elevador até seu quarto. Stevie havia acabado de chegar e a aguardava na suíte. Estava usando uma parca, no lugar do casaco que emprestara a Carole, e fora dar um passeio na rue de la Paix. Um pouco de ar fresco tinha feito bem a ela.

— Como foi o passeio? — perguntou Stevie educadamente.

— Perfeito — respondeu Carole, enfatizando as palavras com um gesto afirmativo de cabeça, provando a si mesma que eles poderiam ser amigos.

Matthieu chegou logo depois. Então, Stevie ligou para o serviço de quarto e pediu chá e sanduíches, que Carole devorou assim que foram entregues. Seu apetite estava melhor, e Matthieu percebeu que o passeio lhe fizera bem. Ela parecia cansada, mas feliz, enquanto esticava as pernas. Eles conversaram, como sempre faziam, sobre vários assuntos, dos mais filosóficos aos mais triviais. Antigamente, ele costumava discutir política com ela e levava em conta suas opiniões, mas, além de não estar em condições de fazer isso, Carole não sabia nada do que estava acontecendo na França nos últimos tempos.

Dessa vez, ele não ficou muito tempo e, conforme havia prometido, não a beijou. A neve da noite anterior trouxera uma avalanche de lembranças e, com elas, sentimentos que pegaram Carole de surpresa e a fizeram baixar a guarda. Agora, seus limites estavam bem nítidos, e Matthieu respeitava aquela decisão. A última coisa que queria era magoá-la, afinal Carole estava frágil e vulnerável; acabara de voltar à vida. Ele não pretendia se aproveitar da situação. Queria apenas ficar ao lado dela, do jeito que ela quisesse. Sentia-se grato pelo que havia conquistado até ali. Era difícil acreditar que ainda restava algo, depois do estrago que havia feito no relacionamento deles no passado.

— Vamos passear de novo amanhã? — perguntou Matthieu antes de ir embora.

Carole aceitou o convite, parecendo contente. Também adorava o tempo que passavam juntos. E, ao acompanhá-lo até a porta da suíte, percebeu que ele sorria para ela.

— Nunca pensei que a veria novamente.

— Nem eu — admitiu ela.

— Então, até amanhã — disse ele baixinho, antes de sair. Em seguida, cumprimentou os dois seguranças no corredor

e deixou o hotel de cabeça baixa, pensando em Carole e em quanto tinha sido agradável o simples fato de estar ao seu lado, de braços dados com ela.

No dia seguinte, os dois se encontraram às três da tarde, caminharam por uma hora e depois passearam de carro até as seis horas. Durante algum tempo, permaneceram no carro no Bois de Boulogne e conversaram sobre a casa onde haviam morado juntos. Matthieu disse que fazia muito tempo que não ia até lá, então combinaram de passar pela propriedade, quando voltassem ao hotel. Carole já havia feito aquela peregrinação, agora iria repetir a jornada na companhia dele.

Exatamente como na última vez que havia estado ali, o portão que dava para o pátio estava aberto. Enquanto os seguranças ficaram aguardando discretamente do lado de fora, os dois entraram na propriedade. Instintivamente, ambos olharam para a janela do quarto, se entreolharam e deram as mãos. O local guardava muitos sentimentos que haviam compartilhado, além de esperanças e sonhos perdidos. Era como visitar um cemitério no qual o amor deles estava enterrado. Inevitavelmente, ela pensou no bebê que havia perdido e olhou para Matthieu com os olhos marejados. Mesmo sem querer, sentia-se mais próxima dele do que nunca.

— Às vezes eu me pergunto o que teria acontecido se o bebê tivesse sobrevivido — confessou Carole, baixinho. Matthieu entendeu o que ela quis dizer e suspirou. Foi terrível quando ela caiu da escada, e, logo depois, as coisas só pioraram.

— Suponho que estaríamos casados agora — disse ele, parecendo profundamente arrependido.

— Talvez não. Acho que, mesmo que o bebê tivesse nascido, você provavelmente não teria se separado da Arlette.

Havia muitos filhos fora do casamento na França. Era uma tradição herdada da época da monarquia.

— Ela morreria se descobrisse. — Em seguida, Matthieu se virou para Carole com uma expressão de tristeza. — No entanto, quase acabou matando você.

246

O fato tinha sido uma tragédia para ambos.

— Não era para ser.

Todo ano, Carole ia à igreja na data em que havia perdido o bebê. De repente, ela se deu conta de que o dia estava chegando e tentou não pensar mais no assunto.

— Gostaria que as coisas tivessem dado certo entre nós — falou ele baixinho, lutando consigo mesmo para não beijá-la novamente ao se lembrar da promessa que havia feito. Então, limitou-se a envolvê-la em um demorado abraço. Matthieu sentiu o calor do corpo dela e pensou em quanto haviam sido felizes naquela casa. Ele sabia que dois anos e meio não era um tempo muito longo, mas, na época, aquele período parecera uma existência inteira para os dois.

Dessa vez, foi Carole quem se virou e o beijou. A princípio, ele ficou surpreso e hesitou, mas se entregou e correspondeu. Teve medo de que ela ficasse aborrecida com ele, mas isso não aconteceu. Ela estava tão arrebatada pelas emoções que nada poderia impedir que aquilo acontecesse. Sentia-se levada pela correnteza.

— Agora só falta você dizer que não cumpro com a palavra. — Ele não queria que Carole ficasse zangada e sentia-se aliviado por perceber que ela parecia feliz.

— Fui eu que não cumpri com a minha — admitiu ela tranquilamente, enquanto os dois saíam do pátio e se dirigiam de volta para o carro. — Às vezes sinto que o meu corpo se lembra de você melhor do que eu mesma — sussurrou. E certamente o coração dela também se lembrava dele. — Ser apenas sua amiga não é tão fácil quanto pensei — reconheceu ela. Matthieu assentiu em silêncio.

— Não está sendo fácil para mim também, mas estou disposto a fazer o que você quiser. — Sentia que devia isso a ela. Mas Carole sempre o surpreendia.

— Talvez devêssemos apenas desfrutar esses momentos nas próximas duas semanas, para recordarmos o passado e dizer adeus quando eu for embora.

— Essa ideia não me agrada — respondeu ele ao entrarem no carro. — O que há de errado em voltarmos a nos ver? Talvez nosso reencontro tenha sido obra do destino. Talvez essa seja a maneira que Deus teve de nos dar outra chance. Nós dois somos livres agora, não estamos magoando ninguém. Não devemos explicações a ninguém a não ser a nós mesmos.

— Não quero sofrer de novo — disse ela sem rodeios, no instante em que ele ligou o motor e se virou para olhá-la nos olhos. — A última vez foi muito dolorosa. — Ele assentiu. Não tinha como se defender.

— Entendo. — Então ele fez uma pergunta que o incomodava havia muitos anos. — Você me perdoou, Carole? Por desapontá-la e por não cumprir com as minhas promessas? Eu pretendia fazer tudo o que prometi, mas as coisas nunca aconteciam da maneira que eu queria. Por fim, não fui capaz de agir. Você me perdoou por isso e por tê-la feito sofrer tanto?

Ele tinha plena consciência de que não tinha direito a qualquer indulto, mas esperava que ela o tivesse perdoado. Pensando bem, por que ela faria isso? Ele não merecia seu perdão.

Ela o encarou e respondeu:

— Não sei. Não consigo lembrar. Só me recordo dos bons momentos e do sofrimento pelo qual passei, mas não lembro o que aconteceu depois. Só sei que levei muito tempo para superar a tristeza.

Naquelas circunstâncias, essa resposta era suficiente. O simples fato de Carole aceitar passar um tempo em sua companhia já era algo maravilhoso. Querer seu perdão era pedir demais, e ele sabia que não tinha o direito de pedir isso.

Matthieu a deixou no hotel e prometeu que voltaria no dia seguinte para levá-la a outro passeio. Ela queria voltar aos jardins de Luxemburgo, aonde costumava ir com Anthony e Chloe quando moravam em Paris.

Enquanto dirigia, Matthieu não parava de pensar na sensação dos lábios dela nos seus. Ao entrar em casa, atravessou o

corredor e foi até o escritório, sentando-se na escuridão. Não sabia o que iria lhe dizer, ou se a veria novamente depois que ela partisse. Achava que Carole também não fazia ideia. Pela primeira vez, eles não tinham passado nem futuro; tudo de que dispunham era a experiência de viver um dia de cada vez. Não havia como saber o que iria acontecer em seguida.

17

Passear nos jardins de Luxemburgo com Matthieu trouxe a Carole um mar de lembranças de todas as ocasiões que estivera ali com os filhos e com ele. A primeira oportunidade de visitar o local fora na companhia dele, depois ela voltara centenas de vezes com Anthony e Chloe.

Entre risos, eles se lembraram de coisas bobas que as crianças tinham feito e de outras situações que ela havia esquecido. Passear por Paris ao lado de Matthieu trazia de volta muitas recordações às quais ela não teria acesso de outra maneira; recordações, em sua maioria, boas, além de momentos de carinho entre os dois. O sofrimento que ele lhe causara no passado agora parecia vago em contraste com a felicidade que lhe vinha à memória.

Ainda conversavam e riam descontraidamente quando saltaram do carro na entrada do Ritz, e Carole o convidou para jantar em sua suíte. No instante em que Matthieu, de braços dados com ela, entregou as chaves do carro ao manobrista, um fotógrafo disparou um flash em seus rostos. Ambos ergueram o olhar, assustados; na segunda foto, Carole sorriu, enquanto Matthieu assumiu um ar sério e solene. Ele não gostava muito de fotos, e as que eram feitas por um paparazzo lhe agradavam

menos ainda. Ele e Carole sempre haviam se portado de maneira discreta na época em que moravam juntos, mas agora tinham muito menos o que arriscar. Não tinham nada para esconder, na verdade. Mas era desagradável ser fotografado e virar alvo de fofocas. Certamente esse não era o seu estilo. Ele reclamou quando entraram no hotel. Ultimamente estavam usando a entrada da frente, por ser mais conveniente do que ficar pedindo para abrirem o acesso da rue Cambon toda vez que saíam. Ela estava usando calça cinza e o casaco de Stevie quando foi fotografada e segurava os óculos escuros. Obviamente, eles a reconheceram, mas, pelo visto, não identificaram Matthieu.

Ao chegarem à suíte, ela contou a Stevie o que havia acontecido.

— Eles vão acabar descobrindo — disse a assistente sem rodeios. Ela estava preocupada com o fato de Carole passar tanto tempo com Matthieu. Mas eles pareciam felizes e tranquilos, e a atriz estava mais forte a cada dia. Aqueles dias não estavam sendo nada prejudiciais, pelo menos para ela.

Stevie solicitou ao serviço de quarto que trouxessem o jantar. Carole escolheu *sautéed foie gras*, e Matthieu pediu bife. Stevie jantou em seu quarto com a enfermeira, e ambas comentaram sobre a nítida melhora de Carole. Ela parecia visivelmente mais saudável, e seu rosto estava até corado. Acima de tudo, Stevie percebeu que ela parecia feliz.

Matthieu ficou conversando com ela até as dez da noite. Sempre tinham muito o que falar, e os assuntos que interessavam a ambos nunca se esgotavam. A polícia havia entrado novamente em contato com Carole para um novo depoimento sobre o atentado. Os investigadores queriam saber se ela se lembrava de mais algum detalhe, porém nada de novo havia surgido em sua mente. Tinha perdido a consciência assim que o carro ao lado explodiu e não conseguiu ver muita coisa. Mas, a partir dos inúmeros depoimentos dos outros sobreviventes, a

polícia acreditava que, à exceção do rapaz que tentara atacá-la no hospital, todos os outros terroristas haviam morrido. Não havia outros suspeitos.

Matthieu falou dos casos que estava defendendo no escritório e insistiu na ideia da aposentadoria. Ela considerava aquela decisão precipitada, a não ser que ele encontrasse outra atividade.

— Ainda é cedo para você se aposentar.

— Bem que eu gostaria que fosse, mas não é. E o seu livro? Teve mais alguma inspiração?

— Sim.

Mesmo assim, ainda não estava pronta para voltar a trabalhar. Tinha outras coisas em mente: ele, por exemplo. Matthieu estava ocupando sua mente dia e noite. Ela tentava resistir, pois não queria ficar obcecada por ele. Queria apenas aproveitar sua companhia até o dia de partir. Percebeu que era melhor ir embora logo, antes que as coisas entre eles saíssem do controle, como tinha acontecido antes.

Naquela noite, eles se beijaram novamente quando se despediram. Tanto o passado como o presente mexiam com os dois. Um misto de hábito e desejo, alegria e tristeza, amor e medo.

No restante do tempo, falavam sobre o trabalho dele, o livro que Carole estava escrevendo, sua carreira de atriz, os filhos de ambos e sobre qualquer assunto que surgisse. A conversa entre os dois era interminável, e eles adoravam trocar ideias. Isso a estimulava a falar sobre coisas inteligentes, ao mesmo tempo que forçava sua mente a trabalhar como antigamente. Às vezes precisava se esforçar para encontrar a palavra certa. E ainda não conseguia usar o computador, onde estavam guardados os arquivos do seu livro. Stevie se oferecera para ajudá-la, mas Carole insistira que não estava pronta para nenhuma tarefa que exigisse muita concentração.

Na manhã seguinte, no café da manhã, Stevie trouxe os jornais. Na verdade, vários. Carole e Matthieu apareciam na

primeira página de todos eles. A imprensa o havia reconhecido e o identificava pelo nome. Nas fotos, ele aparentava estar sério e assustado, ao passo que Carole parecia simpática, exibindo um largo e tranquilo sorriso. A foto usada nas reportagens era a segunda, aquela em que ela aparecia sorrindo. Estava muito bonita, a cicatriz do rosto era ligeiramente visível, mas não o bastante para incomodá-la. E o *Herald Tribune* fez o dever de casa. Seus repórteres não só identificaram Matthieu como o ex-ministro do Interior, como, pela curiosidade de algum jornalista novato mais atento ou, talvez, pela de um mais experiente, checaram os arquivos da época em que ela havia morado na França, para ver se achavam alguma fotografia dos dois juntos. Acabaram encontrando uma boa foto, tirada durante um evento beneficente em Versalhes. Carole se lembrou daquele dia. Para não levantarem suspeitas, os dois não foram juntos à festa. Arlette estava com ele e Carole foi acompanhada de um ator com quem contracenara em um filme, um velho amigo que estava visitando Paris. Formavam um par deslumbrante e tinham sido fotografados o tempo todo. Porém, embora os fãs não soubessem, ele era gay. Essa tinha sido a saída perfeita para Carole.

Naquela noite, ela e Matthieu haviam se encontrado no jardim e passado apenas alguns minutos juntos. Conversavam tranquilamente quando um fotógrafo apareceu e tirou uma foto. No dia seguinte, os jornais se limitaram a publicar o registro com a legenda: "Matthieu de Billancourt, ministro do Interior, em conferência com a estrela americana Carole Barber." Por sorte, isso não levantou suspeitas na época, embora a esposa dele tivesse ficado furiosa ao ver os jornais.

As duas fotografias, a de Versalhes e a tirada em frente ao Ritz, no dia anterior, saíram com uma só legenda: "Ontem e hoje. Será que deixamos passar algum detalhe?" A pergunta fora feita, mas Carole sabia que nunca teriam a resposta. Não havia pistas. Teria sido diferente se ela houvesse tido o bebê, se

ele tivesse se separado da esposa e abandonado o ministério, mas nada disso havia acontecido. E agora os dois eram apenas duas pessoas entrando em um hotel juntos; provavelmente velhos amigos. Ele estava aposentado do ministério, e ambos eram viúvos. Era difícil tirar conclusões a partir daí, principalmente depois de Carole ter sido ferida durante um atentado terrorista. Era direito seu rever velhos amigos que conhecera quando morou em Paris. Mas a legenda da foto levantava uma questão interessante, para a qual ninguém, além de Matthieu e Carole, tinha a resposta.

Assim que viu as fotos, ele telefonou para Carole. Estava furioso. Aquele tipo de insinuação o incomodava, mas ela estava acostumada. Convivera com isso por toda a sua vida.

— Que atitude imbecil desses jornalistas! — rosnou ele.

— Eu não acho. Na verdade, é bem inteligente da parte deles. Devem ter pesquisado muito até terem encontrado aquela foto. Eu me lembro de quando foi tirada. Arlette estava lá, e você mal falou comigo. Eu já estava grávida — falou ela em tom ríspido, com a voz carregada de ressentimento, raiva e tristeza. Logo depois, eles tiveram uma briga, a primeira de muitas. Ela já estava farta das desculpas dele e o acusava de enganá-la com promessas. Nos meses seguintes, o relacionamento começou a se deteriorar, principalmente depois que ela perdeu o bebê. A noite em Versalhes tinha sido péssima. Ele se lembrou disso também e se sentiu culpado, o que acabou contribuindo para sua irritação ao ver a foto no *Herald Tribune*. Matthieu odiava que o lembrassem do sofrimento que causara a Carole. E sabia que ela também ficaria aborrecida, a menos que já houvesse esquecido. O que não era o caso. — Não vale a pena se aborrecer — disse ela finalmente. — Não há nada que possamos fazer.

— Acha que devemos ser mais cuidadosos? — perguntou ele, preocupado.

— Na verdade, não. Agora não faz mais diferença. Somos livres. E em breve irei embora. — Ela partiria em dez dias. —

Não estamos prejudicando ninguém. Se alguém perguntar, somos velhos amigos.

Como era de se esperar, um pouco mais tarde, telefonaram da revista *People* para perguntar se eles estavam juntos. Stevie atendeu à ligação e foi taxativa ao negar qualquer envolvimento dos dois. Em seguida, tentando mudar de assunto, ressaltou que a recuperação de Carole estava indo muito bem. Após desligar o telefone, ela contou o que dissera ao jornalista.

— Obrigada — disse Carole com a maior tranquilidade, enquanto terminava seu café da manhã e Stevie servia-se de um croissant.

— Você não fica preocupada com a possibilidade de a imprensa descobrir alguma coisa? — perguntou a assistente, intrigada.

— Não há nada o que descobrir. Nós realmente somos apenas amigos. Trocamos alguns beijos de vez em quando, mas só isso.

Ela não teria confessado isso a mais ninguém, muito menos a seus filhos.

— E qual é o próximo passo? — perguntou Stevie, parecendo preocupada.

— Não há próximo passo. Vamos voltar para casa — respondeu Carole, olhando nos olhos de sua assistente. Stevie percebeu que ela acreditava no que dizia, mas não se convenceu. Podia ver faíscas de amor nos olhos dela. Matthieu ressuscitara algo mágico.

— E depois?

— O livro acaba aí. Isso é apenas um epílogo mais feliz para uma história que acabou mal, há muito tempo — disse ela em tom firme, como se tentasse convencer a si mesma.

— E a história não terá uma segunda parte? — perguntou Stevie, e Carole respondeu balançando a cabeça.

— Tudo bem, se você está dizendo... Mas não é o que parece, se quer saber minha opinião. Ele ainda parece ser loucamente apaixonado por você.

Carole, por sua vez, também não parecia indiferente em relação a ele, apesar do que dissera a Stevie e a si mesma.

— Talvez — continuou Carole com um suspiro —, mas *loucamente* é a palavra-chave. Naquela época, ambos éramos loucos. Acho que amadurecemos e nos tornamos mentalmente sãos, mas na ocasião não tivemos essa oportunidade.

— Mas é diferente agora — ressaltou Stevie. Aos poucos, Matthieu foi caindo nas graças de Stevie quando ela percebeu quanto Carole gostava dele. Obviamente, o sentimento era recíproco. Além disso, gostava da maneira como ele a protegia. — Talvez aquele não tivesse sido o momento apropriado — acrescentou.

— Com certeza. Não moro mais aqui. Minha vida é em Los Angeles. É tarde demais — disse Carole, parecendo determinada. Sabia que o amava, mas não queria voltar no tempo.

— Quem sabe ele não vai morar em outro país? — arriscou Stevie, em tom esperançoso, e Carole riu.

— Pare com isso. Não vou me envolver novamente. Ele foi o amor da minha vida. Passado é passado, e presente é presente. E não é possível ignorar 15 anos.

— Talvez sim. Não sei. É que não gosto de ver você sozinha. Você merece ser feliz de novo.

Stevie sentia pena dela. Carole vivia praticamente reclusa desde que Sean havia morrido. Fora isso, independente do que acontecera entre ela e Matthieu no passado, passar um tempo na companhia dele a trazia de volta à vida.

— Sou feliz. Estou viva. Já é o suficiente. Tenho meus filhos e meu trabalho, não preciso de mais nada.

— Mas isso não é o bastante — disse Stevie com uma expressão triste.

— Claro que é o bastante — retrucou Carole em tom firme.

— Você ainda é jovem para dar o show por encerrado.

Carole a olhou bem nos olhos.

— Eu tive dois maridos e um grande amor. O que mais posso querer?

— Pode querer uma vida feliz. Você conhece a expressão "felizes para sempre" e toda essa baboseira. Talvez, nesse caso, o "felizes para sempre" tenha demorado a chegar.

— Tem razão. Quinze anos. É *muito* tempo. Acredite em mim, seria um desastre. Eu adorava morar aqui, mas agora não gosto mais. Moro em Los Angeles. Nossas vidas são totalmente diferentes.

— É mesmo? Vocês dois nunca param de falar quando estão juntos. Há muito tempo não fica tão animada. Não vejo você assim desde a época do Sean.

Stevie não pretendia convencê-la a ficar com Matthieu, mas tinha de admitir que gostava dele, embora ele fosse um pouco austero e tipicamente francês. Era óbvio que ainda amava Carole. E agora tinha ficado viúvo.

— Ele é um homem inteligente, interessante. Brilhante até. Mas é francês — insistiu Carole. — Seria infeliz em qualquer outro lugar, e, quanto a mim, não quero mais morar aqui. Sou feliz em Los Angeles. A propósito, e o Alan? Quais são as novidades?

Ficara óbvia sua intenção de mudar de assunto, e isso deixou Stevie confusa.

— Alan? Por quê? — perguntou ela em tom evasivo e com uma expressão de culpa.

— Como assim, "por quê"? Eu só queria saber dele. Tudo bem. Pode se abrir. O que está acontecendo?

— Nada. Nada mesmo — respondeu Stevie, ruborizando. — Ele está ótimo. Muito bem. Mandou um abraço, inclusive.

— Você está disfarçando tanto que está ficando vermelha — disse Carole, rindo de Stevie. — Está acontecendo alguma coisa. — As duas ficaram em silêncio. Stevie nunca conseguia guardar os próprios segredos, embora guardasse os de Carole.

— Está bem, está bem. Eu não queria contar até chegarmos em casa. De qualquer maneira, ainda não decidi. Preciso falar com ele e ver quais são as condições.

— Que condições? — perguntou Carole, intrigada.

Com um longo suspiro, Stevie deixou-se cair em uma cadeira, como um balão esvaziado.

— Ele me pediu em casamento ontem à noite — confessou ela, com um sorriso envergonhado.

— Por telefone?

— Não conseguiu esperar. Comprou até um anel. Mas eu não disse sim ainda.

— Veja o anel primeiro — sugeriu Carole em tom de brincadeira, fazendo Stevie achar graça. — Veja se gosta.

— Não sei se quero me casar. Ele jura que isso não vai interferir no meu trabalho. Diz que tudo permanecerá como está, só que vai ser melhor, oficial e com alianças. Se eu aceitar, você seria minha madrinha?

— Seria uma honra. Acho que você deveria aceitar.

— Por quê?

— Porque acho que você o ama.

— E daí? Por que precisamos nos casar?

— Vocês não precisam se casar. Mas é um compromisso bonito. Eu me sentia exatamente assim antes de me casar com Sean. Jason tinha me trocado por uma mulher mais jovem. Matthieu mentira para mim e para si mesmo ao insistir em não se separar da esposa e não deixar o emprego. Isso tudo me fez sofrer muito. A última coisa que eu queria era me casar novamente, ou me apaixonar. Mas Sean me convenceu, e eu nunca me arrependi. Foi a melhor coisa que já fiz na vida. Você só precisa ter certeza de que ele é o cara certo.

— Eu acho que é.

— Então veja como se sente quando voltarmos para os Estados Unidos. Vocês podem ficar noivos antes de marcarem a data do casamento.

— Ele quer casar na véspera de Ano-Novo, em Las Vegas. Não acha muito brega?

— Muito. Mas pode ser divertido. Chloe e Anthony estarão em St. Barth com Jason. Posso dar uma escapadinha até lá — sugeriu Carole, e Stevie a abraçou.

— Obrigada. Aviso você. Acho que estou assustada porque vou aceitar o pedido.

— Acho que você está pronta — disse Carole, de forma carinhosa, tentando lhe dar confiança. — Acho que está mesmo. Tem falado muito sobre isso ultimamente.

— É porque o Alan só fala disso. Está obcecado.

— Obrigada por me contar.

— Trate de estar lá do meu lado se eu resolver aceitar — disse Stevie em tom ameaçador. Estava sorrindo e se sentia feliz.

— Pode ter certeza de que estarei — prometeu Carole. — Não perderia esse casamento por nada.

NAQUELA NOITE, CAROLE jantou novamente com Matthieu e, pela primeira vez, eles saíram juntos. Foram a L'Orangerie, na Île Saint Louis. Ela estava usando a única saia que havia trazido, e Matthieu vestia um terno escuro. Tinha cortado o cabelo e estava bem elegante e muito bonito, embora ainda estivesse furioso com os comentários do *Herald Tribune*. Ele era a indignação em pessoa.

— Minha nossa! — disse Carole, rindo dele. — Eles têm razão. É verdade. Como consegue ficar tão ofendido? — Ele parecia uma prostituta se passando por virgem, embora ela guardasse para si essa impressão.

— Mas ninguém sabia!

Matthieu sempre se orgulhara de manter o relacionamento em segredo, enquanto Carole se irritava. Ela odiava ter de ficar se escondendo, sem poder participar da vida dele.

— Tivemos sorte — retrucou ela.

— E fomos precavidos.

Quanto a isso, ele tinha razão. Ambos sabiam que poderiam ter virado alvo de um enorme escândalo. Era um milagre isso não ter acontecido.

Durante o jantar, conversaram sobre outros assuntos, enquanto saboreavam a deliciosa comida. Matthieu esperou até a sobremesa para abordar uma questão delicada: o futuro deles. Passara a noite em claro pensando nisso. E a insinuação no jornal motivara sua decisão. Aquele era o momento. Haviam passado muito tempo se escondendo e mereciam respeito àquela altura da vida. Ele falou claramente, enquanto dividiam uma *tarte tatin* com sorvete de caramelo que derretia na boca.

— Somos pessoas respeitáveis — ressaltou Carole. — Extremamente respeitáveis. Pelo menos eu sou. Não sei o que você tem aprontado ultimamente, mas eu sou uma viúva muito decente.

— Eu também — replicou ele, empertigado. — Não me envolvi seriamente com ninguém desde que você partiu. — Carole acreditou naquilo. Matthieu sempre dizia que ela havia sido a única mulher com quem tivera um relacionamento, além da esposa. — O artigo publicado no jornal nos faz parecer dissimulados e ardilosos — queixou-se ele.

— Não é bem assim. Você é um dos homens mais respeitados da França, e eu sou uma atriz de cinema. O que você espera que eles publiquem? "Atriz ultrapassada e político acabado são vistos juntos dando uma volta como dois velhinhos?" Porque é isso o que somos.

— Carole! — exclamou Matthieu, rindo e se mostrando chocado com o comentário.

— Eles precisam vender jornais, então tentam nos transformar em personagens mais interessantes do que realmente somos. E levantaram uma hipótese, só isso. A menos que um de nós dois fale alguma coisa, nunca terão certeza.

— Nós sabemos. Isso basta.

— Basta para quê?

— Para construirmos a vida que deveríamos ter construído há muitos anos e não o fizemos porque eu não fui capaz de me esforçar e cumprir minhas promessas.

Agora ele admitia suas falhas com facilidade, mas na época havia sido diferente.

— O que você está querendo dizer com isso? — perguntou ela, preocupada.

Ele foi direto ao ponto.

— Quer se casar comigo, Carole? — perguntou Matthieu, tomando sua mão e olhando bem em seus olhos. Durante um momento, Carole permaneceu em silêncio. Por fim, com um esforço sobre-humano, fez um gesto negativo com a cabeça.

— Não, Matthieu. Não quero — respondeu ela, decidida, e Matthieu se sentiu murchar. Temia que ela reagisse dessa forma e dissesse que era tarde demais.

— Por que não? — quis saber ele, desolado, mas sem perder a esperança de convencê-la.

— Porque não quero me casar. Gosto da minha vida do jeito que é. Fui casada duas vezes. Basta. Eu amava o meu último marido. Ele era um homem maravilhoso. E vivi dez anos felizes com Jason. Talvez não se possa querer mais do que isso. E amei você com todo o meu coração e o perdi.

A dor da separação quase a matara, mas ela não mencionou essa parte. De qualquer maneira, ele sabia disso e lamentara o fim do relacionamento durante 15 anos. Carole conseguiu finalmente superar. Matthieu, não.

— Você não me perdeu. Você me deixou — disse ele, ao que ela assentiu em silêncio.

— Você nunca foi meu. Pertencia à sua esposa. E à França.

— Agora sou viúvo. E aposentado.

— Eu sei. Mas eu não. Sou viúva, mas não aposentada. Quero fazer mais alguns filmes, se conseguir bons papéis — disse ela, empolgada com essa perspectiva. — Posso ter que viajar para vários lugares, como fazia quando era casada com Jason,

e até quando morava com você. Não quero deixar ninguém em casa reclamando, nem quero ver ninguém me seguindo. Quero viver a minha vida. E, mesmo que não volte a fazer filmes, quero ser livre para fazer o que quiser. Por mim, pela ONU, pelas causas nas quais acredito. Quero passar mais tempo com meus filhos e escrever meu livro, se algum dia conseguir ligar meu computador novamente. Eu não seria uma boa esposa.

— Eu te amo do jeito que você é.

— Eu também te amo, mas não quero ficar presa a ninguém, ou ter esse tipo de compromisso. E, acima de tudo, não quero sofrer de novo.

Esse era o motivo principal para ela, mais do que a própria carreira e as causas pelas quais lutava. Estava temerosa demais. Sabia que estava apaixonada por ele de novo. Era perigoso, por isso não queria se entregar agora. Da última vez tinha sido muito doloroso para ela, embora ele não fosse mais casado.

— Dessa vez eu não faria você sofrer — prometeu ele, com uma expressão de culpa.

— Quem sabe? As pessoas fazem isso umas com as outras. É o aspecto fundamental do amor: estar disposto a correr o risco de sofrer. O que não é o meu caso. Já passei por isso uma vez e não gostei. Não quero repetir a experiência, principalmente com o mesmo homem. Não quero sofrer assim novamente, ou amar tanto de novo. Tenho 50 anos, estou velha demais para começar algo assim.

Embora não aparentasse, ela sentia o peso da idade, principalmente depois do atentado.

— Isso é ridículo. Você é uma mulher jovem. Pessoas mais velhas do que nós se casam todos os dias.

Ele estava desesperado para convencê-la, mas percebia que seus esforços não estavam surtindo efeito.

— Essas pessoas são mais corajosas do que eu. Sobrevivi a três relacionamentos: com você, Sean e Jason. Chega. Não quero passar por isso de novo — disse ela, inflexível.

Embora soubesse que Carole estava irredutível, ele se sentia determinado, na mesma proporção, a convencê-la a mudar de ideia. Quando saíram do restaurante, ainda discutiam sobre isso, e ele não havia conseguido nada. Não era esse o final que Matthieu queria.

— Além do mais, gosto da minha vida em Los Angeles. Não quero voltar para a França.

— Por que não?

— Não sou francesa. Sou americana. Não quero viver num país que não seja o meu.

— Você já fez isso antes e adorava morar aqui — argumentou ele, na tentativa de fazer com que ela se lembrasse dos velhos tempos. Mas não era preciso, pois Carole se lembrava daqueles dias. Muito bem, aliás. E era por esse motivo que ele a assustava. Mas dessa vez Carole tinha mais medo de si mesma do que dele, pois não queria tomar uma decisão errada.

— Eu sei. Mas fiquei feliz quando voltei para o meu país. Percebi que meu lugar não era aqui. Aliás, parte do nosso problema era exatamente este: "diferenças culturais", como você costumava chamar. O fato de ser francês dava a você a liberdade de viver comigo e de continuar casado com outra mulher; e até ter um filho fora do casamento. Não quero viver em um lugar onde as pessoas têm costumes tão diferentes dos meus. Você acaba se tornando infeliz tentando ser algo que não é, vivendo num lugar onde não consegue se ajustar.

Agora Matthieu se dava conta de que lhe causara um sofrimento muito maior do que havia imaginado, e que, mesmo depois de 15 anos, as feridas ainda estavam em carne viva. Ele a magoara tanto que tinha até afetado a percepção dela em relação à França e aos franceses. Tudo o que Carole queria era voltar para casa e ficar o resto da vida sozinha e em paz. Ele não entendia como Sean a convencera a se casar. E, agora que ele estava morto, ela havia sido abandonada mais uma vez e fechado as portas de seu coração.

Discutiram o assunto durante todo o trajeto de volta ao hotel e se despediram no carro. Dessa vez, ela não quis que ele subisse. Deu-lhe um beijo rápido nos lábios, agradeceu-lhe o jantar e saiu do carro.

— Você vai pensar no assunto?

— Não. Pensei nisso 15 anos atrás. Você, não. Mentiu para mim e para si mesmo. Ficou quase três anos me enrolando. O que você quer de mim agora? — perguntou ela, com o olhar triste, porém firme, e ele percebeu que não havia esperança, embora se recusasse a aceitar.

— Me perdoe. Me deixe amá-la e cuidar de você pelo resto da minha vida. Juro que não vou desapontar você dessa vez.

Carole viu que as palavras de Matthieu vinham do fundo do coração.

— Posso cuidar de mim mesma — disse ela, desolada, enquanto ele a fitava pela janela do carro. — Estou cansada demais para correr um risco assim mais uma vez.

Então ela se virou e se dirigiu rapidamente para a entrada do hotel, seguida de perto pelos guardas da CRS. Matthieu permaneceu imóvel, observando-a até que ela desaparecesse. Por fim, ligou o carro e foi embora. Enquanto dirigia de volta para casa, lágrimas silenciosas rolavam pelo seu rosto. O que mais temia havia acontecido: ele a perdera.

18

No dia seguinte, durante o café da manhã, Carole falou menos do que o habitual, enquanto Stevie saboreava uma omelete de cogumelos *chanterelle* e vários croissants de chocolate.

— Quando voltarmos para casa, vou estar com uns 150 quilos — queixou-se Stevie, enquanto Carole lia o jornal em silêncio. Stevie já estava se perguntando se Carole não se sentia bem. Não tinha falado praticamente nada desde que se levantara.

— Como foi o jantar ontem à noite? — perguntou a assistente finalmente. Carole pousou o jornal antes de se recostar na cadeira com um longo suspiro.

— Foi muito bom.

— Aonde vocês foram?

— Ao L'Orangerie, na Île Saint Louis. Costumávamos ir sempre lá.

Era um dos restaurantes favoritos de Matthieu e passara a ser o de Carole também, juntamente com o Le Voltaire.

— Você está se sentindo bem?

Carole assentiu e disse:

— Só estou cansada. Caminhar tem me feito bem.

Ela saía com Matthieu todos os dias, e eles andavam durante horas enquanto conversavam.

— Ele está aborrecido com o que saiu no *Herald Tribune*?

— Um pouco, mas vai superar. Não entendo por que ele fica tão indignado com essa história. O jornal está certo. É de se admirar que nunca desconfiaram de nada antes, embora agíssemos com todo o cuidado na época. Havia muita coisa em jogo para ele e para mim, só que ele se esquece disso.

— Logo o povo esquece — assegurou-lhe Stevie. — Ninguém pode provar nada agora, de qualquer maneira. Já passou muito tempo. — Carole concordou novamente. — Você se divertiu?

Dessa vez ela deu de ombros. Em seguida, olhou bem nos olhos de sua assistente e amiga e disse:

— Ele me pediu em casamento.

— Ele *o quê*?

— Me pediu em casamento. Casamento — repetiu ela com o olhar inexpressivo. A princípio, Stevie ficou atônita, mas logo

seu espanto deu lugar a uma expressão de alegria. Carole, no entanto, permaneceu séria.

— Meu deus! E o que você respondeu?

— Não aceitei — respondeu ela com a voz extremamente calma, enquanto Stevie a fitava.

— Jura? Eu tinha a impressão de que vocês dois ainda estavam apaixonados. E achei que ele estivesse tentando reatar o romance.

— Ele está. Ou melhor, estava.

Carole tinha dúvidas se ele falaria com ela novamente. Provavelmente estava magoado depois da conversa da noite anterior.

— Por que você não aceitou?

Inicialmente a presença de Matthieu deixara Stevie apreensiva, mas ela passara a gostar dele e agora estava decepcionada.

— É tarde demais. Muita coisa aconteceu. Ainda o amo, mas ele me magoou muito. Sofri demais. E não quero me casar de novo. Deixei isso bem claro ontem.

— Entendo suas razões. Mas por que não quer se casar mais uma vez?

— Porque já passei por tudo o que você pode imaginar. Me divorciei, fiquei viúva e tive uma decepção amorosa em Paris. Por que me arriscar a viver tudo isso novamente? De jeito nenhum. Minha vida é mais fácil assim. Estou numa posição confortável agora.

— Você está parecendo eu — disse Stevie, desolada.

— Você é jovem, Stevie. Nunca se casou. Precisa passar por essa experiência pelo menos uma vez, se sente que ama o Alan o bastante para assumir esse tipo de compromisso. Eu amei os homens com quem me casei. Jason me abandonou. O pobre Sean morreu muito novo. Não quero começar tudo outra vez, principalmente com um homem que já me fez sofrer. Para que arriscar?

Ela o amava, mas não queria que, dessa vez, o coração falasse mais alto do que a razão. Era mais seguro ser prudente.

— Sim, mas, pelo que sei, ele não sacaneou você de propósito. Pelo menos segundo o que me contou. Ele se enrolou na própria teia. Tinha medo de abandonar a esposa, ocupava um cargo de alto escalão no governo e foi indicado para outro mandato, o que complicou ainda mais as coisas. Mas agora ele está aposentado e viúvo. Não tem motivos para cometer os mesmos erros novamente. Além disso, ele faz você se sentir bem. Bom, pelo menos é o que parece. Estou certa?

— É verdade — admitiu Carole. — Ele faz com que eu me sinta bem. Mas, mesmo que não cometa os mesmos erros... e daí? Se morrer, vai me fazer sofrer mais uma vez — disse ela com uma expressão sombria. — Eu só não quero voltar a ficar vulnerável. É muito doloroso.

A morte de Sean e o esforço para superar a perda do marido já tinham sido um enorme fardo. Foram dois anos de tristeza. Além dos cinco anos de angústia que passara depois de abandonar Matthieu em Paris. Todos os dias esperava que ele telefonasse para dizer que tinha deixado a esposa, mas isso nunca aconteceu. Ele ficou com Arlette. Até o último dia de vida dela.

— Você não pode desistir assim — disse Stevie, triste por ela. Até então, não tinha percebido que Carole se sentia daquele jeito. — Não é do seu feitio se render.

— Eu nem queria me casar com Sean. Ele precisou me convencer. Mas na época eu tinha a sua idade. Agora estou muito velha para isso.

— Com 50 anos? Não seja boba. Você parece que tem 35.

— Mas eu me sinto com 98. E meu coração com 312. Acredite, ele tem muita experiência.

— Ah, o que é isso, Carole? Não me venha com essa! Você se sente cansada agora porque passou por uma provação terrível. Eu vi sua expressão quando voltamos a Paris para desocupar a casa. Você amava esse homem.

— Justamente por isso não quero me sentir assim de novo. Fiquei arrasada. Pensei que fosse morrer quando disse adeus a ele e fui embora de Paris. Chorei todas as noites durante três anos. Ou dois, pelo menos. Quem precisa disso? E se ele me deixar ou morrer?

— E se nada disso acontecer? E se você for feliz com ele dessa vez, de verdade, sem achar que está vivendo um romance roubado, emprestado ou escondido? Eu quero dizer realmente feliz, num relacionamento adulto. Você vai arriscar perder uma oportunidade assim?

— Vou.

Não havia sombra de dúvida na voz de Carole.

— Você o ama?

— Amo. Por mais estranho que possa parecer. Até mesmo para mim, depois de todo esse tempo. Eu acho Matthieu maravilhoso, mas não quero me casar com ele; nem com mais ninguém. Quero ser livre para fazer o que bem entender. Sei que parece um pensamento egoísta. Talvez eu sempre tenha sido egoísta. Quem sabe não é esse o motivo de tanto ressentimento por parte da Chloe e a razão que levou Jason a me trocar por outra mulher? Eu estava tão ocupada promovendo minha carreira e sendo uma estrela que devo ter menosprezado as coisas realmente importantes. Bom, não acho que tenha realmente feito isso, para falar a verdade, mas nunca se sabe... Criei meus filhos, amei meus maridos. Não deixei Sean um minuto sequer quando ele ficou doente. Agora quero fazer o que bem entender, sem me preocupar se estou ofendendo, desapontando, aborrecendo alguém ou apoiando uma causa que essa pessoa não aprove. Se quiser entrar num avião e ir para algum lugar, vou fazer isso. Se não quiser telefonar para casa, não telefono. E ninguém vai ficar preocupado. Bom, de qualquer forma, não teria ninguém em casa para atender ao telefone mesmo... Além disso, quero escrever o meu livro sem me incomodar se estou decepcionando a pessoa, ou se ela acha que eu deveria estar

em outro lugar fazendo o que lhe convém. Há 18 anos, eu teria morrido por Matthieu. Teria abandonado a minha carreira por ele, se ele tivesse me pedido isso. Por Jason também. Eu queria ter filhos com Matthieu e me casar com ele. Mas isso foi há muito tempo. Agora não estou nada ansiosa para abrir mão de tudo. Tenho uma casa muito confortável, amigos de quem eu gosto e vejo meus filhos sempre que posso. Não quero ficar aqui em Paris desejando estar em outro lugar. Pior ainda, com um homem que pode vir a me magoar, o que, aliás, ele já fez, há 15 anos.

— Pensei que você gostasse de Paris — disse Stevie, atordoada com o discurso de Carole. Talvez realmente fosse tarde demais. E, embora ela não concordasse, Carole quase a convencera.

— Eu realmente gosto de Paris. Adoro, na verdade. Mas não sou francesa. Não aceito que falem mal do meu país na minha cara, não gosto de ficar ouvindo que os americanos são antipáticos, nem que não entendo nada porque venho de um lugar diferente. Acho que é uma atitude nada civilizada. Matthieu atribuía metade dos nossos problemas às "diferenças culturais" só porque eu queria que ele se divorciasse da mulher para viver comigo. Podem me chamar de antiquada ou puritana, mas eu só não queria dormir com o marido de outra mulher. Queria meu próprio marido. Achava que ele me devia isso. Mas ele preferiu ficar com ela.

Mas as coisas não eram tão simples assim para Matthieu, principalmente por causa do cargo que ele ocupava no governo. Porém, sua insistência em afirmar que não havia problema em ter uma amante era um gesto tipicamente francês que sempre incomodou Carole profundamente.

— Agora ele é livre. Você não teria que lidar com esse tipo de coisa. Se o ama, não entendo o que impede você de se casar com ele.

— Sou muito covarde — admitiu Carole, desolada. — Não quero sofrer de novo. Prefiro cair fora antes de me magoar. Eu sempre acabo sofrendo.

— Isso é triste — comentou Stevie com um olhar melancólico, fitando a amiga.

— Realmente. Foi muito triste o que aconteceu há 15 anos, quando acabei com o relacionamento. Triste demais. Ambos ficamos arrasados. Nós dois choramos no aeroporto. Mas, do jeito que as coisas estavam, eu não conseguia mais continuar. E talvez agora os problemas fossem outros: os filhos dele, seu trabalho, seu país. Não consigo imaginá-lo morando fora da França. E não quero viver aqui, pelo menos não para sempre.

— Vocês não poderiam fazer algumas concessões, chegar a um meio-termo que agradasse a ambos? — sugeriu Stevie, ao que Carole respondeu com um gesto negativo de cabeça.

— É mais simples não fazer nada. Assim, ninguém fica desapontado, nem com a sensação de que saiu perdendo. Dessa forma, vamos evitar magoar, ofender ou desrespeitar um ao outro. Acho que ambos estamos velhos demais para isso.

Ela estava decidida, e nada iria fazê-la mudar de ideia. Stevie sabia como Carole reagia quando tomava uma decisão. Era teimosa como uma mula.

— Então vai simplesmente ficar sozinha pelo resto da vida com suas recordações, visitando seus filhos algumas vezes por ano? E quando eles formarem as próprias famílias e não tiverem mais tempo para ver você? E aí? Vai fazer um filme de tantos em tantos anos, ou abrir mão da carreira? Escrever um livro, fazer um discurso de vez em quando em defesa de alguma causa que talvez nem tenha mais importância para você? Carole, essa é a coisa mais estúpida que já ouvi.

— Lamento que você pense assim. Para mim, faz sentido.

— Mas não fará daqui a dez ou 15 anos, quando se sentir solitária e estiver arrependida de ter perdido todo esse tempo. Até lá, ele pode até ter morrido e você terá perdido a opor-

tunidade de ficar com um homem que ama há quase vinte anos. O que vocês sentem um pelo outro resistiu ao tempo e às intempéries. Vocês ainda se amam. Por que não aproveitar isso enquanto pode? Você ainda é jovem e bonita, sua carreira ainda vai durar alguns anos. Mas, quando acabar, você estará sozinha. Não quero ver isso acontecer — disse Stevie profundamente triste.

— Então, o que devo fazer? Abrir mão de tudo por ele? Deixar de ser quem eu sou? Abandonar minha carreira? Desistir do trabalho que faço para o Unicef e ficar de mãos dadas com ele? Não é isso o que quero para mim quando envelhecer. Tenho que me respeitar e ser fiel aos meus princípios. Se eu não fizer isso, quem irá fazer?

— Você não pode ter ambos? — Stevie queria que Carole tivesse outras coisas na vida além do seu trabalho de caridade, um filme ocasional e visitas de férias a seus filhos. Ela merecia ser amada e feliz, merecia ter uma companhia para o restante dos seus dias ou pelo tempo que durasse o relacionamento. — Você precisa se transformar na Joana d'Arc e fazer voto de celibato para ser fiel a si mesma?

— Talvez — respondeu Carole com os dentes cerrados. Stevie estava deixando-a inquieta, o que era exatamente sua intenção, mas, pelo visto, não estava conseguindo dar o seu recado.

Em seguida, ambas voltaram à leitura dos jornais, frustradas. Era raro não chegarem a um acordo e encerrarem uma conversa daquele jeito. Não voltaram a se falar até a médica chegar para examinar Carole, ao meio-dia.

A médica ficou satisfeita com a recuperação de Carole e por saber que ela estava se exercitando fazendo caminhadas. O tônus muscular de suas pernas estava melhor, seu equilíbrio se estabilizara e sua memória continuava evoluindo rapidamente. A médica se mostrou confiante para o retorno de Carole a Los Angeles na data planejada. Não havia restrição médica em relação a isso. Disse que voltaria para examiná-la dentro de

alguns dias e mandou que ela continuasse seguindo suas recomendações. Em seguida, deu algumas instruções à enfermeira e voltou ao hospital.

Logo depois que a médica foi embora, Stevie pediu o almoço de Carole, mas a deixou sozinha na mesa e foi almoçar em seu quarto. Estava muito chateada com a teimosia dela para conseguir bater papo durante o almoço. Achava que Carole estava cometendo o maior erro de sua vida. Amor não era uma coisa que aparecia todo dia. Se ele havia parado nas mãos de Carole mais uma vez, Stevie considerava um crime desperdiçá-lo. Não aceitava que ela fugisse por ter medo de sofrer novamente.

Carole sentiu-se entediada por almoçar sozinha. Stevie dissera que estava com dor de cabeça. Embora Carole desconfiasse de que fosse uma desculpa, não a questionou. Depois de andar de um lado para o outro na suíte durante um tempo, finalmente telefonou para Matthieu. Achava que ele poderia ter saído para almoçar, mas ligou mesmo assim. A secretária dele transferiu a chamada imediatamente. Ele estava comendo um sanduíche no escritório e tinha passado o dia de mau humor. Por duas vezes, dirigira-se à secretária de forma grosseira e tinha batido a porta de sua sala com violência, depois de falar com um cliente que o deixara aborrecido. Obviamente, não estava tendo um bom dia. Sua funcionária nunca o vira assim e mostrou-se cautelosa ao anunciar quem estava ao telefone. Ele atendeu à chamada imediatamente, na esperança de que Carole tivesse mudado de ideia.

— Você está muito aborrecido para falar comigo? — perguntou ela com a voz suave.

— Não estou aborrecido com você, Carole — respondeu ele, em tom triste. — Espero que tenha ligado para dizer que mudou de ideia. A proposta ainda está valendo — anunciou, sorrindo.

Para Matthieu, a proposta estaria valendo sempre, pelo resto de sua vida.

— Não, não mudei de ideia. Sei o que é melhor para mim. Tenho muito medo de me casar novamente. Pelo menos por enquanto. E simplesmente não quero. Conversei com a Stevie sobre isso hoje de manhã. Ela acha que daqui a dez ou 15 anos terei mudado de ideia.

— Até lá estarei morto — disse ele friamente, e Carole estremeceu.

— Acho melhor que isso não aconteça... Afinal, que tipo de proposta foi aquela? Era para um relacionamento momentâneo ou duradouro?

— Duradouro. O que você está fazendo, Carole? Está brincando comigo?

Matthieu sabia que merecia toda espécie de punição agora, depois de tudo o que havia feito com ela.

— Não estou brincando com você, Matthieu. Estou apenas tentando me encontrar e agir conforme meus princípios. Eu te amo, mas tenho que ser fiel a mim mesma. Do contrário, não sou ninguém. Isso é tudo o que me resta.

— Você sempre foi fiel a si mesma, Carole, por isso me deixou. Tinha muito respeito a si mesma para se sujeitar a uma situação com a qual não concordava. E é por isso que eu te amo.

O relacionamento era um constante beco sem saída para ambos — havia sido exatamente isso para ele no passado e era isso para ela agora. Estavam sempre presos entre escolhas impossíveis, que implicavam respeitar terceiros ou a si mesmos. Às vezes, as duas coisas ao mesmo tempo.

— Quer jantar comigo esta noite? — perguntou ela.

— Eu adoraria — respondeu ele, aliviado. Temia não voltar a vê-la antes da sua partida.

— Que tal o Voltaire? — Eles tinham ido a esse restaurante centenas de vezes. — Às nove horas? — Esse horário era até cedo em comparação ao horário padrão do jantar em Paris.

— Está ótimo. Quer que eu pegue você no hotel?
— Não é preciso. Nós nos encontramos no restaurante. — Ela parecia muito mais independente do que antes, mas Matthieu também adorava essa sua característica. Não havia nada sobre ela que ele não adorasse. — Mas tem uma condição.
— Qual? — perguntou Matthieu, curioso.
— Não vamos falar de casamento.
— Tudo bem. Essa noite, não. Mas não vou concordar com essa restrição a longo prazo.
— Certo. Acho razoável.

As últimas palavras de Carole alimentaram as esperanças de Matthieu de um dia conseguir convencê-la. Talvez, quando ela estivesse completamente recuperada, ou depois de ter terminado o livro, ele voltasse a pedi-la em casamento, e Matthieu torcia para que ela finalmente aceitasse. Estava disposto a esperar. Afinal, já haviam esperado 15 anos, um pouco mais de tempo não faria mal a ninguém. Nem muito mais tempo. Recusava-se a desistir, independente do que ela dissesse.

Carole chegou ao Le Voltaire, na Quai Voltaire, às nove horas em ponto, acompanhada dos seguranças. Matthieu a aguardava na porta do restaurante. Era uma noite clara e, naquele momento, o vento de dezembro soprava frio. Ele a recebeu com um beijo no rosto, ela o fitou e sorriu. O que ele mais queria era dizer que a amava. Sentia-se como se tivesse esperado durante a vida inteira.

O restaurante estava lotado, e eles se sentaram a uma mesa de canto. Um garçom trouxe *crudités*, além de torrada e manteiga.

Já estavam saboreando a sobremesa, e, até aquele momento, não haviam tocado em nenhum assunto delicado. Depois da sobremesa, enquanto beliscavam bombons de café, que segundo Carole a deixariam acordada a noite toda, ele finalmente sucumbiu. Tivera uma ideia depois da conversa daquela tarde. Se ela não estivesse disposta a aceitar o pedido de casamento, ele tinha uma segunda opção.

273

— Há muito tempo, quando nos conhecemos, você disse que não concordava com a ideia de morar junto. Era a favor do compromisso total do matrimônio. E eu tinha a mesma opinião. Mas, pelo visto, você já não pensa mais da mesma forma. Como você se sentiria se conseguíssemos estabelecer um esquema de relacionamento informal, no qual você fosse livre para ir e vir? Um sistema parecido com o de política de portas abertas — sugeriu Matthieu com um sorriso.

Carole continuou comendo os bombons. Já havia comido o bastante para ficar acordada a semana inteira, assim como Matthieu. Mas quem precisava de sono quando o amor e a perspectiva de uma nova vida estavam ao alcance das mãos?

— Como assim? — perguntou ela com interesse. Ele era bem criativo, para não dizer teimoso e determinado. Mas Carole também era uma pessoa obstinada, e fora justamente essa característica comum a ambos que os levara a insistir no relacionamento havia alguns anos, além do amor que sentiam um pelo outro.

— Não sei. Achei que talvez pudéssemos pensar em algo que funcionasse para nós dois. Para falar a verdade, eu prefiro o casamento, porque faz parte dos meus princípios e, além disso, sempre quis me casar com você. Adoro a ideia de ter você como esposa e sei que você também acalentava esse desejo. Talvez não precisemos de papéis ou designação formal agora, se considera isso muito restritivo. E se ficasse comigo em Paris durante seis meses e eu morasse com você na Califórnia durante os outros seis meses do ano? Você poderia ir e vir de acordo com a sua conveniência, viajar, tocar seus projetos, fazer filmes, escrever, visitar seus filhos. Estarei sempre esperando por você. Um esquema assim parece mais conveniente?

— Não parece justo com você — disse ela, sendo franca. — O que você ganharia com isso? Ficaria sozinho durante muito tempo — acrescentou, preocupada, e ele acariciou sua mão.

— Ganharia você, amor. É tudo que eu quero. E a oportunidade de ficar ao seu lado pelo tempo que for, não importa de quanto tempo você disponha.

— Não sei se a ideia de morar junto me parece apropriada, mesmo agora, embora fôssemos felizes assim. Mas era exatamente por não sermos casados que eu me sentia numa situação muito ruim. E acho que ainda posso me sentir assim.

Além disso, o acordo que ele propunha não impediria que ela sofresse novamente, nem os pouparia de uma separação. Mas não havia como garantir que isso não acontecesse. Não existia garantia de espécie alguma. O risco existia independentemente da forma como decidissem se relacionar. Mas o alerta de Stevie naquela manhã não tinha sido ignorado.

— O que você quer fazer? — perguntou ele, indo direto ao ponto.

— Tenho medo de sofrer.

— Eu também — confessou. — Mas não há como ter certeza de que isso não vai acontecer. Acho que, se nos amamos, temos que arriscar. E se fizéssemos uma tentativa durante um tempo, para ver como as coisas se desenrolam? Posso visitar você em Los Angeles depois das festas de fim de ano. — Carole sabia que ele iria viajar com os filhos, e queria ficar com Anthony e Chloe. Com sorte, iria ao casamento de Stevie em Las Vegas, na véspera do Ano-Novo. — Posso ir no dia primeiro de janeiro, se for bom para você — sugeriu ele educadamente. — E poderia ficar pelo tempo que você quisesse. Depois, você poderia vir a Paris me visitar na primavera. Por que não tentamos durante um tempo, dependendo dos nossos compromissos, e vemos se dá certo? — Sabendo que ele estava disposto a se casar, ela não sentiu que Matthieu pretendia "testá-la". — Ele estava fazendo o possível para tentar conciliar as coisas de modo a satisfazê-la e lhe dar o espaço necessário para ser ela mesma. — Então, o que acha?

— Interessante — respondeu ela com um sorriso. Ainda não estava pronta para assumir nenhum tipo de compromisso, mas, só de olhar para ele, compreendia que o amava, mais do que nunca, só que de uma forma mais prudente e consciente. Dessa vez agia com cautela e se protegia. A falta de precaução fora justamente o que a levara a sofrer antes.

— Gostaria de tentar? — pressionou ele, e ela riu.

— Talvez.

Carole sorriu novamente antes de comer mais um bombom de café, enquanto ele a observava, rindo baixinho. Ela nunca conseguia resistir àqueles bombons. Isso o fazia se lembrar dos velhos tempos, quando, depois de se fartar com os doces, ela o mantinha acordado a noite inteira.

— Você vai ficar sem dormir durante semanas — avisou ele. Só lamentava que ela não fosse mantê-lo acordado naquela noite.

— Eu sei — assentiu ela com um sorriso feliz. A sugestão de Matthieu lhe parecia uma boa opção. Não sentia que estava vendendo sua alma ou assumindo um risco grande demais. Ainda poderia se magoar porque o amava, mas queria dar uma chance àquele amor e ver como seriam as coisas para ambos.

— Posso visitá-la em janeiro? — perguntou ele novamente, e ambos sorriram. Estavam bem mais descontraídos do que na noite anterior. Agora, ele percebia que havia se precipitado. Depois de todo o sofrimento que lhe causara no passado, entendeu que tinha de agir sem pressa, que precisava reconquistar sua confiança. E também sabia que ela jamais iria menosprezar o respeito que tinha por si mesma. Sempre fora assim. Dessa vez, Carole não estava disposta a abrir mão de suas convicções para atender às conveniências de Matthieu, ou para se adaptar à vida dele. Estava defendendo os próprios interesses. *Além disso*, ela o amava.

— Claro — respondeu ela, baixinho. — Eu adoraria. Quanto tempo acha que poderia ficar? Semanas? Dias? Meses?

— Posso me organizar para ficar durante alguns meses, mas não tenho que ficar tanto tempo. Depende de você.

— Vamos ver como as coisas irão se desenrolar — falou ela sem definir prazos. Pretendia manter as portas abertas, caso resolvesse rever a situação.

— Perfeito — concordou ele, na tentativa de tranquilizá-la. Queria evitar qualquer investida agressiva e assustá-la novamente. Não podia esquecer que ela havia acabado de passar por uma provação terrível e quase morrera, o que a deixava vulnerável e insegura.

— Eu poderia vir a Paris em março, quando voltar da viagem ao Taiti com a Chloe. E talvez fique aqui durante toda a primavera, dependendo do que estiver acontecendo na minha vida — acrescentou ela rapidamente.

— Claro — concordou Matthieu.

Atualmente, Carole era a mais ocupada dos dois, principalmente se Matthieu deixasse o escritório de advocacia. Por enquanto, ele pretendia tirar apenas uma licença, e o momento era ideal. Nas semanas seguintes, estaria concluindo a maior parte dos projetos que estavam em andamento e não dera início a nenhum outro ainda. Era como se tivesse previsto que ela voltaria a fazer parte de sua vida.

Matthieu pagou a conta do jantar, e eles foram os últimos a deixar o restaurante. Embora já fosse tarde, tinham resolvido muitas pendências. Ele havia sugerido uma solução que Carole podia aceitar. Ela sabia que seu coração não estaria protegido de possíveis mágoas, mas não iria abrir mão da própria vida por ele. Isso era importante para ela agora, mais do que havia sido no passado.

Em seguida, ele a levou de volta ao hotel, seguido de perto pelos seguranças que iam no carro de Carole, e por pouco não entrou no fatídico túnel, perto do Louvre. Conseguiu desviar no último minuto. O túnel já havia sido reaberto, e Matthieu quis evitar que Carole revivesse a tragédia. Ele já havia quase

277

esquecido aquilo, mas ela não. Os olhos dele estavam arregalados de pavor quando fez o desvio.

— Desculpe. — Ele não queria fazer nada que a deixasse transtornada ou assustada.

— Obrigada — disse ela, inclinando-se para beijá-lo. Carole estava satisfeita com os planos que haviam feito. E, embora não fosse exatamente o que ele queria, Matthieu também se sentia feliz, sabia que tinha de reconquistar a confiança dela aos poucos, descobrir suas necessidades e entender as mudanças que haviam acontecido em sua vida. Estava disposto a fazer isso por ela. Tudo o que queria era vê-la feliz.

Cinco minutos depois, estavam no hotel. Matthieu a tomou nos braços e a beijou antes que ela saísse do carro.

— Obrigado por me dar uma segunda chance. Sei que não mereço, mas prometo que não vou desapontar você dessa vez. Eu lhe dou a minha palavra.

Ela lhe deu mais um beijo, e os dois caminharam juntos e de mãos dadas até a entrada do hotel.

— Nos vemos amanhã? — perguntou ela com um sorriso tranquilo.

— Vou telefonar para você de manhã, assim que ligar para a Air France.

Os seguranças acompanharam Carole até sua suíte, e Matthieu voltou para o carro todo sorridente. Era um homem feliz. E, dessa vez, tinha certeza de que não iria pôr tudo a perder.

STEVIE ACORDOU ÀS quatro da manhã e viu que as luzes do quarto de Carole estavam acesas. Então se aproximou na ponta dos pés para verificar se estava tudo bem e ficou espantada ao se deparar com a atriz sentada em frente ao laptop. Ela estava de costas para Stevie e não percebeu que a assistente havia entrado em seu quarto.

— Você está bem? O que está fazendo?

Desde o acidente, Carole não usava o laptop, simplesmente não conseguia. E agora ela estava digitando rápida e furiosamente.

— Trabalhando no meu livro — respondeu ela, olhando por sobre o ombro com um sorriso. Stevie não a via assim tão feliz, trabalhando e entusiasmada, desde a época em que era casada com Sean. — Consegui ligar o computador e encontrei o arquivo do livro. Vou começar tudo de novo e descartar o material que tinha escrito. Agora eu sei o rumo da história.

— Caramba! — exclamou Stevie. — Você parece estar a duzentos quilômetros por hora.

— É verdade. Comi muitos bombons de café no Le Voltaire, o bastante para ficar acordada por anos. — As duas deram uma risada, então Carole se virou com uma expressão agradecida. — Obrigada pelo que você falou ontem. Matthieu e eu chegamos a um acordo.

— Você vai se casar? — perguntou Stevie, animada, e Carole riu.

— Não. Pelo menos por enquanto. Talvez um dia. Isso é, se não nos matarmos antes. Ele consegue ser mais teimoso do que eu. Nós decidimos que vamos passar um tempo em Los Angeles e depois Paris e ver como as coisas irão se desenrolar. Ele se mostrou disposto a morar metade do tempo na Califórnia. Por enquanto, vamos viver no pecado.

Ela riu, pensando na ironia de não querer se casar agora que ele queria. O jogo havia virado.

— Vai dar tudo certo. Espero que vocês se casem um dia. Acho que ele é o homem certo para você. E acho que você pensa a mesma coisa; caso contrário, não teria suportado tudo aquilo no passado.

— É. Também acho. Só preciso de um tempo. O que eu passei foi muito duro.

— Algumas coisas são difíceis, mas no final valem a pena.

Carole assentiu.

Stevie deu um bocejo e perguntou:

— Como está o livro?

— Por enquanto, estou gostando. Volte para a cama, conversaremos pela manhã.

— Tente dormir um pouco depois — sugeriu Stevie antes de voltar para o seu quarto.

Carole não dava sinais de que iria dormir tão cedo. Afinal, estava a todo vapor novamente.

19

Carole passou sua última noite em Paris com Matthieu. Dessa vez, eles foram jantar em um restaurante do qual ele ouvira falar e que queria muito conhecer. A comida era excelente; o ambiente, romântico e íntimo, e ambos adoraram o lugar. Ele já tinha feito planos e iria para Los Angeles no dia 2 de janeiro, um dia depois de voltar das férias em Vale de Isère com os filhos. Eles falaram sobre seus respectivos planos para as comemorações de fim de ano, e ela comentou que pretendia passar um tempo sozinha com Chloe antes das festas.

— Em momento algum você deixou de cumprir seu papel de mãe — assegurou-lhe Matthieu. Ele ainda achava que o ressentimento de Chloe em relação a Carole era injusto, considerando o que tinha presenciado na época em que ela era criança. Mas Chloe tinha uma visão diferente daqueles dias.

— Ela acha que eu falhei. Talvez eu deva me preocupar com a opinião dela. A negligência é algo subjetivo, e está sempre no coração de quem acha que foi desfavorecido. Se eu tenho um tempo livre para passar com ela, por que não fazer isso?

As duas dispunham de um tempo bem curto antes da chegada de Anthony e Jason. Mas já era alguma coisa.

Naquela noite, não havia nenhum motivo para tristeza, porque Carole sabia que Matthieu iria para a Califórnia em duas semanas. Estava ansiosa para passar o Natal em família e esperava ir a Las Vegas no Ano-Novo, para o casamento de Stevie. Apesar disso, Stevie já havia dito que iria a Paris com ela, em março ou abril. Alan se mostrara bastante compreensivo em relação a isso, e Carole pretendia dar um descanso à sua assistente por um tempo. Talvez ela e Matthieu viajassem para a Itália e para outras cidades da França. Até lá, esperava já ter feito um bom progresso em seu livro.

Quando a sobremesa chegou, ele tirou uma caixinha da Cartier do bolso e a entregou a Carole. Era um presente de Natal que ele havia comprado.

Ela abriu a caixa com todo o cuidado, aliviada por ver que não era um anel. Afinal, o relacionamento ainda não havia sido formalizado. Estavam fazendo apenas uma tentativa. Ao abrir a caixa, Carole se deparou com um lindo bracelete de ouro. Era uma joia simples, exceto pelos três diamantes incrustados na peça. Matthieu tinha mandado gravar algo na parte de dentro, o que, para ele, era o detalhe mais especial do presente. Ela aproximou o bracelete da chama da vela que havia sobre a mesa, para ler a inscrição. Seus olhos se encheram de lágrimas ao ler a frase: "Seja fiel a si mesma. Eu te amo. Matthieu." Ela o beijou e colocou o bracelete. Esse tinha sido o modo que ele havia encontrado de dizer que aprovava sua decisão e que a amava do jeito que ela era. O bracelete era um sinal de respeito e amor.

Carole também havia comprado um presente para ele, e Matthieu sorriu ao perceber que era da mesma loja. Ele abriu a embalagem com o mesmo cuidado de Carole e viu um elegante relógio de ouro. Havia muitos anos, ela lhe dera um relógio que ele ainda usava. Arlette sabia que tinha sido um presente dela, mas nunca fez nenhum comentário a respeito. Era a única joia que ele usava, e Carole sabia que tinha um grande significado

para ele. A atriz também mandara fazer uma inscrição em seu presente. Na parte de trás do relógio se lia: *"Joyeux Noël. Je T'aime. Carole."* Ele ficou tão satisfeito com o relógio quanto ela com o bracelete.

O restaurante ficava perto do hotel, e eles voltaram ao Ritz caminhando tranquilamente, seguidos pelos seguranças. A essa altura, Carole e Matthieu já estavam acostumados com a presença deles. Ao pararem na entrada do hotel, os dois se beijaram. Foi então que um flash disparou. Eles se viraram e Carole sussurrou:

— Sorria.

Ele fez o que ela mandou. Carole também sorriu, e o paparazzo tirou mais uma foto.

— Enquanto estiverem fotografando, você deve sorrir para a câmera — explicou ela ao fitá-lo, e ele riu novamente.

— Sempre saio com cara de assassino em foto, quando os fotógrafos me pegam de surpresa.

— Lembre-se de sorrir da próxima vez — recomendou ela quando entraram no saguão. Não se importavam de sair nos jornais, já não tinham mais o que esconder.

Ele a acompanhou até sua suíte e a beijou novamente quando estavam na sala de estar. Stevie tinha caído no sono depois de arrumar as malas. O laptop de Carole permanecia na escrivaninha, mas ela não planejava trabalhar naquela noite.

— Ainda sou viciado em você — revelou ele com paixão, ao beijá-la mais uma vez. Não via a hora de ir para a Califórnia. Ele se lembrava muito bem de como tinha sido maravilhoso viver com Carole no passado.

— Não deveria.

Carole não queria reviver os sentimentos desvairados de anos atrás. Queria um relacionamento tranquilo e cheio de afeto, e não a paixão angustiante que haviam experimentado. Mas, ao olhar para ele, Carole se deu conta de que não estava diante de Sean, e sim de Matthieu — um homem que sempre fora

poderoso e passional e que, apesar da idade, ainda guardava essas características. Ele não tinha nada de tranquilo ou sereno. Não que Sean fosse assim, mas era diferente de Matthieu. O francês era uma força motriz e um par perfeito para ela. Juntos, reuniam uma energia capaz de iluminar o mundo. E foi exatamente isso o que a tinha assustado no início, mas agora ela já havia se acostumado.

Ambos estavam usando os presentes que haviam trocado e ficaram conversando na antessala da suíte durante um longo tempo. Essa era uma das coisas que faziam melhor; o resto viria em seu devido tempo. Nenhum dos dois havia arriscado um envolvimento físico mais íntimo. Afinal, ela ainda estava se recuperando, e a médica tinha sugerido que esperasse um pouco, o que parecia mais sensato para ambos. Ele, por sua vez, não queria fazer nada que pudesse colocá-la em perigo e estava preocupado com a viagem de Carole de volta a Los Angeles.

Matthieu a levaria ao aeroporto às sete da manhã. O check-in estava previsto para as oito, e seu voo sairia às dez horas. O neurocirurgião que a acompanharia tinha prometido chegar ao Ritz às seis e meia, a fim de examiná-la antes de partirem. Ele havia combinado tudo com Stevie e se mostrara empolgado com a viagem.

Matthieu foi embora pouco depois da uma da manhã. Carole estava tranquila e feliz quando escovou os dentes e vestiu a camisola. Sentia-se animada com a ida dele para a Califórnia e com tudo o que planejava fazer antes de sua chegada. Tinha muitas expectativas para as semanas seguintes. Era uma vida inteiramente nova.

Stevie a acordou às seis da manhã, e Carole já estava pronta, tomando café, quando o médico chegou ao hotel. O rapaz era tão jovem que parecia um menino. Ao se despedir da neurologista no dia anterior, Carole também a presenteou com um relógio Cartier. Um funcional, de ouro branco e com ponteiro de segundos, que a deixou emocionada.

Matthieu chegou às sete em ponto. Como de costume, estava usando terno e gravata e comentou que Carole parecia uma garota, de calça jeans e um largo suéter cinza. Ela queria viajar com roupas confortáveis, embora estivesse maquiada, caso algum fotógrafo aparecesse. Estava usando o bracelete, com os diamantes brilhando em seu braço. Matthieu ostentava orgulhosamente seu relógio novo e anunciava a hora para quem quisesse ouvir. Carole achou graça dele. Sentiam-se felizes e descontraídos.

— Vocês estão lindos — comentou Stevie, quando um funcionário do hotel entrou no quarto para pegar as malas. Como sempre, ela havia organizado tudo. Já havia deixado gorjetas para o serviço de quarto e para as camareiras, bem como para os funcionários que a tinham ajudado e dois subgerentes. Esse era seu trabalho. Matthieu ficou impressionado diante da facilidade com que ela conduziu o médico até a porta, carregou o computador de Carole e a bolsa pesada, deu conta de sua bagagem de mão, dispensou a enfermeira e falou com os seguranças.

— Ela é muito eficiente — comentou ele, ao entrarem no elevador.

— É mesmo. Trabalha comigo há 15 anos. Voltará a Paris comigo quando eu vier na primavera.

— O marido dela não vai se incomodar? — perguntou Matthieu.

Carole já havia dito que Stevie provavelmente iria se casar.

— Ao que parece, não. Eu faço parte do trato — disse ela com um sorriso.

Eles seguiriam para o aeroporto em dois carros. Carole iria no carro de Matthieu, enquanto Stevie, o médico e os seguranças seguiriam na limusine alugada. Quando estava saindo do hotel, antes de entrar no carro, os já familiares fotógrafos tiraram algumas fotos do grupo. Ela parou por um minuto para sorrir e acenar para eles. Era uma verdadeira estrela com seu

sorriso brilhante, seu longo cabelo loiro e os habituais brincos de diamante. Ninguém imaginaria que ela havia estado ferida ou doente. E Matthieu quase não via a cicatriz — agora bem menos aparente — em seu rosto, disfarçada por uma maquiagem bem-feita.

No trajeto, embora conversassem animadamente, Carole não conseguia deixar de pensar na última vez que ele a levara ao aeroporto, 15 anos antes. Tinha sido uma manhã devastadora para ambos. Ela chorara durante a viagem inteira. Achava que nunca mais o veria. Dessa vez, estava feliz quando saltou do carro no aeroporto, passou pela segurança e se dirigiu ao saguão da primeira classe, sempre ao lado dele, enquanto Stevie despachava as bagagens. Graças ao prestígio de Matthieu, a Air France providenciara para que ele passasse pela segurança com ela.

Meia hora antes do voo, o neurologista verificou seus sinais vitais discretamente. Estava tudo bem. O médico estava empolgado para voar na primeira classe.

Quando anunciaram o voo, Matthieu a acompanhou até o portão, e então eles continuaram conversando até o último minuto. Em seguida, ele a tomou nos braços.

— Dessa vez é diferente.

— Sim, eu sei. — Ambos estavam agradecidos pela segunda chance que haviam recebido. — Aquele foi um dos piores dias da minha vida — disse Carole baixinho, olhando bem nos olhos dele.

— Para mim, também — falou ele, abraçando-a com força.

— Se cuide quando chegar em casa. Vá com calma. Não precisa fazer tudo de uma vez — aconselhou ele. Nos últimos dias, Carole havia começado a fazer mais coisas e de maneira mais rápida. Estava voltando a ser ela mesma.

— O médico disse que estou ótima.

— É, mas não vá abusar da sorte.

Nesse instante, Stevie se aproximou para lembrá-la de que estava na hora de embarcar e passou para Matthieu os detalhes do voo. Carole o fitou mais uma vez. Os olhos dele refletiam a mesma alegria que ela sentia.

— Divirta-se com seus filhos.

— Telefonarei assim que chegar — prometeu ela.

Então os dois se beijaram, e dessa vez não havia nenhum fotógrafo por perto para interrompê-los. Carole precisou fazer um grande esforço para sair dos braços dele. Até poucos dias atrás, ela estava com medo de abrir seu coração novamente; agora, sentia-se cada vez mais próxima de Matthieu. Estava triste por deixá-lo, mas, ao mesmo tempo, feliz por estar embarcando para Los Angeles. Tinha sorte de poder voltar para casa. Todos tinham consciência disso. Finalmente ela se afastou e foi andando, lentamente, em direção ao avião. Logo depois, parou, se virou e olhou para ele com um largo sorriso no rosto, o mesmo que ele guardava na memória. Era o sorriso da estrela de cinema que encantava seus fãs no mundo todo. Carole o fitou durante um longo instante, pronunciou as palavras "*je t'aime*" e, depois de acenar, se virou novamente e seguiu em direção ao avião. Aquela tinha sido uma jornada milagrosa; agora ela voltaria para casa, com Matthieu no coração. E dessa vez com esperança, em vez de mágoa.

20

Por sorte, o voo para Los Angeles se passou sem transtornos. O neurocirurgião verificou seus sinais vitais várias vezes, mas Carole não apresentou nenhum problema. Ela fez as duas refeições e assistiu a um filme. Em seguida, converteu sua

poltrona em cama, aconchegou-se sob a manta e o edredom e dormiu durante o resto da viagem. Stevie a acordou antes da aterrissagem, para que ela pudesse se maquiar, escovar os dentes e pentear o cabelo. As chances de a imprensa estar a postos no aeroporto eram muito grandes. A companhia aérea havia oferecido uma cadeira de rodas para Carole, mas ela a recusou. Queria desembarcar caminhando. Preferia passar a ideia de uma recuperação milagrosa a transmitir a visão de seu regresso como uma inválida. Apesar do longo voo, sentia-se mais forte do que em muitas semanas. Em parte, pela empolgação da perspectiva de uma nova vida e de um relacionamento com Matthieu, mas, acima de tudo, pela sensação de gratidão e paz interior. Não só sobrevivera ao atentado terrorista, como também se recusara a se dar por vencida.

Ela olhou pela janela, observando em silêncio os edifícios, as piscinas, as paisagens e os marcos familiares de Los Angeles. Viu o letreiro de Hollywood, sorriu e olhou para Stevie. Houve um tempo em que chegou a pensar que nunca mais veria aquilo tudo novamente. Seus olhos se encheram de lágrimas. Era assustador pensar em tudo o que tinha acontecido nos dois últimos meses. Então o avião tocou a pista e taxiou até parar completamente.

— Bem-vinda ao lar — disse Stevie com um largo sorriso, e Carole quase chorou de alívio. O jovem médico estava animado por chegar a Los Angeles. Sua irmã o buscaria no aeroporto, e ele passaria uma semana com ela.

Carole e seus dois acompanhantes estavam entre os primeiros passageiros a desembarcar, e um funcionário da Air France os aguardava para ajudá-los a passar rapidamente pela alfândega. Ela não tinha nada a declarar, exceto o bracelete que ganhara de Matthieu. Acabou aceitando uma cadeira de rodas para atravessar o longo caminho até o setor da imigração. A alfândega já havia sido avisada do procedimento. Sua declaração de bagagens já estava preenchida, e Carole sabia até mesmo o

valor que precisava pagar. Ela preencheu um cheque rapidamente. Em seguida, um funcionário verificou os passaportes e liberou a passagem de Carole e de seus dois acompanhantes.

— Seja bem-vinda, Srta. Barber — cumprimentou-a o funcionário da alfândega com um sorriso, no momento em que ela se levantava da cadeira de rodas. Queria passar pelos portões andando normalmente, caso houvesse fotógrafos de plantão. Ficou feliz por ter tomado essa decisão, pois, do outro lado, havia uma barreira deles gritando seu nome, enquanto disparavam seus flashes. Assim que a avistaram, formou-se um verdadeiro alvoroço. Ela acenou radiante e segura quando passou por eles caminhando normalmente.

— Como você se sente? ... E a sua memória? ... O que aconteceu? ... Como se sente por estar de volta? — gritavam os repórteres.

— Estou ótima! Simplesmente ótima! — respondeu ela, sorrindo, enquanto Stevie a pegava pelo braço, ajudando-a a abrir caminho por entre os paparazzi, que a detiveram durante uns 15 minutos, enquanto tiravam várias fotos.

Carole parecia cansada ao entrar na limusine que a esperava do lado de fora do aeroporto. Stevie havia contratado uma enfermeira porque, embora Carole não precisasse de cuidados médicos, achava sensato que ela não ficasse muito tempo sozinha logo de início. Apesar de tudo, a atriz sugeriu dispensá-la quando seus filhos chegassem, ou pelo menos quando Matthieu estivesse com ela. Era apenas uma questão de segurança ter alguém por perto à noite, já que Stevie teria de voltar para casa, para seu noivo, para sua vida e para sua cama. Ficara fora por um longo tempo e também se sentia feliz por estar de volta, principalmente por causa do pedido de casamento. Queria comemorar o noivado com Alan.

Matthieu foi o primeiro a telefonar para Carole, assim que ela colocou os pés em casa. Estava preocupado com ela. Eram dez horas da noite em Paris, e uma da tarde em Los Angeles.

— Correu tudo bem? Como está se sentindo?

— Estou ótima. Não houve nenhum problema durante a decolagem nem na aterrissagem. — O médico temia que as mudanças na pressurização pudessem trazer algum desconforto para ela ou provocar uma dor de cabeça forte, mas, felizmente, nada disso aconteceu. — O único trabalho do médico foi comer e assistir a alguns filmes.

— Ótimo. De qualquer maneira, acho que foi bom ele ter ido com você — comentou Matthieu, aliviado.

— Claro — concordou Carole. Ela também ficara um tanto temerosa com a viagem.

— Já estou com saudades — queixou-se ele. Mas, assim como Carole, ele parecia animado. Iriam se ver em breve, e a vida em comum, independentemente de seu formato, iria recomeçar. Carole tinha muitas expectativas em relação a isso.

— Eu também.

— O que você vai fazer primeiro? — quis saber ele. Estava emocionado e sabia quanto estar de volta significava para ela, depois de tudo o que havia passado.

— Não sei. Acho que vou só passear e agradecer a Deus por estar aqui.

Ele também se sentia agradecido. Lembrou-se de como ficara chocado a primeira vez que a viu no hospital, entubada. Ela parecia morta. Na verdade, estava praticamente morta mesmo. Sua recuperação foi como um renascimento. E agora, além disso, tinham um ao outro. Parecia um sonho para ambos.

— A minha casa é linda — disse ela, olhando ao redor. — Eu tinha me esquecido de quanto era bonita.

— Mal posso esperar para conhecê-la.

Após alguns minutos, eles se despediram, e Stevie ajudou Carole a se acomodar. A enfermeira chegou dez minutos depois. Era uma mulher simpática e estava emocionada por conhecer a famosa atriz. Assim como todos, quando ficaram

sabendo sobre o atentado terrorista, também havia ficado horrorizada com a notícia e disse que tinha sido um milagre Carole ter sobrevivido.

Carole entrou em seu quarto e olhou em volta. Ela se lembrava dele perfeitamente. Depois, observou o jardim, entrou no escritório e sentou-se à escrivaninha. Stevie já havia ligado o computador para ela, e a enfermeira começou a preparar o almoço com os itens que a assistente mandara a empregada comprar. Como sempre, ela havia pensado em tudo, nos mínimos detalhes. Não se esquecia de nada.

Como de costume, Stevie e Carole almoçaram na cozinha. Carole já havia comido metade de um sanduíche de peito de peru quando, de repente, começou a chorar.

— O que foi? — perguntou Stevie, delicadamente, embora soubesse a resposta. Era um dia especial para Carole e para ela também.

— É difícil acreditar que estou aqui. Pensei que nunca mais iria voltar.

Ela finalmente confessava o medo terrível que havia sentido. Não precisava mais ser corajosa. E, mesmo depois de sobreviver ao atentado, ainda fora atacada no hospital. Era mais do que qualquer ser humano podia suportar.

— Você está bem agora — disse Stevie, tranquilizando-a, antes de abraçá-la. Em seguida, deu-lhe um lenço de papel para que pudesse assoar o nariz.

— Desculpe. Acho que não tinha me dado conta de quanto estava abalada. Ainda por cima, tem toda essa história com Matthieu... que mexeu muito comigo.

— Você tem todo o direito de se sentir assim — afirmou Stevie. — Pode até se levantar e gritar, se quiser. Você tem direito a isso.

A enfermeira retirou os pratos, e Carole e Stevie permaneceram sentadas à mesa da cozinha por mais um tempo. Em seguida, Stevie fez chá de baunilha e serviu-lhe uma xícara.

— Vá para casa — sugeriu Carole. — Alan deve estar ansioso para ver você.

— Ele virá me buscar daqui a meia hora. Depois eu telefono para contar o que ficou decidido. — Stevie parecia nervosa e empolgada ao mesmo tempo.

— Aproveite a companhia dele. Pode me ligar amanhã.

Carole sentia-se culpada por ocupar tanto o tempo de sua assistente. Stevie sempre fazia muito além do esperado, muito mais do que poderia ser considerado sua "obrigação". Entregava-se de corpo e a alma ao trabalho, mais do que qualquer ser humano faria.

Meia hora depois, ela ouviu Alan buzinar duas vezes e saiu correndo, enquanto Carole desejava-lhe sorte. Após desfazer as malas com a ajuda da enfermeira, Carole foi para o escritório e ficou olhando pela janela. O computador a aguardava, mas ela se sentia cansada demais para usá-lo. Já eram três horas da tarde; meia-noite em Paris. Estava exausta.

Naquela tarde, caminhou pelo jardim e telefonou para os filhos. Chloe falou que chegaria no dia seguinte e disse que mal podia esperar para vê-la. Carole então pensou que seria bom descansar um pouco, mas queria se adaptar ao fuso horário de Los Angeles. Portanto, só foi dormir pouco antes das dez da noite, quando já estava amanhecendo em Paris. Ela dormiu assim que botou a cabeça no travesseiro. No dia seguinte, acordou às dez e meia e ficou surpresa ao ver que Stevie já havia chegado. Ela acordou quando sua assistente entrou no quarto, com um grande sorriso no rosto.

— Já acordou?

— Que horas são? Devo ter dormido umas 12 horas — comentou Carole e então se sentou na cama, espreguiçou-se e bocejou.

— Você estava precisando — disse Stevie ao abrir as cortinas. Nesse instante, Carole viu um pequeno diamante no dedo da jovem.

— E então? — perguntou ela, com um sorriso sonolento. Sentia um pouco de dor de cabeça, mas, naquela manhã, tinha uma consulta com um neurologista e com um neuropsicólogo. Os dois trabalhavam juntos e atendiam pacientes que haviam sofrido lesão cerebral. Ela atribuiu a dor de cabeça ao jet lag e ao voo e, portanto, não estava preocupada.

— Ainda vai estar livre na véspera do Ano-Novo? — perguntou Stevie, quase explodindo de emoção.

Carole sorriu.

— Você aceitou?

— Sim — respondeu a jovem, um pouco apavorada e exibindo o anel. Era uma joia antiga, delicada e com um diamante pequeno. Estava emocionada, e Carole sentia-se feliz por ela. Stevie merecia toda a felicidade que a vida pudesse lhe oferecer, pelo carinho e pelo apoio que dedicava a outras pessoas, em particular a ela. — Nós vamos para Las Vegas na véspera de Ano-Novo, pela manhã. Alan fez reservas no Bellagio, inclusive para você.

— Estarei lá. Firme e forte. Ah, meu Deus! Temos que fazer compras. Você precisa de um vestido! — exclamou Carole, animada. Estava verdadeiramente emocionada pela amiga e assistente.

— Podemos ir com a Chloe amanhã. Hoje você deve descansar. Teve um dia cansativo ontem.

Carole se levantou da cama devagar, sentindo-se melhor depois de tomar uma xícara de chá e comer algumas torradas. Stevie a acompanhou à consulta; no caminho, conversaram sobre o casamento. O neurologista disse que ela estava bem e recomendou que não exagerasse. Ficou surpreso ao verificar as observações e ler o relatório da médica de Paris, que havia feito anotações em inglês.

— Você é uma mulher de sorte.

O prognóstico do médico, de que ela teria lapsos de memória de seis meses a um ano, coincidiu com o prazo previsto

pelos médicos em Paris. Carole não gostou muito do neurologista. Preferia a especialista que cuidara dela em Paris. Mas só teria outra consulta com ele novamente dali a um mês, para revisão, quando faria outra tomografia de rotina. Além disso, continuaria o trabalho de reabilitação com os fisioterapeutas.

Logo após a consulta com o neurologista, Carole foi examinada no mesmo consultório por uma neuropsicóloga, que simplesmente superou suas expectativas, e as de Stevie também. Ao contrário do neurologista, que agira de forma metódica, rigorosa e extremamente fria, a médica já entrou no consultório toda animada, como um raio de luz. Era baixinha, delicada, tinha olhos azuis enormes, era cheia de sardas e seu cabelo ruivo brilhava. Parecia um duende, mas era muito perspicaz. Assim que entrou, com um enorme sorriso, se apresentou para as duas. Ela era a Dra. Oona O'Rourke, uma autêntica irlandesa, e seu forte sotaque não deixava dúvidas quanto à sua nacionalidade. Carole achou graça ao vê-la pular na cadeira com seu jaleco branco e sorrir para ela e para Stevie, sentadas à sua frente. Stevie permanecera no consultório para dar apoio moral e ajudar a fornecer detalhes que Carole pudesse ter esquecido ou que desconhecesse.

— Então, soube que você andou voando por um túnel em Paris. Que coisa impressionante! Como foi?

— Bem menos divertido do que o esperado. Não foi exatamente o que eu havia planejado para a minha viagem.

A médica observou o exame da atriz e comentou sobre a perda de memória. Queria saber se Carole estava progredindo.

— Estou bem melhor. No início, foi muito esquisito. Não sabia quem eu era nem reconhecia ninguém. Eu havia esquecido simplesmente tudo.

— E agora?

Os brilhantes olhos azuis da médica estavam atentos, e seu sorriso era acolhedor. O tratamento era uma assistência complementar, não realizada em Paris, mas recomendada pelo

293

neurologista de Los Angeles, que considerava o fator psicológico importante. Ele recomendara no mínimo três ou quatro consultas com a especialista, embora Carole já apresentasse uma melhora significativa.

— Minha memória está bem melhor. Ainda tenho alguns lapsos de memória, mas isso não é nada comparado ao que experimentei quando saí do coma.

— Você teve alguma crise de ansiedade? Distúrbios de sono? Dores de cabeça? Comportamento estranho? Depressão?

Carole respondeu que não a todas as perguntas, com exceção da leve dor de cabeça que sentira naquela manhã, ao acordar. A Dra. O'Rourke confirmou que ela estava muito bem.

— Parece que você teve muita sorte, se é que se pode dizer isso. Esse tipo de dano cerebral às vezes torna muito difícil um prognóstico conclusivo. A mente é uma coisa complexa e maravilhosa. E, algumas vezes, acho que o que nós, médicos, fazemos é mais arte do que ciência. Você está planejando voltar a trabalhar?

— Por enquanto, não. Estou escrevendo um livro e pensei em começar a ler alguns roteiros na primavera.

— No seu lugar, eu não teria tanta pressa. Você pode se sentir cansada por um tempo ainda. Não force nada. Seu corpo irá lhe dizer o que está pronto para fazer, e, se você forçar a barra, ele irá reclamar. Pode até voltar a ter lapsos de memória, se exagerar. — Aquilo deixou Carole assustada, e Stevie lançou-lhe um olhar de advertência. — Algo mais que esteja preocupando você? — perguntou a médica.

— Não exatamente. Às vezes fico chocada ao lembrar que quase morri. Ainda tenho pesadelos com isso.

— Isso é normal.

Em seguida, Carole contou sobre o atentado que sofrera no hospital, quando o jovem terrorista tentou matá-la.

— Pelo visto, você realmente passou por maus bocados. Acho que deve ir com calma por um tempo. Dê a si mesma

294

uma chance para se recuperar do choque emocional e do trauma físico. Já passou por muita coisa. Você é casada?

— Não, sou viúva. Meus filhos e meu ex-marido vêm passar o Natal comigo — respondeu ela, feliz, e a médica sorriu.

— Alguém mais?

Carole sorriu.

— Reacendi uma velha chama em Paris. Ele virá logo depois das festas de fim de ano.

— Ótimo. Divirta-se. Você merece.

Após conversarem durante mais um tempo, a médica lhe ensinou alguns exercícios interessantes e divertidos para estimular a memória. Ela era animada e alegre, e Stevie e Carole comentaram sobre a consulta quando saíram do consultório.

— Ela é uma graça — comentou Stevie.

— E muito inteligente — acrescentou Carole. — Gostei dela.

Durante a consulta, Carole se sentiu bastante à vontade para perguntar ou dizer qualquer coisa, por mais estranho que pudesse parecer. Perguntou até sobre sexo, e a médica disse que não haveria problema nenhum, aproveitando para lembrá-la de usar preservativos, o que fez Carole ficar vermelha. Fazia muito tempo que não se preocupava com esse tipo de coisa. Com um sorriso malicioso, a Dra. O'Rourke disse que, depois de tudo o que já tinha sofrido, a última coisa de que ela precisava era de uma DST. Carole concordou e riu, sentindo-se uma garota novamente.

Ao sair do consultório, estava aliviada por ter uma médica com quem podia se abrir, caso sentisse algum desconforto em decorrência do trauma que sofrera. Mas, por ora, estava perfeitamente bem. Não via a hora de se juntar à família e de aproveitar o casamento de Stevie. Teria dias prazerosos pela frente. No caminho de volta para casa, Carole insistiu em parar na Barneys para comprar o vestido de Stevie. A jovem experimentou três vestidos, mas acabou escolhendo o primeiro, que

295

havia adorado. Carole lhe deu o vestido, que era longo, branco e valorizava o corpo escultural de Stevie, como presente de casamento. Depois, foram ao andar térreo da loja, onde encontraram sapatos de cetim branco Manolo Blahnik. Por último, escolheram um vestido verde-esmeralda, curto e tomara que caia para Carole, que estava se sentindo a mãe da noiva.

Chloe só chegaria depois das sete da noite, portanto elas teriam a tarde inteira para arrumar tudo. Stevie iria buscá-la no aeroporto; no último momento, Carole decidiu acompanhá-la. Saíram de casa às seis. O florista de Carole havia entregado uma árvore de Natal toda decorada às cinco da tarde, e a casa, repentinamente, adquiriu uma atmosfera natalina.

No trajeto até o aeroporto, elas conversaram novamente sobre o casamento. Estavam muito empolgadas.

— Não consigo acreditar que eu esteja fazendo isso — comentou Stevie pela centésima vez naquele dia, fazendo Carole sorrir. Ambas sabiam que era a coisa certa. — Você não acha que sou louca, acha? E se daqui a cinco anos eu o odiar? — perguntou Stevie, tomada por um redemoinho de emoções.

— Isso não vai acontecer. E, se acontecer, podemos conversar. E não, não acho que seja louca. Ele é um cara bacana, que ama você. E você também o ama. Por acaso ele respeita a sua decisão de não ter filhos? — perguntou Carole, preocupada.

— Ele diz que sim. Diz que sou o bastante para ele.

— E isso o que importa — disse Carole.

Quando saltaram do carro, o celular de Carole tocou. Era Matthieu.

— O que você anda aprontando? — perguntou ele, todo feliz.

— Estou indo para o aeroporto buscar a Chloe. Fui ao médico hoje e ele disse que estou bem. E, no caminho de volta, compramos o vestido de noiva da Stevie. — Era prazeroso contar a ele tudo o que havia feito. Depois do pesadelo em Paris, cada minuto parecia uma dádiva.

296

— Agora você me deixou preocupado. Está fazendo coisas demais. O médico a liberou para fazer isso tudo ou recomendou que você descansasse?

Eram quase quatro horas da manhã em Paris. Ele estava acordado e decidiu telefonar para ela. Tinha a sensação de que Carole estava muito longe. Além disso, adorava ouvir sua voz, que parecia empolgada e alegre.

— Ele disse que só preciso voltar lá daqui a um mês.

Neste momento, ela se lembrou da época em que estava grávida do filho de Matthieu, e tentou afastar a recordação da mente, pois isso a deixava muito triste. Na época, ele também queria saber de todos os progressos sempre que ela ia ao médico e vivia beijando sua barriga. Chegara, inclusive, a acompanhá-la em uma das consultas, para escutar o coração do bebê. Passaram por maus momentos juntos, especialmente após o aborto e, depois, quando a filha dele morreu. Ela e Matthieu tinham uma história que os unia, até mesmo agora.

— Estou com saudades — falou ele novamente, como havia feito no dia anterior. Carole ficara afastada de sua vida durante 15 anos e agora que estava de volta, cada dia longe dela parecia interminável. Mal podia esperar para vê-la de novo. Viajaria no dia seguinte para esquiar com os filhos, mas prometeu telefonar. Queria muito que ela pudesse acompanhá-lo. Carole não chegara a conhecer os filhos dele quando os dois moravam juntos, mas Matthieu queria muito que ela os conhecesse agora. Carole sabia que seria uma experiência triste e feliz ao mesmo tempo. Enquanto isso, queria passar um tempo com Anthony e Chloe.

Ela e Stevie esperaram Chloe passar pela alfândega. A jovem sabia que Stevie iria ao aeroporto, mas ficou surpresa ao ver sua mãe.

— Você veio! — exclamou ela, feliz, abraçando a mãe. — Tem certeza de que pode fazer isso? Está se sentindo bem?

297

Ela parecia preocupada e ao mesmo tempo emocionada, o que deixou Carole duplamente feliz por ter ido. Seu esforço tinha sido recompensado ao ver a expressão de surpresa e gratidão no rosto da filha. Chloe estava desfrutando do amor de sua mãe, que era exatamente o que Carole mais desejava.

— Estou ótima. Fui ao médico hoje. Estou liberada para fazer o que quiser, dentro dos limites do bom senso, é claro, o que me parece razoável. Estava louca para ver você — disse Carole ao abraçar a filha. Stevie tinha ido pegar o carro, já que Carole ainda não estava em condições dirigir, nem planejava fazê-lo por um bom tempo. Os médicos não achavam isso recomendável, e ela também não se sentia segura para enfrentar o trânsito de Los Angeles.

No caminho para casa, Carole contou à filha sobre os planos de casamento de Stevie. Chloe ficou emocionada. Conhecia Stevie desde que era pequena e a adorava como se ela fosse uma irmã mais velha.

Quando chegaram à casa de Carole, Stevie deixou as duas sozinhas. Chloe ficou na cozinha com a mãe. Tinha dormido durante o voo, portanto estava sem sono. Carole preparou ovos mexidos para a filha e, de sobremesa, elas tomaram sorvete. Era quase meia-noite quando foram dormir. No dia seguinte, saíram para fazer compras de Natal. Carole ainda não havia comprado nada e tinha apenas dois dias para providenciar os presentes. Aquele Natal não seria tão farto, mas seria muito bom.

No dia seguinte, ela comprou tudo o que precisava na Barneys e na Neiman, para Jason, Stevie e para os filhos. Estavam entrando em casa quando Mike Appelsohn telefonou.

— Já chegou! Por que não me telefonou? — perguntou ele, ofendido.

— Só cheguei anteontem. E Chloe chegou ontem à noite.

— Liguei para o Ritz, e eles disseram que você tinha ido embora. Como está se sentindo?

298

Ele ainda parecia preocupado. Afinal, havia apenas um mês, ela estava à beira da morte.

— Bem. Um pouco cansada, mas estaria assim de qualquer maneira, por causa do jet lag. E você, querido?

— Ocupado. Odeio essa época do ano. — Ele falou sobre algumas trivialidades durante alguns minutos, em seguida explicou o motivo da ligação. — O que vai fazer em setembro?

— Estarei na universidade. Por quê? — respondeu ela, brincando.

— Jura?

— Claro que não. Como vou saber o que estarei fazendo em setembro? Já estou feliz por estar aqui agora. Por pouco, não sobrevivi.

Ambos sabiam que aquilo era a mais pura verdade.

— Nem me fale. Sei muito bem disso — disse Mike. Carole ainda se sentia emocionada por ele ter ido a Paris só para vê-la. Fez o sacrifício de pegar um voo noturno de Los Angeles só para isso. — Bem, moça, tenho um papel para você. Excelente. Se você não gostar desse, eu desisto.

Ele lhe contou quem eram os produtores e os atores escalados. A ela, caberia o papel principal e contracenaria com dois atores famosos e uma respeitada atriz mais jovem. Além disso, seu nome encabeçaria o elenco. Era um filme fabuloso, com um grande orçamento e um diretor com quem ela havia adorado trabalhar em outra oportunidade. Mal podia acreditar no que tinha acabado de ouvir.

— Você está falando sério?

— Muito sério. O diretor vai começar a gravar outro filme na Europa em fevereiro e ficará lá até julho. E não poderá começar esse projeto antes de setembro, porque precisa concluir a montagem do outro em agosto. Até lá, você teria tempo livre para escrever o seu livro, se ainda estiver trabalhando nele.

— Sim. Já estou trabalhando nele.

Ela estava empolgada com o convite.

— Algumas cenas serão rodadas na Europa. Mais precisamente em Londres e em Paris. O restante será gravado em Los Angeles. Então, o que acha?

— Parece sob medida para mim.

Ela ainda não havia contado a Mike as novidades sobre Matthieu. Mas o que ele acabara de propor se ajustava perfeitamente aos seus planos atuais, ou seja, passar uma parte do ano com Matthieu em Paris e o restante na sua casa, em Los Angeles. A temporada em Londres seria a cereja do bolo, quando poderia aproveitar para visitar Chloe.

— Vou enviar o roteiro para você. Os produtores querem uma resposta até o final da próxima semana. Eles têm duas outras atrizes em vista que fariam qualquer coisa por esse papel. Vou providenciar para que o mensageiro o leve para você amanhã. Eu acabei de ler ontem à noite e adorei.

Carole confiava em Mike. Ele sempre era sincero com ela. Além disso, tinham um gosto semelhante para roteiros.

— Vou ler assim que receber — prometeu Carole.

— Agora me diga como está se sentindo. Você acha que vai estar em condições de trabalhar até lá? — perguntou ele, preocupado.

— Acho que sim. Estou me sentindo melhor a cada dia. E o médico daqui garantiu que estou ótima.

— Cuidado para não exagerar — recomendou ele, reforçando as palavras de Matthieu. Ambos a conheciam muito bem e sabiam que ela sempre fazia isso, era a cara dela exagerar. Desde o início da carreira, sempre batalhara muito, embora, nos últimos anos, tivesse diminuído o ritmo. Mas já sentia seu motor acelerando de novo. Tivera um intervalo bastante longo.

— Porque depois você pode se arrepender — avisou ele.

— Eu sei. Não sou tão estúpida assim.

Tinha plena consciência do que havia sofrido e de quanto fora difícil. Ainda estava em convalescença, mas não tinha nenhum plano importante para os meses seguintes. Ela e

300

Matthieu também estavam indo com calma. E, quanto ao livro, iria escrevê-lo no seu ritmo. Além disso, teria oito meses para descansar antes de voltar a trabalhar.

— Bem, moça, você estará de volta às telas nesse filme — disse ele, emocionado.

— Parece que sim. Mal posso esperar para ler o roteiro.

— Você vai se apaixonar por ele. Se isso não acontecer, eu como os meus sapatos. — Isso seria difícil, afinal ele era alto e calçava 44.

— Ligo para você no dia 26, logo depois do Natal.

— Feliz Natal, Carole — desejou Mike, com a voz embargada. Não conseguia nem imaginar a possibilidade de não vê-la novamente, teria sido uma tragédia para ele e para várias outras pessoas.

— Feliz Natal para você também, Mike.

Durante o jantar, ela falou sobre o filme com Chloe e percebeu uma expressão sombria no rosto da filha. Era a primeira vez que se dava conta de quanto Chloe realmente se ressentia de sua carreira.

— Se eu aceitar o papel, irei para Londres gravar algumas cenas. Seria ótimo porque eu poderia visitar você. E você poderia dar um pulo em Paris quando eu estivesse lá.

A expressão de Chloe se iluminou no mesmo instante. Chloe sabia quanto Carole estava se esforçando para passar um tempo em sua companhia, e isso significava muito para ela. Quaisquer que fossem os erros do passado, dos quais Chloe a culpava, estavam sendo reparados agora.

— Obrigada, mãe. Eu vou adorar.

Naquela noite, as duas tinham decidido jantar em casa. Pediram comida chinesa e a enfermeira foi buscar quando o entregador chegou. Carole não queria perder nem um minuto sequer da companhia da filha. Chloe dormiu em sua cama, e elas se divertiram como duas crianças. Então, no dia seguinte, as duas foram buscar Jason e Anthony no aeroporto. Stevie não

foi trabalhar. Era véspera de Natal, e ela ganhara o dia de folga. Só retornaria ao trabalho no dia 26.

O roteiro que Mike tanto elogiara chegou naquela tarde. Carole deu uma rápida olhada na história e, num primeiro momento, a achou realmente muito boa, exatamente como ele havia dito. Tentaria ler mais detalhadamente na noite de Natal, depois que todos tivessem ido dormir. Mas tinha quase certeza de que iria gostar. Mike tinha razão. O papel era simplesmente fantástico. Ela falou sobre o filme com Matthieu, que também ficou animado. Ele sabia que ela queria muito voltar ao cinema, e aquele papel parecia perfeito.

Anthony e Jason foram os primeiros a sair do avião. Chloe os levou para casa e, no caminho, os três conversaram animadamente, riram muito e lembraram histórias embaraçosas de Natais passados. Eles se recordaram de quando moravam em Nova York e Anthony, aos 5 anos, acidentalmente derrubou a árvore de Natal, tentando pegar o Papai Noel enquanto ele descia pela chaminé. Histórias como essa aqueciam o coração de Carole e alegravam os outros. E agora ela conseguia se lembrar de quase todas elas.

Quando chegaram à casa de Carole, pediram pizza e, depois que Anthony e Chloe foram se deitar, Jason foi até a cozinha pegar algo para beber e se deparou com Carole.

— Como está se sentindo realmente? — perguntou ele, em tom sério.

Embora Carole parecesse melhor do que da última vez que ele a vira, ainda estava pálida. Havia feito muita coisa desde que chegara a Los Angeles. E, como a conhecia muito bem, Jason imaginou que ela provavelmente havia exagerado.

— Estou bem, de verdade — disse ela, surpresa.

— Você nos deu um tremendo susto — disse ele, referindo-se ao atentado e tudo o que havia acontecido depois. Jason fora maravilhoso naquele momento de aflição, e ela ainda se sentia grata por tudo o que ele dissera.

— Eu também levei um tremendo susto. Foi uma tremenda falta de sorte, mas acabou tudo bem.

— É verdade — assentiu ele, sorrindo. Os dois conversaram durante um tempo e depois ele foi dormir. Carole ficou no escritório por mais alguns minutos, antes de ir para a cama. Gostava daquela hora da noite, em que o silencioso era absoluto. Sempre gostou, sobretudo quando as crianças eram pequenas. Era um momento só seu. Precisava disso.

Ela olhou para o relógio e viu que passava da meia-noite. Eram nove horas da manhã na França. Pensou em ligar para Matthieu para lhe desejar um feliz Natal. Mas, naquele momento, não queria falar ao telefone. Agora eles dispunham de tempo; muito, por sinal. E em breve ele estaria em Los Angeles, ao seu lado. Estava feliz por tê-lo de volta em sua vida. Era um presente inesperado. Então sentou-se diante da escrivaninha, olhou para o computador e leu as últimas frases que havia escrito em seu livro. Agora tinha tudo delineado em sua cabeça e sabia exatamente o que queria escrever.

Em seguida, olhou o jardim, com sua fonte toda iluminada e o lago. Seus filhos estavam em casa, em seus respectivos quartos. Jason também estava lá. Com o tempo, ele se tornou um amigo querido e irmão. Ela iria fazer um filme. Havia sobrevivido a um atentado terrorista e conseguira recuperar a memória. Stevie iria se casar em uma semana. Então fechou os olhos e, em silêncio, agradeceu a Deus as bênçãos recebidas. Em seguida, abriu os olhos novamente e sorriu. Tinha tudo o que queria e um pouco mais. E o melhor de tudo: tinha a si mesma. Recusara-se a violar seus princípios e a fazer concessões no decorrer da vida. Tampouco renunciara aos seus ideais, aos seus valores ou às coisas que considerava importantes. Fora fiel a si mesma e aos que amava. Olhou para o bracelete que Matthieu lhe dera e leu a inscrição novamente. "Seja fiel a si mesma." Até onde sabia, era exatamente o que havia feito. Ainda não tinha contado à sua família sobre Matthieu, mas faria isso no

303

momento apropriado. Sabia que Anthony provavelmente faria objeção no início, mas tinha esperança de que, com o tempo, o filho acabasse aceitando o relacionamento. Ele tinha direito de manifestar sua opinião e se preocupava com a mãe. Mas Carole tinha o direito de fazer as próprias escolhas.

— O que você está fazendo? — perguntou uma voz atrás dela. Era Chloe, de camisola, parada na porta do escritório. Queria dormir na cama da mãe novamente; Carole concordou. Isso a fazia se lembrar de quando a filha era pequena e adorava dormir com ela.

— Só estou pensando — respondeu Carole, virando-se para ela com um sorriso.

— Em quê?

— Em quanto preciso agradecer pelo ano que está quase acabando.

— Eu também — disse Chloe baixinho, antes de abraçá-la. — Estou tão feliz por você estar aqui. — E então suas longas pernas graciosas dispararam para o corredor. — Vamos, mãe, hora de dormir.

— Certo, chéfe — concordou Carole, antes de apagar as luzes do escritório. Depois, seguiu a filha pelo corredor até seu quarto. — Obrigada — sussurrou Carole, olhando para o céu, com um sorriso agradecido. Aquele seria de fato um feliz Natal, para todos eles.

fim